U0948844

四川百年新诗选

SICHUAN BAINIAN XINSHIXUAN

1917—2017

下卷

四川省作家协会◎编

四川人民出版社

图书在版编目（CIP）数据

四川百年新诗选/四川省作家协会编. —成都：四川人民出版社，2019.12

ISBN 978-7-220-11755-8

Ⅰ.①四… Ⅱ.①四… Ⅲ.①诗集-中国-近现代 ②诗集-中国-当代 Ⅳ.①I22

中国版本图书馆CIP数据核字（2019）第300439号

SICHUAN BAINIAN XINSHIXUAN

四川百年新诗选

四川省作家协会 编

责任编辑	郭 健 廖姝云
封面设计	李其飞
内文设计	史小燕
特约校对	邓永勤
责任印制	周 奇
出版发行	四川人民出版社（成都三色路238号）
网 址	http://www.scpph.com
E-mail	scrmcbs@sina.com
新浪微博	@四川人民出版社
微信公众号	四川人民出版社
发行部业务电话	（028）86361653 86361656
防盗版举报电话	（028）86361653
照 排	四川胜翔数码印务设计有限公司
印 刷	成都东江印务有限公司
成品尺寸	170mm×240mm 1/16
印 张	98
字 数	1960千
版 次	2019年12月第1版
印 次	2019年12月第1次印刷
书 号	ISBN 978-7-220-11755-8
定 价	298.00元（全三卷）

《四川百年新诗选》编委会

鸣　　谢 白　航　吕　进　张新泉　刘　滨　刘福春
蒋登科　张德明　向求纬　王国平　熊　辉
曾　兴　王明军　马　林

「目录

吉狄马加（彝族）

吉狄马加（1961年6月—），彝族，四川凉山人。现任中国作协党组成员、书记处书记、副主席。著有诗集《初恋的歌》《一个彝人的梦想》《罗马的太阳》《吉狄马加诗选译》等。

无　题

——一个老猎人的话

有一天我真的老了
岁月像一只小鸟
穿过森林的白雾
从我的额头上飘走
金子一样的小鸟
银子一样的小鸟
萦绕着抚摸着
一个老态龙钟的我
它仿佛是一条无名的小河
它仿佛是一首无了的情歌
那时，我会悄悄对你说
在我苍老的眼里
不会有一个冬日黄昏的阴影

不会有一抹秋后夕阳的痴情
只是在我的双目中

会流出孩童般晶莹的泪
假如你用嘴去品尝
那里面只有初恋的甜味
于是我默默地默默地
让回忆和爱充满我的路
于是我再不会再不会
因为年轻和幼稚而迷途
我手中那支古老的猎枪
将扶着我的身躯和头颅
这时我要对着世界大声地宣布
我的族籍是古老的古老的彝族

最后的传说

猎人离开人世的时候，他会听见大同的呼唤。

——引自猎人的话

死亡像一只狼
狼的皮毛是灰色的
它跑到我的木门前
对着我嗥叫

时间一定是不早了
只好对着熟睡的孙子
作一次快慰的微笑
然后我
走向呼唤我的大山
当子夜时分叩响
潮湿的安魂曲
我在森林世界的
母腹里睡去
耳朵里灌满了泉水的声音
嘴唇上沾满了母亲的乳汁
天亮了
人们只听见森林里
有一个婴儿的歌声
猎人们都去把他寻找
可谁也没把他找来
于是这个神秘的故事
便成了一篇关于我的童话
猎人的孩子们
都会背诵它

（以上选自《星星》诗刊 1984 年第 7 期）

自画像

风在黄昏的山冈上悄悄对孩子说话
风走了，远方有一个童话等着它
孩子留下你的名字吧，在这块土地上
因为有一天你会自豪地死去

——题记

我是这片土地上用彝文写下的历史
是一个剪不断脐带的女人的婴儿
我痛苦的名字
我美丽的名字
我希望的名字
那是一个纺线女人
千百年来孕育着的
一首属于男人的诗

我传统的父亲
是男人中的男人
人们都叫他支呷阿鲁
我不老的母亲
是土地上的歌手
一条深沉的河流
我永恒的情人
是美人中的美人
人们都叫她呷玛阿妞

我是一千次死去
永远朝着左睡的男人
我是一千次死去
永远朝着右睡的女人
我是一千次葬礼开始后
那来自远方的友情
我是一千次葬礼的高潮时
母亲喉头发颤的辅音

这一切虽然都包含了我
其实我是千百年来
正义和邪恶的抗争
其实我是千百年来
爱情和梦幻的子孙
其实我是千百年来
一次没有完的婚礼
其实我是千百年来
一切背叛
一切忠诚
一切生
一切死
呵，世界，请听我回答
我——是——彝——人

黑色的河流

我了解葬礼，
我了解大山里彝人古老的葬礼。
（在一条黑色的河流上，
人性的眼睛闪着黄金的光。）

我看见人的河流，正从山谷中悄悄穿过。
我看见人的河流，正漾起那悲哀的微波。
沉沉地穿越这冷暖的人间，
沉沉地穿越这神奇的世界。

我看见人的河流，汇聚成海洋，
在死亡的身边喧响，祖先的图腾被幻想在天上。
我看见葬送的人，灵魂像梦一样，
在那火枪的召唤声里，幻化出原始美的衣裳
我看见死去的人，像大山那样安详，
在一千双手的爱抚下，听友情歌唱忧伤。

我了解葬礼，
我了解大山里彝人古老的葬礼。
（在一条黑色的河流上
人性的眼睛闪着黄金的光。）

（以上选自《吉狄马加诗选》，四川文艺出版社 1992 年版）

老人与布谷鸟

沉默的岩石
坐在那里
望着多雾的山谷
悠悠的目光
被切割成碎片

裹着
黑色的披毡
身后一片寂静
偶然也会有
一朵
流浪的云
靠近
头顶

岁月的回忆
或许
还能从心底浮起
他会第一个听见
布谷鸟的叫声
在山那边歌唱婉转
可是谁也不会注意
就在那短暂的片刻
他的鼻翼翕动了几下
然后又用苍老的手背

悄悄地抹了抹
眼窝中滚出的泪滴

（选自《诗刊》1986 年第 11 期）

二　毛（苗族）

二毛（1962年1月—），苗族，本名牟真理，重庆酉阳人。“莽汉主义”代表诗人之一。著有《碗里江山》《民国吃家》等作品。

女朋友

我和你的目光
在悬岩上惊险地相遇
晃荡着
紧紧地缠住同一枝干枯的树丫
几个夏天不见
从往日的废墟上
你残破不堪的身材
在高跟鞋上重新砌起

面部打开橱窗
胸部伸进阳台

他和烤鸭

烤鸭蜷缩在盘子里
他蜷缩在酒店

烤鸭摆在他面前
他摆在老板面前

烤鸭冥想着春江水暖
他冥想着南方温柔的妻子

窗外是另一个世界
下着雪

（以上选自《诗刊》1986 年第 10 期）

周苍林

周苍林（1962 年 1 月—），重庆人，现居四川武胜。著有诗集《喊一声》《落在地上的闪电》等。

一树歌唱的叶子

在远远的秋天怀念
鸟、阳光
一树歌唱的叶子

在疲乏的秋后
一如被遗忘的谷粒
在塔状的草垛之下
假寐……
这时，阳光温暖的感觉
照耀在脸上
一阵微风吹来

稻草人没有了
无畏的鸟们
从你的身旁掠过

一路歌唱着
在地里觅食

落下的谷粒
以及无处藏匿的虫豸
丰富着鸟们的期待
这是它们渴望已久的幸福
辉煌的馈赠
让它们感动
因而，在一棵落叶光光的树上
成群的鸟儿聚集

阳光下，它们无数丰满的羽毛
张开、飘动
如无数叶片的
闪光……

（选自《星星》诗刊 1990 年第 11 期）

凸　凹

凸凹（1962 年 3 月—），本名魏平，四川都江堰人。著有诗集《蚯蚓之舞》《大师出没的地方》等。

大师出没的地方

这是大师出没的地方
这里的一切都是语言
我们傍依着一棵古柳
暮春便在头顶上方泛起寒冷的火焰

围绕这部出色的经典
我们机警地绕过了
诗人们为之倾仰的极顶
进入某些章节的空白
我们的语言
翔展于正午的阳光
真实　精粹　冉冉上升

我们的语言
洞穿时间的城堡

在大师背面响彻
细致而且认真

这是一个异常勇敢的行为
过程尚未终止
结果已让大师心神摇曳
手脚无措

当一群人
正把往事晾晒的时候
另一个时间的同一群人
会在离这片圣土老远老远的家乡
把青莲的正午
回忆　反刍　耐心等待

（选自《星星》诗刊 1989 年第 11 期）

经过装修工地

木工机床。电锤。射钉枪。空压机。切割机
这些和平年代的常规武器
冲锋的号角，扫射的威力多么嘹亮
它们震撼着我。让我停下挣钱的步子
站在马路上。我看见了一个装修工地

我看见一群装修工人，其中一个
是我乡下的兄弟。他们挥汗如雨
他们要赶在大雪前面
赶在过年前面，为这座宅子，宅子的主人
打制并穿上内衣，崭新、豪华的内衣

我想象宅主穿着这件内衣
肉身在裤袖中走来走去的样子
想象着宅主与他的老婆或别人的老婆
在内衣里的一些动作。那些装修工人
还有我的乡下兄弟，不知有没有过类似的想象

他们切割木方、层板、木线，和花岗石
他们挥汗如雨。哼流行歌曲的时候
脸相很灿烂。他们真该灿烂
那么多上档次的内衣，他们都认为不合身
都被他们蹭蹭身子，一一扔掉

我想象宅主也一定灿烂
他在大街上赤裸着身子，就像在澡堂里
跟我和我的乡下兄弟一个样
而这件豪华的内衣就要在过年时穿上了
穿上。把那些躬身脱鞋的拜访者迎进，笼罩

（选自《诗刊》1999 年第 8 期）

钉子与墙

我在墙上钉钉子
可是，钉一颗弯一颗
始终钉不进去

“我不相信!”
我这样对自己说
并搜罗完家中所有钉子
直到把最后一颗钉弯

我相信
仅仅是为了叫我“相信”
这面墙才让所有的钉子弯曲

（选自《星星》诗刊 2001 年第 3 期）

李　铣（土家族）

李铣（1962 年 3 月—），土家族，生于四川成都。著有诗集《感动》《歌声从天而降》等。

九月的阳光

这是怎样的一次际遇
九月的阳光
径直走到我的书桌旁
毫不顾忌地
撩起久远的记忆
和让人心痛的怀想

诗稿伴着秋橘
在心中摊开
好像梦幻
真实地显现

上苍的力量来自内心
无法预测和左右
感觉的降临

荒芜重又再生

我只能祈祷
九月的阳光早已穿透心房

（选自《星星》诗刊 2000 年第 7 期）

涂　拥

涂拥（1962 年 5 月—），本名涂勇，四川泸州人。20 世纪 80 年代初开始文学创作，著有诗集《面你而坐》等。

在结婚登记处

一指之上是情人
一指之下是丈夫
手停在半空
看桌上的金色龙凤游弋
游千年的历史长河而来

手指红红的
昨夜哭过
明天难说
但云雨毕竟是红色的忧郁
最高的境界是一面招展的旗帜
会四面迎风

前不见滴血的狼舌
后不见阴森的枪口

绝不是强迫
有爱人半掩的桃花
有公证人麻木的微笑

这一时刻是太阳下的阴角
当两个人被钢印狠狠压在一起
幸福五百
忧郁五百

（选自《星星》诗刊 1988 年第 9 期）

庄　剑

庄剑（1962 年 5 月—），四川彭州人。《宜宾晚报》总编辑，四川省报纸副刊研究会副会长。

无信的下午

无信的下午，企盼成了又一个等待的起点。
你既遥遥，我也遥遥。
明知冰雪封山，可仍企盼从南国飞来的火红枫叶。
思念于无信的下午，疯狂地生长。

你勇敢地选择距离。
空间相对，你与我遥遥相望。
雪峰上，我和哨所是你心中巍峨的雕塑。
这无信的下午，想你该在阳台上出神地凝望如火的夕阳，构筑未曾蒙面的冰雪图。
你勇敢地选择距离，便得到心心相印的馈赠。

击掌相约，在有信的下午欢歌。
然而，这是一个无信的下午。
无信的下午滋生出无数颗晶莹的相思豆。

我经受住了离别，习惯了冰封之地的孤寂，是因为故乡的枫叶时时燃起一团融化世纪冰川的火焰。

封山，我们将骄傲地拥有无数个无信的下午。

于是，我的信只能写在静谧的夜空，你将每晚深沉地阅读每一颗星星……

总有一天，我将用食指在你掌心画出所有关于无信的下午的故事。

（选自《解放军文艺》1989 年第 2 期）

万　夏

万夏（1962 年 6 月—），生于重庆，在成都长大。“第三代人”诗歌运动发起人之一，“莽汉主义”发起人之一。著有诗集《本质》等。

彼　女

彼女何时有我于你心中的独白
多日的铜皿已无水可盛了
而今你又澡身，以水亲近我
连我的面影也缩在发式里
而许多次哭泣
却与我无关

忧思于昨天的日子
昨夜如此宁静
以致你想死去，成纯粹的表情
再也不能暗伤与自卑
然而哭泣至今
连我也崇高了

其后，你美貌无比

你的病态使所有的腰身都成了水妖
下雨的日子也正落着杏仁
手势已经用完而暗语不断
准确如默契
如你再次诛杀我
想死的女人永远忧郁而美
君临对岸又不敢正视
你是一簇语言倒影在酒器中
以自己的模式开放成花朵与独白
又使布帛盛满皮肤
我无处可寻

豆　子

偏南地区结满了豆子
镰刀割着豆子，脸儿一齐向西移动
西边堆着豆子
东边是她的厢房，她的器官却朝向你
豆子在古代是菽，在南方是小女人
她和豆子都发生在四月
豆子拥有了她

她的厢房在东边，走廊南北结满了豆子
她绕着柱子收割，东方朝向了南北
鸟儿自西而来，飞得无影无踪

豆子却爆满于自己的花丛
或衔在嘴里，或看见她在河里漂洗豆荚
使你想到豆荚空空
豆子的声音就不是她的声音
豆子就不是菽
而所有的豆子在黑暗中变成了一颗豆子
想象中的豆子才是她
但歌声继续朝向你，帮你用石头把豆子打开

镰刀挂在厢房，西边堆满了豆子
她打开门，所有的豆子对应了她
都以她的手势开放出花朵，变成她的豆子
眼睛、乳头、肚脐和脚趾无一不是豆子
豆荚只剩下了空空的庭院
将豆子堆满厢房和西边
她只得居住南方

（以上选自《后朦胧诗全集》，四川教育出版社 1993 年版）

帅士象

帅士象（1962 年 6 月—），本名田世荣，四川北川人。现供职绵阳安州区委宣传部。有 100 多首诗歌在《星星》诗刊等全国各大报刊发表。

兄长让我们同为菜籽高兴

菜籽丰收了
兄长让我们同为它高兴
今年的三百斤菜籽
担到镇上
要当往年的五百斤

兄长让我们同为菜籽高兴
手把锄头
理弄油菜苗
我们曾为最后的结局
无数次担忧
今年的情况
竟使土地的各个角落
都涨满太阳

兄长让我们同为菜籽高兴
富余的菜籽
使你有足够的材料
把窝巢垒得好一些
我并且相信
那只咯咯欢叫的雌鸟
不久就会飞临

（选自《星星》诗刊 1991 年第 9 期）

窦　零（回族）

窦零（1962 年 7 月—），回族，四川康定人。著有诗集《洞箫横吹》。

梦　钓

静坐高山之巅
垂钓　云水轻拍蓝天
孤笠下　悠悠清凉
时令之雨斜披蓑衣
点点滴下
身旁　岁月长河浩浩荡荡
心中　梦幻之旅蜿蜒漫长

风声　雨声　浪声
声声远去
在唐朝清清河湾里
一尾冷艳的七彩鱼
悠悠游来
颤颤的渔竿
最终钓出一片
万古惆怅

（选自《贡嘎山》1993 年第 2 期）

陈修元

陈修元（1962 年 8 月—），四川广汉人。著有诗集《诗意的飞翔》《跟随一江流动的水》等。

三星堆遗址的蝴蝶

三星堆遗址，一只白蝴蝶
它的双翼开合凌乱
显然，衰草不是它的栖息地
它挣扎着欲飞出去，方向不明

鱼凫王朝，残垣秋意深浓
白蝴蝶的开合，具体而清晰
衰草连接空旷的原野
沉静而深邃

（选自《星星》诗刊 2014 年第 11 期）

曹　琨

曹琨（1962 年 8 月—），生于四川通江。现供职于四川省作协巴金文学院。著有诗集《孤独猎手》《指尖上的雪》《水往高处流》，散文集《与月色有关》等。

在戛纳看海

此时我是在戛纳
第一次看见海
海就微笑着把一张蓝色地毯
从天际铺到我身边
除了沙滩上
那些裸晒的胸脯波涛起伏
一切风平浪静
而我僵硬的身姿
像一方失语的礁石竖在蔚蓝海岸

这就是我梦里
那片在月光中说话的海吗
我仔细分辨海水的颜色
比天堂深比我梦见的浅

此时斜阳发烫的嘴唇
正吻在黄昏的腮边
海矜持得
就像一只躲在蓝丝绒下的小猫
水边停泊着小船
海可以脱下舞鞋
却从未终止过内心的狂澜
一次次快乐冲撞
一浪浪高潮涌来
没有什么比白色沙滩
更像一张揉皱的床单

只有天空的镜子
能照见海的心事
海仰高峻而纳百川
虽然阿尔卑斯山
只远远地伸出手臂
海却因这默默的搀扶一天天饱满
谁目睹过这浩瀚胸怀
谁就看见了欧洲的深度
既然世上没有一种尺子
能丈量出地久天长
怀揣爱情的人们
请不要轻易指着海许下诺言
而我是否可以
拽着地中海蓝色的袖子
让时光倒流千年
我这样想着时

海就有些感动
就用清凉的舌尖舔我的脚踝
并用法语一样的潮声
轻轻地向我道着晚安

（选自《星星》诗刊 2008 年第 10 期）

汪　涛

汪涛（1962 年 8 月—），四川宜宾人。著有诗集《第 51 个汉字》《白花的白》（合集）。

仿佛在喊你

小时候，外祖母说
听到陌生的声音喊你的名字
千万不要答应

这些年，还真听见过
雷和雨的缝隙中，清明的爆竹里
在喧嚣人潮和岑寂旷野

有两次我听得格外清晰
一次是虎跳峡汹涌的江水边
一次是梵净山清冷的薄雾里

谢谢外祖母，我一次也没有
答应过他们

一个人对饮

干杯，与影子不离不弃
干杯，血依然是热的
干杯，来一趟总得看到结局

清风拂过，我像触到你的呼吸
你说，来，我敬你一杯
这么多年了，还是老样子

我起身坐到侧面的位置
不是不胜酒力。知道你又会指着我
说起那件令人脸红的事

敦煌归来

人世间，时光无声地消逝
想借助尘埃的方式

回到家里，我用鸡毛掸子
拂了拂身上的云彩

（以上选自《第 51 个汉字》，现代出版社 2015 年版）

况　璃（白族）

况璃（1962 年 8 月—），白族，四川安岳人。著有诗集多部。

婉约黄昏

阳光悻悻而去，踩响九月绿透的肌肤
我发誓，我以任性的浓烈碾过初秋深邃的细胞
把一浪高似一浪的暮霭像球一样踢向地平线的极致
所有黄昏的氛围赐予伴随天地的浓缩而扁平。凝固
贸然闭合的浪漫之约进退维谷，盘点思想狂潮
把一天中所有的眼睛醮满墨绿，一季的惆怅泼向山脊
这时我黄昏的婉约开始游走，扩至想象的每条沟壑

我发现，故土的老墙被春夏揉皱了，穿过老宅的祠堂
心灵的牌位巧妙爬上眉梢，巧妙地冻结肉体的烦忧
好似被风叩死的门扉，在等待中对峙。我还发现
两个闪动的细节牵涉到婉约黄昏，静谧如期而至
只有此时，我才揭开记忆的 u 盘，把婉约的声息
推向眼界的彼端。揣摩内心的诘问——
假如我孩提时曾经雕琢过的是那抹晚霞
假如我少年时曾经梳理过的是那束夕阳

假如我青年时曾经涂抹过的是那处青山
假如我壮年时曾经打过结的是那缕炊烟……
我婉约地熨平急促的浪漫，用心灵传递全部敏感
甚至殃及我跌宕起伏并趋于窒息的每个记忆
季节伸出臂膀拥抱过所有情事，包括躁动的初吻

我在黄昏后把秋景的风物挤压成平面图——我的夙愿
在眼前延展的小路上放纵遐想的鹰隼，叼回失落的影子
想象一路紧随，遐想与夜莺不约而同地跟婉约接上头
我有机会触及黄昏的穴位，让灵感随着婉约在遐思中飞旋
聊想太阳落山时抛在后面的那一缕影像，是我的丢失
还是我的另一个？于是灵魂悄然无声地点缀在疼痛处
让影像和一个故事在婉约中打盹，甚至溢出呓语
不假思索地凝练，将壮硕的血肉注满灵魂的缝隙
并能捕捉满眼婉约，敞亮人的底色，敞亮魂的底色
唯有此时，我黄昏游走的婉约才在季节的边际着陆……

（选自《星星》诗刊 2008 年第 12 期）

杨　黎

杨黎（1962 年 8 月—），生于成都。“非非主义”诗派代表诗人之一。

旗　帜

它插在高高的楼上
在风中招展
它的颜色鲜艳
使天空明亮
我得感谢它
它给了我一种
纯洁的语言

我因为它而不再渺小
而不再孤单
在夜里我也能听见它的声音
那种无可超越的召唤
使这座城市
在我的眼中美丽起来
像跟随在它后面的少女们
天真而又生机盎然

我曾经在雨中见过它
那勇敢的精神
向我展示了诗歌的力量
人、英雄和神仙
打那以后
我开始相信
我先前无法相信的幻想
和一些悄悄深入的
人生经验

它引导我
插在我每一次
仰头眺望的地方
我为它而活着
当黄昏之时
我们总是那样淡淡地幸福地交谈

（选自《星星》诗刊 1988 年第 1 期）

赞　美

现在
我是那样美丽
我的灯光
柔和而又不乏

一种微微的神秘
手指和笔
所写下的文字
也都那样
感人
像午夜穿过广场的
一队马群
杂乱的脚步中
隐藏着
奇妙的秩序
我不再
刻意追求深刻
那种空洞的假设
已悄然而去
我知道
我是一个人
写诗，真诚而又
平易近人

我太爱阳光了
但并不执迷
坐在窗台边抽烟
我的姿势稳重、开放
而阅读的时候
有股细细的喜悦
流遍全身
当然，有时候
我也抬头看向远方

想一些简单的事
我已不再喜欢出门
不再惊讶
一朵鲜花的死去
我成熟了
知道热爱妻子
父母、上帝和擦肩而过的人

总之
我已经不再惧怕黑夜

（选自《星星》诗刊1986年第6期）

董继平

董继平（1962 年 8 月—），生于重庆。少年时代开始诗歌创作，作品曾见于国内外多种刊物。自 20 世纪 80 年代以来开始从事诗歌翻译，译有 20 世纪外国诗集 30 余部和美术画册 20 余部。

经　历

永远难以诉说
那从杯底升起的云朵
不，什么也不要说

声音之外
沉默是昂贵的东西
从栏杆的两侧
手紧握着手
在交换时间

远方有雨
远方是沙漠

（选自《诗刊》1990 年第 2 期）

虹　影

虹影（1962 年 9 月—），女，生于重庆。著名作家，著有诗集《鱼教会鱼歌唱》等。曾旅居海外，现居北京。

日　子

刀斧声在窗外
穿过起皱的叶片
什么人走近，走过去了

泥沙敲打屋顶，浸着前年春天的空气
音乐
凝固在白色的床单上

一种异常的声音飘旋在外
当我明白这一切意味什么
我闭上了眼睛

镜　子

一个影子向着我移动，我不认识他
我倾听钟声
幻想这个人是你

他在十步远的楼房窥探，天异常寒冷
我忘了羞耻
加倍暴露，我让他靠得更近

背对镜中的太阳
宁静的日子里读过的诗句
渗透出来，像雾遮住这个不愿离去的人

外省回忆

话语在整个过程中射出金光
和你的舌头相遇
我所受的全部教育
来自这种轻柔的停顿

有时我是易燃物
是场罕见的大火
你看到我的笑声比火苗还高

直到我化成灰烬
布满你的每个角落

（以上选自《伦敦，危险的幽会》，中国文联出版公司1993年版）

唐亚平

唐亚平（1962 年 10 月—），女，四川通江人。现任贵州电视台编导，著有诗集《荒蛮月亮》《黑色沙漠》等。

黑色沼泽

傍晚是模糊不清的时刻
这蒙昧的天气最容易引起狗的怀疑
我总是疑神疑鬼我总是坐立不安
我披散长发飞扬黑夜的征服欲望
我的欲望是无边无际的漆黑
我长久地抚摸那最黑暗的地方
看那里成为黑色的旋涡
并且以旋涡的力量诱惑太阳和月亮
恐怖由此产生夜一样无处逃脱
那一夜我的隐秘在惊惶中暴露无遗
唯一的勇气诞生于沮丧
最后的胆量诞生于死亡
要么就放弃一切要么就占有一切
我非要走进黑色沼泽
我天生的多疑天生的轻信

我在出生之前就使母亲预感痉挛
噩梦在今晚将透过薄冰
把回忆陷落并且淹没
我要淹没的东西已经淹没
只剩下一束古老的阳光没有征服
我的沉默堵塞了黑夜的喉咙

黑色眼泪

是谁家的孩子在广场上玩球
他想激发我的心在大地上弹跳
弹跳着发出空扑扑的响声
谁都像球一样在地球上滚来跳去
我没想到上帝创造了这么多人
我没想到这么多人只创造了一个上帝
每个人都像上帝一样主宰我
是谁懒洋洋地君临又懒洋洋地离去
在破瓷碗的边缘我沉思了一千个瞬间
一千个瞬间成为一夜
黑色寂寞流下黑色眼泪
倾斜的暮色倒向我
我的双手插入夜
好像我的生命危在旦夕
对死亡我不想严阵以待
我忧虑万分
我想扔掉的东西还没有扔掉

黑色犹豫

黄昏将近
停滞的霞光在破败中留恋自己的辉煌
我闭上眼睛迟迟不想睁开
黑色犹豫在血液里循环
晚风吹来可怕的迷茫
我不知该往哪里走
我这样忧伤
也许是永恒的乡愁
我想走过那片原野
那是一片衰黄古板的原野
我的徘徊已精疲力竭
我向着太阳走了一天
我发现他每天也在徘徊
在黑色的犹豫中陷落

（以上选自《中国当年女青年诗人诗选》，长江文艺出版社 1988 年版）

郑　直

郑直（1962 年 10 月—），生于河南平舆，现于绵阳师范学院任教。著有长诗《远与近》。

女　孩

早上去河边梳头　下午穿行在风中　晚上
一只受伤的鸟儿在手里呻吟
白色的鸟粪
在树下被雪覆盖
结晶出花
装饰着窗子
呻吟的鸟　像绽开的花
装饰着镜子
死去的鸟
在镜子里
装饰着窗子

早上田里打草　中午灶上煮饭　下午
穿行在庄稼的风中
过河回家
晚上

怀念鸟的歌唱
在单调重复的黑线和
混沌模糊的色彩装饰的
夜里
女孩怀念歌唱的鸟
眼泪流了出来
怀念呻吟的鸟
照照镜子
死去的鸟也早已飞走
泪水又将痕迹洗去

女孩
穿行在风中和水中　中午和晚上
女孩
怀念鸟儿美妙的声音
怀念鸟儿死去的歌唱
女孩
穿行在庄稼的风中穿行在河流的水中
穿行在午饭和晚间睡眠
女孩
每一根头发下面都活着一根漂亮羽毛
每一根羽毛都发出美妙的声音
歌唱女孩动人的眼泪
女孩
每一根头发下面都有一根歌唱的羽毛
在庄稼的风中歌唱
在河流的水中歌唱

（选自《星星》诗刊 1990 年第 2 期）

程宝林

程宝林（1962 年 12 月—），湖北人。曾供职于《四川日报》，后移居美国。有诗集《雨季来临》《水之湄》等。

瓦　罐

马可·波罗在中国西部沙漠里
遇到了一只瓦罐
十三世纪的威尼斯人
坐在水上读他的东方纪行
并不知道在陶罐之外
还有一个中国叫作瓦罐
内贮沧浪之水
清兮！浊兮！

钟天地之精华一罐清水
只能用一泓湖泊来形容
用一条大河来孕育
马可·波罗跪在炙热的沙里
感到这罐水深不可测
能够载舟也能覆舟

他摇动瓦罐水声轰响
干涸的内陆河漂来西方的船桨
用泥土烧制瓦罐泥土没有年代
用瓦罐贮水水没有年代
公元 1273 年马可・波罗跪在中国沙漠里
看一罐泥浆在太阳下凝为甘露
罐底的沙金与罐外的金沙浑然一体

在粗糙古朴的瓦罐里
水的细腻肌肤不胜触摸
马可・波罗用瓦罐里的圣水润湿眼睛
蓦然悟透了东方的一切
从泥土到水从骨头到血
他埋好瓦罐迄今已七百余年
碎裂的是瓦罐　水的躯壳
沧浪之水铁蹄也不曾踏碎

沧浪之水清又清啊
正好洗你征夫的长缨
沧浪之水浊又浊啊
正好洗你浪子的臭脚

汉家的童声合唱队一直在演唱民谣
忽必烈和马可・波罗没有听懂
中文系的我也没有听懂啊
沧浪之水！

（选自《星星》诗刊 1988 年第 11 期）

废墟上的玉米

海滨废墟上的玉米
把长长的根须扎进瓦砾
有时碰到一柄锈蚀的青铜剑
几根与历史有关的触须
便被暗杀，在地下、地层深处

但玉米秆仍然壮硕如农妇
怀抱婴儿，站在月圆之夜哺乳
在千年前的玉米地上
城垣尚未筑起便已倾颓
看来，这土地只宜于种植
永恒的玉米，而非刀戟

废墟上的玉米
不同于荒原或良田上的玉米
你会看到头盔上的红缨、旗上的流苏
看到阔大的玉米叶，被月光磨亮
摘下任何一片，都可以弹铗而歌
牧神应声从地底冒出，如同隐者
他的装束，就是一位玉米武士
此刻最好进入某穗玉米的睡眠
你将听到自己骨骼拔节的声音
穿过玉米地，你对世界已心平气和
你已从密密麻麻的玉米地里
看到了肉体的秆状植物

看到了骨髓中的铁质
相信没有一柄利剑
可以收割玉米

（选自《诗刊》1987 年第 11 期）

胡　冬

胡冬（1962 年 12 月—），四川成都人。“莽汉主义”诗歌运动发起人之一。

胡冬三首

第一首

翻破一本字典
冥想橘中之秘
心若暖玉
故人杳如黄鹤
揣着怀历
去走一条小路
看见一棵大树
目光如注
果子应念而落

第二首

画中人自尽

鱼在水中淹毙
茅屋被撕毁
所以看护自己的窠臼
每日每晨
爱情宁馨恬静
所以种瓜得瓜，种豆得豆
每日每晨
恋人们甜睡不醒

第三首

灰背的喜鹊
优美身段的夕鹤
听随这样的戏剧
安于内心生活
小心经过木桥
小心打破水罐
午后风和日丽
安步当车
去看一次画展

（选自《中国现代主义诗群大观 1986—1988》，同济大学出版社 1988 年版）

徐澄泉

徐澄泉（1962 年 12 月—），重庆万州人，现居四川犍为。乐山市作协副主席。著有诗集《寓言》《坐看蝴蝶飞》等。

优美之蝶

夜阑人静时
你听优美的狗吠
觉得自己也优美起来
你那几只纷飞的意念
便翩翩如蝶儿般优美
优美的蝶儿追嬉你优美的意象
向窗外优美的狗吠飘去

夜色很美，你的桌案很美
你的微笑很美
你忽然心旌摇荡
觉得自己很美
如翩翩蝶儿飞
只是此时
你仍在优美的夜色之外

你仍在窗内的四壁之中
优美的蝶儿
也在四壁之中

（选自《诗歌报》1988年10月6日）

蒹　葭

一种普通的草。在西周或春秋民间
茂盛，流行
蒹葭，她的意义，美貌和气质
一直芳香到当下

现在月黑风高。强盗睡梦正酣
趁着年轻，美女尚多
就携带其中某位，古典的或现代的
蹚过河滩，钻进一片芦苇的私密之处
（小心！不要碰到露水，被秋霜染白了鬓发）

那么，有人为我们写诗吗？
并且，背诵我们的爱情，数十遍，千百年？

（选自《星星》诗刊2010年第10期）

张　枣

张枣（1962 年 12 月—2010 年 3 月），湖南长沙人。20 世纪 80 年代初入川，后移居德国。著有诗集《春秋来信》等。

镜　中

只要想起一生中后悔的事
梅花便落了下来
比如看她游泳到河的另一岸
比如登上一株松木梯子
危险的事固然美丽
不如看她骑马归来
面颊温暖
羞惭。低下头，回答着皇帝
一面镜子永远等候她
让她坐到镜中常坐的地方
望着窗外，只要想起一生中后悔的事
梅花便落满了南山

姨

那看望姨的来自这个世界
他进来像一个黑夜
我们的房间充满美丽的呼吸
而姨的脸，退避并且羞怯

那看望姨的是光洁的额头
我多年后的额头
他面对姨坐下
像我今天这样坐下

忧伤的磁石有如大晴天的暗礁
吸住开水，气候和狐狸
姨每天都把他眺望
像我每天都盼望你

多年以后，妈妈照过的镜子仍未破碎
而姨，就是镜子的妹妹

（以上选自《中国当代实验诗选》，春风文艺出版社 1987 年版）

穿上最美丽的衣裳

让我以沉默的嘴唇向你致敬
我整日行走着的爱人
红红的火焰
每件事物中的崇高光轮
让我看那个最古老的部落
渡过河流和阴云
我知道你就是其中的一员
沉醉在细语喃喃的黄昏
和心事重重的人群之中
歌唱吧，心爱的人
请带领其他钟情的妇女
歌唱，并穿上最美丽的衣裳

（选自《星星抒情诗精选》，四川大学出版社 1990 年版）

丁　鸣

丁鸣（1963 年 1 月—），四川内江人。现任四川《戏剧家》杂志主编。著有诗集《大梦》等。

那一年从成都到康定

那一年
被汽车载着
翻过了一座座大山

湍急的河流从七月的高处
跌落到海拔最低的月份
雪花和芙蓉花的落差
仿佛我们一生的行程

像鹰一样，我们渴望飞翔

我们借助于机械

道路和山峰，那一年
从茂密的森林到低矮的植被
我们高过了逶迤的群山
我们高过了漫天云彩

那一年从成都去康定
那一年夜宿停电的天全
那一年二郎山在我脚下
二呀二郎山，高呀高过天

那一年
养路工人在我视线的下方
嘹亮地歌唱着

那一年
歌声把我从世俗中
——托起来

（以上选自《星星》诗刊 1997 年第 5 期）

曾令勇

曾令勇（1963 年 1 月—），女，四川德阳人。有作品收入各类诗歌选本。

死　者

从那时起，我一直
这样以为，你是被突然落下的符咒遮蔽
一种障眼法，在你我之间
一定是。
不然，你怎么那么巧妙地、不露声色地
就藏起来了呢

如天真而狡黠的动物，准确地
为自己找到了藏身之所
这样一种深奥而艰难的游戏
你却早已驾轻就熟

你一定藏在周围某处，如顽皮的儿童
我确信。
因为你所接触过的一切物质

都不同程度地彰显出你的存在
而夜晚，穿过云与花的暗影
你笨重的身体常弄得空气簌簌作响
——像秋风里撒下的落叶

哦，教给我怎样辨识路标
寻找模糊的脚迹。怎样躲避
危机四伏的处所
那些居心叵测的事物，静静蛰伏
在你必经之路
我可以，我能够
采取什么样的方式，将你唤回
像奥尔甫斯从魔法中拉出他的
妻子。用美妙绝伦的歌喉
我如何猜破这纸一样薄的谜语
它看起来那样脆弱
不堪一击

……

我已为你准备好了
你喜欢过的
我们共同喜欢过的东西
普希金、洞箫，和橘子

（选自《星星》诗刊 1995 年第 6 期）

李明政

李明政（1963 年 1 月—），四川古蔺县人。著有诗集《我好稀诧你》《黑夜盗取的玫瑰》。

白是一种死掉的光芒

——赤水河古盐道渡口

桨声船影
健步如飞的背夫
绝壁上的羊肠小径
消失在古盐道渡口
白色的裙岩

不管树木枯荣
河水清浊
昼夜轮回
古盐道渡口
用简单的盐巴的白
怀念自贡的盐井

曾经有一群热血汉子

推开白晃晃的岩石
在赤水河边开仓分盐

曾经古盐道渡口是一座灯塔
照亮云贵高原
千百年无味的日子
火焰一样炫目
古盐道渡口的岩石
叫人想起
这里不曾黑过
有一种白是死掉的光芒

（选自《星星》诗刊2007年第10期）

李　平

李平（1963 年 1 月—），重庆长寿人。现任职于攀枝花市文联。20 世纪 80 年代起发表诗作、文学评论，有作品散见于国内报刊。

读毛泽东《忆秦娥》书法

我听到庞大的风声了
若不是你的笔扶我一把
我必将跌倒在
你植于狂风的草中
而无力自拔

还好。长空里的那行雁字
只是被风呛了几下
它的叫声
是黎明时分的一笔飞白
凛冽若霜。洇润成
状如宣纸的遍地月华
该起笔了。落墨处
一条道路蜿蜒而出
那些互不关联的山川

骤然间拼接起来
成为一局绝妙好棋
一方龙飞凤舞的广袤国度

最擅长在天地间书法
笔走龙蛇，也走绑腿
和飘飞的旗帜
当你每次提起笔锋
便有一记力透纸背的马蹄声
重重落下

其实，你写给大地和历史的
不是一首诗或者一阕词
而是一柄炫目耀眼的闪电
至今狂舞在
中国的天空

石　林

肯定是一些走失多年的羊群
在亘古的荒芜里
咀嚼归圈的心情
肯定是一群失散多时的孩子
在无尽的孤寂中
等待母亲唤儿的喊声

肯定是一次巨大的灾难
将凄厉的呼号与哀鸣
耸峙成遍体鳞伤的雷霆

漂泊的灵魂
陷入时间的沼泽
伫望或者等待
都是岁月的风景

（以上选自《四川新世纪诗歌选》，四川文艺出版社 2014 年版）

野　岸

野岸（1963年1月—），本名陈小平，四川巴中人。著有诗集《说声再见》等。

盛开的白色花

寂静。窗外有秋虫唧唧
盛开的白色花朵
恬睡在夜晚漆黑的瞳孔里

冰凉的雪。洁白的唇
一件小心珍藏的瓷器
摔碎于比梦更深的梦里
那些碎片，像泊于水中
的月华。惨白如炽
照耀着你冷漠的面庞

一些与燃烧有关的词句
一片为秋天深刻思想的枫叶
令我惊骇万分
敢说美好事物一旦燃烧

就注定不会留下果实
一如恬睡在夜晚漆黑的瞳孔里
盛开的白色花朵

但是如果死亡无法逃避
我还是情愿被一朵花所谋杀
如果有一天我会溺水
遭受一千朵花的围困
我仍然只会呼喊一个名字
白色花……白色花

白色花已悄无声息
但它依然静候在我的诗句上
灼灼盛开
直到在迎风沐雨的红尘中
心已变得半冷半暖
而我则作为一根水草的形象
挣扎于漩涡的中央
纯洁地询问逍遥的游鱼
为什么白色花
为什么你一生就抵达永恒

（选自《星星》诗刊 1995 年第 6 期）

欧阳美书

欧阳美书（1963 年 2 月—），四川中江人。四川省甘孜卫生学校教师。1987 年起发表诗作，著有诗集《诗歌练习簿》《青藏》。

秧　苗

我站在一片水域之中，束手束脚
稚嫩的秧苗，纵横成列
厘清大地的脉络，先深深深深下去
直到深渊之深，才听到它拔节的声音

我害怕糟蹋了秧苗的梦想
这些农民的孩子，村庄的童子军
从出生开始，就背负了太多的叹息
天光之下，佝偻的背影在田野田埂出没

近处的溪流与远处的山冈
如世外之境，有轻风拂过天水一色
在秧苗的细腰上，溅起阵阵涟漪
一群公鸡在炊烟深处，不断催促着时辰

（选自《诗歌练习簿》，四川美术出版社 2006 年版）

尤　佳

尤佳（1963 年 2 月—），本名田中明，遂宁人，现居成都。著有诗集《茶几上的苹果》《时间的形状》。

大　水

大水把鱼冲上岸
却把我留在水中
漩涡一个接一个
从鱼眼里飘起来
又落在我的头上
散发出一种逼人的光芒

天空的花园正在偏离
最初的轨迹
花瓣和草叶掩饰
心灵的伤痛一直铺到岸边

我在水里挣扎
搅起的水声沉入寂静之中
岸上的鱼表情淡漠

把这一切看在眼里记在心上

想一想劫后余生的花园
我得学会在水里呼吸
现存的鳃被鱼带到岸上
我的鳃还没长出来

我在水中鱼在岸上
彼此都显得无能为力

桂　枝

面对忧郁的天空
我们屈膝跪地等待桂枝
从春天的树上被割下
土铸的药罐已经就绪
在炭火上恪守煎熬的苦痛

有一种声音
在桂枝柔嫩的体内流动
我的心随之起伏

我坐守在药罐的旁边
静听透骨的风声吹开
天空的忧郁渴望灵魂的手掌

伸进沸腾的药液
打捞生命中沉浮的静根

而此刻最要紧的是
掌握好煎药的火候

既要熬出药力
又不能伤害
它从春天带来的香气
把一切情绪都放进药罐
暂时远离世间曼舞的红尘
敞开清净的心
主动迎接桂枝
畅气血的声音
让它流遍全身
治愈心中暗藏的伤痕

（以上选自《中国·成都诗选》，伊犁人民出版社1998年版）

吉木狼格（彝族）

吉木狼格（1963 年 3 月—），彝族，四川凉山人。“非非主义”诗派代表诗人之一。

出　门

只是不愿意静坐
但是能去的地方
近得可怜。前些时候
我还在想。只是一味地想
但是能去的地方
近得可怜
我不妨不想，不妨弹一下指头
然后朝指头没弹出的方向去
没方向似乎很远所以不去便到
如果出门，主意打定
我只管同时朝至少七个方向迈步
想象不到的地方仅仅是想象
毋庸去与不去。想象
近得可怜，比如轻轻闭上眼
我别管踩着的方向太多

我有的是我
我别回来。也别老待在那儿
哪儿也别去……
如果我打定主意出门
我只管同时朝至少七个方向迈步
并敞开门。因为能去的地方
不如不去

阅 读

从山顶看下去
除了点点灯火
都是黑的
想一下刚才和很久以前
这夜晚不知不觉地就到了
我深深感到
它来得自然而又平安
我从窗内看窗外
有很多地方看不见
却听到一些歌在到处流行
我翻过一页书
这些整齐的外国语调
猝然间变得富有节奏
我发现这是一本思想性的书
而且是在太阳下面写的

我真有点儿后悔
这时候读它
天黑得真快
我应该选个好天气坐到阳光下
慢慢地一边看一边想……
但我不会现在就合上书
因为将来
等我再翻过一页才
到达关灯的时间
我喜欢这普遍是黑色的夜晚
我觉得它很像什么

（以上选自《星星》诗刊 1993 年第 1 期）

吴雪峰

吴雪峰（1963 年 3 月—），笔名凤戈、泰况，生于重庆江津。著有诗集《水草之岸》《雁栖南方》等。

说出，或沉默在心

谁心如止水？而我，静候微风，吹皱心旌。

——题记

很多年了，你出现或隐身，我已然习惯
就像很多年前，我只身站在水流边，而你，却出现在落花亭台
远天的白云，是我们谁也猜不出的幻彩
平静面对花开或落日；潮水或静浪，那是我多年以后，渐次学会的修为
我常告诉自己——梦，只是某种可能的代名词，无须给予太多的预期

多年以后，你已从少女长成了母亲
如此伟大的蜕变，我的掌声曾从北至南，一路响彻

我看见爱，这枚高贵的果实，被无怨地切割、瓜分
但感觉自己需要通过伪饰，以实现从敏感过渡到愚钝
在爱与感觉，和感觉与爱之间，我沿着一座城市的黄昏，
抵达另一座城市的黎明
千万次往复的那条道路，很清洁，没有留下些许的脚印或风声
也是秋风渐至，如被的落叶保存着一千零一次来回的惊悸

我时时打望远方，梳理那些放纵的情绪，是很多时候需要
独自去面对的心情
我无倦地做着这样的事，它的意义就像黑暗的远方，那一
个灯盏，掌握着温暖的证据
在风无常，雨无忌的漫长岁月里，我相信一颗心能为另一
颗心照明
而能耗最大的，也许在彼此最迷茫的那些日子
我很想保存下来，像记忆，历久弥新，而我渐渐褪色的痴
枉，像九月的向日葵，不敢与你抬头正视

我总是回避一些语词，在我自言自语时出现，诸如缘分以
及宿命
关于那些假设的命题，我已经枉费太多的心机，空想求证
但我极其在意时间、距离、心跳以及疾病和寒冷
这些真实的存在，我感激于存在的真实
就像你来或你去，总是或多或少地影响我的欢喜或伤悲
这是多年沉疴的疾，无须逐出我的身体，再等多年以后，
也许能肥沃一朵菊花或香玫

最近牵你的手，大约是八月
我承认，用心去遗忘一些准确的日子，需要负担勇气

很多年了，我一直这么认为
我甚至不想记取那条街以及酒吧的名字，因为忘怀一个地域或故事，那是时间的行为
我只想写一首诗，像《时间传说》那样：传说时间是一把愚钝的工具/多少年了胚没有把那些记忆/切割下来，像落叶/像流水，逝去无痕/反倒在时间的河道里/滋生了太多搔心的病菌。

（选自《淡出记忆的守望》，四川美术出版社 2010 年版）

李亚伟

李亚伟（1963 年 3 月—），重庆酉阳人。“莽汉主义”诗派代表诗人之一。著有成名作《中文系》等。

中文系

中文系是一条撒满钓饵的大河
浅滩边，一个教授和一群讲师正在撒网

网住的鱼儿
上岸就当助教，然后
当屈原李白的导游然后
再去撒网
要吃透《野草》《花边》的人
把鲁迅存进银行，吃利息

当一个大诗人率领一伙小诗人在古代写诗
写王维写过的那块石头
蠢鲫鱼或傻白鲢在期末鱼汛中
挨一记考试的耳光飞跌出门外

老师说过要做伟人
就得吃伟人的剩饭背诵伟人的咳嗽
亚伟想做伟人
想和古代的伟人一起干
他每天咳着各种各样的声音从图书馆
回到寝室后来真的咳嗽不止
诗人胡玉是个调皮捣蛋鬼
就是溜旱冰不太在行，于是
常常踏着自己的长发溜进
女生密集的场所用腮
唱一首关于晚风吹了澎湖湾的歌

二十四岁的敖歌已经
二十四年都没写诗了
可他本身就是一首诗
永远在五公尺外爱一个姑娘
由于没记住韩愈是中国人还是苏联人
敖歌悲壮地降了一级，他想外逃
但他害怕爬上海滩会立即
被警察抓去考古汉语
力夏每天起床后的问题是
继续吃饭还是永远
不再吃了
和女朋友卖完旧衣服后
脑袋常吱吱发出喝酒信号

大伙的拜把兄弟小绵阳
花一个月读完半页书后去食堂

打饭也打炊哥
中文系就是这么的
学生们白天朝拜古人和黑板
晚上就朝拜银幕或很容易地
就到街上去凤求凰兮
诗人杨洋老是打算
和刚认识的姑娘结婚老是
以鲨鱼的面孔游上赌饭票的牌桌
这根恶棍认识四个食堂的炊哥
却连写作课的老师至今还不认得
他曾精辟地认为
知识就是书本就是女人
女人就是考试
每个男人可要及格啦

中文系就这样流着
老师命令学生思想自由命令学生
在大小集会上不得胡说八道
二十二条军规规定教授要鼓励学生
创新成果
不得污染期终卷面

中文系也学外国文学
着重学鲍狄埃学高尔基，有晚上
厕所里奔出一神色慌张的讲师
他大声喊：同学们
快撤，里面有现代派
中文系就这样流着

像亚伟撒在干土上的小便的波涛
随毕业时的被盖卷一叠叠地远去啦

苏东坡和他的朋友们

古人宽大的衣袖里
藏着纸、笔和他们的手
他们咳嗽
也像七律一样整齐

他们鞠躬
有时著书立说，或者
在江上向后人推出排比句
他们随时都有打拱的可能

古人老是回忆更古的人
常常动手写历史
因为毛笔太软
而不能入木三分
他们就用衣袖捂着嘴笑自己

这些古人很少谈恋爱
娶个叫老婆的东西就行了
爱情从不发生三国鼎立不幸事件
多数时候去看看山

看看遥远的天
坐一叶扁舟去看短暂的人生

他们这样骑着马
在古代彷徨的知识分子
偶尔也把笔扛到皇帝面前去玩
提成千韵脚的意见
有时采纳了，天下太平
多数时候成了右派的光荣先驱

这些乘坐毛笔大字兜风的学者
这些看风水的老手
提着赋去赤壁把酒
挽着比、兴在杨柳岸徘徊
喝酒或不喝酒时
都容易想到沦陷的边塞
他们慷慨悲歌

唉，这些进士们喝了酒
便开始写诗
他们的长衫也像毛笔
从人生之旅上缓缓涂过
朝廷里他们硬撑着
瘦弱的身子骨做人
偶尔也当当县令
多数时候被贬到遥远的地方
写些感伤的宋词

（以上选自《中国当代诗歌精品》，春风文艺出版社 1994 年版）

叶　浪

叶浪（1963 年 3 月—），笔名少城子，成都人。现供职于成都市委宣传部。

我有一个强大的祖国

那是一张熟悉的脸
是我痛失亲人后看到的最亲切的脸
眼里闪动着泪花
话里充满着力量
那一刻
我感到自己
有一个强大的祖国

那是一张陌生的脸
是我被埋在瓦砾下看到的最勇敢的脸
信念撬开了残垣
顽强搬走了巨石
那一刻
我感到自己
有一个强大的祖国

那是一张天使的脸
是我躺在病床上看见的最美丽的脸
爱心包扎着创伤
温暖驱走了恐惧
那一刻，
我感到自己
有一个强大的祖国

那是一张慈祥的脸
是我奔离教室前看过的最镇定的脸
为了自己的学生
成就了自己的永恒
那一刻
我感到自己
有一个强大的祖国

那是一张年轻的脸
是我在排队长列里看到的最急切的脸
为了灾区的伤员
献出了自己的殷殷鲜血
那一刻
我感到自己
有一个强大的祖国

那是一张忙碌的脸
是我在救灾一线上看到的最疲惫的脸
眼里布满了血丝

来不及顾及自己的家人
那一刻
我感到自己
有一个强大的祖国

那是世上最可爱的脸
是家乡地震后不曾面见的男男女女的脸
虽远在他乡海外
温暖的目光却紧紧地落在了我的身上
那一刻
我感到自己
有一个强大的祖国

那是史上最痛苦的脸
是同一时间挥洒热泪的千千万万的脸
为了素不相识的同胞
十三亿人的泪水默默地流在了一起
那一刻
我感到自己
有一个强大的祖国

地动天不塌
大灾有大爱
那一刻
我感到自己
有一个强大的祖国

（选自《诗歌百年经典（1917—2015）》，中央编译出版社 2015 年版）

向以鲜

向以鲜（1963 年 4 月—），四川万源人。四川大学教授。著有诗集“我的三部曲”（《我的孔子》《我的发音》《我的聂家岩》）、《唐诗弥撒曲》等。

柳树下的铁匠

除此之外再无景色可以玄览
四月的柳烟，七月流火
再加上两个伟大的灵魂
一堆黑煤半部诗卷

擦响广陵散的迷茫手指
攥住巨锤，恶狠狠砸下去
像惊雷砸碎晴空
沉闷的钢铁龙蛇狂舞

还有，亲爱的子期
我鼓风而歌的同门祖先
请用庄子秋水那样干净的
喉咙，那样辽阔的肺叶
鼓亮炉膛

来！一起来柳树下打铁
吃饱了没事撑着打
饿死之前拼命打
这痛苦又浮华的时代

唯有无情的锻炼才能解恨
你打铁来我打铁
往深山翻卷如柳绦散发
打了干将打莫邪
向无尽江河萃取繁星

世上还有什么更犀利的
火舌在暗中跳跃
在血液里沸腾尖叫，好兄弟
火候恰到好处，请拭锋以待

（选自《大家》2017 年第 6 期）

万物的秩序

太阳东边升起
又从西边落下
一天的希望
就这样结束了
多么简单的事实
谁也无法更替

春天播下种子
秋天装满谷仓
一年的辛苦
就这样过去了
多么朴素的生活
谁也无法违背

少年渐渐变老
老人纷纷离开
一生的幸福
就这样熬完了
多么简单的生命
谁也无法倒逆

万物都有秩序
天地包含道礼
恺撒的归恺撒
上帝的归上帝
云朵的归云朵
暴雨的归暴雨

圣人告诉我们
明镜就在眼前
向造化学习原则
到荒野寻找礼节
顺从者昌盛
反叛者枯死

（节选自《我的孔子》，原载《中国作家》2015 年第 6 期）

宋渠　宋炜

宋渠（1963 年 4 月—），生于成都。宋炜（1964 年 8 月—），生于成都，现居重庆。“整体主义”诗群代表诗人，编有《汉诗：二十世纪编年史》（两卷）。

候　客

一个渡海前来看我的人
如今打马从门前经过。
他手里捧着一只司南，
转入偏西的后山。
我对他无话可喊，只在檐下
拴起互击的刀片，又挂出门灯，
然后以袖拂尘、打点铺房，
静静等他回来。
这是天阴的日子，我舀出
昨天接下的雨水，默坐火边，温酒
或苦心煎熬一服中药。
不一会儿天色转暗，风打窗布，
这一刻那个有心看我的人
该来掀开我家门帘，

同我随便打一局无心的字牌。

病　中

入冬后家人们在内堂生病，
细饮黄酒，药力深长、细致。
门外有大队的人马经过，
铁器相碰，不时撞到刷白的院墙。
我们合家安居，不为所动，
一色以布缠头，在土漆的家具中生活，
思量旧日的业绩。这样
足不出户的日子多么来之不易，
让人围住烤火的炉灶，又可以
搓手取暖，无一多事可做。
我自顾想念某本书中的人物，
他们也静守家中，不分名姓，
只管写字和饮酒。
这个冬天如此清明，家人们
各自焚香熏衣，或者把玩酒壶；
只有天黑之前妹妹要下床推窗，
窗含山色，唉，望天的妹妹
那一刻脸色与山色相合，
一层薄雪正当冰清玉洁。

好　汉

这些天大风稍敛，几辆马车
停在我家门前。一批仿佛面善的人
手提礼盒，神色严峻而亲切。
其中一个拿出丝绸和玉器，
形貌古旧、触手温暖，请我随他们
同走天涯，以秤分金，去天下
所有上好的店铺里换几套衣服穿。
我想起多年以前的这一天，另一批
身形消瘦的人，手捧书卷和司南，
渡海前来，劝我拖带一家老小
迁居繁华的州城。
如今时光流转，他们多数已有功名，
我还是这样起身迎客，
听他们讲述惊天动地的事迹；
大伙纳头便拜，思谋落草，
然后摆下酒席，击掌高歌，
灯火通宵达旦。
天明时我送走他们，大风又起，
我心里已经一片安宁。

（以上选自《乐山百年新诗选》，四川文艺出版社 2017 年版）

尔　雅

尔雅（1963 年 5 月—），女，本名张小敏，四川雅安人。曾供职于四川日报社，现居美国。

爱　情

保持距离的玻璃
站在木箱内
一种酒具或者茶具
盛接葡萄酒
殷红的泪滴

是易碎品
经不起震动
离得太远会撞碎
挨得太紧会挤破

对玻璃器皿
要小心轻放
切勿倒置

读　信

久久地久久地凝视着信封
好像从封面就能读到信的内容
这是一种激荡着的
神秘的幸福感
心，渴望阅读
手，却迟疑着不动

不要拆开吧
一拆开
欢乐和幸福就会从里面飞出
扩散开来
稀释了浓度和密度

（以上选自《星星》诗刊 1989 年第 11 期）

宋光明

宋光明（1963 年 5 月—），四川德阳人。著有诗集《五月的乡村》《梦鸟之羽》等。

秋　遇

草枯叶黄。河堤，蜿蜒的指路牌，
引领波光的水流往秋的深处。
细细密密。田畴，插满金色的针，
蟋蟀在不停吟唱收割后的伤口。

一个男人身坐其间，
阳光强烈却没有影子。
他的突兀，像刚刚落成的一块碑，
又像掉进眼眶的一粒尘埃。

他时而仰望，但不是动念天堂，
他时而俯首，但不是悔过自省。
他的语言是千百年那些不变，
在河流中也磨砺过千百年。

我听到一串金黄色的叹息，
随他的俯仰加入波光和吟唱，
并化成弱弱的风在空旷中弱弱地散开。
他静止时，一缕云开始从地面上升。

（选自《星星》诗刊 2014 年第 12 期）

何小竹 （苗族）

何小竹（1963 年 5 月—），苗族，重庆彭水人，现居成都。“非非主义”诗派主要成员。著有诗集《梦见苹果和鱼的安》《回头的羊》等。

梦见苹果和鱼的安

我仍然没有说
大房屋里就一定有死亡的蘑菇
你不断地梦见苹果和鱼
就在这样的大房屋
你叫我害怕

屋后我写过的那黑森林
你从来就没去过
你总在重复那个梦境
你总在说
像真的一样
我们不会住很久了
我要把所有的门都加上锁
用草茎锁住鱼的嘴巴
一直到天亮

你还会在那个雨季
用毯子蒙住头
倾听大房屋
那些腐烂的声音吗

菖　蒲

羊在山上跑
那人看雨从羊背上走近
于是采菖蒲的孩子

说刚才还看见
有一个太阳
菖蒲挂在木门上了
女人在洗澡
忽然想到那头牛了
两天前就生了病
牛车从很远的地方来
那人抱一捆菖蒲
晚上熬成汤

羊又在山上跑了
云很白很白
那人黑着脸

大红袍

我穿上这件袍子
很多男人这样穿过
很多男人也是这样说的
大红袍下
藏着我的魔术球
黑白两色
一手捏一个

每天我都估算着
该伸出哪一只手

总说时间到了
可是在那间铺子里
老裁缝还没裁好另一件袍子
老花镜搁在寂寞的中午

如果你
因为雪天感到冷
我把袍子借你
但要相信自己
害你的
并非什么魔鬼

相信那绝对是幻觉
相信大红袍
只是每个男人都穿过

（以上选自《梦见苹果和鱼的安》，四川民族出版社 1989 年版）

牛　放

牛放（1963 年 5 月—），本名贾志刚，生于四川平武。曾任阿坝州作协主席、《草地》主编、《四川文学》主编。著有散文、诗歌集《落叶成土》《展读高原》等五部。

鹅莫村的黄河

从巴彦喀拉村口而来
黄河的皱纹
作为雪山的文字
让索格藏寺院的莽号读不出深浅
阳光一次又一次
温暖时间

黄河第一次弯曲
在草原胸部
宽广的肃穆如同雪山的矗立
每一根小草都很庄严

河曲马踏花而去
将蹄痕留在汉唐线装的典籍

而牧歌和村庄丢在岸边
陪着野花一岁一枯一荣

一个村子一条河流
相依为命
一首歌谣一匹骏马
就是一生

凡心在鹅菓村仰望
黄河落日大漠孤烟

驮盐的羊群与盐

阿里的陶罐
便是这只革吉的湖
白花花的盐粒
令遥远的尼泊尔
还有偏僻的拉萨
无法离开藏北的味道

出生在冈底斯雪山下的山羊
闻着清澈的森格藏布
漂泊在荒凉的高原
为了背上的十斤盐巴
被跋涉耽误一生

阿隆冈日的顶峰
阳光也不能融化你的洁白
而羊群在风雪中翻越念青唐古拉山口
艰难行走一生的蹄声
甚至不能谱写一首忧伤的乐曲

这是一条与羊群无关的路途
它们的路在夏季在秋天
在水草丰茂的草原
羊们却在这条盐路上
替别人走了一辈子

藏北辽阔的原野
没有一朵花是为它们开放
寺院朗朗的经声
没有一句话是为它们祈祷
背上背着盐巴，生命却丢失了滋味

最后一次卸下盐袋
羊的骨头和血肉将会分割为碎块
再放回它们的毛皮里冷藏
也许羊群驮了一生的盐
这时会放一撮在熬煮它们骨头的汤锅里

（以上选自《诗藏》，西藏人民出版社 2017 年版）

马培松

马培松（1963 年 5 月—），生于四川三台。四川省作协诗歌委员会副主任，绵阳市文联主席、绵阳市作协主席。著有诗集《马培松诗选》《2011：发给自己的诗歌邮件》等。

青莲行

青莲下车。诗人们鹅行鸭态
在一段宽阔的柏油路上
划着清波，直到走过竹林掩映下
前清修饰的陇西院那道门槛
进得院子，古色古香
不见李白，只余陇风堂下
一尊塑像，白白胖胖
离想象中的诗仙，差得甚远
疏落几棵香樟，笔立刺天
倒还太白遗风，气宇昂然
环视周遭：青山依旧，屋舍俨然
月圆妹妹的笑声隐约还在后花园
诗人已去。听说昨夜轻舟发清溪
现在逗留桃花潭

光芒万丈的诗歌摆放在右边陈列馆
几多版本，姿态万千
对故乡的心情
只在头顶明月，桌上杯盏
问当台女售货员：可诵得李白诗否
答曰：倒背还是顺背，请报上题来

（选自《诗刊》2013 年第 7 期下半月刊）

马　松

马松（1963 年 6 月—），出生于四川雅安。“莽汉主义”代表诗人之一。

旧日子（节选）

旧日子翻山越岭而来
沿途之夜就慢慢软了
像人缓缓弯下腰
鞠躬或者垂头

春天的巧手　飞在天边
燕子的针脚密密麻麻
好一个巧妇　心比手软　身比人轻
旧日子　用手工织成

趁机开花

用尽了浑身的黑暗想你　天就亮了

风在我身上向你写信　山低头看水
燕子　植物也从远方跳过来趁机开花了

多么美妙的家常便饭　多吃一口早晨吧

如果粮食被天空收回
如果我不够用来爱你
植物就要从土地上拍案而起

用尽了浑身的力气想你
我只有用比黑暗更黑的光明继续想你
我爱你　我不怕我现在越来越轻

生米就要煮成熟饭

春天就要来了
像炊烟顺着人的五官向外冒去
生米就要煮成熟饭
树木就要亮出雀舌

春天就要来了
花是蜜蜂儿的
我们的想法是最甜的

春天就要来了

春天马上就要嘻嘻呵呵地来了
空气灌醉了我双手
那一串串背时的路
也趁机穿上我的鞋　不是路啦

春天就要来了
我的语言嘿嘿笑着

（以上选自《生于六十年代——中国当代诗人诗选》，长江文艺出版社 2013 年版）

张义先

张义先（1963 年 6 月—），女，又名老仙，生于成都。著有诗集《妇人手笔》《伊甸园日记》等。

晚安木子

我老是拿那杯喝空的咖啡杯子在手中转动
风打八方吹来
雨流几滴至退凉为住
天是一个妙物
如男人和女人之妙，而妙到何处

想起凡·高先生一幅缺耳自画像
我不禁哑然失笑
有些事情用不着淡漠
不管我是伟人还是凡人
总在你面前心跳加速过

是的，你是好人，这还用说吗
可谁又是罪魁之首呢
又一个静夜风起了
我仍席地而坐
晚安木子　祝你快乐

读一首诗

这些言辞　让我不由自主地站起身来
看玻璃外面的树荫
太阳下慵懒的狗　面无表情的卧姿
种种念头闪闪烁烁
此刻的我纯洁　高尚
游离于你诗篇的预言中　恍若前世
充满爱意
咖啡浓浓　杂草丛生的庭院
我看见你年轻的手拂过那些细语
宇宙旷大无边无际
你理想的王国金碧辉煌
你的王后光艳　美丽
长夜漫漫　梦醒时分
你心若止水　渴望投石之波澜
女人之光照耀你　拒绝融化
又难以抗拒
这是情窦初开的季节　男人
打开你所有的心扉
容纳爱你的女人
忘记旧时的情结　那些琐碎的事物
挥汗如金的耕耘

（以上选自《妇人手笔》，四川大学出版社 1998 年版）

飘　飘

飘飘（1963 年 6 月—），女，本名刘飘飘，生于乐山。曾供职于乐山市文联，著有诗集《生命的季节》。

美人鱼雕塑

你的身体被大理石塑成
依然柔软
柔软得可以蠕动
我不敢抚你

你正在演变
被神圣的痛苦笼罩
如一只涅槃的凤凰
不死亦不悔

那无所不容的湛蓝
藏不下你
那座金碧的住所
诱不住你
人啊　真的使你如此向往

我就要到你的故乡去
目光将穿透茫茫海水
相信在那儿
你的故事不再是神话

相信有一天
一次未完成的超越
会把我变成非鱼非人
我要忏悔的时候
就俯首向你

（选自《乐山百年新诗选》，四川文艺出版社 2017 年版）

杨　角

杨角（1963 年 6 月—），宜宾人。著有诗集《最后的河流》《三年中心两只眼睛》等。

遥寄格拉丹东

长 3500 公里的金沙江源头——格拉丹东雪山，海拔 6621 米，到宜宾，落差 5000 多米。

——摘自《中国地理》

逆金沙江而上　目光
抚过版图那道由粗而细的蓝线条
格拉丹东　你这唐古拉主峰雍容艳绽的一株雪莲
逶迤之根摇曳向东直至大海
途径我蜀南这片红壤

春四月　布谷甜润的歌喉把插禾的队伍引向田间
和平时代　我们的日子永远忙碌
感恩的情怀乘一片桑叶飞临油菜花和蜂群上空
于金黄麦浪深处

以一棵秧的心境遥祝
格拉丹东　你这海拔 6621 米的银白色穗子

南中国敞开胸膛把梅雨前这段晴朗紧紧搂在怀里
间苗的歌谣唱过三遍
桃李成林的蜀南在落英缤纷中迎来
一次艳丽而漫长的孕期
格拉丹东　你冰川高悬　冰塔如林
圣洁的光芒不可阻挡
四月的阳光下　你冰雪消融　泪流满面
浩荡恩泽越过 7000 里河川
自 5000 米高处訇然而下
推动我古老的石磨
给千年板结的土地带来
丰厚的酒类和盐

（选自《诗歌报》1992 年第 5 期）

在英雄故居

比邻英雄，这里的每一个人
仍朴实得要死

天，还是晴的好。换作阴天
大团大团的云，趴在地上

像一场战争的影子
雨天是最不愿看到的，整座小镇
终未能忍住夜里的哭声，一早醒来
树叶上还挂着深深的泪痕

从纪念馆出来
大路上匆匆的人流
像是要把悲愤带向八方
他们决绝的、头也不回的样子
仿佛刚刚哭过

（选自《人民文学》2015 年第 12 期）

樊　雄

樊雄（1963年6月—），四川达州人，现居成都。著有诗集《冷漠与温暖的手》等。

给我一把锁

……该去的地方
都已经带你去过
该说的话已说了很多
在我心的庄园
只剩下一座古色古香的房子
虚掩着大门
此刻，已无人住在屋里
窗帘上，还有影子闪烁

你不要问为什么
这里很静，只有月下蟋蟀
间或唱几声寂寞

夜晚的风，偶尔
将草丛上的露珠吹落

足音，早已消逝
再没有一条小路
能走进神秘的诱惑……

上一个世纪的建筑
只对你存在不为你开放
最好，让钥匙在风雨里锈蚀
你碰上还有一扇门，就该
给我一把锁……

（选自《星星》诗刊 1986 年第 9 期）

蒲小林

蒲小林（1963 年 6 月—），遂宁射洪人，著有诗集《命运的风景》《十年——蒲小林诗选（英汉版）》等多部。

风　景

两个残腿的人下完棋，彼此搀扶着
走了

两根拐杖开出鲜花，让桌子
春光明媚

冬　天

一只鸟，两只鸟，一大群鸟
歇在原先长树叶的地方
试图为冬天掩盖真相
但是，树叶掉得一片也不剩了

除了稀缺的阳光、空气和偶然的雨滴
它们已经无食可觅
最后，只得狠狠地
把时间啄了一嘴

（以上选自《人民文学》2015 年第 12 期）

白 发

白发，不是头发白了
也不完全是风雪漂染了一个人的时光
是一个人用大半生光阴，走完了内心
漆黑的一段，直到黄昏，骨子里的
光线，才从头顶上迸射出来

这一丝一丝的银，这耀眼逼人的
无数道锋刃
需要多少的奔波和虚度，才能
磨得如此雪亮

（选自《诗刊》2016 年第 9 期上半月刊）

许庭杨

许庭杨（1963 年 6 月—），四川叙永人。叙永县作协副主席。

独自吃草

看见独自吃草的牛
在悠长的草声里那份安闲
就肃然起敬静默中
很累的牛和很累的草地
充满禅意

牛在远处看我平静的
眼神后面藏着不尽的悲哀
更多的善良在目光里
比草更嫩
草把它的呼吸
磨得粗糙令人流泪

望着牛认真地吃草的样子
我不知道这是土地
对牛的感激还是牛

对土地的深情地咀嚼
牧歌唱响的时候
牛嚼起草来更安详

独自吃草的牛
就这样在山坡上细咀慢嚼
一种崇敬使我久久站立
任心地长出青草
等待谁来放牧

（选自《中国作家》1993 年第 6 期）

袁　勇

袁勇（1963 年 6 月—），四川阆中人。阆中市作协主席。著有诗集《秘境》《消逝的古格王朝》等。

世纪末：一个诗人的独白

在斯特拉斯夜总会
我简单的想法被激光切割
因为醉意蒙眬
已记不清外面的风景了
一个浓妆艳抹的女人在唱潮湿的心

世纪末：时间已融入夜晚的泡沫
一个东北人抱着酒瓶倒在吧台下
他那忧伤的醉态　挠人心魄
而此时那北方的天空
是否仍是蓝光袭人

这么柔和的冬天的夜晚
我那虔诚的兄弟
是否会一个人在医院的宿地

捡拾精美的银杏树叶
是否仍在那稀微的烛光下
用真和美编织着自己的善良
并为自己生存的困窘蒙羞
更为纸篓里扔掉的诗行垂泪

啊　昨天已不是原来的昨天
今夜也不是明日的今夜
在被误会延长了的时光的缝隙
我与这些夜游的灵魂们
共同消化着这空白的世界

（选自《星星》1998 年第 10 期）

李元胜

李元胜（1963 年 8 月—），出生于四川武胜，现为重庆文学院专业作家，重庆市作协副主席。著有诗集《重庆生活》《无限事》《我想和你虚度时光》等多部。

我想和你虚度时光

我想和你虚度时光，比如低头看鱼
比如把茶杯留在桌子上，离开
浪费它们好看的阴影
我还想连落日一起浪费，比如散步
一直消磨到星光满天
我还要浪费风起的时候
坐在走廊发呆，直到你眼中乌云
全部被吹到窗外
我已经虚度了世界，它经过我
疲倦，又像从未被爱过
但是明天我还要这样，虚度
满目的花草，生活应该像它们一样美好
一样无意义，像被虚度的电影
那些绝望的爱和赴死

为我们带来短暂的沉默
我想和你互相浪费
一起虚度短的沉默，长的无意义
一起消磨精致而苍老的宇宙
比如靠在栏杆上，低头看水的镜子
直到所有被虚度的事物
在我们身后，长出薄薄的翅膀

（选自《诗刊》2013 年第 9 期上半月刊）

一把刀子

一把刀子细细地刮着夜晚
让天边逐渐发亮
但直到正午
那些黑色粉末仍未运走
它们淤积在
我们关于阳光的交谈之中

青龙湖的黄昏

是否那样的一天才算是完整的

空气是波浪形的，山在奔涌
树的碎片砸来，我们站立的阳台
仿佛大海中的礁石
衣服成了翅膀
这是奇迹：我们飞着
自己却一无所知

我们闲聊，直到雾气上升
树林相继模糊
一幅巨大的水墨画
我们只是无关紧要的闲笔
那是多好的一个黄昏啊
就像是世界上的第一个黄昏

走得太快的人

走得太快的人
有时会走到自己前面去
他的脸庞会模糊
速度给它掺进了
幻觉和未来的颜色

同样，走得太慢的人
有时会掉到自己身后
他不过是自己的阴影

有裂缝的过去
甚至，是自己一直
试图偷偷扔掉的垃圾

坐在树下的人
也不一定刚好是他自己
有时他坐在自己的左边
有时坐在自己的右边
幸好总的来说
他都坐在自己的附近

（以上选自《无限事》，重庆大学出版社 2012 年版）

熊　雄

熊雄（1963 年 8 月—），重庆人。著有诗集《太阳之子》《男人是海》《一抹粉红》，及朗诵诗歌合集《爱潮情诗四重奏》等。

三人舞《戏浪》

舞台。呼啸的追光
意大利比萨斜塔般的礁石
衬你们成埃及大漠中的金字塔
你们是柴可夫斯基的芭蕾舞剧女儿
不是奥托博伊伦教堂里长翅膀的小天使
你们是芙蓉、玉兰和水仙
栩栩地开在浪涛间

你们没有恋爱
竭力想掀段滚满浪花的绸缎
做自己的嫁衣
绣上琥珀、海藻和珊瑚
（女儿家极不相称的打扮）
绣上惊喜又赞叹的目光

海鸥扑腾着潮涨潮落
向磨砂玻璃般的天空射击
一部海涛奏响的交响乐
伴随你们炽热的心啊
翱翔雕塑了青春的徽记
——雪浪托举海燕的闪电

（选自《山花》1985年第5期）

詹永祥

詹永祥（1963 年 8 月—），四川泸州人。著有诗集《美人如花》。

湖北的麻雀

我外出的日子全是晴天
阳光像金色的雪花
静静落满我的肩头
乡村公路两侧
外省的妇女高高挽起衣袖
她们在平原上劳动
露出苹果般健康的胳膊
美好在她们手中
像一群湖北的麻雀
轻轻飞过我的头顶
优美的姿势
让我想起远方的女儿和妻子
她们在南方集敛过冬的青菜和粮食
一刻也不曾停歇
农闲的时候
就坐在温暖的田埂上

为我祝福
希望我一路平安
在湖北的路上
遇到的全是好人

（选自《诗神》月刊 1990 年 10 月号）

中医诊所：切

最小的动词从精心保养的
一副胡须间
依次滑下
熟练搭上患者手腕
在复杂或简单的脉象中
轻轻按熄一朵
刚刚燃起的虚火

捏住大病短处和把柄的
永远只有三根瘦削的指节
小小的力量
压住了他的病情
用冷手试出热度
掌握别人的分寸
在疾病一下又一下的
心跳中

摸到来自医学的奇迹

（选自《诗歌报》月刊 1993 年第 11 期）

关　心

我关心这样一个人
她是我小小的妻子
水一样清亮，风一样柔软
每个黄昏
用断了一颗齿的梳子
梳完头发
然后一点点睡去
她睡觉的时候相当专心
如一张红玻璃糖纸
稚气地甜丝丝地
一动不动
我在她的小床边
小心守着她和
她的睡眠
替她想一支优美的民谣
使她宝蓝色的梦中
至少出现三张
秀气的叶子
使她微微松开的掌心

充满新鲜的露水
我保护着这样一个人
她是我脆弱的妻子
在我身边
她休息得温暖而又结实
安全得受不到一朵
鲜花伤害

（选自《星星》诗刊 1989 年第 11 期）

席永君

席永君（1963 年 8 月—），成都邛崃人。著有诗集《下午的瓷》等。

一首与普鲁斯特有关的诗

环绕你的还有草木和四季
起伏的山峦，樱桃和流水
还有豆蔻的芳香
蜂鸟、丽日和羽毛
那时，道路簇拥、钟声悠扬
亲爱的少女
你的身体洁白修长，尽善尽美
双手置在胸前
有如我钟爱的兰花
或一株今年夏天
我反复歌唱的玉米
那时，云雾正退向远山
阳光泻进窗棂　我打开房门
你从远处的花丛中站起
手里握着玫瑰　这是秋天
西风吹来，言辞尖锐

大地栖满乌鸦和落叶
亲爱的少女，当时光流逝
每夜，我静观天象
细数流年和星辰

对一双手或一朵野花的赞美

如果有什么能断芦为舟
并在以后的岁月里为我指点迷津
那就是你的手指，亲爱的少女
它们那么修长，那么洁白、温馨
在我瞥见的瞬间
就注定了我的趣味
并让我一如既往
对事物中美好的部分
报以细微的诗情

如此高贵，以致尽善尽美的手指
只触摸过樱桃、美玉和丝绸
如今又触摸漫过我内心的泉水
野地焚烧的雪，以及每一个夜晚
我写下的诗篇
并且，向一朵野花俯下身子
它开在风中，开在潮湿的洼地
那么怡然，无忧无虑

生和死都仿佛与它无关
只和你有关，亲爱的少女
在你深情的注视中
野花化作宝石
化作主宰我命运的星辰
当春天飞逝
它散落的花瓣
也足以与我的一生对称

（以上选自《诗歌报》1990年第10、11期）

冰　春

冰春（1963 年 9 月—），本名邓忠义。著有诗集《绿树成荫》，散文集《寂寞也美丽》等多部作品。

春天睁开第一只眼睛

谷雨来不及洗涤冬日的晦色
大地还未萌动惊蛰的声响
草莓　睁开春天第一只眼睛
静寂的灵魂　开满阳光

鲜艳娇羞的神情
折断浮躁的翅膀
在二月的原野上
料峭的风　掠过露珠似的波光
露珠似的波光　如草莓般鲜红
心的轨迹　响起小鸟的歌唱
毕竟，冬天的背影正蹒跚走远

春天睁开第一只眼睛
是草的果实
让人品味日子的绵长

（选自《星星》诗刊 1996 年第 11 期）

钟代华

钟代华（1963 年 9 月—），重庆永川人。现任永川区作协副主席。著有诗集《微笑》，儿童诗集《纸船》《让我们远行》。

小河在哭泣

是谁不讲理
河边倒垃圾
是谁太狠心
污水泼河里
废纸片
烂果皮
又脏又臭让人气
叔叔阿姨可看见
风中跳起黑浪花
那是小河在哭泣

（选自《现代工人报》1992 年 5 月 27 日）

刘太亨

刘太亨（1963 年 10 月—），生于四川彭山。曾参与发起“整体主义”诗派运动，著有诗集《刘太亨诗选》。

古代的树

古代的树激动不已
一个人死去或者复生
一只鸟在空气的缝隙里寻找食物
患着感冒和胃病，果树的边缘
一口井被打开
古代的树欣赏我们的前额
就像三天前一些陌生的人
在河边走来又走去
收到一条鱼便放飞一只鸟
白色的鸟，让我倾向于
月色、水田和碧绿的篱笆
让我出生入死
默诵古代的典籍中
一个人关闭身体，坐荷如船
细薄的手指吹散了我的内脏

以及一首诗中的透水部分
女儿采草、冰覆十指
古代的树竟长在我的前额

（选自《中国·四川新时期诗选》，重庆出版社 1995 年版）

温　洁

温洁（1963 年 11 月—），女，重庆人，现居北京。曾任四川人民出版社编辑。著有诗集《片面之词》。

字里行间

这个黄昏如此可疑
我一边洗手，一边回想
是否真的进入过他的身体
认识他已经多年
突然之间他变为一道光影
这种预感使我顿生柔情

坐在房里，遥想风和日丽
在一个新地名重获一生
穿过出生地，众多的男人和女人
他的目光行程万里
一切皆不真实，我心醉神迷

一天黄昏的稀薄空气中
他渐渐透明

内心的虚弱使随之而来的黑夜灯火通明
反复地读一首诗
他的名字在诗外横行
我在想，一切都，不可企及

妹　妹

如果你爱我，请娶我的妹妹为妻
她有紫水晶一样玲珑剔透的表情
一片羽毛载着她更轻的身体，灵魂出窍
令人伤感不已
她以星星的方式说话
在山或者树木的头上忽闪忽灭
二十二年来以文字为生
吃进肚里的全是些纯情的书本

如果你娶她为妻，请一定对她珍惜
她是世界的反面，走向未来
就是回到过去，沿着她
就是沿着事物的消逝前行
她天真的美阻滞了时限
一千年一万年过去
她依旧栩栩如生，因为她永远是
我的妹妹

她正是这样的女人
一些书，一些音乐，再加少许
湿润的空气，清澈的雨
就足够她一生
妹妹　妹妹　一首诗可不可以救你

（以上选自《人民文学》1994 年第 4 期）

老朋友

这是出人意料的日子
小小的细胞长成花朵的日子
三十年来这一天总是被花填满

一篮花
纸的和真实的
来自两个世界的手
悠久的关切与问候

我看见一个女人从一朵花开始
衰败
这么大的世界，这么多的人
为什么记挂我的永远是你

（选自《星星》诗刊 1996 年第 12 期）

远　泰（藏族）

远泰（1963 年 11 月—），藏族，本名范远泰，四川阿坝小金人。现供职于四川省文化厅。著有诗集《阳光与高原》《阳光与人群》等。

酒　友

我的父亲　热当草原上的兄弟
是我时常怀念的酒友
我们静坐在翠草覆盖的地带
背靠远山　手握酒罐
一些坦诚的话丢入篝火
酒罐就在我们的手上来回递传
我们大口大口地喝酒
语言　悄悄地沉落于大山后面
只有那一双双手显出一些时间
父亲的手触及酒罐
就会有一种明丽的光环
闪烁在他布满胡须的脸上
他喝酒的姿态
正如与母亲初婚相吻的瞬间
而我的兄弟们不胜酒力

大山不能支撑他们的躯体
唯有父亲抱着酒罐　紧靠大山

父亲的眼光照耀着我
递过酒罐　如递过厚厚的家谱
我听见一种声音从罐口溢出
浸润我脚下枯黄的草原
父亲的烟头融于火塘
那种情　似乎把所有的家产耗尽

酒罐空了　酒气弥漫
母亲忧郁而亢奋的酒歌
唱得我整夜未眠　那些酒
撩拨了母亲对于一个日子的回忆
母亲的酒歌唱给我　唱给父亲
因为兄弟们都已睡去
只有我与父亲望着酒罐
享受着来自天国母亲的歌声

（选自《阳光与高原》，四川文艺出版社 1993 年版）

逸　西

逸西（1963 年 11 月—），本名刘逸西，四川富顺人，现居成都。作家、诗人、资深媒体人。著有诗集《放逐》《梦雪》等。

你是我那年揉碎的梅

你是我那年揉碎的梅
撒在冬天的原野
星星点点，开在河的对岸
我隔河观望
六角花　飘飘扬扬
包裹着你　雪一样的身子
你是我那年揉碎的梅
每天出没河边
洗手和打水

开心的梅，柔情的梅
如歌的梅，眨眼花开　盈盈走来
腰肢的气息，浸透河水

你是我那年揉碎的梅

（选自《星星》诗刊 1994 年第 4 期）

看　海

我们坐在高德镇的边沿
秋天的尾巴上
看海

海怎么就退潮了
雪白的声音
怎么就飘出了我的听觉

那些海的女儿
我们的姐妹，双脚插满大海
种植珍珠，日子丰满而圆润

太阳坠海时候，粉红的声音
在抵达珍珠之前
漫过了蓝色的心情

你看海那边
最温柔的部分
是一封家书的颜色
让我们的双眼
暖得发热发酸……

（选自《诗刊》1996 年第 6 期）

张元刚

张元刚（1963 年 12 月—），四川泸州人。著有诗集《独对伊人》《瓶装的火》等。

摘橘子的妻子

妻子秋水一样软软地笑
她摘橘子的手无比优雅
如时钟的指针
叽叽喳喳的橘子们
不断变成她手中
一秒又一秒的温馨

时而停下　握一颗红硕的幸福
仿佛掂量　喷香的梦
妻子秋阳一样暖暖地笑
把它们一一扔给我
被一种爱烧红的炭　要在
另一种爱的眼波里淬火……

多想自己变成一棵橘树

一辈子任她采摘
像此刻很细腻的味觉
都代表她对我的情意
我心疼我的摘橘子的妻子
她那高高隆起的肚子里
有一枚我们精心选定的
最红最大的橘……

我用一只眼睛小心提防风雨
另一只眼睛始终静静地
很轻很甜地看着
我的摘橘子的妻子

（选自《诗刊》1990年第6期）

桑　丹（藏族）

桑丹（1963 年 12 月—），女，出生于四川康定。甘孜藏族自治州作协副主席。

卓　玛

卓玛，请把今夜的冰雪解冻
请让小草长出幸福的绿色
荒芜的牛羊从此安静下来
这个冬天
默念着你的名字卓玛，卓玛
就像一滴滚烫的热泪
陷落进深深的雪原

卓玛，请把明天的阳光打开
请把收割好的青稞酿成酒
你轻轻擦拭的酒碗
斟满碎银一样的醉意
仿佛在岁月的边沿
泛起汹涌的波澜

卓玛，请盛开你的美丽
请让怒放的格桑一次次召唤沉睡的灵魂
短暂的花期就要一闪而过
远山尽头，流浪的人正朝你走来
你回眸的芳香
是他不变的牵引，又是他一生的爱情
卓玛，卓玛

遗　忘

天色微微泛白
一夜的美酒早已痛彻心扉
内心浩荡的激情
华美而忧伤的闪现
舌尖上的白雪
骨头中的火焰
世间的女子
素净的身段
只剩两只光彩夺目的珊瑚

这前世的命啊
时而容光焕发，时而黯然神伤
一段尘世和心灵的距离
烙刻隐现的裂纹
迷乱的情欲转瞬即逝

"相逢是偶然的"
你是这么虚幻的美
难道我真的错过了遗忘的时光

我看见冬天将至
梦的冰凌在无声无息地消融
时光刺痛了我的手指
像一枚忧郁的针
穿过大地的河流
荒芜多年的温暖
恰似你沉重的叹息

（以上选自《民族文学》2011 年第 2 期）

健　鹰

健鹰（1963 年 12 月—），本名杨健鹰，生于四川什邡。著有诗集《苹果与鱼骨》《健鹰诗画集》等。

媒　婆

小村是结在苦楝树上的
媒婆是上面的一只喜鹊
媒婆的头发是用篦子蘸菜油梳洗的
很伸、很亮、很香
媒婆的话是用篦子蘸菜油洗的
很伸、很亮、很香

媒婆是小村最热心的女人
媒婆是把小伙姑娘的生辰八字记得最准的女人
媒婆能把小伙姑娘的羞涩装进红提兜
再盖上一张蓝布花巾
媒婆能把手指头掐成一串串火爆的日子
媒婆的话搭成
许许多多的喜鹊窝
媒婆是小村最体面的女人

那一年媒婆却挨了骂
那一年媒婆死了
在她为那个养不活老婆孩子而上吊的很会种地的汉子
烧下第六次纸钱之后
在她望着那燃冷的祝福，在风中
飘上一个个渐渐破烂的草房和鸟巢之后
在她撕碎了那张跟了她几十年的
绣有很多喜鹊的蓝布花巾之后
她哭了
她没有怨恨那个骂她的老姐子
她说：小村是结在苦楝树上的啊
那一年媒婆死了
那一年苦楝树开了好多好多花

后来这些花结果了
后来这些果抽芽了
后来这些芽长成了更多更多的苦楝树
树上却再没有了喜鹊

许多年过去了
终于，苦楝树在一夜雷声中倒下
清晨，小村人发现媒婆的坟上
又有一张蓝布花巾，却不知何时
从上面飞出了几对活蹦乱跳的图案

七月半

七月半　鬼乱窜

——外婆的话

一不小心，又翻开了这轮月
便有风声瑟瑟，吹过老桂树
故事如流萤，自枝头飘下
恐怖，于是就一片片地
摇挂在竖起的毛发上
老人说：七月半了

七月半是不出远门的时节
七月半是不下水塘的时节
七月半是叮嘱小孩
　不能答应遥远呼唤的时节
七月半是为每一声惊啼呼魂唤魄
　反复一句古老歌谣的时节
七月半是老人们一颗悬空的心啊

七月半会有许许多多的竹竿
　自小院伸出飞檐
七月半会有许许多多的八仙桌
　空出了首席
七月半是一杯很浓很浓的酒，留给
地狱门也不忍再关闭的亲情

七月半还会在田边带露的豆叶下
为那些无家可归的孤魂野鬼
烧下一些零花钱
七月半最是善良啊
七月半最是多情啊
今夜，善良多情的七月半
在故乡又该被点着，燃得丝丝缕缕了

翻开这轮月
便有好多故事自老桂树飘下
飘不下的是小院半掩的门前
一双望归的昏眼
我圆圆的慈祥的七月半哟
是老人唤儿的呼声么，好亮好亮
该回去了

（以上选自《星星》诗刊 1986 年第 8 期）

林　珂

林珂（1963 年 12 月—），女，四川成都人。现为北京《知心姐姐》杂志社主编。著有诗集《哑夜独语》《在夜的眼皮上独舞》等。

断　面

我的伤痛绝无仅有，敏感而多疑
借一缕微光，扩散自己的感觉
在夜的断面，重新认识血缘
有如病菌侵入肌肤
至爱至亲是一声尊称
之后便是悄无声息的尴尬

鸟的叫声在一句唱词里
引起我柔情蜜意的仇恨
能产生反差真应该痛快淋漓
或者，痛哭流涕

母亲，你在我出生之时
便将这疼痛作为礼物赠予我
难道仅仅是为了让我记住你么

母亲，多少年了
敏感而多疑，我的伤痛绝无仅有

祭　坛

而我，最终没能投身进去
最终双手合十，不知为谁
作一曲少女的祈祷

这样的气氛本该微笑
我以女性的本能练习发音
最凶的符咒也莫过于此

轻而易举，拿一片沙漠作为理由
颂扬水的德行。《辞海》里
词汇鲜嫩得所剩无几

不需表情，预感黑蜘蛛般显现
三堵墙壁不约而同地一片刷白
不知是因为恐怖，还是为了衬托？

遁　词

夜里的感觉像针
既成事实，而白天又竭力否认
隔壁的鼠洞延伸至枕畔
生锈的雷声梦想敲开天庭
还有人在反复告诫。凌晨

尚未变白的窗玻璃吱吱作响
月亮毛茸茸的刺探毫不抒情
水塘仰面亲吻潇洒的石子
破碎了，自恋者的容颜

耳朵无时无刻不更加深邃
我已习惯把每个逝去的日子请来
都取上名字，定时祭奠

恐有遗漏，那就是自己
枉站在圆圈的中心

至此，最后的遗弃乃是被自己遗弃

（以上选自《诗人》1987 年第 5、6 期）

鲁　稚

鲁稚（1964 年 1 月—），女，本名鲁智，四川资中人，现居北京。曾供职于《四川画报》社，著有《准备发芽的树》《你不来我也等》等二十余部著作。

无人的时候

无人的时候
你才敢呈现这样的神情
以凝固的注视
牵动我一万种想象
在照片上奢侈
时间不再是冬季的落叶
每一片飘洒
都惊醒季节的感叹
约会也不是随时撤换的老地方
需要装饰起坦然穿街过巷
就这样以瞬间的姿态
横贯所有的岁月
在每一次无人的时候
彼此阅读

身在另一个宇宙却不知不觉
像一架深紫色的钢琴
使阳光流出静谧的温柔
甚至你真实的身体也没有这样真实
真实的发现也没有这样深透

祭　奠

你是我美丽的误区
我永远也走不出你的咒语
假如忠贞必须以某种方式证明
就让全部的爱去燃烧浮云
让所有的影子都永远流动
但从不在任何空白处定居
任心的祭坛香火不断
用无辜的牺牲
祭奠无辜的爱情

心已在强光中失明
再没有诱惑能照亮眼睛

（以上选自《星星》诗刊1991年第6期）

尚仲敏

尚仲敏（1964 年 2 月—），河南灵宝人。现居四川成都。重庆市大学生联合诗社创始人之一，主编《大学生诗报》。

钢铁是怎样炼成的

四年来面壁而坐饮墨而坐乃至衣带渐宽而坐
为伊消得人憔悴而坐
终不悔而坐
其结果
眼睛上安了两块玻璃而坐

足球场鱼跃扑球倒挂金钩
挥汗而坐
想起球王贝利
自叹弗如而坐
中国队险胜科威特队敲完脸盆而坐

与外语系某位女生含含糊糊而坐
有一句话被否定叹口气而坐
发誓终身不娶而坐

穿一条破牛仔裤而坐
舞场上露一手春风得意而坐
月底发生经济危机盼望父亲汇款而坐
一连五天食胡萝卜而坐
论文发表引起轰动而坐
企图出任国务委员而坐
夸夸其谈口若悬河而坐
递交入党申请面无愧色而坐

四年来面壁而坐饮墨而坐乃至衣带渐宽而坐
为二〇〇〇年
中国
消得人憔悴而坐
终不悔而坐

……钢铁就是这样炼成的

卡尔·马克思

犹太人卡尔·马克思
叼着雪茄
用鹅毛笔写字
字迹非常潦草
他太忙
满脸的大胡子

刮也不刮

犹太人卡尔・马克思
他写诗　燕妮读了他的诗
感动得哭了
而后便成为
最多情的女人

犹太人卡尔・马克思
没有职业到处流浪
西伯利亚的寒流
弄得他摇晃了一下
但很快就站稳了

犹太人卡尔・马克思
穿行在欧洲人之间
显得很矮小
他指指点点
他拥有整个欧洲
乃至东方大陆

犹太人卡尔・马克思
一生穷困

（以上选自《中国探索诗鉴赏词典》，河北人民出版社 1989 年版）

生　命

雪白的灯光，洒满了一桌
安静、温暖，就像冬季的太阳照在海上
这正是作诗的大好时辰
但我提起笔，迟迟落不下去
我看见一只飞行的小虫，绕着灯泡
有几次它想在上面停住
它太小了，我不忍随手把它杀伤
就连我嘴里呼出的一口气
也会使它东倒西歪，撞上墙壁
这种情形就跟我们中的每个人一样
又微弱又自持，在命运的手掌之下
时刻提防那飞来的一击

（选自《中国·成都诗选》，伊犁人民出版社 1998 年版）

莓　子

莓子（1964 年 2 月—），女，本名孙梅，成都人。著有诗集《虚构的暖意》。

给我腹中的孩子

我身患疾病的样子
为一种品性无法识别的声音
把可以打碎的玻璃窗都打碎
被你折叠得方方正正的那颗灵魂
没有表情
我腹中的孩子
通过镜面向我招手
早已形成的智慧像一棵病树
把一生的故事收理停当

黑暗
始终伴随我
它像个温情脉脉的刀手使用的最好的茶具
将我的血
一点一滴洒进去

近乎完美的笑容
是我腹中的孩子
它被夜行的马车拉上
被砍伐的秋天
赤裸裸地躺在我面前
许多心事
岂能写在纸上

所遗忘

窗内或者窗外

当房门关闭语言失去记忆的时候
我的心是否还如此平静
闪光的日子总是出现于暗夜
夜深人静的花园
小径和雾气
漫游在生者和死者的头顶
生命之轻让我们气喘
生者和死者用同样的方式唱同样的歌
由于惧怕我们感受一种宁静
忍不住的欢喜
感觉来自万物的触目惊心
不断侵蚀的风
从体外产生既定的思想

不断重复的劣行与光耀
让我们缄默
学习一种高贵和精神

窗外的世界
关上房门的世界
顺流而下
逆水泛舟
似乎真的很轻

（以上选自《虚构的暖意》，四川美术出版社 1995 年版）

白　林

白林（1964 年 2 月—），本名刘善刚，湖北武汉人，现居四川阿坝。著有诗集《九寨诗语》等。

在草原的天空游荡

一

这些云朵，被阳光编织
或许只是视觉的反映

而我的天空
分明轻盈，却也厚重
一层是灰白的安谧
一层却又是那么的浪似翻涌

而在头顶上端，在阳光与天空之间
时间的言辞源源地汇聚

我把最美的奉献给了你
只剩下空桶，准备承接

苦难。思念。还有风过无痕的
广阔，用来盛满这四处漏雨的漂泊

二

看见了云雀，如同自由的精灵
在疏漏的云缝一掠而过

对应的，则是被遮蔽的版块，像一张
巨大的网，在草原的眼神里辽远
在秋天的覆盖下，在盈积的云层覆盖下
在悠扬的牧歌，划过草尖飞向顶端
而又折返回来的覆盖下

我真想就是梅朵冈上的那棵树
不论你在，还是不在
我都站在那里，成为你生命里
挥之不去的风景

三

流水在草原的西边回旋而婉转
秋色调抹着大地的浓淡

饮下这杯酒，带着一点醉意
让情感从梦幻中释放出来

早就把你绵绵的思念

以金枝灿烂的姿势
挂在我饱经风霜的枝梢
在草原的天空游荡
就像原谅自己，原谅初春的微凉
所有坏天气带来的坏心情

原谅别人时，我要原谅的天空
早已经原谅了一切虚幻

要像那棵树一般，纵然叶子飘零
却依然以张开双臂的姿势
拥抱一切既在情理中
又出乎意料的结局

（选自《诗刊》2015 年第 3 期上半月刊）

亚　男

亚男（1964 年 3 月—），本名王彦奎，四川达州人。著有诗集《雪地的鸟》《呈现》《时光渡》。

蓝，或者海的味道

可以上升，可以诋毁。

——题记

一

绚丽之后，一切都沉寂下来。空气，水，或者眼神。

爬上阳光的手指，攀缘到生命的高度。我依然遥望。有一些苍茫，有一些空洞，在一道白光之后，我的村庄开始了缠绕。

一棵树的母性，叶子落下，什么也看不到的时候，才可以呈现。

弯曲的筋脉，以及贯穿灵魂的根，是不是和雨水有关，与风有关。

大把的时间，我一直站在树下。

遥不可及的蓝，潜入我的生命，那些从梦境而来的，海的味道，一直纠缠着我的灵魂，纠缠我的爱情。

二

我嗅到蓝，致使我的生命再一次波澜壮阔。奔腾的，来不及控制的，亦远亦近，若隐若现。

蓝到深处，蓝到致命。

我想象不出她的致命究竟来自何方。

一个充满海的城市，一个人就着月光回忆。

阳台上的花，消失在夜空中的眼神，陷入蓝。

三

可以上升。辽阔，再辽阔些，一直到我生命的终点。

生命的背景蓝到深邃。谁说快乐不会伤悲，不会孤独。

我想着故乡的树，是不是也在蔚蓝中，矗立。

陷入蓝的早晨，雾已经再一次经受时间的考验。我想到了做一个漂流瓶，让我所有的想法，或者灵魂一直漂流下去。

我触摸海，蓝深入，骨子有很重的盐，告别了那些不咸不淡的日子。

（选自《星星》诗刊 2011 年第 12 期）

吕　宾

吕宾（1964 年 4 月—），四川南充人。供职于《西南电力报》。作品入选多种选本。

秧　歌

女人弯腰的时候很动人
女人下水了
轻轻地揭开水的皮肤
优美地劳作

一株秧子与另一株秧子
没完没了地前进
女人被逼到了田角
女人喜形于色
心头一碧万顷

女人立足于水
女人手执良田
女人应付着大半个天

秧子绿了　稻子抽穗了
一顺一顺地
这时候，整个稻田
学习女人开始弯腰
女人一堆堆地笑着
握着夜，很腥，如一种肥料

（选自《星星》诗刊 1990 年第 11 期）

郭留红

郭留红（1964 年 4 月—），四川彭山人。作品散见于多种刊物。

他们是一群人

他们是一群人
一群疾病缠身的人
他们互为朋友
互为陷阱
他们是一群被悲哀割破的人

他们合唱着一首歌
却时时跑调
他们是一群心不在焉的人
他们小心翼翼地挤在一起
相互猜忌着走入迷途
他们是一群被食物淹没的人

他们是一群被道理缠住的人
他们睁着眼睛
却争相走下悬崖

他们是一群想获取所有的人
他们蹲着跪着爬着
向同伴的不慎进攻
他们是一群
以不同方式啃噬同伴的人
他们是一群人
一群在你的注目中
平和地晾晒着翅膀的人

始终被一只手捏着
他们是一群互相挣扎的人

（选自《上海文学》1989 年第 3 期）

何华安

何华安（1964 年 4 月—），四川旺苍人。供职于广元日报社。

屈　原

把佩在身上的剑
当成不朽的舌头
问天问地问涉过江水的方式
简单的江水可以载舟
复杂的江水可以覆舟
覆你的没有缆索的楚
覆你的心脏般脆弱的郢
更加复杂的江水选择端午
覆你的瘦削的奔波的身子
传说的鱼驮你回到岸上
但悟透水的人
与水已经交融在一起

每年五月初五
很多人看见你在水中舞剑
却意不在水

（选自《诗歌报》1992 年第 2 期）

唐　毅

唐毅（1964 年 4 月—），四川仁寿人。供职于遂宁日报社。著有诗集《十九张机》。

童　话

灯影流泻的一段童话
发光的树，似乎是一个真实的存在
天上星也摇落水里了
明亮的窗扉后面，便是日子

虚拟的水中景映成了禅
栈台、水榭、瑶池，都被粘贴下来
夜色正浓，正华美
可曾听到桨声渐近，谁在摇动乡愁

（选自《星星》诗刊 2014 年第 12 期）

沉　香

缘木而结的块垒有幸
派生的木本，像是有很多年份的窖藏
我看到一只鹩哥
在森林里跳动，还打起了口哨

苔痕。黄叶地。那些刚冒出来的木耳
也在听这慢过千年的生长
已至杯沿的沉香
只是一溜，就滑到我的心底了

（选自《诗林》2015 年第 5 期）

赵　野

赵野（1964 年 4 月—），出生于四川兴文。“第三代人”诗歌运动发起人之一。《第三代人》主编。著有诗集《逝者如斯》《水银泻地的时候》。

阿　兰

第一首

我的热情，阿兰
我不该让你进入诗歌
桂花落深山，你现在逃遁

摆脱多舛的文字，然后
返回你丰盈如泉的家乡
那苹果树，那歌声，那金子
激动我们而远离我们

这是痛苦，却不都叫作痛苦
这是欢乐，却不能叫作欢乐
众鸟中之一鸟，群花中之一花
阿兰，流水载船，山坡长草

我对你一往情深

第二首

海风吹动我，山月照着我
我从梦中醒来，正当五月之时
阿兰，哪儿是尽善尽美

闲云之树，钢琴之水，这是
我迎来的第二十一个夏天
一朵莲花托起你
向我展示群峰

为你的静默而动，阿兰
长河落日，我神思飘荡
梅子季节，随船到江南
但见万境通明，如月如你
我也欣然有托

第三首

阿兰，现在我才学会
随遇而安，适性自得
就像演算纯粹数学
就像月亮的阴影里
英雄们厮杀着，迫死诗歌
就像石头震颤，羊群魂飞他乡
你的心却是如此平静

骑野鹤而来，笛声吹开梅花
阿兰，你的处事毕竟不同凡响
细致、宽怀和些许的幽默
审视他们，欣赏他们
然后饶恕他们

（选自《星星》诗刊 1988 年第 9 期）

冉　冉（土家族）

冉冉（1964年4月—），女，土家族，生于四川酉阳，现任《乌江》文学杂志社编辑。著有诗集《暗处的梨花》等。

被胡琴充满的日子

窗台上的花
已死去
万山红遍的花
相继死去

现在不走什么时候走

春风叶片一样晃荡
你感觉不到我手心的暖意
稿纸上的暖意

表达过那么多　一起的日子
那么久　玻璃窗下
醒来又睡去

再不能拖延了
侧耳听　楼下的胡琴
低缓的曲调　嘶哑的曲调
充满阴天

（选自《星星》诗刊 1989 年第 4 期）

静　夜

只有我俩在倾听音乐
这静谧的夜晚

月华如水　身躯纷纷离开地面
失聪的耳朵　漫天飘浮的耳朵
一万张哑嘴在合唱

只有我俩在倾听音乐啊
静谧的夜晚

还是那支曲子　冬去春来
鸟梦见大雨　清风奔向异地
时间是衣裳　我们日日更新

没有谁能够掳走我们
在这支曲子里　没有谁

能够伤害我们　在这宽大的夜晚
只要音乐尚在你就不会消逝
音乐使爱情长存

是什么穿过我们向前延伸　是什么
簌簌而来　自空中接近我们
执手相听　静谧的夜晚啦
对你我不曾有过疑虑

（选自《星星》诗刊1991年第11期）

于 斯

于斯（1964 年 5 月—），曾用名蔡椿芳，湖北新洲人。曾任西藏自治区作协副主席、原成都军区所辖西藏军区政治部文学创作员。著有诗集《冈仁布饮及其他》《降临》等。

只有菊花和天空

只有菊花和天空，在医治着我的疾病。
在山坡和山坡之上，秋天不仅仅
通过菊花保持着光荣。
是谁给了它们爱，让它们在那儿发光？
一点水、空气和泥土、一个注视。
一个病居乡间的诗人。
而你们，我的姐妹，衣襟里藏有菊花的
少女啊，
秋天被实用了：增加了芳香和劳累，
却又被习惯和忽视。
岁月偕她们同尽。
“只有生病，才能认识亲人”，这是我的
经验；
要在秋天怀念和爱。

闻着菊花的香味，我想起一个个智者的
名字。
在临近的重阳，高蓝的天光
使菊花更黄了，更纯粹，
更有益于我的健康，更使我敬畏。

有花盆的阳台

落日使阳台上的花枝变黑
我想我的脸孔
有一部分在它的阴影里

楼外树荫下面
有人靠着树干
仰起的嘴唇
沐进落日的光亮
落日在他所能看见的花枝那边
逐渐降低高度
城市在他背后变成红色

我知道这是一个奇妙的时刻
建筑上的光线
每隔一秒钟发生相应的变化
有什么能比落日
令人熟悉得心惊？

记得我当时心境平和
直到一朵花坠落
那人弯腰拾起
然后逆光离去

偶　感

太阳下山的时候
我搁在一块石头上的手
感觉它在逐渐冰凉
它逐渐冰凉的过程告诉我
太阳就要落下去了
我的眼眶就这样开始潮湿
其实我也知道
这算不了什么
人就是这样
有时会莫名其妙流泪

（以上选自《降临》，文化艺术出版社 1991 年版）

阿库乌雾（彝族）

阿库乌雾（1964 年 5 月—），彝族，汉语名罗庆春，四川冕宁人。现任西南民族大学教授、四川省文艺评论家协会副会长。著有诗集《阿库乌雾诗歌选》等。

土　路

土路　从寨子出发
走向寨子

弯曲而富于弹力
不时　山风肆意卷起今生
普天黄尘和那把残弓
留不住野火时代
半缕草香为乐
寨子里　从此
巫女成群结队
借自己的酥胸
将羊皮鼓　种植成
晚秋的荞坡

土路上下　星落星起
人兽共处的洞穴
子嗣如烟　夜深
土路如玉的胴体婉约
舐犊之声静谧

从羊皮鼓面的星月破译
也可以是自然而本能的预知
土路开始进入荒林
一根女人丰美的指头
夺破世纪之秋的大帷幔
寻找寨子以外
一方洁土筑路

土路　开始无终无极

口　弦

你这情人手里的不死鸟
还要等到什么时候
才能停止你绵湿的鸣唱
不再让悲哀长出羽毛
收敛你金黄色的翅
在我怀中做一次
白色的冬眠

于是　男人的脚步
猛兽一样
在梦里激烈狂奔
女人的手指
毒刺一样
撕破黄昏沉重的幕布

口弦　彝人将你制作得
如此精美　你却
偷偷嬗变铜匙
彝人的每一滴泪
不都是一座紧锁的木屋么
不死鸟　谁能将你击落
装饰山寨崭新的
痉挛

（以上选自《阿库乌雾诗歌选》，四川民族出版社2004年版）

小　安

小安（1964 年 7 月—），女，本名安学蓉，成都人。“非非主义”代表诗人之一。著有诗集《种烟叶的女人》《等喝酒的人》等。

洛尔迦·水

洛尔迦
怎样的水
又有盐
又有笑盈盈

水　握在你的手中
洛尔迦
水在你手下的文字之间秘密流淌
没有谁能听见
澄净的泉水　清澈的小溪

把手放开一点
洛尔迦　把水从你的手中放开
让它流到中国来吧
经过夜晚的广场

让它流进一个中国诗人的文字之间

你坐在岸边
继续听听
水声
我们一起来听听
洛尔迦从你身边跑来的水
它终于落在我的手中

又有盐
又有笑盈

洛尔迦
这就是那种水呀水
澄净的泉水
清澈的小溪

（选自《中国·成都诗选》，伊犁人民出版社 1998 年版）

会见死亡

在狭窄的走廊上
扶着白栏杆
看不见的嘴
说着话

互相道着姓名和地址

你走过去
拍他们柔弱的双肩

一整个冬天都在飘雪
没什么引人注目
大家来来往往
做出优美的动作
任牙齿从早晨直落到深夜
最后分手了
还愉快地道声晚安

谁也不知道
你站在冬天的外面

海　边

冬天屋外堆着雪
被月光放大的雪人
忧郁地望着远处

夏天的傍晚
钟声敲响的时候
我们正在一座古塔下坐着

阳光在空中飘着敲钟人透明的胡须
像星星们
注意着同一方向

想着这个时候
在沙滩　红着脸
和陌生人随便交谈
风打很远的地方躲了起来
而海潮却一阵阵涌来
淡蓝的皮肤在身下一点一点溃烂

（以上选自《中国现代主义诗群大观 1986—1988》，同济大学出版社 1988 年版）

龙　克

龙克（1964 年 7 月—），本名龚兢业，四川渠县人。巴山文学院院长，《大巴山诗刊》执行主编，著有诗集《无人敲门》《现在发言》等。

风生水起，一条谷

走过，只是一个简单的词语
今夜，只有我用过。用在
灯火阑珊，霜天晓月，或者
梦的开始与结尾

一条谷，一部深陷大地的书
深陷眼睛、耳朵，整个头颅
潺潺流水，茵茵花草，陪伴
石头、骨头，千姿百态
流过千年，万年，流不走
音容笑貌，魂魄幽幽

谁在这里命名，谷。谁
苏醒过来，把自己沐浴得晶莹剔透
爱人的气息，天使的妩媚

我不得不梦影袅袅，把
无限的心思随风流淌

坎坎坷坷，砍不断深深根脉
九曲八拐，拐不掉朗朗光明
流水远去，您的形象更加清晰
低头，满满一谷，风生水起
仰望，煌煌一天，云卷云舒

（选自《四川文学》2017 年第 10 期）

山　杉

山杉（1964 年 7 月—），本名孙山杉，成都温江人。现居法国。原巴金文学院创作员。

玫瑰夏日

什么手摘取玫瑰
花型如此奇特
仿佛隔世的光芒
闪烁人间
奇特的光芒照耀
一颗埋入音乐的心
谁的眼
在花瓣的中心
追赶着追赶着
逃遁的夏日

摘花的人
空幻的象征中
孕育果实
夏日无法灼伤你

爱情无法靠向你

火的阴谋
飞过皮肤之火
玫瑰火
夏日移居前的
馈赠

（选自《人民文学》1992年第9期）

教　堂

教堂就是教堂
进去就见到上帝
至少能碰着耶稣
被钉在十字架上
他很瘦
只要三颗钉子
就稳稳当当地死去

血是过去流的
痛也在过去
“他的眼睛落在我们头顶”
牧师说
接着是颂歌

声音高一阵低一阵
极美。很难说像什么
从头到脚。从肉体到内心
“上帝洗我们。我们不躲藏”
有的每周一次。有的两次三次
巴黎到处是教堂。门终日打开
我的家挨着教堂。挨着牧师们
　　住的地方
平时他们和我一样。穿着便装
一日三餐。也去超级市场
只是在教堂。他们更靠近上帝
手捧《圣经》。一个字一个字
　　念下去
我们听。一会儿站起来一会儿坐下

妻子是天主教徒。我不是
但我喜欢教堂。喜欢圣乐
周末妻子去弥撒。我和儿子跟着
紧紧地靠着她
怕她见了上帝
就把我们爷儿俩撇下

（选自《星星》诗刊 1995 年第 1 期）

唐成茂

唐成茂（1964 年 7 月—），笔名东方茂，四川中江人，现居深圳。广东省文学院签约作家，《诗歌月刊》《当代诗人》执行主编。著有《午夜的丁香》等文学专著多部。

相思林下

黄昏没有位置。只有思念
够站稳脚跟
我等着你想着你
等着你。我航行着舒婷之双桅船
等着你。
想着你。我唱着聂鲁达的情歌
想着你。

想象异性是诗意那么温柔
想象你那一半深闺故事多么诱惑我
我翻了所有的书，没有找上
一个眼波像你那么迷人
我读过许多诗。没有一首
像你的名字之美

等待最难耐
难耐才叫等待
三年了等你不完等你没有完
你和信。都是鸢尾花之半开半闭
我离不了打不开
只有失意是天空孤独的颜色
我在黄昏栏前孤独
我在孤独时等盼
我在等盼里埋怨路距

（选自《星星》诗刊 1988 年第 5 期）

吕　历

吕历（1964 年 8 月—），四川蓬溪人。著有诗集《不眠的钟点》《飞翔与独白》《隐约的花朵》等。

刈草的孩子

是谁叫你跪下，双手伏地
将致命的锋芒，指向青草
孩子，那鲜嫩的草叶，多像你的身体
粘满阳光，节节生长
为什么要把它们拦腰割断
装进你的背筐
刀落之处，青翠的哭声，在你掌上流淌

当疲惫胀满你的眼睛，孩子
你可要当心，那雪亮的刀刃
割断一棵青草，就向你的手指逼近

（选自《星星》诗刊 1990 年第 9 期）

你可以想象

一块石头，修炼到通体透明
宛若一团凝固的泉水
你可以想象，它的内部，是否有一种声音
渴望流出。那柔美冷艳的表面
会不会让关切的目光，感到疼痛
一颗心，被激情装满，就像一羽血肉丰盈的鸽子
你可以想象，它的深处，流动的是血
还是囚禁的飞翔
一个人，将自己彻底交出，一点一点掏空
你可以想象，他失重的身心
充满了空虚的呻吟，还是无边的宁静

啊，今夜，我一手执笔，一手握杯
仰望满天星斗，你可以想象
我饮下的是星光、月光，还是浓烈的悲愁
在似醉非醉之间，你可以想象
是怎样的精灵在我血中舞蹈
我迷蒙的双眼，又将绽放怎样的锋芒

（选自《飞翔与独白》，百花文艺出版社 2002 年版）

穿过夏天的一块冰

一块冰，穿过夏天，它拒绝融化
穿过夏天的一块冰，本质是水，但有骨头
一块有骨头的水，穿过夏天
像一把刀，穿过火焰

穿过夏天的一块冰，看见其他的水
躺在地上，随波逐流
穿过火焰的一把刀，看见其他的铁
坐在炉中，泪流满面

水是刀里的冰，冰是水中的刀
穿过夏天的一块冰和穿过火焰的一把刀
它们的命运，被水磨亮
它们的光芒，撒落土中，被火收藏

（选自《穿过夏天的一块冰》，线装书局 2015 年版）

菲　可

菲可（1964 年 8 月—），本名温相勇，生于江西，现居重庆。1980 年起写诗，出版诗集两部。

银行快信

这封信必须在天黑之前送达银行
将有一位须发花白的守门人
开亮门前的旧式铜灯迎候
这封快信必须摆在收信人的桌上
就着刚刚褪去的天色阅读

现在通往另一处城区的马路上
车辆不断，很快有一辆黑色的车
停下来带走信件
在这等候的短暂时间里
只有掂量快信的分量
才能打消心中的烦意和焦躁

而身旁就有一只邮筒
从新刷的油漆中仍透出铜质的古旧

它的质体比信件更厚重
少许的缺陷和碰痕
告知它的过去曾在别的地方做别的用途
眼光沿着它能到达更远的地方

我的手上依旧握着快信
很快天将黑下来，车会很快经过
手上的分量随时光流逝加重
握着的快信也透出铜质的光泽
手的敲击使它出现塌陷
在经过守门人的传递后
这些缺陷会使收信人的桌上
分量加重，光辉照人

（选自《触目惊心》，广西民族出版社 1994 年版）

潇　潇

潇潇（1964 年 10 月—），女，本名肖幼军，四川犍为人，现居北京。著有诗集《树下的女人与诗歌》《踮起脚尖的时间》《比忧伤更忧伤》等。

移　交

深秋，露出满嘴假牙
像一个黄昏的老人
在镜中假眠

他暗地里
把一连串的错误与后悔
移交给冬天

把迟钝的耳朵和过敏的鼻子
移交给医学
把缺心少肺的时代
移交给诗歌

把过去的阴影和磨难
移交给伤痕

把破碎的生活
移交给我

记忆，一些思想的皮屑
落了下来
这钻石中深藏的影子
像光阴漏尽的小虫

密密麻麻的，死亡
是一堂必修课
早晚会来敲门

深秋，这铁了心的老人
从镜中醒来，握着
死的把柄
将收割谁的皮肤和头颅

对灵魂说……

你要以十万倍的速度快乐
把陈年累月的妄想枷锁
从脖子上取下来，扔掉

当你从炼狱的窗口睁开眼睛
一次深呼吸，摸一摸自己的血脉

在灵魂深处最细微最真实的波动

有多少杂音来自你假想的敌人
有多少梗塞来自你的血亲
有多少坏死来自你阴暗的部分

你不能让一切都成为可能
你只有一副肉身，一颗被逆风吹散的心
在苦难的封底，写上幸福

让生活中那些重负不够致命
纯粹为自己活一次
最短 60 秒，最长下半辈子

先把死亡喝醉

告诉所有飞翔的植物
敲开，粒粒羞涩的青稞
花朵与我有了酩酊的冲动
酒杯摔倒
一阵疾风，大醉不归

青稞酒飞起来
寒冷开始后退
心像炒热的怀柔板栗

剥离嘴巴，吞吐真金白银

我已认不清这个表面光鲜
打过蜡，添加苏丹红的泛毒时代
只醉给高原的天空
醉给一片远离枝头的云朵
邀请无穷星子落座

从灵魂的缺口一路小跑
哼唱镀满月光的花儿，先把死亡喝醉
坐在词语的台阶上
我要册封：青稞为王蝴蝶为后

（以上选自《乐山百年新诗选》，四川文艺出版社 2017 年版）

沙　马（彝族）

沙马（1964 年 11 月—），彝族，现居四川攀枝花市。著有诗集《梦中的橄榄树》《灵魂的波动》《沙马诗选》等。

火　舞

恍若巫术点燃狂热的夜空
羊皮鼓召回的魂灵，纠缠在一起
玄妙的暴力，极致的美
手掌上，突奔的光焰叫人躲闪不及

一些事物在秘密地消退。火之舞
掏空欲望与意志，它们呈示庞大、残忍
和虚无的锋刃
零乱的脸庞与尖叫，如此的清晰
在风的瞳孔闪烁的雨滴
可以看见火舞中的人，眼神飘忽不定
一半是凶狠，一半是仁慈

挣扎的疼痛感，飘摇的梦呓
远处，山上石头滚动出声响

树枝上果子流出有毒的蜜汁
惶惑不安的脚尖，踩断刺棵
杂念与冥思，陷入一片灰烬的空地

再次来到这里，满地占卜的羊骨
只记得火中的舞蹈，曾经给予那些
孤寂和苦涩美妙的暗示
旷野无边，浸透了焦虑与迷离
诺依河边，每一次火舞都是一种仪式
在遗忘时光的瞬间，长刀晃动
河水以另一种姿态进入血管
火舞者，偷偷埋葬自己的影子，然后逃离

看看那些灯盏

寒夜里，赶马人在峡谷中穿行
远处的灯盏浮动着橘黄的光
路途迢迢，赶马人一直在路上
山谷里飘浮着兰花烟浓烈的芳香
走几步，看看那些灯盏
仿佛可以触摸或
感觉烈酒的气味和木屋中的火塘

那些灯盏，不是命运的方向
没有任何暗示或指向

对于那些赶马的彝人来说
脚印永远朝着故乡的山冈
看看那些灯盏，
心里清楚，那是别人的村庄
却有一丝温暖，在空气中飘荡

（以上选自《四川新世纪诗歌选》，四川文艺出版社 2014 年版）

典　子

典子（1964 年 12 月—），本名杨世典，生于陕西，现居成都。1987 年开始诗歌创作，有诗歌入选多种选本。

雨　水

请敲打身旁的石头
询问雨水
请抚摸脚下的焦土
询问雨水
穷苦的孩子，双膝下跪
手心向上，手心向上

雨水，携带果实的消息
落向村庄
久盼的雨水
滋润大地，伤害大地
种子默默举起禾谷
回报双手
人们，我看见你们苍白的嘴
在泥泞中奔走

升起感动的哭声

雨水，为饱满的麦粒你要普降
我们将在夏日的守望里
辨认你多汁的声音

（选自《星星》诗刊 1989 年第 11 期）

与一只鸟

不速之客
你一定会来的
我一天天减少的谷粒告诉我

我把枪管擦了又擦
在落满鸟粪的阳台上
撒一把陷阱
我要让你的叫声
像窗外的叶子一样掉下来

你一定会来的
可如果你用孩子的声音唤我
然后飞到我头上
啄理我的乱发
啄理我并不凶狠的心

我该怎么办
我该怎么办

（选自《中国·四川新时期诗选》，重庆出版社 1995 年版）

易　杉

易杉（1964 年 12 月—），本名易俊波，成都新都人。诗刊《圭臬》主编。著有诗集《螃蟹十三梦》《拐角蜗牛》等。

银　杏

从我的边缘开始，
一直到你的出生地，是
野果和蝙蝠踩痛的脚印。

一次又一次，虚无与舌头之间，
用旧的杯子，它们
被衰竭照亮，又被野风催醒。

仿佛一列出轨的火车，
头顶是斑斓的夜色，管风琴
跑不过记忆，跑不过
突然降临的日记簿，和神经分裂症。

旧窗帘，它来过，数数
我们体内的生铁：

那些蒙冤的眼睛，直到

树梢，那指向天空的铅笔。
脱下星光，沿冷的肋骨，
万物，接近一声黏稠的鸟鸣。

（选自《星星》诗刊 2014 年第 7 期）

废枕木

城郊　杂草像午后的鸟群
阳光和一小片空地　加上我
泥泞也是亮的——

许多枕木
像被割下而又变干
的胃　黑的防腐油与生锈的铁钉
穿越多少沉静的山谷
与野路的孤独

一根枕木　放下轰鸣
多少钢铁的舌头
变得生硬
仿佛窗外的风雪
一辈子

下不到身体的内层

从枕木上下来
我看见草丛的阳光轮胎一样滚动
大货车开过
死亡的战栗　轻如一闪而过的鸟羽

（选自《四川文学》2017 年第 12 期）

边　牧

边牧（1964 年 12 月—）本名汪必奎，重庆大竹人。曾任职《攀钢文艺》。

面对高炉

面对高大而沉默的高炉
体魄壮健的人
默默无言
唯手中的长钎
涌动的红色血液
于炉中通体明亮
一生的话
已为钢铁

更高的高处
紫烟盘旋
风吹遍田野
那盛开的蒲公英
是不是女人挂在空中的蓝衣裳
是不是秋收后的天空

如远山滚烫的额头
抵在城市的臂弯里

面对高炉
面对它虎视眈眈的沉默
常常寂寞地想
我们是主人
我们的地位坚如磐石
高炉在工业日益壮硕的大树上
结满了钢铁的红苹果

面对高炉默默无言
许多人间恼人琐事
像铁渣一样
一生的话
已为钢铁

（选自《星星》诗刊 1991 年第 7 期）

邓德舜

邓德舜（1965 年 1 月—），四川省苍溪县人。著有诗集《苴国》《心灵湿地》。

南河湿地

向南，顺着祖先的脊梁爬上去，向南
顺着祖先的诗经诵进去，再向南
就是一脉乡泉酿成
的关关雎鸠的湿地

看到那些影子了，南河水边
那些耳鬓厮磨双喙呢喃的影子
那些长着翅膀的仙子，像坚贞的我们自己，在梦中
给爱情颂诗，表达灵魂深处最后一句真话
河对面是霓虹灯炫耀的流行建筑
车水马龙是从物质中窜出的精神
一座桥在两岸之间脉动，如另类音乐
品味着人生成长过程中关节的疼痛

母亲慈祥如水，守水如佛，把病痛缩成微笑

用白发丈量从宗庙到心扉恬静的天路
她想告诉对面花花绿绿的孩子
彼岸有一块不错的湿地

（选自《星星》诗刊 2008 年第 12 期）

梦　非（羌族）

梦非（1965 年 2 月—），羌族，本名余瑞昭，汶川人。现供职于茂县人大。著有诗集《淡蓝色的相思草》《流年心诗》等。

山风滑过了山原

在山中
阳光如诗地渗透下来
叶子落一地往事
寂寞是渐行渐远的背影
词人的身体绿肥红瘦
尘埃深处　　曾经的梦想轻舞飞扬
谁在固守一钱不值的承诺
打造坚持行走的理由
你似花朵
有风过就有清香浮动

而渴望如水
一滴滴成湖成潭
想念是鱼划动的涟漪
圈圈都成解不开的结

看见山风滑过的山原
音乐从草叶间响起
寻寻觅觅的岁月
你回头相望的眼
朦胧的，在空气中沉浮

这样
未来便成了阳光中的细雨
缠缠绵绵
像哭泣与欢笑混合的眼泪
我握你的手
远行
风雨兼程的旅途
就此成为步履的符号

（选自《民族文学》2005年第5期）

钟正林

钟正林（1965 年 2 月—），德阳什邡人。德阳作协副主席。著有诗集《太阳在世》《寂地上的落英》等。

山　妖

在深山孤独的日子里
我常漫步阴森的黑松林
在一个山月如钩的夜晚
我遇见了一个美丽的山妖
她狐皮领口插一尾山鸡的羽毛
头戴素花向我微笑

朝云暮雨映于黑眸子里的幽林
雾丝浓浓把我缠绕
秋海棠花开的日子我和她在一起
紫竹花开的日子我和她在一起
我的忧伤被她的圆镜照得明媚
那圆镜里的山泉溅溅响响
那圆镜里的小鹿蹦蹦跳跳
斜阳剪辑的树林她站成一棵青竹等我

彩蝶纷飞的草径她化一只淡雅蝴蝶迷我
她常常眨动山杏子样的眼睛看我
山妖是一个漂亮的谜
有一天我离别了不愿离别的山妖
她从头上摘下一朵黄菊花送我
说想她时就去起雾的黑松林
窗前的落日染红视线并非桃花
拾起落叶看大雁南去
枕边的云夜里升起、黎明飘逝
我思念山妖在月落星稀之时

一个冬天我又进山来了
白色的小木屋一片静谧
桦皮窗口我看见了那雪亮的圆镜
那照过，我和她的圆镜里有飞雪的日子

山妖已嫁给了一个猎人
我再也见不到我那漂亮的山妖了
只有山妖的圆镜照着孤独的影子
在黑松林里荡漾

（选自《星星》诗刊 1987 年第 9 期）

瘦西鸿

瘦西鸿（1965 年 2 月—），本名郑虹，生于四川仪陇。南充作协副主席。著有诗集《只手之音》《客骚》《灵魂密码》等，作品入选多种选本。

客骚（选二）

第一章：透　视

从广东背来的竹子　居然也在四川开了花
且叶子仍是河南荥阳的形状

都说芝麻开花节节高　竹子也是
早春拱出丘陵的几根毛茸茸的笋子

嘟着的虽是遗传满脸傲慢的嘴
却再也讲不来客家话了

那根被凿了七个孔的小竹管
如今不再用来吹奏忧伤的思乡曲

而当成望远镜　从一双眼睛递给另一双眼睛

直到把故乡望成了异乡

谁也不敢弄破竹子里的膜
那里藏着密不透风的家谱

但真要破了　透过几节僵硬的竹块
所看见的也没有多少神秘可言

无非就是先祖　背着发潮的家谱
翻山越岭　流落到了这蛮荒之地

第三章：熟　睡

那个熟睡的人　她把身体交给丘陵的黑夜
关闭视窗　她已看不见自己
体温渐渐和身下的木板相融
她躺在那里　自己和自己不再发生关联

抛开生活　那个熟睡的人多么安静
她陌生地赤裸给黑夜
没有什么可以惊动她
平缓的呼吸像一条河在月光里神秘流转

那个熟睡的人　学会了放弃
静止在生活中　角度和姿势都投降给无知
如果梦境展开一幅幅画卷
她梦里的痉挛甚至梦游　也都与自己无关
只有这样地静止下来　一个人才是真正的一个人

没有痛苦和警觉　只是慢慢地积聚自己
释放淤积在身体里的虚无
她微微起伏的身体　像一座慢慢成熟的火山

（选自《星星》诗刊 2006 年第 11 期）

白连春

白连春（1965 年 2 月—），生于四川泸州沙湾乡。现供职于泸州市江阳区文化馆。著有诗集《逆光劳作》《被爱者》等。

在庄稼地里松土时我发现一小节骨头

突然我觉得我的心在接近一颗久远年代的灵魂
这颗灵魂的拥有者已成为我脚下的泥土
我看见他从时间的那一头朝我走过来

我扶住锄。我扶不稳身体。我的身体摇晃得厉害
我感到我和他是同一人：他喘息的声音
以及阳光下他额上闪烁的汗水和我一模一样

而且我们始终在走着同一条路，就是最后成为
泥土的路。我相信几十年后同样会有一个和我一样
松土的人，在庄稼地里发现我的一小节骨头

我轻轻拾起那一小节骨头，感到手被烫了一下
似乎还有血在燃烧……一大片庄稼地
迅速朝我涌过来。我立刻被淹没了

挖苕：在秋风落日的苍茫中

我得挺住。尤其在儿子面前，尤其在秋风中
虽然怀着落日时苍茫的感情，还得把锄
一次又一次举过头顶，还得把腰伸直

我是儿子的榜样。我要他知道，日子很艰辛
但是还可以活下去，而且一定要好好地活下去
像苕不仅要争一个圆，还要献出自己的甜

摸着儿子小小的扁扁的头，我的心像一颗
埋在苦难深处的苕：挣扎着……需要
力的支援。天马上就要黑了，冬季马上就要来了

而儿子从锄把上跌下来的姿势
摔得我好痛

带着天空大地以及疼痛中的桃花

从此就是一个背井离乡的人了……

带着天空大地以及疼痛中的桃花他的血和他一起
走在路上：从南方到北方，从西方到东方
他的到来和他的离去一样。他的光芒是十三颗彗星的

光芒。为世界歌唱，为自己忧伤

对世界他背上的井就是夜晚芬芳的月亮
对自己他背上的井就是方向，除了孤独的激情
已经空空荡荡。什么时候才能回到故乡

最后一口井掘在心里，掘好之后却无法再从井底
爬起来，更无法再把井背在背上。还有什么事物
能把掘井人照亮，除了那迟迟不来的汲水的人

（以上选自《星星》诗刊 1997 年第 11 期）

邵 薇

邵薇（1965 年 2 月—），女，重庆万州人。三峡诗群诗人之一，曾任《红岩》杂志社编辑。现居美国。

黄 昏

黄昏时爬土山
我和风一起
山上的景致呈暖色调
心，也是

平平地生出些奇想
在没人注意的时候
笑一声
一个人开心

上山来
握住自己的手很温暖
人在没有风的时候
爱得说不出来

黄昏
你三千佳丽不抵的风光
被一个平凡的女子
爬得高高

流放一日

哪儿也不去
把自己留给一顶草帽或一台座钟
泥土变化无穷
谁在屋角踱着方步

就当死过一回
由一个穿黑衣的带路
夜幕降临时分
你经过一个邻村
来往的人互不相识
不说话也不害怕

坐一只船过海
浪花里的面孔已非从前
晚上你再回来
和家人坐在餐桌边
说话像一个归来的祖先

（以上选自《中国·四川新时期诗选》，重庆出版社 1995 年版）

马明林

马明林（1965 年 3 月—），四川资阳人。现居都江堰。著有诗集《诗歌的葬礼》《泪滴钻石》。

美　人

美人从一本书里走出来
这时候
世界只有我一个人
我坐在一盏灯下
我不知道
我是怎样哭出声来的
美人站在那口古井边上
（那水现在盛在我的杯子里）
我看见　美人下沉的样子
白色的衣服
裹着整个秋季的风
美人
我合上所有的书页
月光照在我手上
我想起水

我听见你在喊
我知道你在喊什么
几百年之后
我含泪读你的身世

（选自《中国·四川新时期诗选》，重庆出版社 1995 年版）

黄世海

黄世海（1965 年 3 月—），生于重庆。现居成都。著有诗集《潇潇军旅》《青春骑手》等。

守望和平

战争
就像一件穿破的风衣
在一个句子的内部
轻歌曼舞

阳光
是一张白纸
所有的语言、文字
都向我身边涌来
以一种声音的速度
划过我的灵魂

顷刻，碎骨布满了我的全身
我已无法用语言
独自站立

于是，一株相思草
从美丽的伤口破土而出
吮吸战争的血液
而生长

和平
抖落岁月之尘
咀嚼伤口
把我这份深深的情
折叠成一枝玫瑰
插进枪口
守望东方永远的和平

（选自《星星》诗刊 1998 年第 8 期）

王一兵

王一兵（1965 年 4 月—），本名王宏。河南周口人。现任成都全搜索新闻网总编辑。

家

把窗子的玻璃擦亮一点
亮过阳光
这是家呢
风雨之外的域界
走进恩爱的门
要哭就哭要笑就笑
风一样轻松自然
梦一样随意
有没有家具不重要
一点都不重要
走进恩爱的门
一步就结束了漂流的疲惫
坐在风雨之外
握一杯温暖的茶
把昨天的不幸还给昨天
你看窗子多亮啊
真的比阳光还亮

亲　人

我真高兴是你们的亲人
爸爸妈妈姑姑舅舅哥哥姐姐
弱小中开始爱我
给我你们口中缺少的甜
给我一天天强壮的骨头和血
忍受我无知的哭声
谅解我接连不断的错误
用你们不容拒绝的手
焐热冬天
穿在我身上
把夏天扇成轻风
开始没去想回报
后来也没去想回报
像对待自己疼痛的伤口
像对待伤口里的一块肉
直到我用脊背告别你们
长大成人
其实我长不大
离开千里万里
一场感冒
仍使你们挂肠牵心

（以上选自《星星》诗刊 1993 年第 11 期）

冉云飞（土家族）

冉云飞（1965 年 4 月—），土家族，生于重庆酉阳，现供职于《四川文学》杂志社。著有《尖锐的秋天：里尔克》《陷阱里的先锋：博尔赫斯》等作品。

倾听一首藏族民歌

在草原的背景里，他的家乡
他曾经来过，说不清哪个年月
这些歌手让他不能回击
即使致敬，哪怕是轻微的表述
歌声中的羊群、马匹和苦难的爱情
再次让他无法安息
看着这些面貌和轮廓、草料和阳光
他谨慎、离去，刻骨地幻想

在生活里，祈求雨水和马匹的嘶鸣
这些孕育和杀伤精神的利箭
沉着、苍凉，一派丰饶
这时，请给我帮助
往昔的韶光，已经远去的姑娘

爱情把谁结合在一起
充满胸脯的歌声在作物和青稞之中
如遍地的经幡和寺院的转经筒
歌声如潮，在赛马会，在看花节
如脉搏和江河，这一阵轻风
如同喉咙发出
如脚趾间顽强生长的种子
变为青草、粮食

一如他们的哀诉与赞扬
哪怕远离牧民，我回忆
好比我亲莅战场，奔走在歌声中
像他们一样生下来就歌唱、叙述
或者就是其中的歌手
如同单独的天空，博大与深远
孤独与丰富
像我注定一个人倾听、包纳万籁
从清澈的天空降下
歌手就慢慢离去，包括太阳
也就是我毕生的寻求，却不再得到
但我深深地懂得他们

（选自《星星》诗刊 1991 年第 4 期）

龚学敏

龚学敏（1965 年 5 月—），生于四川九寨沟。1995 年春天，沿中央红军长征路线从江西瑞金到陕西延安进行实地考察并创作长诗《长征》。已著有诗集《九寨蓝》《紫禁城》《纸葵》《四川在上》等。现任《星星》诗刊主编，四川省作协副主席。

长征（节选）

二

用月光擦拭每一支铜号。无言伫立着的
还有被搬进战争词典的
马。让不同颜色的长鬃整齐坠落
让方言的嘶鸣
成为一棵故乡树，高高地长在
于都河边。所有的枪、矛和大刀，以及
所有握过它们的手，像一切河流一样
汇聚在了一起。

所有细小的溪流聚集在了一起。
所有的狮子都在凝视自己血色的眼睛。

一条红色的河流，向西涌动。
太阳落下。
太阳
升起。左手流走的鲜血
只能把红色，金属般坚硬地传递给右手。

每一杆向前走动的旗帜，都把红色飘向已经离开了的
故土。一条与寒冷的易水
本质相同的河，
用酒凝重欲滞的小调
握一握习习凉风石头的手，和崭新的
旗帜。在玻璃的甲壳后面
子弹和硝烟的罂粟花开满了整个身躯。

一位名叫毛泽东的湖南人，在于都城北门
一朵朴素小院的花蕊中间，席地而坐。
用农民的手，蘸一蘸家传的月光
梳理思绪修长俊美的头发。
一支被骨与肉分离时点燃的香
袅袅升起的青烟，和天空中央女人般的月亮
在多情的诗句汇集的河边，渐渐
寒冷起来。

谁可以感受秋天的月亮，照在脸颊上的
分量。
与月光一样清瘦的毛泽东，恍若刀锋里折射出来的
水，流过木质的门槛，
把手伸进门槛深处花朵共同的归宿。

一片源自月亮的光华，把所有的蕊和两岸关于蕊的
风景
投入花园远去的身影。

以及，同出一辙的书。光做的石板
只能把自己的影子放进石板的河中
只能成为河中光洁的鱼。只能把名字叫毛泽东的
三个
汉字，轻轻挂在门楣上，然后
和颜色衰败的陈年春联一道
用水晶的鳃过滤。

（选自《草地》1995 年 2—3 期合刊）

九寨蓝

所有至纯的水，都朝着纯洁的方向，草一样
发芽。蓝色中的蓝，如同冬天恋爱的鱼
从一首藏歌孤独的身旁滑过……

九寨沟，就让她们的声音，如此放肆地
蓝吧。远处说话
的草，把故事涂在黑颈鹤长唳的背景中。
用水草的蓝腰舞蹈的鱼，
朝着天空的方向飘走了。

朝着藏语蓝色的源头去了。

红桦树的影子，被风揉成一抹
水一样的蓝。倚树的女子，
用小辫上的冬天，
引领遍野的雪花和水草的名字，然后

天，空了一空，只剩下蓝。

（选自《星星》诗刊 2007 年第 2 期）

祁　人

祁人（1965 年 6 月—），生于四川荣县，现居北京。中国诗歌万里行活动总策划。著有诗集《命运之门》《鲜花与墓地》等。

黄昏的诵经者

在金黄色的帷帐前
我看见身披袈裟的年轻僧人
手捧经书，喃喃诵读
在他的吟诵下，黄昏夕照出
一道金黄的色泽
这情景令我想到一个词语：
赞美

在这片满目疮痍的废墟中
我赞美这受难的土地上
所有坚忍的生命
赞美钢筋混凝土中
那些肩扛手扒的搜寻者
赞美 56 个民族的大家园
在灾难面前呈现的空前凝聚力

我赞美这天空和大地
赞美草原与湖泊
赞美牛羊和马群
赞美我的诗人兄弟们
那一双双诗性的眼睛
在这土地上传播着真善美
我赞美金色的黄昏
赞美黄昏中泰然的诵经者
赞美他吟诵着的诗文
与天地万物融为一体
成为我赞美的一个部分

这是震后的春天
我眼里的玉树没有冰霜雨雪
只有这样一些令我心灵微微一颤的细节
使我禁不住要轻轻地
说出感动，说出对于这个世界的爱
和赞美

（选自《诗歌月刊》2010 年第 6 期）

和田玉

——献给母亲与新娘

当我穿越帕米尔高原

看见一只普通的和田玉
是那么地像母亲的眼睛
她的纯粹、内蕴和温润
令我怀想起遥远的故乡
想起故乡的天空下
那一丝母亲的牵挂

今生，我无法变成一棵树
在故乡永远站立在母亲身旁
当我走出南疆的戈壁与沙漠
为母亲献上这一只玉镯
朴素的玉石，如无言的诗句
就绽开在母亲的手心

如今，母亲将玉镯
戴在一个女孩的手腕
温润的玉镯辉映着母亲的笑颜
一圈圈地开放在我的眼前
戴玉镯的女孩
成了我的新娘

为什么叫作新娘？
新娘啊，是母亲将全部的爱
变做妻子的模样
从此陪伴在我的身旁

（选自《人民文学》2007 年第 12 期）

吴向阳

吴向阳（1965 年 6 月—），生于四川自贡，1990 年毕业于西南师范大学中国新诗研究所，现代文学硕士，现居重庆。

好　剑

剑侠死于前朝
他的好剑流传下来
这不祥之兆，剑芒刺骨
女人在受孕前望天

剑侠行走于江湖
在写诗的人谈论人生和酒
好剑在匣中铿锵作响
惊醒岩石上洞开的窗户

剑侠好剑在手
气沉丹田，力达剑锋
剑侠想起母亲的病容
想起多年的流水依旧

剑侠清泪满眶，轰然倒地

死于自己的好剑
好剑呵，不祥的好剑
从前朝传入谁的手中

收拾行装的人

收拾行装的人
面容古朴，打点粮食和衣物
用一个简单的手势
告别为他祝福的日子

收拾行装的人
算计着行程，山高水长
路途必定是艰难的
他紧抿着嘴唇

收拾行装的人抬起头
看看天色，想象有云与无云
雨季会在哪一站到来呢
他听见晴空里干燥的声音

收拾行装的人
神情专注，轻轻关上门
再回头看一看
他在怀念春天里美好的事情

（以上选自《诗歌报月刊》1991 年第 8 期）

李茂鸣

李茂鸣（1965 年 7 月—），四川乐至人。著有诗集《水上的叮咛》。

在故乡的山坡上吆喝一声

站在故乡的山坡上
吆喝一声，很幸福
一粒声音的种子
离土地越来越近

这种声音会一直沉落下去
直到沉入沟底
落在人们汗淋淋的脊背上
落在人们仰起的面孔上

在故乡的山坡上
我把平原的生活和城市的想法
都一起喊出去
直到把天空紧密的云朵
撞碎，而成为庄稼叶子上
一脸幸福的阳光

（选自《星星》诗刊 2011 年第 8 期）

蒋　蓝

蒋蓝（1965 年 8 月—），四川富顺人。四川省诗歌学会常务副会长。著有诗集《岩石中的声音》（合集）等。

鱼缸中的豹

豹安卧鱼缸静养
花脸上的裂纹张开为腮
豹吐出乳色的山岚
云头飞动之间
可见独弈者从棋局抬头
与山对望

豹撒出花瓣为鱼
古蜀国的黑鱼骑豹而行
豹略略翻身
鱼像情人被命运抛起
终于在离鞍的中途
勾住了豹尾

豹将假山、水草、花香和沙地

改造成世界的豹房
豹长久凝望玻璃外的扁平时光
秋波荡漾时分
豹回到了自己的生活
与独弈者对弈

母 豹

大树如裙
为垂直的烈日锁定
也保住了荒野中唯一的清凉

母豹从入定的波光里回头
那是跳跃的小豹搅动了裙边
尾巴抖动了远山的积雪

一只流浪的豹带着积雪的翅膀飞纵而来
渴望交欢。它要杀死小豹
母豹横身，流淌的花瓣间熄却

透过树荫的光芒
在豹的腰身落地沾灰
对视中，光斑与花纹互生互灭
母豹静立
任狂风将浑身的斑纹烧成旋涡
母豹静立，是一架辉煌的灯笼

多年以后，小豹已出落成了母亲
它无法回忆
但它学会了燃烧

旗杆上的豹

旗杆周围是广场
比撒哈拉沙漠还要宽阔

无人知道豹如何跋涉而来
它在高空团身，成为古代桅杆的斗

红绸抚摩豹的脊背
豹用一身的枯花将旗烧出窟窿

逆风中的豹闭目而思
像一个战略家竖起了豹尾

黑夜深处，飘起了细沙
豹削肩入定，比沙漠更有耐心

翌日，豹子与旗杆已然远行
是沙漠中的一条船

（以上选自《四川新世纪诗歌选》，四川文艺出版社 2014 年版）

达　夫

达夫（1965 年 8 月—），重庆潼南人。现为泸州市作协副主席。出版散文诗集《水做的骨肉》。

画　眉

那只双眼皮的鸟
像一个擦肩而过的名字
从我生命的阳台上飞走了

笼子悬空
恋情悬空
日子，羽毛一般散落在地……

将心情倒置
欢乐便是痛苦
大地便是天空
那只愁眉不展的鸟
正在天边贴地飞翔

越飞越远的鸟

越飞越近的鸟

你在我的心上
不加思索地划上一道伤口
多像一抹唐代的画眉呀

（选自《星星》诗刊 1992 年第 3 期）

王琪博

王琪博（1965 年 8 月—），生于四川达州。“大学生诗派”创始人之一。

悲　秋

秋天的悲凉在于一片叶随事物的飘零
一阵来历不明的凉意让你想穿上所有的外衣
秋日笔下的书写如此虚无而又渺茫
我住在诗歌的地下室写下九楼的句子
翻开一九九六我痛心疾首地看着母亲离开人间
那断气的最后眼神切断我生命的全部意义
抬起头来我又看见父亲白发苍苍地老去
泪水拉长记忆盛满岁月曾踩下的脚印
留下至今让我无法站得住脚的漫漫长路
王啊！你无赖的一声长叹
让子民放逐四海而为家
而故土会以同一种方式将我们厚葬薄放
寂寞以文学的方式在页码中坐台
孤独的深处是我在人海中却又孤身一人
这么多冷酷的景致
这么多可爱的人儿

我爱你们胜过自己绝对高度的灵魂
这让我熟悉而又陌生的世道
我试过我不能独善其身
就让我们一道同流合污吧
干净与纯粹是遥远地址的形容词
我能否借来形容今天的明天
一阵秋风扫过衙门
阵阵秋风卷过河山
悲秋　我即将用动词将你扫进冬天的前门

（选自《往事在记忆里流浪》，译林出版社 2017 年版）

麦　笛

麦笛（1965 年 10 月—），本名王德明，四川宜宾人。现任《岷江文艺》主编，宜宾县作协主席，著有诗集《笛语》《颤栗》等。

小去乡野

或许明天，我就从了这些山水
去乡野，伐薪，烧炭，吹箫
种苦艾，治百病
去乡野，做一粒低头的麦子
比光合作用还安静
在山水的围城里，可以辜负花朵
游鱼，帝王、光阴
不能负了月亮和酒精，在乡野
月亮是兄弟，酒是情人
照一次，醉一次，少一次
醉后，还可以爬上悬崖题诗
嫁祸古人，然后用笛音
牵一排山出来，让月光指认
谁是朝廷钦犯，谁是陶渊明

（选自《诗选刊》2016 年 4 期）

我的二维码

人到盖棺时也很难定论
自己说不清楚，别人更不能
最简单的办法是，死后请一个匠人
把曲折的命运雕刻成二维码
算是我留给世界的最后一方印章
形状必须是祖屋窗棂的样子
镂空的，百年之后
就把二维码安放在我墓碑的正中
扫墓人一眼就能扫出阴阳世界的五味
扫完码，不忍离去的那位
估计是我的亲人，也可能
是我的敌人

（选自《人民文学》2017 年第 12 期）

王杰平

王杰平（1965 年 11 月—），四川南充人，现居重庆。20 世纪 80 年代中期开始发表诗歌。获评“名人堂·2019 年度十大诗人”。现职于某媒体。

对　门

对门是门
我喜欢对门
如喜欢一本书

你的对门也是门
无意间
对峙了两种意象

我常常开门
随即重重关门
音量很大
那是故意的
如你雨天出门

有一天

我开门终于忘了进门
吃惊是依然的
如那小孩
叫你一声妈妈是依然的

从此
夜变得冗长
我的门与我的对门
似两张嚅动的嘴唇

就这样
一住就是几年

（选自《读者文摘》1989 年第 10 期）

蒋雪峰

蒋雪峰（1965年11月—），生于四川江油。江油市作协主席。著有诗集《琴房》《那么多黄金梦和老虎》等。

让我看清你的围裙

——献给艾米莉·狄金森

让我看清你的围裙
看清你在琐事里如何轻盈地转身
穿过堂屋和坟地用一株苜蓿
一只蜂造就一片草原
铺向夏天的鸟鸣之外

你回到家里祈祷　劈柴
把酒从地窖里搬出来
外面是丛林和割草人的身影
再远些　能看见艾默斯特镇教堂
你足不出户　用面包屑喂养樫鸟
用寂静和不幸喂养跃动的思想

无力达到上帝的右手　荒原与海洋

够不着树上更多的苹果
却懂得灵魂出没的窍门　饮食和歇息
当浆洗和烹调停止
你的眼睛在夜里开始发亮
在白纸上写下黑字
把带刺的事物与语言　家务劳动
变成一根简洁的羽毛
梦想的马匹　野蜂与春天搭乘其上
彻夜飞翔

玉蜀黍尚未吐缨　马车就来了
你明白这暗示
你这末日里的新娘
准备好身体　年龄和诗歌
脱下围裙　掸尽了内心最后的尘土

献给那个夜晚的一群人

屋顶与夜色融为一体
上面是稀疏幽蓝的星
某人正在朗诵《马楚・比楚高峰》
朗诵爱尔兰叶芝
咀嚼着用诅咒转化出的新鲜葡萄
朗诵到《丽达与天鹅》
就被身边的未婚妻打断了一下

某人正泪流满面地煮着晚饭
不停地往灶膛里塞湿树枝
另一个人坐在床上关掉收音机
出神地聆听到什么
屋门不时被人撞开
塞进新鲜的遭遇　烟　酒和寒气
昏暗的灯火下
有人大声纠正着耳朵与向日葵的关系
陈旧粗糙的墙壁上人影幢幢
屋后的林子在新长出木耳和蘑菇
不远处走二十分钟是个四等小站
寂静迅速填满火车撕开的裂缝

这是在冬天一个叫马鞍塘的山区
暗夜里这群人
马驹一样不安
除了旺盛的精力幻想野心
没有多余的负担
有人写着日记
想让这个夜晚得以流传

（以上选自《青年作家》2010 年第 2 期）

李永才

李永才（1966 年 1 月—），重庆涪陵人，现居成都。著有《故乡的方向》《灵魂的牧场》等多部诗集。

建筑美学

闲云之外　又一次
响亮的雨声拍打杏树的外衣
穿过金色的发丛
如一驾经典的马车
拐进旧巷　偏信了蓬勃的蒿草
某种虚幻的主义
在小桥的脸上飞溅

马蹄扬起的时光
通晓每一扇格窗　深藏的秘籍
如同看透银杏快要落尽的美学
请别这么快就离开
失忆的头脑　一枚铜臭
抵挡不住，一杯小烧的火焰
传说中的马蹄　踏碎西风

早已越过边境的陶土

进入另一条街巷
城墙的每一个角落　遍地都是
喜鹊的粪便　和自然主义的水声
当然考古可以看出
专家手上的尖锤　也可以看出
那些传统而坚硬的词汇
只是贵妇脸上的雀斑

不可缺席的围巾

今天，所有的细节，烟雨蒙蒙
肥皂泡一样的城市
陷于一场越吹越亮的风
那条喜爱多年的围巾，迷失在雨中
像一朵彩云，穿越天空而来

在千里之外，我无法预支
一朵新鲜的玫瑰
炽热而喧嚣的手机上
我误读了，二十多年前，教室的桌面
羞涩的浪漫与纯净

今天，一条精密的围巾，已遮不住

来历不明的尘埃
那么多的焦虑，仍在天空不停地走动
粗枝大叶的生活
哪还记得一分钟的矫情

如果牡丹花开，我一定捉一只蝴蝶
敲碎你往日的忧伤
把一桶阳光、晴朗、快乐和爱
挑到你的门口
一条微信，如一场抒情的小雨

那是向你，倾泻而来的静默
轻巧的回忆，
五月的气候，如你的发际
比一条围巾更加温婉

（以上选自《诗潮》2017 年第 2 期）

黎正明

黎正明（1966 年 4 月—），四川什邡双盛人。现供职于四川省作协。著有诗集《爱我所爱》《多情应笑我》等。

老　墙

我熟悉那些墙
那些由冷冷的脸砌成的墙
那些使目光生锈的墙
没有一枝红杏爬出的

那些墙
那些墙离我们并不远
我们看不清墙后之事
积很多霜的　那些墙
盛很多雪的　那些墙
那些墙总是穿戴整齐
那些墙总是一本正经
白天演给人看
夜晚消失的那些墙

那些墙使人望而生畏
那些墙使人心惊麻木
总怕那些墙倒塌
压住你的双脚
挡住我的去路的
那　些　墙

过去的事情

天空黯淡如旧杂志
随便翻翻那些人
都睡进了坟墓
让人走进往事
记忆的枝头结出苦果
尝不出何种味道

窗外总有一把破琴
竭力想弹出一种路
夕阳很悲壮沉入血管
无数眼底之游鱼
以各种曲折游出岁月之水
在太阳的镜子下
才知是被人胡乱写下的
几抹败笔

（以上选自《星星》诗刊 1989 年第 6 期）

冉仲景（土家族）

冉仲景（1966 年 5 月—），土家族，四川酉阳人。参加过诗刊社第十五届青春诗会。著有诗集《从朗诵到吹奏》《众神的情妇》《献给毛妹的 99 首：致命情诗》等。

极 地

牦牛头骸与月亮一起
把地平线压弯。稀疏的草叶
是风神和褐色歌谣的邻居
青稞种植在云层之中
生存与死亡就有很高的海拔
谁也不曾正视过岩画里
那些斑驳的色块，神秘的线条
极地，遥不可及的梦
我们到达了出发的地方

鹰的消逝

鹰的消逝只是交出黑色
眼睛的短暂失明
它强劲有力的翅膀
驮着天空飞到了意识的背面
如果你要痛哭
千万别发出声音
回来。高地上的骨头
将开出一枝枝灿烂的花朵

色青梅朵

提前一天开放
艳丽的花朵，小小的母亲
因为我们风雪中瑟缩的身影
带涩的歌喉
她们一直放心不下
善良的色彩，慈爱的语言
色青梅朵是否要推迟凋谢呢

（以上选自《星星》诗刊 1993 年第 3 期）

李　炬（羌族）

李炬（1966 年 6 月—），女，羌族，四川汶川人。现任绵竹市作协主席。著有诗集《夏天的速度》等。

女　人

女人们不会弄错自己的门
总是在小小的窗后
拥有世界
小声地问
秋天何时过去
然后在前额上
写出一片云彩

若有一次成熟
能轻轻松松地接受
果实们便穿行而来
你也打开门
领出自己的孩子
然后做一次长久的等待

（选自《星星》诗刊 1993 年第 6 期）

去向西

向西　有群山
路将崎岖　城市将退去
向西　是溯河之上游
上升　一直到森林
一直到蓝天　一直到自己的尽头
和自然对峙

向西　我将写下布长裙
核桃　白樱桃　马奶子

还有鱼嘴的泉水之妖媚
夏天　苹果树下空旷的下午
第一次听到虚无的风
听到宇宙另外的律令

向西　稻田在后
玉米　开始成熟　我祖先的石头
筑成碉楼　青稞在坛子里发酵
飘出来的酒香　演绎出
锅庄舞曲　我丧失的野性
在狂舞中释放

向西　我朝向我的故乡
在黄草坪之上
九顶山向天空漫延

每一个高度　色彩变幻
神的面容时隐时现　直到
马蹄到不了的云端

向西　去向童年
去向岷江的源头
风将带走尘埃太阳将沉落
灵魂将宁静

（选自《夏天的速度》，中国三峡出版社 2001 年版）

倮伍沐嘎 （彝族）

倮伍沐嘎（1966 年 6 月—），彝族，四川凉山普格人。著有诗集《在通往子子朴巫的路上》。

旧时英雄

想起你来我崇敬的旧时英雄
如今你在传说的光芒中时时召唤我

听我祖父讲述那情景
我的旧时英雄
你一定是在乡亲们的祝福下
骑上黑马离开你的寨子渐渐远去的
你把羊群赶上山来
你的口哨点燃火光很多年
在森林和黑夜之间是你声音的影子
如今人们用回忆的姿势讲述你
我无法用你的铁管猎枪对付狼群
对付敌人因为我没有过分的敌人

在一点一滴之中想起你英俊的半边脸

我该怎么办啊如今不是从前
我不是你
我无法让乡亲们为我含泪祝福
我不能去打劫下面那座令人恐慌的城市
我没有目标没有对手

始终如此我站在日落的景致中

哦，旧时英雄
你为什么在对面那条马道上
离我越来越远——越来越远啊

遗 址

这个地方空无人迹
只是路的两旁那些房屋的门
都关着
我来到这里的时候
好像里面根本就没有人

人们都在很久以前
迁徙而去
在群山之中的另一个地方
我只能见到他们的后代
而他们怎么也说不清楚

很多年前那个夜晚
他们的前辈会突然离开这个地方
我来到这里的时候
房门都关着
墙壁裂了缝
从这些安详的景物中透过晨光
无论如何我也说不清楚方向
从哪里来到哪里去

（以上选自《星星》诗刊 1989 年第 11 期）

刘　强

刘强（1966 年 6 月—），生于四川江油。诗歌入选多种选本。

想起松树的样子

想起松树的样子，在远山，在房前
想起松树的样子，骑马，坐车
飞机上昏睡。想起松树的样子
喝酒，抽烟；写字，画画。想起
松树的样子，一年过去了

画中的山水

溪水流过他的身子
悬崖堆满他的目光
月亮在他的内心游走。月光
穿过他那被北风吹破的潦草衣衫
去向摇曳

北风依然在吹。吹走落叶，灰尘
吹干树里的汁液，和他酒气中的美丑
把树木吹弯，房舍吹斜
星星吹无，大道吹瘦
天际吹空

把十年吹成一夜
把众人吹成画框

（以上选自《星星》诗刊 2013 年第 11 期）

哑　石

哑石（1966 年 7 月—），本名陈小平，四川广安人，现居成都。著有诗集《哑石诗选》等。

其实，我一直想写下睡熟的你

其实，我一直想写下睡熟的你。

人世，何以温柔地重新认识？
词语无非池鱼，大小韵致，垂钓舌尖痴愚。

但那少年，多么厌烦喉间噪声。
鱼钩果真如寂静般笔直，
修眉联娟的池塘，哪来啰唣的神、兽、人？

“舍间波纹，蹁跹无端庄生。”
她命令云的水晶盘，盯住天狼星的梦醒——

奔雷的、满身怒汗的建筑工人。
梦见青鱼、转身又沉沉睡去的摄影师。

但她，一心想挥去浸出额头的阴影，
一滴无人称。一束锥形光线。
在你的鱼肉之白，和我的墨迹之黑中间，

星夜兼程与寂静，正比赛射箭！
中靶之前，一束苦艾被潮湿舌尖温柔替换。

其实，是熟睡的你，写下这一诗篇。

考试诗

人生百年，如此多美丽、惊奇。
时间不够用啊！古人有个
让人心碎的比喻：白驹过隙。而我是
黑的？至少有一部分喑哑而黑？
至少有时候，我的身躯
被强光照着，投出一圈悲伤与黑？

所以，我猜想那缝隙是白的。
神秘的，缝隙。更神秘的，洁白。
今天，在柳林校区监考，天下着雪雨。
大一的会计学。人生收支账目里，
有无赤字可以计算？卷面上字迹
是黑的；临近交卷，几位美眉想要作弊……

微笑着制止。我想，微笑可能是
白色的，甚至是闪色？应请人世间
无形的波纹原谅：即使最弱的，也会为
小鼓捣装个高音喇叭？时光的
蚕豆苗上，我见过这翠绿、神秘的喇叭……
现在，我们应答，唇吻大胆而美丽。

（以上选自《四川新世纪诗歌选》，四川文艺出版社 2014 年版）

阿苏越尔（彝族）

阿苏越尔（1966 年 8 月—），彝族，现居四川越西。20 世纪 80 年代中后期大学生诗歌代表诗人之一。著有诗集《梦幻星辰》《阿苏越尔诗选》等。

雪山黑鹰

雪花飘洒
雪花飘飘洒洒
在一个人的阳光山脉
人迹罕至的高度
你看见雪花
就像父亲和它自己的传说
飘飘洒洒，从天而降

一只山鹰
选择危岩伫立
聚集的翅膀
收拢世俗的眼光
看，它用自己的黢黑
证实了天空的白净

梦见雪花的鱼

梦见雪花的鱼
躺在我的怀中
让身边的河流误以为
我现在开始天生丽质

梦见雪花的鱼
想象鱼群飘浮在空中
编织风的巨网
捕捉又一次美丽的邂逅

在寒冷的冬天
走在干涸的河道上
这条梦见雪花的鱼
一下看出了我的悲伤

（以上选自《民族文学》2015 年第 5 期）

普光泉（彝族）

普光泉（1966 年 11 月—），彝族，生于四川攀枝花。现任攀枝花市作协副主席。

在城市里流浪

脱下查尔瓦
身穿西装
发自内心的声音仍然很土
血液流淌的方式
与我的祖先一样
从心脏出来，又回到心脏
渐弱，再渐强
一脉相承
占据每一条血管
老鼠过街时
我在后面
密密麻麻的人群
没有谁惊慌
都在忙
一会儿人们都

随意消失在四面八方
在大街上行走
没有人知道我是彝人
从夜晚到白天
又从白天到晚上
没有谁关心我是谁
来自哪道栅栏

在山冈歌唱

前面一片断岩
或者是一条深谷
路仍旧坎坷
山冈仍旧生长荒凉
人们大多走开了
寻找树林
听说那里
结满了果子
剩下我，还在歌唱
在风中坚持
无论你听与不听
我都在抒发
并且以此为生
想方设法让你知道
我不是自作多情

鸟语的背后，在月亮的下面
我会把最初的声音
延续下去
直至风改变方向

（以上选自《民族文学》2009年第1期）

发　星（彝族）

发星（1966年11月—），彝族，四川凉山普格人。著有诗集《地域诗歌》，史论集《四川民间诗歌运动简史》，评论集《彝族现代诗学论纲》，诗论集《地域诗学理论》等作品。

茫茫彝凉巅顶拭亮的词句

雾

女神之裙
让我们兴奋得迷路

师　傅

天空下是鸟
鸟下是大地
大地是金子

这是师傅说的

回　声

将我的肖像刻入崖石
肖像马上就会苍老
将我的诗句刻入崖石
诗句在雨水中很快消失
只有把我的歌声刻在空气中
一万年过后会传出回声

（选自《诗刊》2005 年第 5 期上半月刊）

喻　言

喻言（1967年2月—），生于重庆，现居成都、北京两地。20世纪80年代中期开始发表诗歌，著有诗集《批评与自我批评》。

天空是一块巨大的墓地

大地太挤了
三尺见方的一块墓地
能否安放下自由的灵魂
还是把逝者安葬到天上去吧
让炊烟把他们送上高高的云端
送到雨水和阳光的故乡
那里辽阔明亮
没有蛇鼠惊扰
没有重金属渗透
没有风裹挟着谎言和欺骗
在那里，可以安眠一万年
留在地上的亲人们，把每一次抬头仰望
都当作一场祭奠

（选自《十月》2017年第5期）

理发记

头颅到底有多坚硬?
推子发出坦克的轰鸣
我仅仅希望修剪一下草坪
短一些，再短一些
让岁月揉软的发丝变得坚挺
一根一根耸立，像万千钢针指向天空
盘旋空中的苍蝇俯瞰到青色的岩层
依然无处着陆
风从钢铁的丛林刮过
发丝岿然不动
这样的审美意图
被那个娘兮兮的理发师完全忽略
他一手拿着剪子，一手拿着推子
像一手拿着美元，一手拿着原子弹
让我低头我就低头
让我抬头我就抬头
他两手之间的距离确定了我自由的量度
镜中的发型在背离我意志的途中
渐行渐远
我用咳嗽、皱眉头表达不满
用含蓄的语言提示、纠偏
沉迷于自我美学趣味的理发师
浑然不觉，我行我素
抑制不住的愤怒喷薄欲出
一声大吼提升到喉头

剪子和推子的旅程戛然而止
一把锋刃森寒的刮脸刀
比画在颈动脉的上方
梗在喉头的怒吼
悄然落回肚中

（选自《中国作家》2016年第9期）

刘　敏

刘敏（1967年3月—），女，四川内江人，现居澳大利亚。曾供职于内江市委机关。

呼　吸

有什么差别呢

你住在深山老林中
我住在高楼大厦里
你不过轻轻撞我一下
我却倒下了

地面平滑得光彩照人
这就是我
地面湿软得阴气森森
那就是你
倒下的该是你
你却不懂的傻兮兮笑

你说过一定要挤进我的大厦里来

那是许许多多次地交欢
现在你仍这样说
在你跪地扶我却扶不起来的
此刻……

有什么差别呢
也许，不能说的

（选自《中国当代女青年诗人诗选》，长江文艺出版社 1988 年版）

彭俐辉

彭俐辉（1967 年 3 月—），四川广安人。20 世纪 80 年代开始写作并发表作品，作品散见于多家刊物。

异乡的灯塔路

多待一年灯塔路
就多几条岔道
像是在等待发现
等待有人添加其中

异乡已久看不到的手
一直在弹拨内心的琴弦
使路变得悠长而喋喋不休
——响起什么都像诉说

灯塔路无灯塔
一条船来去自如
运行得越久反光的事物
就越黯淡越多余

路上的人流得平缓
是时间让异乡面目清晰
再无棱角和差异

（选自《诗刊》2016 年第 6 期上半月刊）

庞清明

庞清明（1967 年 4 月—），四川达州人，定居广东东莞。著有作品集《时辰与花园》《第三条道路批判》等。

我的爱人仿佛瓷器

我的爱人洁净　娇玲
仿佛青花的瓷
仿佛黄土　圣水与蓝幽的火焰
一位民间艺人的杰作
满溢没落的凄美
完全的真实不易觉察
她内敛　静赏　深藏
仿佛含苞的莲停靠一颗心
待启的古筝鼓荡着风
小鸟擦过音乐的翅膀
我的爱人夜里透出清冷的光
神秘的事物　抱病成珠
一身的表达　幻想的温柔
面对我简直无路可逃

（选自《星星》诗刊 2008 年第 12 期）

剑　峰

剑峰（1967 年 4 月—），本名郝剑峰，生于四川剑阁。出版有诗集《无意的时针》《城市深处》。

梦李白

你曾多次搅动这里
不安的天宝山
越过灯罩的时空
语言的铧犁
已显得迟钝
一梯梯青石台阶
远离记忆的星辰
你躺在滑石粉的天气下
没有鸽哨引领返回
大理石的月亮和酒杯
对饮虚拟的身影
或许你并不会舞剑
只是一个爱叼烟斗的男人
而今我们是你空无的邻居
在稻草人横亘的田野

醒来的早晨已冰霜凝结
我从未梦见过你
而你白驹过隙的幻影
留在天空的指纹
仍是我形迹可疑的证据
为了确立同一个主题
无羁的语言如外套上的雪
冬天终于给了严峻判决
把它放在凹凸镜下烧成灰

（选自《作品》2017 年第 12 期）

霁　虹（彝族）

霁虹（1967年6月—），彝族，汉名祁开虹，四川会理人。凉山州作协副主席。著有诗集《沿着一条河》《霁虹诗选》。

倚门的阿妈

马铃声从很远的地方传来
你抬头看看天又看看地
那声音穿过无数的森林
摩擦过千万张绿叶
声音里带着电

马铃声从云南那边来
跨过了金沙江
正在翻高高的岸
你张了张干瘪的嘴
站立起来
太阳在这一瞬间里
　　特别灿烂
风在这一瞬间里
　　特别坚硬

而世界
在五十年的时间里
只有静坐和站立

马铃声布满天空
你用生命在倾听
然而　铃声
像五十年前的最后一次响着
却始终没有临近

听马布演奏

山野是善于聆听的
以最富于节奏的乐感
感染着游移的夜色
远处　一匹马打着响鼻停下来
再也没有走动
而所有的树叶
被轻柔的风一一触动
回忆的音律初恋的音律
奇妙地融汇
剪落片片云彩
我像一棵野草
被充满整个空间的音符摇动着

听一群人用马布娓娓讲出的心事
醉了山野醉了树木
醉了我这失去了许多彝人风格的彝人
听马布演奏
是在八九年的初夏
我听见了生命最完整的声音

（以上选自《星星》诗刊 1989 年第 11 期）

印子君

印子君（1967 年 7 月—），生于四川富顺。现供职成都市龙泉驿区新闻中心。著有诗集《灵魂空间》《夜色复调》《身体里的故乡》。

为父亲理发

这是周末，午后的阳光
在窗外看稀奇，它似乎
不相信我理发的手艺

父亲已瘦成一片秋叶
总担心哪阵风吹进屋
将他刮走

站在厅堂中央，我为
靠椅上的父亲
垫好毛巾，系好围布

嗡嗡的电剪，从颈项开始
贴着发根往头顶推动
一遍又一遍

发茬碰着剪刃，纷纷逃离
像一群惊慌的蚊蝇
飞满父亲全身

每次推过，电剪都在
父亲头上留下一道白痕
仿佛分开草丛的小径

父亲的额角，长着一颗肉瘤
它是老人用尽力气，从身体里
一点一点拔出的钉子

一会工夫，光头的父亲
成为一座收割后的山
无比灿烂

而我，就是一个农人
一边收拾着工具
一边被丰收湿润了双眼

（选自《诗刊》2015 年第 1 期上半月刊）

一场雨与一把伞

一场雨与一把伞邂逅，是不是这条山道的预谋

穿过密林和浓雾的山道可不可能，在一朵花的眼里
打一个死结，让一场雨与一把伞背道而驰？
一场雨没在树的枝叶上留下更大的声响
却在一把伞上吵得沸沸扬扬
伞的耳朵，灌满了雨声
灌满了一个季节的躁动和喧腾
如果伞突然收起来，雨的叫嚷
会直接扎进泥土，隐入深处的黑暗
当伞高举起一根根肋骨，雨的跳跃总是动魄惊心
雨打湿伞之前，首先打湿了自己
而深山，深藏着玄机
这和一场雨与一把伞的邂逅无关
甚至也与我和你无关

（选自《星星》诗刊 2008 年第 7 期）

雷　文

雷文（1967 年 9 月—），巴中市人。巴中市诗歌学会会长。著有诗集《乐观》。

山　路

那些白云，那些溪水，似曾相识
花轿在父辈时就停止了运行
唢呐声远去，但余音仍在
岁月落下的灰屑，掩盖了当年的脚印
只有荒草的根部还藏着曾经的心动
这是件不可复辟的事物
几十年里，我只带领过一支队伍
从黎明出发，吹吹打打把你从娘家接走
你的角色模仿了你的母亲
山路上又长出了许多葱郁的树木
而我从未将“亲爱的”说出口

（选自《诗刊》2014 年第 9 期）

山　鸿

山鸿（1967 年 9 月—），生于四川万源，现居成都。著有诗集《与落叶书》等。

本来一片树叶就没有多重

本来一片树叶就没有多重
春日里的落叶
掉到草坪上的时候
比轻还轻。比去年秋天
我所看到的灰烬
都更不为人知

那么多的轻，覆盖了一地
把它们扫拢来装进口袋里
还是轻：这些春日里的遗世者
轻到了可以忽略不计

掉在山林的落叶是落叶

掉在山林的落叶是落叶
掉在人间的落叶是忧伤
这个春天，一再被落叶
砸中头顶、砸中肩膀、砸中目光
砸出内伤

这个春天
我把敬意投向那些清扫落叶的人
一条负荷更小的路，
宜于我们更轻松地行走。

（以上选自《与落叶书》，四川文艺出版社 1997 年版）

龚静染

龚静染（1967 年 11 月—），四川乐山五通桥人，现居成都。著有诗集《影子》等。

傍晚的小孩

小孩　你不要走进傍晚
像可爱的七星瓢虫　在花园深处
在树荫之下　迷失
小小的身影

蝴蝶早已飞走
花朵不再说话　小孩
你不要走进傍晚
在水渍中看见流云

遥远的秋天里
你拾着麦穗
你的手里　　是最初的粮食
它们在傍晚　金黄色的傍晚
把大地的疼痛轻轻地释放

现在　你该回到家中
如果你是我的孩子
我会多么的爱你

夜就要降临　你的心会被花香熏迷
脚印会让蚂蚁搬走
身影会被晚风吹跑
傍晚的小孩
你不要离我的眼睛太远
你的孤单　会让我憎恨黑暗
和这个世界

上　升

正说着话　我就想起了小镇
和一个过去的春天
你的声音有一丝　是属于故乡的

多少年了　这种感叹太轻易
“木槿花蓝得像一个女子”
我说的是一些往事　还有小镇
一个过去的春天

上升的电梯
树尖的绿让人晕眩

风中　鸟的痕迹波浪一样掀动
春天里的一个　正缓缓来临

降临的青草让我们回到大地
寒暄后的沉默只因　我们曾经相识
只因陌生和熟悉之间
春天戛然而止

一切都源于鲜花　渐渐
欲望的心　它们把每一个春天
复制得如此相似　让往昔来回走动
“木槿花蓝得像一个女子”
电梯里空无一人

（以上选自《乐山百年新诗选》，四川文艺出版社 2017 年版）

野　川

野川（1967 年 11 月—），本名王开金，生于四川三台。在多家刊物发表作品，著有诗集十部。

它们耐心地活在自己的世界

一只蜗牛很慢，两只蜗牛
结伴，会快一点还是慢一点
蹲在路旁，一些低微的事物
围着我：杂乱的草，迤行的蚂蚁
扭曲的蚯蚓，间或一两只粉蝶
它们耐心地活在自己的世界
安静地生，安静地死，安静地
把阳光变成自己的身体
又把自己的身体变成泥土、石头
或者我的某根手指。无意惊扰它们
但我的影子，已经成为一朵乌云
让它们颤抖了一下，变得迟疑
慌乱，甚至有些语无伦次

其实每一个人都有一条河流

河流穿山破石，逶迤而去
河流穿过大地，留下滩涂和两岸村舍
河流穿过你，留下波涛和伤口
搁浅的船，浑身布满裂隙
风雨进出，它的静默是巨大的磁场
消失了所有言语。其实每一个人
都有一条河流，满盈，或者干涸
它吞吐日月，身子愈益瘦小，心灵
愈益博大，能看见、能感受的东西
慢慢流失，滩涂上的牛，半空中的水鸟
你的前世今生。不能看见、不能感受的东西
留存下来，在波涛中，在伤口里
在最初，在最终。河流穿过万事万物
世界会更加清晰，还是更加迷茫
逝者如斯，其实每一个人都是一滴水
在河流中，有的在跳动，有的已沉睡
只有极少的水滴渗入搁浅的船
变成木纹，让进出的风雨，变得安静

（以上选自《山花》2009 年第 11 期）

水晶花

水晶花（1967 年 12 月—2016 年 8 月），女，本名邓易珍，四川达州人。著有诗集《抱瓦罐的女人》《大地的密码》等。

禅悟惊蛰

由此，龙蛇出洞
万物鲜活。我被众神松绑。欠身后，我决定怀抱悲悯，为
土地
烧高香——
我要培养湿润的枝头，并允许
大风穿越陡峭的身子
让浩浩荡荡的一群黑蚂蚁开往我
醒透的草坪
可以攀爬可以啃噬我
低处的草根
我允许神经被继续折腾
直至麻木
或被激活被感染。这不思悔改的
仁慈的德行
继续拥有人间可爱的皮肤病

折耳根。清明菜
我要成为你们的亲人，用我的万亩荒山
交换你们保鲜的汁液

寂开无主

——记袁家坪李花

这应该是涅槃后的燃烧——
大地怀抱了一团团白色的冷焰
这是三月
无须打扫的战场
我和她们相互席卷和引诱
谁代我发布降书?
我要战败于此
千百次——
这些小小的妃子，在我仰望下签署
满纸的大欢喜。
这些不可救药的
白色子弹，中了邪气一样围堵我的锁骨
我哪里逃啊?
埋我于春天的深渊吧!
这溃败的身子
长满了前世的野草——
我不得不在高调的鸟鸣中低下去了
今天，请赐我一颗纯银的心

兑换体内的盐碱地
不，最好全盘否定我混沌的今生
我要重新从胎儿开始发芽
从幼儿开始生长
从少年开始怀抱此壁江山
我要为自己篆刻丰润的墓碑
和美名——

手心的芦苇

深秋来临之前，我们要交出各自的码头
然后执手，凝视
屏住最后一口呼吸
你不能白得过快，我也不能
老得太快
灵魂多滞留一分，我们就有足够的理由
保全肉身的完整

当初。你在河岸开花，我就开始慌乱
这顽疾，需要医治
可我，拒绝那些根性
的草药。岛屿，逐渐下沉，我已不能站在高处，接受你
低处的雨露

你看，说着说着，一阵风从北方吹来

——你失去了花香
抬头望，有大雁飞过的迹象
我们怎能在低谷，救赎那远方的翅膀？
彼此用哑语，倾尽人间的情和爱
仇和恨。离和别

（以上选自《四川新世纪诗歌选》，四川文艺出版社 2014 年版）

鲜　圣

鲜圣（1967 年 12 月—），四川巴中人，现居成都。著有文学专著多部。

出门向西

是时候了，现在，我们出发
我和我的一顶帐篷，还有草帽
水壶，都是我的朋友
向西，向月亮安静的西域出发
抵达一片雪语燃烧的唐古拉山

我准备了酒、水、火和种子
准备了足够一个人消磨的 30 天时间
和足够一个人诉说的 30 天光阴
我让我随身携带的朋友，都有自己的身份
找到阳光的炽热　雪域的美人
一粒盐最好来自察尔汗盐湖
一粒金子最好来自五龙沟，一只藏羚羊的回眸
一定就在可可西里
我去的方向，是无数条河流的方向
沱沱河，我最后的归宿和牵挂

一个人沿着它的足迹走
最广阔的地方，水依然在成长
拉一朵白云在身边
我静坐片刻　看风吹大地
把最亮的一片雪覆盖在自己身上

出门向西
最好能遇到戈壁
遇到一声驼铃和五千年的丝绸
我遇见的爱人，比哈达更亮
念着她的名字前行
再往前，一只藏羚羊用安详的目光
向我致敬，我给它微笑
掏出怀揣已久的酒、水、火和种子
我们像远古的亲戚　席地而坐
一同仰望柴达木的干净与辽阔

（选自《中国诗歌》2010 年第 11 期）

马　飚

马飚（1967 年 12 月—），生于吉林扶余县。中诗网签约作家，攀枝花文学院签约作家。现在攀钢集团工作。著有诗集两部。

南海水品

要多么明亮
才能在阳光中，夺目而出
要多么通透，才能让周围的
空气
显出梦想的身影

为什么要做水晶
戴之于腕，恍若灼伤
挂之于胸，波涛凝定
不如做滚烫的泪
一滴也可以打湿
爱人的眼睛

爱要以心相传
不用闪动

不用在自己的光芒中
愈守愈冷

水晶、水晶
冻结的阳光中
有我新鲜的爱情

（选自《星星》诗刊 2008 年第 10 期）

有蚂蚁奔跑

春节刚过，一只小蚂蚁
爬过我住的高楼

酷似星际行动
垂直上升的繁华
留不住蚂蚁，和它小得
无法测量的脚步

我痴迷于，这只蚂蚁
内心的想法
它的身体小得，生不出痛苦

多像，气温回暖前
派出的侦察兵

铁粒一样的身体
是去年的种子，还是开春的炸弹
我相信，大楼的墙缝里
有它的秘密工厂

室内的那盆，南方鲜花
仿佛送郎参战的女子
隔着玻璃，我们听到小蚂蚁
让身体集中，再集中
像轰然而去的军列
经过我们的头顶

第二天，天空晴朗
这说明小蚂蚁，钉子一样
制伏了楼顶的冷风
它在昨夜，与自己的使命
更近一层

（选自《星星》诗刊 2011 年第 5 期）

郭　毅

郭毅（1968 年 2 月—），四川仪陇人。著有诗集《行军的月亮》《灵魂献辞》等。

天空吃掉青草

秋天，并非收获的预告，阿坝草原横竖是风，未来得及清点，呈现起伏的荡漾。

他又一次穿上金黄的绒衣，贮备起爱的热量，向高山与大地供奉牛羊。

她再一次收紧丰满的腰，用硝制的牛皮，捆紧膨胀的欲望。

一层层摇铃的草原，叮叮当当，像爱和被爱，和着琴弦，渐渐有了雪意。

我说：天空吃掉青草，收尽大地的蓝，将人世的云垛满迷人的光线。

她在帐篷口举手加额，将他闪来的那束火苗，消融成瞳孔里雨后的虹。

她说：他赶着牛羊，迁徙在回来的路上。

我说：牛犊和羊子，从宁静的河岸到辽阔的草场，正风雨兼程，在茫茫的晴朗下。

而生来的爱与恨、痛与苦、欢与乐，平静如这光辉的土地，压满一

生的赌注，就要进入冬天，

就要在星星点点的雪花中，用人骨兽骨吹开天空的蓝。

时　间

绕过各莫寺，他们中的一小部分，已经不再火热，绿这样地畅想，在太阳下淡定得比青稞还快。

我因此慢了半拍，继续坚持的感觉，只能与大部分的草，在牛羊的咀嚼中保留。

有人在草坝子那边挥鞭逐牛，有人看着走近又被风卷起的草淹没了，有人快跑几步又停下来凝望着天空，有人拽出歌声将开败的花轻声唤醒……

这些慢慢地消失，每一步都在重复、干枯，

像天空上的白云，罩着一块草坪，又移远一块草坪，也能听见寺钟稀疏的零星回响。

但到了早晨，一切回归原点，他们已不是他们，风也不是他们的风。

他们卷起的另一场颤动，只能是寺钟响起的锈，一块一块地缀在草坝上，像初始的灵唱，总有雪片剜出绿的情节。

唯有草地板起金黄的面孔，向追逐中的男女投去太阳一样的地毯。

地毯上，他们或坐或卧，窃窃私语，像孕育，像繁殖，流淌出情话与隐秘，

让我怎么收集，也打不开他们的全部。

（选自《星星·散文诗》2016 年 11 月下旬刊）

孟　松

孟松（1968 年 3 月—），四川宜宾人。著有诗集《来自月亮背面的文字》《白花的白》（合集）。

埋坟的人

暮色，像一个埋坟的人
它刚埋完远方的山冈、村子、河流

又转过身来
一锹一锹埋掉身旁那些
埋头走在回家路上的牛群和羊群
对赶往村尾的那条小路
我亲眼所见，它是迎面埋过去的

那一位举着火把赶路的人
其实，也是它想埋葬的对象
只不过，暮色
对他手上的火把有所顾虑
仿佛他的手里
提着的，是一把明晃晃的刀

（选自《飞天》2016 年第 7 期）

阿洛夫基（彝族）

阿洛夫基（1968 年 4 月—），彝族，曾用笔名阿洛可斯夫基，四川马边人，现居乐山。著有《阿洛可斯夫基散文诗选》等作品。

在凉山

在凉山
心伤了
钻进阿妈的披毡里
让她裹紧

太阳下山的时候
喝酒吧
是是非非都是一碗酒
在问候或嬉闹间
自己回到了自己的身体里
月亮出来的时候
唱歌吧
恩恩怨怨都是一首歌
唱着唱着
你会变成妹妹嘴里的词

在凉山
睡眠总是甜甜的
一觉醒来发现
血管里回响着
金沙江的涛声

亲　人

只有在这里
人神共居的凉山
山是水的亲人
水是云的亲人
云是鹰的亲人
鹰是我的亲人

我死了
它们替我活着

（以上选自《乐山百年新诗选》，四川文艺出版社 2017 年版）

蓝　晓（藏族）

蓝晓（1968年6月—），女，藏族，本名蓝晓梅，出生于四川金川。现任《草地》杂志主编。著有诗集《一个人的草原》等。

正午的夏炎寺

夏炎寺坐在时光里
安静的红和白被温润的绿簇拥
身着绛红色袈裟的喇嘛轻风一般
在黄色的土路上来去

经幡摇动
吉祥的经文升起
桑烟开启庄重的仪式
柏香四溢

这时的山间
万物安宁于美好的色彩
总有些什么
像头顶的佛光抑或日晕
弥散在神秘、虔诚、敬畏里

抵达夏河

太阳落西时抵达夏河
拉卜楞寺的大门已轻轻合上
随人群在院墙外虔诚地走
转动一个又一个经筒

没有太多的祈愿
就想这样心无杂物地走走
走在人们的诵经声里
走在无边的敬畏里
走在忘了自己的路上

夜晚，我们安歇在与寺庙相邻的宾馆
有雨从寺庙的檐角一滴一滴落下
寺庙在天地里安静
这样的时刻，神明前一定有酥油灯
长夜不息地照亮

（以上选自《民族文学》2017 年第 5 期）

张寄波

张寄波（1968 年 7 月—），女，四川富顺人。现供职于新华文轩股份传媒有限公司。著有诗集《清婉的心事》《等待满城风雨》等。

秋　回

那一夜的雨
下过之后
便不知去向
蝉们的萨克斯
已温和成大提琴

天和人都淡淡地晴着
秋说回就回来了
这时
我和落叶郁郁地
坐在树下
坐在
忽聚忽散的结局里
想一些
与秋天有关的事

秋回

我是回不去了

（选自《萌芽》1994年第2期）

长途电话

那只鸟
在我窗前反复出现
第七次时
你的声音
便弯弯曲曲地
伸进房来

我便
把头
搁在话筒上
天空
兀自蓝着

鸟已飞过多时
树枝还在摇晃
所有的起起伏伏
在一个动作之后
凝固成一种风景
世界
空旷起来

（选自《星星》诗刊1995年第3期）

黄仲金

黄仲金（1968 年 8 月—），四川盐边人。著有诗集《与蚂蚁的默契》。

攀　西

抬头望天　云朵飘移
农历六月　雨过天晴的裂谷
在笛声中翩跹起舞
火把照亮多年的沧桑和幸福

火光中映红的爱情
在茁壮的民歌中孕育
身着百褶裙的妹妹
将盛水的木桶搁上腰肢
走过阳光下的水浒
走过黄板房，走过石板路

号角响起
骏马奔驰在山峦之上
六月鹰飞　飞过攀西大裂谷

披上查尔瓦打马启程
我又听到了百灵鸟的歌唱
多么熟悉而又动人的乐谱

穿过青青的荞麦地
盛开的荞麦花一团团一簇簇

奔驰的马　已把六月打开
鲜红的玫瑰
正向我走来

（选自《星星》诗刊 1998 年第 9 期）

周南村

周南村（1968 年 8 月—），本名周南，重庆人，现居成都。供职于某艺术剧院。著有诗集《花雕》《女 10 人诗》（合集）等。

爱情伊始

一只手，只抚摸一遍
那朵花就激动地开了
一种气味弥漫，但她欢天喜地
想想裹着你的皮肤是一种什么景象
那皮屑深入骨髓
使她肮脏、完美
四面环顾
都是至亲

一个人就能缔造青春
她为此有万种风情
谁让她爱情伊始就跳过初恋
只能形只影单
不让别人看穿

那正是黄花年龄
她一身素衣打扮
躲在太阳那块红玻璃背后
跳黑色之舞
没人知道她由于叛逆不经
落下的种种伤痕
人们或远或近
目光迥异
她行色匆匆，以不变应万变

每一个夜晚都是考验
她自知纯属非分之想
绳索变成的手指
使亲情也是磨难
头发渐长、衣衫渐宽

（选自《诗歌报》1990 年第 7—8 期合刊）

周世通

周世通（1968 年 9 月—），笔名丁乂、野风，四川营山人。著有诗集《浪漫之旅》《移动的土地》等。

高原的风

高原的风
在一个有人出走的日子
开始暴涨
走过雪原、村庄、城市
最后，便走出了高原

高原是被风围起来的
高原是被风垒起来的
高原没有风的时候
人们便提心吊胆
怕风酿造更大的阴谋

高原的人喜欢风
就像喜欢自己的女人一样

（选自《西藏文学》1990 年第 6 期）

读　山

钻出铁皮房子
仰头读山
山在视野中时隐时现
慢慢地，山失重般下坠
最后，消失

我的心开始隐痛
来自源头的水声很低沉
我只好背过身去
在记忆中读山
然后以山的形象
出现在铁皮房前

（选自《星星》诗刊 1992 年第 2 期）

场景：宿营车里的铁路汉子

在大渡河峡谷铁路边宿营车里
一群铁路汉子相互对望听雨
雨声拍打着熟悉的铁皮宿营车
此时大渡河不敲自鸣的涛声
也趁机在峡谷里四处飘散

大渡河峡谷里的太阳雨
常随着风的变换
滑过眼睫掠过记忆
宿营车里的铁路汉子静静地坐着
没有谁直接谈论过爱情
幸福对他们也只是
若即若离，唯有
自己与大山峡谷的守望很真实

（选自《诗刊》2005 年第 2 期下半月刊）

马　联

马联（1968 年 10 月—），重庆人。资深媒体人。大学时开始结社、写诗、办刊。作品收入国内各种选本。

献给旧日子的抒情诗

一

秋天从你的泪水开始
树叶冰凉，脆弱
那些琐碎的事迹反复重叠
构成一个人温暖的感伤
夜晚遥远，你的脸面向南方
如我亲手翻开的书籍
往日的忧伤和美丽
都停留在这一页中
我的手难以退出
我的身体无法回到病中
再次感受你温柔的照拂
接下去是落花的时节
我心爱的事物一一呈现

然后转瞬即逝
仿佛我在镜中看见的光芒

二

你种下的果实落在风中
秋天就要过去
苍白的树木向高处转移
那些被深深伤害的
隐瞒在一个字中，不容我说出
槐花连同我的骨肉一起飘零
尤其是深秋，温柔的创伤
从你藏身的地方涌现出来
成为我不断的牵挂
河流散开，夜晚包含在你的心事之中
其余的部分是水
是我所钟情的一段丝绸
一些槐花正在失去
让我想起你殷红的手指穿过水
穿过我弯曲的回忆
回到过去的一天

三

你用过的东西正在变白
冰雪不断地涌进来
高处的寒冷更深地布满我的四周
那些打动我的事物埋藏在花中

然后被你带走
这一切我难以回味
外面的世界广大，秋天无微不至
夜晚和我被你留在无边的地方
我看见蝴蝶进入危险的颜色
花朵不能再开
在你离去之后，夜晚变得更长

（选自《中国·四川新时期诗选》，重庆出版社 1995 年版）

王顺彬

王顺彬（1968 年 10 月—），出生于重庆。著有诗集《带着大海行走》《大地的花蕊》等。

蜜蜂匆忙

蜜蜂匆忙
把一生的困难弄响

蜜蜂匆忙
偶尔也把幸福弄累

蜜蜂匆忙
决不把痛苦弄脏

蜜蜂匆忙
不像蝴蝶弄出许多鲜艳的欠账

蜜蜂匆忙
一生只把一条路线弄亮

匆忙呵匆忙
天空退回内心，蜜水默默流淌

刀　豆

藤影中，挂满无数的小刀
它们含着肉质的刃。它们从不伤害他人
也从不伤害自己。犹如青色的幸福
它们只隐隐约约地闪光

谁吻过这些小刀的露水
谁见过这些小刀怀孕

它们总是那么高悬低垂，向伸出的手
献上小刀状的果实。它们
让我忘记了许多人的锋芒，它们
让我在一团阳光中把雀声抱紧

（以上选自《北海日报》1993 年 6 月 18 日）

何房子

何房子（1968 年 10 月—），出生于湖北。曾任《重庆晨报》副总编辑。

风　暴

寂静的石头，风暴正来自它安静的中心
在峡谷上空，云儿卷走了鸟群

树木迢遥，呼啸的声音从它们中间掠过
我看见一只蝶从草丛中飞出

然后跌入峡谷，啊，死亡的蝶，多么痛
梦多么美！我想，这蝶，这小小的风暴

使我满怀感恩，如果在十月
我就把它的翅膀放回天空

或者代替它把一个人交给风暴和深渊
而今天正是七月，一切太早，风暴啊！

你先于一个人来了，比我头颅更高的俯视

使石头分裂，撒向异乡的山河

我行走，我的眼泪洗尽了尘埃
整个身子全空了！像一只空空的木桶

在七月的风暴中摇摆，这样的时光
只有自己目睹自己，让我震颤和飘忽的

风暴啊！还有什么必须牢记
我留下的月亮不会照耀，我已心力交瘁

当年的凉亭不在了，仿佛当年的梦永不再来
风暴啊！比你更喧哗的是我的灵魂

（选自《诗歌报10年精华》，安徽文艺出版社1994年版）

梁　芒

梁芒（1968 年 11 月—），四川达州人。现居北京。曾任部队歌舞团创作员，后到地方歌舞剧院创作室。著有诗集《灯海和星海》《风筝与鸽子》等。

看海的日子

海在我的记忆中
已满周岁了
去年这时候
是我第一次看海的日子

我曾对视着海
海对视着我
我对海沉默了很久
海对我喧闹了很久
似乎很早就有约会
约会在清凉的初秋

我把我的期盼退潮成沙滩
让海看清我的一切

海把它的热情涌上沙滩
让海看清我的一切
海说些什么
我想些什么
海风在为我们翻译

海有巨大的浪涛
我有巨大的胸襟
让它撞击吧
海的欢歌
让它嬉戏吧
海的玩笑

去年这时候
是我第一次看海的日子
海在我的记忆中
已满周岁了

（选自《儿童文学》1985 年第 4 期）

疑　问

儿时背熟的唐诗忘了
押韵的句子丢失在江南的荷塘
夏夜闪亮的流星坠下

是不是掉在英雄落泪的山冈

从前的新衣服破了
慈母的针线再难把它补上
岁月的过来人老了
想不想接受比年龄还老的手杖

风筝的线儿断了
歪斜的影子飘摇到远方
爱情的玫瑰谢了
会不会来年又照样开放

战争的烽火熄了
呼啸的烈焰消失了亮光
古寺的风铃响了
能不能使悲凉的故事就此收场

（选自《星星》诗刊 1989 年第 6 期）

敬文东

敬文东（1968 年 12 月—），四川剑阁人。中央民族大学文学与新闻传播学院教授。著有《颓废主义者的春天》《梦境以北》《网上别墅》《房间内的生活》等随笔、小说和诗集。

小速写

我一贯相信那些
从不存在的东西，比如开头、结尾……
它拐走了我仅存的热情、想象和
天真。表面看起来我凶神恶煞
其实一瞥青草就能将我
击溃。我是个不合格的
酒鬼、半吊子的学者，外加没有执照和称号的
诗人。天天梦想着不曾撕毁的风景。
对此我已努力多年。现在
我正走在冬天的街上，意外地
获得了一个虚胖的中年。
我正在设法穿过干燥的街道回家。
我失去了年华
却赚得了睡眠。

山　间

我早已厌倦了浮夸、纵欲和
形容术。我见山是山，见水是水。
见你当然是你。
我快乐：因为我窥见了
事物的真面目。我终于能够承认：
在每一个事物的最深处
确实有一株小小的
蜡烛。那是事物故意扣留下来的
精华。没有谁能够盗走。
我行走在半夜的山间，仍然
能看清道路：左边是陷阱
右边是悬崖，只有中间可以安全通过。
我快乐：因为没有火把我也能在
漆黑的山间悠然行走。

自撰的墓志铭

我活了 100 岁
——这归功于上天的厚意。
我写过几本速朽的书
——仅仅为了把空白的日子填满。
我笑过，哭过，愤怒过，咒骂过

——对此我很满足。
我急躁、易怒、好斗、偏执
——现在我能平静地看待生死。
我遇到过一些挫折、近乎垂直的陡坡
——这实在算不了什么。
我去过许多有名无姓的地方
——但还有更多的要留到来世。
我帮助过少数几个人
——他们都报答了我。
我犯过太多的错误
——好在没有伤天害理。
我仇恨过世界、群众和弱智者
——我要说，这确实不是我的本意。
我赢得了少数几个人的爱
——来生一定要加倍偿还。

（以上选自《星星》诗刊理论刊 2010 年总第 46 期）

李尚朝

李尚朝（1969 年 2 月—），本名李尚晁，重庆巫山人。著有诗集《风原色》《天堂中的女孩》《大三峡那光》等。

渔　者

在众多的粼光背后，黄昏
深藏的隐喻谁能看清？
只有我，无形手指通向水的心脏
为自由的生命把脉
于另一种宁静里
将自己的思想理顺

有没有鱼，都无关紧要
最美的语言在于沉默
和谐才是真谛，只要
心灵不让逝水所伤

这是悬垂的灯火在将我的心愿点燃
这是被人忽略的岁月
在对我施恩

除了感激，我可以进入盲目
也许，盲目才是最大的深沉

在一种冥冥的召唤之中
我接近了神，进入最大的时空
风在远处吹拂，与我的目光
若即若离。就此我可以回到从前
或染指于未来的隐秘
仿佛一无所获，其实
最大的财富已被我占据

（选自《鸭绿江》1994 年第 11 期）

李龙炳

李龙炳（1969 年 2 月—），生于四川成都。著有诗集《奇迹》《李龙炳的诗》等。

一百吨大米

——献给我的父老乡亲

我是农民，我带上我的村庄的一百吨大米，我带上
我的父老乡亲的一百吨大米，在祖国的大地上前进
我进攻世界，进攻世界的意义。宝石和黄金属于城市
我带上一百吨大米背井离乡，我带上一百吨大米
也就带上了一百吨大米的恩情。我会成为一百吨大米中的一斤大米
在时代的胃里，我是农民。我的身份具有经典性
一百吨大米具有经典性。一百吨大米进攻整个世界
一百吨大米包围世界的石头，使石头开口说话
一百吨大米进攻这个夜晚，使明天的早晨更加美丽
一百吨大米堆成一座山峰，使一百吨大米具有时代的高度
一百吨大米的记忆将不诉诸文字而诉诸大地
大地所造就的诗人绝不仅仅是海子和叶赛宁
耕作的艺术将是世界上最具象征意义的那一部分
我带上一百吨大米前进，一百吨大米的目光

穿越一个世纪，每一斤大米都将成为一个世纪的见证
我带上一百吨大米进攻世界的真相。纯洁的内核
一百吨大米的敌人工作在饥饿的海洋
时间不算太晚，世界的梦中我做了一个真正的农夫
我带上的一百吨大米是我父老乡亲的一百吨大米
一百吨大米就是一个村庄的杰作，一百吨大米就是大地上的奇迹
一百吨大米能够梦见一千吨大米或一万吨大米
（大米与大米之间的血缘关系世界上二分之一的人不能理解）
一百吨大米可以铺成一百条大路迎接一百位新娘
一百吨大米铺成的爱情是最纯洁的爱情。一百吨大米的
每一粒米都是圣洁而高贵的。一百吨大米进攻世界
世界是幸运的。我带上了一百吨大米我就不应该沉默
我是一百吨大米中的一斤大米我也不应该沉默
一斤大米做成的米饭并不是所有人都能吃得下去
生命如此骄傲，一斤大米曾经在谷仓里经历沧桑
一百吨大米曾经在谷仓里反抗过死亡。每一粒大米
都曾经是种子，每一粒种子都曾经是泥土中的灯
一百吨大米曾经在谷仓里起义，一斤大米曾经是烈士
一百吨大米热爱的生活是健康的生活。一斤大米的精神
在时代的胃里被颠覆。压迫、消化，但不可摧毁
一百吨大米有一百吨的泪水，我和我的父老乡亲
在泪水中生活和呼吸，泪水中的灵魂无比高贵
一粒米的光是光明，一百吨大米的光是辉煌
我带上我的村庄的一百吨大米进攻世界，进攻世界的意义
进攻就是照耀。一百吨大米自身意义的真实，同时
又超越着世界的真实。一斤大米回到了意义的起点
一百吨大米可以对应一百颗星星，一斤大米可以深思宇宙
现在，历史就是一百吨大米。现在，真理就是一百吨大米

现在，我就是一斤大米。现在，我就是农民
现在，一百吨大米将要舞蹈。现在一斤大米将要歌唱
现在，一百吨大米就是民间精神。现在，一斤大米就是命运
世界，在自身的珍重中，请原谅一个农民的声音
人类，在自身的珍重中，请原谅一个农民的心灵
在天生的权利中探索自我，劳动之美不逊色于时代
劳动的血是信仰的血，带来正义与良心的激情
一百吨大米的冲动是一首诗的冲动，是生命的冲动
一个农民的胸怀像大地一样辽阔。田野的朝霞
命运的朝霞。我带上我的村庄的一百吨大米前进
我终将成为一百吨大米中的一斤大米
我终将在父老乡亲中间，分开饥饿的波浪
现在，一百吨大米就是人性。现在，一百吨大米就是誓言
现在，我作为一斤大米，我可以成为香喷喷的米饭
这是一种心灵的外延。不管怎么说，我是农民
带上一百吨大米，就是带上了物质中最纯粹的部分
带上一百吨大米，就是带上了灵魂的百万大军
带上一百吨大米进攻世界同时也进攻时间
一百吨大米在前进。一个倒退的时代便没有理由
时间拯救的步伐，在我和一百吨大米之间
一个国家太奢侈了。一个村庄才是时间的形式
我带上我的父老乡亲的一百吨大米。永远的一百吨大米
永远的光，永远的舞蹈，永远的婚礼，永远的爱人
我是一百吨大米中的一斤大米，爱人是另一斤大米
一间房子是谷仓。一个村庄是谷仓。一个世界是谷仓
整个宇宙是谷仓。人的肉体是谷仓。人的精神是谷仓
我带上一百吨大米，用呼吸推动上坡的车轮
一百吨大米的泪水是泥土的泪水

是世代相传的泪水。我不知道英雄是不是一斤大米
在杂草丛生的时代，我体验着稻苗的孤独
时间在飞逝，我站在田间，我在衰老
一百吨大米超越时间，一百吨大米填充记忆
带上一百吨大米，我是农民。带上一百吨大米的隐喻
我是诗人。带上一百吨大米的爱情，我是情人中的情人
现在，一百吨大米无处不在，一百吨大米
就是时间。现在，我就是一斤大米
现在，一斤大米就是一百吨大米
现在，我，就是一百吨大米

（选自《星星》诗刊 2000 年第 10 期）

帅　辉

帅辉（1969 年 5 月—），四川彭山人。眉山市彭山区作协主席。在多家刊物发表过作品。

爬地草

最矮的植物　一株挨着一株
布满我的家乡
那些窄小的田埂和沉静的山冈
它们捧出了什么又承接了什么
我至今也不清楚
但我不止一次蹲下身子
抚摸它们　并且悠久地
睇视它们
我感觉到内心的燃烧
和秋天的临近
我感觉到手指的疼痛
并不是来自它们淡绿的叶脉
当料峭的风掠过
它们几乎纹丝不动
像一种坚贞的拥抱

我还见过它们的根须　细长的
清水也很难洗净山泥的色彩
从春天到夏天
它们显得淡泊又不容忽视
叶脉相缠　谛听了雷雨的声响
冬天它们消逝而去
平静得让人心惊
很多次了　我的头顶
有高旋的鹰翅
我的脚下　就是这些
简朴的爬地草
我走动　是一滴带伤的露珠
默默地
跌碎在它们弱小的叶片上

（选自《诗刊》1993 年第 7 期）

张选虹

张选虹（1969 年 5 月—），成都龙泉驿人。著有诗集《鸟速》《秋风》等。

油菜花

把春天点亮的油菜花
夜晚继续点亮夜行人的双眼

到早晨，彩蝶在花粉里起舞
醉是醉，丑，却并不晕眩

菜花走不远
能到达的地方就是黑泥，脚边

太艳了！我懒得采摘
太浓了！鸟不往这里飞、不回还

如果要远行
我的内心会带她远走他乡

菜花中的铁看不见，油看不见
能看清集体挥动的手，变硬的种子

曾无数次照亮我的油菜花啊
今天再一次从上到下将我点燃

不是沉默、不摇头，菜花从不呼喊
奢侈的黄！痛的黄！让逃亡的风过敏

坠毁的花瓣！紧张的有色落叶
这些纷纷熄灭的火焰，再一次点亮泥土

只有花粉可以深入呼吸、抵达血、不腐烂
蜜蜂家族的秘密冶炼也从不腐烂

（选自《星星》诗刊 2006 年第 6 期）

黄　啸

黄啸（1969 年 6 月—），生于四川新都。现就职于成都现代制造职校。著有诗集《迟缓到静止》《圈养之地》。

天　鹅

之一

今夜的河流比昨夜宽广
河水闪亮，同天空的幽暗区分
曾被叶芝数点过的五十九只天鹅
全在这儿栖息，酣然入梦
没有疲倦，也不见衰老
它们总是有着力量带走自身
沿河流飞翔
如此悠闲地熟睡
翅膀却顽强地苏醒
我们的主意尚未打定
它们即已化成了光彩夺目的幻影

我远远地再一次将它们一一数点

五十九只天鹅一下子全部飞起
它们的眼睛不留下影像

之二

所有的天鹅都栖息
在这冷冷的友好的湖水中
一个时代开始围攻

所有的天鹅只是一只
它孤寂得让所有的枪
想躲起来生锈

如此坦然地安眠
它沉浸在天鹅
一如既往的幻想中

当芦苇被意外的狂喜惊动
它依旧从容不迫地飞起
优雅而风度十足
仿佛谢幕的舞蹈

（选自《中国·成都诗选》，伊犁人民出版社 1998 年版）

史幼波

史幼波（1969 年 6 月—），四川剑阁人。媒体资深编辑，曾任四川龙江书院院长，现任东莞市慧韬书院院长。主要作品有《红尘禅仙》《菊花诗酒》等。

靠近黄河

花粉在砂页岩上刻下印痕。从远处看
它们是一个个小小的十字，走近些
才发现是两个人的生活。黄河正平躺在
一片细软的沙滩上。我靠近他们俩的同时
也靠近了黄河的衰颓。真不容易
命运把我们摆放在同样的十字路口，而选择
却早已丧失。——昨天夜里，长街笔直
蓝莹莹的墓群在城市尽头浮动。一支水银针
刚刚上升了一小格尺度，便被插入街心
仿佛正测量着这座城市焦躁的体温
——他们说有些景物是由时间折叠而成而
另一些，又属于磷火锻冶。当碑铭们
从地底吐出一团团火球，当我们相约于午夜
腾空而起，那些盘旋于万物头顶的符码

是否正灵力四射，呵护着这座城市
以及那些熟睡的人们，并把一群
无家可归的流浪汉（生活于城市钟楼的鸟群）
小心遣返，运回虚空中那茫茫黑暗？……
在古老的黄河岸边，我看见一些灰白的东西
在我们身体周围躲闪。一座废弃的
铁桥下，我们席地而坐，交谈中
河床渐渐皱缩，散发出老年木讷的气息……
好在我们已经留下了足够多的痕迹
就像一头老死的印度豹，影子依然在丛林
游荡、闪露，甩出骨头的黑焰与芳香！

（选自《星星》诗刊 2000 年第 1 期）

梅　萨（藏族）

梅萨（1969 年 7 月—），女，藏族，本名甲仓·泽仁梅萨，四川雅江人。著有诗集《半枝莲》。

羽毛　我的十三天

第一天：丝绸一样鬈发（分不清是左边还是右边）
在漫天的雪地里乱飞
像是写诗画画
或在弹奏一曲白色的恋歌

第二天：睡梦中半片花瓣粘在红唇边
花落无期
飞雪古风野渡
逍遥花枝须折
寒梅片片

第三天：像魂魄一样疯狂游走在
远古激情的部落
曾经遗失的那根羽毛
总是悬在天空和大地之间

第四天：那根羽毛在东边
灵鹫山上
神鹰的羽毛变成了
菩提树叶

第五天：那根羽毛在西边
金子一样的山上开满了金子一样的鲜花
羽毛在鲜花丛中轻轻放歌

第六天：总是小心翼翼地望着天空发呆
看天的时候听到了海的声音

第七天：思考前世今生来世
同时也思考爱情和美酒
附带思考有关男人和女人
之间一些事情

第八天：放下自己什么都没想
其实有点傻
呵呵……

第九天：心在另一个城市流浪
思绪载着一个人的身影
有点模糊

第十天：深情地望着月亮
眼睛有点湿润……

第十一天：照顾自己　独善其身
善待一切生命
给蚊子做了接骨手术
帮昆虫接了一次生

第十二天：心的周围布满了眼睛的血丝

第十三天：在一张白纸上画了一个自画像
突然想起
自己就是那根羽毛……

（选自《西部》2017年第6期）

羊　子（羌族）

羊子（1969 年 7 月—），羌族，本名杨国庆，四川理县人。著有诗集《汶川羌》《静静巍峨》《汶川年代：生长在昆仑》等。

茅坡之上

红红一盏国旗照亮了茅坡的下午
读书声，鸟儿一样滑出呻吟的教室
轻轻停落在年轻宽阔的爱心之上
所有庄稼一齐投来完美的敬意

茅坡之下，向着岷江奔跑着岩石之兽
一双双稚眼在茅坡之上，澄净如湖
湖水中荡起四名教师悠远的渔歌
尘灰过后，操场写满工工整整的少年

大大小小的狂风暴雨簇拥在地震周围
简易黑板上始终鲜红一枚太阳
月季花香慰藉着破败的村庄
空投帐篷安心一个个温暖的家

不倒的羌碉

这些从脚下泥土中站起来的羌碉
这些与汗水和生命相融在一起的羌碉
走过无数风雨和战争的硝烟
巍然挺立在汶川地震的废墟之上

一代代祖先与神灵庇护下的羌碉
释比鼓驯化和沐浴风情的羌碉
指引梯田翻山越岭，追赶族群
赞赏岷江呵护溪水，也拥抱汪洋

欣欣然告别柴门走进网络的羌碉
千百年来千沟万壑用心朝觐的羌碉
古老神韵滑过天边，落户各国的眼神
海水蓝的问候，激荡胸膛

（以上选自《民族文学》2008年第6期）

拥塔拉姆 （藏族）

拥塔拉姆（1969 年 8 月—），女，藏族，生于四川甘孜。出版有诗集《亲吻雪花》《萍客莲情》，散文集《守望故乡》《无恙》。

依　存

雪的柔和
山的阳刚
他们相依
从此
雪花垒成了永恒
山峰走进了天空

溪水奔波
湖泊容纳
他们相汇
从此
水花秉承了内敛
湖泊放宽了心地

草的娇小

地的广大
他们相拥
从此
草儿完成了回报
大地实现了赋予

（选自《亲吻雪花》，中国文联出版社 2011 年版）

华　子

华子（1969 年 8 月—），本名熊泽华，四川眉山人。著有诗集《我歌唱的高潮就要到来》等。

熊家大院

我没见过当大地主的爷爷，
我见过熊家大院带铜狮环的大木门就行了。

我没见过万里挑一的奶奶，
我见过熊家大院的百步厅堂就行了。

我没见过爷爷的一群小妾，
我见过熊家大院一排排厢房就行了。

我没见过爷爷的兄弟姐妹，
我见过熊家大院一个天井套一个天井就行了。

我没见过爷爷的邻居乡民，
我见过熊家大院四周破败的小青瓦房就行了。

我没见过爷爷的脾气和为人，
我见过熊家大院的太师椅和小香堂就行了。

我没见过爷爷的家产和遗嘱，
我见过熊家大院剥落的朱漆和模糊的画像就行了。

（选自《新世纪诗典第五季》，浙江人民出版社 2016 年版）

张飞入诗

多么想听那声——断喝！
我怀揣诗稿猛地转身，
肝胆俱裂？或全身而退？

想到诗歌的暴力、好心和
坏脾气。想到早晨一群
唱诗诵经之人，有几个拿得起
鞭子、杀猪刀、丈八蛇矛和新亭侯刀？

想到西餐一样绅士的诗人，
闪闪发光的银具，在中原
以一当万，匡复汉室（诗）。

多么诱人：好酒、美人、江山、
草书和十九字游经——在汉桓侯祠

智勇双全的武夫与诗人亲密合影。

一匹乌骓滑入墨水瓶沉睡，
身首异处的诗歌在夜晚会合。

（选自《星星·诗歌原创》2014 年第 7 期）

梅　吉（羌族）

梅吉（1969年9月—），女，羌族，本名余理梅，曾用笔名尔玛梅吉。现居都江堰，系都江堰市作家协会副主席。著有诗集《浮云牧场》。

灵岩山的雪

先白进眼里，再白进心里
似乎那些年，入冬的灵岩山
用一场雪就可以了却一桩心愿
一些进入，一些渗透
另一些，在时间的管道空着双手

那时候我不懂忧伤
只知道美，天下事无非
来了，又走了
看到了，又不见了
雪花，怀揣诗意一路退回到童年

我没有堆过雪人，怕星群描摹夜里的风
和灵岩寺空空的长廊
人间脆弱，阳光先于我们预知雪的归期

我愿意是那个在火堆旁不住伸手的孩子
愿意一生的灵岩山
总有雪花带来粮食和月光

（选自《诗刊》2017 年第 5 期上半月刊）

邓太忠

邓太忠（1969 年 9 月—），四川南部人。南充市作协副主席、四川《蜀本》杂志执行主编。著有文学专著多部。

玉　米

方块字长出帝王的颜色
应该是隶书，经历
又一次活字印刷

玉米的心思终于著有
挂满老屋的檐脊
公开发行，然而
风读不懂，雨没读懂
只有老人在读不懂的时候
用嘴去咀嚼
嚼啊嚼，隐匿的往事
从他皱纹里爬出
伸了伸腰，然后
将一个迷幻的阳具
植入脚下这片土地的沟壑

潮落潮起
收获一生的欣喜

终于背井离乡的她
走不出山村
玉米的须根
舞动了风骚
网住了曾经迷失的飞鸟

幸福的玉米，终于
读懂这片田野的童话
纷纷扬扬，畅想
一束阳光抵达的精髓

（选自《中国作家》2014 年第 7 期）

聂作平

聂作平（1969 年 10 月—），生于四川富顺，现居成都。著有诗集《灵魂的钥匙》等。

大地诗篇

那时候你还年轻。那时候
大地是一叶孤舟，我们枕着母亲们的鼻音入睡
那时候，爱情是一个诺言
生命是一个比喻。诗篇还没有诞生
那时候，你，像一个纯洁无辜的婴儿
我无法分辨出早晨的露水和夜半的星星

每年三月，大地依旧返青
每年三月，爱情依旧叩门
而我，我是衰老的，宽容的
我在落日的余晖里赞美每一个将要到来的黎明

你还没有学会耕种和语言
但你已经懂得，花朵如何在晨风中
高举着它们之间的手势和暗喻。那时候

我头顶的白发急速如童年的那场大雪
那时候，我不会再等待远方的消息和鸟群
我将苍老。我将故去。在大地的母腹
在母腹的颤动中。我将再次看见你
大地在上升。而你，你将永远年轻
如同我们互相盟誓的那个血色黄昏

寂静的生活：生日之书

深陷于自己的盆地
我却热爱着远方的事物
一如病中的骏马
在想象着比前生更为遥远的驰骋

寂静的生活，它到底从哪一年
哪一月、哪一日：悄然开始？
清晨醒来，这张模糊的面孔
在镜中，我只看到光阴有着光滑的背影

无法依凭的才华，徒劳无功的挣扎
生活和我的轨道
为什么总有着无法靠近的距离
一个热爱生活的人，他到底能不能
和生活达成一种拒绝或妥协

青春的语词已经消失，在都市的人潮中
岁月斗转，命运星移
冰冷的双手在寻找，而寻找
它本身是否也会带来温暖和意义

热爱着凌晨时分的寂寞与安详
热爱着香烟、烈酒、大地和美人
以及屋后花园里，那一窝辛勤的蚂蚁

三十三年，内心的版图在风中打开
街灯的余光里，我将再一次看见
早年的花环、梦、灯火和星星

（以上选自《灵魂的钥匙》，花城出版社 2016 年版）

周南　周越

周南（1969 年 11 月—），本名周斓，四川岳池人。周越（1969 年 11 月—），四川岳池人。著有诗集《望向天堂的眼》《茶马光影》《向时间俯身》等。

折多山的秋天

车翻过二郎山
穿越康定
便如约出现在你面前
美丽的折多山

牧歌反复唱上三遍
羊群肥了
一只鹰在头顶一动不动
天空继续升高

远处的一柱炊烟
缓慢向上爬行
牧羊犬躺在干草上瞌睡
这是折多山的秋天

向西而歌的女子
你把真情托付给谁
谁又在收藏你甜美的歌声
除了羊群除了羊群

一个流浪诗人途经于此
他不能应和什么
口里喃喃
“这是秋天，美丽的折多山
的秋天。”

可能不久的一场大雪
将把这个秋天掩埋
但它已被诗人
收藏在心的牧场

道孚之夜

勿饮青稞酒
不喝酥油茶
静坐鲜水河旁
我终于看见
青藏高原黑宝石的眼睛
粉面含羞的容颜
有纯粹的风从雪域吹来

从拉萨布达拉宫吹来
吹进我的身体每一角落
吹走内心卑微俗念
心境朝圣者澄明
夜色光滑如玉
仿佛藏族少女健康的肌肤
那一夜
在海拔 3700 多米的道孚
我的藏族兄弟扎西坐在我的左边
我的藏族小妹曲玛坐在我的右边

（以上选自《诗刊》1999 年第 4 期）

熊游坤

熊游坤（1969 年 11 月—），重庆人。现供职于成都高新区。著有诗集《流动的岁月》《鸟鸣的村庄》等。

落　叶

空中，多了一些纷飞的鱼
池塘边的柳树，如网的枝头
被凛冽的风，越吹越瘦

夜幕下，你无助离开枝头
是一种呐喊
引满山红叶，随你惆怅

你用一抹嫩绿，为一株老槐
抒写过往时光
留给世界，一个无法言说的真理
却给我少年的旷野
种下一片鱼骨的荒凉

你的飘零，仿佛是候鸟的赠言
在一场大雪中牧放

（选自《星星》诗刊 2016 年第 8 期）

康若文琴 （藏族）

康若文琴（1970 年 2 月—），女，藏族，又名周文琴，出生于四川马尔康。著有诗集《康若文琴的诗》《马尔康马尔康》等。

刹那走过

高原的山冈在草原上流淌
比若尔盖的黄河还婉转
草浪翻腾
闪电密布草尖

云朵碾过山冈
让我迷失在草的花园里
脚印似有似无

抚摸山冈的呼吸
我和草原刹那生烟
也悄无声息地来去

（选自《诗刊》2013 年第 5 期）

午后的官寨

没有游客的午后，阳光柔软
卓嘎和吧台昏昏欲睡

铜版纸上的字
窜来窜去，官寨人声鼎沸

毛瑟枪冒着青烟
疆域还在，主人和野心呢

庭院的深井，噝噝有声

焦急张望的花格窗
爱恨情仇，在雪地上落下鸟雀
一抬头就老了的人，浮尘被阳光戳穿

咣当，阳光关上门
一切归于寂静

（选自《民族文学》2017 年第 5 期）

胡　马

胡马（1970 年 3 月—），现居成都。《四川农村日报》记者。作品见于《星星》诗刊、《中国诗歌》《四川文学》等。

占　卜

那时我正青春年少。
遇到某件事难以委决时，
想起他们说过：
削苹果时，果皮的长度
可以占卜命运。

打开一把瑞士军刀。
就这样将自己交付。
且信且疑中，不觉步入中年。

刀锋下，
当一枚苹果
终于完成最后一次转身。
白发和皱纹
早已爬过低垂的额头。

鸟鸣涧

他们说生活是牢笼。是与否，又何妨?
我蛰伏其间，不挣扎，早已心甘情愿。
现在，请你注视我，
这双绿瞳孔，闪动草木的光辉和暗影。
漫步或疾行，都静如一株曼陀罗，
在街角……

鸟鸣涧！鸟鸣涧！这笼中岁月
已到了花开两朵的时候。你所赐予的幻境，
我一直信以为真，舍不得放弃。
并从中发现了通往真境花园的秘密入口，
其实就在一棵树的根须飘拂处，
百年如一日。

（以上选自《四川新世纪诗歌选》，四川文艺出版社 2014 年版）

钟　渔

钟渔（1970年4月—），女，本名钟春燕，生于东北，现居四川雅安。作品散见各报刊，诗歌入选多种选本。

一颗糖

十八楼，方向不明
十一层是在西边
在某一时间外出发。你，我
奔向黑夜最致命的中心
华灯点点，像星空
我们相约去更高的星空，飘
快乐地叫。喊
把黯淡的城市，冲动干净

华彩的殿堂
整个城市在我们下面起伏
沿着曲线，你爬上了夏日的巅峰
啜饮清芬的柠檬水，与我分享这
午夜的蛋糕

这是我长久以来的想法，留住

海浪翻涌的快乐
十年前的夜。仍在我眼前晃
一颗糖，甜得足够长

（选自《诗刊》2016 年第 7 期）

看梅花去

一心向佛的人，忘记了初恋
他背对雪山
任风把经幡吹乱

入不入尘世，沙都
迷了眼，除了泪水
谁能清洗泪水

一个人的时候
月光更容易把愿望画圆

想一想这人世已过半
我不想再等
我要返回南山
看梅花去

（选自《星星》诗刊 2016 年第 4 期）

鲜红蕊

鲜红蕊（1970 年 5 月—），女，笔名水湄，四川什邡人。著有诗集《遗落在风中的岁月》。

一粒米的幸福

蛙鸣和草垛交织，黑土与炊烟交织
鸡鸭、庭院和汗珠交织
金子和阳光交织

我劈柴，生火，淘洗
和一粒米的色香味交织在一起
和温暖的日子交织在一起

（选自《诗刊》2016 年第 3 期下半月刊）

天下黄河第一湾

羊群，在低头吃草
草背着变幻的光
深绿或浅黄
天是宝石蓝的，银色的云朵压着山脊

风退一步，我退一步

微微倾斜，此时，我是混沌的
将手指里的青草悄然松开，在鸟飞过的辰光里
在流动的空气中，我的衣服里流出
水空旷的声响

黄昏日将落。我坐在这高原
和它一样具备一颗千里静谧之心

（选自《星星·诗歌原创》2017 年第 1 期）

雷　子（羌族）

雷子（1970 年 8 月—），女，羌族，本名雷耀琼，四川汶川人。著有诗集《雪灼》《逆时光》等。

藏　戏

神在星空下追问我很多次
壤塘县，你为何迟迟不去？
在梦里，我被藏戏邀约了经年
时间耐心地给我的经历打上华丽补丁。

绿色的草原青了又碧；蓝色的海捧出晶莹的盐粒
红色的权杖漆了又漆；黄色的面具依然忠烈；
黑色的残暴无处着色；善良的雪山白了头顶。
隐喻的　暗喻的　借喻的　象征的手法在舞台齐聚
鸟鸣的唱腔咳痛雪域的背脊，
在前世与今生的路上，
我和“乌鸦金刚威武步”相遇
佛经的故事庄严，甄别善恶的种子撒满原野。

梵音恢宏　司钹浑厚　清音辽阔

《格萨尔王》策马扬鞭开拓疆域的传奇
布施的《智美更登国王》感天动地
原始的图腾随部落的帐篷一路迁徙。
五彩的嘛呢旗轻轻抚摸高原的眉宇
眼睛里住着日月，信仰里供奉着神明
从游牧时光里提炼沸腾的史诗
于奶香的母语中寻觅人间温暖的秩序。

（选自《西藏文学》2016 年第 9 期）

张万林

张万林（1970 年 8 月—），四川巴中人。巴中市作协副主席。著有个人诗集《临水的细浪》。

城　市

城市　是有意无意的风景
任你的眼有趣无趣地旅行
楼房是精装书页
一片片翻动
一片有一片的风土人情

有一刻你对他充满憧憬
有一刻你却不知道他的含意
你把他放到一旁
点一支烟或饮一口茶
谈不上有无欲望
只是外面的世界继来如往

有一回你就睡了
那部书就枕在头下

在某一个巷口
你走了进去

（选自《星星》诗刊 1991 年第 11 期）

何承亨

何承亨（1970 年 9 月—2015 年 3 月），四川南充人。曾任南充作协副主席。著有诗文集《知更鸟》《悲悯的微光》等。

露　珠

那些游荡的热，只要邂逅冷艳的事物
在接近安息的夜晚化作液态的柔情
躺上大地、花蕊或草叶，渐凉的梦床

柔弱的生命，被时针和分针匆匆丈量
黎明的脚步细碎得不能将这郊外的夜色惊动
这时城市仍在梦呓，还未醒来的露珠
此刻多么像一群正在酣睡的　洁净的婴儿

它们要紧紧抓住这已剩下不多的时辰
赶紧着再洁净一会儿，赶在阳光
城市的灰尘和欲望烟雾般弥漫过来之前

桃花劫

误入一小段春天，以及蓬安州
穿戴花哨的桃花节日。早醒桃花站在枯枝上
打骨朵。脱下灰棉袄，兑换红裙粉纱

泄露这桃树和春天的美丽器官。暖风照射
半场艳舞表演。谁的盛年匍匐闪躲在地
仿佛墙内桃花　肯定不是墙外的
拼命地　挣扎于只有几平方公里的春光

小心揣着珠露，抗拒凋零。游人如织
这使它感到孤独，和骨头里的春愁

（以上选自《四川新世纪诗歌选》，四川文艺出版社 2014 年版）

罗国雄

罗国雄（1970 年 9 月—）生于四川仁寿，现居四川乐山。著有诗集《幸福燕》《遍地乡愁》等。

回家的蚂蚁

暮色拥挤。火车的一个个抽屉
急切地抽出这些贫穷的身影
一群蚂蚁，公拉母，大牵小
背上的生活一层裹着一层
从深圳到成都，一路被铁轨碾压
渐渐薄得像家中病魔缠身的老蚂蚁
短短两三声唏嘘

这些奔波了一年，衣兜里装满
屈辱、争吵和狡谲的蚂蚁
抖动着触须，在一包假烟的焦躁里
与检票员红脸，同小偷干仗
他们曾为儿子的学费咬破过上唇
为工友的伤葬费咬破过下唇
他们中的某些，为洪灾捐过款

为癌症患者献过血，一个还与抢匪搏斗
差点就没了命

现在，车到火车北站
两塘村——那个黄泥巴的故乡，还有一百多公里
这些疲惫的蚂蚁，三五个挤在一堆
像几个沾满灰尘的洋芋，把仅剩的一身尊严
和还算干净的灵魂，在车站的墙角卸下来
清冷的月光照亮了他们脸上的兴奋

（选自《乐山百年新诗选》，四川文艺出版社 2017 年版）

甘文良

甘文良（1970 年 9 月—），出生于四川广安，现居攀枝花。作品发表于多家刊物，入选多种选本。

普威的春天

便坐在这一群鲜花们中间
梨花的白和桃花的绯红
多像女子呵，像隐在线装书里的琴声
水撩拨着船舷，哧哧的笑声便一瓣瓣飘落
像在黛青的那个古代，我捧书卷、骑驴
叹飞花和柳絮。在京郊闲游
夜晚有柔媚的烛火。唱腔飘忽
像穿过一坡坡缓慢的书声
二月，安宁河轻缓地穿过县城
西边有金黄的油菜花开
阳光如雨。我想象牧童的横笛
这样便能想念一些久远的事物
比如竹篱，比如蕉叶，比如崖畔隐约的人家
狗吠如潮，醒了一树山雀的鼾声
便是普威，像春天那些朴素的花朵

朴素地将我的西部——温柔

格萨拉

你喝下这半杯酒，哦，半杯虚空
这些小点心：索玛花，盘松，青幽的石林
那年你去格萨拉，顺着水流和人群
一级级蹚过草甸。她在湖中沐马
山花灿烂。这样的女子胸怀半世情爱
眼波婉转，湖水恬静
而酒意阑珊，这高原
风从城市而来，这异乡
你记得昨日灯光漫漶，有歌声悱恻
竟是语言难及的伤痕
“她转身，雨意已湿透天空”
仿佛比喻，而喻体穿着忧郁的裙衫
仿佛那马，傍着山冈孤独的影子
仿佛这半杯满溢的午后，浓烈
盛满了遥远的惆怅

（以上选自《四川新世纪诗歌选》，四川文艺出版社 2014 年版）

俄尼·牧莎斯加 （彝族）

俄尼·牧莎斯加（1970年10月—），彝族，汉名李慧，笔名阿普青鸟、白丁。现任凉山彝族自治州作协副主席兼秘书长。著有诗集《部落与情人》。

大凉山肖像

有那么一个人
在我的生活里
天天喝醉着酒
还把我的诗歌
揣进荷包里珍藏
而他不是
我的父亲
我的兄弟

有那么一个人
在我的生命里
夜夜流着眼泪
还把我的声音
弹响在嘴边的口弦

而她不是
我的姐妹
我的情人

那个人，那个人
活着，让我想起
得布洛莫山的贪得无厌
阿其比尔山的放荡不羁
不在的时候
让我怀念
世上最俊美的尼扎果昊山
还有最秀丽的沙马玛昊山

那个人，啊，不管怎样
我依然深信不疑
陌生的我们必定沾亲带故
正如我深信不疑
临死的瞬间
他也会醉醺醺地吟诵着
我对日月的思念

火绒草啊，火绒草

我没有带火镰
羊角般弯弯的火镰

我没有带硅石
骨头般坚硬的硅石
可是，求求你，求求你
燃上一簇火给我

火绒草啊，火绒草

有你的地方
就有烈火
有烈火的地方
就有太阳
有太阳的地方
就有温暖

火绒草啊，火绒草

有你的地方
就有彝人
有彝人的地方
就有歌谣
有歌谣的地方
就有爱情

火绒草啊，火绒草

燃上一簇火给我
可是，求求你，求求你
我知道，真正的烈火

像天空一样蓝得透亮
充满了梦想，所以
我对死亡也是一种渴望

（以上选自《诗刊》1999 年第 1 期）

胡应鹏

胡应鹏（1970 年 10 月—），生于四川凉山会东，现居四川绵阳。著有《短刀》等多部诗集。

丘陵诗：等待（给父亲）

还要等待多少年，我们才能读懂
天命这个令人费解的文件
那些与健康签订友好协议的人
体内疾病的谎言
刚好被运送基因的小贩戳穿
事实是，一开始
我们就是时间的敌人。
站在半山，我们不比佝偻的灌木
更有智慧。它们曾目睹过
万物的音容
它们的子女纷纷远渡重洋
与从未谋面的生物，解密
遗传的属性。正午，十二点
小雨履行着天气的合同
与雾霾混战于昏庸的江湖

军乐在创业大潮中，艰难转行
加入了怀念的队伍。
站在半山，我捧着自己一半的过去
仔细分辨山下，清晰与模糊的区别
无数高楼的窗口里，居住着
过期的蜂蜜。其中
十一楼和十二楼
是我去过但不愿再去的地方
那里并不适合，居住愉悦的记忆
可一旦在某天，有人突然告诉你
一切已与你无关，你不用再去了
怅然若失的，岂止是被解聘的心情。
于是，我们必须看着
罗盘的醒转，石头的迷惘
看着看着，江河就会在眼睛里倒流
看着看着，丘陵撤出了起伏的身体。
直到在一个大河边的夜晚
与童年对比夜空闪亮的钥匙，才想起
自己，曾经是一位父亲的儿子
现在，是一个儿子的父亲
并且，正在用诗歌保存着
这个世界全票赞同的名字

（选自《诗林》2015 年第 5 期）

唐　力

唐力（1970 年 11 月—），重庆人。曾任《诗刊》编辑，现为重庆文学院专业作家。著有诗集《大地之弦》《向后飞翔》等。

鼓

在群峰的中间，怀抱落日的大鼓
怀抱雷霆。你让我首先默认了铁血和旗帜
鼓声恢宏：祭祀光明的盛典
遍地的黄金悄悄集聚

默认热血中的马匹　火焰中的梦想
默认了草茎上的闪电
默认了落日的辉光里，齐聚的人子
鼓啊，薄暮时分，你释放出斑斓的虎啸……

移居到体外的心脏。磅礴的歌者
你指挥并引领万物的嘴唇
引领着整齐的步伐扑向太阳的故乡

强健的节奏，大地深深地舞蹈

鼓，在道路上疾走
头顶灿烂的星空。黎明跨海而来

琴

除了琴，有什么能够说出
内心的风暴和宁静。白云的肺腑
在天空随风舒卷飘扬
行走在明月灰烬上的人，怀抱梦想

磨亮闪闪的音符，琴音从天而降
像一场滂沱的雨水，带来
微暗的福音和跳动的心脏
忧伤的歌谣，使弹拨的人成为泪水

灯盏中失散的羔羊，重聚内心
琴音洗亮黑夜，呈现
灿烂的星空

花朵和流水
琴音：包含旧日的白雪和辞章
使今夜倾听的人，流落四方

马头琴

一夜的马头跃上琴弦　　眼含灯火
瞩望永远的草原
操持琴弓的手　　在呜咽声中
分割满地的阴影

这是野草丰美的草原　　雨水和鸣
这是秋天不断深入的草原
马头一路狂奔
带走遍地无言的月光

一根马鞭　　滴下千里的大雪
灯盏啊　　在人心里叫喊
疼痛驰离中心
漆黑的草原之门　　缓缓打开

收回失散千里的恩情和泪水
马头独自灿烂　　迎向
雨水和星光
携带音乐　　一路滚滚而来

一夜的马头抱琴而死，骑手啊
十颗长星落地，随风
长大成人

（以上选自《星星》诗刊 1996 年第 9 期）

刘清泉

刘清泉（1970 年 12 月—），出生于四川安县，重庆市沙坪坝区作协副主席。著有诗集《永远在隔壁》《倒退》。

在荒原

也许有伤鸟痛苦的呻吟
夸大寂寞
我站在孤独之上
情感树是不是风景无关紧要

但这是唯一的一棵树
从前的鸟从树上飞到树下
又从树下飞到树上
衔不回一粒筑巢的土
我站在孤独之上
鸟伤是否愈合鸟巢是否依旧
已无关紧要
但这是唯一的一只鸟
黄昏和黎明唯一的一种点缀
风是匆匆的过客

言谈中沾满了灰尘
我站在孤独之上
爱是不是温暖的江南也无关紧要

我走进永久的荒原并站在孤独之上
田野的岑寂算得了什么
情感树和呻吟的伤鸟又算得了什么
匆匆的过客最后的归宿无关紧要
我在等一群饥饿的人
等他们拎着空空的行囊
高扬满是补丁的旗帜
爬上山来与我
围成一道迎风的墙

（选自《开放的天空》，北京师范大学出版社 1992 年版）

曹　东

曹东（1971 年 1 月—），四川武胜人。著有诗集《许多灯》《说出》及长诗《大风》。

一只乌鸦是天空的僧人

是的，只有天空才是它的道场
一只乌鸦是天空的僧人
用乌黑之躯
缝补落日的破碎
野地汹涌，人兽迷失
在悬挂的天空面前
向一只乌鸦
行跪拜礼
一具人骨也在黑暗中翻了翻身

（选自《星星》诗刊 2011 年第 3 期）

我要翻晒在这片土地上

我的血是青铜的颜色，深沉地
发出金属滚动的声音
它在歌唱啊，嗓子有点嘶哑
像河流，疲倦了，舔着自己的身体入睡

在太阳下面翻晒
我是一片平躺的原野
被河流捆绑，随它纵横奔走
我的锄头站在身旁
爆出翠绿的枝丫
我的庄稼望着我
发出一串粗俗的傻笑

我要喊一声祖母，她睡得比我深
怎样才能摸到她，让我们的小指头
快乐地勾一下
也许，她早已化作泥土，喂了庄稼
淌进我的血管，变成一片青铜似的火光

还有祖父，那个赶羊的糟老头子
葬在山坡上，坟很小，像一只羊低头吃草
他只能继续孤独下去了，谁让他喜欢羊呢

我已花完五十年时光翻晒这片土地
像祖先一样
我要把自己翻晒在这片土地上

（选自《人民文学》2017年第3期）

干海兵

干海兵（1971 年 6 月—），出生于四川荥经。现任《星星》诗刊副主编。出版有诗文集多部。

夜晚的落叶森林

老父亲说那每一片落叶都是有生命的
连绵起伏，铺向幽暗的死亡之路
但此刻它们都抱紧自己的火，那些金黄的
河流一样的火，不挣扎，连闪电的脉
都在每一个虫洞和风霜中不知所踪

一万片叶子在等待夜晚的星空照亮
金黄的、火红的，仿佛有一颗日渐纯净的内心
轻轻的一声蟋蟀，或者寒号鸟落下的羽毛
都在把门打开。老父亲用一根火柴把那扇门打开
落叶森林、四野静寂，小小的篝火在学说话

它在梦中看见了背刀的银狐了吗
它在每一块黄金上种过的月亮长出了翅膀吗
夜晚的道路通向每一颗幽微的星辰，那跳动的火苗

在把落叶拉近、聚拢，手牵手
它在梦中抚摸到了落叶的面孔了吗，那些被霜砸出的
血痕，那些已经平息的风雨的旋涡

老父亲在守着黑暗中的那片森林，他端坐于落叶的汪洋
仿佛最后的船长。有一把小小的篝火陪他说话
那些花楸树、黄栌和银杏也在说话。那些涨潮的落叶
那些挥舞着船票的小风。
所有……所有，都在说话，从天空纵身而下的
从火苗中飘摇起飞的，坚硬的柔软
围绕着我满面星光的父亲——这是今夜宇宙的中心

在洱海边给自己写一封信

大湖安静，水面跳跃着下午慵懒的日光
浩渺处有一叶浮在空中的船
向白云飘去。浩渺处有一个在山路上跋涉的
年轻人，已经 20 多年失联

我要蘸海水给他写一封信，让青春模糊的痕迹
在时光中迭现。我借南高原的风
告诉他这么多年的游走，让我丢失了小路
丢失了路边的小花，丢失了花上的露珠
告诉他我越走越远的轨迹，没有了方向

我也想问问他这么多年去了哪儿
途中是否见到了草原、大海和高山，是否遭遇了雷电
悬岩和险滩。这么多年，他是否与狼为伍
是否爱上了罂粟，是否在众声俱寂的夜晚
与星星对话，与一小堆篝火，交换温暖

我要告诉他这么多年我依然爱着回不去的小路
我浑身风尘，唯有回忆干净
我要告诉他我一次又一次的远足，在青春的心上
刻下过细密而温馨的裂纹

澜沧江

我的身体中一定有一万条河在奔突
但有一条和黄昏一样浑浊的，和黄昏一样
在老去的河流开始平缓。它带着垃圾
被风吹断的高树、内心的亮光

我的身体中一定有一条河流是属于明天的
它带着鸦群穿过梯田、带着宝石和泥沙
带着死亡一样的温暖掩盖着村庄
它庞大而渺小，像吹动南高原每一寸土地的
带血的情歌

我的身体中一定只有一条河来自天上

它穿过夜晚的所有篝火，让每一段记忆的死亡
绽放出芳香

（以上选自《远足：短歌或74个瞬间》，四川文艺出版社2015年版）

刘泽球

刘泽球（1971 年 9 月—），出生于黑龙江，现居四川。著有诗集《汹涌的广场》《我走进昨日一般的巷子》。

傍　晚

傍晚　一些躁动不安的东西
另一场雨的行军已经到达临近县城
汽车卷起弧形的风
摇撼着橡树
被上一场雨损坏了的手掌
夕光透过那些指缝　磷粉状簌簌地
熄灭在盛产谷物和孤寂的田野尽头
空气寒冽　宛如石子敲打着脸孔
而我正打算从两场雨中间
穿过公路回去
大部分天空是灰蓝色的
剩下的正在变深
当乌鸦飞过　乌鸦的叫声把它们全部染黑

一杯水

这是不是某种年龄离开自己航道的标志？
当我们变得越来越敏感
越偏好各种细小的事物和感受。
像默温写下的那一只鸟
每夜穿过我们其中的一个心室，
看不见的窄门自己打开。
是谁？捧着满满的一杯水？
战栗着、握着杯沿，
那些水就躺在星罗棋布的掌纹之间，
仿佛一张收藏着岁月痕迹的脸，
让你不忍心一饮，
只有杯子记得曾靠近它的嘴唇的味道，
而它始终缄默不语。甚至一些粉蝶
一些闪电、一些微风
在它的身体里划下斑点和线条。
是啊，快入夏了，睡眠也镀上一层不安，
让我时常听见大团的星云密集在耳蜗里，
循环不已的沙漏一样
念着一首忧伤的俪歌。

（以上选自《四川新世纪诗歌选》，四川文艺出版社 2014 年版）

李拜天

李拜天（1971 年 10 月—），生于河南。曾任《星星》诗刊编辑。著有诗集《深夜与词语交谈》《前天以前》《诗 60 首》等。

蜜　蜂

我寻遍了所有草丛
和野花垒成的山坡
目光击碎石头
路，仍在脚下孤独

空气在树梢踩疼悲伤
从此便有了风，有了雨

我把我的痛苦酿造成蜜
是为拒绝别人的同情
掩饰自己的伤痕

（选自《人民文学》2002 年第 9 期）

絮絮叨叨的母爱

母亲总是絮絮叨叨自言自语
夜深了，对着仍亮着的灯光，母亲催我早点睡觉
天亮了，母亲拍打着静悄悄的窗棂，催我起床吃饭
天冷了，母亲提醒我多穿点衣服
天热了，母亲怕我炎热中暑

在母亲的絮叨里，我度过了童年
少年的乡下时光
在母亲的絮叨里，我出了远门，
走出了母亲日复一日的絮絮叨叨
那时，我想不清楚，是什么让我那么失落

来到这个世界三十六年，母亲絮叨了三十六年
母亲的絮叨有时让我耳朵厌倦
有时又让我心烦意乱
今年中秋，母亲突然停止了絮叨，住进了医院
母亲的絮叨却让我开始那么怀念

母亲一个月后从医院回到了老屋
每日静静地躺在比我年龄还大的破木床上静养
被子已经很破旧了，僵硬的棉花完全没有了絮叨的力气
我每天一个电话，从千里之外打到老家
探听母亲絮絮叨叨的消息，什么时候可以继续？

（选自《诗刊》2008年第1期下半月刊）

杨晓芸

杨晓芸（1971 年 10 月—），女，生于四川安县。著有诗集《乐果》。

那些花

那些花将好看的倒影投到水面
碎裂，起伏
空白的水
有了生动的内容

转而零落，消匿，更深刻地投入
水之心啊我的心

锲而不舍的花儿
怀着不禁的情欲
明年三月又准时开放

不存在的爱

过于安静的一天，我不能再沉默
这些疲惫的指针，需要我来拨动
一些黑暗的时刻，需要我去抚摸
确认身边还拥有
突兀的钉子，失明的灯盏
以及空无一物
的挂钩

一个老人坚持活到两鬓斑白，透明
她有一副轻巧的小骨骼
她每天都在隔壁唱《芦笙恋歌》
她有一个不存在的爱人
已经多年

（以上选自《人民文学》2007 年第 10 期）

陶　春

陶春（1972 年 1 月—），祖籍重庆合川。现居四川内江和成都。著有诗集《时代之血和它的冷漠骑手》《尖锐之所在——陶春长诗卷》等。

诗人的命运

意欲挣脱肉身结构
雕塑的感官
伏案冥想的手指
跨上喉咙的骏马
衣、食、住、行
在语言的阁楼中间彻夜恳谈

白炽化边缘
捕捉风、火、雷、电
持续不停的眼睛
一望无垠燃烧的大海
被心灵摸到
才在笔尖下升起的波涛
拒绝一切分析、一切定义
一切解释、一切命名

一挺笔：一柄铁锹
由闪亮的笔尖
沙沙书写的纸页
一块随时
翱翔在身旁的葬身之地

（选自《星星》诗刊 2006 年第 8 期）

姜　明

姜明（1972年4月—），四川巴中通江人。现供职于《四川日报》。著有诗集《万物生长》。

今天，每一个人都是国宝

借一下最美新娘的淡妆好吗
我想抹去微笑女孩脸上的伤

借一下为妻子跪地遮阳的温情好吗
我想把废墟里的希望照亮

借一下怀抱父亲等待手术的阳刚好吗
我多想拽住那辆失事军车的生命之缰

借一下宝兴邓池沟的灵翠和荣光好吗
我要把对国宝的礼赞，投注给这里所有的人

今天，每一个人都是国宝，熠熠闪光
借一下驰援芦山的滚滚车流和热爱好吗
过往怎样的雅，今后怎样的安

我要把雅安，雅静地安放

借一下你的姓名、目光和臂膀好吗
这一刻，你就是我，我就是你
在我们唇齿相依的土地上
你是那炫目的金黄，我是那隐约的麦香

（选自《四川日报》2013 年 4 月 23 日）

康　伟

康伟（1972 年 6 月—），四川安岳人。现为《中国艺术报》总编辑。曾在国内多家刊物发表诗作。

愿　望

总有一天，天使会飞过母亲的葬礼
孤单的儿女会走出疾病的花园
在你悄悄建造的高山上
玫瑰的肉体终于成为灵魂的宫殿

总有一天，母亲会在泥土中带来大地的果实
激烈的风暴会是心中溢出的热血
当祝福和赞美抵达人群
我会离开他们回到乱石中间

（选自《红岩》2011 年第 6 期）

淹　没

果实淹没了花朵
阴影淹没了事物本身

一个身体淹没在另一个身体里
但它终将被自己淹没

诗　篇

词语的船队驶向大海
梦幻的白帆被月亮撕碎

我的双唇就是风暴的双唇
我歌唱完毕就把竖琴打碎

（以上选自《诗选刊》2001 年第 1 期）

曾　蒙

曾蒙（1972年9月—），本名冉超，四川达州人。中国艺术批评网和中国南方艺术网创办人。著有诗集《故国》《世界突然安静》等。

遇见重庆，兼致虹影

我没有想念重庆，虽然那里曾留下了
我五年的身影。在嘉陵江，在北碚，
在两路口，在石桥铺，在解放碑，
在江北，在南岸……我没有遇见特务，
也没有遇见江姐。其实他们离我的生活
非常遥远，就像现在，重庆对我而言，
——只剩下一片浓雾，和长江上的轮船，
那尖厉的汽笛穿过朝天门，来到、降临在
我的身边，既不陌生也不变态，
还是从前。还是从前的小县，
还是我记忆中的模样，没有改变。
遇见重庆意味着要26个小时的路程，
从现在出发，或者从更远的童年出发，
只需4小时的火车。
不要去说那忧伤的、令人衰老的记忆，

更不要说这迷离的、颓废的未来。
我的意思是说，重庆，她是不可知的命运，
她的坡坡坎坎，她的骂人或亲近的方言，
她的火锅或辣椒一样的性格……
——都非常不一般。
这就是说，在重庆，即使遇见了
梦中凶猛的叛徒、营养不良的小萝卜头，
你千万不要奇怪——其实，
它是现实的一种，是长江在波涛中翻滚，
而不是呻吟，是幸福而不是痛苦。
——说时迟，那时快，
只见一片酸雨就降临在眼前。

（选自《山花》2001 年第 11 期）

州　河

如果要我描绘河流的话
那显然是困难的。一条河，它的形状就是如此
它分开了山脉和丘陵
向着某一个方向流去
一条河的形状就是如此
这么多年以来，它一直存留在我的记忆
就像一些会回家的鸟，会唱歌的孩子
以及会飞的想象，确实带来了甜蜜

现在，当我想起“州河”这两个字
便感到一片辽阔的水
正在我的故乡奔流

（选自《星星》诗刊1999年第1期）

沙　白

沙白（1972 年 9 月—），女，本名李雪芹，四川万源人，现居北京。供职媒体。著有诗集《五重塔》（合集）。

遗　物

家父辞世以后
他哥、他大姐、他幺姐
我大爸、我大姑、我幺姑
都在痛惜与思念中白了头发
每次见到我
就像见到亡父的遗物
珍若至宝
他们围着我不停指认——
眼睛像你爸，鼻子像你爸
连走路的样子都越来越像……

（选自《中国先锋诗歌地图·北京卷》，四川文艺出版社 2017 年版）

昆虫记

我所熟悉的昆虫都在明媚辽远的童年
空中翩飞着蝴蝶蜜蜂与蜻蜓
知了总在树上鸣叫，高不可及
庄稼地里，玉米才刚刚吐穗
蝗虫与其天敌就会决一死战
草丛间埋伏着
愁眉不展的蜘蛛蚱蜢和蜈蚣
大白天，大院里的王胡小D三娃子
提板凳晒太阳
捉虱子拍苍蝇
到晚上，提灯的萤火虫
会陪敲更的蛐蛐巡夜
一更二更到五更

现如今，苟活于世
最常见的虫子是厨房里
那万恶的蟑螂，奈何不得的现实
还有一只名叫格列高尔的甲虫
与我同床共枕相依为命
热爱卡夫卡的他
眼神清澈又深不可测
我则像只认命的蚂蚁
将在他超现实主义的黑洞里
爬来爬去，就此一生

（选自《北京文学》2015年第4期）

唐　果

唐果（1972 年 10 月—），女，四川开江人，现居云南昆明。著有诗集《给你》《我的三姐妹》（与苏浅、李小洛合著）等。

献给爱情（选三）

一

“我已习惯这样”，这让人宁静
难道我已习惯对着槐花自言自语

这是神思恍惚的先兆，还好我有笔
我拿笔当刀。割破皮肤，血淌出来
我想像你安静地坐在下一页
血流向你就像河流奔向大海

喧响和腾跳是表演给岸看的
因此，我才可以放弃污血
我才能到死都保持明净
这么做没什么不对。其实说真的

我更喜欢这样的习惯；早起喂鸡
而后给睡醒的孩子喂奶，每天晌午
孩子在梦里，我在门边
等疲惫的你被山坳缓缓地推出

二

我决定以这样的姿势进入八月
“像一条鱼，靠近生活的河床”
这是我在八月一日零点的钟声敲响的时候就想好了的

而我也决定这样度过我的八月
像一棵枝繁叶茂的大树
不轻易为风所动，允许鸟雀在头顶筑巢
放任青苔在身上生儿育女

名分是件奢侈品，如果没有春天的播种
夏天的扬花、八月的光鲜、九月的圆满就不是我的

我怀抱空空，像被风暴席卷的大地

三

街对面歌声轻曼，彩灯扑朔迷离
我的小屋惨淡，飞蛾多年前就无焰可扑了

飞机升上天就是几千公里
我的情人也跟着退后几千公里

诗、照片、笔迹、酒
是你留下的，既是把柄又是厚礼
独自一人走进青草地
蚂蚁、蚯蚓、蛇鼠请我坐下喝酒
聊聊天气和无边落木。它们说：
“滚滚长江的落寞啊，岂能尽付于酒”

刀子可削、砍、刮、撬，可对于那些
深入骨髓的爱情的蛀虫，我们只能承受
除非我们双双被烈焰收拾

（选自《星星》诗刊 2005 年第 3 期）

雨　馨

雨馨（1972 年 10 月—），女，本名余嬛，出生于重庆。现任《散文家》副主编。著有诗集《水中的瓷》《被天空晒蓝》等。

夏天，风以及稻草的心（选二）

之一

把足伸入水中
我看见光辉
是怎样粉碎我二月的心情
长发不安地飘过小桥
你逐渐在花中遗失
而另一些笑容
日渐简单

善于怀旧的黄昏
你举起我遗忘的露珠
在握的日子
你是我迷乱而又恣意的装饰

回家了回家了

你说着便送我一把柔软的梳子
藏在伊零乱寄托的衣衫中间
想起来
你便从窗外轻轻地进来

之二

愿意在夏天的黎明
伏在你怀里
倾听冬天被折断的声音
为此我不断送给你温暖、水和树枝的气息

以唯一的目光看我
你来时小心别惊动我手中的梦
我的梦会在你手指划过的范围
安静地栖息

夜晚你琴指若飞
采摘我遍地的鲜花
以绿色照亮岁月
那种光芒
不再为着那落下的雪花而失望

倾听在宁静的夜
绿色永远在我们的额上形成一片天空
远远地
感动着我们

（选自《青年诗人》1992 年第 11 期）

游太平

游太平（1972 年 10 月—），四川达州人。出版诗集《内心的戏剧》。

八月之诗（组诗选二）

1

没有什么力量能够使我
把头摇得昏聩！时令
已是八月，阳光倏地收紧
一地树影，两个老人的棋局
暗了下来。向晚，和风，
一年来，我已惯于这个花园
生长在这里，而不是别处。
白天，也会在忙碌中抬头，
看到喷水池边那令人心悸的嬉戏。
多少个辗转的夜晚，雷声
隆隆，闪电和阵雨
也是再自然不过的事情。
而一颗曾经被无数电线
无端纠缠和捆绑的心

如今日夜嗤嗤地闪耀着
淡蓝火花。是的，再没有什么力量
能够使我把头摇得昏聩！
即使颈项里早生的骨刺
也是松弛而清澈的！

2

也没有什么事物能在八月
融化，它们只是躲到了暗处，
不再轻声地抱怨。
人到中年，身体里流动着
哗哗沙石和旧血。看啦，多少热病的人
粘贴于缭乱的街巷，囫囵
吞下一颗白天的枣，在渴中安眠。
他们，就是他们中的一个
执意要在墙上小心地
敲打一颗宿命的钉子——
钉在幻想的七寸上……
似乎真的没有什么事物
能在八月融化，即使
晴空下被反复摩挲的结实的
伤悲，即使美丽、冰凉的人儿
在怀中重又抱得温热！
——他是我的影子吗？
今夜，光把他挤压得短促，
壁挂似的，晃了一晃。

（选自《诗刊》2003 年第 12 期）

西　娃

西娃（1972年11月—），女，本名张学群，生于西藏，长于绵阳江油，现居北京。著有诗集《我把自己分成碎片发给你》等。

画　面

中山公园里，一张旧晨报
被慢慢展开，阳光下
独裁者，和平日，皮条客，监狱
乞丐，公务员，破折号，情侣
星空，灾区，和尚，播音员
安宁地栖息在同一平面上

年轻的母亲，把熟睡的
婴儿，放在报纸的中央

墙的另一面

我的单人床
一直靠着朝东的隔墙
墙的另一面
除了我不熟悉的邻居
还能有别的什么?

每个夜晚
我都习惯紧贴墙壁
酣然睡去

直到我的波斯猫
跑到邻居家
我才看到
我每夜紧贴而睡的隔墙上
挂着一张巨大的耶稣受难图

“啊……”
我居然整夜，整夜的
熟睡在耶稣的脊背上
——我这个虔诚的佛教徒

意　义

我们穷尽一生，诘问，追求
力图让一切
变得如我们最初的预想
——有意义
当我们剥开事物和经验的外衣
它们呈现出裸体，羞耻地与我们
对视：所有的意义，就是无意义

我们经不起这样的结局：这种美
的打击。又重新开始
为它们的裸体，设计出另一些
衣裳，慌忙为之穿上
——并带着工匠的审美，爱与盲从

（以上选自《我把自己分成碎片发给你》，北京十月文艺出版社 2016 年版）

桑　眉

桑眉（1972 年 12 月—），女，本名兰晓梅，四川广安邻水人。《青年作家》编辑。著有诗集《上邪》《诗家》（合集）等。

渐渐，渐渐地……

还是不得不用比喻句
形容时间在某一刻悬浮于罗盘之上
如檐雨“滴答”的声音不再

有人开始埋怨屋脊的响水凼太响
秋虫太闹，风沁骨的凉……
她夜里做不了一个完整的梦
早早醒来，给五个孩子和孩子他爸弄早饭
然后出门，叫旺旺的狗时前时后
陪她去砍柴、割猪草或者挖地、捡栗子……

山里树木葱郁却无比空旷
渐渐能够容下她年轻时的悲伤
渐渐，渐渐地她忘了自己曾那么悲伤

我厌倦了悲伤

余生无多
要像草木轮回
像无名小花不怕枯萎肆意绽放
我要重新爱上春天、河流
爱这平凡琐碎的人间
爱上来世
和你

（以上选自《四川新世纪诗歌选》，四川文艺出版社 2014 年版）

范　蓓

范蓓（1972 年 12 月—），笔名范倍，四川仪陇人，现居重庆。任教于重庆大学。诗歌收入多种选择。

大地十四行

干净的是大地，是我的身体
我的身体是众鸟休息的大树枝
你们是我怀抱的儿女
幸福的是你们，是阳光的翅膀
阳光的翅膀下二月和十月举行了婚礼
你们这么忙要走向哪里
赶着雪白的羊群你们要走向哪里
牵着肮脏的小孩你们要走向哪里
哪里的狂风揉碎了我的骨头
哪里的暴雨是你们的泪水长年不止
你们的道路也是我身体里混乱的骨头
你们的道路上永远奔跑着幸福的马匹
你们这些幸福的人啊，歌唱完毕
就要幸福地睡在我献上的干净的墓地

（选自《星星》诗刊 1994 年第 7 期）

曾敏儿

曾敏儿（1972 年 12 月—），女，四川宜宾人。现居广州。著有文学专著多部。

格桑，格桑

没有采下更多，我只要一朵
格桑，你这草原之花
衰草中的星星
我没有更好的诗献给你
面对格桑我只能撕碎语言
捧着泪，和九月的秋天的唇

猎手心中最美的舞蹈，格桑
天空下最动人的笑，格桑
白马额前最难舍难分的吻，格桑
草原都是你的
你用纯洁征服了它
又用生命歌唱它
格桑
你曾用小小的花瓣牵绊我

使我逃难至此
格桑，我闭目待你
用你温柔的蕊尖缠绕我吧
再用你甜蜜的谎言揉碎我

带我回家吧，格桑
让我成为牧人嘴里经常的歌吧，格桑
容许我在你淡蓝的心尖上走完一生吧格桑
我们相爱，互相厮守
像最好的姐妹
让我们再回从前吧，格桑

（选自《星星》诗刊 1993 年第 11 期）

许　强

许强（1973 年 1 月—），四川渠县人，现居苏州。曾参加诗刊社第二十六届青春诗会。打工诗歌最重要的推动者之一。

扛水泥

寒风的坚硬，像玻璃碎片。大雪飘，飘
扛水泥的民工，穿着一件夏天的劳保服
身上沸腾着，滚烫的大汗
肩上的水泥就是他最温暖的羽绒服

扛水泥的民工扛着自己的汗水
扛着自己的家，一步一个脚印
一包，又一包

每次，三包五十斤的水泥
从一楼到十楼双脚不停地，颤抖
除了两只还在转动的，眼睛
他和水泥几乎融为一体了
一百五十斤把一分钟，拉长成十分钟
把短暂，变成蜗牛的漫长

他扛着这座城市，一步一步向上爬
他扛着一幢楼房，一步一步向上长
长啊，长。楼房喝了他的力气
长得越来越茂盛。像一座座陡峭的山

这些水泥是城市的万能胶水
把钢筋、砖、沙子粘成一幢幢楼房
水泥加入民工的汗水后，有坚硬的性格
让一把砍刀，磕断了牙齿

扛水泥的民工扛着一幢楼房
像扛着自己的家在茫茫的夜色中
艰难地行走着……

（选自《诗刊》2010 年 12 月下半月刊）

杨献平

杨献平（1973 年 3 月—），河北沙河人。现任《四川文学》副主编。著有诗集《命中》。

傍晚手记

“是的，我的心肠越来越硬”
却不是因为高温。成都之夏火焰暗燃
就像那些隐秘的爱情
一身疲倦的人，在无花的玉兰树下
饮风解渴。远处的车辆于街道上自觉于规则
其实大可不必
在十三楼上，我只能看到更多的建筑
还只是一些轮廓。尤其是日暮之中
绿树被蝉鸣潦草洗劫
岷江支流严重发黑，若不是取而代之的灯火
我就会以为：这世界轮转的事物
其实都危如累卵；即使几个近乎赤裸的女人
她们走过，香水袭来
“那不是肉身！以植物灵魂为替代品的
我不知道它们的工序

也不知道，每一次采集，究竟要掘进多深。”

吃着饭流泪的人

吃着饭流泪的人，米粒像他自己
水出自身体。是啊，海啸一再发生
而此时最凶猛。筷子夹住的不是鱼。再大的力气也撬不动
灵魂悬挂碗边，和舌头谈论

刚刚吞下去的，悲痛之体积大于六种菜肴
想起人生及其俘获与炸裂的，如同那些浓郁的油水
看起来滋润，实际上，一旦转身
就是木头和水泥，发髻上的污水和灰

我想我应当就是那个人，对于活着
每天都要喂养，恼人的还不止这些
鱼刺探入，青菜分身。忍不住疼痛的这一个
此时不宜说话，此时要低下自尊

尽管我很爱，可每次吃饭我都流泪

（以上选自《人民文学》2017 年第 5 期）

朱巧玲

朱巧玲（1973 年 4 月—），女，四川乐山人，现居深圳。著有诗集《凤凰之逝》《透明》等。

早餐之歌

只有薄薄的米饭和咸菜，这些够不够
我用来抵抗训诫？
只有蠕动的胃和明察秋毫的眼睛
够不够我用来大哭一场？

窗外有旭日东升，有酣畅淋漓
有醉酒之徒和长痛短恨
这些难道还不够我用来磨砺和争辩？
还是坐下来吧，享受这顿奇妙的早餐
并把对人世的要求
又降低了一寸

谁不在地久天长里

读了一会儿王维觉得桂花无趣，我的经验
和你的不同
我的床是空架子
我种的植物不必跟它们交谈和告别
我们总有被替换下来的一天
我务必用我的经验告知你：
在这尘世里，挣扎无用。
不如换件干净的衬衣和我一起
逛逛这座空虚的小城

（以上选自《乐山百年新诗选》，四川文艺出版社 2017 年版）

赵晓梦

赵晓梦（1973 年 7 月—），笔名梦大侠，重庆合川人，现居成都。巴金文学院签约作家，《华西都市报》常务副总编辑。著有长诗《钓鱼城》、诗集《接骨木》等。

城里的月光

一眼能望到的距离越来越短
一眼能看清的事物越来越多
在一堆纸里，你能找到的还是纸
十根烟头也照不亮你的脸
你的脸，惨白得模糊一片
像是从未吃过一顿饱饭
你能做的，无非是走出屋外
沿着二环路，一路快走
比房子还高的桥，没有红绿灯的汽车
正一车一车拉走属于你的月光
一点一点被掏空的你，虚汗淋漓
在桥身巨大的阴影里，空气是会
呼吸的痛，这样的夜晚不适合做梦
请不要站在月光的对面打望

那些暗藏的米粒会灼伤你的眼
尽收眼底的东西越少越好
一堆报纸，掩盖不了你淋漓的汗水
月光下走着的，都是你的亲人

这河里到底藏了多少秘密

一块石头爱上另一块石头
一把水草爱上另一把水草
一只鸟爱上一条鱼，一只羊爱上一匹狼
穿城而过的河里，到底藏了多少秘密
这么多的桥，这么多的码头
一条船也没有，河里到底藏了多少秘密
阳光看不透，月光搬不动
随风潜入夜的雨水和火把
捅破天的努力，也只溅起抽刀的忧伤
这河里，到底藏了多少秘密
十二座桥十二座塔也锁不住的秘密
在平静的表情下，越来越深的水
埋藏着越来越深的秘密
那些吃五谷长大的迎亲队伍
走在你细小的腰身上
年复一年，埋藏着淤泥
埋藏着爱与被爱的秘密

（以上选自《人民文学》2014 年第 12 期）

贝史根尔（彝族）

贝史根尔（1973年7月—），彝族，四川峨边人。著有诗集《梦幻的土地》《大山彝人》等。

致佳支依达

佳支依达啊
神灵的居所
你的清新的晨风和清爽的早晨
洗浴我的视线和肺叶
你的密林和欢快的鸟叫抚掠我体内每一器质
你的第一缕曙光像金子一般照在背风山顶

门前的一条河
叫大渡河
涤荡一切，容纳卑污，不屑豪迈
缓缓地，有时像女子舒展丰姿
有时洪水决堤，像一个武士掳掠而过
人们在你的四季里变成旖旎的小舟

屋后的一座山

叫特克马鞍山
屹立在黑竹沟雄伟的腹地
古稀丰饶的植被，栖息万千珍禽异兽
佳支依达啊
你就是我的父亲支格阿鲁和母亲甘嫫阿妞

（选自《乐山百年新诗选》，四川文艺出版社 2017 年版）

李海洲

李海洲（1973 年 9 月—），重庆人。为《环球人文地理》杂志、《城市地理》杂志总编辑。著有诗集《竖琴上的舞蹈》《一个孤独的国王》。

一首献诗

最早的抒情来自信风过后的树林
像花朵里伸出嘴唇
一首献诗写在某天的早晨
那时光芒正收缩
大地上萌动一些细小的爱情
我握住风声里的好时光
把春天歌颂得具体又好看

像一只口琴吹出大地的秘密
鸟群一如腾空的音符
而这屋宇后面的歌声
绰约着，花瓣上躲藏的梦境
我在早晨的手掌上醒来
抬眼就看见幸福
并且迎着她走去

（选自《星星》诗刊 1995 年第 3 期）

白鹤林

白鹤林（1973 年 11 月—），本名唐瑞兵，生于四川蓬溪，现居四川绵阳。著有诗集《车行途中》等。

后山：半山

诗歌即是迷途。
而理论如鹘仑，
令你的来路不明。

出门只为见山。
至哲学的半山腰，
左右才可以逢源。

山野自成殿堂，
旁门教授左道。
园中园里观湖，
半日嫌浮生。

后山：寻踪

上山的目的有两种：
一是松懈肉体，
二是休憩魂灵。

但最后的际遇，
都不在前途。
而是在于迷路。

后山：在王朗

一片红艳的沙棘是美的，
一棵孤独的矮松也是美的。
一群闲暇的小马驹是美的，
一只突然出现在车窗外的野猫还是美的。

（以上选自《江南诗》2014 年第 5 期）

白玛曲真（藏族）

白玛曲真（1973 年 11 月—），女，藏族，四川甘洛人。出版诗集有《叶落晚秋》《格桑花的心事》《彩色高原》等。

尊　者

宽厚的高原，离天空很近
每一轮初生的太阳，都有尊者的佛法
开悟着，世人迷失的方向

格桑花零落成泥时，雪莲花开了
雪鹰，驮起高原脊梁
丰满的羽翼，如经幡一样轻快

黄色的院落，关不住木鱼敲打的佛音
每一寸泥土上，都是洒落的经书
当戴着黄帽的沙弥，低头路过我身旁时
他就是我眼里，至高无上的尊者

（选自《四川文学》2017 年第 3 期）

弥赛亚

弥赛亚（1973 年 11 月—），本名胡查，生于四川广安。著有诗集《太平广记》。

一宿觉

把脚晾在被外
炽热的冻疮
提醒我肉体尚未结束
通过污秽的火焰仍将继续行走

这并不容易
夜还长，梦已醒
溃疡的风
里面仍是风
人生辽阔，容我微微蜷脚

逆　旅

蛙鸣在夏夜响起
它轻飘飘的灵魂在回荡
蝌蚪顺着溪水游，绕过水草和石头
将是更加陌生的地方
亲爱的兄弟，这是我在为你倒叙
从干瘪的墓穴
讲到丰饶的原野。这是我的成长史
同样隐隐约约的往事，一笔写不出
两个名字

（以上选自《四川文学作品选·诗歌卷·下卷》，四川文艺出版社 1999 年版）

黎　阳

黎阳（1974 年 4 月—），本名王利平，黑龙江讷河人，现居成都。现任《星星》诗刊编辑。著有诗集《成都语汇——步行者的素写》《情人节后的九十九朵玫瑰》等。

青石板路上的足迹

嘉陵江边细密的石板上
贡生的脚步急促
长袖带着风声呼啸而过
川北道台衙门
1371 年肃静回避
在阆中声声不绝

而在更早的蜀国
战火更是络绎不绝
石板与马蹄的摩擦
与脚步的叮咚声
更是让游人躲闪不及

圣诞狂欢的歌舞在这座千年古城

只剩下一个张飞牛肉的品牌
被世俗咀嚼得喜形于色
只有脚步还在石板上回响
还在路上留下一些轻易扫去的气息

博什瓦黑

沿着这条南诏时期的河流
在北岸，岩石上的龙蛇开始风化
梵音越来越远
涅像开始模糊

尔乌山的起伏没有能阻挡
历史的后退　法铃
盘旋上升　山路缠缠绕绕
揪着彝族的辫子　走进岁月的长卷

在黝黑的指甲缝隙中
头戴法帽身着披毡的毕摩
咒语翻过唐朝
降落在巨龙出没过的大山中央

波涛汹涌的博什瓦黑
跟随出巡的南诏帝王
一起淹没在浪花中

飞舞的雄鹰　奔腾的骏马
伫立在山谷的回音壁

博什瓦黑　那些圣灵的福音
在滚滚的与时俱进中
赶场　退场
游走的山民背负着沉重故事
蜿蜒在大凉山脉

（以上选自《诗刊》2017年第9期下半月刊）

唐以洪

唐以洪（1974 年 6 月—），四川仪陇人。作品散见《中国作家》《诗刊》《星星》诗刊等多家刊物。

牛不知道的事情

牛肯定不知道
鼓是用什么做的，鼓槌是用什么做的
如果知道了，它就会有一些
让你担心害怕的想法
因此，你从不会告诉它——
鼓是用牛皮做的，鼓槌是用牛骨头做的
如果告诉了，它就会在激昂的鼓声中
听到自己一生中最弱的号叫
如果告诉了，它就会知道你
在用它的骨头，熬它的油
它就会摇头，耸肩，哞叫
甚至罢工，不愿意给你拉犁
……牛很笨，它还有很多不知道的事情
而我，只比牛聪明了一点
却比牛痛得还要深

生活多么的细小

小儿跪在地上
撅着屁股，用蘸着口水的指头
去蘸散落在地上的白砂糖
蘸上一粒，就放进嘴巴
连指带糖地吮吸起来
这是一幅多有童趣的画面啊
我却笑不出声来
生活是多么的细小
我何曾不像一个孩子
在生活的面前低头，弯腰
蹲下，甚至跪下来
撅着屁股，用指头去蘸
蘸不到，就用牙齿去咬
咬不到，就用舌头去舔
舔不到，就用鼻子去闻
小心翼翼地
我把头埋得很低
它多么细小，离我的鼻尖
只有三毫米。但往往一个哈欠
或者，一个喷嚏
我就把它打到老远

（以上选自《四川新世纪诗歌选》，四川文艺出版社 2014 年版）

何　文

何文（1974 年 12 月—），四川天全人。著有诗集《血液里的火》。

在冬天野地烤火的人

一群人在野地里
身体紧挨着身体
蹲成一圈
一堆火，被他们围在中间
这是我多年前看到的冬天

他们围着火有说有笑
全然忘记寒风已将他们包围

他们又像一群护火者
用身体护卫这世界最后的光源

其实他们是生活最艰辛的人
这么冷的天还得出来干活
将冻僵的身子烤暖他们就得继续劳动

不是需要光明就会有太阳
在感觉到寒冷时，我也会自己生一堆火

在这冷漠的世界
我寻找着能一起围着烤火的人
如果柴不够了，我会将我投入火中

（选自《文学港》2015 年第 12 期）

王明军（羌族）

王明军（1975 年 2 月—），羌族，四川理县人。现供职于汶川县文联。著有诗集《阳光山谷》等。

羌　年

羌年。一坛穿越时间的咂酒，穿行在高山
河谷和族群的心灵之间。如云朵上的光芒
和山谷中绽放的羊角花

羌历。一棵装订时间的大树。一年。十月
一月。三十六天。所有的日子尘封在历史的书页中
时间端坐河流的中央，被装订的时间和枯木一样
无法生长出绿的梦想。盛装时间的酒坛
把无字的语言酿造成雨，在阳光灿烂的清晨
是谁成为了露中耀眼的光芒
在开启的坛上，诉说不老的传说

温暖围着火塘。羌年。在桦木长条的木凳上传递
顺着朝霞极致的红，铺天而来。木梯那些忧伤的印迹
在堂屋的中央，正被火光浸透。让温暖一样安静了下来

人们走动在碉房间，走动在相互的问候中
用祖先的方式和步履
且轻且慢地走向山神等待的祈祷中

篝火、咂酒。我们用羊皮鼓温习《羌戈大战》《木姐珠和斗安珠》
《燃比娃盗火》。让一袭来自天际的身影
成为大地护佑的那一道
光芒。篝火等待晨光铺开
法刀，用想象的血构建村庄风调雨顺的未来

一些雨，一些露，一些散了又回的雾峦
在男人舞步中制造漫长，在女人的衣袖间许愿还愿
捧在手中，用欢乐把日子送出去
用祈祷把日子迎进来。点上红烛，在隐秘的墙角
让他们一日日认真地活着

（选自《民族文学》2010 年第 12 期）

郁　奉

郁奉（1975 年 3 月—），出生于四川绵阳。著有诗集《爱的注视》《爆米花》《外面的世界》。

火车上写的诗

火车的速度
使树不情愿地
变成动画片
暮霭和炊烟在谈话
谈不爱笑的平原
和带风的火车
火车用汽笛的调门
问云的家在哪里
云说：问风去吧

（选自《人民文学》1989 年第 6 期）

兵马俑的意识

再次见到太阳时
已衰老得由人扶着站起
找不到自己的头无关紧要
兵器依然
再次排成方阵时
无力翻身骑上身旁的战马
站在那儿
没有沙场号角可听却有嘈杂闲散之声
从大地里抢回这支军队
看不见的沉默变成奇迹的沉默

（选自《诗刊》1992 年第 7 期）

宓　月

宓月（1976年3月—），女，本名宓君英，浙江绍兴人，现居成都。中外散文诗学会副主席兼秘书长、《散文诗世界》杂志主编、成都文学院签约作家。著有诗集《夜雨潇潇》《人在他乡》《明天的背后》等。

珠穆朗玛，太阳的轿子

从遥远的海边，我走向你；
怀着朝圣般的虔诚，我靠近你。

珠穆朗玛，深海里站起来的女神，你屹立在世界最高处，不是为了第一，只为缩短与太阳的距离。

亿万个默默无闻的日子，无法消退你的情；亿万个寒冷与孤寂相伴的日子，无法摧毁你的爱。为了心中的太阳，纵然云遮雾锁，高处不胜寒，也从不放弃生长。

让皑皑冰雪，尘封你火一般燃烧的激情。在离太阳最近的地方，经受最冷酷的考量。

珠穆朗玛，你是太阳最虔诚的圣徒。是你的高度让所有的人仰望，是你的执着赐予了你无上的荣光。

就像那个一路遍插唐柳而来的女子，也许她只是因为爱那个剽悍的顶天立地的伟男子，而把自己献给了这片土地。她并不想永恒，可人们把她永远地留在了布达拉宫，留在了大昭寺，供奉成了神。

山，到达一定高度，已不仅仅是一座山。

人，悟入一定境界，已不单单是一个人。

当太阳之手轻轻抚过你的头顶，珠穆朗玛，你便是戴着皇冠的最美的新娘。万种风情，演绎着生命的至境。你的美，让四周的空气都变得纯净、透明。被你的光芒折射的土地，都浸染着神的庄严与肃穆。

风中飘扬的五彩经幡，在祈求什么？

路口的玛尼石堆，在暗示什么？

那不停转动的经轮，在祷告什么？

那三步一磕，用身长丈量道路的旅人，又将走向哪里？

天是如此高远，又如此亲近。

神鹰啊，你将会把芸芸众生带到一个怎样的高度？一切自然法则，在你的眼中，是那么真实，又是那么简单，那么朴素。

珠穆朗玛，你不仅创造了自己的奇迹，给生命立了一个禁区，也创造了一个勇敢的民族。他们像你一样的热爱太阳，像你一样的纯真执着，像你一样充满着谜团和诱惑。人与自然，在世界屋脊，在远离工业污染的地方，达到了和谐共处。

珠穆朗玛，你诠释的，何止是世界第一的高度，更是生命的最高境界。

靠近你，香巴拉已不再遥远。

那些千里迢迢奔向你的人，那些想以你来丈量自己高度的人，有多少望而却步，最终悻悻而归？又有多少人能真正登临你的巅峰？

阳光下的珠穆朗玛，是一面金光闪烁的日月宝镜，让勇者更勇，让猎奇者退却；让卑微和怯懦显形，让我们灵魂深处的阴暗无处可藏。

珠穆朗玛，你是一座矗立在我心上的永远无法登临的高峰，除了敬畏和虔诚，我再也找不出合适的词语。

面对你，我只想做一个朝圣的人，永远在路上。也许只要信念不灭，终点并不重要……

（选自《散文诗世界》2006 年第 3 期）

许　岚

许岚（1976 年 6 月—），四川西充人。著有诗集《农民工博物馆》《中国先贤 100 人》《眉山记》等。

一把斧头

一把斧头。待父亲把我修正得差不多了
斧头就退休了

一把斧头。把父亲砍得差不多了
父亲就生锈了

一把斧头。本来想和父亲一起走的
被父亲在半路上砍了回来

一把斧头。把父亲送上山那天
自己把自己砍缺了，像父亲的墓志铭

一把斧头。一直躺在父亲的斧头箱里
纹丝不动。像和父亲一起，睡在一只抽屉里

一把斧头。就这样一直安详地睡着
时不时，也会跳起来修理我一回

（选自《人民日报》“大地副刊”2016 年 1 月 13 日）

王国平

王国平（1976 年 8 月—），四川江油人。《都江堰文学》执行主编。著有诗集《挽歌与颂辞》《琴歌》等。

今　夜

今夜　请山东山西的山
请河南河北的河　让路
请所有省份的桂枝低头

今夜　请所有的月光
直接照进四川、甘肃和陕西
照进那些断裂的山堵塞的河
照进那些倒塌的房屋

今夜　请疼痛的记忆
搀扶着我们失散已久的亲人
从泪水里艰难地起身
用月光一一护送他们回家

今夜　把全部的思念

铺在他们走过的路上
让他们手捧乳名和洁白的月光
回到亲人的面前
用乡音　把往事轻声朗诵

今夜　请你们记住
所有星辰的位置
它们将是明年接你们回家的路

今夜
那些月光照不到的地方
是我们终身的痛

（选自《诗刊》2009 年第 5 期）

往　事

你能不能把那些走过的路
叫作陌路
你能不能把那些爱过的人
叫作新欢
你能不能拦住河流、风、稻香
大地的露气和每一枝盛开的花朵
把她们一一叫作爱人

你能不能说
就把我葬在那些美好的时光下面
只留下一根倔强的指头
去赴一个无期的约会
去挽住一个女子渐渐远去的身影

一切都是往事
一切都是在雪亮的刀刃上行走

（选自《星星》诗刊 2009 年第 2 期）

洛迦・白玛（藏族）

洛迦・白玛（1976 年 12 月—），藏族，四川康定人。现供职于《贡嘎山》杂志社。著有诗集《雪覆盖的梦园》等。

和一匹马回到远古

鬃毛刮起风
四蹄划过闪电
枣红的肌肤燃起火
日行千里啊夜行八百
带我从桑田回到沧海
从火山回到岩浆
从死回到生

岩石和泥土的时代
我们把天地唤作父母
我们不再想起百万年后那些刀
想起刀柄上疲倦的蚂蚁
刀锋上阴沉着脸的狂风
它指挥沙粒
埋葬一个个不合时宜的影子

远离烽火狼烟
太阳从你的耳朵尖苏醒
在你的马尾上睡去
你在嘶鸣里吐出月色
我白发转黑眼眸清亮
发出初始为人的第一声
笑

（选自《民族文学》2017 年第 12 期）

彭志强

彭志强（1977 年 1 月—），四川南充人，现居成都。著有诗集《秋风破》《草堂物语》等。

秋风破

秋水在眉头泛滥。群树低头，歪斜的脖子
沙沙作响。大雁驾驶百万云朵和黄沙
从北方赶来，打破了浣花溪的凉意。

浣花散落溪边，芦苇荡漾人心
一匹匹白马在剑门关外八百里加急
呼啸而过。信札密封的挽歌贴满了驿站

故乡远离心脏。在水里打量时局的人
磨刀一样磨亮衣衫，草堂寺便开始大规模
删僧减侣。

最后只剩下半路出家的你
苦吟行囊，在一阵噼里啪啦的雨声中
破了戒，还了俗。

在茅前屋后佝偻身躯种药的人，是你
用诗句给病危的李唐每一座山每一条河
开的处方。

多事的蜜蜂坠入花的悬崖。墓碑上
溅起的泪花在呐喊：每一朵花都应留下
可以托付终身的名字和住址。

秋风越来越大，终究吹破了一颗
锁在茅屋的心。人去屋空，诗意咯血
仿佛万里河山被开膛破肚。

（选自《星星》诗刊 2016 年第 4 期）

我的眼睛早已生锈

我的麻木是涂抹在青铜上的鸟
眼角流出的墨，与泪水含混不清

天空已经长满了白发
我却飞不出禁锢在胸口的黄土

我用眼睛举起鲜艳的花
让山川后退，白云和黑夜也后退

一次次把梦想摁住
甚至，让母亲最初的洗脚盆把我倒掉

其实我也有阳光
只是一直放在父亲的眼皮下

与铜亲近多年我的眼睛早已生锈
走得很远了，还是看不清近处的自己

（选自《星星》诗刊 2015 年第 5 期）

莫卧儿

莫卧儿（1977 年 3 月—），女，本名吴艳，四川西昌人，现居北京。著有诗集《糊涂茶坊》《当泪水遇见海水》。

雪落午后

我也可以
在一个落雪的午后
回来
在楼梯口跺脚
身后还有一串汽车长长的白气

打开锁
一小盆纤细的文竹，衣衫
随意晾晒
寂静的小屋，弥散着
尘埃和岁月的味道

我也可以一直昏睡
太阳　一个孤独者的影子
远远蹲在树上

不动　不说
……这虚无的午后

晚　餐

开始的一瞬
光线就不够暧昧
没有压住周围的嘈杂

月牙泉的水
早已想不起来了
这杯喝下去
今晚，星星月亮
全是我的
而你
一任阴影爬上双肩

关于莫奈
“美的”——
艺术与生活

——一条悲惨的鱼
被吃完的时候
骨刺也没完整地
分离出来

有一阵，细小的尘埃
从墙壁滑下
落在灵魂上面
沙沙，沙沙

（以上选自《星星》诗刊 2005 年第 11 期）

王志国（藏族）

王志国（1977 年 11 月—），藏族，生于四川阿坝金川，现居巴中。著有诗集《风念经》《春风谣》等。

荒　芜

一片荒芜，除了回忆的嫩芽
凌乱地丛生于一个游子的心头

大地隐去了往昔，仿佛早秃的头
省略了黑发对白发的搀扶

二月，薄雪压着春天鼓荡的心
春风像游魂，携着冰凉的刀
满世界杀伐

溪流枯瘦，树木低垂着枝丫
一群羊在山坡上吃草
一个人看着远方漫天的尘埃
一切都是熟悉的样子
除了荒芜，这个叫作老松坪的村庄

并没有因为一场春雪的融化
呈现异样的悲喜

唯有桑烟不绝
仿佛一根根引线
在引爆春天
……
面对一张故乡的旧照片
一个伫立在往事里的人
比回忆更荒芜

低于大地的忧伤

有多少条河流流过了故乡
大地都清楚地记得
有多少渴死的古河道就有多少流逝的旧时光
有多少山谷就有多少流水的方向
在漫长的流向里，每一滴水都是一条河流
每一条河流都是伤心的游子
行云慢，流水快
乱石垒起的河岸是安静下来的昨天
承受着时间的寂寥和尘埃的散漫
从一滴水到一条河
光阴一次又一次决堤
漫漶的时光，水一样汇入

正在加速地流逝
而每一条河都越流越快，越流越低
像我们这些漂泊在异乡的人
一次又一次放低自己的身段
只为了生活的方向
走着走着却把自己走丢了
只有故乡还在原地等着
但我们再也回不去了，顺着流水流浪
一条河流日夜运送着低于大地的忧伤
而一个游子，回望故乡的眼睛
泪水已干

（以上选自《人民文学》2014 年第 9 期）

俄狄小丰（彝族）

俄狄小丰（1978年1月—），彝族，又名蔡小锋，四川凉山人。著有诗集《城市布谷鸟》《火塘边挤满众神的影子》等。

一只狐狸在深夜里哭泣

在山里
狐狸的嚎叫
很难听到
即使有成群的狐狸
或者
仅有一只孤独的狐狸

狐狸嚎叫
自有它的道理
但诺苏人
把狐狸的嚎叫视作不吉利的征兆
他们说狐狸嚎叫的时候
把一只蒸笼倒扣在头上
就能听见它在叫什么
比如提到一个人的名字

那么，这个人将会有什么不测
比如死亡
事实上，这个说法不曾得到实践
因为谁都害怕听到这个野兽
在叫某个人的名字
万一叫的是自己的名字呢

我有幸在山里
听到过一次狐狸的嚎叫
深夜里
它将众人惊醒
外面月光皎洁山影绰绰
狐狸的叫声却非常凄凉
像是在哭泣
当然也有可能是在发情
或者受到了惊吓
我自然不会迷信
它的嚎叫关乎人的安康
却想象它是从聊斋中跑出来的
那只修炼了千年的雌性白狐
在我借宿山乡的那一夜
不知何缘地哭泣
难道
它和我有缘么

（选自《民族文学》2012 年第 4 期）

阿炉·芦根（彝族）

阿炉·芦根（1978 年 5 月—），彝族，汉名罗旭峰。生于四川乐山。著有诗集《草心向药》。

白　马

我有一匹白马
它有黎明似的马头
只要它一出现
全人类都是马夫
分别供养它的局部

我有一匹白马
它的牧场是宇宙
它驮着它的牧场
奔腾于黑暗之中
一整天只露出一次
白昼般的马背

我有一匹白马
它以时间为食

盛在太阳金盘上
它的缰绳是时间的营养

我有一匹白马
那些勇于抓住缰绳的人
暂时不包括我
那些死去的人都有一座
漂亮的拴马桩

（选自《乐山百年新诗选》，四川文艺出版社 2017 年版）

马　嘶

马嘶（1978 年 9 月—），本名马永林，生于四川巴中。著有诗集《热爱》《光芒前身》等。

而立之年

黄昏迷人，也许你不喜欢此情此景
在山涧，孤独就像啤酒
一杯一杯地溢出
我们不划拳，也不行令
只埋头吃藿香鱼，皮滑、肉嫩、味辣
虫子在你光洁的腿边，盘旋、叮咬
这都是些性感的事物
我想入非非
却再也没有勇气，像从前那样
做个幸福的小流氓

（选自《星星》诗刊 2013 年第 8 期）

在冶勒湖

暮色中有黛、有黧、有缟
有彤……湖水漫向群山
近乎天堂

彝人兄弟埋头宰羊，寡言
旷野幽暗，人们矮于火苗。羊倒挂
四蹄剑指星空
剖开的胸膛冒出缕缕白烟
但它一直努力保持着羊形

我们形骸放浪
不成人样
手中浊酒，洒向湖面

那一夜，醉后大词用尽
清晨离开，羊骨成堆
像座小小的土庙
我深鞠一躬，不敢人语

（选自《人民文学》2017年第10期）

王学东

王学东（1979 年 9 月—），生于四川乐山。供职于西华大学文学与新闻传播学院。著有诗集《现代诗歌机器》等。

黑夜经

如是我闻：
在黑夜中别慌，我与世界是很有缘分的，
组织在选举，婚姻已完成，
已经是第七天了。
黑夜的几个主题，有福了，
留下永久的新闻，
切开牛皮纸的档案，保存下来。
南无阿弥陀佛，哑巴在默默地念着，
黑夜的差异只在于，
这个黑夜的城市是瓷器按钮，与你久久对视，
一不小心，就碎成粉尘。
紧急中，我打开远光，
真不敢相信自己的眼睛，
我还能在旅馆登记，填写表格。
这才是一个真实的现状，漆黑，

但终于给予了我一张喝绿茶的桌子，
可以在浴室里互相擦洗身子。
黑夜始终不够多，
我无法知道自己要上交多少，
才能靠近。
但在黑夜中，我还得坐办公室，
灭火，写材料，
阅读长长的新闻和文件，
我一直不够少。

（选自《星星》诗刊 2017 年第 3 期）

敬丹樱

敬丹樱（1979 年 11 月—），女，生于四川中江，现居成都。供职于《星星》诗刊。著有诗集《樱桃小镇》。

渔歌子

流水还是选择了骂名
留给桃花猜不透的背影和饮不尽的恨意
鳜鱼瘦了
鳜鱼肥了
鳜鱼不识愁滋味
只因爱不够这铺天盖地的绿，白鹭舍不得合拢翅膀
山前山后，扑棱棱地飞

太小了

绿荚里的豌豆太小了
山坡上的紫花地丁太小了

蒲公英的降落伞太小了
青蛙眼里的天空太小了
我站在地图上哭泣，声音太小了
原谅我爱着你，心眼太小了

（以上选自《人民文学》2015 年第 6 期）

白桦林

天空纤尘不染，就像鸽子
从未飞过。雪铺在大地，只有旷世奇冤
才配得上
这么辽阔的状纸

树叶唰啦啦响，墓碑般的树干上
两个年轻的名字已不再发光。从来都是鸽子飞鸽子的
雪下雪的

（选自《诗刊》2015 年第 6 期下半月刊）

谷　语

谷语（1980 年 1 月—），本名马迎春，出生于重庆石柱，现居四川康定。任甘孜州文艺评论家协会秘书长，供职于四川民族学院。著有诗集《遥远的村庄》。

落叶飘坠的曲线如此美

满天霜，是张继的
荡漾过来的朝代，掀起风云
句中养育乾坤，大渡河上游深处的峡谷
石头的书页，我是一只顽固的书虫

向死而生，雪水泽被万物
金、木、水、火、土，我属水命
人生如此陡峭，朗月疏星亦增苍凉
狂欢的时代，擅长用热血写悲剧

大风吹魂魄，三两盏灯在河岸
数点愁，在胸中
绕树三匝，何枝可栖？
岁月汹涌，漫过词语筑成的防波堤

万物皆有归宿，落叶飘坠的曲线如此美
顿悟是一种境界，不怕黑暗，心中有光明
不畏歧路，怀中有正道
不惧冷漠，内心有慈悲

（选自《星星》诗刊2017年第2期）

罗　铖

罗铖（1980 年 4 月—），生于四川苍溪。巴金文学院签约作家。著有诗集《黑夜与雪》等。

响马贼

想当响马贼
一直没当到
便当了教师

古道崎岖坎坷
石碑上总刻着无名的英雄
多数是枉死的

剑活着
文字活着
风吹草动，我在别人的眼睛里活着
穿着黑披风，闪动的箭镞
在云烟之外
有凄厉的回应

我要告诉碑上的人
我是个真正的响马贼
在抒情诗里用文字掠夺青春
用青春掠夺自己

登高多寂寞

自古登高多寂寞
而如今，寂寞常在，却无高可登
拥堵的心，愈来愈像这蜀中的盆地

有片刻，梦想如檐前的雨滴
黄昏的闪电，让花期上的心破碎
在乱梦中失眠，赤裸之身是夜的蹄痕

体内的羊肠小道铺满旷世的雨水
更多时，子规如小伶人，醉着酒弹古筝
我有许多悲伤，我有许多流不出的眼泪

（以上诗选自《四川新世纪诗歌选》，四川文艺出版社 2014 年版）

郑小琼

郑小琼（1980 年 6 月—），女，四川南充人。中国打工诗歌代表诗人之一，现任《作品》杂志副主编。著有诗集《女工记》《黄麻岭》等。

拆

把自己的骨头，灵魂，血肉，心跳分拆
成螺丝，胶片，塑料件，弹片，挂钩
它们组装，重合，贴上标签，把童年
拆成虚无的回忆，往事，心情。把梦想
拆成泪水，失望，把身体拆成疾病，爱情
把图纸拆成制品，工资，加班，欠薪，失眠
还有把立体的社会拆成平面的不幸，疼痛，乡愁
如果炉间的火焰不能点亮一块生锈的铁……我
在布满锈质的生活上寻找着人生的意义，那些
过去的理想、激情被五金厂强大的力量拆掉
把人分解成零件，拧在社会的某个角落
某些工业的疾病是如何渗入我们的身体
这不幸是从属于时代，或者大众
我却仍深爱着这时代，工业的五金厂
爱上它的车轮、机翼，机动车的轴承

爱上它带给我清晰的痛苦、幸福与不幸
我还将在这个时代把自己分拆成弹弓
开关阀门，某根电线，或者某盏路灯
如果实在不行，我被时代定义为次品
我仍将再次回到炉火间，将自己锻压
成型，把自己拆成一颗尖锐的钉子
将自己钉在时代的墙上

词　语

在纸上用词语探照着矿井，一口饱含
生活矿石的井，光滑的井壁直伸入
黑暗的河床，在命运的起落升降中
运出乌黑的铁矿石，这些词语越过
树木，峡谷，平原的村庄，我的胸腔
已塞满了的铁矿石，敏感而脆弱的
心，一直拒绝着工业时代的梦，我不知道
这些矿石将被锻打成枪支，子弹，还是螺丝
齿轮，它们是给世界带来灾难还是荣幸
日常生活中菜刀，锄头，电视的零件
它在地下，曾有过像鸟一样飞翔的美梦
那么这块，就钉放在飞机的某处
这些有着耀眼欲望的矿井，从黑暗的地下
送来煤与油，它改变了自己和世界的模样
这些词语像树木生长出柔软的枝条

在纸上构成浓荫，饱含热烈暴涌的汁液
这隐忍而原始的生命，对生活充满了感恩
这些词语是爱，倔强而明净
朝着生活的矿井，一点点前进

（以上选自《星星》诗刊 2009 年第 2 期）

熊　焱

熊焱（1980 年 10 月—），贵州瓮安人，现居成都。《青年作家》主编。著有诗集《爱无尽》《闪电的回音》等。

母亲的疼痛

很多年了，她抱着头
她敲打关节，她抚摸着胸口
就像一只药罐，很多年了
她一直在熬着她的疼和痛

在乡下，她一直在忙碌和挣扎
很多年了，她贫困如洗
她身无积蓄
她只把玉米的花粉
把大风中的泥土和灰尘
把白条、歉收和税款
全都储进她肺部的阴影里

很多年了，她一直都沉默着
忍着，藏着，掩着

生怕我们窥见她内心的脆弱
这就是我的母亲，我们乡下的母亲
很多年了，那些伤和病、疼和痛
不在她单薄的身体里
而在她一个乡村女人的命运深处

忏悔录

按照正常的寿命，我将苟活七十年
或者八十年，甚至一百年

现在我二十六岁，还有几十年漫长的光阴
我难免和朋友反目，和亲人结怨
和我的敌人与对手周旋、斗争
为小小的利益斤斤计较
这一生，我一定会做错很多事
一定会愧对很多人
哎，活在浮世，我有着太多的无耻
太多的贪婪、自私和虚伪

一定有人骂我，有人恨我怨我
有人在明里暗里地整我和算计我
那么便由他们去吧，别去报复了
这些牵牵绊绊的恩怨和情仇
在百年之后，不过是一缕清风一把尘土

从此刻起，那些对我的恨
对我的仇、对我的攻击和伤害
全都抛弃吧，算了吧
我原谅他们，却不敢宽恕自己

故　乡

当我写下：故乡，不仅仅意味着乡情

失眠。思念和泪水……还有那些不可避免的伤痛
比如庄稼地里一千条蠕动的青虫
比如歉收时节里一千双欲哭无泪的眼睛

秋凉了。我看到比黄花清瘦的妹妹
不到十八岁就披上了半喜半悲的嫁妆
天晴落雨。父亲的风湿关节又开始发芽
他的胃，被生活的雨水洗白
被村庄、粮食和土地绞得一阵阵地疼

我记得奶奶的生命之烛，被大风吹灭的那个夜晚
她在哮喘：剧烈，持续不断。多少年来
她就这样一声声地咳、咳。直到用尽一生
也没有把生活的暗伤：她那些肺部的瘀血
一口口地吐出来……

（以上选自《星星》诗刊 2008 年 5 月下半月刊）

杨胜应（苗族）

杨胜应（1980 年 11 月—），苗族，重庆秀山人，现居四川南充。四川作协会员，作品见于《诗刊》《四川文学》等刊物。

窗　边

刚才下过一阵雨，窗台洗得很干净
比你悬在半空中替别人擦洗
的玻璃还干净

它们好像在叫你，拍打着窗户
浑然不顾随时坠落的危险
它们到底想要告诉你什么呢
有什么美好的事物能够连你都猜想
不到

而在某个地方，不下雨水只飘雪
那不正是雨水换了个身份
把坠落的危险放慢了无数倍吗
它们到底想告诉你什么呢
降落得那么低，已经低到了
你亲人的枕边

（选自《诗刊》2014 年第 5 期下半月刊）

鲁　娟（彝族）

鲁娟（1982 年 5 月—），女，彝名阿赌阿喜，四川凉山雷波人。现任四川省作协创联部主任。著有诗集《五月的蓝》《礼物》等。

银耳环

这黝黑的男人
一定是从山里来
从他古铜色的皮肤
看见了太阳和麂子
跳跃的影子
而从他左耳上叮当的耳环
分明看见一股清泉
从林间奔涌而出

小木梳

那是些深山的木头

在阳光的照射下
发出五颜六色的光
经过露水古老的浸泡
变得酥软
从某个清晨出发
伴随祖母一生的时光
“噢，时光一去不返了。”
她常常叹息
怎样细致的纹路啊
在许多年后
道出她全部的爱和忧伤

（以上选自《星星》诗刊 2007 年第 6 期）

羌人六（羌族）

羌人六（1987 年 5 月—），羌族，本名刘勇，四川平武人。现供职于四川省平武县文化馆。著有诗集《太阳神鸟》等。

扶着一截暮色

春天和春天带来的绿
像一种恩赐，或者是
一场瘟疫，席卷
这片曾被地震践踏的土地

冬天已经沦陷。
瓦背上残雪消融。
河流日渐丰盈宽阔。
快乐的鸟雀，扇动
羽毛柔软的翅膀
为正在变形的天空呐喊助威。

知恩图报的草，在低处忙碌
我甚至亲眼看见它们
用收集来的雨露，照顾痴呆的泥土。

整整一天
在出生地，我以挖掘机为偶像
挖掘事物的可能性，探索
前进的方向，并为之乐此不疲。

傍晚，袅袅炊烟升起
黑色的树林正伸长脖子召唤星辰归来，
趁回家的路没有被铺天盖地的墨汁涂黑
我空空的皮囊已经厌倦了飞翔，只想
扶着一截暮色
快快回到母亲身旁。

（选自《草堂》2017 年第 11 期）

灵　鹫

灵鹫（1989 年 12 月—），女，本名阳艳，生于四川营山。在多家刊物发表作品，作品入选多种选本。

春天，我有卑微的祖母在累积我内心的伟大

追忆某些东西
在我们快要被拆开的时候

——题记

祖母率领浆洗的大队直奔清水池
那种大红大绿的被单
代表一种生命的向往
从青黄不接到颗粒饱满

不能走路时
我只得待在她亲手挖的坑里
抬头望望我所能看见的这个不大也不小的世界
那种没有时间概念的等待
在我幼时细小的血管里来回走动

属于祖母的年代
黑白记忆洗出的照片
是她一生的缩写
她不停擦拭的铜镜
印证了她从风华正茂到人老珠黄

祖母从勤劳　健忘　浮肿
最后平平整整地铺满了整个棺木
那场景动荡了我年幼时那本薄薄的历史

（选自《延河》2014 年第 9 期）

余幼幼

余幼幼（1990 年 12 月—），女，四川峨眉山人，现居成都。《草堂》编辑。著有诗集《7 年》《我为诱饵》等。

过　滤

酒神聚齐，半边脸遮蔽虫鸣
威士忌通过细长的瓶颈，一滴滴
把喉咙灼烧成时间隧道
此时，只要愿意聆听
就能获取二十岁的灵感
从喝醉的年纪过滤出一根鱼刺

不胜酒力而被黄昏扑倒
脚上长出影子，唯恐把它踩死

陷入黑暗的你与
反光的你睡在同一张床上
用相同的呼吸消除间隔
在浑浊的梦中捞鱼，在滑溜溜的鱼脊上泄欲

毛衣不用于保暖，只用于导电
身体不用于抚摸，只用于修改经历
知觉用来失去，记忆用来
吸入空气，吐出蜻蜓

柚　子

到了区分酸和甜的时间
一颗水分充足的柚子从树上
掉到我的面前
它比平时吃的任何一颗
都来得突然
来得毫无防备

我在想是储存在
离酸近一点的地方
还是离甜近一点的地方
是放在你喜欢的位置
还是我爱你的位置

想了很久
柚子被全部吃完
答案还是没有想出来

（以上选自《乐山百年新诗选》，四川文艺出版社 2017 年版）

莱　明

莱明（1991 年 7 月—），四川安岳人。著有诗集《慢花园》。

去利霞家

九月的最后一天平静、异常。没有割草机
驶进利霞家的院子。晾衣绳轻轻地晃着、舔着

甜蜜的光滑的中国式铁栏。
更远处是管道施工队，忙着我们并不关心的活计。

一整天我们都是轻松、快乐的。
没有事物消耗着我们的力量。它们也不能。

我们就坐着，像被铁拧在一起；
站起来，铁在熔化。

生活的美没有因我们而使它降低。
但我浪费了它，两次或三次。在这里，或别处。

噢，这严重的时刻一去永不回。就这样时间到了——
我该离开了，好让别的物体也来到这里。

（选自《青春》2016 年第 7 期）

程　川

程川（1993 年 3 月—），出生于陕西汉中。现居成都。巴金文学院签约作家。作品散见于《花城》《诗刊》《人民文学》等。

比如，青海

很多地方还没抵达，比如：青海
地图上的空旷，小于一个省的慈悲与信仰

比如：牧场。一匹打着响鼻的马
把蹄子伸进草原的心脏

比如：云朵，伸出太阳
天空，在一只鹰的翅膀上搁浅

比如：二十四个小时的车程
闪电和雷声回应着孤独，唯独雨声在窗外走着

（选自《四川文学》2016 年第 1 期）

马青虹

马青虹（1993 年 9 月—），生于四川平武。在多家刊物发表作品，作品入选多种选本。

洗衣台上数星星

我打算把自己运回平武
季节正好
鳅儿在土城河里繁衍生长
光腚游到对岸伐竹
构建成最简单的逻辑
生活从来不是三角形
河水以收获为诱饵
在岸边垂钓
钓鱼人上钩
二娃、三娃盖上被子
准备梦游到城里去
四娃、五娃背着背篓
在夜最深的时候消失在老林边
六娃、七娃娶了娇妻
在昨天生下了两把锄头

老八老九还在山顶
吮吸九龙山的乳液
老十把一把斧子扔进檐沟
然后坐在伏龙观里安静了下来
我在青石板的洗衣台上唱歌
把增高鞋和平底拖鞋扔在路上
让它们也感受一下自在
感受一下深山里的孤独和星光
我有满天星星
你猜哪一颗最像生活

（选自《江南诗》2017 年第 1 期）

后　记

四川百年新诗浩瀚壮阔，灿若星空，能从头至尾地参与整理、编辑《四川百年新诗选》（以下简称《诗选》）这项工作，我们深感荣幸，又如履薄冰。

2018年10月，四川省作家协会党组研究通过《诗选》立项，12月初编辑人员到位，当月向全省21个市州作协发出征稿通知。2019年4月初稿形成，在雅安名山召开第一次专家论证会，同时对入选标准进行修订，对初选名单进行第一次筛选；6月初在成都召开第二次专家论证会，对入选名单增删进行无记名投票表决；6月底召开第三次专家论证会，对《诗选》进行终审。每个环节，省作协相关领导都亲临现场，严格把关，确保编选工作公正进行。编辑过程中，我们每周进行一次工作汇总，每半月召开一次编务会，并及时向编委会汇报工作进度。

《诗选》体量大，时间跨度100年，工程浩繁，选编过程困难重重。难度最大的是已故老诗人简介及在川创作或发表作品的收集整理，由于时间久远，大部分已杳无音讯，我们几乎用了两个多月来查阅资料，提出名单，形成简介。为避免留下遗珠之憾，同时考虑到题材的文献性、多样性，我们查阅了近百部资料，从各个不同时期的诗歌选本中，尽可能选出诗人最具代表性的作品。但一些简介中的问号，始终找不到答案，只好永远地留下了。

不能漏掉任何一个曾经对四川新诗有贡献的老诗人，是编选工作的共识，直到书稿交出版社，大家都还没有放弃努力，有的老诗人甚至在8月初才从资料中查到。

对新诗的编选，我们注意选取各个时期有影响、受关注的作品，也注意发现被淹没、被遗忘的优秀作品；力求丰富全面，主次分明，既有历史的纵深感，也有艺术的新鲜感。

编辑《诗选》永远是一项遗憾的工作，挂一漏万在所难免。四川是诗歌大省，常年活跃在国内报刊的诗人不计其数，与之相比，《诗选》仅是一个缩影，希望通过它，能窥见四川诗歌百年发展进程的全貌。

是为后记。

2019年8月于成都

参考书目

1.《女神》汇校本，湖南人民出版社 1983 年 3 月版。

2.《康白情新诗全编》，花城出版社 1990 年 11 月版。

3.《十年诗草（1930—1939）》（增订本），安徽教育出版社 2007 年 4 月版。

4.《周太玄诗词选集》，四川文艺出版社 2004 年 4 月版。

5.《20 世纪重庆新诗发展史》，重庆出版社 2004 年 6 月版。

6.《中国抗日战争时期大后方文学书系》第六编（诗歌第一集、第二集），重庆出版社 1989 年 6 月版。

7.“国统区抗战文学研究丛书”《诗歌研究史料选》，四川教育出版社 1989 年 5 月版。

8.“国统区抗战文学研究丛书”《抗战诗歌史稿》，四川教育出版社 1991 年 12 月版。

9.《四川诗歌十年选（1949—1959）》，四川人民出版社 1960 年 4 月版。

10.《中国新诗萃（20 世纪初叶—40 年代）》，人民文学出版社 1988 年 10 月版。

11.《新中国 50 年诗选（1949—1999）》（第 1 卷—第 3 卷），重庆出版社 1999 年 9 月版。

12.《中国·四川新时期诗选》，重庆出版社 1995 年 12 月版。

13.《中国·星星四十年诗选（1957—1997）》，重庆出版社 1997 年 1 月版。

14.《中国·星星五十年诗选（1957—2007）》（上、下卷，附录卷），《星星》诗刊杂志社 2007 年版。

15.《中国现代主义诗群大观（1986—1988）》，同济大学出版社 1983 年 9 月版。

16.《建国50年四川文学作品选》（诗歌卷1、2卷），四川文艺出版社1999年9月版。

17.《纪念改革开放三十周年四川文学作品选》（诗歌卷），作家出版社2009年1月版。

18.《92全国诗歌报刊集萃》，安徽文艺出版社1993年7月版。

19.《重聚：四川省文联百家作品选》（文学卷），四川人民出版社2016年2月版。

20.《四川新世纪诗歌选》，四川文艺出版社2014年9月版。

21.《当代青年抒情诗三百首》，贵州人民出版社1985年5月版。

22.《新诗鉴赏辞典》（第一版），上海辞书出版社2017年8月版。

23.《中国诗人成名作选》，上海文化出版社1986年12月版。

24.《中国散文诗大系·四川卷》，广西民族出版社1992年10月版。

25.《中国当代实验诗选》，春风文艺出版社1987年6月版。

26.《中国当代诗歌精品》，春风文艺出版社1994年3月版。

27.《诗歌百年经典》（1917—2015），中央编译出版社2015年12月版。

28.《中国探索诗鉴赏词典》，河北人民出版社1989年8月版。

29.《诗歌报10年精华》，安徽文艺出版社1994年7月版。

30.《中国二十世纪纯抒情诗精华》，作家出版社1991年1月版。

附录

2019 年 4 月 1 日第一次专家审稿会参会人员

龚学敏　李自国　干海兵　曹继祖　鄢家发　靳晓静　凸　凹
列美平措　李海洲　王顺彬　萧　融　曾　鸣

2019 年 6 月 6 日第二次专家审稿会参会人员

张　颖　龚学敏　李自国　干海兵　孙建军　黎政明　吕　历
周世通　雨　田　蒋雪峰　曹　东　熊　焱　蒋登科　唐　力
萧　融　曾　鸣

2019 年 6 月 27 日第三次专家审稿会参会人员

阿　来　侯志明　张　颖　龚学敏　马　平　马培松　李自国
干海兵　哑　石　凸　凹　李　平　王学东　萧　融　曾　鸣

四川百年新诗选

SICHUAN BAINIAN XINSHIXUAN

1917—2017

上卷

四川省作家协会◎编

四川人民出版社

图书在版编目（CIP）数据

四川百年新诗选/四川省作家协会编. —成都：四川人民出版社，2019.12
ISBN 978－7－220－11755－8

Ⅰ.①四… Ⅱ.①四… Ⅲ.①诗集－中国－近现代 ②诗集－中国－当代 Ⅳ.①I22

中国版本图书馆 CIP 数据核字（2019）第 300439 号

SICHUAN BAINIAN XINSHIXUAN

四川百年新诗选

四川省作家协会　编

责任编辑	郭　健　廖姝云
封面设计	李其飞
内文设计	史小燕
特约校对	邓永勤
责任印制	周　奇
出版发行	四川人民出版社（成都三色路 238 号）
网　　址	http://www.scpph.com
E-mail	scrmcbs@sina.com
新浪微博	@四川人民出版社
微信公众号	四川人民出版社
发行部业务电话	（028）86361653　86361656
防盗版举报电话	（028）86361653
照　　排	四川胜翔数码印务设计有限公司
印　　刷	成都东江印务有限公司
成品尺寸	170mm×240mm　1/16
印　　张	98
字　　数	1960 千
版　　次	2019 年 12 月第 1 版
印　　次	2019 年 12 月第 1 次印刷
书　　号	ISBN 978－7－220－11755－8
定　　价	298.00 元（全三卷）

《四川百年新诗选》编委会

编委会主任 阿　来　侯志明

编　　　委 阿　来　侯志明　张　颖　张渌波　罗　勇
龚学敏　罗伟章　马　平　杨　青　赵　智
杨　华　李自国　干海兵

主　　　编 龚学敏

编辑部工作人员 龚学敏　李自国　干海兵　萧　融
曾　鸣　敬丹樱　任　皓　李　斌
黎　阳　亚　男　方志英

鸣　　　谢 白　航　吕　进　张新泉　刘　滨　刘福春
蒋登科　张德明　向求纬　王国平　熊　辉
曾　兴　王明军　马　林

前　言

巴蜀诗歌源远流长，巴蜀诗人灿若繁星。在我国近 3000 年的诗歌史中，尤其是汉代以来波澜壮阔的诗歌长河中，巴蜀诗人始终如潮头般推动着中国诗歌向前发展。新文化运动以降，川人叶伯和、王光祈、吴芳吉、康白情等成为中国白话诗歌的先行者，而郭沫若的一部《女神》，更是奠定了四川诗人在中国新诗源头的里程碑地位。

从新文化运动早期的追求自由，到 1920 年代中期的新诗格律化和象征主义的萌芽，四川新诗都融入了那个时期特定的发展脉络，思考着由诗体解放带来罢黜陈旧的可能，从抒写形式层面建立起一种新的美学规范，彻底地更新了语言质地、表达方式以及意象组织。但 1930 年代初期，中国大地上此起彼伏的血雨腥风，在很大程度上改写了四川新诗的发展轨迹。漫长的战争致使 1940 年代的四川新诗开始出现大量直接配合前线作战需求的街头诗、口号诗。那些生存于敌后的众多四川诗人，也曾因为经历了这样一个战争语境而使其自身创作获得了精神上的忧患意识和厚重情怀。在这样的一个大时代当中，四川诗人心系民众、不辱使命，连同整个中国创作出了完整的诗篇，展示了战争年代的生存体验，彰显了复杂深邃的人性内涵，甚至走在了探索人类前途与命运的前沿。

放声歌唱是 1950 年代中国诗歌的主题。歌颂明确的时代内涵，受到四川新诗的认同。中华人民共和国的成立，使得四川诗人以感恩的心境把诗歌放置在歌颂的基调上，他们居于西南一隅，同样感受到了新中国生活的辉煌，感受到了责任和使命，于是这种歌颂可以被视为是出于内心的渴望。1957 年 1 月在成都创刊的《星星》发出令人振奋的“稿约”，真实表达了《星星》编者的诗歌理念和对诗歌多样化的期待。1960 年代四川新诗开始附着于政治理念。诗人们纷纷以阶级、时代的代言人身份出现，并使用大量的政治语系的象征意象，试图强化所表达情感的“真理”性。农民诗人、工人诗人的纷纷出现，让诗歌写作的群体性特征突显。这些技艺简单的创作，在今天看来已经成为了解特定时期四川社会现象、文化心理的重要史料。1970 年代四川新诗在经历了一个漫长而迟缓的转折期后，伴随着中国社会的重大变革，不动声色地推动着诗歌队伍的重新集结和思想艺术观念的“拨乱反正”，现实主义的朴素原则在各种各样的“写真实”和“说真话”的呼唤中闪亮登场。

1980 年代四川新诗从之前的束缚中彻底解脱出来，回到个体言说的前提，回到诗歌作为一种想象方式的艺术探索，最终修复与重建了人与诗的尊严和美感，并在巴蜀文化固有的传统上展开了多元的艺术实验，出现了对话融合的前景，让不同地域、不同民族的诗歌在四川形成良性互动的局面。这一时期，巴蜀大地上的诗歌运动风起云涌，朦胧诗之争，实验诗、先锋诗的探索，以及非非、莽汉等诗派引发了全国性的关注，“第三代诗人”的概念被提出并进入当代文学史的视野。四川诗人获得了数量众多的全国新诗奖、新诗集奖，成为中国当代新诗的最重要力量之一。1990 年代的四川新诗是由数代诗人共同参与构造而成，所以具有更大的包容性，这一时期的诗歌写作平稳坚实，那些转换与延续、拓展与深入的创作方式，以及试图重建语言与历史、现实的美学关系的创作追求，让 20 世纪 80 年代以来的诗歌写作，进入了多样化的文本储备期，一批承上启下的诗人开始涌现。新世纪以来，四川新诗仍然在探求语言的更多可能性，并在日常与审美、历史关怀与立足新时代之间构建了一种相互表达的体系。在这里，我们看到了青春的跳动、冷静的沉思、贯通不同流派的合唱、超越代际的个人写作、后现代的艺术气息，以及在中国传统文化中重新寻觅的努力。毫无疑问，整整一百年，新时代四川新诗已在汲取中国传统诗学文化精神的基础上，建立了一套体现本土地域的言说方式和诗歌精神话语体系。因此，四川省作家协会于中华人民共和国成立 70 周年开始筹备，于中国共产党建党 100 周年来临之际编辑出版《四川百年新诗选》，既是对巴蜀百年新诗历程的回顾、梳理和总结，也是向这个时期所有参与新诗创作的诗人致敬。

该书的编选更多站在文学史、诗歌史的角度，结合了不同时期的历史背景及诗歌特点；在作者、作品的选择上尊重其原貌，尽可能还原其历史（阶段）地位（见《凡例》）。

文运与国运相牵，文脉与国脉相连。相信四川诗人在中国共产党的坚强领导下，积极响应四川省委、省政府“打造四川文学强省”的号召，努力探索、积极进取，为下一个四川新诗百年书写出更多无愧于时代、无愧于人民、无愧于历史的优秀之作！

凡　例

一、编选原则

《四川百年新诗选》坚持党的文艺方针政策，突出艺术性和思想性并举的编选思路，以诗为本、以史为纲。体现权威性、经典性、文献性，全面展示四川百年新诗成果。

二、入选诗人范围

1917年至2017年间，四川（含1997年3月前重庆）籍优秀诗人；在四川出生、青少年时期在四川度过，或较长时间旅居四川（其间创作出优秀作品）的代表诗人。

三、入选诗人要求

在一百年来各个历史时期，对四川乃至全国新诗做出过贡献的诗人；在中国新诗发展的重要阶段，有优秀文本呈现，或活跃于各诗歌流派，或形成热点诗歌现象的优秀诗人；获得过全国、全省诗歌奖的诗人，含鲁迅文学奖诗歌奖、全国“五个一工程”奖（诗歌类）、全国少数民族文学创作骏马奖（诗歌类）、四川文学奖（诗歌类）等政府奖的诗人；在四川省作家协会认定的核心文学刊物发表一定数量优秀诗歌作品，或在省级以上主流文学刊物发表大量优秀诗歌作品的诗人；四川省作家协会诗歌专委会、诗歌专家库专家提名并经专业研讨、一致投票通过的优秀诗人。

四、为真实呈现四川百年新诗生态，完整保留了1949年前诗歌文本呈现方式和用字用语习惯。

五、作品收录年限及诗人简介信息截至2017年12月31日。入选诗人生卒信息不全的，用问号表示。

「目录

叶伯和

叶伯和（1889 年 6 月—1945 年 11 月），原名式倡，后更名为式昌、式和，字伯和，四川成都人。早年留学日本，开始接触西方诗歌。1915 年前后开始新诗创作，是我国用白话文写诗的最早的一批人之一。他的《诗歌集》是中国文学史上的第二部新诗集，也是四川第一本新诗集。

新　晴

当那翠影，红霞映着朝阳的时候；
仿佛她戴着花冠，羽饰；穿着黄裳绿衣；
　　——亭亭地站立在我的身旁。
我想和她接吻，却被无情的白云遮断了！
听呵！山泉儿流着，好像特为她传电话。
小鸟儿歌着，又像是想替她做邮人。
我忍不住了，便大声呼她：——
但她只从幽深的山谷中照着我的话儿应我。

战后之少城公园

满地的残荷败叶，
树枝上时有寒蝉哀鸣。
酒肆寂然无声，
茶社两三人，
道旁游玩的，
只几个缠着绷带的伤兵！

（以上选自《诗歌集》，上海远东印刷所 1920 年版）

王光祈

王光祈（1892 年 8 月—1936 年 1 月），四川成都人。音乐学家、社会活动家。1909 年考入四川高等学堂分设中学堂丙班，与郭沫若、李劼人、周太玄等人为同窗知己。1918 年，与李大钊、曾琦等发起组织“少年中国学会”。

哭眉生（有序）

雷眉生是我的好朋友，是中国的好少年，是少年中国学会最忠心的会员，不幸于去年十二月十四日在东京病故了！可怜他才活了十九岁！他的意志十分坚强，他的才思异常富锐。如今他虽是死了，我们更应该努力向前以实现他的理想。因为“少年中国”的新生命，全靠我们少年创造，全靠我们少年继续不断的奋斗。眉生是上了第一线殒命了。我们站在第二战线上的，应该立刻补上第一战线去，我们早晚都是要牺牲的，不要伤心。

民国八年八月十二日午刻，眉生灵榇由日本运归北京。我在车站上接着他的灵榇，叫了几声眉生他半声也不答应，莫奈何将他送到陶然亭畔去了！我在那萧萧芦苇的声中，做了几句哭他的诗。

（一）

眉生！记得我们去年相别时，

你说："我们再见，当在巴黎。"
如今我们又相见了，
还是在少年的中国？
还是在理想的巴黎？

（二）

眉生！记得去年七夕的夜半，
我们在陈愚生家中相见。
你说："今晚席上，只有我们两人的心酸！"
我当时戏答道："你的心酸，与我有什么相干？"
如今回想起来，
真令我十分心酸！

（三）

眉生，记得我们去年创办学会，油印规起，
你扶病而起，面白如雪。
我们都劝你道："眉生你歇歇吧，不要太劳乏了！"
你说："我将为最后的奋斗，
我将作最先的牺牲，
即或今日便死，死后还要帮助诸兄。"

（四）

眉生！你理想中的"少年中国"，
何时才可以造成？
"少年中国"的眉生，

何时才可以复醒?
眉生！你今日已成了我的死友!
我只有抱着“少年中国主义”，一步一步地往前行走。

（选自《少年中国》1919 年第 1 卷第 2 期）

去国辞

民国九年四月一日，光祈与少年中国学会会友魏嗣銮、陈宝锷同行赴欧留学。又有会友涂开舆前往星加坡从事教育，共乘船 Paul lecat 由沪出发。四月五日，舟过香港，遥望数点青山，罗列海岸，因念去国日远，特制短辞五章，为舟中同人陶情励志之用。辞中用语，多系同人素日用以互相砥砺者。此辞更得潮南姜君为之制谱。每当夕阳西下，海波不兴，同人辄斜倚栏干，歌此一曲，以度海上寂寞之生涯。

九年四月七日，王光祈

山之崖，海之湄，与我少年中国短别离；
短别离，长相忆。
“发挥科学精神，努力社会事业”，
惟我少年，乃能奋发。

山之崖，海之湄，与我少年中国短别离；
短别离，长相忆。
“不依过去人物，不用已成势力”，

惟我少年，乃能自立。

山之崖，海之湄，与我少年中国短别离；
短别离，长相忆。
“只问耕耘如何，不问收获所得”，
惟我少年，有此纯洁。

山之崖，海之湄，与我少年中国短别离；
短别离，长相忆。
“欲洗污浊之乾坤，只有满腔之热血”，
惟我少年，誓共休戚。

山之崖，海之湄，与我少年中国短别离；
短别离，长相忆。
愿我青春之中华，永无老大之一日，
惟我少年，努力努力！

（选自《少年中国》1919 年第 1 卷第 11 期）

郭沫若

郭沫若（1892 年 11 月—1978 年 6 月），原名郭开贞，字鼎堂，号尚武，乳名文豹，笔名沫若、麦克昂、郭鼎堂、石沱、高汝鸿、羊易之等，出生于四川乐山沙湾。现代文学家、历史学家、新诗奠基人之一。1921 年出版的诗集《女神》，被视为中国新诗的奠基之作。

凤凰涅槃

序　曲

除夕将近的空中，
飞来飞去的一对凤凰，
唱着哀哀的歌声飞去，
衔着枝枝的香木飞来，
飞来在丹穴山上。

山右有枯槁了的梧桐，
山左有消歇了的醴泉，
山前有浩茫茫的大海，
山后有阴莽莽的平原，
山上是寒风凛冽的冰天。

天色昏黄了，
香木集高了，
凤已飞倦了，
凰已飞倦了，
他们的死期将近了。

凤啄香木，
一星星的火点迸飞。
凰扇火星，
一缕缕的香烟上腾。

凤又啄，
凰又扇，
山上的香烟弥散，
山上的火光弥满。

夜色已深了，
香木已燃了，
凤已啄倦了，
凰已扇倦了，
他们的死期已近了。

啊啊！
哀哀的凤凰！
凤起舞，低昂！
凰唱歌，悲壮！
凤又舞，
凰又唱，

一群的凡鸟，
自天外飞来观葬。

凤　歌

即即！即即！即即！
即即！即即！即即！
茫茫的宇宙，冷酷如铁！
茫茫的宇宙，黑暗如漆！
茫茫的宇宙，腥秽如血！

宇宙呀，宇宙，
你为什么存在？
你自从哪儿来？
你坐在哪儿在？
你是个有限大的空球？
你是个无限大的整块？
你若是有限大的空球，
那拥抱着你的空间
他从哪儿来？
你的外边还有些什么存在？
你若是无限大的整块，
这被你拥抱着的空间
他从哪儿来？
你的当中为什么又有生命存在？
你到底还是个有生命的交流？
你到底还是个无生命的机械？

昂头我问天，
天徒矜高，莫有点儿知识。
低头我问地，
地已死了，莫有点儿呼吸。
伸头我问海，
海正扬声而呜咽。

啊啊！
生在这样个阴秽的世界当中，
便是把金钢石的宝刀也会生锈！
宇宙啊，宇宙，
我要努力地把你诅咒：
你脓血污秽着的屠场呀！
你悲哀充塞着的囚牢呀！
你群鬼叫号着的坟墓呀！
你群魔跳梁着的地狱呀！
你到底为什么存在？
我们飞向西方，
西方同是一座屠场。
我们飞向东方，
东方同是一座囚牢。
我们飞向南方，
南方同是一座坟墓。
我们飞向北方，
北方同是一座地狱。
我们生在这样个世界当中，
只好学着海洋哀哭。

凰　歌

足足！足足！足足！
足足！足足！足足！
五百年来的眼泪倾泻如瀑。
五百年来的眼泪淋漓如烛。
流不尽的眼泪，
洗不净的污浊，
浇不熄的情炎，
荡不去的羞辱，
我们这缥缈的浮生，
到底要向哪儿安宿？

啊啊！
我们这缥缈的浮生，
好像那大海里的孤舟。
左也是漶漫，
右也是漶漫，
前不见灯台，
后不见海岸，
帆已破，
樯已断，
楫已漂流，
柁已腐烂，
倦了的舟子只是在舟中呻唤，
怒了的海涛还是在海中泛滥。

啊啊！
我们这缥缈的浮生，
好像这黑夜里的酣梦。
前也是睡眠，
后也是睡眠，
来得如飘风，
去得如轻烟，
来如风，
去如烟，
眠在后，
睡在前，
我们只是这睡眠当中的
一刹那的风烟。

啊啊！
有什么意思？
有什么意思？
痴！痴！痴！
只剩些悲哀，烦恼，寂寥，衰败，
环绕着我们活动着的死尸，
贯串着我们活动着的死尸。

啊啊！
我们年青时候的新鲜哪儿去了？
我们年青时候的甘美哪儿去了？
我们年青时候的光华哪儿去了？
我们年青时候的欢爱哪儿去了？
去了！去了！去了！

一切都已去了，
一切都要去了。
我们也要去了，
你们也要去了，
悲哀呀！烦恼呀！寂寥呀！衰败呀！

凤凰同歌

啊啊！
火光熊熊了。
香气蓬蓬了。
时期已到了。
死期已到了。
身外的一切！
身内的一切！
一切的一切！
请了！请了！

群鸟歌

岩　鹰

哈哈，凤凰！凤凰！
你们枉为这禽中的灵长！
你们死了吗？你们死了吗？
从今后该我为空界的霸王！

孔　雀

哈哈，凤凰！凤凰！
你们枉为这禽中的灵长！
你们死了吗？你们死了吗？
从今后请看我花翎上的威光！

鸱　枭

哈哈，凤凰！凤凰！
你们枉为这禽中的灵长！
你们死了吗？你们死了吗？
哦！是哪儿来的鼠肉的馨香？

家　鸽

哈哈，凤凰！凤凰！
你们枉为这禽中的灵长！
你们死了吗？你们死了吗？
从今后请看我们驯良百姓的安康！

鹦　鹉

哈哈，凤凰！凤凰！
你们枉为这禽中的灵长！
你们死了吗？你们死了吗？
从今后请听我们雄辩家的主张！

白　鹤

哈哈，凤凰！凤凰！
你们枉为这禽中的灵长！
你们死了吗？你们死了吗？
从今后请看我们高蹈派的徜徉！

凤凰更生歌

鸡　鸣

昕潮涨了，
昕潮涨了，
死了的光明更生了。

春潮涨了，
春潮涨了，
死了的宇宙更生了。

生潮涨了，
生潮涨了，
死了的凤凰更生了。

凤凰和鸣

我们更生了。
我们更生了。

一切的一，更生了。
一的一切，更生了。
我们便是他，他们便是我。
我中也有你，你中也有我。
我便是你，
你便是我。
火便是凰。
凤便是火。
翱翔！翱翔！
欢唱！欢唱！

我们新鲜，我们净朗，
我们华美，我们芬芳，
一切的一，芬芳。
一的一切，芬芳。
芬芳便是你，芬芳便是我。
芬芳便是他，芬芳便是火。
火便是你。
火便是我。
火便是他。
火便是火。
翱翔！翱翔！
欢唱！欢唱！

我们热诚，我们挚爱。
我们欢乐，我们和谐。
一切的一，和谐。
一的一切，和谐。

和谐便是你，和谐便是我。
和谐便是他，和谐便是火。
火便是你。
火便是我。
火便是他。
火便是火。
翱翔！翱翔！
欢唱！欢唱！

我们生动，我们自由，
我们雄浑，我们悠久。
一切的一，悠久。
一的一切，悠久。
悠久便是你，悠久便是我。
悠久便是他，悠久便是火。
火便是你。
火便是我。
火便是他。
火便是火。
翱翔！翱翔！
欢唱！欢唱！

我们欢唱，我们翱翔。
我们翱翔，我们欢唱。
一切的一，常在欢唱。
一的一切，常在欢唱。
是你在欢唱？是我在欢唱？
是他在欢唱？是火在欢唱？

欢唱在欢唱!
欢唱在欢唱!
只有欢唱!
只有欢唱!
欢唱!
欢唱!
欢唱!

1920 年 1 月 20 日初稿
1928 年 1 月 3 日改削

(选自《女神》汇校本，湖南人民出版社 1983 年版)

天上的街市

远远的街灯明了，
好像闪着无数的明星。
天上的明星现了，
好像点着无数的街灯。

我想那缥渺的空中，
定然有美丽的街市。
街市上陈列的一些物品，
定然是世上没有的珍奇。

你看，那浅浅的天河，
定然是不甚宽广。
我想那隔河的牛女，
定能够骑着牛儿来往。

我想他们此刻，
定然在天街闲游。
不信，请看那朵流星，
那怕是他们提着灯笼在走。

（选自《星空》，现代书局 1924 年版）

地球，我的母亲！

地球，我的母亲！
天已黎明了，
你把你怀中的儿来摇醒，
我现在正在你背上匍行。

地球，我的母亲！
你背负着我在这乐园中逍遥。
你还在那海洋里面，
奏出些音乐来，安慰我的灵魂。

地球，我的母亲！

我过去，现在，未来，
食的是你，衣的是你，住的是你，
我要怎么样才能够报答你的深恩？

地球，我的母亲！
从今后我不愿常在家中居处，
我要常在这开旷的空气里面，
对于你，表示我的孝心。

地球，我的母亲！
我羡慕的是你的孝子，那田地里的农人，
他们是全人类的褓姆，
你是时常地爱顾他们。

地球，我的母亲！
我羡慕的是你的宠子，那炭坑里的工人，
他们是全人类的 Prometheus[①]，
你是时常地怀抱着他们。

地球，我的母亲！
我想除了农工而外，
一切的人都是不肖的儿孙，
我也是你不肖的子孙。

地球，我的母亲！

〔作者原注〕① Prometheus，即普罗米修士，希腊神话中半神半人之神。他曾把天上的火种偷给人间，因而触怒天帝，被缚在高加索司（Caucasus）山上，每天受着鹫鸟啄肉的苦刑。

我羡慕那一切的草木，我的同胞，你的儿孙，
他们自由地，自主地，随分地，健康地，
享受着他们的赋生。

地球，我的母亲！
我羡慕那一切的动物，尤其是蚯蚓——
我只不羡慕那空中的飞鸟：
他们离了你要在空中飞行。

地球，我的母亲！
我不愿在空中飞行，
我也不愿坐车，乘马，著袜，穿鞋，
我只愿赤裸着我的双脚，永远和你相亲。

地球，我的母亲！
你是我实有性的证人，
我不相信你只是个梦幻泡影，
我不相信我只是个妄执无明。

地球，我的母亲！
我们都是空桑中生出的伊尹，
我不相信那缥缈的天上，
还有位什么父亲。

地球，我的母亲！
我想宇宙中的一切的现象，都是你的化身：
雷霆是你呼吸的声威，
雪雨是你血液的飞腾。

地球，我的母亲！
我想那缥缈的天球，只不过是你化妆的明镜，
那昼间的太阳，夜间的太阴，
只不过是那明镜中的你自己的虚影。

地球，我的母亲！
我想那天空中一切的星球，
只不过是我们生物的眼球的虚影；
我只相信你是实有性的证明。

地球，我的母亲！
已往的我，只是个知识未开的婴孩，
我只知道贪受着你的深恩，
我不知道你的深恩，不知道报答你的深恩。

地球，我的母亲！
从今后我知道你的深恩，
我饮一杯水，
我知道那是你的乳，我的生命羹。

地球，我的母亲！
我听着一切的声音言笑，
我知道那是你的歌，
特为安慰我的灵魂。

地球，我的母亲！
我眼前一切的浮游生动，
我知道那是你的舞，

特为安慰我的灵魂。

地球，我的母亲！
我感觉着一切的芬芳彩色，
我知道那是你给我的赠品，
特为安慰我的灵魂。

地球，我的母亲！
我的灵魂便是你的灵魂，
我要强健我的灵魂来
报答你的深恩。

地球，我的母亲！
从今后我要报答你的深恩，
我知道你爱我你还要劳我，
我要学着你劳动，永久不停！

地球，我的母亲！
从今后我要报答你的深恩，
我要把自己的血液来
养我自己，养我兄弟姐妹们。

地球，我的母亲！
那天上的太阳——你镜中的影，
正在天空中大放光明，
从今后我也要把我内在的光明来照照四表纵横。

（选自《时事新报·学灯》1920 年 1 月 6 日）

周太玄

周太玄（1895 年 2 月—1968 年 7 月），生于四川新都，原名周焯，号朗宣，后改名周无，号太玄。曾任四川大学校长。著名生物学家，我国腔肠动物研究的鼻祖，教育家、翻译家、诗人。1917 年 7 月 1 日在北京与李大钊、王光祈等一起创办了“少年中国学会”。曾留学法国。曾翻译过十一部著作，一生留下两千多首诗篇，由后人结集出版《周太玄诗词选集》。

过印度洋

圆天盖着大海，黑水托着孤舟。
也看不见山，那天边只有云头。
也看不见树，那水上只有海鸥。
那里是非洲？那里是欧洲？
我美丽亲爱的故乡却在脑后。
怕回头，只回头，
一阵大风，雪浪上船头。
飕飕，吹散一片云雾一片愁。

（选自《少年中国》1919 年第 1 卷第 2 期）

黄蜂儿

一个黄蜂儿，跌在水里。
他挣扎着飞；飞起来，还是跌在水里。
水流得很慢，很安闲，夹着一叠一叠的树影，
黄蜂儿很着急；只是挣扎着望上飞；但只是在水里。
翅子已湿了，再也飞不起来，只在水里乱转。
脚上的花糖儿，是他们盼望的，
他觉着很痛心，都已被水冲散了。
虽然望得见岸，他却只在水里乱转。
不知道他为的什么？——生命么？工作么？
可怜水推着他走，经过了一叠一叠的树影。
他歇一歇又挣扎，但他还是在水里。
啊，好了！前面排立着许多水草。
但是，黄蜂儿，他却不动了。

（选自《少年中国》1920 年第 1 卷第 9 期）

夜　雨

无情的夜，昏沉沉的压着下来，
压着我转侧在空洞洞的床上。
可怕的静，填满了空中，闭塞着我的两耳。

冲破了静
无边淅沥沥的声音
是悲哽的风；夹着那失意的雨。
可怜的雨，你跄踉踉的下来，
救出我在那可怕的静中；便应该
送我到美丽甜乐的乡里。

唉！他们趁着风索兴的一齐下来，
惊醒了挤着安眠的肥硕白菜
他们朦胧的都一齐发了歌声：
仃伶的静，安慰着心。

温柔的情，偎抱着影。
你洗不净是我们的悲哽。
他吹不散是我们的深情。
夹着风他们的歌声一回悲咽一回大声。

风欺着他们，三点两点乱打在我窗上。
丁……丁……如何隔离得着？一一的到了我的心。
他紧张，回荡，缠绵，破裂。
他不喜怒，不断续。
湛黄了的秋梨，湿羽翼的鷓鸪。

可怜的雨。
他似乎很神秘的到了我的眼下
一滴……两滴……三滴
滴破了静，耳中一片声音。
滴混了影，目前阵阵的黑云。

滴碎了情，心中没有一些定准。

你不夹着风吹不开窗帷。
你不通电休想照着她玫瑰花的脸
你整齐的无边的下来依然
她在那里，仍旧四面捆着由着黑暗。

无情的夜他依然是恩惠
不言不语隐默的带着悲哽
可怜的雨有时也不能成声，
温柔是睡眠却远远还在那里。

（选自《少年中国》1921 年第 2 卷第 5 期）

吴芳吉

吴芳吉（1896 年 5 月—1932 年 5 月），字碧柳，自号白屋吴生，重庆江津人。中国诗词改革先驱，有“白屋诗人”之称。先后在嘉州（今乐山）中学、上海中国公学、四川大学等任教。1929 年参与创办重庆大学，任文科预科主任。著有诗作《婉容词》《护国岩词》《巴人歌》《两父女》等。出版有《白屋诗选》《吴芳吉全集》等。

婉容词

婉容，某生之妻也。生以元年赴欧洲，五年渡美，与美国一女子善，女因嫁之。婉容遂投江死。

一

天愁地暗，美洲在哪边？
剩一身颠连，不如你守门的玉兔儿犬。
残阳又晚，夫心不回转。

二

自从他去国，几经了乱兵劫。

不敢冶容华，恐怕伤妇德；
不敢出门间，恐怕污清白；
不敢劳怨说酸辛，恐怕亏残大体成琐屑。
牵住小姑手，围住阿婆膝。
一心里，生既同衾死共穴。
哪知江浦送行地，竟成望夫石。
江船一夜语，竟成断肠诀！
离婚复离婚，一回书到一煎迫。

三

我语他，无限意。
他答我，无限字。
在欧洲进了两个大学，
在美洲得了一重博士。
他说："离婚本自由，此是欧美良法制。"

四

他说："我非负你你无愁，
最好人生贵自由。
世间女子任我爱，世间男子任你求。"

五

他说："你是中国人，你生中国土。
中国土人但可怜，感觉哪知乐与苦？"

六

他说："你待我归归路渺，
恐怕我归来，你的容颜槁。
百岁几人偕到老？不如离别早。
你不听我言，麻烦你自找。"

七

他又说："我们从前是梦境。
我何尝识你的面，你何尝知我的心？
但凭一个老媒人，作合共衾枕。
这就是，野蛮滥具文，你我人格为扫尽。
不如此，黑暗永沉沉，光明何日醒？"

八

他又说："给你美金一千圆，
赔你的，典当路费旧钗钿。
你拿去，买套时新好嫁奁，
不枉你，空房顽固守六年。"

九

我心如冰眼如雾。
又望望半载，音书绝归路。
昨来个，他同窗好友言无误。

说他到绮色佳城，欢度蜜月去。

十

我无颜，见他友，
只低头，不开口。
泪向眼包流，流了许久。
应半声："先生劳驾，真是他否？"

十一

小姑们，生性憨。
闻声来，笑相向。
说"我哥哥不要你，不怕你如花模样"。
顾灿灿灯儿也非昔日清，
那皎皎镜儿不比从前亮。
只有床头蟋蟀听更真，
窗外秋月亲堪望。

十二

错中错，天耶命耶？女儿生是祸。
欲留我不羞，只怕婆婆见我情难过。
欲归我不辞，只怕妈妈见我心伤堕。
想姊姊妹妹当年伴许多，
奈何孤单单竟剩我一个？

十三

一个免挂牵，这薄情世界，何须再留恋？
只妈妈老了，正望他儿女陪笑言。
不然，不然，死虽是一身冤；
生也是一门怨。

十四

喔喔鸡声叫，哐哐狗声咬。
铛铛壁钟三点渐催晓。
如何周身冰冷，尚在著罗绡？
这簪环齐抛，这书札焚掉。
这妈妈给我荷包，系在身腰。
再对镜一瞧瞧，可怜的婉容啊，你消瘦多了。
记得七年前此夜，洞房一对璧人娇。
手牵手，嘻嘻笑。
转瞬今朝，与你空知道！

十五

茫茫何处？
这边缕缕鼾声，那边紧紧关户。
暗摩挲，偷出后园来四顾。
闪闪晨星，穰穰零露。
一瓣残月，冷挂篱边墓。
那黑影团团，可怕是强梁追赶。

竟来了呵，亲爱的犬儿玉兔。
你偏知恩义不忘故，你偏知恩义不忘故。

十六

一步一步，芦苇森森遮满入城路。
何来阵阵炎天风，蒸得人浑身如醉，搅乱心情愫
讶，那不是阿父，那不是我的阿父！
看他鬓发蓬蓬，杖履冉冉，正遥遥等住。
前去前去，去去牵衣诉。
却是株，江边白杨树。

十七

白杨何桠桠？惊起栖鸦。
正是当年离别地，一帆送去，谁知泪满天涯！
玉兔啊，我喉中梗满是话，欲语只罢。
你好自还家，好自看家。
一刹那，砰磅，浪喷花；
铛嗒，岸声答；
息息嗦嗦，泡影浮沙。
野阔秋风紧，江昏落月斜。
只玉兔双脚泥上抓，一声声，哀叫他。

（选自《新群》1919 年）

康白情

康白情（1896 年 4 月—1958 年 8 月），字鸿章，四川安岳人。中国白话诗的开拓者之一。著有诗集《草儿》《河上集》等。

雪　后

雪后北河沿的晚上，没有轧轧的车声，呖呖的歌声，
哑哑的鸟声，……
也没有第二个人在那里走路。
雪压的石桥，雪铺的河面，雪花零乱的河沿，……
一片莹光，——衬出那黑影迷离的两行稀树。
远天接地，弥望模糊。
隔岸长垣如带，露出了垣外遮不尽的林梢；
更缀上断断续续的残灯，——看到灯穷，知是长垣尽处。
兀的不是一幅画图！

人在画中行，
还把格呀格的脚声，偷闲暗数，——
一步！……两步！……三步！……
怎么？好像不是走在这里样呢？
溜来欲滑，踩去还酥，——

记取绒绒春早江南路。
忽见有淡淡的影儿，
才知道中天月色如许。

（选自《新潮》1919 年第 1 卷第 3 号）

疑　问

一

燕子，
回来了？
你还是去年底那一个么？

二

花瓣儿在潭里；
人在镜里；
她在我底心里。
只愁我在不在她底心里？

三

滴滴琴泉
听听他滴的是什么调子？

四

这么黄的菜花!
这么快活的蝴蝶!
却为甚么我总这么——说不出?

五

绿釉釉的韭畦中,
锄着几个蓝褂儿的庄稼汉。
知道他们是否也有了这些个疑问?

再　见

越老越红的红叶
红得不能再红了,
便岂里可罗地落下来了——落了遍地。

越老越红的红叶
很高兴卷着西风,
便岂里可罗地落下来了——落了遍地。

越老越红的红叶
不高兴卷着西风,

恋了恋枝
仿佛也没有甚么恋枝，
也岂里可罗地落下来了——落了遍地。

红叶没有甚么；
天却对着他板起脸子。
红叶没有甚么；
人却望着他抽着肠子。
红叶没奈何，
才抗着嗓子歌起来了。

歌道，——
“我是红叶，
和我一道儿的是我底天。
天让我青我就青；
天让我黄我就黄；
天让我红我就红；
天让我不要恋枝我就放下我底责任。
但我们还要再见。
我们再见——再见!”

歌声还没有终，
歌声还没有绝，
那还在枝上底红叶，
又岂里可罗地落下来了。

（以上选自《草儿》，上海东亚图书馆 1922 年版）

叶　挺

叶挺（1896 年 9 月—1946 年 4 月），原名叶为询，字希夷，号西平，广东惠阳客家人。中国人民解放军创始人之一、新四军重要领导者之一。皖南事变后，被国民党扣押入狱，囚禁于重庆“中美特种技术合作所”集中营。《囚歌》作于狱中。

囚　歌

为人进出的门紧锁着，
为狗爬走的洞敞开着，
一个声音高叫着：
爬出来吧，给你自由！
我渴望着自由，
但也深知道，人的躯体哪能由狗的洞子爬出！
我只能期待着，那一天
地下的烈火冲腾，
把这活棺材和我一齐烧掉，
我应该在烈火和热血中得到永生。

（选自《革命烈士诗抄》，中国青年出版社 1959 年版）

田　汉

田汉（1898 年 3 月—1968 年 12 月），学名寿昌，笔名田汉、陈瑜、伯鸿等，湖南长沙人。中国现代戏剧奠基人之一。国歌《义勇军进行曲》歌词作者。抗战时期在重庆与欧阳予倩等创办《戏剧春秋》。著有《黎明之前》《月光曲》《胜利进行曲》等话剧、电影剧本。

征夫别

（男唱）马萧萧，车辚辚，
辞了情人去出征，
（女唱）车辚辚，马萧萧，
送我们的战士去把国家保，
（男唱）聪明的妹，你别悲，
你应该祝我马革裹尸回，
（女唱）英勇的哥，我本想笑着送你去，
怎奈我的泪珠儿老忍不住，
（男唱）我也有眼泪，
可不在这时候流，
我们只有在抗战之中求自由，
（女唱）哥啊，我送你一朵花，
再亲你一个吻，

千百万爱自由的人都做你们的后盾，
（男唱）妹啊，谢谢你的花儿香，
谢谢你的吻儿热，
我们要战到最后一个人，
流到最后的一滴血。
（女唱）送情郎，上战场，
抗强敌，
救危亡，
祝凯旋，
还故乡，还故乡！
（男唱）别情人，上战场，
抗强敌，
救危亡，
不凯旋，
不还乡，不还乡！

（选自《新歌手册》，新光音乐研究社 1942 年版）

长　虹

长虹（1898 年 3 月—1954 年 4 月），本名高仰愈，山西盂县人。“莽原社”重要成员。抗战时期曾在重庆从事抗日救亡宣传活动。著有长诗《闪光》、诗集《精神与爱的女神》《给——》等。

箱子里的异闻

一个朋友临死的时候，
他把我叫到他的床前，
他把一个箱子交给我，
叫我为他照管。
他说他一旦死了，
这也没有什么，
只要把那只箱子打开，
它便将为他说话。
他说这话的时候，
精神显得很好，
不料刚一说完，
他却把气咽了。
我把箱子搬回家来，
款待它像个朋友，

因为他同我是至交，
箱子是他所遗留。
我没有把他的话履行，
仿佛怕听到他的声音。
我把它取了下来，
打开看有什么异闻？
不开箱子还好，
打开时叫我失望。
我觉得事情很古怪，
被他开了玩笑；
一个人活着时很庄重，
就这样幽默地死了？
我不管心里想什么，
把箱子翻了又翻；
有三件古怪的东西，
接连着被我发现。
先是长诗稿一本，
没有题和署名。
接着寒光闪耀，
是一把断毛尖刀。
最后一件是封信，
写明交与何人；
并写着，除本人外
别人不准拆开。
死者不是一个诗人，
生平不喜欢同谁吵闹；
受信人没有地址，
名字我也不知道。

不是他的笔迹
也不像是个假名。
我把箱子开了，想：
这真是一个异闻！
仍把它放回书架上，
看还有什么下文？

（选自《新蜀报》1941年4月9日）

王平陵

王平陵（1898 年 5 月—1964 年 1 月），本名仰嵩，字平陵，笔名有西泠、史痕、秋涛等，江苏溧阳人。抗战时期曾活跃于重庆诗坛，参与中华全国文艺界抗敌协会活动，著有诗集《狮子吼》等。

期待着南斯拉夫

从匈牙利平原，
伸展到爱琴海，
又从奥地利到
亚得利亚海，
这一块美丽的田园——南斯拉夫，
是克洛特，斯洛文，历史上有名的
塞尔维亚合建的新土。
你们搅起第一次世界的巨浪，
威廉大帝的威望，
就此默默地死亡；
正当世界沉闷的时刻，
你们的国魂宣布入墓的时刻，
大帝爱国的民众们，
又拥挤伯尔格来德街道上，

疯狂地怒吼了；
你们黯淡无色的国徽，
又在自由天地中发出烁烂的光辉，
激越的高致，
掀动希特勒的虎须
在愤怒中起抖，
这大声音，惊碎墨索里尼的心，
惊碎一位东方观光者的心，
这大声音唤起的回应，
是全世界人类的同情。
年青有能的小彼得，
代表光明自由的象征，
是你们民族的救星，
你们的姊妹之邦，
像得着一个大胜利，
都在兴奋，庆祝，游行，
赶快策动一百二十万大军，
参加神圣的自由战争，
折断魔鬼的轴心。
一清早晨，
全世界人类，
都捧着文字不同的报纸，
争看你们的新闻，
发闷的只有少数人，
欢欣的是全世界热爱自由的公民们。
但不知那一位新来的小伙伴，
在希特勒的宴席上，
在利宾特洛夫招待的宾馆里，

究竟作何感想？
如果希特勒，戈林，戈培尔等一世怪人。
真被这个小孩子打扫了，
你十三世纪的纸糊的屏风，
难道能挡得住什么呢？

（选自《新蜀报》1941 年 4 月 2 日）

邓均吾

邓均吾（1898 年 11 月—1969 年 9 月），本名邓成均，笔名均吾、默声，四川古蔺人。曾任《浅草》《创造季刊》编辑。曾任重庆市文联副主席、作协副主席，《红岩》和《奔腾》杂志主编。主要作品有诗集《心潮篇》《白鸥》《遗失的星》《邓均吾诗词选》等。

古旧的城垣

我爱这半倾颓的，古旧的城垣，
　在阴晴无定的，初春的黄昏里，
它不再有往日的钢铁般的庄严
　野草已大胆地爬上它的腰际。

周遭是说不出的，无限的颓唐，
　此日登临我依然是往日的我，
正像阴晴无定的，初春的太阳。
　射不着城脚下那阴暗的角落。

我爱这半倾颓，古旧的城垣，
　我愿它一旦间能够化为乌有，
不愿它遮断了那美丽的郊原，

让爱自由的人们向着它诅咒。
要倾颓的东西干脆让它倾颓，
无偏爱的时间不为谁人落泪！

（选自《华西日报》1939 年 3 月 7 日）

致长江

朝阳、满月的光华
是你金银的铠衣
剑门、巫峡的奇峰
是你英雄的卫士
日日夜夜地奔流
你忘记了疲劳、休息
像一条夭矫的巨龙
金鳞闪动，气吞万里

高山封不住你
深谷阻拦不住你
你避开了白盐、赤甲
吞吐着瞿塘、滟滪
朝辞白帝暮江陵
浩浩荡荡，一泻千里
沐日浴月的胸怀
与大海同呼吸

几千年的文明花朵
开放自你的身旁
几千年的劳动创造
记录在你的心上
光明与黑暗搏斗之间
你阅过了多少沧桑
淘去了多少假英雄
勾销了多少糊涂账
你永远是属于人民
人民不朽，你青春无恙

而今，春又来到人间
大地上百花齐放
你绿涨了一江春水
送来了新春的希望：
“挥宝剑，抉浮云
飞长矢，射天狼
禾黍连云万里香
钢花映红银河浪”
你，诗的长江
为祖国尽情歌唱

（选自《四川文学》1962年第3期）

老　舍（满族）

老舍（1899 年 2 月—1966 年 8 月），满族，出生于北京，原名舒庆春，另有笔名絜青、鸿来、非我等，字舍予。抗战时期曾在重庆任中华全国文艺界抗敌协会常务理事兼总务部主任。代表作有《剑北篇》《骆驼祥子》《四世同堂》，剧本《茶馆》等。

《剑北篇》之蓉城——剑阁（节选）

看，这蜜原里的蓉城，
花一样的秀静，
微雨润着梧桐！
啊，鬼手伸向天空，
把地狱的毒火撒在重庆，
血债永远，永远算不清，
再撒在古秀静雅的蓉城！
谁还有逸致闲情，
到武侯祠与薛涛井，
去瞻仰，去吟咏，
或在竹林下品一盏香茗？
心中的怒焰烧尽了恬淡的幽情！
看！繁荣的市井，

瓦砾纵横；
灰里烟中，
是财产生命；
寂无人声，
血与火造成了鬼境：
微风吹布着屠杀的血腥，
焦树残垣倚着月明！
鬼手布置下这地狱的外景，
也只有魔鬼管烧杀唤作和平！
把我们的鲜血流净，
把民族的耻辱洗清，
我们死，我们牺牲，
我们不接受鬼手里的“和平”！
……
车往北行：
……
我们宿在绵阳，赶过梓潼。
嗅，那使人难舍开的绵阳城：
路净街明，
夹道的梧桐；
顺着绿阴下的路径，
渐渐的走入花鸟的领域中；
……
川北伟大的公园中，
休息着来自河北或山东，
失了家乡的男女学生；
竹林里颤出来北地的歌咏，
是希望，是悲痛，

每颗鲜花似的心里抱着不平！
乡音唤起了心中的幻景，
仿佛我听见了黄河的激荡与波声！
……
离了松竹钟磬的幽境，
又转过青山几重；
剑阁——谁不记得那悲剧里的铃声——
今日也正在凄凉的细雨中！
剑阁多么小的一座城，
一条小街，几盏油灯。
好像还紧记着古代的一段幽情！
只有夜雨，没有铃声；
听，我们在歌唱历史的新生！

（选自《剑北篇》，大陆图书出版公司 1942 年版）

段可情

段可情（1899 年 12 月—1994 年 3 月），原名段傅孝，笔名白莼、锦蛮，四川达县人。曾任川北文联主席、四川省文联副主席。著有短篇小说集《铁汁》《杜鹃花》，中篇小说《巴黎之秋》，译著长篇小说《死》《蜜蜂玛雅的冒险》等。

新七夕

牛郎不来渡天河，
织女空自弄金梭。
云锦不如蜀锦好，
如今世上巧手多。

天衣无缝人争夸，
御寒无计望云霞。
世上也有无缝物，
钢管抽水利农家。

仙牛迟迟走云头，
牛郎停犁空发愁。
深耕尺八翻新土，

不及人间有铁牛！

愿作工农不羡仙，
牛女本事只等闲。
能工巧匠随处有，
仙家永不及人间。

（选自《星星》诗刊 1958 年第 12 期）

杨　骚

杨骚（1900 年 1 月—1957 年 1 月），福建漳州人。中国左翼作家联盟成员，中国诗歌会发起人之一。1938 年在重庆加入中华全国文艺界抗敌协会，著有诗集《受难者的短曲》《春的感伤》等。

摇篮歌

——为难童们作

孩子们哟，酣睡着吧，
烟火虽然这么弥漫，炮火虽然这么巨大，
但有无数的我们在前面还击，一些也不要害怕！

孩子们哟，且住着哭吧，
不要惦念你炮火中的家，也不要哭着你死去的爹妈，
有朝我们挺起胸膛走时，把那日本鬼打得流水落花！
牢记住，谁是你最大的冤家，
孩子们哟！

我　们

我们有热的血，
　　　铁的心！
我们有粗的臂膀，
　　　大的拳头！
我们要替受难的同胞复仇！
我们要替儿孙找出一条路！
我们有决心——
　　要抗战到底！
我们肯牺牲——
　　为光明自由！
我们筑起坚固的堡垒
　　不能失掉一寸土地！
我们愿流尽最后的血
不让强盗有所进展！
我们不怕死！怕死的是狗！
我们不妥协！妥协的是贼！
我们用热的血——
　　消灭侵略者的狂焰！
我们用大的拳头！
　　粉碎侵略者的幻梦！

（以上选自《抗战诗选》，战时文化出版社 1938 年版）

陈　毅

陈毅（1901 年 8 月—1972 年 1 月），名世俊，字仲弘，四川乐至人。中国无产阶级革命家、军事家、外交家，中华人民共和国十大元帅之一。著有《陈毅诗词选集》等。

赣南游击词

天将晓，队员醒来早。
露侵衣被夏犹寒，
树间唧唧鸣知了。
满身沾野草。

天将午，饥肠响如鼓。
粮食封锁已三月，
囊中存米清可数。
野菜和水煮。

日落西，集会议兵机。
交通晨出无消息，
屈指归来已误期。
立即就迁居。

夜难行，淫雨苦兼旬。
野营已自无篷帐，
大树遮身待晓明。
几番梦不成。

天放晴，对月设野营。
拂拂清风催睡意，
森森万树若云屯。
梦中念敌情。

休玩笑，耳语声放低。
林外难免无敌探，
前回咳嗽泄军机。
纠偏要心虚。

叹缺粮，三月肉不尝。
夏吃杨梅冬剥笋，
猎取野猪遍山忙。
捉蛇二更长。

满山抄，草木变枯焦。
敌人屠杀空前古，
人民反抗气更高。
再请把兵交。

讲战术，稳坐钓鱼台。
敌人找我偏不打，
他不防备我偏来。

乖乖听安排。

靠人民，支援永不忘。
他是重生亲父母，
我是斗争好儿郎。
革命强中强。

勤学习，落伍实堪悲。
此日准备好身手，
他年战场获锦归。
前进心不灰。

莫怨嗟，稳脚度年华。
贼子引狼输禹鼎，
大军抗日渡金沙。
铁树要开花。

地中海上

我今东归，归向那可爱的故乡。
故乡是我的情人，不知她而今怎样？

欧陆的风云苍茫，一股横流东向。
袖手空归的我呀，怎好，怎好还乡？

去国的壮怀，只如今头垂气丧。
曾记否少年的肩头，应担负什么分量？

真不堪回想，这些年的流浪！
践踏了父母的血肉，狼狈在地中海上！

啊，地中海呀，你是文明的亲娘！
你怀中的平静，便是那葡萄酒浆。

可怜你的酒浆，只使得儿孙醉狂！
六年来弄的把戏，你看了悲不悲伤？

你若不信，再看这往来的船上：
东归者带了什么？西来者又如何失望？

文明的母亲呀，你试想，
你这葡萄色的文明，究造出什么佳酿？

（以上选自《陈毅诗词选集》，人民文学出版社 1977 年版）

夜雨读拉马丁《默想集》

望不到的春雨，
今番来了。
我心灵的积尘，

仿佛被冲得干净了。

要不是日已昏，夜正冥，
我将去到西山绝顶，
看这幅水墨图画里，
——落红阵阵！

瓦角吼，树梢鸣。
一阵雷音，来自天庭。
绵绵的大伞扯了，
空山透明。
莫不是指给我，
上天的路径？

一盏灯，一卷诗。
屋小，人静，
我低回幽唱，
晤对着法国诗人。
多情的拉马丁哟，
可怜你，苦恼的一生！

我爱你的忧郁，
我爱你的衷情。
你难忘你的慈亲，
和你那早丧的爱人。
这便是你创作的根源，
感泣了我们后生！

夜雨呀，
请莫停！
我要借你的情调，
领略这千古诗心！

（选自《陈毅诗词赏析》，华夏出版社 2001 年版）

林如稷

林如稷（1902 年 8 月—1976 年 12 月），笔名白星、万古江等，四川资中人。1920 年开始用白话写新诗和小说，为早期新文学社团浅草社、沉钟社主要成员。后留学法国，回国后曾先后在北京中法大学、成都光华大学和四川大学任教授。著有《林如稷选集》、鲁迅研究论文集《仰止集》及电影文学剧本《西山义旗》等，翻译有法国作家左拉的长篇小说《卢贡家族的家运》。

我与你们留别

我与你们留别，
我心痛欲裂，
在我所行的海中，
只有恶涛使我震慑。

巨波万顷之上，
是掩盖着几片幻云。
幻云将静静悄笑——
笑那迷途者只知狂奔。

共哭泣者一一分襟，

共欢笑者均已远离。
但惟有尘迹的往事，
绞索的焚烧于旅肠里。

我与你们留别，
我心痛欲裂。
友们哟，这尚是，
将明未明的长夜……

去国之前夜将天明时，倚装草

（选自《民国日报》副刊《文艺周刊》1923 年 10 月 16 日第 11 期）

长啸篇（选一）

“仰天长啸”
——岳飞《满江红》

月　光

月光浸到我的窗前，
洒入床内，
水银一般的大被：
我有些惨怛，有些沉醉。

我想起那捣杵的白兔，
那在婵宫苦读的仙娥，
更想起那张果老：
都不过是“时间”的债徒！

我且不去打损玉臼，
只想在婵宫小住，
替果老挥斧，
伐倒那掩翼辉光桂树！

不必说与月娥亲吻，
只愿长眠在伊怀内，
受这闪闪的爱光，
已逾过一杯新酿的沉醉。

我再没去嗟叹，
哦，尽那样萦想：
萦想与我纠缠，
我真不能入睡！

（选自《浅草》1925 年第 1 卷第 4 期，署名白星）

凄　然

吼啸的波声充满了耳畔，

暗淡的天海不见——不见涯端。
我想这或许是尚在苦念着的故国：
“沱江春潮的涨泛？扬子夜渡的急湍？”

默然无语地紧倚着船舷，
心中痴哑似地发着无端的惊颤。
儿时的梦景哟，忽然现在眼前：
四望只有迷惘，增我凄然！

一九二三；十一，一，阿剌伯海上。

（选自《沉钟》周刊 1925 年第 2 期）

冯雪峰

冯雪峰（1903 年 6 月—1976 年 1 月），原名福春，笔名雪峰、画室、洛阳等，浙江义乌人。湖畔诗派诗人之一，文艺理论家。1943 年到重庆，在中华全国文艺界抗敌协会工作。著有诗集《湖畔》（与潘漠华、应修人、汪静之合著）、《春的歌集》（与潘漠华、应修人合著）、《真实之歌》、《雪峰的诗》等。

燕子们

乌黑的层云，翻腾着，卷滚着，
灰白的映光，浓黑的投影，合着阴风，
　　挨着地，互推着疾走；
山岳凛然地变成沉寂，严肃，
树木是发着微声，恐惧而颤抖。……

暴风雨就要来了！暴风雨到了！
但是，那些燕子，翻飞着，如被卷腾起来的银片，
它们活泼地升飞高空，直穿入云层。
——小小的鸟儿！你们也能抵挡暴风雨？
不，它们冲向暴风雨，它们驾御着暴风雨，
它们有这自信！有这力量！有这志趣！……

暴风雨到了！哦哦，暴风雨……
你们可以想象我的悲哀！
想象我的快乐！
想象我的愤怒！
想象我的沉默！

因为我和它们在同一时代，
在同一地带！
我和它们有同样的胆力和心情，
它们是我的志趣，
它们有这自由！……

（选自《真实之歌》，重庆作家书屋 1943 年版）

在那山边

在那山边，
在无论那个山的边沿，
你注意地看，一个绿的影子一定会浮现！
那是一个人！我那么注意的人！
哦，他是我的哀愁，
又是我的深远的快乐——
我的理想便这样地结合着我的现实！

为什么他不是我们时代的一个影子？

那么灰暗，那么无色
然而在那绿野
　　一放到你的眼前，
他又那么生发，显耀，形成翠绿的光！
为什么他又不是我们关系的最高形象？
那么暗晦，那么不经常，
然而多么的闪着磷光，
多么的有希望！

哦，我要把他抓住的，是怎样真实的世界！
而我果然将他抓住了，
这就是你，朋友，
这就是真实，
这就是美！

（选自《新蜀报》1943年8月23日，署名画室）

常任侠

常任侠（1904 年 1 月—1996 年 10 月），安徽阜阳人。抗战时期在重庆任中英庚款董事会艺术考古员，兼任四川省立教育学院教授。著有诗集《毋亡草》《收获期》《蒙古调》。

原　野

我爱祖国的原野，
我是在这原野生长的。
迈着健壮的脚步，
我走着，踏着每一块土壤，
都触觉着温暖，
仿佛与我融合为一片。

我的祖先都已化为这原野的泥沙，
让树繁茂，让谷粒生芽又结实，
让野花装饰曲折小径的边缘，
让细草铺满松软的毡子，
让小溪唱着歌流过，
让菜圃展开浓绿的嫩叶，
让高下回环的田畦，

摇着金黄的香稻。
而我也将化为这原野的泥沙啊，
我将与这里的一切同在。

我爱这原野的一切，
我向原野激动的呼喊，
带着无尽的渴望，
仰卧在原野上，
望着蔚蓝的远天。
原野也拥抱我，
以温柔的发，温柔的肢体抚慰我，
我的身体永远是属于这原野的。

我爱听这原野的声音，
这村犬的吠、鸡的啼叫
和牛的鸣声。
或是一只野鸟，
一头虫子都能引我神往。
而颜色又是这样美好啊，
在朴素中显出典雅与安闲。

我爱每一溪桥，
每一岩谷和村落，
甚至每一蜷卧的小丘，
都给我以可亲的容貌。

坐在山和山叠绕的，
田和田环曲的，

路和路区划的，
雾气蒙蒙的田野中，
我闻着而且喜爱着
那些不知名的干草香。

（选自《新蜀报》1940 年 12 月）

艾　芜

艾芜（1904 年 6 月—1992 年 12 月），原名汤道耕，四川新繁人。1932 年加入中国左翼作家联盟，开始发表小说。曾任重庆市文化局局长、四川省文联名誉主席。主要作品有短篇小说集《南行记》、长篇小说《山野》《百炼成钢》等。

我怀念宝山的原野

我曾在宝山的原野里，跟那儿的农民混过半年。

他们给过我人间的温馨，与那不舍的留恋。

如今听见它失陷了，我心里深深感到不安。

我痛心那夏天时节绿树浓荫的海岸，而今已靠满了敌人的兵船。

我痛心那白絮朵朵，秋风吹着棉花田，而今已遭了敌骑的踏践。

我痛心那黑夜的红灯。在泗塘河里，缓缓浮过的渔家小船，而今已伴着尸体，烂在海边。

我痛心那竹树缭绕，瓦屋数间，篱边躺着黄牛的农民家园，而今已全烧掉了，化成一片灰烟。

我痛心那辛勤朴实，整天在田地里挥着锄头的农家少年，而今全迫在敌人刺刀下面，掘壕，挨打，受难。

我痛心那脸色灰白，在蕴藻浜纱厂里面做工的农家女眷，而今竟一个个遭到了戏弄，杀害，强奸。

（选自《抗战诗选》，战时文化出版社 1938 年版）

巴 金

巴金（1904 年 11 月—2005 年 10 月），原名李尧棠，四川成都人。被誉为五四新文化运动以来最有影响的作家之一，代表作品《家》《春》《秋》。

一 生

未开的——含苞了；
将开的——开放了；
已开的——凋残了；
花儿静悄悄地过了她的一生。

寂 寞

一株被扎过了的梅花在盆里死了，
她的一生原是这样的寂寞啊！

黑夜行舟

天暮了，
在这渺渺的河中，
我们的小舟究竟归向何处?
远远的红灯啊，
请挨近一些儿罢!

（以上选自《妇女杂志》1923年第9卷第10号）

给死者

我们再没有眼泪为你们流，
只有全量的赤血能洗尽我们的悔与羞；
我们更没有权利侮辱死者的光荣，
只有我们还须忍受更大的惨痛和苦辛。

我们曾夸耀为自由的人，
我们曾侈说勇敢与牺牲，
我们整日在危崖上酣睡，
一排枪，一片火，毁灭了我们的梦景。

烈火烧毁年青的生命，
铁蹄踏上和平的田庄，

血腥的风扫荡繁荣的城市，
留下——死，静寂和凄凉。

我们卑怯地在黑暗中垂泪，
在屈辱里寻求片刻的安宁。
六年前的尸骸在荒茔里腐烂了，
一排枪，一片火，又带走无数的生命。

“正义”沦亡在枪刺下，
“自由”被践踏如一张废纸，
侵略者在中国的土地上安排庆功宴，
无辜者的赤血喊叫着“复仇”！

是你们勇敢地从黑暗中叫出反抗的呼声，
是你们洒着血冒着敌人的枪弹前进：
“前进呵，我宁愿在战场作无头的厉鬼，
不要做一个屈辱的奴隶而偷生！”

我们不再把眼泪和叹息带到你们的墓前，
我们要用血和肉来响应你们的呐喊，
你们勇敢的战死者，静静地安息罢，
等我们最后一滴血洒在中国的平原。

（选自《抗战诗选》，战时文化出版社 1938 年版）

杨吉甫

杨吉甫（1904 年 11 月—1962 年 11 月），重庆万州人。曾与何其芳一起创办刊物《红砂碛》，与方敬合办《川东文艺》。著有诗集《杨吉甫诗选》等。

短诗抄

小诗一

薄雾罩着江面，
天明了，又慢慢散去。
船夫呵！那是你夜眠的
帐幔么？

石子九

柳荫院里的蝉鸣，
扇起悠悠的微风。
一个蝉儿像婴儿吸乳似的，
紧贴在树身上。

短歌抄一

蝉的声
如抽不尽的丝！

散沙九

农夫在田坎上寻找草帽，
脸都急得红了。

短歌抄十四

鸭子泊在水面上，
静听黄昏的声音。

小诗七

装鱼的篮子放下来，
猫儿赶快去检查。

小诗二十三

蟋蟀忘记了时节，
灯光一引就到了这里。

短歌抄二十一

夜的院子里亮着萤火似的光，
再亮时照见她吹火的嘴。

小诗十二

树林里的月色，
照着肃声的猫头鹰，
垂着头儿睡了。

（选自《杨吉甫诗文选》，1992 年四川省文化厅印制）

王亚平

王亚平（1905 年 3 月—1983 年 4 月），原名王福全，河北威县人。抗战时期活跃于重庆诗坛，参与创办《诗歌丛刊》和《诗家丛刊》。著有诗集《都市的冬》《十二月的风》《海燕的歌》《生活的谣曲》等。

苦　痛

苦痛，像一道幽暗的深沟
把我同欢乐隔绝。

为了捞取自由的珍珠，
我涉进苦痛的河心。

我激震的心灵呵！
深怀着忧愤，失掉了安静。

我挥动生命的铁锤
击打苦痛的坚城。

但我预感着欢悦，
我将以带血的双手，迎接自由的幸福！

在击破苦痛的坚城之后。

野　花

游惰的人们
为了装饰枯焦的生活，
把粉红淡黄的花枝，
喂养在自己的案上。

而我常走上田野，河边
去拜访烂漫的野花，
它开得好，生得美，有生命的力。

我讨厌供人玩赏的花朵，
在狭小的房间，我没有歌唱；
我的歌，像野花
生长在广阔的山野。

（以上选自《新华日报》1942 年 5 月 28 日）

臧克家

臧克家（1905 年 10 月—2004 年 2 月），山东潍坊人。中国现实主义新诗的开山人之一。抗战时期曾在重庆任中华全国文艺界抗敌协会候补理事。曾任中国诗歌学会会长、《诗刊》主编，著有诗集《烙印》《宝贝儿》等。

我们的笔部队

——为欢迎作家访问团诸朋友作

我们不再靠着椅背
像石像一尊，
瞑起眼，
静候“灵感”的贵宾；
我们不再吐着烟丝
去玩弄幻想，
把一间斗室
做成自己的“封疆”；
我们不再
彼此互投轻视的眼光，
黏不到一堆，
沙石一样；
我们不再那么脆弱，

经不起一点风霜，
我们手里的笔，
不再是那么没有分量。
敌人的大炮，
开拓了我们的世界，
敌人的大炮，
打宽了我们的胸膛，
千万个诗句，
一齐歌咏着反抗，
（热情似大江的奔放！）
千万个笔管，
一齐写着解放。
（红血里插下了新生的秧！）
我们的笔部队，
渡过黄河，
盘过山岗，
在炮火下，
在轰炸中，
从这个战场
到那个战场，
我们有力量，
我们是一个集体，
我们有武器，
笔就是枪。

（选自《新华日报》1940 年 1 月 16 日）

耳朵和眼睛

我的眼睛
能从晚照里
看出第二天的阴晴，
我听得出：
哪种鸟儿
能唤来雨
呼来风。
“布谷”开口
收农人下坡；
天河一弯弯，
吃新米“干饭”
“纺织娘”叫，
纺花车就转，
蟋蟀唧唧一声，
跟着来个秋天……
在洋场里
我是枯鱼一条，
在乡间，你说，
那一样我不地道？

默　契

青山不说话，
我也沉默，
时间停了脚，
我们只是相对。
我把眼波
投给流水，
流水把眼波
投给我，
红了眼睛的夕阳，
你不要把这神秘说破。

人，牛，鸟

一双老黄牛
齐步向前
一只手把犁
跟在后边，
新土
翻着浪，
放香，
同孩子作伴，
小狗在地头上躺；

乌鸦跟着犁
慢扇起翅子，
一回又落在牛的背上。

白鸽子和苍蝇

一只白鸽
在半空里画圈，
天，
更大
更圆。
一只苍蝇
扰人睡梦，
六月的白昼
更长
更静。

（以上选自《文艺阵地》1942 年第 7 卷第 4 期）

安　娥

安娥（1905 年 10 月—1976 年 8 月），女，原名张式沅，曾用名何平、张菊生、张瑛，河北获鹿人。抗战时期随丈夫田汉内迁重庆工作。著有诗集《燕赵儿女》《古城的怒吼》《孩子们的队伍》《台儿庄》等。

难儿进行曲

我们在炮火中长大，
我们在炮火中长大，
日本军阀的炮火，
把我们炼成了小革命家。
自从八·一三敌机来炸，
我们就被赶到了天涯！
被赶到了天涯！
我们并不啼哭，
我们并不害怕，
缺少甚么，
向日本帝国主义那里去拿，
终有一天
会打回我们的老家。

（选自《新华日报》1938 年 2 月 13 日）

蔡楚生

蔡楚生（1906 年 1 月—1968 年 7 月），出生于上海。曾执导电影《南国之春》、《渔光曲》（该片获得莫斯科电影节“荣誉奖”，成为中国第一部在国际上获奖的影片）、《一江春水向东流》等。

洞庭三唱

一

洞庭湖
波苍茫
丛山耸罩湖绿长
渔船出渡水云乡
你捕鱼
我插秧
风和日暖稻花香
滨湖一熟三年粮
洞庭湖
波苍茫

二

洞庭湖
起风浪
几度秋收遭灾殃
倭寇铁蹄进三湘
劫财物
抢米粮
奸淫掳掠如虎狼
家园破碎骨肉丧
洞庭湖
起风浪

三

洞庭湖
风波扬
中原烽火飞长江
英雄女儿出三湘
保国土
卫故乡
冲锋陷阵杀强盗
义师所向敌必亡
洞庭湖
风波扬

（选自《国民公报》1944 年 7 月 17 日）

陈伯吹

陈伯吹（1906 年 8 月—1997 年 11 月），原名陈汝埙，曾用笔名夏雷，上海人。1943 年，在重庆任中华书局编审。1945 年 4 月 1 日，《小朋友》杂志在重庆复刊，任主编。代表作品《一只想飞的猫》《飞虎队和野猪队》等。

误　会

你说我的感情像一匹野马
不怕外面的风儿大
在荒山里上上下下
没有归宿的家

你说我的想象
青妙像仙人掌
难说的一些奇形怪状
美丽又像绯红的秋海棠

你还说我的思想
偏不作云雀的歌唱
却海燕般地在暴风雨里飞翔

在闪电下驮走了一背的银光

你更说我这个人莫名其妙
有时冷淡有时热闹
像梅雨天气里的一支寒暑表
我这样回答你说
你的话没有错
这好比你站在雾里赏花朵
你又隔了帘子瞧我

我说我像一株百尺的青松
淋过了夏雨吹过了春风
冬天接着秋天霜露这么重
大气包围不住我长向上空

（选自《国民公报》1944 年 3 月 20 日）

李广田

李广田（1906 年 8 月—1968 年 11 月），号洗岑，笔名黎地、曦晨等，山东邹平人。1941 年春，曾在西南联大叙永分校任教。与何其芳、卞之琳并称“汉园三诗人”。著有诗集《汉园集》（与何其芳、卞之琳合著）、《春城集》、《李广田诗选》等。

给爱星的人们

一连读到几个人的诗和散文，他们都异口同声地赞美着天上的星星。

祝福你爱星星的人们，
你们生于泥土而又倦于泥土的气息。

我呢，我却更爱人的星，
我爱那作为灵魂的窗子，
而又说着那无声的温语的
人的星星。

你还说：
“云间的金星是美丽的，
而万里无云的星空却更美。”

是的，我们却更要发下誓愿，
把人群间的云雾完全扫开，
使人的星空更亮，更光彩，
更能够连接一起，更相爱。
“我看见你了，我更喜欢你了。”
“是呵，我也一样：我们的窗前都没有云。”

而且，我们还更盼望，
叫别的星球上的爱星者
指点着我们这个世界：
“看呵！我爱星，我爱顶亮的那一颗。”

（选自《中国诗艺》1941年8—9月复刊第3期）

曹葆华

曹葆华（1906 年 ？月—1978 年 9 月），四川乐山人。诗人，翻译家。出版《寄诗魂》《落日颂》等诗集，翻译了梵乐希的《现代诗论》、瑞恰慈的《科学与诗》等作品。

题未定

一

我们宁愿吃石头，草，
树根，蚯蚓，尘土；
我们宁愿吃水，空气，
宽，深和高；
与其践踏自己灵魂，
在他人的鼻息下，
乞取一块面包，一瓶酒，

临着生命的大难关，
我们不该这样叫喊吗？

二

然而抗战已到一年半，
成都，这民族最后根据地，
街头，巷尾，十字口，
都开着很多大公司，
——二十世纪的新交易；

收买金亮的时光，
一小时出价一元法币，
须带数理，英文，美术，
（国文必须是经史百家）
成分不足须打折扣。

于是出售者接踵而来，
或返自西方𠂉字旗下，
或归从东岛樱花丛中，
或在摇曳的油灯下，
曾翻读过五车圣贤书，
都趁着露珠欲坠的早晨，
向那些狡猾的胖经理，
呈上一段火红的生命。

三

大炮声震醒了许多人，
却撼不动古老的都市。

虽然冷雨湿透了长街，
虽然寒风吹破了脸颊，
虽然天真活泼的小孩，
终日在路上唤着义卖，
可是智识者提起皮包，
仍向着公司踉跄而去。

（选自《文艺阵地》1939 年第 3 卷第 2 期）

朱大枬

朱大枬（1907 年 ？月—1930 年 8 月），号仲实，笔名柵、大柵、一苇、槐南等，重庆巴县人。新月派诗人。著有诗集《饥饿》、长诗《冷箭》及诗文集《灾梨集》（合集）。

加　煤

在倾壶狂饮的时候，
像车头里加进黑煤，
叫停滞的变为活跃，
叫感情掣思想狂飞。

我替你穷人们思量：
你骨头能称出几两？
就抖空钱袋买一醉，
分量再轻点也不妨。

趁空袋里没有臭钱，
意念里也没有顾惜，
恰像那轻便的火车，
好开足万匹的马力！

莫停在回忆的坟地，
去凭吊毁蚀的积尸；
不要进希望的空洞，
去梦想本来的充实。

驾驶到幻想的国度，
出现实苦恼的世界。
凭你全意志的主宰，
造一座象牙的楼台。

一霎眼，蛛网变流苏，
悬结满煌煌的金屋。
碧琅玕装上破窗槛，
潮湿墙幻作黄金柱。

绿泥杯看做翡翠镶，
黄豆焰闪放明珠光。
看影摇仙女的舞蹈，
听蟋蟀奏仙乐嘹亮。

叫繁华来掩灭荒凉，
叫欢愉来消融忧伤，
全任你恣情地骄傲，
享乐在幻想的天堂。

还不怕强暴的夺取，
也没有弱者的妒嫉：
尽耽乐幻想的仙乡，

用不着半点的猜疑。

偷巧同命运的宠儿，
没一点出汗的苦恼，
由你判自己的命运，
坐享这无尽的逍遥。

不动手就起座宫殿，
不动脚就爬上帝座：
只存在幻想的园里，
这不偿代价的极乐。

笑炼石补天的女神，
比填海的精卫更蠢：
看我们只灌进冷酒，
也填平不平的命运！

叫停滞的变为活跃，
叫情感掣思想狂飞，
在倾壶狂饮的时候，
像车头里加进黑煤。

（选自《灾梨集》，北平文化学社1928年版）

廖沫沙

廖沫沙（1907 年 1 月—1991 年 12 月），原名廖家权，笔名繁星，湖南长沙人。抗战期间曾任重庆《新华日报》编辑主任。代表作《鹿马传》、《分阴集》、《廖沫沙文集》（四卷）等。

全世界光明了

一个光辉万丈的日子，
一个掀天动地的时辰：
一九四五年八月九日，
苏联对日本宣布了
一个正义的战争！

这是全世界的光明，
这是全人类的光明，
这是全部人类历史，
空前未有的一次声音：
东方的人民，
西方的人民，
今天同时看到了解放的光明，
今天同时听到了自由的钟声！

　　解放的光明，
　　自由的钟声，
天啊！请你睁开眼睛！
地啊！请你仔细听听！
当晨光还朦胧在薄暗之中，
当黎明还没有走出黑夜的深沉，
当太阳还没有升腾，
当全世界的人们酣睡未醒，
天哪，你想我们听到的是什么声音？
八月九日，苏联对日本宣布了战争！
这声音是那么深远，
然而这声音有若洪钟；
这声音是那么轻柔，
然而这声音好像雷鸣。

立刻提起笔来，
　　——但恨我没有枪在手中，炮在手中；
立刻写下这声音，
　　——但恨我不能够一喝便喝醒所有的人；
立刻排成铅字，
　　——但恨我不能敲开全世界的每一家大门；
立刻印成报纸，
　　——但恨我不能顷刻之间印出千万份；
立刻送到读者的手中，
　　——但恨我不能直接送进每一个人的心。
可是你瞧！我为什么这么蠢？
难道这光明还不能够照遍整个世界？
难道这声音不早已震动了全世界人民？

东方的黑暗太长久了，
西方的噩梦也刚刚才醒，
纳粹恶政在欧洲粉碎，
东方还剩下这法西斯的日本；
只要有一点法西斯还留在世上，
就是人类全体的不幸。
世界是整个的，
不能一半黑暗一半光明！
人民是整个的，
不能一半是奴隶一半是自由人！
可是莫斯科来了一个宏大的声音，
它说要自由就全人类自由，
要和平就全世界和平。
这声音像高山起伏，
这声音像洪涛万顷，
这声音震动寰宇，
这声音超绝古今。
还有什么人能够阻挡这个声音？
还有什么人能够违抗这个命令？

东方的人民，
西方的人民，
今天同时看到了解放的光明，
今天同时听到了自由的钟声，
法西斯末日真正到了，
人民的世界已经降临！
让一切该死的都死了吧，
让一切再生的再生，

让一切该毁灭的毁灭，
让一切将生的和未生的，
自由而快乐地产生！
用最后的血、最后的汗、最后的一点精力，
把一个旧的摧毁，把一个新的造成。
万岁！世界的光明，
万岁！人类的光明，
苏联宣布了一个解放世界的战争，
这就是在今天的早晨！

（选自《新华日报》1945年8月10日，署名怀湘）

阿　垅

阿垅（1907 年 2 月—1967 年 3 月），原名陈守梅，又名陈亦门，浙江杭州人。“七月诗派”骨干诗人之一。抗战时期曾在重庆国民党陆军大学学习。1946 年在成都主编《呼吸》。曾任天津市文协编辑部主任。著有《南京》（《南京血祭》）、《无弦琴》、《人和诗》、《诗与现实》、《作家的性格和人物的创造》等。

纤夫（节选）

嘉陵江

风，顽固地逆吹着，
江水，狂荡地逆流着，
而那大木船
衰弱而又懒惰
沉湎而又笨重，
而那纤夫们
正面着逆吹的风
正面着逆流的江水
在三百尺远的一条纤绳之前
又大大地——跨出了一寸的脚步！……

风，是一个绝望于街头的老人
伸出枯僵成生铁的老手随便拉住行人（不让再走了）
要你听完那永不会完的破落的独白，
江水，是一支生吃活人的卐字旗麾下的钢甲军队
集中攻袭一个据点
要给它尽兴的毁灭
而不让它有一步的移动！
但是纤夫们既逆着那
逆吹的风
更逆着那逆流的江水。

大木船
活够了两百岁的样子，活够了的样子
污黑而又猥琐的，
灰黑的木头处处蛀蚀着
木板拆裂成黑而又黑的巨缝（里面像有阴谋和臭虫在做窠的）
用石灰，竹丝，桐油捣制的膏深深地填嵌起来（填嵌不好的）
在风和江水里
像那生根在江岸的大黄桷树，动也——真懒得动呢
自己不动影子也不动（映着这影子的水波也几乎不流动起来）
这个走天下的老江湖
快要在这宽阔的江面上躺下来睡觉了（毫不在乎呢），
中国的船啊！
古老而又破漏的船啊！
而船仓里有
五百担米和谷
五百担粮食和种子
五百担，人底生活的资料

和大地底第二次的春底胚胎，酵母，
纤夫们底这长长的纤绳
和那更长更长的
道路；不过为的这个！

　　一绳之微
紧张地拽引着
作为人和那五百担粮食和种子之间的力的有机联系，
紧张地——拽引着
前进啊，
一绳之微
用正确而坚强的脚步
给大木船以应有的方向（像走回家的路一样有一个确信
而又满意的方向）：
向那炊烟直立的人类聚居的、繁殖之处
是有那么一个方向的
向那和天相接的迷茫一线的远方
是有那么一个方向的
向那
一轮赤赤地炽火飞爆的清晨的太阳！——
是有那么一个方向的。
……

（选自《阿垅诗文集》，人民文学出版社 2007 年版）

力　扬

力扬（1908 年 12 月—1964 年 5 月），原名季信，字汉卿，曾用名季春丹，浙江青田人。抗战时期曾在重庆《文学月报》《新民报》及重庆育才学校供职。著有诗集《枷锁与自由》《射虎者》《我底竖琴》《给诗人》等。

歌

我呼吸着
你底歌声所曾震荡过的阳光
走过你底足迹所曾经过的大野
寻觅你
于黎明所曾嬉戏过的林间

但是，你在哪里？

我沿着祖国底每一条河流
注视那欢唱着的流水
想象起汹涌的生命
我在寻觅你
行走于满生芦苇的岸边
但是，你在哪里？

我冒着漫天飘舞的风雪
登上那最高的峰顶
寻觅你
在黎明与黑暗争夺的壕堑
在严冬与春天诀别的道边

但是，你在哪里？

于是，
我走向那座潮湿的阴暗的屋外
贴伏在窒息的窗口倾听着
——像有你受难的步声
　　像有你愤恨的呻吟

难道你就在那里？

（选自《我底竖琴》，诗文学社 1944 年版）

罗 烽

罗烽（1909 年 12 月—1991 年 10 月），原名傅乃琦，辽宁沈阳人。抗战时期曾在重庆从事文化工作。著有诗歌《晒黑了你的脸》、长诗《碑》、长篇小说《满洲的囚徒》等。

垣曲街景

垂死的街道上
残留着敌人的铁蹄
破瓦颓垣间
呈露着被难者的血迹
门上挂着锁
院墙缺少半边
老鸦在空院子里
窃食几粒劫后的米

呵，从死亡中逃出的人们
来去都是匆匆的

（选自《新蜀报》1940 年 1 月 3 日）

任 钧

任钧（1909 年 ？月—2003 年 3 月），原名卢嘉文，曾名卢奇新，笔名有卢森堡、叶荫等，广东梅县人。左翼作家联盟领导下的中国诗歌会发起人之一，中华全国文艺界抗敌协会成员。抗战期间内迁重庆，曾任四川省立戏剧音乐实验学校教授。著有诗集《冷热集》《战歌》《任钧诗选》《为胜利而歌》、诗论集《新诗话》等。

雾

雾
——白茫茫的雾
雾
　　盖住了树木，房屋
　　　　　　山岗，河流……
雾
　遮断了璀璨的阳光
　　　　人们的视线
　　　　所有的道路……
雾
　　为胜利而歌
雾

——一只惨白而巨大的魔手

这时候
许多人
　　都感到了
　　　　极端的迷惘
　　　　无限的焦躁
　　　　难堪的苦闷……
像居住在深海的鱼类
　　——变成了一个谜
看不清眼前的一切
更猜不着
　　前路
　　　　正有着什么东西在等待
　　　　　　　　　　　　在埋伏

然而
我
　　——一个永远乐观的歌手
却在使人窒息的雾气中
　　也不打算停止
　　　　希望和快乐的歌唱
正像一株常青木
　　便在冰雪里
　　　　也不打算脱下
　　　　为胜利而歌

　　　　雾

苍翠的衣裳
因为我能够
透过重重的雾罩
去看出
　　太阳的灿烂辉煌
因为我知道
　　弥天的浓雾
　　　会带来一个大晴天
紧跟着沉闷的雾季来的
　　将是春天的美丽和明朗

（选自《为胜利而歌》，国民图书出版社 1943 年版）

高　兰

高兰（1909 年 10 月—1987 年 6 月），原名郭德浩，黑龙江黑河人。抗战时期内迁重庆从事文化救亡活动，其朗诵诗代表作《哭亡女苏菲》影响巨大。著有诗集《高兰朗诵诗选》《朗诵诗新辑》《用和平力量推动地球前进》等。

哭亡女苏菲

你哪里去了呢？我的苏菲！
去年今日
你还在台上唱“打走日本出口气”！
今年今日啊！
你的坟头已是绿草萋迷！

孩子啊！你使我在贫穷的日子里，
快乐了七年，我感谢你。
但你给我的悲痛
是绵绵无绝期呀！
我又该向你说什么呢？

一年了！

春草黄了秋风起，
雪花落了燕子又飞去；
我却没有勇气
走向你的墓地！
我怕你听见我悲哀的哭声，
使你的小灵魂得不到安息！

一年了！
任黎明与白昼悄然消逝，
任黄昏去后又来到夜里；
但我竟提不起我的笔，
为你，写下我忧伤的情绪，
那撕裂人心的哀痛啊！
一想到你，
泪，湿透了我的纸！
泪，湿透了我的笔！
泪，湿透了我的记忆！
泪，湿透了我凄苦的日子！

孩子啊！
我曾一度翻看箱箧，
你的遗物还都好好的放起；
蓝色的书包，
深红的裙子，
一叠香烟里的画片，还有……
孩子！你所珍藏的一块小绿玻璃！
我低唤着苏菲！苏菲！
我就伏在箱子上放声大哭了！

醒来夜已三更，月在天西，
寒风里阵阵传来
孤苦的老更人遥远的叹息！

我误了你呀！孩子！
你不过是患的疟疾，
空被医生挖去我最后的一文钱币。
我是个无用的人啊！
当卖了我最值钱的衣物，
不过是为你买一口白色的棺木，
把你深深地埋葬在黄土里！

可诅咒的信仰啊！
使我不曾为你烧化纸钱设过祭，
唉！你七年的人间岁月
一直是穷苦与褴褛
死后你还是两手空空的。

告诉我！孩子！
在那个世界里，
你是否还是把手指头放在口里，
呆望着别人的孩子吃着花生米？
望着别人的花衣服
你忧郁的低下头去？

我知道你的灵魂漂泊无依，
漫漫的长夜呀！你都在哪里？
回来吧！苏菲！我的孩子！

我每夜都在梦中等你。
唉！纵山路崎岖你不堪跋涉，
但我的胸怀终会温暖
你那冰冷的小身躯！

当深山的野鸟一声哀啼，
惊醒了我悲哀的记忆，
夜来的风雨正洒洒凄凄！
我悄然的披衣而起，
提起那惨绿的灯笼，走向风雨，
向暗夜，
向山峰，
向那墨黑的层云下，
呼唤着你的乳名，小鱼！小鱼！
来呀！孩子！这里是你的家呀！
你向这绿色的灯光走吧！
不要怕！
你的亲人正守候在风雨里！

但蜡泪成灰，灯儿灭了！
我的喉咙也再发不出声息。
我听见，寒霜落地，
我听见，蚯蚓翻泥，
孩子！你却没有回答哟！
唉！飘飘的天风吹过了山峦，
歌乐山巅一颗星儿闪闪，
孩子！那是不是你悲哀的泪眼？

唉！歌乐山的青峰高入云际！
歌乐山的幽谷埋葬着我的亡女！
孩子啊！
你随着我七载流离，
你随着我跨越了千山万水，
我却不曾有一日饱食暖衣！
记得那古城之冬吧！
寒冷的风雪交加之夜，
一床薄被，我们三口之家，
吃完了白薯我们抱头痛哭的事吧！

但贫穷我们不怕，
因为你的美丽像一朵花
点缀着我们苦难的家。
可是，如今叶落花飞
我还有什么呀！

因为你爱写也爱画，
在盛殓你的时候，
你痴心的妈妈呀！
在你右手放了一支铅笔，
在你左手放下一卷白纸。
一年了啊！
我没接到你一封信来自天涯，
我没看见你有一个字写给妈妈！

我写给你什么呢？
唉！一年来，我像过了十载，

写作的生活呀！
使我快要成为一个乞丐！
我的脊背有些伛偻了，
我的头发已经有几茎斑白，
这个世界里，依旧是
富贵的更为富贵，
贫穷的更为贫穷；
我最后的一点青春与温情，
又为你带进了黄土堆中！

我写给你什么呢？
我一字一流泪！
一句一呜咽！
放下了笔，哭啊！
哭够了！再拿起笔来。

姗姗而来的是别人的春天，
鸟啼花发是别人的今年！
对东风我洒尽了哭女的泪。
向着云天，
我烧化了哭你的诗篇！

小鱼！我的孩子，
你静静地安息吧！
夜更深，
露更寒，
旷野将卷起狂飙！
雷雨闪电将摇撼着千万重山！

我要走向风暴，
我已无所系恋
孩子！
假如你听见有声音叩着你的墓穴！
那就是我最后的泪滴入了黄泉！

（选自《高兰朗诵诗》，重庆建中出版社 1943 年版）

艾　青

艾青（1910年3月—1996年5月），原名蒋正涵，号海澄，曾用笔名莪加、克阿、林壁等，出生于浙江金华。中国现代诗的代表诗人之一。抗战时期内迁重庆，曾出任重庆育才学校文学组主任，抗战刊物《文艺阵地》编委、编辑。主要作品有长诗《大堰河——我的保姆》、诗集《艾青诗选》等。

吹号者

好像曾经听到人家说过，吹号者的命运是悲苦的，当他用自己的呼吸磨擦了号角的铜皮使号角发出声响的时候，常常有细到看不见的血丝，随着号声飞出来……

吹号者的脸常常是苍黄的……

一

在那些蜷卧在铺散着稻草的地面上的
　困倦的人群里，
在那些穿着灰布衣服的污秽的人群里，
他最先醒来——
他醒来显得如此突兀

每天都好像被惊醒似的
是的，他是被惊醒的，
惊醒他的
是黎明所乘的车辆的轮子
滚在天边的声音。

他睁开了眼睛，
在通宵不熄的微弱的灯光里
他看见了那挂在身边的号角
他困惑地凝视着它
好像那些刚从睡眠中醒来
第一眼就看见自己心爱的恋人的人
一样欢喜——
在生活注定给他的日子当中
他不能不爱他的号角；

号角是美的——
它的通身
发着健康的光采，
它的颈上
结着绯红的流苏。

吹号者从铺散着稻草的地面上起来了，
他不埋怨自己是睡在如此潮湿的泥地上，
他轻捷地绑好了裹腿，
他用冰冷的水洗过了脸，
他看着那些发出困乏的鼾声的同伴，
于是他伸手携去了他的号角；

门外依然是一片黝黑，
黎明没有到来，
那惊醒他的
是他自己对于黎明的
过于殷切的想望。
他走上了山坡，
在那山坡上伫立了很久，
终于他看见这每天都显现的奇迹：
黑夜收敛起她那神秘的帷幔，
群星倦了，一颗颗地散去……
黎明——这时间的新嫁娘啊
乘上有金色轮子的车辆
从天的那边到来……
我们的世界为了迎接她，
已在东方张挂了万丈的曙光……
看，
天地间在举行着最隆重的典礼……

二

现在他开始了，
站在蓝得透明的天穹的下面，
他开始以原野给他的清新的呼吸
吹送到号角里去，
——也夹带着纤细的血丝么？
使号角由于感激
以清新的声响还给原野，
——他以对于丰美的黎明的倾慕

吹起了起身号，
那声响流荡得多么辽远啊……
世界上的一切
充溢着欢愉
承受了这号角的召唤……

林子醒了
传出一阵阵鸟雀的喧吵，
河流醒了
召引着马群去饮水
村野醒了
农妇匆忙地从堤岸上走过，
旷场醒了
穿着灰布衣服的人群
从披着晨曦的破屋中出来，
拥挤着又排列着……

于是，他离开了山坡，
又把自己消失到那
无数的灰色的行列中去。
他吹过了吃饭号，
又吹过了集合号，
而当太阳以轰响的光采
辉煌了整个天穹的时候
他以催促的热情
吹出了出发号。

三

那道路
是一直伸向永远没有止点的天边去的，
那道路
是以成万人的脚蹂踏着
成千的车轮滚辗着的泥泞铺成的，
那道路
连结着一个村庄又连结一个村庄，
那道路
爬过了一个土坡又爬过一个土坡，
而现在
太阳给那道路镀上了黄金了，
而我们的吹号者
在阳光照着的长长的队伍的最前面，
以行进号
给前进着的步伐
做了优美的拍节……

四

灰色的人群
散布在广阔的原野上，
今日的原野呵，
已用展向无限去的暗绿的苗草
给我们布置成庄严的祭坛了，
听，震耳的巨响

响在天边，
我们呼吸着泥土与草混合着的香味，
却也呼吸着来自远方的烟火的气息，
我们蛰伏在战壕里，
沉默而严肃地期待着一个命令，
像临盆的产妇
痛楚地期待着一个婴儿的诞生，
我们的心胸
从来未曾有像今天这样的充溢着爱情，
在时代安排给我们的
——也是自己预定给自己的
生命之终极的日子里，
我们没有一个不是以圣洁的意志
准备着获取在战斗中死去的光荣啊！

五

于是，惨酷的战斗开始了——
无数的战士
在闪光的惊觉中跃出了战壕
广大的，急剧的奔跑
威胁着敌人地向前移动……
在震撼天地的冲杀声里，
在决不回头的一致的步伐里，
在狂流般奔涌着的人群里，
在紧密的连续的爆炸声里，
我们的吹号者
以生命所给与他的鼓舞，

一面奔跑，一面吹出了那
短促的，急迫的，激昂的，
在死亡之前决不中止的冲锋号，
那声音高过一切，
又比一切都美丽，
正当他由于一种不能闪避的启示
任情地吐出胜利的祝祷的时候，
他被一颗旋转过他的心胸的子弹打中了！
他寂然地倒下去
没有一个人曾看见他倒下去，
他倒在那直到最后一刻
　都深深地爱着的土地上
然而，他的手
却依然紧紧地握着那号角；

在那号角滑溜的铜皮上，
映出了死者的血
和他的惨白的面容：
也映出了永远奔跑不完的
　带着射击前进的人群，
　和嘶鸣的马匹
　和隆隆的车辆……
而太阳，太阳
使那号角射出闪闪的光芒……

听啊，
那号角好像依然在响……

（选自《文艺阵地》1939 年第 3 卷第 3 期）

卞之琳

卞之琳（1910 年 12 月—2000 年 12 月），江苏海门人。新文化运动中重要的诗歌流派新月派和现代派的代表诗人。抗战时期曾在四川大学任教。著有诗集《三秋草》《鱼目集》《数行集》《慰劳信集》《十年诗草》《雕虫纪历（1930—1958)》等。

给修筑公路和铁路的工人

过去就把它快一点送走，
未来好把它快一点迎来，
劳你们加速了新陈代谢，
要不然死亡：山是僵，水是呆。

你们辛苦了，血液才畅通，
新中国在那里跃跃欲动。
一千列火车，一万辆汽车
一齐望出你们的手指缝。

给空军战士

要保卫蓝天，
要保卫白云，
不让打污印，
靠你们雷电。

与大地相连，
自由的鹫鹰，
要山河干净，
你们有敏眼。

也轻于鸿毛，
也重于泰山，
责任内逍遥，

劳苦的人仙！
五分钟死生，
千万颗忧心！

给一切劳苦者

一草一石都有了新意味，
今天是繁夥与沉重的日子。

一只手至少有一个机会
推进一个刺人的小轮齿。
等前头出现了新的里程碑，
世界就标出了另外一小时。

啊！只偶尔想起了几只手，
我就像拉起了一串长链，
一只牵一只，就没有尽头，
男女老少的，甚至于背面
多汗毛的，拿着锄头、铁锹、
枪杆、针线……以至于无限。

无限的面孔，无限的花样！
破路与修路，拆桥与造桥……
不同的方向里同一个方向！
大砖头小砖头同样需要，
一块只是砖，拼起来才是房，
虽然只几块嵌屋名与房号。

不怕进几步也许要退几步，
四季旋转了岁月才运行。
身体或不能受繁叶荫护，
树身充实了你们的手心，
一切劳苦者。为你们的辛苦
我捧出意义连带着感情。

（以上选自《慰劳信集》，明日出版社 1940 年版）

柳　倩

柳倩（1911 年 1 月—2004 年 5 月），原名刘智明，四川荣县人。左翼作家联盟成员。中国诗歌会、《新诗歌》杂志创办人之一。著有《生命的微痕》《无花的春天》《自己的歌》《震撼大地的一月间》等。

假如我战死了

假如我战死了请把我埋在那崄峻的高山，
山下蜿蜒着宽敞的道路，
白云悠闲地绕过那座严关。
让我听江风呼啸，挟着民族的怒吼，
让战友们唱着凯歌回来，践踏过我底白骨。
我像高山、像高山一样庄严、雄浑。
我像大星瞪着国土，再不许敌寇侵入。
让我这无名者永远是一个哨兵，民族的歌人，
整日在山岗上了望，
看着我们年轻的后代
在欢笑中过活，在自由中生长，
脸上销尽了从前千百代的耻辱。

让日子消泯了仇恨，我依然偃息在那座高山，

山上山下开辟的是自己土地，
集体的耕作，疏浚，安居在自己底农庄。
让我听农场上的欢歌赞扬着人类的进步，
他们瞅着埋葬我的这座高山有千年的怀古。
我像江潮，像江潮应和着他们的歌声，
我像太阳般欢笑，怡然地将他们爱抚。
让我这无名者永远是一个斗士，历史的证人；
长久在山岗上了望：
俯视着我们年轻的子孙，
管理自己的国家，建立新的社会，
脸上燃烧着是我们这一代从未有的幸福。

（选自《春草集》，文林出版社 1942 年版）

袁　勃

袁勃（1911 年 5 月—1967 年 6 月），原名何风文，河北广宗人。抗战时期曾任重庆《新华日报》编辑。曾任《云南日报》社长、总编辑，云南省作协主席。著有诗集《真理的船》及《袁勃诗文选》等。

敬礼，守卫国土的老妈妈

在七月的阳光蒸晒下，
我们骑着战马
　驰过了太行山的险崖……
刚闪过险崖，
我们，在哨岗上
　勒住马刺，
敬礼老妈妈。
　老妈妈——
　像慈母一样的笑了。

她们
　三个人，
　蓬松着苍白的头发，
　盖满泥垢的面庞上

汗珠晶莹地闪着光亮，
干枯的眼睛
　　闪烁着，
紧紧握在手中的护身长矛，
红缨子微微飘摇，
它好像告诉了我们，
　老妈妈——
　每秒钟都在准备着，
刺杀混进来的日寇奸细。

我们下了马，
　递给她们“路条”，
老妈妈看着它笑了。

“嗯！顺着这条路
　走过了一个山凹，
村头上，有一棵
　高杨树的是我们的家……”
“同志：请你们到那里歇歇脚，
喂喂马，喝喝茶吧……嗯！”
“嗯！孩子们正忙着收割，
　可是——
总有人跟你们带路，
　别耽搁了，快去吧！”

我们跨上马，
敬礼老妈妈。
大家相顾的笑了笑，

鞭子往空中一挥
　顺着隘路向山凹驰去，
在前面——
　黄金色的禾谷，
　在无边的田野中摇曳，
我欢喜，
　那仍是我们的土地，
兴奋充溢在心里：
再重复一次。
　回转头向守卫着国土的老妈妈
　　致衷心的敬礼……

（选自《新华日报》1938 年 12 月 27 日）

何其芳

何其芳（1912 年 2 月—1977 年 7 月），重庆万县人。20 世纪 30 年代代表诗人之一。曾任中国作协理事和书记处书记、中国社会科学院文学研究所所长等职。著有诗集《汉园集》《预言》《夜歌》等。

预　言

这一个心跳的日子终于来临！
你夜的叹息似的渐近的足音
我听得清不是林叶和夜风私语，
麋鹿驰过苔径的细碎的蹄声！
告诉我，用你银铃的歌声告诉我
你是不是预言中的年青的神？

你一定来自温郁的南方，
告诉我那儿的月色，那儿的日光！
告诉我春风是怎样吹开百花，
燕子是怎样痴恋着绿杨，
我将合眼睡在你如梦的歌声里，
那温暖我似乎记得，又似乎遗忘。

请停下，你疲劳的奔波，
进来，这里有虎皮的褥你坐！
让我烧起每一个秋天拾来的落叶，
听我低低地唱起我自己的歌，
那歌声像火光一样沉郁又高扬，
火光一样将我的一生诉说。

不要前行，前面是无边的森林，
古老的树现着野兽身上的斑纹，
半生半死的藤蟒一样交缠着，
密叶里漏不下一颗星，
你将怯怯地不敢放下第二步，
当你听见了第一步空寥的回声。

一定要走吗？请等我和你同行！
我的足知道每条平安的路径，
我将不停地唱着忘倦的歌，
再给你，再给你手的温存，
当夜的浓黑遮断了我们，
你可以不转眼地望着我的眼睛。

我激动的歌声你竟不听，
你的足竟不为我的颤抖暂停！
像静穆的微风飘过这黄昏里，
消失了，消失了你骄傲的足音……
呵，你终于如预言中所说的无语而来
无语而去了吗，年青的神？

（选自《汉园集》，商务印书馆 1936 年版）

成都，让我把你摇醒

的确有一个大而热闹的北京，然而我的北京又小又幽静的。

——爱罗先珂

一

成都又荒凉又小，
又像度过了无数荒唐的夜的人
在睡着觉，

虽然也曾有过游行的火炬的燃烧，
虽然也曾有过凄厉的警报，

虽然一船一船的孩子
从各个战区运到后方，
只剩下国家是他们的父母，
虽然敌人无昼无夜地轰炸着，
广州，我们仅存的海上的门户，
虽然连绵万里的新的长城
是前线兵士的血肉。
我们不能不像爱罗先珂一样
悲凉地叹息了：
成都虽然睡着，
却并非使人能睡的地方。

而且这并非使人能睡的时代。
这时代使我想大声地笑，
又大声地叫喊，
而成都却使我寂寞，
使我寂寞地想着马雅可夫斯基
对叶赛宁的自杀的非难：
“死是容易的，
活着却更难。”

二

从前在北方我这样歌唱：

“北方，在你僵硬的原野上，
快乐是这样少
而冬天却这样长。”
“而且你难道真成了风瘫的手膀，
当强盗的刀子指着你，
你也不能举起手来，
重重地打他几耳光？”

于是芦沟桥边的炮声响了，
风瘫了多年的手膀
也高高地举起战旗反抗，
于是敌人抢去了我们的北平、上海、南京，
无数的城市在他的蹂躏之下呻吟，
于是谁都忘记个人的哀乐，
全国的人民连接成一条钢的链索。

在长长的钢的链索间，
我是极其渺小的一环，
然而我像最强顽的那样强顽。

像盲人的眼睛终于睁开，
从黑暗的深处我看见光明，
那巨大的光明呵，
向我走来，
向我的国家走来……

三

然而我在成都，
这里有着享乐、懒惰的风气，
和罗马衰亡时代一样讲究着美食，
而且因为污秽、陈腐、罪恶
把它无所不包的肚子装饰，
它在阳光灿烂的早晨还睡着觉，
虽然也曾有过游行的火炬的燃烧，
虽然也曾有过凄厉的警报。

让我打开你的窗子，你的门，
成都，让我把你摇醒，
在这阳光灿烂的早晨！

（选自《何其芳文集》，人民文学出版社 1982 年版）

我为少男少女们歌唱

我为少男少女们歌唱。
我歌唱早晨，
我歌唱希望，
我歌唱那些属于未来的事物，
我歌唱那些正在生长的力量。

我的歌呵，
你飞吧，
飞到年轻人的心中
去找你停留的地方。

所有使我像草一样颤抖过的
快乐或者好的思想，
都变成声音飞到四方八面去吧，
不管它像一阵微风
或者一片阳光。

轻轻地从我琴弦上
失掉了成年的忧伤，
我重新变得年轻了，
我的血流得很快，
对于生活我又充满了梦想，充满了渴望。

（选自《解放日报》1941年12月8日）

生活是多么广阔

生活是多么广阔，
生活是海洋。
凡是有生活的地方就有快乐和宝藏。

去参加歌咏队，去演戏，
去建设铁路，去作飞行师，
去坐在实验室里，去写诗，
去高山上滑雪，去驾一只船颠簸在波涛上，
去北极探险，去热带搜集植物，
去带一个帐篷在星光下露宿。

去过极寻常的日子，
去在平凡的事物中睁大你的眼睛，
去以自己的火点燃旁人的火，
去以心发现心。

生活是多么广阔。
生活又多么芬芳。
凡是有生活的地方就有快乐和宝藏。

（选自《夜歌》，诗文学社 1945 年版）

天　蓝

天蓝（1911 年 8 月—1984 年 4 月），原名王名衡，又名王若海，曾用笔名白木。江西南昌人。“七月诗派”诗人之一。抗战时期曾活跃于重庆诗坛。诗作有《队长骑马去了》《中华人民共和国像太阳般升起》《天蓝诗选》等。

无　题

不用太息，
我将远去：

我随历史的战斗行进；
我从单个人
走向人群。

我，
于我何所有。

而我亦回顾
我从那里来，
我又眷念那生育我的陇野。

呵，永相望，
爱我者，
在我的遗忘中。

（选自《七月》1939 年第 4 集第 4 期）

端木蕻良

端木蕻良（1912 年 9 月—1996 年 10 月），原名曹汉文（曹京平），辽宁昌图人。曾任北京市作协副主席。抗战时期曾在重庆任教。主要作品有长篇小说《科尔沁旗草原》《大地的海》《江南风景》《大江》等。

嘉陵江上

那一天，
敌人打到了我的村庄。
我失去了我的田舍，家人和牛羊。
如今我徘徊在嘉陵江上，
我仿佛闻到故乡泥土的芳香。
一样的流水，一样的月亮，
我已失去了一切欢笑和梦想。
江水每夜呜咽的流过，
都仿佛流在我的心上。
我必须回到我的家乡，
为了那没有收割的菜花，
和那饿瘦了的羔羊。
我必须回去，
从敌人的枪弹底下回去；

我必须回去，
从敌人的刺刀丛里回去；
把我打胜仗的刀枪，
放在我生长的地方！

（选自《中国名歌集》，文汇书店 1942 年版）

覃子豪

覃子豪（1912 年 10 月—1963 年 10 月），学名覃基，四川广汉人。曾主编台湾《新诗周刊》。1954 年参加创办蓝星诗社，任社长，主编《蓝星诗周刊》《蓝星诗季刊》等。著有诗集《自由的旗》《海洋诗抄》《向日葵》及诗论《诗的解剖》等。

归　来

白马蒙着眼睛
蹄声在雨的街上响着
熟悉的街道啊
我回来了

转一个拐角
就是高高的白杨
在第二号电杆下
就是旧日的门窗

那里有人
在梦里怀念着我
急催的门铃

会把梦里的人惊醒

她们将会扶着我
很艰难的跨进屋里
她们看着我光荣的创伤
会流着喜欢的泪滴

夜啊！深寂的夜
雨啊！淅沥的雨
我的思念已随着马车驰骋
街上的门呀
你们为什么紧闭？

战士的梦

马儿竖着鬃毛前奔
我头上一朵火花飞迸
沉重地我摔在田野上
听不见战友厮杀的呼声

啊！伟大的血红的沙漠
你的飓风消逝了蹂躏者的狂歌
你引我至茫茫之国去了
我看不见祖国的大野，祖国的深谷

四面都升起来红色的雾，红色的火焰
我知道这是生死决斗的午夜
可是，不见枪炮和战垒
不见忠实的战友，狡狯的仇敌

我忠实的马儿，我疯狂的马儿
你快快将我载到战争剧烈的前方
兄弟们也许正在和敌人格斗
敌人将在锋利的刀枪下死亡

马儿像飞一样载着我
冲过红色的雾，旋转的沙
无数火花在马蹄下飞扬
我跌下来了，飓风消逝了我的快马

冷汗浸湿了我的睡衣
我从惊愕的梦寐中醒来
我忠实的马儿，我疯狂的马儿啊
你为什么要和我离开

战友和黑暗的夜睡在我的周围
祖国的原野啊！你是这样的不宁
我愿战死在你伟大的怀抱中
因为，我是祖国勇敢的忠实的子孙

（以上选自《自由的旗》，时代出版社 1938 年版）

沙　蕾（回族）

沙蕾（1912 年 ？月—1986 年 7 月），回族，江苏宜兴人。抗战时期曾活跃于重庆诗坛。诗作有《时间之歌》等。

河　岸

十月的河岸
栖满迷蒙。
衰草轻漾着
露的梦；

年岁的幻影
在雾霭下游动
蜡面的欢姿
坠入晚钟！

我披着彩衣
低唱夜歌；
看一簇青磷
渡过凝冰的河。

（选自《诗星》1942 年第 2 集第 3 期）

孙　望

孙望（1912 年 10 月—1990 年 6 月），江苏常熟人。抗战时期曾在重庆担任《中国诗艺》编辑。著有诗集《小春集》《煤矿夫》、专著《元次山年谱》《全唐诗补遗》《蜗叟杂稿》等。

芦　花

芦花白透河塘，
再过些时，雁子又要南归了，
“雁子掠长空而过，
夜来，雁子掠月色而过。”
雁子是有雁子的家乡的，
村上少年流落在远方，
村上少年不爱听边地芦管的吹曲：
“夜沉沉，雁南归。”

（选自《国民公报》1939 年 11 月 30 日）

陈迩冬

陈迩冬（1913 年 1 月—1990 年 11 月），原名锺瑶，号蕴庵，笔名沈东等，广西桂林人。抗战时期在重庆曾任《天文台》周报副刊、《新民晚报》副刊编辑。著有短篇小说集《九纹龙》、历史剧剧本《战台湾》、诗集《最初的失败》、传记文学《李秀成传》等。

猫

一九四一年就要完了
时间在你双瞳上
像雨水落在屋脊
分两边流，流去……

你翠绿的虹彩
把时间，像魔术家
玩弄着，变幻着
如赛马者的鞭挞
如真空，让一片羽毛
比野马尘埃还落得快
落得沉重，没半点怜惜
像对殖民地的蹂躏
和剩余价值的剥削

在今夜，只要你那瞳孔
缩成一条线啊，在今夜
只要古铜镂花的旧钟
时针，分针与秒针
也叠成一条线，齐指着
罗马字“Ⅻ”
今夜便完了
度过了一年

趁今夜——你瞧
今夜多热闹：
有猛虎在咆哮，狼子磨牙
沐猴衣冠从市街过市街
大腹皮的肥猪把背皮
挤着木栅只管擦，擦
哪一匹狗儿不叫，狐狸不发骚
哪一匹耗子不往洞里逃……

你太冷情了
你在灰灶上
印一朵梅花！
又一朵梅花！

一九四一年已快完了
原谅我，我不曾为你写过
十四行或者八行的歌……

（选自《现代中国诗选》，南方印书馆 1943 年版）

方　殷

方殷（1913 年 10 月—1982 年 9 月），原名常钟元，笔名芳茵，河北雄县人。曾任重庆市文联编辑、人民文学出版社编辑。抗战时期曾任重庆全民通讯社记者、编辑，中华全国文艺界抗敌协会诗歌组组长等职。

囚中小唱

可是
肉体的禁闭
并侵害不了我那圣洁的心田
从灯光的一闪里
我也可以坚信地想到——
不久会有一个幸福的明天
无论是我，
或是整个人间……

写于 1946 年重庆土桥军人监狱

（选自《新文学史料》1987 年第 3 期）

邱晓崧

邱晓崧（1913 年？月—？），云南建水人。著名诗人。抗战时期曾在重庆筹组“诗文学社”，并主编《诗文学》。著有诗集《雪之家》等。

弃　婴

江岸上没有一点风，
寂静的早晨，秋的气息……
蛇一样弯曲的，一条僻静的小巷，
就在那小巷的墙角边，
我瞥见你：
早安！你出世未久的小把戏。

你的妈呀，
她在那里？——
她是酒醉在夜总会没有回来，
或许是夜宿在陌生人的欢笑里？
　　是跌倒在爱情与悲哀分手的路边？
　　是呻吟在病床上奄奄一息？
或许是被谁拘捕了送去了劳改队？
不么？——

是天不亮过了江，
　去那烟突耸入云天的工厂？

她是谁？
你的妈呀！——
她是水性杨花的不贞的弃妇？
她是辱没家门的待字闺中的少女？
她是把青春的花朵投掷在泥污的脚下踩踏的扭着腰肢摇摆在闹市中，
或者苦笑着徘徊在影戏院门口，
像老鼠一样窜来窜去进出于旅馆里的
　那些涂着口脂，瞟着媚眼的？
不么？——
那一定是前天
　跳水自杀而得救的那个疯妇？……

还有你的爸爸呢？
孩子：
他是从田间来至城市，
失去了家园，又失去了土地，
他是失了业，顾不了自己？
他或许已流浪到远方，久无消息？
他或许正匍匐在山谷里，战壕边，
　以热血迎接着敌人的弹花和破片？

或者你的爸爸
　是一个完全的混蛋！——
是不是？
孩子：

他是来自上流社会的绅士?
他是从上海逃出来的小开?
他是千百万财富的所有者,
他是以金钱收买爱情的市侩,
他是以欺骗和卑污掠夺至善的人性,
他是以贪婪和愚蠢制造人间罪行的恶棍……

过路的人,没有谁理睬你——
有的,朝地上吐一口唾沫;
一个须发斑白的老年人,
摇了摇头,走过去了。
一块破破烂烂的布片遮盖了你
　善良的小小的灵魂——
那肮脏的竹篓,
会是你温暖的摇床吗?
街头的野狗夹着尾巴蹑行而来,
几只乌鸦在空中困惑地盘旋着……

你哭着又挣扎着,
眼里闪动着希望的痛苦的光芒。
那哀切的哭声是救援的呼喊,
是对世界控诉的正直的宣言。
(孩子:大声点!你的声音怎么这样低微而喑哑?)
　　——“救救孩子们”
　　仿佛有一个声音对我这样喊,
　　我想要说什么,
　　却终于没有说出来……

(选自《诗文学》1945 年 2 月第一辑)

方　敬

方敬（1914 年 4 月—1996 年 3 月），重庆万县人。曾担任四川省文联、作协副主席，重庆市文联、作协主席。出版有《雨景》《声音》《行吟的歌》《多难者的短曲》《拾穗集》《飞鸟的影子》《花的种子》等多部诗集。

阴　天

忧郁的宽帽檐
使我所有的日子都是阴天。

是快下久旱的雨？
是快飘纷纷的雪？
我想学一只倦鸟
驮着低沉的天色
飞到温暖的阳光里。

我要走过一块空地
去访我的朋友。
我要到浓荫下
去访我亲切的记忆。
我是夏天的梦者。

忧郁的宽帽檐
使我所有的日子都是阴天

棉花机

沙滩边的棉花机
又歌唱起来了，
永无休止的激流呵，
再用力冲吧，
让水车轮子旋转得更快些，
冬天来了，
前线将士的衣裳还单薄呢，
而且每次剧烈战斗之后，
他们的伤口都是鲜红的呢，
永无休止的激流呵，
再用力冲吧，
让水车轮子旋转得更急些，
让我们的手足工作得更快些……

丰　收

九月的田野，

一片金黄的柔波里，
起伏着灰色的背影。
多少熟悉于枪杆的
粗壮的手
正在运用着镰刀，
一排排甘香的稻茎
欢语着丰收，
俯下身子去，
亲近这土地，爱这土地，
流一滴生产的汗，
去安慰养育我们好多代的
大地母亲。

多少这样肥美的土地，
已先后沦为战区，
多少熟悉于镰刀的
粗壮的手
正在扳拨着枪机，
在这成熟的季节里，
冲锋的战号
捷报着丰收。
跪下，卧倒，
亲近这土地，爱这土地，
流一滴战斗的血，
去安慰养育我们好多代的
大地母亲。

（以上选自《方敬选集》，四川文艺出版社 1991 年版）

杜　宣

杜宣（1914 年 4 月—2004 年 8 月），别名桂苍凌，江西九江人。《文学报》的创始人之一。抗战时期曾内迁重庆从事革命文化活动。曾任上海市文联、作协副主席。著有话剧剧本《无名英雄》《难忘的岁月》《彼岸》《杜宣剧作选》等。

浪　子

——读汪巩的《送新中国赴湘》、洪遒的《浪子家书》有感

我们是一群浪子
一年又一年的飘流着
现在，偶尔
翘首长空
看到秋天的候鸟
鸿雁南飞的时候，
会想起倚闾远望的老亲，
天各一方的恋女
也会淡淡地浮起些飘零的感慨
等到江湖跑老了，
两鬓飞上了银霜，
腮下长满了胡须，

像这种
旅愁
乡思
也就不再是我们的了。

（选自《诗》1943 年第 3 卷第 6 期）

徐　迟

徐迟（1914 年 10 月—1996 年 12 月），原名商寿，浙江湖州人。曾与戴望舒、叶君健合编《中国作家》（英文版），抗战时期在重庆协助郭沫若编辑《中原》（月刊）。先后担任《人民中国》编辑、《诗刊》副主编、《外国文学研究》主编。曾任湖北省文联、作协副主席。著有诗集《二十岁人》、报告文学《哥德巴赫猜想》《地质之光》等。

历史与诗

“历史”是清道夫扫地的，
他把一堆堆垃圾扫掉，
留下一些干干净净的皇帝。
但是我们写的历史不是这样的。

“诗”，像个洗衣服的女人，
她把油腻肮脏的都洗掉，
留下干干净净的过去。
但是我们写的诗并不是这样的。

（选自《最强音》，白虹书店 1941 年版）

甘永柏

甘永柏（1914 年 ？月—1982 年 ？月），重庆万县人。1930 年开始发表作品。著有长篇小说《暗流》、散文《涵泳集》、游记《访问罗马尼亚》、诗集《第一颗星》等。

老船夫

河水冲打着石子
发出喑哑的低歌
老船夫站在渡口，
呼唤着人们渡河。

披着几片破布
老船夫还披着一身阳光。
他撑着篙，摇着橹，
又把破旧的船儿夸奖：

别怕这河水太凶恶，
别嫌这小船太丑，
小船是快活的鱼儿，
它最爱在激流中游。

迎着突起的浪头
小船飘过像一只燕子，
旅客们快活地走上对岸，
深信老船夫的真实。

夜　渡

在夜渡的小舟上，
　卸下了一日的疲倦；
让流水吮啜着舟底，
　好似低低地歌唱；
呼唤我们安眠

　繁星，别睞着眼；
灯火，不要辉眩；
　我只爱这静静的江流，
江流上的摇篮。

（以上选自《时与潮文艺》1944 年第 2 卷 5 期）

邹绿芷

邹绿芷（1914 年 ？月—1986 年 ？月），原名尚录，辽宁辽阳人。抗战时期曾任重庆七七少年剧团团长、重庆育才学校教导主任、西南学院教授。主要译著有《炉边的蟋蟀》《铁城》《伐木工的反叛》《蒂特三部曲》等。

林　中

在纷繁而又忙乱的日子里
这该是第几次呢？
有如一只被猎逐的倦兽
我又徘徊在那
针叶树与阔叶树
所交织成的林木里。

静静地，静静地，
在那绿叶扶疏的荫路上，
我是那末过分地沉潜于宁静，
总是企望把焦烦与困累，
投掷在忘我的河流中。

因之，我屏息着呼吸，

我谛听着我的脚步
擦过松针与败叶的声音；
我谛听着斑鸠的鸣唱，
鹧鸪的召唤，画眉鸟的
热情的殷勤的叮咛，
甚至那些昆虫的翅翼
撞击着柔草的微音。

而我也扩张着鼻翅，
贪婪地吮嗅着那
溪水的潮湿的气息，
野花与松脂交融的气息，
与那微飔所播散的
原野中的稻禾的气息。

可是，又一次地我觉察到
我的感官是如此地悭吝
而不予我以片刻的宁静啊！
当那些褴褛的伐木人肩抬着
硕重的树干，艰难着步子，
从田坡走下了溪涧，
那末急喘地咻咻而过；
当我听到那从过量盛满着
青㭎柴与癞疤刺的箩筐下
频频地发出的窒息的呛咳，……
我想到他们的焦烦与困累
是如何地不能与我的相比啊！
于是我加倍地烦乱着，厌憎着，

而更难以形容地羞愧于这末
久远而松弛地厌倦着我的生活！

（选自《现代文艺》1941 年第 3 卷第 4 期）

李华飞

李华飞（1914 年 9 月—1998 年 ? 月），笔名巴城，重庆巴县人。曾任《春云文艺》《诗报》《新蜀报》副刊主编，《凉山文艺》副主编，四川《文史杂志》编委，四川省文史研究馆研究员，编审。著有诗歌《渡洪江》《雨空》《山城在轰炸中屹立》《弹筝老人》等。

听，那峰峦

一

远山模糊，江边流娓着白雾
纤纤的柳枝闪起了嫩绿
爆竹里传来雄壮的《义勇军进行曲》

二

这是群绿竹一样的年轻行列
从山城，挺拔的去到祖国的原野
在战士们的心灵上散布下春色

三

嘉陵江畔轮船的汽笛长鸣
山风波荡着海潮般的欢声
江水，也蓝澄澄的漾出多情

四

妈妈，你是中华民族的妈妈
才去一个儿子，你莫就放心不下
不灭日寇，我们又哪有安乐的家

五

贤淑的妻，你别眼睛哭肿如桃
安心抚子，莫给勇敢的人们谈笑
荒芜了田园，长满野草蓬蒿

六

有人说，你只要勇敢我们就有脸面
金黄的阳光，银灰色的天
扫除了悲惨的云雾，愁惨的容颜

七

春风里飘动着抗战的大旗

困眠的人，也从梦里惊起
在大地上，播遍了杀敌的种子

八

听，那峰峦，那峡壁，远远回应着军歌
船身东去了，可是——
抗战的炮火却燃着每个人的心窝

（选自《新蜀报》1939 年 3 月 17 日）

严　辰

严辰（1914 年 12 月—2003 年 9 月），原名严汉民，笔名厂民，江苏武进人。抗战时期曾活跃于重庆诗坛。曾任《人民文学》副主编，黑龙江省文联副主席，《诗刊》主编、顾问。著有诗集《唱给延河》《生命的春天》《严辰诗选》《严辰诗歌六十年》等。

伟大的慈心

——给防空洞里的母亲们

夜是这样深沉
梦是这样深沉

警报像丧钟一样
带着凄颤与恐怖
把人们从深沉的梦中唤醒。

来不及穿整衣服
来不及点亮一支灯火，
人们飞着愤慨的快步
冲进了月光和薄雾的海里……

夜是这样深沉
防空洞是这样深沉

相同竖坑一样，
人们从平地摸索着降下，
窒闷的阴森的空气
给人以彻骨的寒冷：
湿渌的洞壁上
不时落下清凉的泉滴，
渗水的碎石地
沾潮了鞋袜和衣襟。
人们摩擦着、挤轧着，
然后连呼吸都不敢大声的
蜷缩在洞壁的角隅，
这时，没有一个人
不在恐怖和夜寒中颤抖
不在为自己的安全而担心。

只有你们
年轻的母亲，
像忘去了自己的存在，
只伛偻着背
想以慈心去抗拒顽敌
保护着你们怀中的爱儿。

敌机疯狂地投弹了
地层坍崩一样地震撼着，
人们就如鸷鹫下的鸡雏

那么焦急而无助，
你们却不顾惜自己
惟恐孩子会被攫
而把他搂抱得更紧更紧。

孩子给吓得哭了，
哭声像一根带
抽紧着慈母的心，
生怕人们责怪
你们把干枯的乳头
搪塞到小喉咙里
让乳头被吸得焦痛
对婴儿也决没有一点怨恨。
哭声低沉了又昂起，
你们惶恐地把小头颅
裹蒙在襟袄里，
想扼住那刺一样的声音。
——然而人们依然
听到了你们痛楚的心
犹如锤一样击打着胸门。

洞外那罪恶的轰响
快要把天地捣翻了，
想着家屋也许正在焚烧
想着怀里的爱儿
也许下一分钟就会永远阖上眼睛，
你们，慈惠的母亲们呵
怎能禁得住不泪落纷纷？

你们的慈心也碎了，
站着的腿像折断一样麻了
伛偻的背脊像弓一样弯了，
而敌机的暴行没有终止，
你们爱护婴儿的赤忱
也永远山岳一样坚韧……

呵，在这寒寂的夜晚，
靠着地狱一样
潮湿而阴冷的岩壁，
让连哭都不敢大声的
婴儿的便溺撒在身上，
而要从敌机的暴行中
争取生存的年轻的母亲们，
你们真是多么的可怜呀！

然而，不辞辛劳，
你们宁愿让自己
忍受夜寒，忍受惊惧，
即使背脊和手和腿折断，
都不一分钟放弃那
保卫稚弱的孩子的责任，
这又是何等的值得尊敬！

不错
你们是最渺小的，
因为没有人注意你们
没有人知道你们的姓名；

可是，你们不求
别人的感激和慰藉
只是抚养而且保卫着
将永远抚养而且保卫着
我们民族的后一代的子孙
——你们，年轻的母亲们呵
又有谁能比得上你们伟大的慈心！

（选自《现代文艺》1941年第3卷第6期）

马识途

马识途（1915 年 1 月—），又名马千木，重庆忠县人，祖籍湖北麻城。曾任四川省人大常委会副主任、四川省文联主席，现任四川省作协名誉主席。著有长篇小说《清江壮歌》《夜谭十记》《沧桑十年》，纪实文学《在地下》，短篇小说集《找红军》《马识途讽刺小说集》等。

我的诗

——我的没字的诗集的有字的序诗

我不是诗人，
　不善于用烈火般的语言，
　去燃烧人们的灵魂；
我不是诗人，
　不善于用华丽的辞藻，
　去装饰人们的青春；
我不是诗人，
　不善于用发光的音符，
　去拨动人们的心弦；
我不是诗人，
　不善于用斑斓的色彩，
　去描绘人类的春天。

我有所恨——
　于过去，
我有所爱——
　于现在，
我有所望——
　于将来。

我恨，
　所以我战斗。
我爱，
　所以我歌唱。
我望，
　所以我写诗。

我的诗，
　不是少爷们沙龙里的美酒；
我的诗，
　不是小姐们梳妆台上的胭脂；
我的诗，
　不是生之绞杀者手里的皮鞭；
我的诗，
　不是死之说教者口里的圣经。

我的诗，
　不是诗。
我的诗，
　是从几万吨屈辱的矿石中
　提炼出来的几百克的仇恨；

我的诗，
　是从几千年心酸的层积下
　爆发出千百丈灿烂的一瞬；
我的诗，
　是高压水龙头的喷口上
　奔突而出复仇的射线；
我的诗，
　是点着了引线的炸弹，
　正期待着粉身碎骨的狂欢。

我的诗，
　不是诗。
我的诗，
　是反叛者紧握在拳头里的愤怒；
我的诗，
　是战死者倔强的脸上的余晕；
我的诗，
　是旧社会尸体上留下的疤痕；
我的诗，
　是新世纪黎明将要到来的微曦；
我的诗，
　是正发着酵的痛苦和希望；
我的诗，
　联接着昨天、今天和明天。

我的诗，呼唤着
　冬天的台风，
　夏天的暴雷，

七月的流火，
十月的利剑。

我的诗，
不是诗。
我的诗，
就是我。
我就是诗！

（选自《星星》诗刊 1999 年第 3 期）

柯　岗

柯岗（1915 年 7 月—2002 年 ？月），原名张晏如，学名张克刚，河南巩义人。曾任西南军政委员会文教部文化处处长。著有诗集《小诗集》、短篇小说集《八朗里和五里河》《边疆》、长诗《长着翅膀的朱银马》等。

不要耽误一秒钟！

——读世界和平理事会宣言后

来呀！不要耽误一秒钟！
斯达哈诺夫
　　和赵占魁式的模范劳动者，
工人和农人，店员和商人，
厂长和技师，教员和学生，
新闻记者，作家和产科医生！
来呀！不要耽误一秒钟！
马特洛索夫和萧国宝，
吕松山和杨根思式的英雄，
无敌的红军和人民解放军，
朝鲜人民军和中国人民志愿军，
空军驾驶员和射手，
炮手和战车部队，

一切保卫和平的士兵和统帅！

不要耽误一秒钟！
来呀！被法兰西的葡萄藤
　　缠着脖子的农夫！
来呀！被英吉利的毛织机
　　拧掉了青春的母亲和女儿！
来呀！被美利坚军火商的鼓风炉
　　烤焦了胸骨的儿子和父亲！
来呀！被北海道的寒流
　　袭透了心房的渔人！

来呀！一切爱着与被爱着的，
　　　　　欣快与忧愁着的，
　　　　　敏智与被蒙昧着的，
　　　　　这个国与那个国的，
　　　　　这种肤色与那种肤色的，
一切爱真理，
　　爱明天，
　　爱劳动和创造，
　　爱幸福与和平的人们！

来呀！赶快，赶快！
不要耽误一秒钟！
把我们的名字写上去，
写上和平理事会的宣言，
写在斯大林和毛泽东的身边，
让他带我们去创造和平，

让他带我们去消除灾难！

这不只是一张宣言呵！
是良善与真理的诗篇！
是人民战胜丑恶与暴虐的利箭！
是世界幸福的宪章！
是人类欢乐的泉源！
写上去，我们的明天就金光灿烂！
写上去，我们就有力量保卫幸福和平安！

赶快呀！我亲爱的朋友！
要是你耽误一秒钟，
这一秒钟就终生不能索还！
这关系着我们工厂里的轮盘转动！
这关系着我们田野上的禾苗生长！
这关系着我们果木、花草的丰硕和美丽！
这关系着我们村边小溪的澄彻，跳跃和低语！
这关系着我们屋舍、围墙、床褥和书案的宁静！
这关系着我们母亲的白发！
这关系着我们妻子那花朵样的围裙！
这关系着我们孩子那梦境的小树！
这关系着你的和我的
　　　　这些和那些！
这关系着全人类的今天
　　　　和明天的文化与美好！

来呀！朋友！
用血！用汗！

用我们不懈的劳动和斗争，
用我们金石般的生命和意志，
把我们的名字写上去，
不要耽误一秒钟！
和平不能等待和乞求，
这是我们的神圣权利和义务。
让我们的父母，兄弟，
　　　妻子，儿女统统写上去！
让全村，全县，全国，
　　全世界爱和平的心灵统统写上去！
让我们亿万个喉管喊出一个声音：
　谁首先对另一个国家使用武力，
　谁霸占我们的台湾和其他国家的土地，
　谁就是侵略者！
　谁释放了铁案如山的战犯，
　谁就是更大的战犯！
　谁重新武装西德和日本，
　谁就是制造战争！
　谁口喊“和平”的同时伸手去抢劫，
　谁就是笑面强盗！
　不管什么嘴脸，
　不管什么腔调，
　谁敢把战争强加给我们，
　谁就是人类的公敌。
　我们就坚决送他走上断头台！

让我们亿万只手
把历史的巨轮推向持久和平的途程！

让一切战争贩子在巨轮下粉身碎骨！
让幸福像空气永远流荡！
让生活像朝阳永远升腾！
让地上的花朵永不凋谢！
让人民的青春永不衰老！
"让伐木者醒来！"
让巴勃鲁·聂鲁达
　　不再受迫害！
让保罗·休谟
　　直率的评论那走了调的歌唱！
让罗伯逊的歌声
　　飞遍人间，飞到天上！
让毕加索的和平之鸟
　　永远展开翅膀！
让它飞到巴黎去，
　　飞到伦敦去，
　　飞到华盛顿去也能意外的衔回一片橄榄叶！①

（选自《短刀集》，西南人民出版社 1951 年版）

〔原编者注〕① 旧约"创世纪"：远古洪水成灾，地上生物绝灭，只留下诺亚等坐在船上的人和生物，后洪水渐退，诺亚放出一只鸽子，想看看有无陆地，鸽子因满地洪水，空空转回。过了七天，再把鸽子放出去，晚上鸽子回来，嘴里衔着一枝新拧下的橄榄叶子，由此知道有的地方洪水已退。故后基督徒常用鸽子和橄榄叶象征和平。

赵瑞蕻

赵瑞蕻（1915 年 11 月—1999 年 2 月），浙江温州人。1941 年冬在重庆南开中学教书。苏联长诗《列宁》翻译者，著有《梅雨潭的新绿》（诗集）、《鲁迅〈摩罗诗力说〉注释·今译·解说》等。

金色的橙子

——给 C. J.

爱，你是喜欢金色的橙子的，
秋光煦烂中一片明辉的欢笑；
我记得那个芭蕉味的黄昏，
你那么孩子气，又那么爱娇，
独自跑向响满牛铃的泥泞的街头，
擒住几只鲜橙进来：“你瞧，这多好！”
你从书橱上取下茜红色的磁碟，
还有一把镂花的银刀……
(这记忆也是橙色的呢。)
你一一抚摸这些大自然骄傲的孩子，
你在窗前展开一幅乐园的美景——
那儿有翠羽鸟，爱饶舌的百灵，
神异的蟒蛇盘踞在幽深的树影下；

原始林中有做着昼梦的红狮的家。
清泉在玫瑰花枝下流逝着琤琮，
一派碎玉的啼声投落在嫩绿的湖中。
呵，那儿一切都是清新，香甜和奇异，
我们漫游，终日无忧无虑地逍遥，
看流云变幻，星星闪烁，木叶的萧萧；
五月在橙花间盖了我们轻暖的窝，
十月枝头挂满了累累的金色的果，
柔和的爱随着你的歌声飘落；
季节的春醪醉了你在果园里睡，
圆熟的橙子便往你裙裾流星似的下坠……

金色的橙子，你啊，生命温暖的象征，
阳光和水分酿成了盈盈的柔情，
（水分赐给你柔肠水一样的清净，
阳光赠给你鲜美的容颜，圣洁的核心）
你染着山林的清气和原野的风情，
大地的泥土茁长了你一分娴静。
你离别了家乡的故枝，在凝露的清晨，
烟霞中你上了长河上的乌篷的果船，
于是你开始又喜悦又惆怅的路程——
谁能预料你命运中的风雨阴晴？
谁能猜度你将向哪双手掌投生？
谁知道你将往哪个方向航行？

爱，你是喜欢金色的橙子的，
秋光里怒放一朵朵欢愉的心花；
今年橙子为了你长得分外丰硕，

鲜嫩的果皮仿佛落日的云华。
如今你还跑向街心，还那样爱娇，
还手剖新橙，犹如写你的诗篇？
或似一枝怀着多彩心意的春桃，
配合着你的韵律，在记忆里曳摇？

然而，我但愿你以那双明眸凝视我，
永远寻觅那乐园里的无边的欢乐；
犹如夏日的永昼，繁荫芳菲的山林，
在那儿，爱，橙色的梦魂随风吹过。

（选自《时与潮文艺》1944 年第 2 卷第 5 期）

戈　茅

戈茅（1915 年 11 月—1989 年 12 月），本名徐光霄，山东莘县人。抗战时期曾任重庆《新华日报》副刊编辑。著有诗集《将军的马》。

边塞吟

当南国的红花
依然挂满了绿枝，
北方已经陷进落雪的日子。
塞风吹凝了冷峭的山谷，
深山不见了飞鸟的踪影。

是那样一个寂寞凄冷的黄昏，
在雁门关外的枯涩的大地，
同样我看见了
中国可爱的人民！

他们是——
勇敢前进的战士，
啊！他们是——
我们亲爱的兄弟！

他们正冒着风寒，
足踏冰露——
在饱尝塞外岁月的艰辛……
口里哈出一口热气，
心在激愤地跃动，
而粗裂的手
满染敌人猩红的血……

激荡了，一颗火热的心，
我仍奋然跋涉北行，
察哈尔草原上的英雄啊！
你犷悍的鞑靼人的子孙，
这无比的勇敢
伸手向太阳，
述说着人类自由的意志。

那唯一动听的祖国语言：
“我们永远怀念
祖国，绿的水，
　青的山，
中国是美丽的……
我永远是它的人民！
再多艰辛的日子，
不说少数人
一切力量都不能屈服我们！”

（选自《新华日报》1939 年 11 月 6 日）

碧　野

碧野（1916 年 2 月—2008 年 5 月），原名黄潮洋，广东梅州人。曾任中华全国文艺界抗敌协会成都分会理事。著有长篇小说《我们的力量是无敌的》《阳光灿烂照天山》《丹凤朝阳》和散文集《月亮湖》《情满青山》《天山景物记》等。

悼叶紫

是泪的蒙烟，
遮断了千次伤情的眼。
在幽暗的灯前，
我默默地
默默地舐尝着远者的
哀言：
“死骨未曾入土，
妻儿已陷饥寒！”

你，
为了世间的穷苦而出生，
又为自己的穷苦而长眠。
(穷苦，

是一条路
无限遥远，
它需要用亿万只
血脚去走完！）
从今，
你战斗的音容，
用记忆深镌在人间。

三年前，
同样是一个深冬的夜晚，
静穆的长街，
流走过夜卖人的叫喊。
我细读《丰收》，
在旧都的南馆。
谁想到，
今天
你永卧在云峰山，
在那长流的湘江畔。

谁应为你来招魂？
是那被你遗下的
幼孤与少孀？

我默默地坐在灯前，
泪的蒙烟，
遮断了我千次伤情的眼！
夜窗外，
是一面欲雪未雪的天，

荒院的野树像鬼影，
古洛水在耳边幽咽。

（选自《中国抗日战争时期大后方文学书系》第六编诗歌第二集，重庆出版社 1989 年版）

袁水拍

袁水拍（1916 年 2 月—1982 年 10 月），原名袁光楣，笔名马凡陀，江苏苏州人。抗战时期曾任重庆美术出版社编辑、中华全国文艺界抗敌协会候补理事兼会刊主编。著有诗集《马凡陀的山歌》《沸腾的岁月》《人民》《冬天、冬天》等。

即兴诗二首

一

少年人，你莫相信，
有钱人口袋里的黄金；
少年人，你莫相信，
他们的嘴巴里会有真心。

他们要哄了你，卖了你，
一点也没有怜悯。
到头来，绑了你，烧了你，
虽则当初的笑脸是何等殷勤。

他们开了一爿店，

店堂里堆满着欺骗。
倾销整批的废料，迷药和鸦片，
第一要赚你的心，其次才是钱。

教育原是要给人好处，
现在却变作了牢监；
书籍原是智慧之泉，
现在是魔鬼引你到陷阱里面。

莫睬他，莫睬他，好少年，
宝贵你处女的心田。
莫把你的真诚，
去换他们的诳话连篇。

少年人，你莫相信，
有钱人口袋里的黄金；
少年人，你莫相信，
他们的嘴巴里会有真心。

二

我看见枭鸟在白天
也能够飞翔了。
恶人反而有好名声，
重罪的审判着无罪的一群。

假如我能够用火焰写成字，
写在黑夜的天廷。

于是燃烧着的两行诗句，
照耀四方，打破了阴沉。

“有一条驴子用狮皮裹身，
兴高采烈地在林内游行。”
哎，你说那些驴子要不要
吓得屁滚尿流，拼命逃奔？

（选自《诗创作》1941 年第 5 期）

赠　友

小小的牛犊在山坡上，
尖尖的耳朵摆了又摆。
斜着的眼睛像榆叶的形状，
胆小地朝我望望。
背脊骨是弯下的，
腹部的肋骨一条一条，
稀稀的颈毛没有一点光泽。
一匹没有母亲也没有亲人的
小小的牛犊在山坡上。

（选自《诗创作》1942 年第 10 期）

凌文远

凌文远（1916 年 3 月—2002 年 12 月），笔名文舟、余方，重庆江津人。著有诗集《乡音》《凌文远自选集》等。

最是草长莺飞的时候

——相思寺思有以慰远人

具象，不也正是一种印象？

山间多雨，
整个山影坍塌了。
夕阳每每从落霞的裂缝，
窥视路人的心向。

　　不是水仙，
　　不是海棠。
他，也不能再是路人了，
梦里却被人掳走璀灿的故乡。

最是草长莺飞的时候，
窗外依旧是一池不声不响的斜阳。

小巷风光。
小港风光。

有人讲：阿里也不再是什么象征，
沉入大海，一根被人砸断了的脊梁。
这一切似乎都已经用不着解释了，
——乡梦长长，春梦长长。

印象，不也正是一种具象！

（选自《巴渝文萃》，四川文艺出版社 1994 年版）

戈壁舟

戈壁舟（1916 年 3 月—1986 年 3 月），原名廖耐难，四川成都人。历任陕甘宁边区文协创作员，新华社随军记者，边区文协《群众文艺》编辑、《延河》主编、西安市文联主席、四川省文联党组书记兼秘书长。著有《别延安》《延河照样流》等多部诗集。

延河照样流

离别延河久，
延河照样流，
流入黄河流入海，
千年万年永不休。

永不休呵爱延河，
从前延河尽是歌。
多少战马在此饮，
多少战士从此过，
多少英雄杀敌回，
钝了的战刀延水磨。
延河流入黄河里，
如今歌声遍全国。

谁说延河浑?
延河水，洗风尘;
毛主席住过延河边，
延河的水可清心。
吃过十年延河水，
走尽天下不忘本。
蹚过千遍延河水，
一辈子埋头为革命。

谁说延河小?
延河大无边。
大无边，海相连，
狂风暴雨驶来船，
黑夜不怕风和浪，
万丈灯塔照得远。
请看革命航线上，
毛主席亲自来指点。

谁说延河没春天?
延安是个大花园。
你看老年人的心，
你看年轻人的脸。
想想那时边区外，
茫茫黑夜像深渊。
自从延河太阳升，
全国春风才吹遍。
离别延河久，
延河照样流，

革命洪流流向前，
不到头来永不休。

（选自《延河照样流》，中国青年出版社 1956 年版）

访草堂

过去访草堂，
几间破败的瓦房，
院里树摇风生，
吹起无限凄凉，
也吹来了，吹来了
“茅屋为秋风所破歌”的景象。

现在访草堂，
层层庭院幽静堂皇，
最使人留恋处，
是那花竹掩映着的回廊，
看园外“广厦千万间”，
历代寒士的理想。

（选自《星星》诗刊 1959 年第 5 期）

邵子南

邵子南（1916 年 4 月—1955 年 12 月），原名董尊鑫，字聚昌，四川资阳人。曾任新华社西南总分社副社长、重庆广播电台台长、西南文学工作者协会副主席等。著有长诗《白毛女》、歌剧《白毛女》等。

白毛女（节选）

序　诗

一把芝麻撒上天，
肚里的歌儿万万千；
劲儿越唱越是大，
歌儿越唱越是圆。

一颗芝麻一棵苗，
一棵苗来开上千万朵花；
一棵花来一颗星，
一句歌词一句知心话。

没有肥土苗不长，
苗不长来花不开；

歌儿不是真心唱，
口难开来头难抬。

心里高兴就要唱，
三天不唱心发慌；
人民翻身歌儿多，
首首歌儿亮堂堂。

首首歌儿亮堂堂，
天黑唱齐大天亮；
我本要唱个白毛女，
先来唱个金凤凰。

金凤凰来金凤凰，
遍身毫毛放光芒；
展翅飞在半天上，
金光闪闪迎太阳。

金光闪闪迎太阳，
昨天晚上好凄惶；
羽毛没有长得好，
乌鸦欺侮金凤凰。

乌鸦本是林中怪，
仗势欺人硬是歪；
凤凰落在乌鸦手，
乌云却把月亮埋，
一阵风儿就吹开；

凤凰不怕乌鸦怪，
羽毛慢慢长出来。

羽毛长齐凤凰飞，
啄断了乌鸦的两条腿；
凤凰越飞越是高，
乌鸦落在粪堆堆。

凤凰越飞气越足，
天上落起黄金雨；
丢开凤凰不忙唱，
回头来唱白毛女。

故事出在河北省，
阜平县有个杨家村；
蒋介石那时还在逞威风，
地主欺压受苦人。

一

天上阴来地下黑，
受冷受饿穷佃客；
穷佃客名叫杨白劳，
庄稼越做越是蚀。

白天忙来晚上忙，
麦子黄了谷子黄；
金黄谷子爱死人，

挑挑挑进地主仓。

地主的仓一年更比一年满，
杨白劳没有吃来没有穿；
五十岁上才娶了个过婚嫂，
得了女儿又死了老伴。

风吹雨打树子越长越是大，
喜儿受苦会当家；
喜儿年长一十六，
杨白劳的岁数六十八。

二

春天一到满山青，
满沟走出了挨饿人；
喜儿树下摘树叶，
来了地主黄世仁。

喜儿低头摘树叶，
口对杨树说分明：
“杨树，杨树，你长得好，
一棵一棵你成了林；
你的叶儿长得快，
你给穷人救了命；
你的叶儿长得肥，
穷人把你来当顿；
地主家里杀猪羊，

我们棒打树叶落纷纷；
我们一天更比一天瘦呵，
杨树，摘了叶儿你难成林！”

满沟饿人摘树叶，
黄世仁趁火打劫看女人；
喜儿长得多俊秀，
黄世仁看得入了神。
一朵牡丹山上开，
那个穷家女子不该有个好人材？
喜儿是个贫农的当家女，
大大方方长起来；
长来大脚宽肩膀，
柳条个子敞胸怀；
黑黑眉毛大大眼，
红色宝玉堆满腮；
鼻子嘴巴多周正，
好似鲁班雕出来；
不爱首饰不爱粉，
蓝布衣裳蓝布鞋。

黄世仁一见心喜欢，
要想上前找话谈；
但见喜儿多正派，
心里转了一个弯。

三

黄世仁回家找管事，
管事名叫穆人智；
“家花野花一大串，
比起喜儿都该死！

给我想个好方法，
明的暗的弄来她；
给我跑得勤快些，
撞出祸来不要怕。”

穆人智真是一个好狗腿，
会拍会打又会吹；
天天来到杨家转，
眉毛尖尖都耍鬼。

（选自《白毛女木刻和诗》，西南人民出版社1951年版）

胡　征

胡征（1917年3月—2007年1月），原名胡秋平，生于河南罗山，祖籍湖北大悟。“七月诗派”著名诗人。延安鲁迅艺术学院毕业。中华人民共和国成立后，曾任原西南军区创作组专业创作员、《解放军文艺》小说组组长、《延河》编辑部主任等。著有诗集《七月的战争》《主席台》等。

挂路灯的

你放心的上吧
挂路灯的同志
你脚下的梯子
是很结实的

人们的眼睛
都担心地望着你
因为你给行路人
点起了明亮的灯

好，再上一步
挂灯的同志
为照得更远

你要挂得更高更高些

（选自《白色花》，人民文学出版社 1981 年版）

钟　声

你又走上了钟台
敲打呵，老卢

用你的铁锤
在日子上留下响亮的记号
用那好听的声音
向世界广播着
庄严的歌

钟声召唤着
叫奔驰的马
跑得更快
叫有翅膀的
更高地飞

思想吧
在钟声里……

（选自《希望》1945 年第 1 集第 3 期）

张天授

张天授（1916 年 ？月—2006 年 ？月），祖籍江西万安，生于湖北宜昌。1938 年参加重庆救国会，与李华飞等创办《诗报》，任《诗星》（成都）编委。中华人民共和国成立后任《重庆日报》记者。著有诗作《刚刚摘下的苹果》《重庆故事：大禹和涂山女的传说》等。

晨　歌

狂风卷走了黑夜，
歌声唤来了黎明。
擦亮我们的枪，
磨快我们的剑，
披上戎装……
趁太阳从东方升起，
去打击那渡海而来的敌人。

（选自《诗星》蓉版 1942 年第 2 集第 2、3 期）

吴祖光

吴祖光（1917 年 4 月—2003 年 4 月），别名吴召石、吴韶，江苏常州人。抗战时期曾随国立戏剧专科学校内迁四川江安县。主要代表作有话剧《凤凰城》《正气歌》《风雪夜归人》、评剧《花为媒》、京剧《三打陶三春》和导演的电影《梅兰芳的舞台艺术》《程砚秋的舞台艺术》，并有《吴祖光选集》（六卷本）行世。

船　曲

看青山隐隐，
这绿水悠悠，
滚滚大江千万里，
悄悄无语向东流。

一肩风雨，万里行舟，
风吹雨打冷飕飕，
行舟人儿不怕苦，
努力前行向上游。

猛抬头，又险滩来到，
排空的巨浪如山倒，

裂岸崩域像龙吟虎啸。
跑，跑，向前跑，
要同心协力冲破滚滚江涛。

一程过了又一程，
过了夔门，又过白帝城，
天色朦胧看不清路远近，
只有：
一钩残月带几点繁星。

走不尽的路，难得见的光明，
光明，我们是追求光明的人。
体魄是百炼坚金，
气概是摩顶凌云。

崇山峻岭常经过，不怕艰辛。
毒蛇猛兽也拦不住我们前进。
看黑夜渐沉沦，
向前进，向前进，
握住光明，
努力前程，
争取新生。

把纤绳拉在手，
迎着晓风阵阵，
迎着曙色东升，
顺水顺风行。

看青山隐隐，
这绿水悠悠，
滚滚大江千万里，
悄悄无语向东流。

（选自《华西日报》1939 年 1 月 13 日）

邹荻帆

邹荻帆（1917 年 5 月—1995 年 9 月），湖北天门人。1940 年入重庆复旦大学学习。曾与穆木天、冯乃超等创办《时调》诗刊。曾任《诗刊》主编等职。著有诗集《青空与林》《噩梦备忘录》《尘土集》《木厂》《走向北方》《金塔一样的麦穗》，诗论集《诗的欣赏与创作》等。

平原放马歌

好宽阔的平原
好宽阔的平原
好宽阔的平原
弟兄们
放马出去呵
放马出去呵
把缰绳解开
把马枪的机柄扭开
从这宽阔的旷野
放马出去呵

倦飞的马坠在我们的马前
呼呼的风从我们身边遁走

树丛崩伐般向我们倒下
平原是如此急速地向我们飞来
放马奔驰呵
比流星更速
比铅弹离开来复线更速
我们的马加速驰行
听呵
秋日的风
已为严寒发出了警报
大地行将要冻结
鸣虫即将伏进黑暗的孔洞
放马奔驰呵
枯叶纷乱地堕在我们马前
我们已听着严寒的脚步声了
在前面
就在前面呵
我们的鞭
戳指着扑面而来的严寒

以躲闪不及的马蹄践踏过去呵
以迅雷不及掩耳的达达声
　撞开世纪的闸门呵
“以流血的歌代替欢笑呵”
以闪耀的弹线穿击未来的时日呵
我们的马奔驰过去
我们的理想奔驰过去
一步步迅速地驰过
一步步实践地驰过呵

想一想
这日子怎么能停留
季节是如结冰一样渐渐凝固着
土地是如干涸了液体燃料的灯火一样渐渐被黑暗所扼
紧着
……

弟兄们
放马出去呵
热情　火一样燃烧着
旗帜迎着风　火一样喷出
在我们中间
应该永远以同一的蹄声
走向时间的顶点
　　空间的边际

放马出去呵
放马出去呵
燎原的火一样
　燃烧过去呵
溃决的洪水一样
　冲洗过去呵
比流星更速
比铅弹离开来复线更速
我们的马加速地驰过去呵……

（选自《文艺生活》1941 年第 1 卷第 3 期）

蕾

一个年轻的笑
一股蕴藏的爱
一坛原封的酒
一个未完成的理想
一颗正待燃烧的心

（选自《意志的赌徒》，希望社 1942 年版）

陈敬容

陈敬容（1917 年 9 月—1989 年 11 月），女，原名陈懿范，四川乐山人。“九叶诗派”著名诗人。著有诗集《交响集》、《盈盈集》、《九叶集》（与诗友八人 40 年代诗选合集）、《陈敬容选集》（诗歌、散文合集）等。

铸　炼

将最初的叹息
最后的悲伤
一齐投入生命的熔炉
铸炼成金色的希望。

给黑夜开一个窗子，
让那儿流进来星辉，月光；
在绝静的深山，一片风
就能激起松涛的巨响。

不眠的夜，梦幻和烛火
一同摇落，一同
向夜角缭绕又低翔；

当一声钟敲落永夜，
哭泣吧，亲爱的心呵，
窗上已颤动着银白的曙光。

雨　季

远远的楼窗亮了，
无星的夜里袅出箫声；
流浪人啊，你的回忆
和你的希望一齐
跌入苍茫的海里。

雨季——
凝冻的哑默的
手，悄悄地
从每一个屋顶
将春天抹去。

圆圆的水珠
溜滚在圆圆的荷叶上。
大地呵，
我将生命之欢欣
赋予你坚实的沉默。

（以上选自《盈盈集》，文化生活出版社 1948 年版）

老去的是时间

怎能说我们就已经
老去？——老去的
是时间，不是我们；
我们正该是时间的主人。

深重的灾难曾经
像黄连般苦，墨一般浓——
凄厉的、漫长的寒冬！

枯尽了，遍野的草；
新生的丛林一望青葱；
高岩上挺立着苍松。

亿万颗年轻的心，
冲出层冰，
阳光下欣欣颤动。

让我们和你们，
手臂连接成长龙，
去敲响黎明的钟，
召唤那清新的风！

（选自《星星》诗刊 1979 年第 11 期）

曹辛之

曹辛之（1917 年 10 月—1995 年 5 月），笔名杭约赫，江苏宜兴人。“九叶诗派”代表诗人之一。1940 年调至重庆生活书店，任职于《全民抗战》周刊编辑部。著有诗集《撷星草》、《噩梦录》、《火烧的城》、《复活的土地》、《九叶集》（与穆旦等人合著）、《黎明的呼唤》（与圣野、鲁兵合编）。

撷星草（选二）

一

因为爱上帝，你爱了我，
因为爱你，我爱了上帝，
你送给我一架银十字，
钉在我心里的却是你。

二

你生活在我的梦里，
我生活在你的心里。
等到梦破了，心碎了，
再分不清是我、是你。

神　话

在那金色的高原上，
人们在创建自己的天堂：

像块巨大的宝石，
在金河的岸上放光。

老年人嘴边的神话，
不再是荒诞的幻想。

干瘪的土地流了乳汁，
歌声从黑夜响到天亮。

白胡子和黑头发一样年轻，
拿锄头的也能使用刀枪。

千年的桎梏一齐打碎，
人类在那儿有了新的希望。

千万人心里亮着它的名字，
千万人冒着死生去寻访。

哪怕山高路遥、雨骤风狂，
像江河汇流大海，谁的心不朝向太阳！

（以上选自《中国抗日战争时期大后方文学书系》第六编诗歌第二集，重庆出版社 1989 年版）

杜运燮

杜运燮（1918 年 3 月—2002 年 7 月），笔名吴进、吴达翰，福建古田人，出生于马来西亚霹雳州，毕业于西南联合大学。“九叶诗派”诗人之一。

雾

它的目的在使我们孤独，
使我们污浊，轮廓模糊；
把人群变为囚徒，把每个人
都关进白色无门窗的监狱，
把都市变为房屋，把森林
变为树木，把无垠大地变为岛屿……

可怜它并没有想到，就在
我为严寒与疲劳所驱逼，
蜷曲在冻结的棉絮里，而它在
墙外把我的斗室团团围住，
把它变为潮湿的土穴的时候，
我一样可以看到那各方的人群，
他们的步伐与怒吼，海洋的澎湃，

树木在暴风雨中都高高挥舞起
激昂的手臂，绵绵的细草大胆地
也要相率摆脱大地而远扬；
我一样也看见黑夜一转瞬间
在晨鸟的歌声中狼狈而逃；
春天的田野在短短的一夜之间
穿戴起所有美丽的花朵与露珠。

而且我觉得从没有看得这么清楚，
从没有感觉过能这样高瞻远瞩。

（选自《中国新诗萃：20世纪初叶—40年代》，人民文学出版社1988年版）

赁常彬

赁常彬（1918 年 6 月—2015 年 6 月），四川成都人。诗人。曾在《星星》诗刊、四川省社会科学院从事文艺编辑和文艺研究工作。

中保要献宝

“好个猫儿不现爪
好个中保不现宝。”[①]
公社有把金钥匙，
宝库大门打开了：

杯杯白水杯杯酒，
清清泉水清清油；
块块泥巴块块金，
座座荒山样样有：
堆堆顽石堆堆矿，
坡坡坎坎煤层厚，
根根皮皮多药材，
藤藤叶叶作丝绸……

〔作者原注〕① 四川洪雅县中保乡的农民，世世代代流传着这两句话。

好个猫儿要现爪，
好个中保要现宝，
公社打开宝库门，
宝藏多过路边草。

（选自《人民日报》1959 年 11 月 12 日）

吕　亮

吕亮（1920 年 11 月—2003 年 2 月），陕西西安人。曾供职于重庆市文联。

家　训

听话
爷爷才爱你

白天·黑夜

白天　黑夜
有谁能
筑一条长廊
隔开

（选自《诗刊》1989 年第 1 期）

扬　禾

扬禾（1918年？月—1994年？月），原名牛树禾，山东安丘人。曾任重庆大学中文系副教授、中国作协四川分会专业作家。著有报告文学集《龙溪河上的来信》、短篇小说《社务委员》等。

可爱的狄丽达尔

我又看见你了
可爱的狄丽达尔
你的笑声是蓝天给的
你走到哪里
你的笑就开放到哪里
你快乐所以你幸福
谁也没法儿剥夺你
面颊上的两朵玫瑰

即使你在浩劫的年月
你带着仅有的两个馕
到沙山瀚海去流浪
你到过巍巍昆仑山
到过塔克拉玛干大沙漠

歌声是你的旅伴
你欢乐地舞咏大漠风
在那条湍流的孔雀河
可爱的狄丽达尔
我又看见你了
跳舞场上的狄丽达尔
你周身都在喷涌在奔流呀
你的双肩激荡着，你的两臂
起伏着优美的波浪

当乐队高声入云
你灵巧的赤足颠着
颠着，浪花四溅
你扬眉弄眼打着响飞
打出一串清脆的水涡
整个儿的你都在飞快地旋转呀
你放飞在茫茫大漠风
在美丽沸腾的孔雀河

慢些旋转吧
可爱的狄丽达尔
还有你的伙伴阿依慕，阿娜尔
你们旋风似的飞旋
把我的心搅成深深的回水一潭

深潭出现了我许多姊妹
生者和死者苦楚的身影
呵，她们是多么惶惑呀

为什么她们就不像你呢，狄丽达尔？
什么可怕的符咒在威吓着她们的心灵？
哎，早已远逝了——她们的青春
她们小鸟一般飞翔的幻梦

她们已经成了
郁郁寡欢的母亲和祖母
她们有了爱笑爱歌舞的女儿孙女儿
她们惨淡地无声地苦笑着
睁大一双沉思的曾经渴求的眼睛
当狂欢的时日翩翩来临……

慢些慢些旋转吧
可爱的狄丽达尔
你飞旋你狠狠地飞旋
你把我旋成苦楚的回水一潭。

（选自《中国新诗名篇鉴赏词典》，四川辞书出版社 1990 年版）

魏荒弩

魏荒弩（1918 年 ？月—2006 年 ？月），原名魏真，河北无极人。文学翻译家。抗战时期曾在重庆创办《诗文学丛刊》。著有诗集《云雀》，主要译作有《伊戈尔远征记》《涅克拉索夫诗选》《俄国诗选》等。

青山坡之夜

夜，死一般寂静，
敌机白日轰炸的硝烟
仿佛还没有散尽。
在这苍茫的夜色里，
萤火忽闪忽闪在流动。
偶尔传来一声“黄河在咆哮……”
激励着我病痛的神经，
床头的灯火如豆，
捧着翻印的《恰巴耶夫》发愣。
我仿佛听见太行山的炮声如雷，
又仿佛听见滹沱河的滚滚涛声，
少年时代的情景一一浮现：
　　熟稔的田野，
　　淘气的伙伴，

　　明丽的眼睛……
随着长蛇似的流亡队伍，
历尽了艰险与磨难，
我终于来到这乱离的边城，
在这狐鼠横行的黑夜，
我困倒在床，殷切地盼着黎明……
长夜漫漫啊，无法入睡，
我反复诵读着杜甫的《北征》。
但愿病魔能大发善心，
早日解开捆在我身上的铁绳……

1941 年夏于筑城疏散区

（选自《中国抗日战争时期大后方文学书系》第六编诗歌第二集，重庆出版社 1989 年版）

山　莓

山莓（1918 年 ？月—1970 年 2 月），曾用名张舒阳、张劲民，江苏徐州人。四川音乐学院讲师。1942 年在安徽立煌加入大别山诗歌社，曾在《中原文化》《七月》等报刊发表诗作，著有诗歌《绿色的春天》《冬天里的春天》《世界上最大的骗子》等。

绿色的春天（选三）

绿色的春天

春天来到的时候，
我看见树林在发绿，
河水在发绿，
山岳在发绿，
田野在发绿，
小甲虫在发绿，
连白胡的老头子都在发绿，
绿色的血液
滋润着辛劳的土壤，
土壤里生出来的
是绿色的希望！

红色的知更鸟

冰雪融消的日子
我看到红的知更鸟
带着快乐的歌声飞来，
在透着绿意的柳树上
浑身燃烧得像一粒红色的火种，
而那歌声也是助燃的，
在蓝天底下
点燃着人们的战斗的情绪。

蒲公英

在辛劳的土地上
繁殖着各色的蒲公英，
像杜鹃花一样的，
有着过度的喜悦
和红色的笑！
当春风吹解了河冻，
而蒲公英也是更艳丽的时候，
人们的心头上
将穿起了一串快乐的记忆。

（选自《七月》1941年第7集第1、2期）

方　然

方然（1919 年 ？月—1966 年 6 月），原名朱声，笔名穆海清、柏寒等，安徽怀宁人。“七月诗派”重要成员。在成都考入金陵大学中文系，毕业后在成都、重庆等地中学教书。《呼吸》诗刊、《平原诗丛》创办人之一。

安　慰

我怎样安慰你呢？
你哭瞎了眼睛的母亲呵！
我底肩上放着你颤抖的手，
我听着你手杖触地的声音，
我时时告诉你：
“这是门槛，这是坑。”
我对你说什么话呢……
——你叫我望望
那山边的路上还有没有红灯，
还有没有那远方归来的人。
你说
你底“梢长大汉”
年青的儿子
被枪弹打死了，

那不是敌人底枪弹呀，
那是从背后打来的枪弹呀。
死在那万里他乡，
死在那敌人欢笑的地方。
他闭不上眼，
他被埋在哪里？
头朝着何方？
他孤魂野鬼呀，
能回不回家乡？
他走的时候说：
“妈妈，
我成了英雄就回来，
我打马加鞭回来！”
……
你敲了一生的木鱼，
守了半生的寡，
你再也别想
寒冬腊月的夜里
梦到他，
然后留心听着门，
从被窝里爬起来，
双手就搂到了他，
搂住他，你还把头
在他坚实的胸脯上撞着哟！
……
有人教我对你这样说：
“人死了，
灵魂活在别个世界上；

不久你也要死了，
这样你就见到了他，
那是久别重逢呀！”
有人教我对你这样说：
“你以最大的痛苦
为我们赎罪了，
我们以忠诚苦斗
为你儿子伸冤！
英雄的墓碑屹立着
无比的光荣呵，
那是母亲底眼泪呵，
你瞎了的眼睛底泪呵，
让我们跪倒在你底脚下！”

（选自《诗垦地》1943 年第 4 辑）

玉　杲

玉杲（1919 年 5 月—1992 年 8 月），原名王宗尧，曾用名余念，四川芦山人。曾任《延河》编辑部主任、副主编，编审。他的逾千行长诗《大渡河支流》经冯雪峰推荐，发表在邵荃麟主编的《文艺杂志》1945 年第 2 期，被认为是有着惊心动魄力量的史诗。

大渡河支流（节选）

夜里，村庄和田野
熟睡了……

当猫儿不叫，狗儿不咬
当夜已深，露水微微的时候
然福跳墙来了，影子从墙头
落下，像一只疾飞的鸟

“是你么？然福！为你
我正担心啊，你没被人撞见吧？
你是怎样偷出营房的呢……”

这年青的农民一声也不响

他沉迷于女人的温存
火般的饥渴驱使他
梦一般地投进女人的怀抱
紧紧地，粗鲁地搂着，搂着，吻……

那女人，含羞地闭起眼睛
激动伴着烦乱与惊恐……

她偷偷张开眼睛望天空
深秋的下弦月撒下冷冷的光
这时，应和着她的不均匀的呼吸的
是那么轻微的草底的虫声

“啊，然福，你摸
我的心跳，我的脸发烧
我怕他们会知道的
你不是说，明天
你们一定要出发么?
连一天也不能多留了么?
……看我的头发乱了呵!
我的衣裳湿了呵……
你走了吧，然福!
你走了吧……我多担心呵！…… ”

跳出墙身，然福
像鬼影般摸索在路上
他这时是怎样地不清醒
好像是停留在一个无稽的梦

“做了些什么呢……”
吐一口痰，重重地提起双脚

他一边走，一边想
想起山耳老太爷的塌鼻子
生在肥大的，隆起的脸上
那样难看的脸
正如他是可厌恶的人
他是地主，商人，高利贷者
本地的体面人，绅士
一个刻薄寡恩的老头儿
忽然他想起一句俏皮的话：
“他是我的老丈人”
意味深长地打一个哈哈

他又为难地想到胡老幺
那姓胡的乡长的儿子
那连数字也计算不清的傻东西
这恋着他的女人
正是那傻东西的未婚妻
等不到五个月
她就是胡家的少奶奶
他心头冒起一股火
“我抱过的让他抱！”
他切齿：“还有那舌尖，那胸口……
狗日的，滚他娘……”
恶意一闪：“杀了她！”
他焦烦，苦恼，颓丧

他的脸像一盆火

一跤——枯藤绊倒他
脑袋险些碰到古墓
猛然记起明天出发
下意识地加快了脚步
又自言自语着："这下一切都完了！
让她嫁去，她总要嫁一个体面人的！
呸……自来食，偷偷摸摸……"

（选自《文艺杂志》1945年第2期）

姚　奔

姚奔（1919 年 8 月—1993 年 11 月），原名姚正基，又名姚向之，笔名姚奔，吉林扶余人。曾在重庆英国驻华大使馆新闻处担任图书馆管理工作。曾任《收获》《上海文学》《萌芽》杂志编辑。著有《给爱好者》《痛苦的十字》等。

蓝天寄情曲

我站在碧蓝的天空下，
听我苦闷的歌声飞扬……

呵，好阔大的蓝天，你无边的气流烟海，
虽没有白云做我的翅翼，我也想飞去，
　　　　　　　　也想飞去呀。
飞上那无边无际的高阔的云空，
让我唱一曲清新的歌，
临着九霄的长风。……

沉郁的日子，窒息的日子，
像一件换不下季的陈旧的衣衫，
包裹着我的身躯，想脱也脱不掉呀！

仿佛，我时刻都嗅到腐朽世界的恶臭，
更看见高大的黑色的魔影颓然地倒下，
临来洪水一样的光明！
呵，光明，光明，
我迎着你，用我血红的心
和满腔的热诚。

昨夜，我又望见清冷的月光
我的泪光比月光更明——
凡是为了我有太渴切的期待，
太挚情的爱。
爱那灿烂夺目的火烧的朝霞，
爱那晨鸡呼唤的天明……
夜夜，我伏着小楼的窗栏
望着明亮的江水和对岸黑色的山峰，
我的心燃烧着，像五月的太阳——
我倾听着一声狗吠，一声鹅鸣，
我倾听着打更的走过，
窗下梆哑的梆声……
我倾听着，倾听着呀，
为什么听不到我想望的声音，
我寻觅着，寻觅着呀，
为什么寻觅不到我亲人的面孔……

我倒卧在床上，睁着不眠的双眼，
做着壮丽的梦。
梦见高空突来一声巨烈的暴声，
宇宙滚起改革的飓风，

看为民潮涌，
听欢声动天，我看见它了，
你真理的圣神，……
我看见我的亲人，我的兄弟，
我的眼孔明亮了，洒落着新生的春雨……

呵，诗人，你受苦的灵魂，
　　　　　　你预言与歌唱的神。
歌唱呵，乘着自由的好风，
歌唱呵，唱出人类的希望和美丽的明天，
再不能像哑默的夜莺垂下疲惫的头，
让歌声永远消逝在林间。

呵，好阔大的蓝天，今无边的气流的海，
今天，我站在阔大的蓝天下，
听我苦闷的歌声飞扬！

（选自《诗垦地》1946 年第 5 辑）

苏　菲（回族）

苏菲（1919 年 ？月—1998 年 ？月），回族，原名苏良信，生于四川成都。1945 年 10 月，任成都《学生报》编辑。著有诗集《云鸟集》。

无声的中国

“朋扯，朋扯！”
舶来的交际舞。

“双双对对，
并蒂莲开！”
走私的情歌。

“遵检”“免登”，
“被略”“……”，
嘴上的交×字条。

“证据不确！”
“出国讲学。”
检举吃的当头棒。

报纸蚊子样地：
“苕灾严重，
救命，救命！”

美术广告回答：
“平价咖啡，
每磅三千元，
机会，机会！”

一九二七年
鲁迅说：
“无声的中国！”
一九四五年
鲁迅的回声：
“无……声……的……中……国……！”

（选自《成都快报》1945年）

刘岚山

刘岚山（1919 年 ？月—2004 年 11 月），安徽和县人。抗战时期曾任重庆《新民报》校对、重庆南方印书馆助理编辑等职。中华人民共和国成立后，任人民文学出版社编审。著有诗集《漂泊之歌》《乡下人的歌》《和平的前哨》《乡村与城市》、散文集《领路的人》《和英雄相处的日子》《人生走笔》等。

致北方

路过高原山国的南风，
请带去我们心的语言：
向战斗在北方的弟兄们，
我们从铁狱发出同志的致敬。

镣铐锁住了我们的双脚，
身子被关在阴暗的古堡，
苦难在我们额上打下无数印记，
但我们的头颅永远是昂得高高的。

铁狱关不住向往自由的心，
最深的黑暗总是消失在黎明前面；

我们的心参加了你们每一次战斗，
这里每次斗争也都得到你们的支援。

我们就要从铁狱底爬起，
把阴森的牢门打碎；
去参加你们光荣的进军，
来解放这哭泣的土地。

（选自《中国四十年代诗选》，重庆出版社 1985 年版）

白　峡

白峡（1919 年 10 月—2004 年 2 月），原名刘叶隆，山东巨野人。《星星》诗刊创始人之一。著有诗集《春耕》、《春天的蓓蕾》（与人合作）等。

峨眉小札

山

山在雨中
——举起嫩菇
山在晴日
——吐出新绿
山在木鱼声中
——念佛

霜　天

高山有霜
路滑
月淡

画什么
峨眉瘦了

雪漫金顶

一行草鞋印
牵上峰顶

一串扁担影子
压弯了雪山

是谁又把
草鞋印儿踩乱

（选自《星星》诗刊 1992 年第 2 期）

洗象池

洗象池上
洗月

星星雨
往黑色的幕上——
写白字

云朦胧
山枭朦胧

（选自《诗刊》1994 年第 3 期）

窗台声韵

有花和绿叶对歌的音韵
有金笔和鸽子对话的秘密
有月亮追赶太阳的寓言……

（选自《星星》诗刊 1992 年第 12 期）

郑 敏

郑敏（1920 年 1 月—），女，生于北京。“九叶诗派”代表诗人之一。1943 年西南联大哲学系毕业后，在重庆做翻译工作并开始写诗。著有诗集《心象》《寻觅集》和诗学专著《诗与哲学是近邻》等。

诗九首（选三）

音 乐

站在月光的阴影里，
我的灵魂是清晨的流水，
音乐从你的窗口流出，
却不知你青春的生命
可也是这样的奔向着我？
倘若我们闭上了眼睛，
我们却早已是同一个国度，
同一条河里的鱼儿。

怅 怅

我们俩同在一个阴影里，

抚着船栏儿说话，
这秋天的早风真冷！
一回我低头的当儿，
仿佛觉着太阳摸我的脸，
啊，我的颊像溶了的雪，
我的心像热了的酒，

我抬头向你喊道：
不，我们俩同在一片阳光里了？
抚着船栏儿说话，
这秋天的太阳真暖！
为什么你只招着手儿微笑呢？
原来一个岸上，一个船上，
那船慢慢朝着
那边有阳光的水上开去了。

无　题

金黄的穗束站在
割过的秋天的田里，
我想起无数个疲倦的母亲
黄昏的路上我看见那皱了的美丽的脸。
高耸的树枝上，
暮户里，远山是
围着我们的心边
没有一个影像能比这更静默
肩荷着那伟大的疲倦，你们
在这伸向远远的一片

秋天的田里低首沉思
静默。静默。历史也不过是
脚下一条流去的小河
而你们，站在哪儿
将成了人类的每一个思想。

（选自《明日文艺》1943 年第 1 期）

禾　波

禾波（1920 年 5 月—1998 年 ？月），原名刘志清，四川荣县人。曾供职于中央文学研究所、北京市作协分会。著有诗集《创造者》《禾波诗选》等。

旅　思

是秋凉天气的微梦么
三年来的脚迹
印过许多血染的山川

行踪是轻的
梦是轻的
家乡的惦念也是轻的

繁冗的生活
深锁了我回忆的心门
我将为谁永远的依恋呢

只有田野里
随风送来的牧歌
唤起我童年的家乡的记忆

（选自《新蜀报》1942 年 1 月 8 日）

彭燕郊

彭燕郊（1920 年 9 月—2008 年 3 月），原名陈德矩。“七月诗派”代表诗人。1939 年开始在《七月》《抗敌》《诗创作》《抗战文艺》等有影响力的刊物上发表作品。抗战时期曾在重庆等地从事革命文学活动和民主运动。著有诗集《彭燕郊诗选》《高原行脚》等。

夜　歌

夜
如此温柔
我们投入了她的怀抱……

飘漾着层层夜雾
新月羞涩地闪耀
无声的
三月的春风吹拂着
夜的原野呀

像大海一样地永无止息
麦浪
悄然地在起伏着
我们的队伍潜行

像一条小溪
无声地
静默地流过

小鸟——你林间的生灵
别怕呀
继续你憩美的休息吧
鼓着双翅
你
想飞到哪里去呢

河边
村舍的纸窗所透泄出来的
映射在洞黑的河水里的
摇晃的一星灯光
向着我们
我知道
那里
人们将有什么议论
连那灯光
也在神经质地颤动着呢
而受惊的田蛙跃入池塘时
那声音也显得异样的清澈……
星星呀
你闪耀在天际的
璀璨的生命
你们
从黑夜给我们带来微光
请罢

忘记那
来自村落的
无知的野犬的吠叫
而来谛听
走过这凄苦的土地的
我们的脚步
所发出的沙沙的足音……

远隔着那么多的
河流
田地
村落
而低着头的前方的
原野的那一边
懞憧地站立着
那黑色的城楼
和模糊地连续着过去的
难以计数的雉堞
有如人们的灾难一样
遥遥地
更夫敲打着三更
系在呼唤
今夜
就在那儿
失去自由的人们
焦急地睁着眼珠
等待着
故国的旌旗

（选自《七月》1939 年第 4 集第 3 期）

杜　谷

杜谷（1920 年 11 月—2016 年 6 月），原名刘锡荣，现名刘令蒙，江苏南京人。1943 年加入中华全国文艺界抗敌协会四川分会。曾任《西南青年》杂志主编、中国青年出版社编辑、四川人民出版社副总编辑，编审。著有诗集《泥土的梦》等。

泥土的梦

泥土的梦是黑腻的

当春天悄悄来到北温带的日子
泥土有最美丽的梦

泥土有绿郁的梦
灌木林的梦
繁花的梦
发散着果实的酒香的梦
金色的谷粒的梦
它在梦中听见了
孩子们的刈草镰
和风车水磨转动的声音

它在梦中听见了
潺潺的流水
和牝牛低沉的鸣叫
和布谷鸟催耕的歌
和在温暖的池沼
划着橘色的桨的白鹅的恋曲

我们从南方回来的漂亮的旅客
太阳，正用它金色的修长的睫毛
搔痒着它
春风又吹着它隆起的乳房
它美丽的长发
它红润的裸足
吹卷着
它的宽大的印花布衫的衣角

一天夜里
旷野降下了滂沱的大雨
雨以它密密的柔和的小蹄
不停地吻着泥土
激动地摇拍着泥土
热情地抚摸着泥土

泥土从深沉的梦里醒来
慢慢睁开晶莹黑亮的大眼
它眼里充满了喜悦的泪水
看，我们的泥土是怀孕了

（选自《白色花》，人民文学出版社 1981 年版）

耕作的歌（选一）

耕作季

怀念耕作的季节
四月
潮湿的风向平原吹

杜鹃花又开了，像血
迷醉地倾听微风的口笛
宁谧的牧草田
在黑色的梦中沉睡

就在池沼的边沿
那笨拙的牛
何等傲慢地走着呵
傲慢地
迈起它泥污的脚蹄

现在
我们回来了
纵使我们的村庄化为灰烬
我们的田园如此的荒芜

我们的久别的土地呵
敞开你沉郁的胸膛
银亮的犁

要为你蓬乱的田亩梳理

我的心喜悦
今天，终于我又看到你
看到在你新耕的潮暗的土壤里
我自己渗流的
湿红的血迹……

（选自《抗战文艺》1944年第9卷第3、4期）

晏　明

晏明（1920 年 12 月—2006 年 9 月），本名郭灿之，湖北云梦人。抗战时期在重庆参与中华全国文艺界抗敌协会的各种活动。主编《诗丛》。著有诗集《三月的夜》《收割的日子》《北京抒情诗》《春天的竖琴》《晏明山水诗选》及中英文对照诗选《晏明短诗选》等。

低唱六章（选三）

星　子

夜半醒来，
我望见窗外的星子，
是老母亲的眼睛么？
那么泪滢滢的，
在向我诉说什么啊？
而你底声音太微弱，
太遥远了。……

江　上

为了贪看

今晨河岸上升起的，
火红的太阳：
我不敢倾听——
昨夜船下的，
黯黑的细细的流水。

思　乡

摇曳在我脸上的
昏惨的灯光呵！
请为我作证，
今夜——
月亮的晶滢的泪水，
是洒在我心底窗棂上了。
我怎敢向这银灰的夜空，
撒满我满胸的乡愁呵？
那辽远的河边的渔火呢？……

（选自《诗丛》1942年第2期）

唐　祈

唐祈（1920 年 ？ 月—1990 年 1 月），原名唐克蕃，江苏苏州人。“九叶诗派”的重要诗人之一。抗战时期曾在重庆生活书店工作，加入中华全国文艺界抗敌协会。曾任《人民文学》小说散文组组长、《诗刊》编辑等职。著有诗集《诗·第一册》《时间与旗》《北大荒组诗》《西北十四行诗》《唐祈诗选》及诗合集《九叶集》《八叶集》等。

女犯监狱

我关心那座灰色的监狱，
死亡，鼓着盆大的腹，
在暗屋里孕育。

进来，一个女犯牵着自己的
小孩：走过黑暗的甬道跌入
铁的栏栅，许多乌合前来的
女犯们，突出阴暗的眼球，

向你漠然险恶地注看——
她们的脸，是怎样饥饿、狂暴，
对着亡人突然嚎哭过，

而现在连寂寞都没有。

墙角里你听见撕裂的呼喊：
黑暗监狱的看守人也不能
用鞭打制止的；可怜的女犯在流产
血泊中，世界是一个乞丐
向你伸手，
婴胎三个黑夜没有下来。

啊！让罪恶像子宫一样
割裂吧：为了我们哭泣着的
这个世界！

阴暗监狱的女犯们，
没有一点别的声响，
铁窗漏下几缕冰凉的月光，
她们都在长久地注视
死亡
还有比它更恐怖的地方。

（选自《中国新诗》1948 年第 3 期）

白　堤

白堤（1920 年 ？月—1975 年 ？月），原名周志宁，笔名杨华、白玲等，出生于广西南宁，祖籍四川宜宾。抗战爆发后，曾就读于成都县中，后与杜谷等人发起成立成都华西文艺社，出版《华西文艺》月刊。曾供职于中国音协成都分会、四川会理中学。

盲　者

你底缺席的眼睛是
两扇永远关闭的窗子
太阳和风景
将永远永远的
徘徊在你底窗前了

月琴弹不尽你底寂寞
竹杖向泥土叩问着道路
你移动
你底像有脚镣的步子

五个指头
为有眼睛的

预言祸福
而自己终生却走着
漆黑的时日
让生命在风雨中枯萎……

（选自《新蜀报》1943 年 12 月 13 日）

不是我不肯

不是我不肯，
是你的性子太急了。
是
谷子吗，
到秋天才黄嘛。

是甘蔗吗，
到冬天才甜嘛。

才画下脚样呢，
你就想穿鞋了。

我才不去领结婚证呢，
要去，你一个人去。

（选自《星星》诗刊 1957 年第 1 期）

李一痕

李一痕（1921 年 ？月—），江西吉安人。抗战时期曾在重庆主编诗刊《火之源》等。

我徘徊在嘉陵江上

我徘徊在
嘉陵江上，
我的心啊，
为什么充满忧伤？

透明的蓝天，
飘来几朵乌云，
像沉重的石板，
压在我的心上。

我是出来写生的，
江景却无心欣赏。
岩石上的杜鹃花啊，
是谁的热血浇洒？

纤夫的号子，
声音里有饥饿、疲劳，
他拉着的岂止是一只古老的木船，
而是一个民族的生存或沦亡。

空袭警报，
像恶狼的嚎叫，
朝天门码头上又高悬
血色的红球信号。

疲劳的轰炸，
标志着太阳旗的炸弹，
目标是中国人的胸膛，
仇恨的火在人民心里燃烧……

疯狂的警备车，
叫人见了就心跳。
是谁天天下达黑手令？
有罪的镣铐
锁在无罪者的手上……

我徘徊在
嘉陵江上，
我懂得我心里，
为什么充满着忧伤。

（选自《重庆爱国民主人士诗词精选》，重庆出版社 2011 年版）

陈道谟

陈道谟（1921 年 5 月—2017 年 10 月），笔名芜名、晴空、健夫，四川都江堰人。《玉垒诗刊》创刊人。著有诗集《诚实的歌唱》《眷春集》等。

青城后山风景

叠叠重重，曲曲弯弯，
高高大大，威威严严，
有时身躯全裸，
净洁在无际的蓝天；
有时白茫茫的一片，
不与世俗相见，
个性诚诚坦坦，
不施半点瞒和骗。
这儿没有大的庙殿，
这儿极少缕缕香烟；
这儿没有刺耳的钟声，
这儿恬恬淡淡。
欲洗身上尘污，
这儿有终年流淌的清泉。
这里的风一下就能见面，

参天密林的手指弹着琴弦。
这里青草葱葱茏茏，
富有浓郁的感染。
这里绽开的野花，
给人同等的香甜，
这里的声声鸟语，
都是动人的诗篇，
一座更美的山外山，
在自然的巧手中裁剪！

（选自《留下星星点点》，中国三峡出版社 2000 年版）

炼　虹

炼虹（1921 年 ？月—1991 年 ？月），原名刘通矩，字文伟，笔名文苇、文子等，四川泸州人。成都《诗焦点》《西南风》《光明晚报》主编，重庆市文联、上海市作协、浙江省作协专业作家。著有诗集《红色绿色的歌》《给夜行者》《向着社会主义》等。

二仙谈诗

不知多少年前，
一个繁星的夜晚，
来了两个神仙，
坐在雁荡山巅，
他们情投意合，
倾心谈着诗篇。

谈得天花乱坠，
谈得鸟雀飞翻，
谈得顽石把头点，
谈得灵山把腰弯……

听诗的老叟着了迷，

听诗的老猴披衣立，
海鲤听得首尾朝天，
天龙听得五体投地……

谈的听的都心专，
竟忘了注意时间，
金鸡叫了三遍，
他们全没听见，
等到太阳一出，
就都被“定化”在雁荡山。[①]

听诗叟

什么人的声音能长留？
是诗人还是歌手？

“余音绕梁，三日不绝”，
赞美歌手已到了头；

雁荡山的“二仙谈诗”处，
诗人的声音永不休！

不信，你看那二仙旁边，

〔作者原注〕① 雁荡山有听诗叟、老猴披衣、朝天鲤鱼、能鼻、龙爪等景物，据说都是听诗被“定化”了的。

俯首侧耳的听诗叟——

他听得多入神呵！
从没有听厌的时候。

（以上选自《星星》诗刊 1957 年第 2 期）

曾　卓

曾卓（1922 年 3 月—2002 年 4 月），原名曾庆冠，生于湖北武汉。“七月诗派”诗人之一。抗战时期在重庆生活和学习。曾任《长江日报》副社长，武汉市文联、文协副主席。著有《曾卓文集》《门》《悬崖边的树》《老水手的歌》等。

青　春

——怀念一个人

让我寂寞地
渡到寂寞的河岸去。

不问是玫瑰生了刺
还是荆棘中却开出了美丽的花
——我折一枝，为你。
被刺伤的手指滴下的血珠，
揩上衣襟。
让玫瑰装饰你的青春
血渍装饰我的青春。

（选自《门》，诗文学社 1943 年版）

断弦的琴

将我的断弦的琴送你。

从此不愿再弹奏着它，
在你明月照着的绿窗前，
唱一支夜情曲。

因为我不愿
让时代的洪流滔滔远去，
却将我的生命的小船，
系在你的柔手上，
搁浅于爱情的河滩。

我知道要来的
是怎样难忍的痛苦。
但我仍以手
　窒爱情的呼吸。

（选自《诗》1942 年第 3 卷第 4 期）

邹　绛

邹绛（1922 年 3 月—1996 年 1 月），原名邹德鸿，笔名郝去冰、沈乐，生长于四川乐山五通桥。曾任西南师范大学教授、四川翻译家协会主席。编有《中国现代格律诗选》，译著有长篇小说《初升的太阳》、诗集《黑人诗选》《葡萄园和风》《苏赫·巴托尔之歌》《聂鲁达诗选》等。

破碎的城市

趁着傍晚我攀上这城头上面的
楼阁，但对着这云雾低漫的宇宙
我却无法唱出我悦意的歌

破碎的城市冷寂地躺在脚下
像淹没的庞贝城未被发现时一样
而那黑色的喑哑的河流，也在
它的身边几乎停止了搏动

浓重的云雾压着对河的山
压着没有钟声的庙宇，压着
蛰伏在每个屋脊下面的灰暗
而噤住了喉舌的生物

我想歌唱
我想唱一曲充沛着热烈与光明的
歌，但对着这云雾迷漫的宇宙
我却无法调整我自己的音律

温暖的泥土

我的眼睛生了等于没有生
虽然我也看见了人脸上的笑纹
狗在摇尾，报纸上学者的宏文
一个声音对我讲：这些都不真

我的耳朵生了等于没有生
虽然我也听到了一些人的笑声
狗在狂吠，理论家在高谈阔论
一个声音对我讲：这些都不真

但是，当我在这寂寞的深夜里
独自走到了郊外，躺下身来
而且用耳壳紧贴着温暖的泥土

于是我就听到了杂沓的脚步
从我的四周传来，而且不断在
我的眼前奔赴着黎明的世纪

（以上选自《中国抗日战争时期大后方文学书系》第六编诗歌第二集，重庆出版社 1989 年版）

沙　鸥

沙鸥（1922 年 4 月—1994 年 12 月），原名王世达，重庆人。历任北京《新民报》副总编辑、中国作协文学讲习所教员、《诗刊》编委、《北方文学》副总编辑等职。著有诗集《农村的歌》《故乡》《初雪》《梅》等。

晨　雾

像透过披在少女肩上的
白色的轻纱，
走的道路也看不清楚了。

是在牛乳的池子里爬行呵——
模糊的河岸上，
模糊了拉纤者底影子。

只有荷塘岸的耕牛，
轻风似的舞一下尾鬃，
拂去了昨日的劳苦。

坟

是睡熟了么?
你看，没有生命的秋风，
连你底头发也吹成枯黄的了。
白天数着凋落的树叶，
夜晚记着堕地的星星，
就这般地消磨你底日月呀?

寂寞拥抱着你，
你又拥抱着一颗寂寞——
永远地，永远地……

（以上选自《诗丛》1942年第2期）

绿　原

绿原（1922 年 11 月—2009 年 9 月），原名刘仁甫，湖北黄陂人。“七月诗派”后期重要代表诗人之一。1942—1944 年就读于从上海迁到重庆的复旦大学外文系。著有诗集《童话》《我们走向海》，出版《绿原文集》（六卷本）、《绿原译文集》（十卷本）等多部著作。

神话的夜

一

潮湿的
昏眩的　夜呀

枭旅行
蝙蝠回家……的夜呀

闪电锯断乌云
雨滴像木屑
凄然而落……的夜呀

磷火纺织着

惨绿的唾沫……的夜呀

荒凉不荒凉……

二

风吹着
雨打着

我拜访风雨的郊原

带着凝固的血创
我想哭——
哭一哭
白昼间被绞结的
蚯蚓和泥沙的忧郁

雨落在哪里
哪里便是泥泞……

三

老人说神话

……朦胧的夜
常有一群烈马
移山倒海般
响过草原

鸡叫了
壮士们
叮叮当当地
摇醒火把
提着人头
向碉堡回来

第二天
有人从雾野间
发现白骨
像珊瑚……

四

夜间
一颗陨星滴落
一个说神话的老人死了
像在睡眠……
我想起
他的碑

现在
战斗常从夜间开始
如果黎明没有来
而我死去
也好，夜就是碑……

五

夜是一个赌徒
有无数颗珍珠
和一枚银币……

有小河在喃喃做梦
有玉蜀黍像宝石放光
有虫乐在交响

这样，也就够富贵了

让我喝点露水
说醉了　醉了
回去睡

明天早起
我将溶解在
声音的队伍里

六

进行着
停留着
溃退着……的夜

苍白了

病了
摇摇摆摆……的夜

有光芒
像牛乳流出云槛
最好说是夜的泪……

七

熄灯的时候
灭烛的时候

鸡啼的时候
我唱歌的时候

我跪着
向东方
辞别着夜……

从梦谷里爬出来的
从夜间蒸发出来的
新鲜的生命呀
我问你们好

好
你好
大家好
我将骑着马

乌拉
乌拉
——喊着
向森林去
呼吸空气

（选自《童话》，重庆南天出版社 1941 年版）

罗　泅

罗泅（1922 年 ？月—1991 年 ？月），本名孙音，重庆人。抗战时期曾在川渝两地任教并主编进步文艺刊物，1949 年以后曾担任重庆《新华日报》《新民报》《红岩》等报刊编辑，著有诗集《星空集》《播种》等。

爸爸杀日本强盗去了

孩子！
你记得吗？
记得你死了的妈妈吗？
你的妈妈，
为了你，
为了你要吃，要穿，
她就在一次大病中为你死去了。

妈妈在死的时候，
不是还在关心你吗？
她向我这样说过：
“这孩子望你
教养他……
……慢慢……

……长……大……”

妈妈死后，为了两张嘴
我要到山坡上去做活，
但是我又担心你：
怕你打翻了碗碟和桐油灯，
怕你不守本分，
和别人家的孩子吵打；或者
悄悄地跑到河边去，
失脚落在水里淹死了；
为你我托付过，
隔壁周三爹的大娘子看管你，
每月的“三十天”
我带着二十块钱，三斤肉，
送到他的家里去
作为看管我孩子的谢礼。
他常常这样告诉过我：
多少次，孩子：
你想念爸爸
伤心伤意地哭过了，
他曾经装起鬼脸骗过你，
捏着鼻子学野猫叫
说“野猫来了，宝宝莫哭了！”
他随着又用粗糙的嘴唇
吻着你的额角
向你讲：“宝宝，等一会
爸爸就会给你买糖回来的。”

这样，没有妈妈的孩子，
你在别人的疼爱中长大；
慢慢地，你像小麻雀一样
翅膀变硬了，
随着爸爸到山地上去，
提着小竹篮，跟在后面
拾起爸爸挖出来的马铃薯，
山芋，和粘着泥的藕节子。

冬天了，你穿着妈妈那件破棉衣
赤着脚在街上跑来跑去，
我看见你小脚上生满冻疮，
嫩姜芽一样的颜色，多可怜！

在夏天你赤着膊子，大裤子
在腰上扎成泡菜坛的水盘一样，
别人都笑你了：
“小鬼的穷相多难看。”
但是你在无知中凑着热趣，
天真的跟着别人笑自己。

在风雨照顾的山坡上，
孩子，你健康的长大了！
我奇怪，我欢喜，
穷人家的孩子没有妈妈祝福过
还能够无灾无难的
长得这样的结实。

孩子，我的苦命孩子呀！
小小年纪　没有妈妈爱你哪！
我看见过：
这村里多少同你一样大的孩子
现在，正是往天卖菜的人
挑着菜篮走向城里去的时候
他们还熟睡在爸妈的身边，
但是你呢？我的苦孩子：
一大早就要提着桶
到河边担水去了。

多少年来，
这村子里没闹过土匪了，
像碗里的水，多平静；
哪知，在今天
有鬼子兵从北方杀来哪！
像庙里的无常爷爷一样凶：
糟蹋田地、烧村子，
抢走了牛羊和米麦，
还要杀人啊！

我的孩子
你知道么？爸爸在今天
为什么要抛弃自己可爱的孩子？
我告诉过你的：
这年代，强盗杀人哪！
他还要来抢夺你的竹枪，泥菩萨
和妈妈给你缝好的花衣。

爸爸为了你，
我的好孩子！
不要再用手背揩眼泪，
哭泣你的爸爸了罢！
爸爸要保护你的泥菩萨呀！
要杀日本强盗去了。

孩子，
孩子呀！
你流浪去罢！
你不曾受过爸爸的抚爱，
像祖父爱着你爸爸样的爱啊！
你想：爸爸心里多难过，
你看爸爸的眼里
充满了泪水。

孩子，我的好孩子，
你快点逃走罢！
你跟着小癞哥去学会小调子
挨门挨户地唱下去，
这样生活着，
不要忘掉爸爸，
爸爸也会永远记住你的。
孩子，我的苦命的孩子呀！
快快莫哭了罢，
你记着谁要烧掉这村子，
记着爸爸和妈妈的话，
记着这土地是你的。

孩子，强盗快要杀来了，
你快点逃走罢！
跟小癞哥逃到后方去，
爸爸要杀日本强盗去了。

（选自《航程》文艺周刊 1943 年 9 月 23 日）

任耀庭

任耀庭（1922 年 ? 月—），山东曹县人。军旅诗人，曾任原成都军区川藏兵站部政委。著有《歌从雪山来》《马上岁月》《梁山奔来的骏马》等 10 余部诗集。

堤上古柳

古柳苍苍
岁月茫茫
你默默地思索往事
梦中泪歌唱得有点悲伤

莫非硝烟的岁月远去了
你那双迟疑的眼睛
还凝视着那沙场染红的夕阳

不　你是深情地眷恋着黄河
像陵墓旁一尊效忠的石像
河水远去了你还沐风浴雨
站在沙埋的河堤上

船户村

你在哪
车子　迎着落日摇晃
飞驰在黄河故道上
一路扬起风沙的波浪

我在呼唤　我在打量
两户人的船家村　你在哪
——当年的旧茅屋　鸡声伴岁月
在虚虚掩盖的干河岔埋藏

那次　歼敌后为甩掉援敌追击
飞步夜行　露营这船家村上
——民族垂危　老艄公消愁解忧
月下　正拉着坠子说书刘秀走
南阳……
半个世纪匆匆过
难忘赠刀永别的悲伤
——我们在这里挥泪
掩埋了夺刀杀东洋兵的班长

说书老人顿改曲调唱英雄
半个世纪　耳际还回响着坠子
声响
心头立着班长夺刀的高大形象

（以上选自《黄河诗报》1998 年第 1、2 期）

陈　然

陈然（1923 年 11 月—1949 年 10 月），原名陈崇德，河北香河人。曾任中共重庆地下党主办的《挺进报》特别支部书记，并负责《挺进报》的秘密印刷工作。他于 1948 年 4 月被捕，在狱中写下了不朽的诗篇《我的“自白”书》。

我的“自白”书

任脚下响着沉重的铁镣，
任你把皮鞭举得高高，
我不需要什么“自白”，
哪怕胸口对着带血的刺刀！
人，不能低下高贵的头，
只有怕死鬼才乞求“自由”；
毒刑拷打算得了什么？
死亡也无法叫我开口！
对着死亡我放声大笑，
魔鬼的宫殿在笑声中动摇；
这就是我——一个共产党员的“自白”，
高唱凯歌埋葬蒋家王朝！

（选自《革命烈士诗抄》，中国青年出版社 1959 年版）

穆　仁

穆仁（1923 年 12 月—），本名杨本泉，四川武胜人。著有诗集《早安啊，市街》《绿色小唱》《星星草》等。

河·船·桥

一、河

没有船，一条三丈宽的水
告诉你一句话："隔河千里。"

没有桥，渡河是说不定时间的，
牛郎织女一年才相会一次呢！

是的，"有一座桥多好啊！"
你望着滔滔江水说："船太忙于奔波……"

谁能为相思的银河搭一座桥，
不让心和心隔上一段距离？

二、船

水，船的镜子。
背靠背，水里也有一只船。
一道启碇，航行，停泊，
一只船在水底，一只在水面。

水面倾泻着阳光，
水里绕上万道生姿的金线。

三、桥

桥是一条虹，
连起两个间隔的国度：
让两条绝路挽起手臂，
让可爱的温热交流。

寂寞而无荣誉，
不在河里涨水的时候，
没有人记起桥的名字。

（选自《诗前哨》1944 年第 1 辑，署名未人）

葛　珍

葛珍（1923 年 ？月—2011 年 ？月），本名段维庸，出生于四川成都。1939 年加入华西文艺社，开始发表作品。1942 年参与组织成都平原诗社。1947 年秋加入半月刊《学生》工作，任编委。曾任《西康日报》编辑。著有诗集《远方一棵树》等。

待质所

愁惨的灯光呵，
闭上你的眼睛，
不要残酷的照见我们看见就要互相吓怕的脸，
一百多个人，
挤在这个出不匀气的笼子，
一丝凉风也透不进呵。
喘气，一个个像提上岸的鱼，喘气，
铁的墙壁加上人的墙壁，
像立不稳的树但是又倒不下这笨重的身躯，
（哪里有容你放倒身子的隙地呢）
只能这样的站着，站着，
等候天明，
我的酸痛的手臂搁在前面那个人的肩，

谁的蓬头疲倦的伏在我的背，
马桶的臭味直钻鼻子，
臭虫痒苏苏爬进湿透了的汗衣，
我还有多少血，
足够你吸饱的血呢，
我已能无痛苦面对着这痛苦呵，
昨天早晨又拖出去
直挺挺两个，
天，明天该不该轮到我……

（选自《诗文学》1945年第2期）

许　伽

许伽（1923 年？月—1999 年？月），女，本名徐季华，四川都江堰人。青年时代在成都曾参与创办《挥戈》《华西》《拓荒文艺》等抗战文艺刊物。著有诗集《长春藤》等。

古城，我爱你

古城，
我爱你！

古城，
我爱你；
虽然你那硬石板上移动着许多软脚。

古城，我爱你；
虽然那些被饥饿烧得发狂的眼睛，
要拼命夺去行人手中的一块小饼。

古城，我爱你；
虽然这长街上
只有寂寞和阴暗的风景。

古城，我爱你；
你使我开始知道生活。

（选自《拓荒文艺》1942年第2期）

长春藤

一切都沉寂，
一切都好似没有消息，
唯有长春藤悄悄地爬上窗子了。

默默地读着歌德，
默默地研究着农民问题，
我心里生起了嫩绿的芽子。

（选自《华西晚报》副刊1944年）

鲁　煤

鲁煤（1923 年 ？月—2014 年 ？月），原名王夫如，生于河北望都。“七月诗派”诗人。1944 年入重庆国立艺术专科学校学习。代表作有话剧《红旗歌》《里外工会》、诗集《扑火者》等。

牢狱篇

一、火的想望

昨夜，
听伐木的声音
响在山上，
欣喜
山下
将有火；

今天，
扒着窗口
去迎接——
呵，是
一道

又一道，
白楂儿栅栏，
并且落了锁！

二、大地

金黄，
从菜花里开出来——
美丽，
生在田园；

子弹，
从枪膛跳出来——
声音，
飞向山外；

春天，
来在大地；
大地，
有着战争！……

三、我愿越过墙去

我愿越过墙去，
看遍地的油菜开花；
我愿越过墙去，
听小鸟说些什么话；
我愿越过墙去，

把那争执的孩儿劝解；
我愿越过墙去，
向着春天出发！

（选自《希望》1945 年第 1 集第 3 期，署名牧青）

张　扬

张扬（1924 年 8 月—2015 年 1 月），四川渠县人。曾任四川人民出版社、四川文艺出版社编辑。著有诗集《飘不去的绿云》《美丽的错误》等。

敦煌的美学

——题敦煌反弹琵琶伎乐天雕塑

澄澈的眼波
　　深一层太凉
　　浅一层太烫
轻盈的舞姿
　　慢一点又柔
　　快一点又刚
反弹的琵琶
　　低一度嫌沉
　　高一度嫌扬
欲飞的仙子
你是一首朦胧诗
你是一曲轻音乐
你是一枝夜来香
哦　这就是美学

这就是敦煌

偏　爱

骑着黄胄的毛驴
过来了
——演奏阿凡提
幽默的蹄声
驾驭抒情的驴车
过去了
——又飘走一片
天山的彩云

过来过去
驴粪散落在
花香的街心
我偏爱这
唯一疵点的
少女的伊宁

（以上选自《美丽的错误》，四川民族出版社 1989 年版）

羊　翚

羊翚（1924 年 ？月—2012 年 7 月），原名覃锡之，四川广汉人。著有诗集《千山万水来见毛主席》、诗文选集《涉滩的纤手》《火焰的舞蹈》等。

旗　帜

——写在九一八，为了不要忘却那八年的日子

落日最后的霞光出现在西边天上，
这些屏挡我们的群山，刻露出狰狞的威严，
更幽暗了，
蓬乱的茅草，
遮断了我们，
在高山与高山之间。

这里是溃败的行列，
这里是没有子弹的枪支，
这里是要倒下的疲意
这里是裹血的布，
风雨撕碎的旗帜。
枪声？枪声！
又在东边的山头响起

伙伴呵，
我们现在要选择
生和死？

丢掉我吧，
丢掉一切东西吧，
你的手，
应当捏起那些有用的枪支。

草丛里，
出现着野兽的足迹，
你们不能再停下来，
你要回去；
葛藤像巨蟒一样缠着齐天的乔木，
腐烂的枯叶满山满谷
这没有路的路，
你们不能停下来，
你要回去；
乘着背后的枪火
还不曾射杀我们最后一个人，
你要回去！

伙伴呵！
枪声更紧了，
你怎么还不回去？

忘掉我吧，
我的足，

不能再随你们跋涉最后的行程了，
追击的子弹，
已经射穿了我的腿，我的膝，
今天和明天，
我快要流完最后的血，
我的手，
已再举不起旗帜……

我的好伙伴呵，
让我在这人迹不到的地方，
同野兽尸体一样的腐烂和安息，
明天，
我的灵魂，
也会飞到你们的身旁的……
“再见，再见！”
泪潮使我的眼睛模糊了，
让我在自己人的面前，
流完所有的泪吧。

落日呵，
沉下去了，
草地上，剩下菜盒和军衣，
而在那个大山头上，
我望见一个个升起的黑影，
最后，
一个骑兵，
出现在最高的山峰上，
在落日的金光面前，

飘展着一支旗帜……

我呀，我泪下如雨……

这仍然是拥抱我的天空，
这仍然是粗犷的荒野，
最后让我把这遗体交还大地，
我伸出手，
拥抱这快要到来的无声的死寂。

而第一颗星光，
已在我的额上出现，
夜雾升起来了，
山岗穿上黑夜，
峥嵘的群山，和突兀的思想
都暂时一齐裹进这无边的夜。

（选自《诗创造》1948 年第 11 期）

蔡梦慰

蔡梦慰（1924 年 9 月—1949 年 11 月），四川遂宁人。革命烈士。曾任成都《工商导报》记者。代表作有《黑牢诗篇》，该诗写于重庆“中美特种技术合作所”渣滓洞集中营。

黑牢诗篇（节选）

第一章

禁锢的世界
手掌般大的一块地坝，
箩筛般大的一块天；
二百多个不屈服的人，
锢禁在这高墙的小圈里面，
一把将军锁把世界分隔为两边。
空气呵，
日光呵，
水呵……
成为有限度的给予。
人，被当作牲畜，
长年的关在阴湿的小屋里。

长着脚呀，
眼前却没有路。
在风门边，
送走了迷惘的黄昏，
又守候着金色的黎明。
墙外的山顶黄了，又绿了，
多少岁月呵！
在盼望中一刻一刻的挨过。
墙，这么样高！
枪和刺刀构成密密的网。
可以把天上的飞鸟捉光么？
即使剪了翅膀，
鹰，曾在哪一瞬忘记过飞翔？
连一只麻雀的影子
从牛肋巴窗前掠过，
都禁不住要激起一阵心的跳跃。
生活被嵌在框子里，
今天便是无数个昨天的翻版。
灾难的预感呀，
像一朵乌云时刻的罩在头顶。
夜深了，
人已打着鼾声，
神经的末梢却在尖着耳朵放哨；
被呓语惊醒的眼前，
还留着一连串噩梦的幻影。
从什么年代起，
监牢呵，便成了反抗者的栈房！
在风雨的黑夜里，

旅客被逼宿在这一家黑店。
当昏黄的灯光
从帘子门缝中投射进来，
映成光和影相间的图案；
英雄的故事呵，
人与兽争的故事呵……
便在脸的圆圈里传叙。
每一个人，
每一段事迹，
都如神话里的一般美丽，
都是大时代乐章中的一个音节。
——自由呵，
——苦难呵……
是谁在用生命的指尖
弹奏着这两组颤音的琴弦？
鸡鸣早看天呀！
一曲终了，该是天晓的时光。

（选自《革命烈士诗抄》，中国青年出版社 1959 年版）

杨　山

杨山（1924 年 9 月—2010 年 9 月），笔名萧扬，四川南充人。曾任《红岩》杂志副主编、《银河系》诗刊主编。著有诗集《黎明期的抒情》《寻梦者的歌》《杨山诗选》等。

他是一个中国人

一

他是一个中国人
他走在中国城市的街道里
他的手被反缚着
他的衣服褴褛得像一张滥污纸
　（老实说
还不如一张猪皮清洁）

而且，他的头
流着血，殷红的血呀
淌在这太阳光照耀着的土地
淌在他的说不出什么颜色的衣服上
画家可以在他身上找到颜料

考古家可以把他送到伦敦博物馆去陈列

而且，他的脸已分辨不出模样来了
他的口，也变成哑子
他的后面
还跟着两个拿枪的
赶着他，像赶着一头羊似地……

二

他是一个中国人
　（我也是一个中国人呀）

等他们停在一个店里的时候
我鼓着勇气走去问他
“兄弟，你是干什么的?”
他睁着一对骇怕的眼睛
战抖的眼睛，悄声说：
“我是一个人”
“人”我向他说
“我知道”
“你是干什么职业的?”
“我……”他向那两个人看一眼
“是一个种田人
　被欺侮的……”

“我的家，在××场……
　有一个老母亲……

　婆娘、两个娃儿，两三岁……
　昨天……夜里，保长带了人在我们……
　家里，拉我……当壮丁……
“先生……我们家只我一个，还有婆娘娃儿……
　我不肯，他们就打我……”
“看”他指着他的头
他的声音在抖，牙齿也在磨
他的一滴泪
也落在土地上——中国的土地。

三

他是一个中国人
他就这样活在中国的土地上。

（选自《新华日报·新华副刊》1945 年 7 月 17 日，署名萧扬）

贺敬之

贺敬之（1924 年 11 月—），山东枣庄人。1939 年在四川就读于国立六中（现四川省罗江中学），参加抗日救亡活动，开始发表作品。代表作品有诗歌《回延安》《桂林山水歌》《雷锋之歌》《西去列车的窗口》、歌曲《翻身道情》《南泥湾》、歌剧《白毛女》等。

自己的催眠

让我道一声“晚安”
同志，
一天又过去了。

我说
生活就是歌，
应当唱得
更响更响。
像干一杯葡萄酒，
而且像一个热恋呢。
我们骄傲
我们的日子！

那么

同志
让我们安睡吧。

叫满窗的星光
伴我们

告诉延河
摇我们
用他的歌唱。

也告诉土壤
叫他也静静安息。

这夜
这梦的谷
这大地……

而且明天
那天空
一定很蓝，
——我说。

而且
我说
明天
朝阳来呼唤我们，
他的光
一定很润，很浓呢。……

（选自《七月》1941 年第 6 集第 3 期，署名艾漠）

余薇野

余薇野（1924 年？月—），原名董维汉，笔名何小蓉，重庆人。曾任《群众文艺》诗歌编辑、《红岩》杂志诗歌编辑。著有诗集《辣椒集》《阿 Q 献给吴妈的情书》《余薇野诗选》等。

舞台上下

既然百代难逢的盛世终于来了
既然新的天地新的日月终于来了
即使暮色降临
晚钟敲响
我们也不会叹息

我们是演员
我们是爱演戏的
我们老了
不能演那浑身是胆的赵子龙
的确
演十个光彩夺目的角色是多么令人神往！
但我们演不好他，会有合适的人去扮演。

老一点也许能扮演孔明
扮演那舌战群儒的孔明
扮演那手摇羽扇意志潇洒的孔明
扮演那把箭和东风一齐借来的孔明
那也是够意思的
诚然，不是人人老了都能演孔明的
(孔明那角色是那么容易扮演的么?)

也许，其难度并不亚于演赵云
好
那就让我们演那空城计中扫街的老兵吧
念两句简单的台词
扫几扫帚灰尘
听诸葛亮城楼上飘落的琴声
看那被琴声吓软了脚吓白了脸的
　司马懿仓皇逃遁
老兵也是一个不可缺少的角色
也是一段不可缺少的记忆
也许
我们演老兵都不行了
那好
和舞台告别
让我们走进剧场
当一名忠实的观众
让我们拈须微笑
为新修的舞台
为新贴的海报
为旧节目的翻新

为新节目的念旧
为下一辈的演出
为下两辈的登台
献一个花篮
献一束祝福
献出我们的眼睛和心
献出我们最动情的喝彩声
　　　　　　　　鼓掌声

既然那百代难逢的盛世终于来了
既然那新的天地新的日月终于来了
每一缕生命之丝都涂抹了蜂蜜，浸润了力
即使暮色降临
　　晚钟敲响
我们也绝不会叹息

（选自《星星》诗刊 1988 年第 10 期）

石天河

石天河（1924 年 9 月—），本名周天哲，湖南长沙人。《星星》诗刊创刊人之一。曾任四川省文联组联部秘书、理论批评组组长，《星星》诗刊编委、执行编辑，重庆师范专科学校（现为重庆文理学院）副教授。著有《石天河文集》《广场诗学》等。

请你签名

请你签名！
我从摇篮里发出声音——
你听这婴儿的手镯，

叮叮当当地响着银铃，
他急忙地揉开睡眼，
迎着那玫瑰色的黎明。
你看见他在乳香笼罩的摇篮里微笑，
你可知道他刚才正梦着自己的母亲。

你难道愿意那手镯变成镣铐？
你难道愿意那乳香变成血腥？
你难道愿意那黎明变成原子弹的闪光？

你有孩子
请你签名!

请你签名!
我从大海里发出声音——

你看这深沉的海水,
它来自无数流泪的眼睛。
谁能流下这许多眼泪?
全世界被大战夺去儿子的母亲。
我只能说出那泪海中的一滴,
我无法说出那纷纷碎裂的心。

你难道愿意让眼泪淹没地球?
你难道愿意再听见母亲们的哭声?
你难道愿意原子弹在她们的心上爆炸?

你有母亲,
请你签名!

请你签名!
我来自一个晚霞灿烂的黄昏——

最美丽的不是晚霞,
是爱人脸上羞涩的红晕;
最迷人的不是晚霞,
是微风吹动了她的衣裙;
最可爱的不是晚霞,

是那任人留恋的和平的黄昏。
你难道愿意那晚霞变成漫天的大火？
你难道愿意这黄昏变成空虚的梦境？
你难道愿意原子弹把你的爱人变成灰烬？

你有爱情，
请你签名！

请你签名！
我来自长崎广岛的废墟之中——

那儿是一片凄凉的地狱，
那儿是一座巨大的荒坟，
那儿的每一点每一点灰烬，
曾经是生活着的日本人民，
他们已经没有什么尸骨，
我代表他们屈死的幽灵发问：

你难道愿意地狱等候在你的门前？
你难道愿意坟墓吞噬掉你的青春？
你难道愿意和屈死的幽灵作伴？

你有生命，
请你签名！

请你签名！
请你倾听维也纳的呼声——

我们不要原子炸弹，
我们不要世界战争，
我们要毕加索的鸽子，
我们要罗伯逊的歌声，
我们要聂鲁达的诗句：
“让和平属于未来的每一个黎明……”

我们反对一小撮战争贩子的阴谋，
我们是全世界爱好和平的人民，
请你走进我们的行列！

你有良心，
请你签名！

（选自《西南文艺》1955 年 4 月）

里　沙

里沙（1925 年 4 月—），重庆涪陵人。曾任原成都市文化局创作室创作员。

昭　觉

九个神仙造一座城，
没有今天的昭觉好；
昭觉的花布比花儿艳，
昭觉的甜酒比蜂蜜好。

今天的昭觉再好，
没有明天的昭觉好；
城里花布艳，城外能看见，
城里甜酒香，城外能闻到。

彝家才是真正的神仙，
漂亮的昭觉出在我们手里。

采煤工

孔雀毛的衣服我不要，
天鹅绒的衣服我不要，
要一件蓝天似的工人装，
穿起飞上云霄。

姊妹竹的口弦我不要，
檀香树的木梳我不要，
要一把战刀似的风镐，
取出地下珠宝。

假　日

子居鸟飞累了，
还能在草坝上歇气；
奴隶主在的时候，
娃子劳动不能喘口气。

子居鸟飞累了，
不能在云朵上歇气；
人民公社成立了，
假日里，娃子到云彩上去吹笛子。

（以上选自《解放军文艺》1959 年第 9 期）

杨星火

杨星火（1925 年 9 月—2000 年 10 月），女，原名杨国华。四川威远人。历任原西藏军区政治部创作员、《高原战士报》编辑、原成都军区政治部创作员等。著有诗集《雪松》《拉萨的山峰》等。

一个妈妈的女儿

太阳和月亮
是一个妈妈的女儿
她们的妈妈叫光明
藏族和汉族
是一个妈妈的女儿
我们的妈妈叫中国

（选自《百位女诗人抒情诗精品荟萃》，中国文联出版公司 1995 年版）

梦回边境

拜别高原雪山几度冬春，
节日前夕梦回西藏边境。

高山哨所五月飞雪，
哨兵的眉睫亮着冰凌！
那高寒缺氧发乌的嘴唇呵，
尝尽生命禁区万苦千辛。

云山中扑啦啦鹰翅惊起，
红旗忽闪驰过边境巡逻兵！
我双臂化羽追上前去，
胯下骑着天鹅似的白云。
哈！两鬓霜雪突然化作青丝，
我英俊成一位边防巡逻兵……

（选自《星星》诗刊 1991 年第 11 期）

化　铁

化铁（1925 年 10 月—2013 年 9 月），原名刘德馨，武汉人。抗战期间流亡四川。“七月诗派”诗人之一。著有诗集《暴雷雨岸然轰轰而至》。

暴雷雨岸然轰轰而至

风走在前面，前面。

现在，云块搬动着。
从天的每个低沉乌暗的边隙，
无穷尽的灰黑而狰狞的云块的轰响，
奔驰而来；
以一长列的保卫天的真实的铁甲列车
奔驰而来，
更压近地面，更压近地面，
以阴沉的面孔，压向贫苦的田庄，压向狂啸着的森林，
无穷尽的云块的搬动，云块的破裂，
奔驰而来，
从每个阴暗的角落里扯起狂风的挑战的旗帜。

风走在前面，前面。

向摇摆的绿色的稻子报着信，
向农民们报着信；

从破朽的茅草屋顶掠过，
揭去茅草，向里面的蓬着头发的结实而苦恼的农妇报着信，
向流着鼻涕的她的饥饿的儿子们报着信；

向山岭打着招呼，
向黑色的森林，使它发着欢乐的跳跃；

向河流报着信，
向正在河岸上搬运货物的赤裸的小伙子们报着信。
让浑浊的波浪追逐着波浪；

向一切它所爱着的东西报着信，
亲切地报着信，狂暴地报着信。……
于是
几根灼烧的电火突然攫了一下，夺去了天，
从急驶着的云的牙齿缝里迸出，照亮。

一列天之运煤的铁甲列车放倒了，
吓住胆小的女人们，
吓着正在关着窗户的富人们，
从地里爆裂出来，从天上轰响而来，
把完全愤怒了的黑色的沉重的云，压得更低，压得更低！

然后，雨
以它千万只战栗的手指，

敲打着玻璃窗，
敲打着茅草篷，敲打着河边翻过来的船底，
敲打着还在杆子上悬挂着的飘动的旗帜，
花，花，花，花，
是冰冷的理智的手指，
是升华的人的甘露啊！
随后，一个大的破坏在地面开始了。

旧的脆弱的折断在风的急浪里；
山洪从地里暴发，响应，
河流崩溃，
古老的房屋摇动，吱吱地响了——
让地主们从被窝里伸出头来，想着他的谷仓。

好呀，一个大的破坏在地面进行！

喏，喏！
暴雷雨不过是一次酷热的结果；
沉闷的电子磨着牙齿
轻快的雨粒的碰击
原是从地面升起，
现在从天隙蜂拥奔驶而来。
低，压得更低！

然后，雨
以它千万只战栗的手指，
敲打着玻璃窗，
敲打着茅草篷，敲打着河边翻过来的船底，

敲打着还在杆子上悬挂着的飘动的旗帜，
花，花，花，花，
是冰冷的理智的手指。

（选自《希望》1945年第1集第2期）

沙　白

沙白（1925 年？月—），原名李涛，笔名鲁氓等，江苏如皋人。抗战期间内迁重庆，从事文化救亡活动。著有诗集《杏花春雨江南》《大江东去》《砾石集》《南国小夜曲》《沙白抒情短诗选》《独享寂寞》等。

嘉陵江上

黄昏日拐进了深沉的院子
主人悠闲地吸着细长的烟杆
望望翻滚着禾浪的田野
闻客人滔滔的叙说着
日夜疾驰向大江去的
从山国腹脏里奔流而来的嘉陵江啊……

春天
从仓中起出陈年的宿粮
一袋袋的运下船舱
静静地泊在江岸白杨花下翘尾的小艇
又开始随着新潮
驶向那迢遥的远方

几百里外
那下流的荒寂的地方呵
千万双眼睛里
饥馋的火燃烧着
千万颗焦急的心
在刻计着那扯满风帆的粮艇的到程
——嘉陵江上插遍着欲求的希望呵

（那久久笼着的暗灰云块已经没有，一年征
三次粮的年代也已去远了呢）
秋风惬意的拂着生色的禾穗
田野在跳动着
愉快的自由舞蹈呵
“虽则少了那年青的往日的许多胳膀
也有着一样的丰盛的收获呢”
干皱的脸纹
掠过年青的胜利的微笑
“这总可以告慰前线的人们吧”

拆看封面记着“平安”的家信
快慰的流泪了
——田园并没有荒芜呵……
匣里闪光的刺刀
温暖的肩上的步枪
于今有了那往年的犁锄
铁丝网外的田野呵
已不容许有那轻松的叱咤的心情
外堑壕

木柄炸弹
——这是不能委卸的
祖宗遗下的责任吧
(蓝的天，深绿的田野
让它翔着敌人的风筝
和践着那罪恶的铁蹄的奔马吗
我们是大地的儿子呀)

那暗灰的云块已经没了
祖国正用着微笑
和蕴着热爱的眼睛
招呼着
从山国腹脏里奔流而来的嘉陵江呵
嘉陵江上正孕育着无上的光辉的希望……

（选自《国民公报》1939 年 9 月 19 日）

梁 南

梁南（1925 年 ？月—2000 年 10 月），四川峨眉山人。曾任原华北军区空军政治部宣传部助理、军委空军政治部记者、《北方文学》编辑部主任、黑龙江省作协专业作家。著有诗集《野百合》《爱的火焰花》等。

我幸运过

在时间的时间之外
我仍会记着你
你在历史梳妆盥洗的时候
与我昙花般相知相遇
几十年的等待之苦消解于一朝一夕
我的泪水成为击开花瓣的春雨
惊讶的笑在皱纹里深刻成一种标本
至今没有消失
头抬起来时，手与脚已属于自己
手可以伸出去探测冷暖的深浅
脚可以走出任何一个奴隶禁区
而后
再不会在冷盘里挑出横尸的苍蝇……
幸运不在乎多长多久

哪怕十万朵花只结一个果子
这个果子足可以成熟一座树林
幸运从不向人告知地址
遗失后也没有归期
别错过对面走来的幸运
任何幸运或许只有一次
一次！

等　待

启明星暖香过我一次，在那个破晓，
有天傍晚，黄昏星将我坦率地引照。
太阳入晨前，我就接到弥襟的慰藉，
月亮透熟后等待便划出我持久的清晰。

但我等待的并不是淡淡的微光。不是。
我等待的是壮观的炼火红的太阳，
我同样等待水香的桂花香的月亮，
我的内在花枝需要感知光和热而燃烧。

时间在永恒流动中拖着彗星美丽的光羽
她所赐予我的闪光的等待使我知道
联系我们的是那冽冽的往昔，
信任地等待吧，我们永远不再抛弃

永远，轮子梦见阳关，摇楫默念水波，
永远，芦笛迷恋红唇，蒲公英羡慕流落，
永远，果核请求葬礼，坠花许身浆果，
永远，世界都在寻觅中等待，如我。

当我不再做等待者的时候，
我还要最后等待一次，
等待是思念在隆重开花，
我所等待的各种等待从未消失。

（以上选自《乐山百年新诗选》，四川文艺出版社 2017 年版）

张　央（回族）

张央（1925 年 ？月—2011 年 ？月），回族，原名张世勋，出生于四川康定。甘孜藏族自治州作协主席，副编审。著有诗集《康巴星云》。

启明星

黑夜的末梢
你亮在这荒原上
以圣者的身姿
告诉人们天快亮了

荒原上的露宿者
为再数一程艰险的山路
得到你光明曳引
收拾着早行的行装

启明启示人们
夜一定要溃退的
天一定会亮的
艰险的路我们一定要翻越

康定情歌

康定情歌
起先站在康定
后来那朵溜溜的云
留下了一朵开花
飘走了一朵
过长江
到黄河
又周游到了海外去抒情

在海外
这一朵云
总是友谊添增
游子唱起它
更浓悠悠赤子心

唱起了这首歌
情长留，心更近

康定情歌
不会凋谢

（以上选自《康巴星云》，中国三峡出版社 1997 年版）

野　谷

野谷（1925年　?月—?），本名成善棠，重庆忠县人。曾任四川省文联编辑、专业创作人员。著有诗集《夜渡》《凝望》《野谷短诗选》等。

我们的长江牌手风琴

一九五二年，重庆国乐厂以老式的日本山叶牌手风琴为依样，试制出品了长江牌手风琴。几年以来，经该厂全体同志苦学苦钻，研究了各国琴牌的优劣点，预计一九六二年即可达到世界最有名的意大利出品的索布拉尼的水平。全体同志干劲冲天，满怀信心，决定提前在今年赶上或超过索布拉尼。

我向全世界手风琴演奏者
送出一条欢腾的喜讯：
我们的长江牌手风琴
就要超过最有名的索布拉尼。

我向全世界手风琴爱好者
讲述我们长江牌的最大优点：
它传达感情的时候那么准确，
它鼓舞意志的时候那么坚毅。

从它诞生到成长就是一首战歌，
六年的时光跨过了两百多年的历史，
好似闪电掠过了万里长空，
要赶在世界王牌手风琴的前面。

我们的手风琴啊奏起来吧，
用你那雄阔而悠扬的声响，
奏一支乘风破浪的跃进曲，
奏一支建设繁荣的欢乐曲。

人们美好的愿望，
那些对于生活的理想，
将从你青春饱满的胸膛
如长江滔滔滚滚奔腾……

让爱好和平幸福的人们，
完全浸沉在你汹涌的激情里，
让他们的脚步踏着你的拍节前进，
让他们的感情随着你的旋律奔腾。

（选自《星星》诗刊 1958 年第 5 期）

白　航

白航（1926 年 1 月—），原名刘新民，笔名谢燕白。河北高阳人。《星星》诗刊创刊人之一。曾任《四川文艺》（现《四川文学》）编辑、《星星》诗刊主编等职，编审。著有诗集《白航诗选》等。

喝　酒

捧起孙女儿的
小酒窝儿
早一杯
晚一杯

当她笑的时候
酒甜
当她哭的时候
酒苦

喝　茶

泡几片相思的叶子
在碧绿的溪水中
让尖尖的小船儿
划过弯曲的五脏六腑
去当送信的
红娘

缝

纽扣掉了
却把眼睛
缝进了扣眼里
下摆开了线
又和领子缝在了一起
“缝补”“伤口”
真不容易
何如做件新衣
“不
旧衣服耐穿
何忍把它
丢弃”

自己理发

独对着一面镜子
自扫门前雪
（不干别人
什么事）

纷纷扬扬的寒冷
全落在剪刀差中
也算适得其所了
后颈窝杂草丛生
隐隐有蟋蟀的鸣叫
手长莫及
请老伴发来救兵
来一个
无情的打击
彻底铲平了“叛逆”
终于
国泰民安

煮　饭

已非女人家的专利品了
比如我

便很喜欢这份
煮饭权
(权力欲无处不在)

面条
是不宜和冷水一起
下锅煮的
这是最宝贵的
一条经验
其次饭煮煳了
不要生气
明早掺点开水
就成了一锅锅巴稀饭
大家一定爱吃
(也许还有人会问
这是从哪里取来的经?)

(以上选自《星星》诗刊 1990 年第 12 期)

蓝　羽

蓝羽（1926 年 2 月—），原名王朝清，四川崇州人。曾任《四川日报》记者。著有诗集《蓝色的翎羽》等。

春

一望间
青春流溢而来
青藤爬满的窗口
迎春疯长淡黄的花蕾
闪烁　如昨夜的星辰

有一颗孤独的星亮着
那是你的眼睛吗？
溶溶月色
澄澈如秋水的眸子
似在叙说
绿窗下那个古老的故事
——一个怀春少女痴心的
独白

（选自《星星》诗刊 1992 年第 7 期）

王尔碑

王尔碑（1926年12月—），女，原名王婉容，曾用笔名海涛、非非等。四川盐亭人。曾任《川北日报》及《四川日报》文艺部编辑、记者，副编审。著有诗集《美的呼唤》等。

自画像

我给自己画像。
一个声音在问：
“为什么画自己？”
我说：“我画大树的一片叶子。”

于是，我大胆地画
白发下面，我的眼睛：
它昏花，因为哭过长夜；
它苍老，因为等待黎明。

春天，向我堂堂走来，
秋天，终竟悄然离去。
像一个重见光明的盲人，
向青空，我打开心灵的窗户。

我呵，严肃地画着
不仅属于自己的眼睛，
我不愿它有一丝灰尘；
我愿它像一面明镜。

无名武士的石像

你的头颅呢？
在无定河岸？在雨雪茫茫的沙滩？

好像不曾失去什么
好像整个天空就是你的头颅
你伫立，如那个夜晚
铠甲威武佩剑威武
刀环铿锵，说旷古的苍凉

多情的月牙泉
也记不起你是谁了

站在荒原上站成木化石
波斯菊心血来潮你不知道
井塔微笑在云中你不知道

大漠的落日
已非昔时彷徨的落日

它还你童年
还你如花的容貌你不知道

到鸣沙山去

立体的云在天上
骆驼的剪影在天上

我到云上去
不穿鞋子
淡黄的波浪讨厌鞋子

有一首歌埋在云海里
有一支箭埋在云海里
七个小矮人埋在云海里
穿白风衣的姑娘
站在云上
站成百合花站成天鹅

云上没有树
我去做一棵树

（以上选自《星星》诗刊 1986 年第 3 期）

化　石

化石（1926 年 ？月—2005 年 ？月），原名黄华实，重庆綦江人。曾主编《文莽》月刊。曾任四川广播电台编辑，四川作协专业作家。著有长篇小说《潘家堡子》《沃瓦传奇》、长诗《毒链蛇咬死一个农妇和她的婴儿》《长虹》《风驰电闪》等。

太阳旅行去了

太阳旅行去了，
剩满天的寂寞……

风，
抓落了白色的
云朵；
树林，
流着缠绵的泪水。

麻雀，
丢掉了翅膀；
苍鹰
压落在屋顶低飞。

有人，
看看这霉绿的天，
眉头打个结，
担心着一场风雨。

天地，
撒一网浓雾；
还在孕育着
又一个
冰冷的冬天。

（选自《海燕》1945年元旦创刊号）

张继楼

张继楼（1926 年 ？月—），江苏宜兴人。曾供职于重庆市作协。著有数十种儿童文学读物。

蚱　蜢

小蚱蜢
学跳高，
一跳跳上狗尾草。

腿一弹，
脚一跷：
“哪个有我跳得高！”

草一摇，
摔一跤，
头上跌个大青包。

（选自《四川文学》1962 年第 9 期）

共　伞

刮风了，下雨了
幼儿园里放学了。

“看一看，谁来了?”
“妈妈撑着伞来了。”

走出门，回头瞧，
屋檐下站着张小宝。

招招手，笑一笑，
伞下多了一双脚。

一二一二齐步走，
踏着水花回去了。

（选自《重庆日报》1962 年 6 月 1 日）

雁　翼

雁翼（1927年6月—2009年10月），原名颜洪林，河北馆陶人。曾在《星星》诗刊、《四川文学》主持工作。著有诗集《大巴山的早晨》《在云彩上面》等。

红　云

至死还在燃烧的，是那片苦情
被你挂在西山顶
风又送还给我

窗　外

窗外，那棵老白杨树，早就化作电线杆了
仍披雪站在那里，等待
云朵送还它的叶子
如我

（以上选自《人生悟语》，黄河文化出版社1993年版）

在云彩上面

我们的工地，在云彩中间，
我们的帐篷，就搭在云彩上面，
上工的时候，我们腾云而下，
下工的时候，我们驾云上天。

白天，我们和云雀一起歌唱，
画眉鸟也从云下飞上山巅；
夜里，我们和星斗一起谈笑，
逗引得月亮也投来笑颜。

当我们过节的时候，
在云上演剧，跳舞；
当我们开庆祝会的时候，
摘下朵朵云霞，挂在英雄的胸前。

当我们饿了的时候，
砍下云上的松枝烧饭；
当我们口渴的时候，
就痛饮云上的清泉。

当炎热的季节到来，
云上的松树给我们撑伞；
当寒冷的冬季来临，
我们砍下云上的松枝，把篝火点燃。

篝火的青烟升入高空，
带着我们的欢笑飞过群山，
它告诉我们亲爱的祖国，
你的儿女战斗在云彩上面。

（选自《白杨林风情》，人民文学出版社 1981 年版）

罗 洛

罗洛（1927 年 ？月—1998 年 ？月），原名罗泽浦，四川成都人。抗战时期曾任成都中学执行委员和《学生报》编辑。曾任上海市作协主席、上海国际笔会中心书记等职。著有诗集《春天来了》《雨后》《阳光与雾》等。

九奇峰

每天，打开窗，我就看见你
当我走向你，你的夹道扁柏向我问讯
我爱上了透过你的浓荫的每一缕阳光
我爱上了穿过你的树丛的每一条小径

我爱上了你的每一棵草每一片叶
无论是嫩绿的羊齿还是攀缘的青藤
我并非只是醉心于你高耸的奇峰峻岭
我更感谢你的真挚的亲切和殷勤

每天和你的碧叶青草做伴
我仿佛有了一个绿色的灵魂
凄凄风雨只能使它愈加葱郁

熊熊烈火只能使它愈加纯青

我悄悄地……

我悄悄地来了，又悄悄地走了
像一丝微风吹拂过丛林
不会使一片薄薄的叶子颤动
不会使一根细细的草茎受惊

我悄悄地走了，又悄悄地来了
像一滴泉水从石缝里缓缓滴落
不会扰乱那正在飞翔的蛱蝶
不会妨碍那正在鸣啭的山雀

即使你不欢迎，我还是会来的
像微风那样悄悄地吹来了
即使你挽留，我还是要走的
像泉水那样悄悄地走了

（以上选自《上海文学》1981 年第 12 期）

林　彦

林彦（1927年？月—2016年1月），重庆人。曾任《西南文艺》编辑。重庆市作协荣誉委员，一级作家。出版有诗集《窗口》《何必怅望那夕阳》《林彦短诗选》等。

我们也建设着地面的新城

群星掉落在山头，
山头上空又是密密麻麻的群星，
群星闪动着露珠似的晶莹的眸子，
深情地注视着我们的矿区。

我们的矿区，
燃点起千百盏明亮的灯火，
把四近照耀得一片通红，
——那是一座辉煌的夜的城市。

茅草曾经在这里长得比人还高，
山樱桃熟了又一颗颗地落下，
狼群的眼睛像闪电般在这里照射，
山谷里时常传来高昂的虎啸……

如今这里的房屋挨挤着房屋，
排列得像个热闹的整齐的街道，
那里是我们的人民银行，
那里是我们的合作社；

那是一个广场，
星期天夜晚，我们就在那里放映电影，
那是我们的邮电局，
从那里传出来自北京的声音；

那是通往医院的道路，
山脚下还有我们的子弟小学；
成千成百的人在这里劳动，
看那远处的一片灯火，那里住着我们的工属。

谁能再说我们这里是偏僻的山野，
谁能再说我们这里是荒凉的边地，
我们在地下日夜不息地劳动，
我们也建设着地面的新城！

看我们的矿山天天发展，
我们的城市也天天繁荣，
看矿区里无数美丽的灯火，
闪耀着我们劳动的光辉！

（选自《群众文艺》1954 年 6 月）

顾　工

顾工（1928年 ？月—），上海人。历任原西南军区政治部文工创作员、八一电影制片厂编剧、《解放军报》记者、总后勤部政治部创作员。著有诗集《喜马拉雅山下》《成熟的季节》等。

彩色缤纷的拉萨河啊

彩色缤纷的拉萨河啊！
你是一幅艳丽的宽银幕，
还是一块绚烂的调色板？

在露水沾湿麦芒的早晨，
水面上浮泛着满天的云霞。
在刚刚飘过雨丝的初夏，
万里长虹就在河心中倒挂。

从淡青变成金黄的菜花，
从稀疏变成茂密的林卡，
从浅褐变成暗绿的山峰，
都从你的波影中，看出自己的变化。

每到盛大欢乐的节日，
有多少围裙拂动地上的鲜花：
人们在你的身边旋转，旋转……
水面上映着多少笑脸，掠过多少喧哗。
彩色缤纷的拉萨河啊！
你是一支赞美爱情的歌，
还是一幅描写新生活的画？

野雁啊，你为什么……

牦牛把嘴伸向河边，
惊起了河滩的一群野雁；
野雁在高空盘旋一圈，
又钻进河边的苇丛，静悄悄地安眠。

野雁啊！你为什么对这里这样眷恋？
是爱上了果树，还是那成熟的麦田？
是喜欢那羊群，还是那新盖的牛栏？
野雁啊！你为什么对这里这样眷恋？

（以上选自《星星》诗刊 1957 年第 3 期）

我们走进雪山

我们走进雪山，
看到灯火万盏，
这灯火的光源呵！
是来自明亮的北京。

我们走过村寨，
见到红旺的篝火，
这篝火的热力呵！
是来自温暖的北京。

我们来到草原，
看到群花争艳，
这花朵的芬芳呵！
是来自馥郁的北京。

我们靠近礁石，
仰望疾飞的海燕，
这海燕的活力呵！
是来自欢乐的北京。

（选自《星星》诗刊1957年第9期）

傅　仇

傅仇（1928 年 1 月—1985 年 3 月），原名傅永康，四川荣县人。1986 年，国家林业部、四川省人民政府授予其“森林诗人”称号。曾任《星星》诗刊编辑、《四川文艺》（今《四川文学》）诗歌组组长。著有诗集《森林之歌》《雪山谣》《伐木者》《赤桦恋》等。

绿叶之歌

我是赤桦树的叶子，
我是云杉树的叶子，
我是相思树的叶子，
我是橡胶树的叶子……
我是你喜欢的树叶，
都说：没有我，
生活就没有诗意。
世界上不可能没有爱我的人，
都说，有了我，
大地才这样美丽。

我编织绿荫，
保护着人类文明的古迹。

我染绿大江小河，
让春潮为千帆护航，
让鱼群畅游无忧无虑。
我调节四季风云，
为百花竞放浇洒甘露，
为五谷丰收输送春雨。
我是鸟儿的摇篮，
世世代代在绿荫中安居，
哺育出展翅高飞的羽翼。
我是春天的色彩，
我的足迹所到之处，
处处焕发出勃勃的生机。
我是青春的信使，
爱神飞来也不愿离去；
情侣们都希望绿荫没有尽头，
世界上最美的语言都珍藏在我这里！
哦！爱我的人们啊，
原谅我，你可知道我的忧虑？
在绿荫里，你现在思考的是什么，
可是和我思考着相同的问题？
谁愿长江变成第二条黄河，
青山变成烧焦的赤壁？
谁愿天府之国变成沙漠，
熊猫、花鹿在焦土上绝迹？
谁愿爱情在荒原上散步，
衰老来得太快，青春过早地消逝？……

哦，爱我的人们啊，

你们可看到森林的危机？
前辈留下的绿荫还有多少？
你们可听见祖先在怒拍黄泉的石壁！

锯齿已锯倒多少重青山，
乱斧解剖了多少林海的肢体！
我会无辜地死在乱斧下，
我的头颅会横遭割锯，
一把野火会把我的青春烧焦，
你可听见我沉痛的呼吁？
如果荒谬的行为继续存在，
乱斧将劈出这千古悲剧！

爱我的人，保卫我吧！
以百年大计的名义！
植树造林，绿化大地，
植出绿色的长城万里，
在辽阔的国土上巍巍崛起！
让你的青春在绿叶中长存，
让凌云壮志之歌和奋飞的羽翼，
一代一代从绿荫中升起！

（选自《傅仇诗选》，四川文艺出版社 1993 年版）

告别林场

——给共产主义的伐木者

请记着今天大风雪的日子，
有一队伐木者告别林场。
让我们最后再看一眼，
我们的心窝发热，喜气洋洋。

我们今年春天上山采伐，
遍山是封天的云杉、冷杉、赤桦。
我们把宝贵的木材送给祖国，
建设铁路、工厂、高楼大厦。

青山披着鹅毛雪花，
刚好一年，就告别“森林之家”。
山上留下年轻的幼树和母树，
我们请林墙来保护它。

胆小的獐子、大胆的金钱豹，
温驯的小鹿、肥美的马鸡，
别说我们已经走了，
随便来践踏我们的林区。

我们真不愿离开这里，
但我们还要去采伐新林区。
什么时候我们再回来？
最早也是一百年，一个世纪！

一个世纪，一百个年辰，
再走进这青山的已经不是我们，
而是一批批共产主义的新人，
电气化的伐木者，我们的子孙。

那未来的美妙远景，
怎不使我们沉醉动心！
让我们在这山上刻下一块树碑，
把我们的历史和预言告诉下一代人：

“在祖国第一个五年计划的开头，
正是我们最早走进原始森林的时候，
是我们为祖国采伐了第一批大树，
建设了新型厂房、学校、社会主义道路。

“我们走了，留下满山最好的树种，
到二十一世纪，你们上山的时候，
有一座新的无比茂盛的森林，
留给你们采伐，建设共产主义的高楼。”

再见了，我们亲爱的林场，
让我们的思想感情永远生在这里。
再见了，未来的共产主义的森林，
请接受二十世纪伐木者的敬礼。

（选自《人民文学》1954 年第 12 期）

昂旺斯丹珍（藏族）

昂旺斯丹珍（1929 年 6 月—2015 年 3 月），藏族，原名王文泽，四川理县人。1953 年开始诗歌创作和民间文学收集，1956 年 3 月参加中国首届“全国青年文学创作会议”，著有电影文学剧本及中篇小说集《林中篝火》等。

请你不要打扰她

太阳要给黎明送去曙光，
高山啊，请你不要耽搁她。
姑娘要熟悉分配丰收，
小伙子啊，请你不要打扰她。

江水要送走载重的船只，
礁石啊，请你不要耽搁它。
姑娘要练炙拨珠的神指，
小伙子啊，请你不要打扰她。

黎明的献礼

晨风还没有吹尽星星，
阿妈把我轻轻拍醒，
歌声响彻了山林，
金鸡拍翅不知往哪儿飞。

晨鸡奏起了黎明的第一曲，
炊烟呛醒了天宫的玉皇，
我擦了一把汗水，
献给黎明一背树叶。

（以上选自《兄弟民族作家诗歌合集》，人民文学出版社 1960 年版）

高　缨

高缨（1929 年 12 月—），原名高洪仪，原籍天津，生于河南焦作。曾任《星星》诗刊副主编、四川省作协副主席。代表作有诗集《丁佑君之歌》、长篇小说《云崖初暖》、电影剧本《达吉和她的父亲》等。

丁佑君（节选）

十四

披一件破烂的衣裳，
带一身鞭痕和刀伤；
匪徒们押着少女，
走过苍凉的村庄。

脚上是染血的草鞋，
伴随着锁链的叮当；
匪徒们押着少女，
摇晃着罪恶的刀枪。

老乡们躲在板门后边，
泪水淋湿了粗布衣裳；

老婆婆悄悄合手祈祷，
壮年人暗自摩拳擦掌。

匪徒敲着破锣嚎叫——
“这就是共产党的好下场！”
丁佑君昂头走着，
高傲，坚定而端庄。

她用温柔的目光，
望着垂头叹气的老乡——
“乡亲们，不要在土匪面前低头，
这些毛虫毒蛇活不长！”

匪首狠狠地挥起拳头
打在少女的脸颊上，
她吐了一口鲜血，
她的声音更加响亮——

“乡亲们，听我最后的一句话——
你们要永远跟着共产党！
快拿起你们的锄头棍棒，
打倒地主，保卫家乡！”

白发的老大娘奔上前，
跪倒在丁佑君的身旁，
她哽咽着说不出话，
只把泪水滴在少女的手上。

丁佑君双手扶起老人家，
眼望着她刻满皱纹的面庞——
“不要哭，不要为我悲伤，
他们能杀我，却挡不住人民的解放！”

匪徒们挥起枪托，
撵走哭泣着的老大娘，
又一齐咒骂着少女，
像一群疯狗，一群恶狼。

他们用一切最肮脏的话，
一切最卑污的名词咒骂着，
所有人类语言的垃圾
都倾倒在少女洁白的脸上。

丁佑君似乎什么也没听见，
她安静地站立在小溪旁，
把一只脚伸到水波里
洗濯着脚上的创伤。

从洁净的水波里，
她看见受难者的形象——
蓬乱的黑发，青肿的嘴唇，
破烂的衬衣，半裸的胸膛……

然而，她轻轻地微笑了，
她忆起了美丽的故乡——
那河岸的花石头，那蚌壳，
那掠过水面的白鹭的翅膀……

十五

永别了，大地，天空和流云，
永别了，山峰，田野和村庄，
你清清的河水，你高高的白杨，
请为我把大自然的琴弦弹响……

永别了，我家乡的老树，
永别了，我可怜的奶娘，
你们在远方为我送行吧，
但不要用泪水，淋湿我儿时的衣裳……

永别了，我的同志和友人，
请你们从远方，再给我一次力量，
让我在敌人的刀剑下不变脸色，
让我的心也不会反常地跳荡……

永别了，我的农民乡亲们，
请你们看着我，却不要用忧郁的目光，
我多么想坐在你们家里谈天，
我多想为你们的孩子缝补衣裳……

永别了，繁花一样的生活，
永别了，青春和欢乐的歌唱，
我爱幸福；却并不贪恋你——
为了人民的幸福，我甘愿走向死亡！

（选自《丁佑君之歌》，重庆市人民出版社 1954 年版）

沈　重

沈重（1930 年 1 月—2017 年 2 月），原名沈绍初，曾用笔名蓝戈，浙江桐乡人。曾任巴金文学院副院长。1946 年开始发表作品，出版诗集《沈重诗选》等。

苔青的低吟

在城市里住久了
常想去看望那眼颓圮的古井
她是有丰满的乳房的
哺育了淳厚的历史
她是有粼粼的眸子的
白云和小鸟常在那里洗濯
她是有清亮的笑声的
即便凄伤也有别一种美丽
而且在清晨和黄昏总是
涓涓滴滴，吟诵苔青的诗句

汲苔青的诗句煮饭或烹茶
我的呼吸便滋润篱畔的雏菊
催它开一朵稚拙的希望

秋的表情便不再那么残忍
纵有烦忧越篱而入
仍以新浴的童贞相迎
当我在一个阴霾日子踽踽远去
遍地烟尘中她的目光迷茫
赠我一罐喃喃而语的乡音

之后我的水罐便一直饥渴
一些尘埃和鼠类常乘机入侵
且有一丝深深的甲骨文裂纹
以古老的方式痛彻肺腑
但我依然富有而宁静
当市声在夜色中昏睡
便有一股苔青的低吟
穿越岁月　潺潺梦魂

我的行囊早已打点

是昨天……抑是久远的一天
越过铁丝网　枪眼和荒冢
你从远道赶来邀我
去赴一个太阳的约会

……走吧，我说
我的行囊早已打点

在这无羁无绊的心间
把小楼的渴念留在这里
陪伴这一堆梦的碎片
有一丝光亮曾穿过梦隙
和我对视　又匆匆远去
城市里没有雄鸡唱白
没有干干净净的阳光和春雨
就连梧桐也讲着
高雅傲慢的法语

把钥匙也留在这里
留给那个拾荒的老人
他能读懂钥匙上锈迹斑斑的咒文
辗转反侧的梅雨时节
我的门　以及所有的门
都打不开也无法关紧
门外是夜的封锁线
巡逻的犬吠似人语
城市的沼泽间也开似梦的小花
素朴的一朵两朵　根连着七月
因寒冷而深患太阳的相思病
犹如憔悴的诗渴望黎明的蔚蓝
我的脚就踏在夜的门槛边
谛听远处清清亮亮的鸟语

而你正穿过旷古的风雨匆匆赶来
邀我去赴一个终身相许的诺言
……走吧，我说，我的行囊早已打点

哦，那是今天……抑是多情的明天？

清　明

许多清明都被杏花淡忘
市声之外，归路仍在苦苦遥望
我的发丝已在秋风里枯萎
如你坟上跪伏的荒草

去年路经旧居
细雨濡湿了我的睫帘
今年在蒙顶山中谈诗
一芽新茶在雨中哀怨
这些年，我的行踪都被雨丝牵挂
我是雨中的牧童
赶一群咩咩思念浪迹云天

一年一度我从枕畔启程
穿过那首唐诗时
因断魂而寒冷
你不必起来为我加衣，母亲
如那年病中颤巍巍拂我风尘

我的骨头是一座坚韧的石碑
惯于磨砺无端的风刀

莫名的霜剑
沐浴你温暖的目光
在草野沉思的呼吸中
伫守辽阔的春天

（以上选自《沈重诗选》，天地出版社 1998 年版）

孙静轩

孙静轩（1930 年 2 月—2003 年 6 月），原名孙业河，山东肥城人。曾任《星星》诗刊编辑、四川省作协副主席、中国诗歌学会副会长。著有长诗《黄河的儿子》《七十二天》、诗集《唱给浑河》《海洋抒情诗》《孙静轩诗选》等。

燃烧的海

你见过着了火的海么
那罕见的震撼人心的壮丽的景象
当黑夜来临，赶走了夕阳
九月的风刚刚平息
突然在远处的海面上，着了火
夜空腾起一片耀眼的火光
一串串的红灯笼，上下跃动
密密层层，织成一片火网
没有风，却飞速地在海面疾驰
发出一片惊心动魄的喧响
霎时，黑沉沉的海变成紫红
像是从火山口流出的岩浆
礁石也像是着了火

海鸥呢，也像是烧焦了翅膀……
海岸的渔人说
这是大海送来的消息
燃烧后，必有鱼群游荡
诗人说，准是太阳死了
把最后的血洒向它所爱恋的海洋

（选自《人民文学》1985 年第 9 期）

暴风雨之夜

深夜，我从睡梦中惊醒了
我听见一个沉闷的声音在窗户外向我叫喊
我急急地跳下床去，打开了窗户
啊！雷声、闪电、狂风夹着雨点立刻把我的屋子涌满
在电光的一闪里，我远远看见了大海
这会儿，它正狂怒地和暴风雨纠缠
看啊！它猛然从地球上直立起它宽大的身躯
伸出两只巨大的手臂把风暴抛得很远很远……
凶猛的格斗呵，把我引向那暴风雨的深处
我沿着海边走了整整一夜，第一次看见了大海的粗犷与强悍……

海　浴

啊，这境界多么开阔，多么宽敞
这天与地之间的水域，多么绚丽、多么明亮
那光滑柔软的海水与蓝天相映
在一片耀眼的日光下，泛起雪白的水光
海水啊，像一片绿茵茵的草原
被风吹拂着，令人心驰神荡
我们，来自北方的远客，惊喜地狂叫着向海浪扑
就像一群水鸟扑打着丰满的翅膀
一任那波浪颠来簸去
像婴儿在摇篮中轻轻摇晃
都是半百的人了，如今却像回到童年
辛酸的往事，不快的回忆
仿佛都已被海水冲去，早已被统统遗忘
你看那头发花白的诗人
大堰河的儿子
从海浪中一跃而起，像孩子一样叫着
“刚才，大海打了我一个耳光！……”

老人和海

他什么也没有，什么也没有
只有一只破船，一挂渔网

那渔网是父亲留下的
补了又补，就像他身上的那件破衣裳
还有什么呢
噢，还有一支古老的渔歌
一个老掉牙的故事
还有抹不掉的风暴留下的恐惧和忧伤
是的，他是从死亡的边缘归来的
就像那破碎的贝壳被抛在海滩上
可是，当一座海港之城占据了他小小的码头
好不容易劝说他搬进一幢楼房
他却孩子似的哭了
徘徊着不肯离去
舍不得丢弃那破烂的渔网
有什么办法呢
他属于昨天，属于古老的故事
总觉得这里的太阳鲜红
这里的月盘格外明亮

大海之夜

白昼，尽管它卷起狂涛巨浪
炫耀它那不可抗争的威慑力量
尽管它无休止地运动着、颠簸着
把所有的航海者摇得头昏脑涨
但它毕竟还给人以美的色彩、风的清新

还有那光的热能、音的交响
在那天与海之间的广宇中
会使你情不自禁地赞叹它的深厚、宽广
而现在，当黑夜来临
当人们都沉湎于朦胧的海的幻想
它突然展现出一幅阴森可怖的画卷
像是神话中的死神张开了黑色的翅膀
呵！黑暗吞没了一切
就连那天上的几颗星斗也显得暗淡无光
只有风，像醉酒的巨人在海上疾走
掀起一排排山岳般的黑色巨浪
而在那不可见的深处，可怕的声音在轰鸣
像是巨大的怪兽锉磨着它的牙床
啊！大海，黑夜中的汪洋
它想要征服一切，吞没一切
仿佛它就是宇宙间至高无上的君王
但在那浪峰和水谷的起伏中
我看见一只夜航的船，仍亮着几点灯光

（以上选自《孙静轩抒情诗集》，中国文联出版社 1985 年版）

朱　彻

朱彻（1930 年 2 月—2013 年 7 月），笔名耕耘、耕夫、扬帆等，重庆市万州区文化馆副研究馆员。著有诗集《走向归宿》《感悟阳光》等。

硬座列车

南腔北调潮水般
挤进所有的门
在一张窄窄的火车票上
互相问候

声音被挤扁了
连珍藏的告别话也失去水份
压在重重叠叠的回味中
座位上所有的年龄
都摇摇晃晃　故事和扑克牌
浓缩了时间的分分秒秒

饥渴
总想向旅行袋伸手
于是液体固体气体们

便和邻居的梦
撞个满怀

站是一种艰难
坐也是一种艰难
只要你属于人
就得经受冲撞与摇晃
直到旅程的终点

（选自《山花》1992 年第 10 期）

商　禽

商禽（1930 年 3 月—2010 年 6 月），原名罗燕，笔名罗砚、罗马、王婴等，别名罗显炉。生于四川珙县。少年时曾在成都生活，1950 年离川赴台。曾任《时报周刊》主编。著有《用脚思想：诗及素描》《商禽・世纪诗选》等多部诗集。

逢单日的夜歌

一

风起东南
我要为西归的鹭行的歪斜唱夕幕之歌
酒后的老天，请将你睡前的悲愤为我洗手
请将我手在你晕眩之中埋葬
请将之酸为柠檬
请聆听我，以你浇过星的半月，请饮我

二

请喝我。我已经酿成；你的太阳曾环绕我数万遍
病过。我已沐过无数死者之目光

我已穿越一株断苇在池塘投影的三角之宁静
我已经成为宁静，请品尝，尤可海饮你的落日
还有你的岛屿。我要云吞你的半月

三

我已解缆自你的辽敻，在人间我已是一个岛屿
我仍可以是一具琴
然则请抚我，冷风来自西北，请奏我
黑暗中看不见海流，海流中看不见你咸咸的路

四

如今鸟雀的航程仅只是黑暗的叹息
而我足具飞翔中之静止
天上的海，我吻过你峡中之长发
我穿越你在人间的梦中的变形之森林，星星之果园

五

走出你两颊间咸咸的路，我们共是十字路口的小步舞之旋风。
我们的视瞩是可兑现的冥钱
十千亿兆眼的老天，以你数百万光年之冷，请看
　我所曾礼过的公墓：
阵亡者之墓
病故者之墓
处死者之墓……
而惊呼来自小草的在人工花朵的枯萎中之生起

六

敲不响的云层
我的思念倚睡梦瓦窖冷冷烟囱而立这个挥烟鞭赶
夜星之灼灼的牧者。彼亦曾牧过坟墓
我牧过城市。彼曾怜悯。
敲不响的层云，我曾在独木桥上将鱼梦惊醒
多么的年少啊。多小的溪流，一棺盖便是一座桥

七

阴霾，枯萎中的花朵，请回忆覆舟日之晴朗
请彩绘哭泣中之晴朗，雨后的树，刚刚画好的树；
旅行中之树；憩息的树，坟前的树；墓中之树根，根
请彩绘捞不着的沉尸之微笑在虹上的浮起

八

鸣鸡，软暖之星在何处？请留住梦
吠狗，请息止来自楼层间的自鸣钟的时间之争辩
请饮用死去的时间
月光，请将这旋转梯之“不及”撤走，将等待撤走
请留住梦，风，请将我歌走

九

请将我歌就的盆栽收留，涩味的黎明，
请收留盆栽中之水芋
请听这翕翕的花血，这颤动的还叫作心脏；只是太遥远
请听来自子叶的昨日之曦光
请为之在梦中一粲

十

请听我对诸事务之褒贬
夜去了总有一个昼要来
我把一切的泪都晋升为星，黎明前
所有的雨降级为露
升草地为眠床
降枪刺为果树
在风中，在深深的思念里，我将园中的树
升为火把

（选自《台湾诗人十二家》，重庆出版社 1983 年版）

茜　子

茜子（1930 年 5 月—2005 年 3 月），本名黄狮威，又名陈谦，四川内江人。曾任《川西文艺》《草地》《四川文学》编辑，副编审。著有叙事诗集《太平乡》、长篇小说《牛角湾的斗争》等。

风

我无形　我是
　　缥缈的过客
我无声　我是
　　悠长的思索
我无重量　我是
　　纤尘不染的明澈

然而我有力
力　是我
　　生命的全部特征
我更好动
动　是我
　　存在的唯一依托
蒙大地特许

我运行　紧贴
　　她那浑圆的胸廓

当我　徜徉
五月的草原　邀精灵共舞
　　漾红溅绿　戏水蹴波
当我　弹叩
古塔的檐铃
　　音色苍凉　如闻骚人
　　　　登临挥涕　那忧愤的吟哦
当我　凭吊
烽火台的遗址
　　扇起蔽野尘沙　活生生
　　　　勾勒出　兵燹之后的萧瑟
当我　翻搅
长空的云涛
　　混沌间　分明透出
　　流浪汉　醺然自得的神色
是远航的帆
我赐它
　　一个新的速度
是剪浪的翅
我逼它
　　更有力地扇拍
是垦拓的火
我助它
　　形成燎原之势
是滋润的雨

我引它
　　洒向荒寂与裂坼

我犁破狂澜做花垄　只有
　　航鲸的胸鳍
　　才能触摩
我撕曳流霞的飘带　只有
　　极峰的银盔
　　　　才配绾戴
我发出音域的次声　只有
　　冷杉的手指
　　　　才敢弹拨

夷平一切不平
　　拂乱一切紊乱
当能量超过峰值
陡地　我化作
巨大的涡流
摇撼　卷扫　破毁
　　我是暴怒地长驱而过
于是——
挟雷掣电　裂云决雨
　　我扑向纵深　神圣地
　　　　履行自然淘汰的法则

让挺拔的越发挺拔
　　使蓊勃的更加蓊勃
让枯黄的越发枯黄

　　使萎缩的更加萎缩
至于　不堪发出明火的朽木
我呼唤霹雳　令它
　　化一道青烟　就地超脱

挺直你的脊骨
　　万物　请迎住我

我无形　我是
　　一脉透明的波
我无声　我是
　　一支亘古的歌
我无重量　我就是
　　我　冥冥中
一缕浩然游荡的魂魄

（选自《星星》诗刊 1984 年第 10 期）

杨汝絅

杨汝絅（1930 年 ？月—1985 年 12 月），江苏高邮人，曾供职于四川隆昌一中。著有诗集《篱畔集》《灰色的花及其他》等。

诗　简

——给一个勘探队的姑娘

一

我一个人在河边小路上走，
寻找着那块你坐过的石头，
我找到了，但还是往前走——
一个人我不愿在这河边停留。

二

常常，我们一起熟悉过的那些天气
又来访问，把我的记忆重新挑起，
于是在我心头，奇异地
浮起燥热的晴天，寂寞的风雨。

三

我是在暗夜的怀里，在屋外，
仿佛就是这夜风，扬起我的渴念，
明明晓得这是十分幼稚，
可还是忍不住把一个名字轻声呼唤。

四

车站！多少次它熟悉了我们的心跳，
我们狂喜的目光和我们的依恋！
只因为你是个永不安定下来的姑娘，
我才交上了这个奇异的朋友：车站。

五

心温柔地疼痛，当我们静静拥抱，
胸中无声地撞击着好厉害的风暴！
我多想倾诉，可是话语都飞逝了，
所以才幸福地叹气，忧愁地微笑。

六

爱人们都度着醉酒似的时间，
我愿祝他们一切如愿；
但他们的满足我不嫉妒，
我不会拿我的快乐同他们交换。

七

我们用彩笔一同画年轻的生活，
画幅里那缤纷的一笔是爱情。
有如明亮的蓝天上又增添了虹。
欢歌中又加进牧笛幽美的清音。

（选自《星星》诗刊 1957 年第 1 期）

陈　犀

陈犀（1930 年？月—1997 年 3 月），原名任萧丁，天津宁河人。曾任《四川文学》编辑组组长、《星星诗刊》副主编、四川省作协创联部主任。著有诗集《山村》《田园抒情诗》等。

在观音山车站

大爆破的硝烟刚刚消散，
陡岩上就现出了一条铁路，
在观音山冰雪封冻的峡谷里，
有一个新的居民点安家落户。

耳边缭绕着风镐的震响，
崩碎的山石还没有清除，
列车在中午开进观音山车站，
正遇上大风卷刮着黄沙黄土。

只见一个女人顶着黄土走来，
手上拎着一个热气腾腾的饭盒，
背上背着的孩子已经睡熟，
红色的披风像一团烈火飞舞。

我们和她在新辟的月台上相遇，
随便问起她山中的生活，
她撣了撣扑满全身的黄沙，
指了指结满冰凌的山间小路。
小路曲曲弯弯坡坡坎坎，
直上直下整整三里路。
她告诉我们，天天都上山来，
为了看看铁路，看看丈夫。

山下一片新盖的茅屋，
重重彩楼作了山村的门户，
松针上还沾留着节日的喜气，
粉墙上的标语花花绿绿。

炊烟袅袅，歌声飘飘，
学校放学的钟声震动了山谷，
居民点是一团烫人的红火，
从北京到秦岭到处热热乎乎。

（选自《绿叶集》，四川人民出版社 1959 年版）

位　置

我是一面小锣
我，乐意；

“当”的一声
睫毛夯着眼皮；
张开像锣槌的喉咙，
唱一曲：1，2，3；

跑龙套的绕场一周，
催动关云长千里走单骑；

若无空城下的两个老兵，
诸葛亮也不能退敌；

春香闹学，张生偷情，
离不开丫鬟、使女；

三军统帅，内阁大臣，
少不了马夫、书吏；

若缺了姜、葱、蒜，
万元的筵席也无趣；

何苦抓着枯藤去攀，
把正剧演成悲、喜剧；

敲一槌小锣定音，
当过河小卒，我乐意；

我的位置，是
棋子摆在围城里。

（选自《星星》诗刊1994年第4期）

蓝　疆

蓝疆（1930年8月—2014年9月），原名蓝万伦，四川内江人。曾任《四川文学》诗歌编辑、《星星》诗刊编辑部主任。著有诗集《烟花三月》《逆旅》等。

抬棺人

——王建墓棺床东西两侧，排列着扶抬棺床的浮雕石质半身像十二具

永久地倒下了，
还要人抬着，
而且还须睁大眼睛，
不许有丝毫的打盹！

抬着的，
抬了一千多年，
抬成一页一页
沉睡的日子，
至今还不曾
翻动一下发黄的日历！

莫非死去的，
并没有连同他的权势，
真正地死去？
醒着的，
并没有随同醒来的历史，
真正地苏醒？

烟花三月

又是烟花三月，
又是下扬州，
在李白
优美的韵脚之后。

扬州的月色，
照样是
天下三分，扬州其二，
只是
只供清杯共赏，
不再切块零卖。

扬州的湖水，
照样如一首小令
清清瘦瘦。
以致招引

许多的李清照们，
许多的郑板桥们，
挤窄了
瘦西湖的长堤春柳，
和那游湖的小小船票。

扬州的菜馆，
照样是
甜甜的扬州味。
我细细咀嚼
扬州人的浓浓感情，
慢慢咽下
扬州菜的甜甜菜谱。
我要让我，
四川的麻麻辣辣，
嫁接一回，
扬州的恬恬淡淡。

又是烟花三月，
又是下扬州。
只是临行的当儿，
诗仙只送我一曲
韵脚的美，
却是忘了送我一只
酒仙的斗！

孔乙己开起了咸亨店

一个残了两腿的名字，
又黑又瘦的名字，
竟在酒店门前的酒旗上，
醉态起来，
如像酒醉了的孔乙己，
飘飘扬扬！

端出一盘茴香豆来，
已不再说
茴香豆的茴字，
有四种写法；
说那茴字，
早已醉成历史的陈迹，
不应让它出来当垆卖酒，
毁了孔乙己的店风！
几个孩子围成一圈的好奇，
也不再说：
“多乎哉，不多也！”
却是改了口说：
质优，价廉，
买几袋回去作礼品馈赠，
也让世人知道，
孔乙己的价值有了新码！

至于那酒

味是有些薄了。
薄酒也能醉客么?
端起那浅浅的酒杯,
就像捧起那
飘飘扬扬的酒旗,
收也收不起,
放也放不下!

(以上选自《烟花三月》,四川大学出版社 1990 年版)

方　赫

方赫（1930 年 9 月—），四川成都人。曾任《四川文学》作品组组长、《人世间》副主编，编审。

泸山古柏

有人说你在东汉诞生，
有人说你在盛唐生长；
你苍老得已半身不遂，
姿态龙钟，生机将亡。

可是，你不屈于风暴雷电，
更蔑视那冰雹寒霜；
用全部心力，膨胀着毛细管，
攫取雨露，呼吸空中的碳和氧……

活着！坚定不移的信念，
斗争！实现信念的保障。
瞧，多少枝丫绿色葱茏，
复苏的生命力何等顽强！

古老的柏树——古老的中国，
“四害”留给你致命的创伤；
幸赖千千万古柏精神的儿女，
挣扎着，呐喊着，明争暗抗。

生机，从血泊中萌发，
营养，取自喷火的刀枪，
那孩子头上的蝴蝶结，
分明闪耀着严峻岁月的寒光。

今天，彩绦、珠宝、衣饰……
装点着正在治疗的创伤，
庆幸呵！共和国和古柏一齐新生，
警惕呵！冬眠的蛀虫死而不僵！

邛海夜泛

西昌月，明亮、高远、空蒙……
邛海夜，寂静、肃穆、凝重……

碧波上，漂泊过古老的岁月，
圆月下，驰骋过勒马弯弓的英雄。

今夜，徜徉在邛海浩渺的胸怀，
不朽的月光，轻抚着我的心胸。

瞬间，我像回到了遥远的过去，
岸边，似觉有武侯南征的帐篷。

我举起桨来，不敢放下，
怕欸乃之声把万马千军惊动。

蓦地，邻船孩子的琅琅夜读，
惊破了我思古的幻梦。

捕鱼人撒的网在月光下闪烁，
驾驶员盘山道上铁马追风。

出诊医生的手电在昏暗中明灭，
静夜里，机器轰隆似春雷滚动。

时代前进的脚音微微震颤，
祖国飞跃的脉搏急急跳动。

西昌月，历史的古老证人，
见过多少风云变幻盛衰荣辱。

她将把今夜也记入光波档案，
存放在寥廓永恒的太空……

（以上选自《星星》诗刊 1980 年第 6 期）

刘允嘉

刘允嘉（1930 年 10 月—），四川成都人。著有多部诗集、散文诗集。

燕子，我想告诉你

燕子，我想告诉你，
请你回到我们的村庄。
夏日的一个风雨之夜，
你向天边飞去了——
带着惊恐，含着悲伤。
狂风可曾折断你的翅？
暴雨可曾折断你的歌？

此刻——
也许你的惊魂还未安定，
也许你的羽翼还有创伤，
也许你还在惋惜檐下的巢，
也许你还在寻觅春天的梦……

可是，我还是想告诉你：
那被狂涛冲击的村庄，

今天清晨，
又站立在温柔的金风中。
稻禾从泥泞中直起了腰，
丝瓜花微笑着爬上篱墙，
榕树下晨耕的壮牛在小憩，
绿荫中农家小院又有了喧哗……

因此，我急切地想告诉你：
快回来吧，我的邻居！
邀约你的伙伴回来，
带着你的孩子回来，
快回来垒筑你的新巢；
快回来看看呀：
洪波洗荡后的川西村庄，
又是一片明媚，
一片葱茏……

（选自《星星》诗刊 1981 年第 4 期）

梁上泉

梁上泉（1931 年 6 月—），四川达州人。曾任四川省及重庆市作协副主席，重庆音乐文学学会会长。其创作的歌词《小白杨》至今传唱不衰。著有诗集《喧腾的高原》《开花的国土》《云南的云》等。

小白杨

一棵呀小白杨，长在哨所旁
根儿深，干儿壮，守望着北疆
微风吹，吹得绿叶沙沙响啰喂
太阳照得绿叶闪银光
小白杨，小白杨
它长我也长
同我一起守边防

当初呀离家乡，告别杨树庄
妈妈送树苗，对我轻轻讲
带着它，亲人嘱托记心上啰喂
栽下它，就当故乡在身旁
小白杨，小白杨
也穿绿军装

同我一起守边防

（选自《解放军歌曲》1983 年）

高原牧笛

高原的笛声悠扬，
是牧人倾诉衷肠；
高原的笛声响亮，
是牧人心的歌唱——

在那以往的年代，
笛声冷如寒霜，
吹着古老的调子，
总是那么忧伤；

大军经过这里，
笛声渐渐高昂，
寒霜化成春水，
暖流淌向远方；

公路修过这里，
笛声与喇叭交响，
飞过无边的草原，
惊醒熟睡的群羊；

群羊好像白云，
笛声在白云里飞扬，
每次战士走过，
听着这不同的音响……

（选自《喧腾的高原》，中国青年出版社 1956 年版）

月亮里的声音

——听凉山月琴手演奏

你的胸怀竟如此宽广，
抱住了一个圆圆的月亮；
你的长裙拖着红霞，
从凉山飞到北京的舞台上。

听着月亮里的声音，
几疑是天上的嫦娥下降；
你用琴弦跟听众谈心，
又分明是个彝族姑娘。

月亮里只有个广寒宫，
月琴里却有你整个家乡，
通过你会说话的手指，
把我引到你放羊的远方。

一曲倾诉着奴隶的苦难，
像山顶郁结着不化的银霜，
森严的寨堡里有娃子在呼号，
一滴热泪燃起一星火光。

一曲庆贺奴隶的解放，
两弦间就是一条欢腾的金沙江，
雪白的荞花开在两岸，
牧人的舞影跃入水中央。

最后一曲献给山区的未来，
弹得星星落在孩子的书桌上，
惊喜地望着那美丽的现实，
一半像神话，一半像幻想……

掌声的急雨把我催回剧场，
幕布的紫云把你深深掩藏；
归来的路上琴音还很明朗，
正像这深夜里满街的月光。

（选自《寄在巴山蜀水间》，新文艺出版社 1958 年版）

木　斧（回族）

木斧（1931 年 7 月—），回族，原名杨莆，出生于四川成都。曾任四川文艺出版社副总编辑，编审。著有诗集《木斧诗选》《醉心的微笑》《美的旋律》等。

自画像

虽然长了一个很大的嘴巴
却从来不爱说空话
不如鸭兄成天吵个没完
我是鹳
没有鹤的超然入仙的丰姿
没有鹭的展翅冲天的精神
两位兄长美极了唯我独丑
我是鹳

九百多年前文同是我的好朋友
此外再没有一位诗人和我称兄道弟
我寻求知己明知知己不多
我是鹳

有时也学齐白石浇几尾鱼虾
有时也用嘴壳刻几个篆字
既不是画家也不是诗人
我是鹳

你用石头砖块掷了我一身污泥
我只用嘴轻轻地啄了你一下
你便受不了了
我是鹳

说我珍贵也罢
说我低贱也罢
说东道西我都怡然自得
我是鹳

（选自《我用那潸潸的笔》，四川民族出版社 1994 年版）

风　筝

记忆是我手中长长的线
放飞天空

那风华正茂的少年
舞姿蹁跹

怨你生来太轻薄
经不住风的赞扬

我手中的线断了
听说你落在一座小城中

小　屋

白昼和黑夜
在小屋内失去颜色

读书读白了头
人影在粉墙上
画出了弯曲的弓

岁月在弓上急驰
把时光拉成一条线
年龄，被遗弃在门外
功名与富贵
早已逃之夭夭

煮酒论英雄，话雨纷纷
落了一夜
一夜湿了台阶

推开小屋大吃一惊
半个世纪流逝了

（以上选自《人民日报》1989 年 8 月 22 日）

郑　玲

郑玲（1931 年 11 月—2013 年 11 月），女，生于重庆。曾任株洲市作协主席。著有诗集《瞬息流火》《风暴蝴蝶》《郑玲诗选》等。

相遇尼采

散步的时候遇见尼采
他正从湖畔的树林中出来
我想跟着他走
又怕把世情看破
人说他儿童的双眸
曾经把大理石的墙
看得纷纷倒塌

在罗马
在喷泉淙淙的凉廊上
他听到了“夜歌”中的叠句：
“为了不死而死”
百余年后的今夜我也听到了
微妙的战栗传到脚尖
一种蓝天的孤独

逼我再一次和尼采相遇

我仍然想躲开他
但总也躲不开查拉图斯特拉
他从高山下到尘寰
长袍飘举视线可达星辰
闪电般的雄辩和警句
向着谁也没有预测过的未来
发射！
他把不朽的深度带到我面前
不由你不倾听他

倾听了他便乱了秩序
我暮年的这块休栖地
不但不肯再作死亡的演习
竟然长出莽莽春愁
我的另一个我
在应该结束的时候
突然准备出发
并且想把道路卷起来
随身带走！

普鲁斯特的蔷薇

逝水年华已成追忆吗

河水逝而犹在
普鲁斯特旧居的野蔷薇
盛开如昔

朝圣似的 全世界的人
都来到孔布蕾
为摘一朵普鲁斯特的花儿
佩于心旁不让萎谢

而这个由诗意造成的人
在有眼睛之前就先有眼泪
他自幼被疾病所困
只能把沉沉帷幕撩开一线
窥视天空

但他的目光
并没有茫然若失
痛苦与回忆
做了他的两位缪斯
失去了广度却获得了深度
这个柔弱的人
毫不柔弱地开采了他的矿脉

隔着世纪的黑夜 蔷薇如火
照着我读他的杰作 看见他
以一种重压下的优雅步态
从书里走了出来
明亮的黑色的眼睛

带着淡紫色的眼圈
忧伤　　沉默
蕴含着　大海的负担与忍耐

梦见邓肯

梦啊，请你留个余地
我怕不得醒来了
我的心灵微震
我的凝视幽远
——我梦见邓肯了

邓肯站在海滩上
赤裸着四肢
烟云中飘下一袭轻纱
一条澄川，萦绕着她
受了天启的前额
立即神采飞扬
灵魂的黑眼睛
露出激越的狂喜
柔波的双臂
伸向辽远的天际
她，月光般地荡漾起来了
升浮起来了

不知从何处而来的音乐
在她莹洁的身体内流动
被音乐之雨洗涤过了
这月亮国的女皇
更显得清辉四溢

清辉的流动不可捉摸
比灵感的出没
比花香的明灭还要幻魅
纵使能让石头沉思的罗丹
也难以凝定她舞蹈的风韵

我只觉得她轻纱扇出的微风
平息了我灵肉的创痛
我只看见她轻纱透明的影子
越过世界的原野
所有的高峰
都在她的脚下

当我有一天

当我有一天
消逝在你的右侧
不要给我盖厚土
还加一块石头

你不是怜悯我力气小么
那就薄薄地
盖上一抔净土吧
以便我被秋虫惊醒了的时候
扶着你栽的小树走回家来
看看很冷的深夜
你是否仍将脚趾
露在被窝外面

（以上选自《郑玲诗选》，四川文艺出版社 2011 年版）

流沙河

流沙河（1931 年 11 月—），原名余勋坦，四川金堂人。曾任《星星》诗刊编辑、编审，四川省作协副主席。主要作品有《草木篇》《故园六咏》《就是那一只蟋蟀》等。著有《锯齿啮痕录》《独唱》《流沙河随笔》《流沙河诗集》《故园别》等。

草木篇

寄言立身者
勿学柔弱苗

——［唐］白居易

白　杨

她，一柄绿光闪闪的长剑，孤零零地立在平原，高指蓝天。也许，一场暴风会把她连根拔去。但，纵然死了吧，她的腰也不肯向谁弯一弯！

藤

他纠缠着丁香，往上爬，爬，爬……终于把花挂上树梢。丁香被缠死了，砍作柴烧了。他倒在地上，喘着气，窥视着另一株树……

仙人掌

她不想用鲜花向主人献媚，遍身披上刺刀。主人把她逐出花园，也不给水喝。在野地里，在沙漠中，她活着，繁殖着儿女……

梅

在姐姐妹妹里，她的爱情来得最迟。春天，百花用媚笑引诱蝴蝶的时候，她却把自己悄悄地许给了冬天的白雪。轻佻的蝴蝶是不配吻她的，正如别的花不配被白雪抚爱一样。在姐姐妹妹里，她笑得最晚，笑得最美丽。

毒　菌

在阳光照不到的河岸，他出现了。白天，用美丽的彩衣，黑夜，用暗绿的磷火，诱惑人类。然而，连三岁孩子也不去采他。因为，妈妈说过，那是毒蛇吐的唾液……

（选自《星星》诗刊1957年第1期）

故园六咏（选四）

——写在十年浩劫期中

吾　家

荒园有谁来！
点点斑斑，小路起青苔。
金风派遣落叶，
飘到窗前，纷纷如催债。
失学的娇女牧鹅归，
苦命的乖儿摘野菜。
檐下坐贤妻，
一针针为我补破鞋。
秋花红艳无心赏，
贫贱夫妻百事哀。

中　秋

纸窗亮，负儿去工场。
赤脚裸身锯大木，
音韵铿锵，节奏悠扬。
爱他铁齿有情，
养我一家四口；
恨他铁齿无情，
啃我壮年时光。

啃完春，啃完夏，

晚归忽闻桂花香。
屈指今夜中秋节，
叫贤妻快来窗前看月亮。
妻说月色果然好，
明晨又该洗衣裳，
不如早上床！

焚　书

留你留不得，
藏你藏不住。
今宵送你进火炉，
永别的，
契诃夫！

夹鼻眼镜山羊胡，
你在笑，我在哭，
灰飞烟灭光明尽，
永别了，
契诃夫！

哄小儿

爸爸变了棚中牛，
今日又变家中马。
笑跪床上四蹄爬，
乖乖儿，快来骑马马！

爸爸驮你打游击，
你说好要不好要？
小小屋中有自由，
门一关，就是家天下。

莫要跑到门外去，
去到门外有人骂。
只怪爸爸连累你，
乖乖儿，快用鞭子打！

（选自《诗刊》1980 年第 9 期）

陆　棨

陆棨（1931 年 12 月—），生于北京。历任原西南军区文化部文艺科干事、重庆市歌舞团编剧、中国剧协重庆分会主席、重庆市文联荣誉主席等。著有诗集《灯的河》《重返杨柳村》等。

月城的阳光

未见西昌，向往你夜来的月亮，
来在月城，眼前却是遍地阳光。
它洒向邛海，泛起满湖星星浪，
它洒向泸山，化作金线绣绿裳。

蓝天啊，蓝得抹不上一丝云影，
绿野啊，绿得渗不进半点枯黄；
金灿灿的谷垛，影子溶在水里，
安宁河啊，流的是温暖与芬芳。

鲜花，是朝霞堆在新楼的窗口，
笑靥，像晚霞燃上幸福的脸庞，
木瓦上的炊烟在唤阿妹子回寨，
背水桶里，装一个闪光的夕阳。

于是，你来了，美妙的西昌月，
皎洁，透明，像圆圆一孔天窗。
透过天窗，月城又望见了什么？
啊，阳光！是明天更美的阳光……

邛海月夜

天上有没有云？海里有没有浪？
一阵微风，拉开了雾的轻纱帐。
邛海望着天空，天像一片海水，
天空望着邛海，海像一弯月亮！
两三片白云，在空中缓缓游动，
莫非夜出的渔帆，去天边撒网？
七八点灯火，深夜里还在闪灼，
可是从网底，抛下伴月的星光？
灯火里，也许藏着正起的新楼，
月色中，透出明天无疑的晴朗。
邛海月夜，多么迷人，多么美，
只有温馨明丽，没有冷落凄凉！
人间夜色，果然更比天上美好，
引得那嫦娥，喜滋滋从天而降。
不信？请看月到中天时的邛海，
地上的月亮，装着天上的月亮……

（以上选自《星星》诗刊 1982 年第 6 期）

曾伯炎

曾伯炎（1932 年 2 月—），四川中江人。曾任《四川农村报》（今《四川农村日报》）副刊编辑。著有诗集《智慧小语》等。

旗　帜

风卷出一束血浪
你倾听
死者向生者歌唱

艰　难

它是个艺术家
为高尚塑出庄严的圆雕
给卑鄙画出可笑的漫画

先　知

总与梅同命运
一片叶也不做伴
孤独于茫茫风雪

时　间

它跳在白的黑的琴键上
奏着生生死死的交响曲
悠长而悲壮

稻草人

麻雀站在它头上
一出从恐惧到无畏的戏
终于完成了

（以上选自《星星》诗刊 1992 年第 4 期）

阿鲁斯基（彝族）

阿鲁斯基（1932 年 2 月—2013 年 3 月），彝族，出生于云南永善。曾任凉山州文联副主席、《凉山文学》副主编。

欢唱新西藏

有父亲的孩子
他多么好啊！
有妈妈的女儿
她多么快乐！
有祖国的民族
它多么幸福！

豺狼想把父子分开，
魔鬼想把母女分开，
西藏的叛乱分子
想把西藏和祖国分开。

他们要使西藏人民再去受苦，
他们要在西藏头上布下乌云，
要使西藏再变成阴暗，

魔鬼想在这里偷生。
几块顽石
它怎敢堵住江河，
几个叛乱分子
他怎能堵住西藏人民的前途。

大跃进的洪流
把他们淹没!
大跃进的脚步
把他们踏碎!
大跃进的歌声
欢唱新西藏。

（选自《星星》诗刊 1959 年第 5 期）

杨大矛

杨大矛（1932 年 10 月—），重庆人。曾供职于重庆《红岩》杂志社。

大佛的传说

——扑朔迷离的传说和一则没底的谜

传说，这是鲁班的力作
超凡脱俗，委实大家气度
每一道衣褶都见功力
眉梢、指尖，无不闪烁艺术的光辉
　　（恭立大佛前，一颗心充满喜悦，
　　愈读，愈加添我对大师的敬意）

传说，这是鲁班门生的作品
那徒弟英俊，潇洒，而且聪颖
为这尊佛像，他奉献了才智，心力
甚至鲜血，并附上年轻的生命
　　（不信，你看，那铮铮石崖上
　　灼灼杜鹃，好似碧血殷殷）

传说，那一夜，鲁班喝醉了酒

心血来潮，有心来一场即兴考试
手指长江边半壁石崖
责令天亮前，将一尊大佛雕成
（众门徒面面相觑，谁敢上前
唯有最年轻者，斗胆接过了大师的钢錾）

传说，鲁班再饮三樽，酣然入眠
醒来时，东方微明，遍野鸡声
长江边，好一尊大佛巍然顶立
那门生困极了，已抱着佛脚睡去
（鲁班惊呆了：青出于蓝，竟胜于己
大师端详着，不觉喜于色而怒于心）

要说这佛像美，也着实完美
论头足，论身段，比例精当、匀称
神态悠然，坐姿也无比优雅
鼻翼鼓动，似能听到呼吸的清音
（令人气恼的，是构思标新立异
遍查经典，寻不出任何一条依据）

慈祥，但缺少补天救世的襟怀
端庄，却不具万佛之祖的威仪
袈裟斜披，半掩着全身的赤裸
双脚不盘，竟随心抬起左侧一只
（最可恼：是神圣的莲台不在座下
而是漫不经心地踏在足心）

徒在梦中，正甜美地微笑

似艺术的满足，又似在酝酿新的构思
这时，鲁班酒醒了，理性也醒来
不羁的灵魂便在青锋宝錾下超生
　　（大师掩面哭了，紧握带血的錾子
　　将佛像的最后五只足趾雕成）

传说，这故事纯属赵巧儿所捏造
曾叩问多少年高老叟，无一信以为真
堂堂鲁班，曾造过赵州桥、黄鹤楼、凌云寺
对后起者，何至于惧如斯，恨如斯?!
　　（说真的，我也难信服这轶闻的离奇
　　常言说，无风不起浪，哪来的风?）

传说，这压根儿不是鲁班门生的作品
大师名下，从不曾有过如此拔萃的徒弟
那年轻石匠，不是别人，原是鲁班自己
美酒的烈焰，使大师焕发了青春
　　（那夜，他乘酒兴，将大佛一挥而就
　　酒醒时，面对自己的作品大吃一惊）

传说，……传说何其多，又何其矛盾
借宿大佛寺，我彻夜辗转难眠
迷糊中，我亲去佛祖面前，祈求启示
佛祖不屑一顾，微微闭上了眼睛
　　（呵，传说，扑朔迷离的传说
　　谜底是没有的，永远是一个谜）

（选自《山花》1984年第9期）

孙贻荪

孙贻荪（1932 年 10 月—），江苏泰州人。曾担任自贡市作协副主席。

筑路的人远走了

筑路的人远走了
朝着路的另一个方向
像一阵风　无踪无影
从青春的舷梯上　滑落
生命的瀑布　溅湿铁轨
还有哈达
和那些圣洁的白云
沉睡　在雪线之上
眺望千里之外的故乡
——茅屋　黄狗　油灯下
一丛白发　沉重如霜

寂寞难耐的长夜
曾搅动着青丝与白发
虽已感觉不到伤口的疼痛
疼痛是风烛残年

那一份残缺的渴望

筑路的人远走了
随足音而至的铿锵车轮
满载着家乡的体温
从风笛里传来村庄的歌谣
传来一丛丛雪莲开满山野
像康乃馨一样
守护着母亲不眠的热望

（选自《延河》1956年第10期）

路　灯

午夜列车把我送进上海，
路灯嬉笑相迎，
迎接我这满身风雪的军人。

路灯啊，路灯！
当我童年流浪上海，
只有你呀，才是我的亲人。
那时候，虽说万家灯火。
我只好流着滚滚热泪倚着你，
倾诉上海的黑暗和不平。

你和我用憎恨的眼睛
注视马路上一群大肚皮商人，
一群高鼻子蓝眼睛的外国兵。

十年过去了，我成为一名军人。
你也比当年更耀眼光明。
你是东方大港颗颗明珠，
也是人民觉醒了的眼睛。

（选自《星星》诗刊 1957 年第 5 期）

唐大同

唐大同（1932 年 10 月—），重庆南川人。曾任《星星》诗刊编委、《四川文学》代理主编、四川省文联党组成员、四川省作协副主席等职。著有诗集《唐大同散文诗选》《日照大江流》《希望的国土》等。

古城堡废墟

令你的情思战栗，令你的想象发抖
生命的死亡，留下恐怖留下冤仇
断垣残壁间，有魔影游荡
风的悲鸣，在诉说古城昌盛的时候

或许发生过一场席卷大漠的征战
刀光剑影卷着飞沙将古城化为乌有
野狼和鹰鹫争食暴晒于荒野的尸骨
冤魂的呼喊随漠风传向几千年后

或许发生了一场遮天蔽日的风暴
沙石浩荡像跃动的山峦将古城埋葬
人间的一切美好善良都已成为木乃伊
深藏在大漠底层，早已干瘪、丑陋

不要害怕，不要惊惶不要颤抖
天地变迁岁月变迁如大河滚滚东流
征战和风沙的无情也是一种神圣
历史本来就在废墟的残酷上行走

（选自《中国西部文学》1993 年第 4 期）

三峡石

一

考古学家目光的犀利
已射穿历史迷雾的悠远
长江与黄河一样
孕育了一个古老民族的诞生
峡中比人类还古老的彩石
因而有了活力，获得了灵性
石里，有跳动的脉搏
石面，有闪烁的眼睛

去捡拾三峡石吧
捡拾逝去的荣誉
寻找不会死亡的心灵

二

是古老民族、民族古老的
生命的汗水凝结而成
生命的泪水凝结而成
岁月的波浪
冲刷出勤劳善良的不朽
历史的风雨
洗亮了憨厚朴实的晶莹

我在峡中沙滩上清理
清理祖先的足迹
清理那条根

三

浓缩了多少希望
浓缩了多少探寻
多少曲折的伤痛
多少信念的坚贞
才这么透明美丽，这么凝重深沉

如果能敲开坚硬的外壳
就能天崩地裂爆发出
一个民族的新生！

四

别把
石子的晶莹美丽
当成商品
出卖一个民族的古老和荣誉
让炎黄子孙都到三峡来吧
到历史的沙滩上来吧
自己去寻找
一种风骨
一种精神

我拾起一枚三峡石
拾起了一颗
巫山般沉重的
不会风化的灵魂

（选自《诗刊》1990 年第 6 期）

海　梦

海梦（1932 年 10 月—），成都金堂人，原名吴怀乡。现任中外散文诗学会主席、中外散文诗研究会副会长、四川省散文诗学会会长、《散文诗世界》杂志社社长兼总编辑。著有《海梦文集》《杂花野草集》《花朵晨露》等。

走向大海

踏着乳白的浪花，走向大海深处，心中荡着海的潮音。

没有私念，没有忧虑，只是搂着怀中的微笑，朝前走去，朝前走去……

走向自己的追求。

也许，前面会有海市蜃楼，为你安排一个温馨的夜晚；

也许，会漂来一叶小舟，把你带进璀璨的明天……

也许，也许一排大浪会把你连根拔去，精心编织的理想花环，成了海底冷月，人生句点。

但，我相信，你会微笑着死去，给人类留下一个神话故事，一个美的思念……

（选自《散文诗世界》1992 年第 1 期）

落　日

一

远海深处，淘尽你火红的岁月，几起几落磨砺出坚贞的信念，如花的青春流失在瘦瘦的黄昏。苦闷中听潮起潮落，孤独时看暗夜寒星。

推开梦窗，远岸有一道人生风景，淡淡泊泊对待名利，平平安安浅度一生。失去的让它沉于心底，款款一江春水，落花远去，没有岸。看江山依旧，夕阳西下望沧海茫茫，难登新程。低回首，情悠悠，梦也悠悠。

二

夜色西垂，你把最后几滴热血，洒入江河，点亮千盏渔灯；你把全部的智慧献给人类，人类才有永恒的光明；你把最后一件彩衣脱给大地，大地才有一个又一个灿烂的早晨。然后，你赤裸着身子，在黄昏中缓缓西沉。

但，你很富有，你拥有一个生命的生命。

（选自《散文诗世界》2003 年第 1 期）

张永枚

张永枚（1932 年 11 月—），笔名黄楠树，重庆万州人，现居广州。有诗集《螺号》《雪白的哈达》《骑马挂枪走天下》《西沙之战》等。

念　珠

一长串念珠，
夜明珠似的念珠。
不为了念诵经文，
只为了计算数目。
一，二，三，四，五！
哈！

一长串念珠，
夜明珠似的念珠。
一，二，三，四，五！
哈！
五亩流油好熟地，
分给农奴桑珠。

好乡亲啊！
洛珠洛珠！

请来算一算，
我们的血汗和痛苦。
一，二，三，四，五……
江边的土，
林卡的树，
数不过来，
算不清楚。
纵把那叛乱头人化成灰，
也结不了这笔债务！

算吧！数吧！
夜明珠似的念珠。
一算过去的仇恨，
二算今天的幸福！

（选自《星星》诗刊 1959 年第 11 期）

骑马挂枪走天下

骑马挂枪走天下，
祖国到处是我的家。
我曾在家乡开荒地，
我曾在家乡把船划；
每寸土地连着我的心，
家乡的山水把我养大。
为求解放我把仗打，

毛主席派我们到长白山下；
地冻三尺不怕冷，
北方的妈妈送我棉鞋和靰鞡；
百里行军不怕冷，
北方的大嫂为我煮饭又烧茶；
生了病，挂了花，
北方的兄弟为我抬担架。

骑马挂枪走天下，
祖国到处是我的家。
我们到珠江边上把营扎，
推船的大哥帮我饮战马，
采茶的大嫂为我沏茶，
小姑娘为我把荔枝打；
东村西庄留我住，
家家请我到屋里坐，
家务事儿和我谈，
天天说不完的知心话。

骑马挂枪走天下，
祖国到处是我的家。
祖国到处都有妈妈的爱，
到处都有家乡的山水，家乡的花；
东南西北千万里，
五湖四海成一家。
我为祖国走天下，
祖国到处是我的家。

（选自《新中国50年诗选》第3卷，重庆出版社1999年版）

四川百年新诗选

SICHUAN BAINIAN XINSHIXUAN

1917—2017

中卷

四川省作家协会◎编

四川人民出版社

图书在版编目（CIP）数据

四川百年新诗选/四川省作家协会编. —成都：四川人民出版社，2019.12

ISBN 978－7－220－11755－8

Ⅰ.①四… Ⅱ.①四… Ⅲ.①诗集－中国－近现代 ②诗集－中国－当代 Ⅳ.①I22

中国版本图书馆 CIP 数据核字（2019）第 300439 号

SICHUAN BAINIAN XINSHIXUAN

四川百年新诗选

四川省作家协会　编

责任编辑	郭　健　廖姝云
封面设计	李其飞
内文设计	史小燕
特约校对	邓永勤
责任印制	周　奇
出版发行	四川人民出版社（成都三色路 238 号）
网　　址	http://www.scpph.com
E-mail	scrmcbs@sina.com
新浪微博	@四川人民出版社
微信公众号	四川人民出版社
发行部业务电话	（028）86361653　86361656
防盗版举报电话	（028）86361653
照　　排	四川胜翔数码印务设计有限公司
印　　刷	成都东江印务有限公司
成品尺寸	170mm×240mm　1/16
印　　张	98
字　　数	1960 千
版　　次	2019 年 12 月第 1 版
印　　次	2019 年 12 月第 1 次印刷
书　　号	ISBN 978－7－220－11755－8
定　　价	298.00 元（全三卷）

《四川百年新诗选》编委会

鸣　　谢 白 航 吕 进 张新泉 刘 滨 刘福春
蒋登科 张德明 向求纬 王国平 熊 辉
曾 兴 王明军 马 林

「目录

周　纲

周纲（1933 年 4 月—2017 年 11 月），四川眉山人。曾任铁道兵宣传部、文化部文艺干事，乐山市《沫水》杂志主编、乐山市文联副主席、乐山市作协主席。著有诗集《山山水水》《大渡河情思》等。

帆　影

你是蓝天上，
不慎跌落的云？
倏又款款而去，
极目长天同尽。

你是眷恋故乡，
又抛下万缕深情？
牵动山，牵动水，
牵动儿女的心……

问峨眉山月，
这风帆何时张起，
四千年烽火狼烟，
帆上摞多少补丁……

问大渡雄风，
这江河几番更迭，
二十世纪末叶，
还剩多少黄昏……

问万里长天，
这悠悠缓进的帆，
可曾将贫穷驮够，
还有多少航程……

帆啊，我虔诚送你远去，
带走迷茫般徘徊、迟顿；
帆啊，我祝你卷落归来，
赠我八千吨推顶！

那时，我愿慢慢细数
大渡河上片片轻帆、双双倩影，
借那绿色的风，
送去一江爱情……

安顺场有一只小船

是古代战将的靴子，
失落大渡河畔，
安顺场有一只小船。

我怀疑褐色的岩石是因血染，
不然秋风中何来杀声震天，
布做的桥怎经得起铁蹄踏践！[1]

然而竟是这如靴的小船，
载了四万万五千万，
渡过了无边的苦难。

休夸庞然大物，只恐大而无胆。
且看这舴艋之舟，却敢于
高举砸烂旧世界的铁拳！

渔　歌

渐近黄昏，
渔歌声声。
万种柔情一篙撑。
来也动心，
去也动心……

夕阳下网开如扇，
挂满星星。
半篓鲜鱼一缕情，

〔作者原注〕① 旧志载，相传太平军石达开部，曾将布匹连接为桥，抢渡大渡河失败。

只苦了芦苇岸，
那双眼睛。

等……
西山红霞悄悄淡，
睫毛上露珠儿晶晶。
耐到天明不怕冷，
卖鱼总要进城门……

水口夜泊

瞬息暗了桑林，
一闪亮了萤灯。

青翠的竹，抱一团浓黑的云，
欢喜的浪，托一盘跳跃的星。

纤绳串四季脚印，
舱内挤八种鼾声，
梦里半生坷坎，
一笑还年轻。
舱板上剩温茶半盏，
篷角间空几只酒瓶……

前程似锦，

多少辛勤，
今宵一醉睡了，
风雨犹自惊心。
浪花几依依拍船舷，
多少话，
语轻轻……

夜暗。雾重。星稀。
隔岸一声鸡鸣，
惊散朦胧月影，
上河风正好，催心帆疾进，
八颗心扣紧，拉太阳起身。
号子响，
千山应。
岸上早行人，
柱伴荷锄听……

（以上选自《大渡河情思》，四川人民出版社 1983 年版）

白　汀

白汀（1934 年 1 月—），本名周从纯，重庆人。曾供职于《草地》杂志。著有诗集《白汀诗选》。

小活佛

阿西们正在跳舞
快节奏的打击乐　催熟
　　那些扭动的腰肢
吉他上的六根弦
　　叠印出小伙子们疯狂的舞姿
“唐卡”[①] 上男神和女神也按捺不住
　　和着乐曲扭动起来
那人面蛇身的女妖
　　跳得特别绵软而多情

酥油灯绽放出鲜红的玫瑰
经卷开放出嫩黄的玫瑰
玫瑰花也是会跳舞的

〔作者原注〕①　唐卡，藏族绘画之一种。

同蓄披肩发的男士们
　　跳迪斯科　　跳霹雳舞
旋转着美丽的长裙子

多褶皱的紫红袈裟
　　像老喇嘛们肌肉松弛的脸颊
开不出鲜艳的花朵
它过早进入了冬季

阿西们扭过了一条长长的街
吉他在低音的 E 弦上凝固
那些穿 T 恤衫和牛仔裤的阿西
　　却始终在窗口喧嚷
　　弹拨着那把桃形的琴
于是，他凝望窗外
现代的流行色
已不是绛红和橙黄

（选自《诗刊》1987 年第 11 期）

罗亨长

罗亨长（1934 年 10 月—），四川成都人。曾任成都市西城区文工团创作员。

拾

渔帆，载着夕阳归去了，而我，仍久久地痴立在岷江之畔……
——江边，那浅浅的清波里，有我的心吗？
我脱下鞋子，去拾水中的彩石——
乳白的，是我女儿？

黎明后变了天色，白云镶着橘黄色的金边，啊太阳，微笑着走了出来，像久别重逢的朋友似的亲切。

我走向田野，一个人并不寂寞。

空中有嗡嗡叫的蜜蜂，蜻蜓戏着水草，蜻蜓颤着翅膀伴着花儿，小河舞着白色的花束从我身边跑过。抓一把清新的空气，里面有声、有味、有色。

仿佛它们都要告诉我，从禁锢中解脱的生命，是最欢快的。

橘红的，是我妻子？
墨蓝的，是我自己？……

——拾啊，拾，我终于拾到了一轮圆月……

唱

你说，你不会唱歌——谁相信呢！
月亮姐姐踏碎了小径上的夜露……你和我，小憩在山寺的回廊——
“夜色真美！”你乐了，“我们唱支歌吧！”
“不要看我。”像少女般羞涩，你轻轻地掉过脸去
——这瞬间，静极了，空气，也仿佛凝固。
于是，小溪潺潺，流进了我的心脉……
哦，你——当年毕业晚会上的夜莺，悠悠江水，送走了你的音符……

写

过了渡，面对大佛，你把我俩的名字写在沙滩……
——朋友，浪潮卷来，不就抹去了吗？
你笑了。你说友谊是抹不掉的。
于是，当我回眸彼岸，那尊坐了千年的大佛，忽然显得多么陌生！

（以上选自《诗刊》1982年第10期）

邹雨林

邹雨林（1934 年 11 月—），浙江建德人。曾任重庆群众艺术馆《群众文艺报》编辑、重庆诗歌研究会副理事长、《微型诗》诗刊主编。著有诗集《时光与潮汐》《听雨斋诗稿》《邹雨林诗选》等。

婚　礼

这是一个春天的夜晚，
微风吹得星星一闪一亮，
汽灯在帐篷里挂起来了
笑闹声飞过了积雪的山岗。

这不是普通的周末晚会
也不是节日的联欢，
是他和她两个人
今晚做了新郎新娘。

“开口啊，篮球队长！
开口啊，爱唱的姑娘！
给我们作个报告吧，
你们怎样认识又怎样爱上……”

（选自《星星》诗刊 1957 年第 4 期）

王志杰

王志杰（1935 年 2 月—2001 年 10 月），山东诸城人。曾任《星星》诗刊副编审。著有诗集《高原的风》《深秋的石榴花》等。

乐　音

乐音
美妙的
从你步入斗室的步履
有葩兰烟云之飘逸芬馥开始
从你一笑浅浅环顾倚壁而立的但丁歌德肖邦
若济济屏息以待的无席听众之目光开始从你
眸瞳骤现母亲柔情辉光
自婴儿方格棉绒毯缝制的套中轻轻托出
交映着日夜幽光之古琴若三尺古土开始
从你以白绫轻绡拭琴
如轻拭娇儿嘴角乳香四溢之梦涎
开始
寂静
寂静是美妙的乐音
冷硬的水泥墙壁面壁心壁碎裂纷落

书橱桌椅茶几木纹之间顿生枝叶青青是
美妙的乐音
你高挽之云髻是美妙的乐音
淡蓝羽绒衣黝黑芭蕾裤唤起的天地古今之联想
是美妙的乐音
你从容脱去罩衫
崭露弹力红绒衣紧裹半身丰满弹力
若一枝伸出曲名之梅枝梢头
一朵新蕾欲语还休是美妙的乐音
你伸出之手忽停空中
若素馨花枝于水中惊见自己影之洁美不敢置信是
美妙的乐音

唯一不是美妙乐音的是你曲前休止符般飞来
逼我低头凝望足尖这一瞥
但叮咚声中
关于水之纯净浴女之纯净的想象仍是
美妙的
乐音

（选自《星星》诗刊 1989 年第 5 期）

纤夫的歌

当航道不再是一匹熨帖的绿绸

悲剧竖着白发，在滩头嘶吼
我猛然从江天一色的翡翠梦里醒来
匍匐荒洲，作了这自缚的流囚

也有漂泊的叹息、哀怨
但绝不在船舟面对沉浮的时候
别说身后是无帆的十字桅杆
就是十字架，也要伏下来——背走

生活呵，正因为我与你风雨同舟
这才走在了你的前头
正是为着越过这亦可覆舟的怒水
我才将一根琴弦，拖出了你升平的节奏

蚯　蚓

荒野里有一滴血
在刺尖上向下延伸
风，把它吹落了
落进一个温暖的脚印

于是，泥土遇到了血肉的挑衅
荒野的冬夜有了歌声
沉闷如热玻璃的空气里
一个赤裸的舞蹈家

以献身之狂舞
召唤风雨雷霆

于是，我的脉管里热血沸腾
沸腾，如泥土下躁动的蚯蚓
如果没有了脚
我便匍匐前进
失去了手
索性用头颅耕耘

（以上选自《荒原的风》，四川文艺出版社 1985 年版）

张新梋

张新梋（1935 年 7 月—2006 年 7 月），四川富顺人。曾任教师。

哀诗魂

仗三尺青锋　砍不破
那张邪恶编织的网
不做逍遥于网中之鱼鳖
一滴千古悲愤
自诗国的眼眶滑落　没入
漫过历史的汨罗江
而楚王高张的巨网　沿
历史的地平线撒开　捞走了
中国亿万个鲜亮的太阳

啊　三闾大夫
你掷向苍穹的那些诘问
千年来　在故国多梦的荒原上
发出空洞而悠长的回响
你行吟泽畔的忧愤
把后世诗人的吟哦

染得如汨罗江水般苍凉
进谏的门锁生了锈　难道
为你敞开的报国之门
唯有荡着死亡的汨罗江　难怪
李青莲步你的后尘　踏波而来
捉走了暗夜里那枚
闪着幽蓝的月亮

哦哦　你不该只有一双握笔的手
只会把一个民族的愤怒　浓浓地
泼向炼狱般禁锢你的宫墙
于是　你苦苦地锤炼诗句　相信
诗比腰间的佩剑更有力量
殊不知那殷红的墙垣　依旧
沿历史的斜坡蜿蜒而下
困死了多少破土欲出的太阳
一个流泪的诗名留下来
警句　竟那么灿然而铿锵
清除那颓垣的废墟　何须
泼洒我们那么多热血与阳光

石 佛

沱江畔西禅寺僧人净空，与民女恋，不遂，女投江；净空闻讯，号至江边，数月不归，化为石佛。

——采访手记

你和你的那个故事
已冷却成江边的风景
和那些情侣一起　走进
照相机的快门
当夕阳与笑声一起沉落
你仍旧去等　等那个
永无归期的灵魂

那晚
为你倾注清泪的星月已冷
那枚与她一同没入江底的夕阳
已冷
那些惨白的浪花
那些痛成漩涡的江流
早已凝作南极的坚冰
而我却相信　你那颗心
依旧在冰凉的体内燃烧
不然　那个故事怎么会
老是没有句号
不然　你怎么会

一个世纪一个世纪地
等……

哦　难怪绵延无际的江畔海滨
忙坏了那么多撒网的诗人
于是　历史的河滩上
便晾满了关于望夫石
神女峰　美人礁　以及
无数关于石头的
湿漉漉的歌吟　于是
我相信　在这块神奇的土地上
任你拾起一块石头
轻轻一碰　便会迸溅出
耀眼的火星

（以上选自《春天的回声——建国以来自贡地区优秀诗歌总汇》，中国戏剧出版社 2009 年版）

采　罗

采罗（1935 年 12 月—），本名罗吉容，四川乐山人。现居北京。著有诗集《女神之纤》等。

凉山春

凉山呀，一重重，
几百里连绵香喷喷；
九十九层茶林九十九重天，
天上人间茶味浓。

深深的山谷如玉碗，
飞泉就像把茶冲；
蓝蓝的晴空盖碗茶，
泡出个春天绿溶溶。

山影像茶叶儿在水中香，
羊群像鲜花儿在水中涌，
水底藏天天盛水，
朝霞在茶汤里慢慢红。

哪里去了哟，十年劳改棚？
何时嫁了哟，满山茶毛虫？
但见水边半句旧标语，
像一条伤疤儿忘不了痛！

害人的标语牵锁链，
十年锁过万座峰，
天罗地网刺笆笼，
山也瘦，水也穷……

天安门前的金水河呀，
可是那天上的飞泉春意浓？
春入凉山的胸膛里，
茶林回春绿葱葱。

十年怀春三千梦，
一片真心情更浓；
我捧起凉山透明的爱，
就像泡在浓茶中。

凉山的密林里鸟儿多

凉山的密林里鸟儿多，
月琴里装满了动人的歌。
最美的歌儿向着北京唱，

月琴声声流成欢乐的河。

八百里凉山开荞花，
八百里凉山铺彩霞，
九万只凤凰九千匹马，
要请幸福到彝家，
要请幸福到彝家。

八百里银线搭金桥，
八百里明灯开金花，
九千座金桥九万把琴，
要接幸福到彝家，
要接幸福到彝家。

山这边弹琴山那边响，
琴弦响在彝家心坎上。
九十九把月琴向太阳，
琴声里飘洒着太阳光。

（以上选自《乐山百年新诗选》，四川文艺出版社 2017 年版）

李加建

李加建（1936 年 4 月—），笔名玉笳，四川富顺人。曾任自贡市群众艺术馆文学编辑、四川省作协文学院创作员。著有诗集《我在每一个早晨诞生》《李加建诗选》等。

为和平造像

纳粹占领的巴黎
堆满了野兽的暴行、尸体的垃圾
埃菲尔铁塔拼命逃向天空
只有那儿
才是纤尘不染，清朗如水

一个孩子，爬上了屋顶
他看惯巴黎晦暗街道的眼睛
因为天空的映照而变得明亮了
他微笑地望着
那飞翔在蓝天里的鸽子
它们在澄清的大气中
洗净了白色的羽翼

他挥动着一条小小的红布
召唤鸽子归来
分享它们天空里的欢欣

砰！
一声枪响
在党卫军步枪的准星之上
那孩子手中的小布条
竟然变成了
一面号召斗争的大旗

从七层高的楼顶上
跌下来
一个孩子柔嫩的身体
而那些小鸽笼里的鸽子
也被刺刀一一穿透了胸脯
白色的羽毛
在巴黎上空飘飞
把巴黎的天空
涂上了一条条血迹

有人捧一只
被杀的鸽子
默默地
放到毕加索面前
于是，这个故事
在艺术家的眼睛里凝聚
于是，从那些古怪离奇的线条与色块里

飞出了一只
以孩子的心作为翅膀的鸽子
它，绕着地球飞翔
用所有民族和部族的语言
一声声
呼唤着：
和平！
和平！
和平！

……已经过去多少年了
你还能听见那歌声吗？
那鸽子还在飞翔吗？
当导弹与间谍卫星
把天空
划满了交叉重叠的弧线的时候
毕加索啊，请你
递给我，那支画笔
我要寻找那只惊惶躲闪的和平鸽
给它
添上
一副钢的爪子

（选自《诗刊》1981 年第 2 期）

二　胡

伶仃瘦削一书生
挟长剑，独对斜阳
草原的风声已是前生的回忆
活在一弓长音的回声里
总爱在黄昏，在月明之夜
穿行小巷或独倚危楼
把佳人的泪珠与壮士的喟叹，自心中
拉出一根透亮的丝
使自己和别人形销骨立

两弦之间
天地悠悠
漂泊倦了，便
将自己的影子
挂上
客舍的墙壁

（选自《诗刊》1993 年第 3 期）

戴安常

戴安常（1937 年 4 月—），重庆江津人。历任四川人民出版社编辑，四川文艺出版社副总编、副社长，编审。著有诗集《淌泪的琴弦》《西天的云彩》等。

阳关秋兴

墩墩山的烽烟
散作晚霞
古董滩上
沉积着千年幽沙
拾几枚古币
捡几片碎瓦
风流汉唐的体态
已经飞天
已经风化

只有那支“三叠曲”
依旧有情
萦绕敦煌女儿
怀中的琵琶

啊，阳关
没有汉唐的笑声
历史呵
今朝却有泪花

梦的流云

老人与骆驼

一位沙海的老人
牵着一只老瘦的骆驼
九月的黄昏
从酒泉的大街上走过
没有人去理睬他们
陌生是笑语
冷寞是欢歌
人的记忆已经衰老
谁还认识你运过杨柳的老人与骆驼

这有声的脚印里
注满我无声的思索
真正的荒凉是在驼峰之上
有谁愿去绿化老人心中的沙漠
我多想听他们说句话呀
哪怕是一声微微的悲鸣

也应是一首新的“长恨歌”

黄昏沉思

我站在黄昏的背后
一颗蓝色的星
站在我的背后
那星的背后
站的是谁

我瘦长的身影
像一条小路
斜穿荒原
除了星星
小路上
再没有脚印

人生短促
思绪悠远
此刻有位抒情诗人
眼未关闭
心已黄昏

（以上选自《梦的流云》，四川民族出版社 1990 年版）

白　渔

白渔（1937年8月—），原名周问渔，四川富顺人，现居成都。曾任青海省作协副主席。著有诗集《帆影》《白渔短诗选》等。

长江源的花

这才是花的山野
云雾飘过染一身锦彩
鸟儿飞来浸两翼芬芳

帐篷花上搭，清泉花下淌
牧人被风雪惊扰的梦
在花间月下分外酣畅

点地梅沿雪地伸展
玛仙鹤笃笃地啄破寒荒
蓝宝石慰藉洼地残雪
格桑花祝福羌域吉祥
互相映衬，按各自的色彩个性
找到属于自己的草野山梁

熬过冷漠岁月，不顾无人欣赏
全力绽放，趁严寒断裂
热闹于春临时搭起的舞台上
暖了雪景，亮了阳光
逗得牧人的情歌汩汩地淌

长江源，花的源头
沿江流去色彩、芬芳……

（选自《人民日报》1989 年 12 月 15 日）

水　滴

海是可知的未知数，
你知它拥有多少水滴和浪花？
你知它蕴藏着多少财富？
你知它为什么喧哗？

浪涛是它的呼吸，
不是在呼喊它的伟大！
因为伟大的不是海的本身
而是组成它的水滴和浪花……

（选自《星星》诗刊 1979 年第 11 期）

吴琪拉达（彝族）

吴琪拉达（1937年12月—），彝族，原名吴义兴，贵州福泉人。曾任《凉山日报》副总编辑、四川省作协副主席。著有诗集《奴隶解放之歌》等。

碉　堡

夕阳落下西山，
晚风给大地吹来了昏暗。
我站在结满蛛网的碉堡下，
眺望灰蒙蒙的远山。

由远处传来月琴的声音，
倒塌的碉堡一片寂静。
因为它是被奴隶所捣毁的，
只好静听奴隶的琴声。

（选自《星星》诗刊1957年第5期）

在我们地方发生的事情

我们地方的山最高了，
最猛的岩腐也飞不过去。

我们地方的沟最深了，
最凶的猎狗也不敢进去。

过去不敢想的，党教我们想，
过去不敢作的，党领我们作。

深沟是野猪住的地方，
我们把它赶到了他乡。

高山是虎豹住的地方，
我们去占领了它们的家乡。

在虎豹住的地方铺上梯田的毡子，
种上块块金黄的稻谷。

在野猪住的地方架起石桥的彩虹，
紧紧地把群山中的村寨联通。

大雁穿云又过岭，
翻身奴隶大跃进。

党的话比金银还珍贵，

彝家永远记在心。

春风吹来大山青，
彝家向着党指的方向飞奔。

（选自《红岩》1958 年第 12 期）

天　泉

天泉（1938 年 5 月—2015 年 12 月），本名李天泉，四川泸州人。曾任原宜宾地区作协副主席、四川省作协文学院专业作家。著有诗集《高原诗抄》、长篇小说《喜马拉雅绝密行动》等。

刚刚栽下的垂柳

刚刚栽下的垂柳已经发芽，
风雪就想伸出魔手掐死它，
垂柳啊！别怕，别怕，
你主人的力量比风雪更大。

刚刚栽下的垂柳已经发芽，
洪水也想来淹没它，
垂柳啊！别怕，别怕，
你的主人能让洪水倒流，高山搬家。

夜晚，风雪与山洪突然来临，
呐喊着像千万匹野马，
士兵们一齐爬了起来，
洪水被拦在防水堤下。

年轻的战士用棉花裹住垂柳，
像妈妈抱着婴儿一样，
垂柳啊！别怕，别怕，
等你长大了风雪也要听你的话。

垂柳！别怕，别怕，
再过些时候你的叶儿将被铺满山岭，
这光秃的土地上也会开起鲜花，
垂柳啊！愿你快一点长吧！长吧！

草原的黎明

像蓝天一样宽敞的草原伸向远方，
朝霞从天边撒下了金网，
百鸟展翅从云中飞来，
晨风掀起了绿色的波浪。

河流像姑娘的手臂环抱着草原，
马队踢起了草地的尘埃，
远方传来了背水姑娘的歌声：
“我们的生活像太阳升在东山。”

（以上选自《延河》1956 年第 9 期）

放牛娃

放牛娃（1938 年 8 月 18 日—2001 年 9 月 1 日），本名张发义。四川万源人。作品入选《四川民歌选》《四川歌谣》。出版诗文集《谁知人生多少爱》。

二月山乡

二月山乡，
麦绿菜花黄，
牛饮一溪桃花水，
鱼跃村边小池塘。
竹林里，
放一群鸡崽，
院坝边，
晒两竿衣裳……
男客哪里去？
农闲跑两广。
山妹子，
娃的娘，
打打扮扮去赶场。
留下那条看家狗，

醉卧梨花院，
偷懒晒太阳。
风酥酥，
暖洋洋。

（选自《诗神》1989 年第 12 期）

冉　庄（土家族）

冉庄（1938 年 ？月—2011 年 11 月），土家族，重庆酉阳人。曾任重庆市作协副主席、重庆新诗学会副会长。著有诗集《冉庄诗选》《沿着三峡走》等。

盼　归

望一眼秭归山，
层层碧桃层层翠；
喝一口香溪水，
止不住心中多清泪。
我在溪畔寻觅，
等待玉人回……

千年烟雨，
断不了万里情肠！
枯藤昏鸦，
寂寞了茅屋柴扉。
一缕恋乡情，
作了他乡鬼。

盼呀盼，
恋苦了山中父母；
盼呀盼，
恋苦了山中姐妹。
谁不肠寸断
心如摧。
一去几千年，
故乡桃林入云帷。
三峡这般美，
难道勾不起思乡味；
我在溪畔寻觅，
等待玉人归。

（选自《沿着三峡走》，四川民族出版社 1993 年版）

张丕利

张丕利（1939 年 1 月—1998 年 6 月），四川广元人。曾任广元市作协副主席。

山村说书台

杨一排，
柳一排，
月移树影下墙来；
秋夜又添新鲜事，
村头摆起说书台。

村里，村外，
大人，小孩，
齐刷刷，向这儿拥来；
歌声笑语满街流，
汇成一片欢乐的海。

“叭！叭！叭！”
醒木震天外，
鸦雀无声静下来，

说书的原是老队长，
精神抖擞好气派。

说的是——
王幺哥冒尖历险记，
当年惨把棍子挨，
过得妻子去跳岩……
听得大伙把泪揩。

醒木儿拍转了调，
说到幺哥出狱来——
头年买回收音机，
二年买起手表戴；
全凭是，养鸡养鸭积钱财……

正道消息，在这儿传播，
马路谣言，在这儿击败。
说书台，一卷新书才打开——
且看人人鼓足劲，
明日山乡飞起来！

（选自《星星》诗刊 1980 年第 12 期）

陈官煊

陈官煊（1938 年 3 月—），笔名陈凡、江牧。四川达州人。原达川地区作协主席、音协副主席。著有诗集《勘测短笛》《在跃进的日子里》等。

李白和月亮

李白爱拿月亮
做诗眼
就连他在蜀道上吟诗
也站成月亮的姿势

即使是白天
月亮也悬挂在头顶
有时，和酒一起温热
有时，和饭菜一起冰凉

借明月寄愁
添了白发三千丈
徒步穿行在月光下
高处不胜寒的感觉
深远了行路难的意境

床前那轮明月
好不凉意袭人啊
月亮是圆圆的
家园却支离破碎
因为他爱月亮
诗被月亮掳去
心被月亮熬瘦
尽管总是在杯中捞来捞去
终于，挣脱不了
——一生虚幻

民间艺人

你用五根手指
翻动沉重的心事
那些弹响的日子
柔得让人心碎

踩着你的琴声
梁山伯与祝英台
走过长亭短亭
相送十八里

七仙女和董永

在槐荫树下的生离死别
哭哑了满院坝听众
泉水因你放慢了步调
月光因你——流出晶莹的泪水
时而感应着笑
时而传染上哭

或许，由于情绪太拥挤
你的行动不能自由自在
几十年，肥肥瘦瘦的日子
都打弦上走过

（以上选自《星星》诗刊 1993 年第 4 期）

方　言

方言是一条小路
只有沿着它
才能走回自己的家园

方言是一只橱柜
把所有的亲情锁在里面
别人无法偷走

方言是一叶小舟

如许沉沉思乡之心
只有它才载得起

方言是一个行囊
流落天涯的人背着它
总也走不出遥远的家乡

（选自《光明日报》1993 年 11 月 1 日）

刘　滨

刘滨（1939 年 6 月—），原名刘建中，重庆江津人。曾任《青年作家》编辑部主任、《星星》诗刊副主编。著有诗集《我的爱在南方》《微笑的风景》等。

希　望

——有感于北京正义路一号

是戏剧性的安排
还是必然的“巧遇”
真理　终于在这儿主持正义

历史　搀扶着
扬眉吐气的共和国
走过了冬季

在正义大街与真理相逢
悲愤与欢欣
却化作无声的饮泣

被告席上

押进来了
阴险　残忍　诬陷　阿谀

耻辱柱下
钉上去了
贪婪疯狂　虚伪卑鄙

看被告席上
十张死灰一般的脸吧
我的祖国十年漫长的记忆

终于　历史庄严地捧起起诉书
捧起我的祖国
十年血泪浸泡的大地

让过去和未来都来旁听
当专制和愚昧通奸
怎样把灾难孕育

而当正义从桎梏中解脱
真理便会告诉人民
只有你　才能谱写不朽的历史

（选自《人民日报》1981年1月13日）

月光小夜曲

清点半生积余
多感时间吝啬
生命的乐章
不敢再挥霍一个音节
难道没有休止符么
有的　眼下
漓江赠我一轮皓月

哦　漓江月
是赠给我一只花前消腻的茶盘
在慵惰中回味过剩的骄奢
还是为免却贫瘠的智能迷途于幻境，
赠给我一只探索于太空的飞碟？

哦　漓江月
是如歌的行板后一次情的沉淀
将我的心境镀以透明的莹洁
还是如潮的奏鸣前一次力的集聚
以汇成雄关前澎湃的冲越？
我深知呵
倘若跋涉的信仰“休止”于花榭
心的律动将在安谧中衰竭
于是　我赶紧把懈意叠进挎包
把冱尽寒夜的双手搓热
权当皓月如一枚磊落的铆钉

把锲而不舍的追求
铆在我生命总谱的扉页

（选自《星星》诗刊 1984 年第 11 期）

阳关新曲

挥一挥手吧　妈妈　挥一挥手
不要让离别的潮水
再摇动感伤的小舟
在故乡的山梁上
你常常眺望大西北的红柳
牵挂那一身嫩骨
是不是撑得起荒原的春秋
此刻你探儿归去　妈妈
难道不应当挥掉所有的离愁
苍茫的高原为你送行来了
往日桀骜不驯的老北风　腊月雪
都温驯地拥到了你列车的窗口

它们曾大把大把地吞食我们的怯懦
也在咀嚼中品出了创业者的追求
它们在我们的双手　我们的额头
大面积开掘粗糙的垄沟
有什么关系呢

就把它移进青春的苗圃吧
用热汗去浇灌人生的绿洲

妈妈　既然车轮正在碾碎戈壁的荒凉
相信红柳丛中　会收获一代风流

（选自《微笑的风景》，成都出版社 1994 年版）

吕　进

吕进（1939 年 9 月—），四川成都人。曾任重庆市作协副主席、西南大学中国新诗研究所所长。著有《吕进诗论选》《新诗的创作与鉴赏》等。

俄罗斯大娘

人说俄罗斯盛产美女
每一朵苹果花都令人动心
花儿消隐，树枝低垂
俄罗斯大娘就是北国的苹果
战火硝烟中的卡佳和丹尼娅
人们现在尊称她们的名字和父称
俄罗斯大娘高高的，壮壮的
在冬天戴着皮帽穿着大衣
挺着胸脯走路，带着庄重的神情
像涂着唇膏、描了眉毛的将军

一次邂逅就会结识一位大娘
素昧平生的她会向你打开内心
讲战争，讲家庭，讲退休金
讲对中国人的好感与友情

还会将家庭地址写给你
嘱咐你方便时一定光临

在俄罗斯，迷路时应该问大娘
走向一位，就会有三位主动答问
还会有人掉换自己走的方向带路
走很远了，还能感到有一双关切的眼睛

俄罗斯大娘随手都拎着大提包
拎着全家几代的重负与艰辛
在面包店，在奶品店，瞧着新的价目表
眉宇间深藏着焦急的心情

俄罗斯大娘立在交加的风雪中
手中拿着一瓶陈年老酒或者一张旧头巾
侧着头低下眉看着冰结的土地
羞涩地在市场上等待命运
但是她会突然抬起头来柔声喊道：
"外国人，戴上帽子，今天很冷。"

在俄罗斯，我最难忘的是俄罗斯大娘
在俄罗斯，我最同情的是俄罗斯大娘
俄罗斯大娘是俄罗斯会说话的历史
俄罗斯大娘是俄罗斯的美丽与良心

书

在莫斯科，最高贵的地方是图书馆
在莫斯科，最抢手的商品是图书

在莫斯科，每走几步就有一个书摊
在莫斯科，每在一个书摊就有一群人在选书

从苏格拉底到柏拉图
当然，还有诗歌，还有艺术

好像不知道物价在向上升
好像不知道气温在往下降
电车候车亭在飞雪中读书

好像不知道每一站只有几分钟的路程
好像不知道车轮隆隆的足步
地铁列车是流动的读者队伍

地上的莫斯科，地下的莫斯科
两个莫斯科都从不忘带上心爱的伴侣上路
行进的俄罗斯在静静读书

多思的民族，爱书的民族
有过美丽的理想，有过不美丽的失误
请接受一位东方人充满信心的祝福

憔悴的俄罗斯，美丽的俄罗斯
春来春去，花开花落
你本身就是当今人类的必读书。

（以上选自《星星》诗刊 1994 年第 7 期）

叶　簇

叶簇（1939 年 11 月—），本名刘大声，四川峨眉山人，现居乐山。著有诗集《淡蓝淡蓝的记忆》等。

滇池睡美人

那时，我们一样年轻，
一样天真而单纯。
我爱隔着五百里浩渺烟波，
凝视你柔美的身影。

你藏起深情，
故作骄矜；
山色有无中，
半羞还半嗔。

忘不了分别的那个早晨，
你终于无法保持平静。
碧海无风三尺浪，
一听涛声知你心……

二十三度滇池岸柳飞絮，
二十三度西山红叶飘零。
我已是人过中年，华发早生，
而你依旧当初少女芳龄。

此刻，伫立长长的海埂，
禁不住一挥热泪雨纷纷——
归来的路如此漫长，
不只是往事牵情……

你为何悄然无语，
只顾仰看苍穹鹰隼？
你为何如石如冰，
不肯起身含笑相迎？

莫不是恼恨我一去杳无音讯，
有何面目来对故人？
莫不是子期无觅琴台冷，
病卧床榻到如今？

不必恼恨，不必伤情，
破碎的梦不是重圆了吗？
如画春光里，
风也斑斓，云也芳芬，
美，岂能长睡不醒？

（选自《乐山百年新诗选》，四川文艺出版社 2017 年版）

袁永庆

袁永庆（1939 年 11 月—2017 年 12 月），四川成都人。曾供职于《星星》诗刊编辑部。出版有诗集《四弦一声》等。

光　阴

一

阳光
钻进木格子窗
在书桌上
排好整齐的队

一支悄然行进
不闻脚步声的队伍
渐渐消失于倾斜的黄昏

我的光阴
也这样无声地消失着
却从来没有
整理好过队伍

二

削土豆皮的时光
感到岁月
正被一刀一刀削去
一大盆土豆
一大盆光阴
都在等我加工

手中的土豆忽然活了
高声大叫
好疼！

（选自《青年作家》1997 年第 6 期）

大　树

根下黄土　叶上云间
一棵大树
数不清自己的枝柯
开不尽满腹的奇花
只把一铺绿荫　三千硕果
年年回赠大地
参天之高

本来自瘠土一抔啊

旱过　涝过
虫过　电过
年轮上说历史
痂瘢上抚创伤
而病枝前早已展新叶无数

接纳四方雀鸟　八面来风
不掩饰其壮伟
不拒绝其需要
只把腰肢　微微向岁月
　弯下　那是
不亢也不卑的度数

（选自《青年晨报》1987 年 7 月 24 日）

杨泽明

杨泽明（1940 年 1 月—），重庆大足人。曾供职于原成都军区政治部。著有诗集《高原晨曲》《雪山晨号》等。

红　豆

边关，哨所值班的灯
在茫茫天河上
在缈缈雾罩里
幻化成一粒红豆
晶亮晶亮
浑圆浑圆
似阔大的天地间
醒着的一颗心

早　晨

马蹄震落天边的寒星

透明的薄雾缠绕森林

鸟儿和山寨的炊烟一同苏醒
羊群像奔腾的浪花涌出栅门

如茵的草儿擎起晶亮的露珠
牧场上晃动着彩色的头巾

长长的柳丝绽出醉人的新绿
山坡上忙碌着劈山引水的乡亲

燃烧的朝霞映染溪畔的山径
背水姑娘宛若霞光中的女神

一群白鸽在无垠的晴空自由飞翔
孩子们带着梦幻的羽翼走进校门

绚丽的边疆恰似巨大的调色板
七彩的阳光编织出诱人的仙境

士兵！知道该怎样护卫这诗一般的早晨
马蹄在巡逻道叩响军歌，摇撼冰峰雪岭

（以上选自《星星》诗刊1998年第2期）

陈禄明

陈禄明（1942 年 7 月—），四川大竹人。曾任报社编辑。

彝　族

在山脊，
爬上又爬下；
一个民族，
靠着山长大。
长大又多一座山
月当弯刀腰间挂！

达体舞

弹着月琴跳起来，
吹着竖笛跳起来，
拍着巴掌跳起来，
唱着歌儿跳起来，

百褶，旋出五彩，
察尔瓦，敞开情怀，
树木花草都跳欢了，
凉山是个大舞台。

围着篝火跳起来，
披着星星跳起来，
挽着山雾跳起来，
踩着露珠跳起来，
闪着头饰，闪着手镯，
闪着耳环，闪着银牌，
一个民族都跳醉了，
醉了的成人更像小孩。

（以上选自《星星》诗刊 1991 年第 6 期）

柯愈勋

柯愈勋（1940 年 7 月—2014 年 5 月），重庆人。曾任重庆市江北县文化局创联室创作员、重庆市渝北区文化馆文学辅导干部。著有诗集《太阳从地心升起》《命运之河》等。

黑　河

从矿坑里出来，一个个
煤一样漆黑
是活动的煤吗？流动的
是鼓胀的肌肉、铁黑的热血
眼睛，闪亮；矿灯，闪亮
朝向黎明。朝向
开放的太阳。身后是黑夜

没有声音。流动的是沉默

一群人。一支大军。一个世界
从历史中走来。从古生代走来
从二叠纪走来。从底层的底层
走来。饱经

扭曲的折腾。饱经
酷寒炎热。来了，来了。贮有
爆发的热能。说：
认识我们吧——我们不是夜……

没有声音。流动的是沉默

（选自《诗刊》1987年第4期）

这是我们

不去支撑云不去支撑天
云天，是另一世界的奇观
矿坑——
总是潮湿总是郁闷总是黑暗
唯有风
来这儿游荡

就在这儿排列
就在这儿站立吧

我们在一起。哈，我们在一起
我们在一起。哈，我、他和你
谈谈心怎么样？比如
为什么是我们，来到这里？

我们站立着。忘记流逝的岁月
年复一年，骨骼扎扎作声
我们站立着。你累不累？
——真累呵。有没有人
来，把我们接替？
我们是群体。我们支撑大山
支撑我们的，当然不是
牢骚和怨气
如果只有牢骚只有怨气
这沉沉的沉沉的大山
怎么可能
在你的、我的、他的
肩头上站立？
我们站立着。年复一年
我们必须——
竭尽全力！

——这就是我们……
你认识我们吗？

（选自《诗刊》1992年第10期）

赖松廷

赖松廷（1940 年 11 月—），四川罗江人。著有《晶亮的十二岁》《小孩的爱，大山的情》《山村少年诗》等 20 多种儿童文学作品。

伐

伐木的斧子，
砍倒了
几排小树。
——惹怒了山雀，
——气坏了野兔。

伐木的锯子，
啃倒了
几坡大树。
——惊动了泥沙，
——堵塞了河谷。

伐木的号子，
震聋了
几道飞瀑。

——引发了洪灾，
——冲垮了高屋。

住手！
把那些
斧子
　　锯子
　　　　号子，
统统藏进博物馆的深处。

尾　巴

乌云，
是太阳的尾巴；
——多么讨厌。

烟囱，
是城市的尾巴；
——令人心烦。

废纸，
是街道的尾巴；
——随手乱丢。

污水，

是江河的尾巴；
——沿堤乱窜。

我，
批评这些尾巴，
恶恨这些隐患。
我要翠绿的大地，
我要晴朗的蓝天。

（以上选自《天然情趣》，作家出版社 2000 年版）

贺星寒

贺星寒（1941 年 1 月—1995 年 12 月），原名贺心涵，四川成都人。著有长篇小说《旋转的红月亮》《浪土》、中短篇小说集《高空跳板》、诗《车窗赋》等。

车窗赋

——我在驾驶室中写着：老吉斯，旧车窗，满身劲，遍体香！

一

一泓清水，一片阳光，
都能把我的眼睛照亮，
勾引起我对你的怀想。
我的车窗啊，车窗！
你那摄人魂魄的魔力，
黄金也不能比拟，
宝石也不敢较量。

远远地望见那几块玻璃，
千山万水也不能把我阻挡；

只要双手一抓住方向盘，
世上的奇花异草我全部遗忘：
坐垫是世界上最软的沙发，
汽油味胜过九月的夜来香，
透过车窗四处望，
塞外的早晨啊，格外清爽！

车窗啊，我一天九次将你擦，
透明应该像我的心房。
五月你为我挡风沙，
七月你为我送清凉，
十二月你为我拦飞雪，
哪怕披满冰和霜。
车窗啊，我一天九次将你擦，
清澈应该像我的目光。
春天你送我满眼绿，
柳条迎风漫拂窗；
夏天你送我扑鼻香，
杏子，脆梨，瓜成行；
秋天你送我千块金，
小麦、苞谷遍地黄；
冬天你送我万盏灯，
家家的火炉暖洋洋。

二

车窗啊，我一天九次将你擦，
明智应该像我的思想，

转弯时你叫我看路标，
注意左方和右方；
过山溪你叫我探水流，
石底、沙底不一样；
下陡坡你叫我踩刹车，
一切的意外都要防；
前进时你叫我追目标，
我们有一个共同的方向！

三

车窗啊，我最忠实的伙伴，
你陪伴我整整有四年。
你见我学习摇车子，
你见我转动方向盘，
你见我挥汗换轮胎，
你见我咬牙躺着拆钢板，
你见我排除故障心如火，
车上车下全钻遍！

车窗啊，我最忠实的朋友，
我们曾共同生活一千天。
伊犁河边一同溅泥泞，
布尔津并肩度严寒，
七角井挺胸抗风暴，
沙粒扑面似针尖！
天山侧你保卫我过夜，
荒滩狼嗥鬼火闪。

车窗啊，我最忠实的同志，
你跟我天山南北都走遍，
八月香满果子沟，
九月雪封冰大坂，
赛里木湖罗布泊，
十月喀什蜜桃甜，
巴仑台铁，西山煤，
哪一类宝藏没见过？
哪一种色彩未曾在窗上染？

四

车窗啊，我真怨你，
为什么不是一架摄影机？
惋惜那千百万惊人的镜头，
悄悄地从身边溜了过去：
木轮牛车滚过的路上，
回荡着火车奔腾的旋律；
五千年不愿见人的荒滩，
第一次打开了它的秘密；
石河子厂房紧挨着厂房，
孔雀河麦地延展向麦地，
塔里木——脱缰的野马，
老老实实地为我们推磨，套犁！

车窗啊，我真怨你，
为什么不是一架放映机？

只需要几个小小的镜头，
就能够使人狂欢狂喜：
开满野花的哈萨克牧场，
白色的羊群比野花还密；
吐鲁番葡萄香飘东海，
乌什县电站珠串百里；
谁能够合上麦昔若甫欢快的节奏？
都塔尔不再留恋古老的哀曲①。
节日里到广场来吧，
十三个民族装点着盛夏的花圃，
蝴蝶飞来了也会眼迷！

五

车窗啊，我的车窗！
一泓清水，一片阳光，
都能把我的眼睛照亮，
勾引起对你的怀想。
你那摄人魂魄的魔力，
黄金也不能比拟，
宝石也不敢较量。

其实，我的车窗很平常，
全中国有千万扇这样的车窗！

（选自《诗刊》1963 年第 2 期）

〔作者原注〕① 麦昔若甫，维吾尔族民间舞蹈名。都塔尔，维吾尔族弹奏乐器。

张新泉

张新泉（1941 年 6 月—），原名张新荃，四川富顺人。曾供职于四川文艺出版社、《星星》诗刊。成都文学院特邀作家。曾获首届鲁迅文学奖。著有《野水》《好刀》《宿命与微笑》《鸟落民间》《事到如今》等。

为亲切塑像

我把她从词典深处
搀扶出来。我想为她
塑一尊永远的雕像

趁着这个世界还未
完全变硬；趁着我们还有
月色，还会面对烛光

我得抓紧。趁着我们眼中
被她弄出的水迹未干
趁着她曾经抚摸过的事物
还在我们身旁

现在纺织娘可以唱歌了

鸽哨、炊烟、草垛请升起来
我要你们——作为最后的仪仗

我这就动手。请给我以援助
如果力不从心
请你们接替着我
从夜到夜，从泪光到泪光

缘　分

你开不开花，我不计较
打马从门前走过的人
我已把他的无语
视作深情的歌谣
生命有各自的无奈
你耐心地活着
就好

一年四季
就浇你一点点清水
偶尔去看看
你不秋不夏的叶片
无悲无喜的枝条
也让你看我
歉意的微笑

（邻居的阳台上
正蜂飞蝶绕）

缘分不一定大红大绿
鼓角之外，最深长的是
细细的洞箫
我就这么一点点清水
和一份永远的歉疚
你千万别开出花来
吓我一跳

带伤的人

带伤的人
用路边的草药止血
用衣袍遮住伤口
走过一个又一个城镇

带伤的人
发现更多的伤者
与他同步，或者
擦肩而过
用同样的方法
遮掩痛处
制造合符时尚的

轻松和兴奋
带伤的人
晚上关门独处
对着酒杯呻吟
伤口柔软，除此之外
一切都很硬

带伤的人
在回忆里摸索
他要寻找的药方
是几位早年的知己
和一盏
儿时的灯……

撕

撕是一种暴力
对于纸，即使再温柔
也是

一生中，我们总要
毁掉一些纸
总会与一些纸张
势不两立
在碎纸机莅临之前

我们体面优雅的手
总在乐善好施
温情脉脉的背后
清醒地干掉
一些类似纸的东西

笔使纸张获罪
纸在无法解释的绝境
被撕得叫出声来
文字的五脏六腑
散落一地……
人对纸张行刑时
是一种比纸更脆弱的
物体

纸屑会再度变成纸
再度与你相逢时
一些化不掉的字
保不准会活过来
咬你

好　刀

好刀不要刀鞘
刀柄上也不悬

流

苏

凡是好刀，都敬重
　人的体温
对悬之以壁
或接受供奉之类
不感兴趣

刎颈自戕的刀
不是好刀
好刀在主人面前
藏起刀刃
刀光谦逊如月色
好刀可以做虫蚁
　渡河的小桥
爱情之夜，你吹
好刀是一支
柔肠寸寸的箫

好刀厌恶血腥味
厌恶杀戮与世仇
一生中，一把好刀
最多激动那么一两次
就那么凛然地
　飞　起　来
在邪恶面前晃一晃
又平静如初……

人类对好刀的认识
还很肤浅
好刀面对我们
总是不发一言

（以上选自《张新泉诗选》，四川文艺出版社 2001 年版）

胥勋和

胥勋和（1941 年 7 月—），笔名达达，四川射洪人。曾任西昌地区京剧团编剧、凉山州文联编辑。著有诗集《星河集》《胥勋和诗集》等。

露　西

人类化石名，在埃塞俄比亚，经测定，它是三百七十五万年前的人类化石，这或许就是人类进化中最早的祖先了。

——摘自 1984 年 1 月 23 日《成都晚报》

拨开时间斑驳的尘土
穿过历史悲欢的门窗
捉了一个漫长而艰辛的迷藏
匆匆又见　匆匆又见　相迎的
是林间太阳的歌唱

一切，一切都这般熟悉
山岳与河流，记忆与向往
一切，一切又如此陌生
如烟　如梦　如自己

冷却而破残的雕像

三百七十五万次旋转
三百七十五万次花香
逝去的不都是流水
大地上　建造了多少座
神圣的殿宇　捣毁了
多少垧野性的蛮荒

没有名字的古老的裸体
披上了鲜亮的青春和声响
缄然　呼唤　高昂着　你
从无悔恨和怅惘的脸
安详　如雨后无遮的月亮

活着的都要死去　死去
步你后尘　深深埋葬
但那天蓦然醒来　醒来
而映射于眼中的　是一片
永恒的　壮丽的星光

（选自《诗刊》1984年第7期）

宗　鄂

宗鄂（1941 年 12 月—），本名寇宗鄂，四川梓潼人。现为《诗刊》编委、中国诗歌学会书画委员会主任、中国作协作家书画院副院长。出版诗集《西爿月》《宗鄂抒情诗》《宗鄂访波诗画选》等多部。

根

见过不少繁华的都市
我却更偏爱故乡的小城
到过许多鱼米之乡
我的心只属于一座小村

我是喝潼江水长大的
故乡的泥土把我养育成人
我的肌肤我的血液里
至今仍有苞谷和红薯的养分

离别故乡愈久
思乡之情愈深
距离故乡愈远
心却与故乡贴得更近

故乡啊，我的生命是属于你的
我的收获也是属于你的
乡情，如一根长长的脐带
连着儿子和母亲

多少次泪水打湿的梦里
我听见你亲切地呼唤我的乳名
我一次次向你走来
来寻找我赖以生长的根

想家的时候

想家的时候
就去唐人街
去唐人街听乡音
中国是华人的家
华人都是老乡
闽南话和客家话
像南音像粤剧
最亲切是四川方言
像川戏的高腔
最好听的是吴侬软语
像听苏州评弹
汉语不是说而是唱

想家的时候
就去华埠吃中餐
不是吃全席不必吃菜系
好吃不过北京的饺子
还有香喷喷的炸酱面
麻辣风味更富刺激
让三伏天在火锅里热烈地
打滚
成都的小吃
想一想也会流口水
吃中餐是品味传统
是信奉中国特色
是怀恋浓浓的乡情

想家的时候
就去长岛望月
从海的那一面
悄悄地露出一张熟悉的脸
这就是那张
在天涯海角也能看见的
黄皮肤的脸
此时却在西子湖上
眼含淡淡的哀愁
睁着断桥的企盼
我望月望月的中秋
如翘首等待钱塘江涨潮
我的归心
比哈得逊河两岸的秋天

燃烧得更早
多情江南在梦中
正泪眼绵绵

华山挑夫

一根扁担
两条麻绳
一头承担一家的温饱
一头挑起游人的渴望
人生的艰险踩在脚下
亭台楼阁扛在肩上
全凭一身肝胆
一副热肠

脚是凿子腿是梯子
扁担是原始的栈道
生命悬在云雾缠绕的山岗
像蚂蚁搬家，像
蜘蛛吐丝织网
把绝壁当成坦途
献出一生辛苦和汗水
献出负重的脊梁

（以上选自《宗鄂抒情诗》，漓江出版社 2014 年版）

黄　宏

黄宏（1942 年 1 月—1993 年 5 月），原名黄帝金，四川中江人。曾供职于四川石油设计院。著有诗集《黄宏诗选》。

三　月

一

把三月挂在桑枝上
三月太嫩
小南风一吹
便沾在绿色的芽苞上
化成一颗颗三月露

把三月铺到水田去
三月太肥
稻秧和稗草的根
一齐伸进三月

带三月去小桥散步
三月太漂亮了

艾蒿和奶浆草
从石缝里闪出诡谲的亮眼
请三月做客
半杯老酒就醉倒了三月
三月踉跄在一条小路上
陡然变成了一树桃花

二

燕子站在水牛的背上
和三月呢喃着情话
水牛啃烂了
三月拖在背上的绿披巾
啃烂了
她插在草坪上的小白花
三月太钟情了
她跳到水牛背上去
和燕子亲昵在一起
把绿披巾和小白花
全送给了水牛
水牛轻轻地驮着他们
嘴收获着一个难得的季节

三

在三月
还是年幼的时候
就许给了

一个名叫夏天的年轻人
蜻蜓的薄翼上
记载着山村这件奥秘
鸦鹊和翠鸟也知道这件事
知道这件事的，还有爬上高墙
去采访太阳的喇叭花

但是
所有这些
都不承认
是自己走漏了这桩喜事
反正
甜椒在赶制红灯笼
丝瓜在缝做双人枕
紫云英日夜编织着宽大的绿毯
全村上下都在为她忙备嫁妆
连村野的点点萤火
都弄得通宵合不上眼

四

三月从那条小路走的时候
筒车正忙着提水
南瓜花正吹奏一支刚刚定稿的乐谱
秧鸡在水田验收
那幅重新描下的图案
只有鲤鱼蹦出来
和三月作了简短的握别

晒场腾出来了
粮仓翻了新
锯镰换了一口米状的牙齿
羊儿去远远的山坡上
攻读一部关于小草的抒情诗

这一切都是三月临走时安排的
乡村在三月的安排中
繁忙而轻快地交换着日子

（选自《星星》诗刊 1984 年第 4 期）

培　贵

培贵（1942 年 2 月—2011 年 6 月），原名何培贵，四川武胜人。曾任《重庆与世界》杂志编辑部主任、《中外诗歌研究》特邀主编、重庆新诗学会副秘书长、《中国·四川新时期诗选》主编。著有诗集《五色土》（合作）、《风景树》等。

说书人说书

……马蹄。马蹄。马蹄
响在南宋年间的那一边
雪地上，驰过去
十二道金牌，写着
“莫须有”罪名的马蹄
又驰过来岳鹏举的马蹄
精忠报国的马蹄
一路得得
把黄河古道踩成一首《满江红》

说书人嚼碎又反刍一本书
舌与齿急速地弹响
马蹄的口技

演得大珠小珠落玉盘的揪心
折扇慢条斯理地摇动
扇起风波亭的风波，还有
那一天的寒冷和雪
冰冻了三尺桌面、燥热的空气
连同座中听众们的眼神
店堂的那厢，水
在壶中嘤嘤地哭了
历史泡在今日的杯中
惊堂木下，现代从古代惊醒
茶，苦涩且冷

（选自《星星》诗刊 1983 年第 7 期）

深巷的回想

那深巷已经离我很远很远
就像小时候读过的刘禹锡的那首唐诗
至今还觉很甜。甜甜地
等杏花雨下过许多回
卖杏花的人却老也没来
来了收荒货老汉的吆喝
把深巷喊得又细又长
隔壁铁匠张就着这吆喝在打一根管子
也不知是不是要打成深巷的形状

纳鞋底的少妇整日不吱一声
她横竖想把深巷搓成麻线
好拴住跑船的男人。要拴就拴吧
偏又在鞋底上纳什么桃形的心
我不懂。在她的眼目下
我不过是个踢鸡毛毽的小女孩
只晓得甜言蜜语讨她的铜顶针戴
戴到我手指上已经是中秋了
这是深巷最深最深的节日
月光流着吹韩湘子这管遗落的箫
吹的什么曲子问谁谁也不知道
只知道巷尾一盏灯又是通宵没合眼
有泪从地底爬上纸糊的窗棂
那是一个游子从山那边流过来的
长大了我才知道山那边是海
我这时也才知道深巷比想象的还深
还深得多啊！深深的
是我的回想

童年纪事

那条河流去流来流去又流来
流来一个五月。山雀子在竹林里叫着
叽叽喳喳。叽叽喳喳像一群野俗的村女
我就是那群村女中最小的一个

一个剜苦苦菜的小姑娘
光着脚。扎叮叮猫。拎着篮子
大姐姐们瞧不起我。说我小说我什么都不懂
不懂端阳不懂屈原不懂绣香袋
不懂绣香袋的女孩子还算什么女孩子
她们就这样羞我笑我
笑完了她们就丢下我去追赶风
幸好有花。有铃兰花百合花狼牙刺花
红的黄的绿的——我不孤独
对着空中飞舞的小蜂子小蝴蝶小蜻蜓我说
其实我也是懂得很多很多的
懂得做饭懂得洗衣服懂得唱歌哄弟弟不哭
懂得失去了妈妈的我就是妈妈
懂得人都是从小长大的
长大了我也会采香草绣香袋
我相信我的香袋一定很精致很漂亮
那时我就去香她们。香她们的
皱纹香她们的白头发香她们奶的孩子
让她们羡慕让她们妒忌让她们多嘴多舌
说这女子好香哟比她们的那个时候还香
她们的那个时候已随河水流来且流去了
现在是我香的时候
香香的是我的梦。我
像山雀子叫着像花开着
像蜜蜂飞着像蝴蝶飞着像蜻蜓飞着

（以上选自《花溪》1985 年第 3 期）

张永权

张永权（1942 年 3 月—），生于重庆万州，1965 年毕业于四川大学中文系。曾任云南省作协副主席、《边疆文学》副主编。著有诗集《边寨花月夜》《绿叶的深情》《张永权诗选》以及散文集、长篇小说等十余部。

象脚鼓舞

敲起来，雄壮激越的象脚鼓，
跳起来，傣家人独特的鼓舞。

听，似一万头大象在狂呼，
看，似一万头大象在跳舞，
仿佛宽阔的十二版纳，
也化作了白象出没的国土。

象啊象啊鼓啊鼓，
你就是这勇敢的民族，
千年万载，日落月出，
你承担了高山一样的重负。

不怕茫茫黑暗，

不畏坎坷歧路，
迈开大树一样的双脚，
去寻找光明和幸福。
直到你英勇地倒下，
也还惦记着傣家的疾苦，
把一双大腿留在人间，
高歌着去走完漫漫征途。

今天，黑暗和苦难已经结束，
一头头白象又从密林里走出，
吉祥的日子随白象到来，
象脚鼓啊，怎能不发出动地的欢呼？

敲起来，雄壮激越的象脚鼓，
跳起来，傣家人独特的鼓舞！

（选自《边寨花月夜》，云南民族出版社 1980 年版）

华万里

华万里（1942 年 5 月—），重庆人。曾任重庆市渝北区文化馆创作员。出版诗集《轻轻惊叫》《别碰我的狂澜》等多部。

羊　归

牧鞭一抖
落日“啪”的响了一声就不再圆了
而受惊的石群成羊群
成我们
奔出草丛之谜
奔出分心之地
让山风流泻在腿上毛上尾上
在一股中魔的膻味上

总觉得牧鞭在身后追我们
在身前唤我们
那位挥鞭的小母亲
追我们唤我们像我们一样浪漫
想她的圆乳房正月一般摇荡
想她的蓝头帕正旗一般飞扬

她背上的孩子是我们的乳汁奶大的呀
我们的分量
驮在她身上

已听得见母羊型的村庄
在咩咩地等我们
已听得清鞭声在头顶
缓缓成音乐
我们
大山的野性儿女
让血奔的旋律在村前戛然而止
让老母亲清点归来的头数如唱经

（选自《星星》诗刊 1987 年第 10 期）

我手上有一枝歌唱

雨在歌唱，我手上有一枝
杏花中的村庄
燕子斜飞，步态像我的乳娘

我手上有一枝歌唱，杏花朵朵
开得嗡嗡作响
洗不淡的日子，钻进蕊中
同蜂蜜的勤劳一个模样

一枝湿漉漉的沉思，在我手上
谷物起步的地方
那些粉红的品质，实实在在的东西
亮在门前
闪着泥土的清光

杏花朵朵，一枝红得欲燃的希望
心上沉寂已久的词语
勃勃向上
人们听见草跑动的声响
牧歌的间隙
牯牛踱出，一幢带角的青房

蜜蜂嗡嗡，我手上有一枝歌唱
探望的花朵
激动异常，深淳而清朴的檐下
手像飞鸟，农妇斜斜地
扬起面庞

故乡的夜

你提起二胡和月色
那么光明

白昼被你重新演奏，花朵照人

从C弦到E弦，诉说我的
农业与爱情
把一群手指，带到最好的地方
弦的那边，有人亮着
有云像从乐典中飞出的白蝶
在多麦穗的风内
打开的花枝曾经是泪水
今夜，还我收获

晚间，音符像擎灯的女子
个个漂亮无比
引我到豆荚中寻找饱满的事情
虫唱叽叽
已经无法唤回弦上今生

音乐的草，在民歌中生长
你的曲调
月起月落，水柔水媚
一枝梦里，春天的桃子降临

故乡啊，你的二胡和月光
听得我如麦粒
找回了低吟时的唇形

（以上选自《星星》诗刊1994年第9期）

胡　笳

胡笳（1942 年 7 月—），四川成都人。曾任《青年作家》诗歌编辑组组长、四川省文联创作研究室主任。著有诗集《油海浪花》《油海飘香》等。

撵着波浪采油花

雷在半空驱车马，
雨在窗前纺银纱，
鞋子漂出帐篷外，
水淹床脚的青草芽，
风捎信，云传话，
探油队快卷帐篷出山洼！

风撩门帘好惊讶，
曙光抹出一幅画，
电话裹在被窝里，
仪器披着羊皮褂，
雨伞遮住绘图桌，
床上跳着小青蛙……

看那伞下新图，

看那桌上溶蜡，
昨夜分明都在家，
忙为探区作规划。
图纸上红线穿风雨，
牵来井架、炼油塔……

雨还下，风还刮，
山崩地裂洪水发。
穿风冒雨的找油人，
手挥铝盔笑哈哈，
顺着河谷跑，攀着矿脉爬，
撵着波浪采油花……

油花装进铝盔里。
喜讯绘进新规划。
被窝里抱出电话机，
眯着眼睛笑啊，
半天吐出一句话：
“接北京，又一片油田待开发!”

（选自《解放军文艺》1972年第1期）

伞

杭州姑娘
有个伴——

人手一把
西湖伞！

淡竹的伞骨，
丝绸的伞面，
能遮阳光，
能挡雨点。

杭州姑娘
手中伞，
撑开在头上，
妙用更在遮人眼。

看那紫燕穿梭的断桥上，
看那绿柳如烟的苏堤畔，
要知情侣有多少？
无须点人只点伞！

花有残时伞不残，
春光淡了伞不淡，
我沿西湖走一圈，
爱情拨动心弦颤——

伞下何止是姑娘？
西湖也在伞下面！
一片莲叶一把伞，
半开半掩惹人恋……

（选自《诗刊》1982 年第 4 期）

红叶咏

翻开线装古书
抓起一把诗词歌赋
总有红叶儿飘飘飞出
霜痕——泪痕
都特别耐读
古代的多情儿女
将红叶划作轻舟
在爱河上摆渡

今日儿女虽也风流如故
倾吐心中情愫
已无须寓意托物
隐隐晦晦岂是今人风度
红叶回归大自然
成了山水插图
不再招揽相思重负

每到秋天
(大山的生日是秋天吧?)
树红千株万株
——生日蛋糕上
燃万千支红蜡烛

（选自《星星》诗刊 1989 年第 12 期）

戴左航

戴左航（1942 年 7 月—1992 年 3 月），四川綦江人。曾供职于邮电部四川眉山通信设备厂，20 世纪 70 年代中期开始发表作品。

小镇的画

三根竹竿绑个架，
竖立江边河沙坝，
那不能再老的老蓝布，
一匹一匹晾上架。

布是小镇木机织，
老蓝染色祖传下；
小镇就用这样的画呀，
装点山村代代挂。

火车在它身前飞，
江轮在它身后滑，
时代的浪涛胸前涌啊，
问小镇，怎不抬头看一下：

的确良衣衫尼龙袜，
摆满小镇百货架，
姑娘小伙还在盼呀，
一日三新几变化！
山绣锦呵，地镶花
人想春衫剪云霞；
小镇啊，几时能蘸新色彩，
姑娘梦里也在夸……

（选自《星星》诗刊 1981 年第 2 期）

习　鸣

习鸣（1942 年 8 月—），原名王登民，重庆人。曾供职于攀枝花市人民政府。著有诗集《深山里的太阳和谣曲》《水声微漾的高原》等。

高原书简

翻过大凉山之后
恋歌进入裂谷
任三月狂沙五月骄阳
弥漫陌生的江畔黄昏
浮雕出我们的青春
和拓进的形象
并把铁水与汗雨
浇铸成一树木棉
在楼群与楼群之间夜夜开花

闭上眼睛
历史就铺天盖地
敲响我们的脊梁
来不及让你稍加思索
爱情便随同往事

成为典故或者地名
被人们传颂
甚至搬上银幕
《共和国不会忘记》
是的　遗忘不会发生在这片土地
当我们检点鬓边的白发以及
散落在身后的点点墓碑
才能真正诠释
岁月与人生
悲壮与辉煌

梦里高原

梦里的高原在我们脚下舞蹈
梦里的高原好像流水
熟悉的鸟
在水草般的灌木中吟唱

比流水更柔软的是云雾
让你的情感
在遥远的桨声里　飘
巉岩与峭石骤然变得玲珑
从一株山桃树上开出的颜色
使我们的幻想红了一生
沿着小溪的幽韵走近湖泊

你会看见月亮和太阳
同在水中沐浴
同在古镜般的湖面上
照耀高原梦里的萤火
如同照耀岁月深处瘦弱的灯光

没有欲望
没有清明时的夜雨
没有九月九的乡思
一声长啸
在我和高原之间
惊醒的不是春梦
而是一个世纪的祈祷

（以上选自《星星》诗刊 1998 年第 9 期）

姜华令

姜华令（1942 年 9 月—2002 年 9 月），籍贯山东。曾任《攀枝花日报》副刊编辑。从 20 世纪 60 年代开始文学创作，先后在多家刊物发表大量文学作品。出版有《姜华令散文选》。

凤尾扫帚

弯腰的凤尾扫帚
像弯了腰的外祖母
外祖母喜欢抱着它
像抱着一把大提琴
奏美丽悦耳的乡音
沙沙沙，沙沙沙
唤来了小镇的黎明
当朝霞到来的时候
小镇的街道已不见一粒灰尘
发亮的石板街放着光彩
故乡呵，故乡从来都是干干净净

从这个世界到那个世界去
据说都要满足一个愿望，一件事情

才肯合上眼睛、含笑离去
外祖母也是这样
她身旁围了一大群乡亲
床上的外祖母为什么不肯合眼呢
都猜测着，静静地猜测着
镇西头裁缝师傅说
外祖母一定想要一件满意的寿衣
镇东头开酒坊的大伯说
外祖母一定想喝最后一口美酒
开面馆的张凉粉说
外祖母想一口川北凉粉
都没有猜透外祖母的心意
两颗黯淡的星不肯熄灭
这时候赶回来了汗水淋淋的舅舅
一位真正的大巴山人
舅舅取来那把弯腰的凤尾扫帚说
我叫你的小孙孙
每天都像你一样
拿起它去迎接黎明
那两颗黯淡的星没了
外祖母脸上开了一朵山菊

故乡是大巴山的一块水晶
容不下半粒讨厌的灰尘

（选自《诗刊》1984 年第 10 期）

徐国志

徐国志（1942 年 11 月—2014 年 4 月），四川威远人。曾任少年先锋报社总编、全国少儿报刊协会常务理事、重庆市作协副主席，副编审。著有诗集《五色土》《红月亮》等。

母　亲

雪不落在故乡
雪落在母亲头上
那棵老槐树白了
那方门坎白了
很长很长的冬季
听檐雀呢喃
等待春暖

青灯总在每个夜晚摇曳
密密麻麻的心事
一针针纳进远走的惦念
墙上背影已经会唱童谣
长大了风又把童谣
吹回睡去的摇篮

我肩上的绳越来越细
绳的那头
有只小船悠悠晃晃

雪　不落在故乡
雪　落在母亲头上

中　年

走进中年的水域
季节风总是冷冷暖暖
最初的温柔已被手
掐死

鸽子花
开在桥的两端
女人脸上的胭脂
属于着色的广告
只有黑人音乐和诗
颤动心上那根哑默的弦
四书五经很有魅力
孔子的胡须
结满摔碎的典故和陶罐
红土填满了记忆的深谷
痛苦与欢乐

化作远去的云烟
缄默生长心之宁静
开始黄昏的生命
设置数不清的门坎
下沉的背影
等着那一支无声的
响箭

结　局

黎明时分手
紧锁的小屋默默无语
黄昏归来
满手捏着的都是心事
三百六十五天
我们就这样匆匆忙忙
写自己全方位的日记
你好累好累
坐着的背影
苗条成柳枝
初恋时的选择
没有过错
无名河对岸
坐着很多祖传的训示
自从那轮独生的太阳照耀

路上再多的泥泞
都是全新的美丽
我常把自己
编成绿色的篱笆
篱笆上的春藤
缠满你的名字
有时会下一场秋雨
雨中的红叶
便是成熟的标记

（以上选自《红月亮》，西南交通大学出版社 1993 年版）

蓝　幽

蓝幽（1943 年 4 月—），四川德阳人。《德阳日报》原副刊编辑。著有诗文集《绿十字》等。

五月雪

——读黄宗英电视报告文学片《小木屋》

自江南春，向西
横大半个中国
你去寻访小木屋的主人
小木屋在波密，波密
是印度洋暖风吹成的名字
葱郁的名字下
小木屋，该如一朵白蘑菇

数百里艰险的藏路
以五月飞雪相迎
五月雪，不会是
喜马拉雅的忧伤吧
荧屏前，我便有些冷
冷去读一篇童话的天真

冷去五分钟前，神驰康定
跑马溜溜的浪漫

每一片五月雪，都随
你一声声凝重的呼唤
（徐凤翔，你在哪里？）
于火毁人毁的残根之上
于颠踬的混沌中
梵音般缭绕又飘落
在九月秋声嘈嘈之夜
逼你的读者沉思

啊，被诗人唱枯萎的绿
代表这星球生命的绿
经五月的飞雪点化
在喜马拉雅皓首俯视之下
在小木屋周围
顿成为光一样神圣

自江南春，向西
进入五月的飞雪
季节压缩于一段险路
而她十年如此，终不悔
也许只能用“圣徒”这词
为她戴一顶科学的荆冠
终不悔
草虱没有食尽她的热血
冷漠未曾袭杀她的赤胆

五月雪中，我读，
一部人的价值论
——从不假编杜撰的镜头
读你沉静如海的语言

（选自《星星》诗刊 1985 年第 4 期）

邓芝兰

邓芝兰（1943 年 ？月—），女，重庆人。著有诗集《女教师日记》《眼光依然还是春》等。

新　雨

你敲窗而至，手指上
频频地
响起故人的影子

这是一种清新的问候
一触即香的缘

真担心你的额头太亮
经不住
太多的日出

于是，我捧起空瓶
在鸟声中，将你迎迓

乡　愁

这是荷花状的怀念
尤其是在下午
少雨的时候

我为你伫立庭角
从音乐中
抽取藕胎的丝

这牵也牵不尽
扯也扯不断的时光
让我的语句，瘦了许多

当翠鸟来时，我才看见
鸣叫的故乡

（以上选自《星星》诗刊 1997 年第 3 期）

杨永年

杨永年（1943 年 5 月—），生于重庆涪陵。著有诗集《望乡树》《美在都市里雕塑》、学术著作《祖源记忆》等。

唐　柳

那对夫妻恩爱成神了

掀动过千情万绪的春风
已掀不动端庄的金缕玉衣
灞桥走了，长安
也变得隐隐约约
唯唐柳依旧
年复一年，娓娓展露
那个汉族少女的情怀

一千年历史
在你的年轮上转成了传说
走上诗人的桂冠
走入画家的辉煌
走进歌手的风流

而你自己
不是也长了一千岁么
然而至今寸步未离
我是坐喷气机来看你的
32 开的唐朝就装在衣兜
机翼下的雪山朦朦胧胧
正好遐想一千年前
汉藏和亲路上
点播的那些足迹
以及岁月萌生的文明

时下的拉萨
冬日。缺氧。
经幡消瘦。
长街肃穆如格律
但唐柳依旧
几分眷恋，几分缱绻
于静默中吐露殷殷情肠
教人于静默中遥遥怀想
不老的少女

康巴人

哪有那么多音色让七弦去浪漫
哪有那么多彩色让氆氇来渲染

只有黑头帕、红腰带
红的是太阳、是血
黑的是夜色、是胆

《康巴的春天》站在舞台
康巴人站在无霜期之外

只有头断，没有肠断
身后是自古不化的雪山

糌粑一把雪一团
不漂泊天涯，只向往明天

明天在自己的手中
祖国在自己的心田
谁敢来割裂
沉默的是康巴人
不沉默的是剑

（以上选自《星星》诗刊 1990 年第 8 期）

徐　康

徐康（1943 年 7 月—），四川眉山人。先后担任四川省作协秘书长、副主席，巴金文学院常务副院长。著有多本诗集。

杜甫草堂

茅草，茅草
被秋风卷起的三重茅草
纷纷扬扬如乱发，飘落在
唐代多皱纹的前额
变成丝，变成诗
变成些五言、七律与新乐府
变成线装平装精装的
杜诗版本

一个面容憔悴的老人
颠踬在长安古道的尘埃中
双手如枯藤
手中的竹杖如长篙
想撑出这人世的苦海
然而不能

于是挣扎
挣扎出一些“三吏”“三别”的呼号来
(那时候他不知道自己
是一千二百年后的世界文化名人
也不知道杂沓的每一步脚印
都将成为学者们争论不休的题目)

马蹄踏踏，马蹄踏踏
黑压压滚过安史之乱的铁骑
天宝年的皇历被蹬破一个窟窿
露出一大堆白色的死亡

珍藏着版本的玻柜是透明的
历史和诗史，每一根肋骨都清晰可鉴

带电梯的广厦站立在锦官城里
透过窗眼看草堂如看一幅古画
画外音
是些车辚辚、马萧萧、声啾啾
叩着《年谱》的铅字
老杜的竹杖声渐行渐远
然而勾人心魄

我沿着平平仄仄有格律的石径
走进去
成为一名并非游客的朝圣者

李白故里

旅游车，碾着《蜀道难》的音韵
把“噫吁嚱！危乎高哉”
碾成铺路石碾成通衢坦道
一个急刹车
眼前是太白纪念馆

为寻诗而来
为沾仙气、酒气、才气
而来

这里有洗墨池有衣冠墓
有三千丈白发
和一万卷诗书
有浪迹天涯的行吟图
只是
杨贵妃为你捧过的砚
高力士为你脱过的靴
这两件文物丢失了
在老百姓的传说中才能找到

我走进诗意画廊
在簌簌风声中，听你
唱《子夜吴歌》唱“峨眉山月半轮秋”
听你
醉卧在长安市上打鼾。一时

天子的威仪使臣的谗谤皂隶的吆喝
全都被鼾声淹没

毕竟是侠骨仙肠不肯摧眉折腰
太白太白，你太洁白
青莲青莲，你过于“清廉”

终于，你捉月江心骑鲸而去
留下点灯山的灯火照后人夜读
留下谪仙渡（念你的德行从不收船钱）
留下“磨针溪”磨砺了读书人
一千二百年的意志

也留下这故里
让一辈辈造访者
接踵而至，用脚步书写墓志铭：
你属于中国，属于
古中国今中国和未来中国

东坡赤壁

东坡赤壁，原名“赤鼻矶”。在湖北黄冈境内。苏东坡晚年曾谪居于此，著有《前赤壁赋》《后赤壁赋》《念奴娇·赤壁怀古》等名篇，此地遂因东坡之名而名扬海内外。我 1984 年 10 月曾来此一游，面对浩渺烟波，不禁感慨系之。

江城白酒三杯酽，
醉红了一张“赤鼻”。
睡仙亭上你一梦醒来，
美髯上留着九百年前的晨曦。

你是从沙湖道中载雨而回？
一路吟啸，何等的不拘形迹；
你是从“东坡”耕罢荷锄而归？
翩翩笠屐，依然是那般飘曳。

你是重游了赤壁踏月而返？
不知昨夕可有好酒，可有鲈鱼？
那江上清风、山间明月，
可又被你信手濡染成新的诗句？

赤壁之游乐乎？
我禁不住频频问你；
你笑而不答，却倚杖问我：
君自眉山来，可带回故乡消息？

我说那一株并蒂丹荔，
望归，望归，望穿了云霓；
我说那一池洗砚春水，
想你，想你，想枯了水底。

你手植的银杏，绽放出簇新的花絮，
你钟爱的莲池，蓄满了一池的瑞气；
岁岁你的生日，乡亲们置酒等你，

先生，先生，你几时归去？

忽有孤鹤横江东来，
又嘎然长鸣振翅往西。
回头却寻不见先生你的面影，
只剩下一抹斜阳，映照着火红的赤壁……

（以上选自《徐康文集·诗歌卷》，四川人民出版社 2018 年版）

熊远柱

熊远柱（1943 年 9 月—?），四川宜宾人。为“工人诗人”代表之一。著有诗集《五彩的风》。

没有手指的吹笛者

——给一位荣军演奏员

嘴唇
那微微颤动的嘴唇
爆发过呐喊的惊雷
碾过了
焦黑的泥土、钢盔和散落的履带
此刻，轻贴着一管短笛
吻着一截家乡的竹子

最摇撼心灵的
是那支断臂
笛孔上像曲轴般的往复
我看见一个生命
黄金的轮子
从五线谱上滑过了

碎石般的峰群
和黏糊糊的水雾
仿佛是在追求
那么急切，执着而充满信念
呵，美！旋律
在我心屏上轻轻扫描
于是，我视网膜上
流过了宽阔的江河、白帆
和水鸟的飞影
筑起了繁华的城市、高楼
和伸向云朵的电视塔
最动人处
是那排排烟囱
伸向天空，手指一样展开
梳理着云霞，风
和彩色的时光
仿佛那轰响的一瞬中
他，丢失的手指
并未丢失
这时，我看见那个吹笛者
眼的窗棂中，闪出了一丛
带露，含笑的花影

我不知道他的心房
铺压过多少痛苦的积雪
当他从弹坑旁的战地医院
第一次醒来
阳光已在仅存的眼中暗淡一半

而人生却在手中双倍地沉重
那时，他和我们一样年轻
青春对未来饱蕴着深深的爱情
我不知那些不眠的白天和夜晚
怎样从胸前的白被单上
艰难踏过
我也不知后来的“荣休院”
他怎样选择了这根竹笛
又怎样从笛孔中
灌进了一个一个季节的风
搅着那带有血丝的呼吸
然而他终于撕下了心上
带血的绷带
站了起来，面对
无数宽阔、厚实、起伏的胸膛
横起了一道凝固的金光

就这样他一次又一次倾诉着
枪托上萦绕的梦境
倾诉着弹雨中仆倒的战友
留下的向往
并模仿出嘹亮的号声
高昂的汽笛

啊，可敬的吹笛者
我看见那手中的竹节已经复活
在音符的开放中
伸展出茂密、绿色的枝叶

这里我将采下一截截乐句
插活在荒芜之中
不管是在大地，天空
还是在那心上

（选自《星星》诗刊 1982 年第 3 期）

谭　楷

谭楷（1943年12月—），本名胡世楷，生于四川中江。《科幻世界》杂志创办人之一。著有诗集《星河雪原》、报告文学集《孤独的跟踪人》《让兰辉告诉世界》《枫落华西坝》、小说集《西伯利亚一小站》等。

星河世界（选二）

只要你站在坚实的大地上，
就要面对夜空，面对星星。

——题记

地球，一颗旋转的星

哥白尼说：地球是旋转的星，
顿时，全世界的教堂八级地震！
发疯了：监狱，神甫，圣经，
齐来绞杀哥白尼响亮的呼声——
这句话和布鲁诺一齐押上火刑柱，
这句话和伽利略一齐绑上了法庭，
这句话被酷刑拷打黑夜监禁，

这句话经鲜血浇灌生命抗争，
这句话像雄鸡一声长啼。

唤醒了，科学文化的灿烂黎明。
今夜，人们在星空下自由呼喊：
地球，也是一颗五彩斑斓的星！
——不，它比群星更值得骄傲，
因为它有探索真理的勇敢魂灵！

月光曲

好美的月光，似水银倾洒……

凝望月亮上绰约的旱海山峦，
我想起四世纪初。古城亚历山大。
一位女天文学家被圣教徒绑架，
浑身剥得精光，用贝壳活剐！
剐掉皮肤，剐去了生命，
只有她爱恋的星星，无法剐下……
如今，她高高地站在月亮上，
那美丽的环形山，就叫希帕蒂娅。
月光，是她复仇的宝剑出匣，
把教堂华丽的外表狠狠剐下，
留下黑魆魆阴森森一具鬼影，
像巨大的孤坟，举着死的十字架。

啊，月亮，辉耀万代的光华……

（选自《星星》诗刊 1979 年第 11 期）

黄兴邦

黄兴邦（1944 年 1 月—），重庆人。曾为《红岩》文学杂志社编辑部主任、编审，现为《银河系》诗刊编委、重庆新诗学会副会长。著有诗集《乐府采诗官》等。

梧桐巷轶事

青石小路，砌成一根别致的
独弦，但弦上的丁香雨杏花天
早随上古的仕女远去了

小巷深处，那最后一个小丫
怎么也不明白，没有梧桐
何来这条梧桐巷，她的乳名
怎会是栖息梧桐的小凤

据说庭院龙井连通大水
于是她日日倚着井栏，俯听，听
那远方，何时泛起潮汛

潮水来了，隆隆的裹挟

千面云旗万匹风马，铺天而来的
大厦群高速路商贸区，轻轻
一拐弯，都市的街名录上
瞬间就消失了这条小巷

小凤不再是韶年时节
只会小巷中捉迷藏的叮叮猫了
一夜之间她已成熟，当她
步入“凤来居”舞厅消夏，没想到
第一次赴约，便拾到了属于她的
凤凰与梧桐的故事

自此，她独爱听，那只
独弦，铮铮琮琮，袅袅悠悠
像是在回味被遗忘了的，那一段
美丽的小巷

（选自《星星》诗刊 1993 年第 4 期）

乐府采诗官

所有的官府
都是高马进肩舆出
唯有乐府的衙门
直接连着阡陌田垄

你采诗
总是布衣芒鞋
手举一只奇怪的铜铎

俚谣徒歌
全被那个铜铎点化为
只只紫燕
本想驱它们飞进
天子的朝堂
它们却
年年在百姓檐下
筑窝

这些燕子
无须凤凰的翎羽
无须鹦鹉的巧喙
只缘是从你们的袖中飞出
它的双翅便剪断了历史的
巧伪，衔来的风景
既明丽
又清纯

（选自《乐府采诗官》，成都出版社 1994 年版）

杨　牧

杨牧（1944 年 3 月—），四川渠县人。曾任新疆维吾尔自治区文联副主席、《绿风》诗刊主编、四川省作协副主席、《星星》诗刊主编，现为中国诗歌学会副会长。著有《故乡》、《复活的海》、《杨牧文集》（上下卷）等。

我是青年

作者自我简介：生于 1944 年，36 岁，属猢狲。因久居沙漠，前额已刻有三道长纹并两道短纹；因脑血热，额顶已秃去 25%左右的头发。

人们还叫我青年……
哈……我是青年！

我年轻啊，我的上帝！
感谢你给了我一个不出钢的熔炉，
把我的青春密封、冶炼；
感谢你给了我一个冰箱，
把我的灵魂冷藏、保管；
感谢你给了我烧山的灰烬，
把我的胚芽埋在深涧；
感谢你给了我理不清的蚕丝，

让我在岁月的河边作茧。
所以我年轻——当我的诗句
　出现在人们面前的时候，
竟像哈萨克牧民的羊皮口袋里
　发酵的酸奶子一样新鲜！

……哈，我是青年！
我年轻啊，我的胡大！
就像我无数年轻的同伴——
青春曾在沙漠里丢失，
只有叮咚的驼铃为我催眠；
青春曾在烈日下曝晒，
只留下一个难以辨清滋味的杏干。
荒芜的秃额，也许是早被弃置的土丘，
弧形的皱纹，也许是随手划出的抛物线。
所以我年轻——当我们回到
　春天的时候，
你看看我，我看看你，
哈……我们都有了一代人的特点！

我以青年的身份
参加过无数青年的会议，
老实说，我不怀疑我青年的条件。
三十六岁，减去“十”，
正好……，不，团龄才超过仅仅一年！
《呐喊》的作者
　那时还比我们大呢；
比起那些终身不衰老的

　年轻的战士，
我们还不过是“儿童团”！

……哈，我是青年！
嘲讽吗？那就嘲讽自己吧，
苦味儿的辛辣——带着咸。
祖国哟！
是您应该为您这样的儿女痛楚，
还是您的这样的儿女
　应该为您感到辛酸？

我，常常望着天真的儿童，
素不相识，我也抚抚红润的小脸。
他们陌生地瞅着我，歪着头，
像一群小鸟打量着一个恐龙蛋。
他们走了，走远了，
　也许正走向青春吧，
我却只有心灵的脚步微微发颤……
……不！我得去转告我的祖国：
世上最为珍贵的东西，
莫过于青春的自主权！

我爱，我想，但不嫉妒。
我哭，我笑，但不抱怨。
我羞，我愧，但不自弃。
我怒，我恨，但不悲叹。
既然这个特殊的时代
　酿成了青年特殊的概念，

我就要对着蓝天说：我是——青年！

我是青年——
我的血管永远不曾被泥沙堵塞；
我是青年——
我的瞳仁永远不会拉上雾幔。
我的秃额，正是一片初春的原野，
我的皱纹，正是一条大江的开端。
我不是醉汉，我不愿在白日说梦；
我不是老妇，絮絮叨叨地叹息华年；
我不是猢狲，我不会再被敲锣者戏耍；
我不是海龟，昏昏沉睡而益寿延年。
我是鹰——云中有志！
我是马——背上有鞍！
我有骨——骨中有钙！
我有汗——汗中有盐！
祖国啊！
既然您因残缺太多
　把我们划入了青年的梯队，
我们就有青年和中年——双重的肩！

（选自《新疆文学》1980 年第 10 期）

汗血马

从古边塞诗的第一页
蹄声踏踏
一直驰进两千年后的草原之夜
你这汉天子梦求的良驹
你这波斯王艳羡的神骥
你这马，你这汗中透血的马
依旧虎脊一样的毛色

依旧虎脊一样的毛色
如天山石峰
风雪漂洗而不见淡褪
马毛蒸汗，马血腾烟
熏染了令人豪吟的激越
从青铜边驰过
从编钟前驰过
青铜铸进了你的啸音
编钟却敲不出今日的鼓乐

但你的蹄声敲得出。敲得出绿洲
不带一丝古韵的交响
敲得出草原
虽带古风，犹有新韵的日日夜夜
你是生命，你在演进
你不是模铸的古编钟
你是延续，是汗，是血

剽悍，强壮，洒脱，倜傥
因了血的灼沸而潮涨
炽情，励志，遐思，豪想
因了汗的流淌而奔泻
而那汗和血的交汇
一半洁亮，一半殷红
一半旭日出海曙
一半雪映天山月

于是有了草原上的姑娘追
爱情，也交给竞逐去优选
于是有了天山下的骑兵团
仇恨，也在狂奔中发射
而豪饮了马奶酒的民族
饮了汗，也肯流汗
饮了血，也肯流血
一切苍白无力的慵惰
都被马尾扫作残叶

你这汉天子梦求的马哟
你这波斯王艳羡的马哟
你这豪杰，你这精英
石窟中：你凸现而飞
史诗里：你永无定格

（选自《雄风》，上海文艺出版社 1987 年版）

余　烬

在我们行进的途中
谁给我们安排了这样一堆灰烬

辉煌的葬礼
想远在我们到来之前
就于荒原哔剥地燃烧
不知是哪队远足的
旅人、梦、干粮袋
在这儿翻来覆去的炙烤
对过往进行庄严的火葬

欲望始终在不可企及的前头
途中每一步都很真实
狼啸是竖耳可触的
寒冷是伸手可见的
夜色围过来一口枯井
有时唯火光最能解渴

几乎每个人说起今天都很激动
那些过往者当初也这样
要与之交谈却是永远地不可能了
他们的背影叫作历史
随风扬起
有时消逝得干干净净

留下一些植物的灰烬
荆棘的灰烬
也许并不是最冷的风景
悲壮和缠绵成为文字
最简单的经验
每个人都须重复一次
才能读懂

无法说清火光到底到哪里去了
那些旅人到哪里去了
茫茫天地无处寻觅
只有灰烬是一个事实
那些人走了是一个事实
我们来了，并且也要
燃一堆火
也是个事实

一根火柴热了又冷
一支香烟，冷了又热

（选自《边塞三人集》，新疆人民出版社 1993 年版）

廖忆林

廖忆林（1944 年 3 月—），四川平昌人。曾供职于四川省作协巴金文学院。著有诗集《梦帆》《情山恨水》等。

苦雨寒鸦

暮鸦
像是飞不回老巢的样子
盘旋着
寻觅着
找不到栖息的树

天籁死一般肃静
昔日的歌
化成了黄昏的雨

鸦，一双疲惫的眼睛
诠释着苦寒
将孤帆远影
译成一行又一行文字

站台断想

这脚下的泥土
抓一把
会流出泪来
哦！人生，总在戏剧般地
反反复复
折磨人快乐人

看手语，传感无尽的嘱咐
站台也欲启口开言
每当我只身远去
魂魄的一半总不愿随行

（以上选自《寻找家园》，黑龙江人民出版社 1997 年版）

钟朝康

钟朝康（1944年4月—），四川成都人。曾任《金牛报》总编。出版诗集《一个人的阡阡陌陌》。

在老木箱前

从箱底翻出昔日的忧虑，
从怀间掏出今天的欢喜；
真巧！借据和存折在箱前告别，
我揭箱盖的手，揭开关闭的记忆——

借据是贫困迫我茧手写的，
却未越过队长只批三元的禁区；
于是，它只好跟着沉重的长叹，
走进箱底，在我梦里栖息……

存折是我劳动致富的成绩，
为我载来全家久渴的希冀；
手里有了积蓄，不再拮据，
喜泪涤去满脸忧愁的痕迹！

今昔分别掂在我的掌心，
手的天秤撞起心的涟漪；
此刻，苦涩正让位于甜蜜，
伟大的转变也反映在我箱底！

该烧毁的我果断地烧毁了，
恨不能连同辛酸的记忆；
该珍藏的我疼爱地珍藏着，
一把锁，锁严我的心意……

（选自《成都晚报》1983 年 1 月 31 日）

雪　恋

一场大雪，飘下片片惊叹，
也飘下一幅声情并茂的画卷——

有的爱雪，却不敢同她联欢，
只有把依恋拥抱在被窝里面；
有的携风为侣，搂雪为伴，
用车轮紧紧追赶信念和时间！

有的雅兴和情趣都是笼中之鸟，
闪光灯的秋波只迷恋雪景花园；
有的奔向披着厚厚雪毯的田野，

脸上的红霞比蜡梅更鲜艳！

有的把雪捏成晶莹的弹丸，
掷出一串欢喜，击中一串呻唤；
有的用彩色把雪搬进画稿，
让她高洁的形象常年光照人间！
有的搬出盆盆钵钵一类宝具，
忙为来年一家餐桌储存笑颜；
有的把雪片读成紧急通知单，
用爱心敲响座座寒舍的门环……

啊，片片雪花在展开页页诗笺，
多少朋友在对雪抒写心底的情感；
雪地上的脚迹既是生动的文字，
也是种种心态赤裸裸的复印件！

感谢这场大雪赐我洁白的灵感，
才有《雪恋》赠君以代贺年片；
让我们变成朵朵美丽无瑕的雪花吧，
即使消融，也是人心渴望的甘泉……

（选自《星星》诗刊 1997 年第 12 期）

李祖星

李祖星（1944 年 6 月—），四川达州人。达州市作协副主席。曾任《巴山文学》《西部潮》杂志副总编。著有诗集《五彩的风》。

墨　溪

在你的琴声里沾了一滴
我便成了你画布上的风景
阳光里　一千只金鸟
扑棱棱
　　剪山剪水剪云
　　剪飘动的思绪
漫浸你足边的
都是朗朗上口的诗句

河床　清浅
眠于清流的
是那一泓半醉半醒的倒影
墨迹。真如郑板桥的那一笔
何时，笔锋一转
　　开一朵春　开一朵秋

一枚野生的月亮
种在你的封面　我的封底
渐渐熟透
我们都成熟起来
每一条不被踏践的心涧
都是你的源头

雪　线

越过这道疆界又怎样呢
真会变成不再浪漫的白蝴蝶
流泪的白蝴蝶
其实，蝴蝶谱在弦上
还是一支春天的曲子

雪线上杜鹃如握　如握的杜鹃
在我的眉梢上静静地开放
在雪原的面前静静地红
只是不敢伸出无皱之手
采你
如采你同名字的啼血的夜歌

海拔三千　如三千岁月
但不是你最后的高度

不忍仰头　看峰
把一座座依天雪岭视作皓首
只能透过你高大清癯的背影
轻抚这青青白桦
　　　林中鸟语
用手掌余温抚化冰冷的往事
心中淌出一股细细的暖流

耐不住抓一把青丝　辨认
自身的风景　属春属秋

（以上选自《星星》诗刊1987年第10期）

再　耕

再耕（1944 年　？月—），原名成再耕。重庆奉节人。曾任《青年之声报》总编辑、重庆新诗学会副会长。著有诗集《五色土》（合著）、《鸽哨飞越远山》等。

母　亲

夹竹桃
日夜守护我的小窗

夹竹桃是母亲栽种的

夹竹桃冒出泥土
走进我们这个世界
母亲则告别我们这个世界
回归泥土

夹竹桃很贱
没有任何照护
却长出绿油油的叶子
大团红的花白的花

我望夹竹桃
望母亲有红有白的一生
望见红的时间很短
短过转瞬即逝的朝霞
白的则很长
超过寒风抽打的雪原
碾压后结成的硬冰

母亲栽下的夹竹桃
是母亲又不是母亲
一样的是
都不以香气取悦于人
不一样的是
红与白
不一定是暖色和冷色
绽开的多是欢欣

夹竹桃望我
将小窗望成眼睛
我望夹竹桃
将眼睛望成小窗

（选自《鸽哨飞越远山》，成都出版社 1994 年版）

李霁宇

李霁宇（1945 年 2 月—），四川成都人。曾任《滇池》主编、云南省作协副主席、昆明市作协主席。著有诗集《希望三重奏》《无约之吻》等。

金顶佛光

想你也苦
寻你也苦
山路儿没有数
脚步儿没有数
只有你清楚

你把机遇化作
霪雨霏霏的大幕
——一场早已谢幕的
没有观众的演出

你对耐心偏爱
把时间投入
一幅水墨画幅
于是一切都掺了

无谓地渲染
等待的痛苦

我不等待
虚幻的幸福
我没有时间
放大自己的身影
放那么大——
半是浪费
半是恐怖

我是人
不需要光环
短暂的守护

草帽才是实用的金环
能将风雨遮住
下面是晴朗的脸
一如当初

（选自《星星》诗刊 1983 年第 7 期）

泼水节

载舟的水已泼尽
覆舟的水已泼水
三千弱水
都还给了土地

于是
在水火之间
在祸福之间
在是非之间
找到了吉祥如意的栖息地

旱季没有生命的雨露
雨季没有生命的阳光
我们
在这片土地上找到了泼水节
让灵魂湿淋淋地袒露
对水的畏惧和渴望
是人的灵魂么

灵魂的节日
在这一天披上盛装

（选自《星星》诗刊 1996 年第 2 期）

刘成东

刘成东（1945 年 3 月—），四川蓬安人。曾任攀枝花市作协主席。著有诗集《黑月亮》《体验》《高原》等。

体验雷雨

攀上奔腾的山峰
我把绵薄的生命
种进黑风暴雨

面对黑压压的雷声
我只是一株与死亡交谈的小树
舞蹈般独自开放山野
完成一种紧抱山野的造型
一种疼痛，旺旺地
嵌入寺庙清癯的钟声
每一响钟声对我的描述
有如一只抒情的手
抚摸我荒凉的额头
我的双眼
有雨水汹涌

有没有佛光
这时候并不重要
重要的是坚韧，或者坚守
闪电，雷鸣，乃至风暴
都无法击碎那一种光灿
我反复掂量自己
掂量自己比岩石坚硬的目光
并为拥有这样的目光
激动不已

背后的田园，村庄，道路
支撑我挺直的脊梁
轰轰烈烈的荞麦花
开红春天的那些日子
以无形的力量散发芬芳
延伸我的天空
让我倍感亲切
我不能不以凝望的方式
遥想鸟的翅翼
怎样掠过雷雨的裂缝
划一抹唯一的去向

当铅色淹没山谷
淹没我最后的位置
从此，雷雨
成为长夜里最壮丽的酒浆
浇灌我分行的文字

（选自《星星》诗刊 1993 年第 3 期）

长风拍打赤壁

接近赤壁
听受伤的樯橹
啜饮一江涛声

船头余烬随风而去
只有一袭身影站立船头
那张脸仰向天空
很古典，很修养
一无牵挂地深入黑夜
任黯淡的星子
落进眼窝

唯手中诗稿攥得很紧
我知道那些句子
悲凉过荒芜的土地
悒郁过白骨盈野的古战场
神龟与老骥
也激动过千百万心灵
当风烟逼向船舰
你却以诗人的品格
接受水与火的挑战
从此，一次悲壮的战例
被中国人铭刻

这一刻

穿过推涌崖壁的浪涛
抚摸你诗歌的语言
我分明听到了
你的诗句纷纷扬扬
旗帜般跃上一种高度
汉魏风韵
如波澜，如长风
拍打赤壁

造访赤壁
一江涛声告诉我
有人在船头观沧海
听抒情的短歌
种进天空
敞向世界

（选自《星星》诗刊 2014 年第 6 期）

柏铭久

柏铭久（1945 年 6 月—），辽宁海城人。重庆市万州区诗歌创委会主任。

坤·土

广袤横亘的土地
山峦半睡半醒　牛羊遍布远方　肌肤下
什么在错动　摆尾　难以抑止
突然绽放
让我激动不已

一种伤口与生俱来
难以启齿　饱含苦难
母亲　感动我的
不是你的花容月貌
是深深的皱纹
保留刀锋割裂的疼痛和思念
还在打磨和加深

田野　太阳反射的光浮动着

岁月的浮雕千姿百态　还在塑造
但灌溉的水早已干涸
一茬又一茬
谁收割完自己一粒不剩　站在路口
还在观望从前残存的辙迹

从泥土到泥土　唯一的
深井　人们采掘着泪水和血液
只剩下唯一企盼的碎片
而我们还像井底之蛙
把梦中的涟漪当成无垠的波涛
在自惭形秽的浪尖上　炫耀

离·火

幽深的洞穴
谁于绝望之中将两块无意的燧石
碰出艳丽的花朵
让寒冷愚昧的历史断折椎骨
如果我抱定记忆的芬芳
在风雨密林中与你邂逅
是返回还是继续前行?

如果我最后把自己点燃,
还不能抵达　影子尽头

明天还会有人怀抱丝绸
唱红世界？

把柴架起来　架起来
泥坯已在炭火中煅烧三天三夜
泥土的松软的气息让热血再度迷失流向

艮·山

就这样顶天立地站着
云已在峭壁上生根
不肯风化的双腿
支撑着家园和温暖

天　蓝蓝的一层薄纸
一行归雁剪贴何处
山外有山　手挽手　肩靠肩
血肉相连斩不断理还乱
像是聚会　奔走　伫望
这时喜马拉雅的白发被谁踩在脚下
放下手中有恃无恐的利剑

雪　落到念奴娇的词牌上　落到
陕北汉子白羊肚手巾上
秦商的后裔

浅浅皱纹下为什么挂着两行热泪
信天游游到高极处。无声胜有声
蚕丝般从心中又抽出
丝绸之路　下西洋之路……

（以上选自《红岩》1993 年第 5 期）

郑宝富

郑宝富（1945 年 8 月—?），祖籍江西南昌。原《成都工人报》编辑。著有《雪山晨号》等。

看鸟飞翔

鸟翅升空
让陆地沉降
把爱因斯坦的相对论
写在了翅膀上

地面很窄
宽不过鸟的羽毛
天空很低
高不过鸟的一对翅膀……
因为不独占任何空间
才拥有全部空间
因为不需要任何赞赏
才获得所有赞赏的目光……
看鸟飞翔
你便看懂一部时空哲学

看鸟飞翔
你就获得了一种人的思想……

（选自《星星》诗刊 1991 年第 10 期）

故乡的草帽

戴上自故乡带来的草帽
我的故乡便在头上了

在没有河流流淌的城市
故乡那条梦幻般的小河
那凉悠悠的水声
便在我的头顶上喧响
在只有楼群和建筑物的长街
故乡那方绿丝帕一样
　柔软的麦草地
便在我的额际芬芳和波浪

我甚至感到有成群的
翅羽上挂着翠绿阳光的鸟们

正从我的发梢上扑棱棱飞起
写意在被三月雨清洗过的
湛蓝的晴空……

有一只蝈蝈
正悄悄地爬到我的耳根边
背诵一些王维的诗章……
哦把故乡的草帽戴在头上
在这个远离大自然的
铅灰色的都市里
我便拥有了一方
属于大自然的
草绿色的故乡……

（选自《四川文学》1992 年第 6 期）

郁小萍

郁小萍（1945 年 8 月—），女，贵州毕节人。曾任《剑南文学》编辑、副主编。著有诗集《爱的注视》（合集）。

勿忘我

淡蓝色的花开在崖上，我不望你
不望你却有幽蓝的火燃在心里
你风中的叮咛如四月的轻烟
走多远也听得见那轻轻的叹息

悬崖上摇曳的蓝色的梦。我不想你
不想你却把你别在我贴胸的衣襟
忘得了的是来路的冷峭
忘不了的是前途的迷离

殷蓝的名字是一首神秘的诗。我不爱你
不爱你却喃喃低吟着你的芳名
缪斯在蓝蓝的芳菲中隐藏
隔着山崖，你和我道一声“永不忘记”

（选自《诗人》1985 年第 4 期）

墙

有了这些不合章法的剪贴
墙，便不再成为一种阻挡
如水的目光就能潺潺流进
绿得能溶化忧伤的镜湖
贫血的唇，就能在阳春
找到一株能莞尔绽放的枝头
飘浮太久的意识
就能沿那条林中小路
把舞台顶光般的太阳和温柔的落叶踏响
而唱晚的渔舟
装不装满清风都无关紧要
只要于渐浓的墨黑中
挽留一绺难以褪尽的橘红

墙也是一种辩证
既能割断情思
就能张贴希望

既然接受了
天空飞鸟和榕树的煽动
因病躺下的目光
就能重新呼啸为
一股穿透力
那么网即使是砖砌的
又有何妨

愿望是不会死去的生命
心是永远等待的土地
只要相信
就永远不会错过季节

（选自《人民文学》1987 年第 8 期）

欧纯定

欧纯定（1945 年 9 月—），生于四川富顺。著有诗集《琴弦上的颤音》《人生茶座》《不只是为了歌唱》。

老　宅

如一本发黄的家谱
汗渍渍的，虫咬霉变
像一个病入膏肓的老人
刹那要离开人间

总是在屋檐下低矮
木门开启，楔进喇叭的感叹号
几代人，在这里清白一生
在这里饥寒交迫
在这里春暖花开……
总觉得有人在唤我
我踩着亲切熟悉的足音
好些东西掂了又掂
不绝如缕的往事立刻浮现
我不能忍痛割爱

篾墙，灰瓦，檩子稀
透风，裸雨，烈日晒
木格窗浑浊的老眼
不能居高临下怎么远眺
空空如也的土碗
苔痕斑驳的木桶
结网的蜘蛛，跑来窜去的老鼠
石磨，碓窝哪一样
不苍凉沉重
了无人烟的灶头和锈蚀的
厨具冷寂了千年

还记得，呈平行状
窄窄的两张床
是逆流勇进的船
风狂雨骤时，我们正在闯滩……

难怪，西干道
在蓝图上命名时，因为要动迁
老爷爷坐在祖传的木椅上
打盹……

（选自《富顺作家作品集》，现代出版社 2015 年版）

况明先

况明先（1945 年 10 月—2007 年 4 月），四川射洪人。曾在第二重型机械厂工会工作。

鸟

我曾为一片树林守望
祝福每一个雨季来临
我曾让你把巢筑在我的掌心
用那些随处可见的落叶
温暖生命的每个日子

你使我想起一座村庄
想起青苔和炊烟笼罩的乡情
想起我的竹笛和你的啁啾
填满无忧的早晨和黄昏

你的一千片羽毛
是我周身葱绿的一千片叶子
我们同时为经年的渴望
世代厮守在长满庄稼的土地

沿袭了家族淳朴的品格

自由的鸟儿啊
你终于飞向天空
远离了我的身体
如我远离了我的父母
魂牵梦绕的应该是谁

从此一看见你
就有两行冲动的热泪
打湿大片大片的往事

我想有个家

这个渴望一直在我周身生长
炊烟牵着疼痛多年的目光
随一种温馨上升
在布满寒风和雨水的天空
慰藉我心灵的疲惫

每个有阳光的好天气
家的檐下总会晒着我的身影
来自伤口的孤寂
在爱抚中停泊流浪的歌声

河流拐弯的地方
我的目光穿越一扇大门
用一捧清水洗去苦难
然后打开窗户
遥祝那些还在远行的人

我想有个家
息下来浸入一杯酒里
品尝人生经历的许多滋味
坐望如鸟的时光掠过残雪

（以上选自《诗刊》1992 年第 11 期）

傅天琳

傅天琳（1946 年 1 月—），女，四川资中人。重庆出版社原编辑，编审。著有诗集《绿色的音符》《在孩子和世界之间》《柠檬黄了》等。

梦　话

你睡着了你不知道
妈妈坐在身旁守候你的梦话
妈妈小时候也讲梦话
但妈妈讲梦话时身旁没有妈妈

你在梦中呼唤我
孩子你是要我和你一起到公园去
我守候你从滑梯一次次摔下
一次次摔下你一次次长高

如果有一天你梦中不再呼唤妈妈
而呼唤一个陌生的年轻的名字
那是妈妈的期待
妈妈的期待是惊喜和忧伤

墓　碑

我逆血而来
看望九百九十九座坟茔
我的天空呼啸着淌泪

满眼墓碑
赠我众多儿女的名字
母性悲恸无声
我怎能体会四月在这儿的残酷
怎能咀嚼红土和蕉叶的火焰
怎能抵御箭茅草异样的体香

这些年轻的墓碑
十八九岁的枪支
像从土地长出的庄稼
刚刚拔节，灌浆
来不及收获就倒下了
我想，他们和它们
有如人的信仰和枪支的宗教
已合为一体
共同的沉默公式和牺牲法则
讲出了夜是自己的
白昼属于花鸟

我站在巨大的伤痕里
阅遍天体和掩体

我听见灵魂附在耳边说
士兵，是短暂而不朽的亘古式枪支
枪支，是英俊而潇洒的亚热带型士兵
士兵在光荣的深处
枪支在艰难的壕堑
相互拥抱，追溯彼此的起源

此刻，凝固的血
以新的平静汹涌
坟茔佩戴着新的露水和鲜花
为沉思而沉思
战争一身鲜红地流入苍翠
灌溉历史
无愧于最高的山峰
而我诗的坡度
始终难与痛惜平衡
万古青苍之下，哀乐轻抚
流水潺潺
我相信每块石碑都在倾听

让我们回到三岁吧

让我们回到三岁吧
回到三岁的小牙齿去
那是大地的第一茬新米

语言洁白，粒粒清香

回到三岁的小脚丫去
那是最细嫩的历史
印满多汁的红樱桃

三岁的翅膀在天上飞啊飞
还没有完全变为双臂
三岁的肉肉有股神秘的芳香
还没有完全由花朵变为人

一只布熊有了三岁的崇拜
就能独自走过百亩大森林
昨夜被大雪压断的树枝
有了三岁的愿望就能重回树上

用三岁的笑声去融化冰墙
用三岁的眼泪去提炼纯度最高的水晶

我们这些锈迹斑斑的大人
真该把全身的水都拧出来
放到三岁去过滤一次

柠檬黄了

柠檬黄了
请原谅啊，只是娓娓道来的黄

黄得没有气势，没有穿透力
不热烈，只有温馨
请鼓励它，给它光线，给它手
它正怯怯地靠近最小的枝头

它躲在六十毫米居室里饮用月华
饮用干净的雨水
把一切喧嚣挡在门外

衣着简洁，不懂环佩叮当
思想的翼悄悄振动
一层薄薄的油脂溢出毛孔
那是它滚沸的爱在痛苦中煎熬
它终将以从容的节奏燃烧和熄灭
哦，柠檬

这无疑是果林中最具韧性的树种
从来没有挺拔过
从来没有折断过
当天空聚集暴怒的钢铁云团
它的反抗不是掷还闪电，而是
绝不屈服地

把一切遭遇化为果实

现在，柠檬黄了
满身的泪就要涌出来
多么了不起啊
请祝福它，把篮子把采摘的手给它
它依然不露痕迹地微笑着
内心像大海一样涩，一样苦，一样满

没有比时间更公正的礼物
金秋，全体的金秋，柠檬翻山越岭
到哪里去找一个金字一个甜字
也配叫成果？也配叫收获？人世间
尚有一种酸死人迷死人的滋味
叫寂寞

而柠檬从不诉苦
不自贱，不逢迎，不张灯结彩
不怨天尤人。它满身劫数
一生拒绝转化为糖
一生带着殉道者的骨血和青草的芬芳

就这样柠檬黄了
一枚带蒂的玉
以祈愿的姿态一步步接近天堂
它娓娓道来的黄，绵绵持久的黄
拥有自己的审美和语言

（以上选自《傅天琳诗集》，重庆出版社 2015 年版）

冉晓光

冉晓光（1946 年 3 月—），重庆奉节人。重庆市万州区作协副主席、《三峡诗刊》主编。著有作品集《夔门月》《黛水之缘》《路碑》等。

浣花女

涓涓的浣花溪
婷婷的浣衣女

一半俏丽
映在岸边
一半娇羞
荡在水里

灵巧的双手
搓出多情的涟漪
水是柔柔的
心也柔柔的

（选自《星星》诗刊 1992 年第 2 期）

鄢家发

鄢家发（1946 年 8 月—），出生于重庆万州。《星星》诗刊原编辑，编审。出版有诗歌、散文集《寂地》《边地雪笛》《回望与歌谣》等。

巴河　野渡

袅袅……
仍是错金之编钟，石室之晨鼓
仍是桑麻，稷，菽豆
仍是饰以兽面，蟠夔的巴渝之舞

……远远的峭壁悬崖之上
墓穴棺悬，缀着肃然古意
黄帝哟，太皞……

啊，大峡谷之下
若有巴人在吹箫
借问归期，遥遥……
仍是夜雨巴山，仍是水涨秋池
仍古渡湍湍，仍野渡无人
而一樽船棺，如在泊渡

如在渡河

划哟，划哟，划哟
啊，吾之巴人哟

（选自《中国二十世纪文学作品选读》，西南师范大学出版社 2009 年版）

一个老人总梦见船

说着说着……　也许那一个
还在峡谷弄船负荆的人　真的老了
他时不时梦见一只早已不存在的船
有点七零八乱　分不清哪是礁石滩汐

哪是漩涡　或深不可测的险　那些
河上漂浮的行尸稻草　矢菊残舨
和最初的白帆　从云水之上跌落
那些噩梦缠身的夜　他仍在划……

比时间更远　比苍茫更苍茫
浊水更浊　比清者更清　那些激流
滩石闪电　悬崖上的雷　是多年的
伊人故知　好兄弟　暗笑的陷阱
刀痕　杯盏狼藉　早已化作陶潜归去来兮

可那只船老了　仍留在老滩古渡

巴人子氏　他是从河谷峡滩中来的
是的　船带着许多暗伤　断裂之痛
透过阳光与雪　冷且透明
当夜深人寂　在脊骨里嘣嘣作响
穿过夜　穿过早年的秋风寒霜
呼啸着时间的厚尘　云影中飘摇的幻
和那峡谷上　一面面石壁的帆
古夔的长啸……

是的　他仍在划

（选自《环球人文地理》2012 年第 9 期）

卜占者·雪

远山。很远
雪没有融化……
这是大凉山一个来得很迟的春天
我仿佛仍在瓦黑河谷转弯处，用
双足测试着水流的温度……

一切都模糊了，已记不清是哪
一个秋天的正午，在索板桥下的

河滩上，我曾拾起那一枚奇石
那暗红象形斑纹，正如一
个远古彝人祈火而燃烧的图像
……晶砾握在我的掌心
我试学着卜占者一样卜占，眼里
却顿时一片浑然苍茫……

似乎什么也模糊了，那时我
不知怎样蹒跚地回到临河
的旅店，这枚石砾在手中
一阵寒凉，如一河潺流而忧郁
远逝的曲谣的淌动
让我的心隐隐疼痛……

我不是卜占者
但我在河滩的转弯口
看见一位毕摩老人胸襟上
燃起一团火，正涉江而去
……
远山、雪
仿佛正在融化……

（选自《回望与歌谣》，中国三峡出版社 1997 年版）

王国云

王国云（1946 年 9 月—），笔名于一，出生于四川成都。曾任《中国铁道报》记者、文学创作辅导干部。自 20 世纪 60 年代初开始发表作品。

激战“水帘洞”

穿峒上山岗，
满眼山花放，
片片五彩云，
飞挂在山梁。

呵，好一座地下长廊，
引起我战斗的回想，
当年激战“水帘洞”，
筑路战士气宇昂。

如柱的水流，
像捅开了五湖三江，
摸不透底的地下长河，
像大海滔滔翻巨浪。

本来是进山开路，
万没想到能领受这海洋风光，
开山工的对头本是山，
今天又要激战海洋。

哪管你千丈冰岩盖顶来，
哪管你万吨水流冲身上，
皆因天安门紧靠咱身旁，
要修起地下铁道万里长。

而今列车穿山去，
凯歌高奏在成昆线上，
看当年酣战的“水帘洞”，
已变为雄伟的地下长廊。

告别大山

我们从隧道走出，
数着一根根新铺的枕木，
背上行装远去，
有多少话要向祖国倾吐……

别了，我们战斗过的大山，
别了，我们战斗过的峡谷，
回忆我们那不平凡的交往，

心中又擂起往日的战鼓。

记得我们刚进山那天，
你站在面前把我们威胁吓唬，
嗬！大山你睁眼看看，
站在你面前的是硬汉还是懦夫?!

铁锤打断多少把，
钢钎磨成光杵杵，
不怕你岩陡石头硬，
筑路大军要把山降伏！

看而今群峰敞开宽阔的胸脯，
迎接汽笛的欢呼，
大山列队向我们敬礼，
欢送筑路大军开赴新的征途。

（以上选自《四川文艺》1974 年第 8 期）

任正平

任正平（1946 年 9 月—?），重庆人。曾任职于《读者报》、四川少年儿童出版社。1973 年始在报刊发表作品。

他哼起旧时的歌

沉默多年仿佛像个哑巴
如今也难听见他说几句话
只是常常哼起一支旧时的歌谣
把他憋不住的喜悦和激情表达

太阳出来磨盘大
你我都来纺棉花……

听着这和我母亲一样年迈的歌
我想笑，泪珠儿却簌簌地滚下
二十多年的凄风苦雨
他心里一直纺着陕北那团棉花

无望中执着地孕育希望
深情地捻着那一根长长的银纱

这根坚韧的细线牵着他生命的风筝
飘啊飘，从严冬飘到如今冰消雪化
磨盘下的小草才发了芽
磨盘大的太阳才属于他

（选自《星星》诗刊 1980 年第 12 期）

蔡应律

蔡应律（1946 年 10 月—），四川会东人。著有《应律选集》《台湾纪行》等。

在公共汽车上

两根纤细的竹签
不停地交错
像一对鸽子的喙
在呢喃细语
高高翘起的右手小指拇
挑着俊俏
绵长的毛线，在这里
松松地绾一个环
同时，加进去女性的
柔情和爱
然后，再动脉般地
向前延伸
这是一根没有头的
蚕丝，带着温热
自她的怀里抽出

最后，在她并拢的腿上
交织成一首抒情小诗

我注意到她黧黑的脸庞
和她塞在网袋里那
溅满灰浆而又
被紫外线漂白了的工装
以及
按在铝盒里的午餐
一本卷了角的书
一只会跳的铁皮青蛙
家庭、社会和
三十来岁的年龄
赋予她
多重的身份
而工作、学习和家务
如钱塘潮般涨起来的生活
正从四面八方伸出
皱皱巴巴的手
向她讨取着精力

然而她是自信的
看来，她已经解决了
生活要她正面回答的
“盈不足问题”
于是，就用了沉静
面对车厢里的
吵嚷、抱怨、嬉笑

和不表示任何意义的打量
更用了自祖先那里
承接下来的勤谨
牵引着疲惫，把自己
被分割成条条块块的时间
联缀成
一个圆满的生命的整体
奉献给现实……

看得出来，她在
织一只袖管
（我想，那离心脏最近的
贴胸贴背的部分
一定已经最先织好）
多么宽大的一只袖管
那是按照一双粗壮有力的胳膊
而设计的
——她真幸福
能为这样的胳膊
操心
并得到它的拥抱……

汽车在行进
载着她和她在膝头上
只写了一行半行的诗
驰向
那一片刚醒来的建筑工地

（选自《星星》诗刊 1983 年第 2 期）

向求纬

向求纬（1946 年 11 月—），重庆万州人。曾任重庆市作协副主席、万州区作协主席。作品被收入国内多种选本。

离　别

离别是一条小花蛇
凉凉的滑滑的湿湿的
山妹的羊儿无心吃草了
山妹辫梢的发结掉了
顺着草丛抖抖地寻找

离别是一缕悠悠的云
云不知道云下面人儿的心
一包金针三颗两颗扎下来
山妹子没法手搭凉篷
把那云望成出山去的人

离别是一帧褪糊的字帖
山妹子过了握笔的年龄
不习字的时候没人点拨

想习字的时候没那份心思
字帖薄薄的像山妹的福分

离别就是不再见面
离别就是避开世人
离别给山妹子丢一串悬念
也许是长长的一段年月
也许是短短的一步路程

（选自《星星》诗刊 1989 年第 8 期）

乡　思

一柄随身的扇
打开来没有折拢来有
扇时无风
停时有风
半丝丝儿钻进了眼眶
痒痒的湿湿的忍也难留揉也难留

一根红皮萝卜
白白的裹在红红的里头
红的是甜
白的是苦
不经意咬破了一层皮儿

红红白白掺和着苦苦甜甜地流

一只摆渡的船
离了又泊
泊了又离
谁那么轻轻添上一篙
滴溜溜转呀一张帆儿再难收

（选自《星星》诗刊 1990 年第 11 期）

马及时

马及时（1946 年 12 月—），四川都江堰人。著有诗集《树杈上的月亮》《中国孩子》等。

线　条

无论垂直或者平行　都笔直
笔直组成了现代东方建筑的基调
甚至建筑者的目光
也笔直

笔直的线条交叉在一起
竖的向高远深奥的天宇辐射
横的和古老的地平线一起延伸
笔直的线条有刀的锋刃
切割阳光
将自由的天空平分

于是　窗
便有了深沉的内涵
人类在平行和垂直的交叉点上

生存

最伟大的线条是垂直的
如高楼
最悠久的线条是平行的
如土地

（选自《绿风》1988年第5期）

麦熟的季节

翻开乡间醇厚如窖酒的回忆
农民还站在1981年的乡下认真种田
小麦金黄油菜金黄阳光金黄的日子里
田间到处都是金色的庄稼人
走进乡村的任何一个角落
你都能听见镰割麦秆如春蚕咬叶
悦耳的沙沙声

麦熟的季节乡间到处都是麻雀的歌声
麦熟的季节是农民最快乐的日子
熟麦金黄如凡·高躁动不安的向日葵呵
田间半裸男人赤铜色的胸大肌
让人想起古希腊的铜雕
村妇额头的每一滴汗珠上

都挂着一颗小太阳

好让人怀念的乡村繁忙的五月呵
割小麦砍油菜犁田淹水栽秧
连五岁的小儿也提着饭篮
为辛劳的父亲送去鸡汤

如今乡间的风景早已大变样
壮实的姑娘小伙都到城里打工去了呵
五月的农忙充满了回忆的忧伤
田垄啄食麦粒的那只乌鸦呢
该走的走了该飞的飞了
田间割麦的那个老人一次次站起来
久久地捶打着佝偻的腰

（选自《诗刊》2009年第5期）

李北兰

李北兰（1947 年 2 月—），女，笔名白兰、汪嘉，重庆北碚人。发表文学作品数百万字。

腊　月

腊月不是小雪花堆砌的
不用眼泪汪汪在寒阳里
等待消融的时刻……
腊月是香喷喷的柏烟烘出来的
腊月是懒洋洋的文火熬出来的
腊月是转悠悠的小磨推出来的
腊月是泡酥酥的米花打出来的
香的、甜的、糍的、糯的
红的、火的、方的、圆的
被金秋养得这般丰满厚实
腊月的阳气最稠最浓

那些拥有山名的男子汉出发了
谁愿辜负这红蜡烛引爆的日子？
当腊八粥在鼎罐里开花开朵
当爬山调在火塘边渐渐煨熟

甜甜蜜蜜的哭嫁歌唱开了
金金亮亮的迎新曲吹开了
大碗酒大块肉铺垫着话题
爆竹声唢呐声盖满了山路
腊月出嫁的女子最最聪明
陪嫁的是积蓄一年的欢歌笑语

那些背着乳名的异乡客回来了
黑泥土里有腊月开花的童年……
也许纸风车不再旋出豆哨
也许花灯笼不再照亮樵歌
而风车杆插地已长成相思树
而灯笼芯挂枝已燃起映山红
打开行囊多倒些人生辛劳
敞开胸襟多盛点乡情乡音
古朴山乡张开双臂拥抱游子
泪珠落地溅飞蓝天鸽群

还有谁不盼腊月望腊月呢?
腊月的过后是春雷勃发的季节
九个头的龙灯扎起来了
两头翘的龙船摇起来了
春光从姑娘的剪刀跳上玻窗
春意从小伙的笔头跃上门楣
当露水场的露珠连连炸响
当“大解放”的喇叭频频绽开
腊月随着秧歌调扭出山谷
流向打过阳尘扫过霜粉的晴空

（选自《诗刊》1985 年第 10 期）

杨远宏

杨远宏（1947 年 7 月—），重庆江津人。“整体主义”诗歌运动发起人之一。出版有诗集《涨落的诗潮》《喧哗的语境》《落幕或启幕》等。

颐和园

一支中国舰队
被一个中国女人击沉
至今，战火般的荷花
仍将浩渺的湖面
　燃得火红

（选自《星星》诗刊 1985 年第 6 期）

艺术家

终生刻画为了忘记
忘记是一种睡眠充足

　而优美的生存

刻刀伸向阳光和水
背景流星如雨
画笔斑驳使人想起图腾和葬礼
　想起天边的暮云

创造与毁灭合谋
阿尔的天空
悬着凡·高的血滴
裸女之岸石头奇形怪状
众影之影覆盖无边的回声

终生刻画为了一幅画
十字架下
艺术家的呼吸很均匀

（选自《后朦胧诗全集》，四川教育出版社 1993 年版）

范　明

范明（1947 年 10 月—），四川德阳人，现居重庆。现为《银河系》诗刊编委。著有诗集《步行者的风景》等。

行道树

摇篮远离成一个陌生的名词
在复印出的无数方格中
我们无限地复印出自己

决斗。面对
吃醋的雾
嚎叫的金属
捉摸不定的灰披风
我们长成西部电影中的硬汉
花岗石一样固体的
男人

夜里
我们却总是梦见故乡
梦见森林

梦见那些不同于自己的
很个性很姐妹的
女性。于是
我们无声地有了露珠
有了最液体最温柔的
眼睛

而醒来，我们
却无法知道，这一切
是幸，还是
不幸

（选自《步行者的风景》，西南师范大学出版社 1989 年版）

曾涵复

曾涵复（1947 年 10 月—），笔名寒沸，四川宜宾人。成都市天府新区华阳作协主席。著有《寒沸诗选》《寒沸石油诗选》等多部著作。

石油神

钻工打的第一口井喷湿过星星
从此大山里的钻工有着帝王的勇气
不再信仰经典和名人的片语
说话总选择挣脱锁链的字词

钻工不相信上帝不相信神
不相信外国人发明的空想主义
他们相信夸父追日
相信后羿射落的太阳化作石油天然气
相信女人是水做的
相信自己会死在钻台上
相信女人胸脯是自己躺下的土地

他们喜欢贾宝玉的温柔
喜欢矿长参加跳迪斯科华尔兹

不喜欢奴隶贾桂的俯首姿势
不喜欢书记板着电冰箱面孔的表情

他们知道地球是圆的如果允许
敢拿来当足球踢
知道钱有一种魅力
却没有买彩票的兴趣

他们从横着匍匐的传统姿势站起来
站成纵向开拓型的钻塔
不害怕犯方向或色彩性的过失
他们是一群思想超派的石油神
害怕地下没有石油
害怕山里没有女人

（选自《星星》诗刊 1987 年第 12 期）

徐建成

徐建成（1947 年 11 月—），四川荥经人。《四川工人日报》原主任编辑，现为四川省诗歌学会副会长。著有诗集《情潮》《美的流韵》等。

棋盘咏

铺展开经纬交织的山河地理图
安营扎寨　壁垒森严　战云密布
楚河惊涛滚滚　汉界十面埋伏
江山万里如画　气吞万里如虎

相同的山川地形　不同的棋之旅途
翻山越岭的炮　步步为营的卒
或在深宫吞吐日月　或在沙场风餐露宿
王有王道　士有士途　车有车辙　马有马路

战争似的游戏场　游戏似的战争谱
或举手弯弓射雕　或落子陈仓暗度
只杀得王遁象飞炮倾兵亡车翻马覆
只有这山河大地　直面这一局局兴亡荣辱

王之道

你道是歌舞升平高卧深宫
怎知这御苑太小　岁月太匆匆
伸腿　抖不落风花雪月
弯弓　射不透春夏秋冬

想那领兵的战车　八面威风
想那翻山的重炮　敢拼敢冲
即便是那些步步为营的兵卒
一旦过得河去　也是烈烈轰轰

王道在无可奈何中失重
横竖不准你披挂上阵亲自冲锋
局已残　拼老命来一回跨国攻击
将一道闪电　亮在星落风寒的夜空

车之辙

横也是车辙　竖也是车辙
前进　夺关斩将　撤退　慷慨激烈
你这踏破贺兰山缺的威武长车哟
不是三军主帅　却有主帅大将的气魄

你是出头之鸟　便有枪将你射
你是林梢之木　便有风将你折
象口士口马口兵口　都想畅饮你的热血
那远射程的炮口　更想成为你葬身的墓穴

既已身为战车　还怕什么前车之覆辙
该冲就冲　该拼就拼　该壮烈就得壮烈
看老王回天无术四面楚歌凄凄惨惨切切
你凛然扑向炮口　血沃原野　血浸宫阙

（以上选自《星星》诗刊 1998 年第 12 期）

蓝启发

蓝启发（1948 年 3 月—2017 年 4 月），四川泸州人。曾任泸州市作协副主席。作品发表于多家刊物，收入多种选本。

盛夏街头

到处是火辣辣的
谁不慎发怒
空气就会着火

流行歌曲太多的爱情
肥胖了城市的热度——
梧桐树的浓荫暗暗叫苦
从龟裂的心田缓缓流过

一段中国的竹子
狂热中保持清醒的歌
只因有几个圆圆的伤口
它的歌才如此成熟

（选自《星星》诗刊 1988 年第 9 期）

题兰亭墨池

几平方的池面
被不知多少平方的寂寞
笼罩着
他那一支支毛笔
像一尾尾游鱼
在这里沉沉浮浮
不知不觉中
长出了蛇腰长出了龙爪

有一天他站直身子——
中国的天空骤然耸起一座
书圣的额头

这墨池洗去了他
年复一年的白昼
今天的宣纸加倍偿还他
更加明丽的天空
他闭上眼睛好多年了
这墨池却是赠给他的
永远年轻的秋波
面对这小小的水池
大江大海不敢趾高气扬
并懂得了害羞

（选自《四川文学》2007 年第 11 期）

邓亨禄

邓亨禄（1948 年 4 月—），四川德阳人。历任德阳市作协副主席，什邡市作协主席。20 世纪 80 年代开始发表诗歌，作品收入多种诗歌选本。

理　解

是绿荷上落下的那只红鸟
在你的眼睛里燃成烛焰
才把竹篱边的白菊
摇晃成陶渊明的诗句
真难相信，狂奔的远山
在你的视网膜里变得温驯了
某一瞬间，当泪落风前的时候
你开始遍山采集红叶
为自己铺一条曲折的爱情之路
是的，人生的阶梯通向辉煌
谁叫你把风暴留下的云翳
过多地展示给纯洁无瑕的天空呢
快把瞳孔打开，让
囚禁已久的风去追逐远逝的帆影
找回失而复得的价值

隔夜的微雨打湿睫毛
白鹭飞向森林下的神秘
你潮湿的目光
停在金色的古银杏树上
寻找钟声结成的年轮
当小路上的枫叶褪尽红颜
所有的流水都在诅咒北风
你还在犹豫些什么呢
快抬起，抬起那汪涨潮的海
去淹没黑夜，盛满翅膀
于是，所有的阳光都向你涌来
所有的雁阵都为你弹响天空
唱到早梅未尽山樱发时
春天的月亮
不再从你的泪眼里落下
溅起一些江南的雨季
我开始收拢油纸伞，收拢记忆
眼睛叠印着眼睛
因为我理解，理解你

（选自《星星》诗刊1987年第5期）

王长富

王长富（1948 年 4 月—），四川广安人。曾任重庆《现代工人报》副总编、香港《文汇报》西南联络处代表。著有诗集《情河之月》《江海曲》等。

现代化古迹

——大娄山印象

某县花几百万元新建一磷肥厂，因无矿石，建成后就报废，当地群众戏称为“现代化古迹”。现在，办公大楼被临时改做党校。

伴着你的，是空旷险陡的大山，
破败的公路，像一根弹断的琴弦；
拨开青菜，我来寻觅名胜古迹，
竹林深处，竟意外地把你发现。

新建的厂房，每一座都洋溢青春活力，
高耸的罐塔，每一个都储满献身信念；
你怎能一诞生就变成了“古迹”，
我听见你不死的灵魂在大山里呼喊……

今天，“古迹”终于派上了用场，
幢幢新楼，住进了党校学员；

他们是来读马列的书的，
我劝他们，也听你作一次发言……

（选自《星星》诗刊 1981 年第 1 期）

面对人海

转动的人头转动着迷
茫茫人海，谁是你
陌生的眼波掀陌生的浪
一浪一浪扑打礁石
随意地扑来
又随意地离去……

我如礁石屹立人海
亦有礁石的固执
总会传来那一声呼唤
总会在期待中
有一缕陌生的熟悉

即使风永不回头
即使你永不出现
那么，看礁石吧
它身上斑斑缕缕
都是忠诚等待的痕迹

（选自《情河之月》，四川大学出版社 1993 年版）

万启福

万启福（1948 年 7 月—），笔名阿福、桐籽等，重庆北碚人。北碚区作协副主席。曾在《星星》《诗刊》《山花》《红岩》发表作品。

琥　珀

玉一般柔润
谁的睫毛粘上
眼光便像那片完整的蝉翼
想飞

红豆流泪
甜舞的蝶栩栩如生
晶莹的茧壳
裹千年不醒的梦
冷凝无声

冰封的或许不只是梦
是当年当日的一抹月色
朝阳尚未照影的一滴露珠

最真　最野
一抖破
就会石破天惊

（选自《星星》诗刊 1989 年第 11 期）

梅绍静

梅绍静（1948 年 ？月—），女，四川广安人。曾任诗刊社编辑。著有诗集《兰岭子》《唢呐声声》《莫望落叶风天》等。

买了一匹马

走了一趟河东买了一匹马
因为回乡马跑乏

九十九道梁哟九十九道沟
丢得下个家园甩不下个手

苦菜开花苦菜也老
惦记着妹妹　哥哥回来了

一对对沙鸽窑门前落
我是你了吗　你是我？哥哥

我是你呀你也是我　妹妹
咱二人飞起呀又飞落

人人都说咱们两个有
直到如今没有拉过手

（选自《星星》诗刊 1986 年第 12 期）

年三十

辣油葱花的香气，
羊腥汤的膻味儿，
在窑里飘。

“日怪，这老碗！”
手才焐暖，
嘴皮儿可起了泡！

你掂掂试试，
一碗就管饱！

“初一不敢打碗！”
话还这么安顿
娃娃们可是
“嘻嘻”地了。

把空碗端起，
又猛猛儿放下，

吓了老人一跳。

对碗盏的崇拜，
对碗盏的畏惧，
咦，他们哪知道？

（选自《中国西部文学》1985 年第 3 期）

日子是什么

日子是散落着泥土的小蒜和野葱儿，
是一根根蘸着水搓好的麻绳。

是四千个沉寂的黑夜，
是驴驮上木桶中撞击的水声。

是雨天吱吱响着的杨木门轴，
忽明忽暗地转动我疲惫的梦境。

是一颗含在嘴里止渴的青杏，
是山塬上烈日下背麦人的剪影。

是密密的像把伞似的树荫，
在我酸痛的胳膊上爬进地垄。

是贮存着清甜思绪的水罐儿，
正倒出汗水和泪水来哽塞我的喉咙。

（选自《当代青年抒情诗三百首》，贵州人民出版社 1985 年版）

吕文秀

吕文秀（1948 年 8 月—），陕西乾县人。曾供职于攀枝花市文联。著有诗集《忘忧谷》等。

画　家

画家的画布和纸
是瘠薄的土地
画家抽身走了进去
躬着腰
把耕耘的日子进行到底
习惯了用笔作犁
用染料作种子　一些温暖的季节
便从犁尖上　流泻出来
画家眯缝着眼
不断地　感觉纸张之外的世界
感觉是一种颜色　一种
比酒更令画家　陶醉的东西

时间的叶子
一片一片飘下

画家是其中的一枚
落在纸上
成为别人的风景
走过风景的人这么说
没有走过风景的人也这么说
于是　画家　成了名人
遗憾的是——画家
没有为自己画一条出逃风景的
小路

（选自《星星》诗刊 1989 年第 3 期）

削　竹

顺着你耿直的性格
溯源而下
梦上瘦竹
你经唐经宋
被郑板桥摇醒
竹：推心置腹
渴望自己变成绝句
削了几百年
才削好了一节竹枝词
不管是削是砍
你都出于自愿

手指：说长道短
砍刀：击节叫好

（选自《星星》诗刊 1990 年第 12 期）

龙　郁

龙郁（1948 年 8 月—），本名龙绪成，生于四川成都。著有《黎明·蓝色的抒情》《龙郁诗选》等十余部诗集。

我是砂轮

蝴蝶的翅膀追逐鲜花，
相机的眼睛摄取美景，
而我，却四处挑剔着毛刺，
因为——我是砂轮。

我是砂轮，接替着
熔炉移交的使命
爱生活，我自有特殊的方式：
粗的，磨光；凸的，磨平。

我旋转着，用高速旋转，
把闪电镀给把把刀刃，
怎容许，锈斑腐蚀钢的肌体
顽铁梗阻机器运行……

瞩目这飞速发展的时代
正由粗糙向光洁过度，
时代需要我用青春的棱角
去敦促理想诞生……

我献给生活的礼花，
乃是生命的火星。
在平湖般光洁的钢铁镜面上，
映照出我的另一种爱心。

（选自《星星》诗刊 1981 年第 10 期）

生命的光芒

不是夜明珠、萤火虫
我，本不会发光
小时候，曾被饥饿和贫困照亮
幸亏，也被母爱照亮

长大后，木木的我
被火柴照亮
于是，我也开始燃烧起来
被夜照亮，被黑照亮
当然，照亮我的——
还有诋毁、抹杀、诽谤

就在风雨飘摇的我快要熄灭时
总有一些翅膀拢过来
本不会发光的我
被关爱照亮……

是的，我活在人世
必须为那些照亮我的人发热
为养活我的粮食发光
每当我想到这个灾难深重的民族
已到了最危险的时候
就被热血和胆汁照亮……

其实，我的一生都在燃烧
终将化为灰烬，化为磷光

听　静

从高谈阔论中逃出
我只想听听：静
听静必须全神贯注，集中精力
将耳朵竖成一根天线

静就是空，天空的空
静就是远，遥远的远
静就是无，无限的无

这时，你才能够感觉出静的强大
和强大的静……

其实，所有的响动
无一不在静的掌控中进行
静是庄严的
静是肃穆的
静是神圣的
庄严、肃穆、神圣的静更是可怕的
达摩就是从静中悟出了道
静，是天籁之音

听静就是听禅
只有能让整个世界安静下来的人
才能够从混沌中
听出——朗朗乾坤

（以上选自《绿风》2016 年第 1 期）

宋学镰

宋学镰（1948 年 8 月—），四川彭山人。作品收入多种选本。

生活的地方

我看见一棵不知名的草　牵一根
小巧的藤　和一串闪烁的
五角形叶片　生长在
一个平淡无奇的地方

我们的小屋　正对着一条土路
那小草所在的平淡之地　也有泥土
也有水和阳光

我们举起的手臂
和那草藤发生着某种感应
我们的眼睛　在那五角形的叶片上
流成露水

我们生活着
牵着小巧的藤和闪烁的叶片

十分感谢那从我们身边走过
而随意留下的一瞥

谁还去区分这些

白天就这样来临了　白昼之光
洒在平静流淌的水上　洒在巉崖古怪的
皱褶里　放牧羊群的姑娘
淡灰色的衣衫
在绿草地上　和阳光一样
谁还去区分这些

白昼之光洒在林子里
藤在地上扭曲
有着很深的伤疤的树　在默默注视自己
林子是一个整体　谁还会去
区分这些　望着淡灰色的衣衫
在绿草地上　和阳光一样
羊群叫着　是一朵有声音的云
在平静的水面移动着
移动着　让人吃惊

水中的鱼

在春天妩媚的水中　游动着鱼群
那是最美的一条　如柳叶般细长的脊背
自由在薄薄的水中
一根看不见的钓线　如你的目光
在许许多多行人的路上　寻找
最纯情的女子　她的纯情
使她的背影
流露出某种光亮

你就跟随在她的后面　这样的鱼
总是在薄薄的水中　毫无戒意
你体会她拂过的风
开始感受文字和诗　线条和空间
我们用不着钓起鱼来　还它最根本的自由
这是保护善良和美的最好的方式
而我们所需要的东西
从这个世界上失去——我们就已经得到了

（以上选自《人民文学》1990 年第 10 期）

傅吉石

傅吉石（1948 年 9 月—），四川成都人。曾供职于《四川工人日报》。20 世纪 80 年代初期开始发表作品。

罗汉堂

金箔银粉装点着门面，
里面是一个昏暗的世界。
五百阿罗汉星守着成规，
全都得老佛爷说了算！
我珍爱劫后红尘的光明，
不肯尾随善男信女把偶像崇拜；
宁愿把心思托付给科学幻想之宫，
绝不存半点希望于这个虚伪透顶的古旧堂院。

哼哈二将

可惜你们的锦衣金甲，

亏你们各长一张嘴巴，
一个只顾哼哼，一个只会哈哈。
什么时候发表过独立的见解？
奉迎的功夫却十分到家。
怪不得那么受着宠幸，
一左一右专给佛门保驾。

弥勒佛

笑什么，笑？
你这胖叔叔的发家史我知道。
谄媚取宠你念念不忘“阿弥陀佛”，
对芸芸众生却摆出一副尊神的相貌。

（以上选自《星星》诗刊 1980 年第 12 期）

回光时

回光时（1948 年 10 月—），重庆人。在国内多家刊物发表作品。

空　椅

有目光
窥视我的黄金位置
在某角

寂寞中
昭示一种过程的完结
也是美
那片载夏而至的落叶
潇洒地旋转自己
改变无方向的方向
预言身后的金苹果
秋天多子
母性的温馨灿烂芬芳
我濯足其中
阳光
摄远远的山近近的水和我

构成意境
点睛之处
空椅上
两个灵魂的对话
正弥漫起
飒飒的风声

（选自《四川文学》1992 年第 1 期）

王敦贤

王敦贤（1948 年 10 月—），四川南江人。曾任四川省作协秘书长。著有诗集《当我揭下这一片苔藓》等。

这过滤了的阳光，我不要

你站在耀眼的阳光中了，而我，还踉跄在这一片阴影里。

是怜悯？还是安慰？你取出一方手镜，把一束身边的阳光投射给了我。

尽管我憎恶这裹住我的阴影，
尽管我渴求那能够照透我的光明，
但，这一束阳光，请你收回吧。
——这过滤了的阳光，照在我身上是冷冰冰的。
——它只是阳光的影子，只能眩惑我的眼睛。
我早已把我的渴望交给了我脚下的路，我坚信它能把真实的
阳光带给我。
这过滤了的阳光，请你收回吧。

幸福，一株奇异的植物

呵，幸福，世界上谁不在寻找你，可谁敢说他已经得到了你呢?

在寻求幸福的队伍中，我也是不知疲倦的一个呵!

多少次我夸耀攥紧幸福的果实了，可待它抽出了芽儿，才发现原来是不幸的种子。

多少次我绕开一丛丛荆棘（幸福怎会在那样的地方存身呢?），可走了远远的一程之后，偶一回头，却见幸福的红晕在那枝头灼灼闪耀……返身回去吗? 路，已被时间的深渊隔断了!

我高声咒骂这不可捉摸的精灵了，咒骂它虚幻缥缈。

“你竟然否认我的存在?!”一声责问却从我记忆深处传来。

是呵，怎能否认呢，那端坐在我记忆深处的不正是幸福么?

一株奇异的植物呵，幸福!
开花于你对它的憧憬中，
果实，却深藏在你对过去的思索里。

（以上选自《中国散文诗大系·四川卷》，广西民族出版社 1992 年版）

叶延滨

叶延滨（1948 年 11 月—），出生于哈尔滨。曾任《星星》诗刊主编、《诗刊》主编等职。现任中国诗歌学会副会长。著有《不悔》《二重奏》《乳泉》等多部诗集。

干　妈

她没有自己的名字

她没有死——
她就站在我的身后，
笑着，张开豁了牙的嘴巴。

我不敢转过脸去，
那只是冰冷的墙上的一张照片——
她会合上干瘪的嘴，
我会流下苦涩的泪。
十年前，我冲着这豁牙的嘴，
喊过：干妈……

我驮着一个“狗崽子”的档案袋，

到圣地延安，
为父母赎罪——
为他们有神的力量，
没有在监狱、炮火中倒下。
为他们有人的弱点，
在和平的年代也生下我这个娃娃！
为他们在语言当子弹的战场，
只会说实话的嘴巴，
被无数弯着的舌头打垮……

带色的风清扫这狼藉的战场，
我是卷进黄土高原的一粒沙。

连知青也像躲避瘟疫一样讨厌我，
丧家狗——实际，也不算难听的话。
“孩子，住到我们家吧。”
“不！我不需要听怜悯的话。”
“孩子，我们老两口也要个帮手，
我为你做饭，你替咱担水……”
也许，这只是一个借口，
但我的自尊的天平需要这块砝码！

从此，我有了一个家，
我叫她：干妈。
因为，像这里任何一个老大娘，
她没有自己的名字，
“王树清的婆姨”——人们这样喊她……

灯，一颗燃烧的心

穷山村最富裕的东西是长长的夜，
穷乡亲最美好的享受是早早地睡。
但对我，太长的夜有太多的噩梦，
我在墨水瓶做的油灯下读书，
贪婪地吮吸豆粒一样大的光明！

今天，炕头上放一盏新罩子灯，
明晃晃，照花了我的心。
干妈，你何苦为我花这一块二，
要三天的劳动，值三十个工分！

深夜，躺在炕上，我大睁着眼睛，
想我那关在“牛棚”里的母亲……

“疯婆子，风雪天跑三十里买盏灯，
有本事腿痛你别哼哼！”
“悄些，别把人家娃吵醒，
年轻人爱光，怕黑洞洞的坟！”
干妈，话音很低，哼得也很轻……
啊，在风雪山路上，
一个裹着小脚的老大娘捧一盏灯……
天哪，年轻人，为照亮人走的路，
你为什么没有胆量像丹柯，
——掏出你燃烧的心？！

铁丝上，搭着两条毛巾

带着刺鼻的烟锅味，
带着呛人的汗腥味，
带着从饲养室沾上的羊臊味，
还有从老汉脖子上擦下来的
黄土，汗碱，粪末，草灰……
没几天，我雪白的洗脸巾变成褐色，
大叔，他也使唤我的毛巾。

我不声不响地从小箱子里，
又拿出一条毛巾搭在铁丝上，
两条毛巾像两个人——
一个苍老，
一个年轻。
但傍晚，在这条铁丝上，
只剩下一条搓得净净的毛巾。

干妈，当着我的面，
把新毛巾又塞到我的小箱里：
“娃娃别嫌弃你大叔，
他这个一辈子粪土里滚的受苦人，
心，还净……”
啊，我不敢看干妈的眼睛，
怕在这镜子里照出一个并不干净的灵魂！

夜啊，静悄悄的夜

困，像条长长的绳子把手脚捆紧，
困，像桶稠稠的糨糊把眼皮糊紧，
困，像团厚厚的棉花把耳朵塞紧，
乏极了的身体在暖暖的炕上，
一团轻飘飘的浮云。
那闪亮的是星星么？不，是油灯。
那苍白的头发是谁？啊，是干妈。
夜，静悄悄的夜里我醒来，
只见干妈那双树皮一样的手，
在搜着我衣衫的缝……

也许，用诗来描绘这太粗俗的事，
我一辈子也不会成为诗人。
但，我不脸红——
我染上了一身的讨厌的虱子，
干妈在灯下把它们找寻。

妈妈，我远方“牛棚”里的亲妈妈呀，
你绝不会想到你的儿子多幸运，
像安泰，找到了大地母亲！
我没有敢惊动我的干妈，
两行泪水悄悄地往下滚……

“哎，准又梦见妈了，可怜娃！”
她轻轻抹去我脸颊上的泪花。

我轻轻在心里喊了一声妈妈。
啊，暖暖的热炕上我像轻飘飘的云，
暖烘烘的云裹着一颗腾腾跳的心！

我怎能吃下这碗饭

“我怎能吃下这碗饭，
干妈呀，我的好干妈！”

留给我的，
一碗米饭金黄，
洋芋酸菜喷香。
留给你的，
一碟苦苦菜，
一碗清米汤，
一个窝头半把糠……

“你不要说，
你不要讲，
要不是我碰上，
你不会说，
你不会讲，
你还会像昨天那样，
笑着看我吃得多香……”

延安啊，革命的穷娘，
贫瘠的山岗，
枯瘦的胸膛。

给人吃米，自己吞糠，
过去这样，现在这样，
见到三五九旅的老将，
当儿孙的咋有脸讲?!

我用颤抖的双手捧着碗，
像婴儿捧着母亲干瘪的乳房……

我愧对她扯的白发

十年，在九百六十万平方公里舞台，
有多少个悲欢离合，多少个想不到？……
我多么不愿用一滴辛酸的泪，
作为对干妈所有美好回忆的句号！

啊，十月的鞭炮炸响，
乡亲们才告诉我这个噩耗，
三年前，她就死了，
死于陕北最平平常常的病，
胃出血，加上年老……

啊，三年！是哪一个好心的乡亲，
在骗我，每月一次地：
“放心吧，我很好、很好！”

怪谁呢？怪谁？谁?!
没牙的嘴啃着掺糠的窝窝，
佝偻的腰背着沉重的柴草，

贫困——熬尽了她生命的最后一滴血，
枯了，像一根草……
不！这个回答，我接受不了，
延安，四十年前红星就在这里照耀！
她说过，当她还是一个新媳妇，
也演过《兄妹开荒》，
唱过“挖掉了穷根根眉梢梢笑”！

“共产党人好比种子，人民好比土地。”
啊，请百倍爱护我们的土地吧——
如果大地贫瘠得像沙漠，像戈壁，
任何种子，都将失去发芽的生命力!!
——干妈，我愧对你满头的白发……

干妈，你咧开豁牙的嘴笑了，
告诉我，你那没合上的嘴，
想对我说些什么话?！……

（选自《诗刊》1980年第10期）

黄一鸾

黄一鸾（1948 年 12 月—），女，出生于四川成都。著有《勿忘我主》《独自从容》等。

相　遇

我们相遇了，相遇在蒙蒙细雨里。

我把我的伞伸给你，对你说："同我一道走吧。"你摇摇头："您看，我的头发，已经湿了。"……

我们相遇了，相遇在彩蝶纷飞的日子里。

你把你的手伸给我，对我说："同我一道走吧。"我摇摇头："您看，我的衣袖上满是花粉了。"……

等到有一天，我们各自寻找一颗心的时候，那时我们便记起，我们曾经相遇过；相遇之后，我们擦肩而过了……

归　来

我回来了。

我带着胜利返航的满身风尘，握住你的两只门环，叩响你的房门。

我是从天外归来的，亲爱的。我归来是要对你说：“我来乞求宽恕——宽恕我从前站在这荡着微波的湖边，望着你的泪眼，却对你说：‘大海好得多！’……”

你的门儿终于洞开，你终于站在我的面前。我的目光狂喜地呼唤你——你的满头白发呵；你却疑惑地打量我，打量我沾满尘埃的双脚……

……

噢，那湖上，那湖上，没有一丝涟漪了么……

（以上选自《中国散文诗大系·四川卷》，广西民族出版社 1992 年版）

雪　川

雪川（1948 年 12 月—），原名廖学良，又名梅隆雪川，四川峨眉山人。著有诗集《峨眉诗魂》《郭沫若祭》等。

爵版街的回忆

那棵老槐树的浓荫遮暗了一个久远的年代
进进出出的人都习惯了目不斜视
你很难看清面容
那棵老槐树隐蔽了许多眼光

当年的风月在这条街的深处烙下印痕
紫檀木的门柱残留着铁箍
文物专家说是雍正年间一桩冤案
朝廷一员三品钦差
在这里金屋藏娇还藏银子

如今，干枯的槐树复又绽开笑容
枝头的春绿招来鸟鸣
有奔驰宝马泊位紫檀门柱
能听见肖邦或者莫扎特

以及伴着京腔京韵的西皮二黄

已经拆迁的一块坝子像是一张唱片
黄昏时总是聚集着一些爵士水冬瓜和野妹子
有只小号叫 911
游离而残损的呜咽
总让人想起朱门难掩的苦衷

水冬瓜和野妹子摇滚的时候
有个自称梅塔的画家在一旁速写
他总画一个叫馨儿的女子
扭动的线条
飘逸着传神的韵律

到夜间，就会点亮一些暗淡的马灯
有时沿街推进几架摄像机
那个大胡子中年导演
分明就是紫檀木门内的常客
女一号、女二号
是深巷明朝卖杏花的主

不要说这是绝版
也不要说这是让后人铭记的写真
都市每一个不起眼的角落
日子都装订成野史
哭声里传出笑声

（选自《乐山百年新诗选》，四川文艺出版社 2017 年版）

沈前祥

沈前祥（1949 年 2 月—），四川南充人，现居成都。出版有诗集《情恋在山那边》《折回的目光》《凸凹的风景》《足球与恋人》《跑来的春天》。

夫妻关系

夫妻关系
如一双筷子

结婚之后为家
生活摆在家的面前
筷子所有的动作
便都成启示——

成双成对享受甜蜜
而遇上苦涩便一同对付
绝不相互推诿

日子好歹筷子从来不说
想想人有嘴筷子和嘴打交道
就让人去评价吧

筷子的含义似乎不在乎日子甘苦
而是不分手的共同生活

（选自《折回的目光》，成都出版社 1994 年版）

洋　滔

洋滔（1949 年 3 月—），本名杨从彪，四川达州人。曾任西藏自治区作协理事、拉萨市作协副主席、《拉萨河》主编。著有诗集《驭马手》《雪海》等。

草原教师

她骑着骏马奔走在格萨尔王的圣地
奔向草原的渴望奔向帐篷的渴望
缩短牧点与牧点之间的遥远距离

她教会春天唱仓央嘉措的情歌
让童稚怒放百花的色彩
她用知识哺育夏天送去秋天
成为孩子们取之不尽的教科书
发丝染白雪山她老了雪峰老了
老成一部没被风化的光荣史
我们从那里领取一笔笔财富

老　人

一场雪暴和狂飙
把他迎进高寒乐园
大草原是权威性的启蒙老师
他学会用脚步丈量天涯
风的级数山的记忆全写进
他的第六感官和游牧的书里
这部巨著陈列于草原这座图书馆
猎人的悍勇全流进了儿孙的血管
儿孙放牧去了他只有和帐篷唠叨
或跟牛粪火讲往事。满好的声带
录下十部《格萨尔王传》
清澈的眸子闪耀两颗月亮
小羊羔跟他讲述大自然他却不理解
于是它生气了一个劲儿地梳理他的白胡子
梳理胡子上挂着的十万个满足
他把柴禾加进炉膛火更旺了
哔哔剥剥轰轰烈烈真够美气
他呼吸着蓝得透明的清凉
(这里没有污染似乎与世隔绝
因为他从不过问小河沟以外的事情
而小河沟以外的人们却关注着他呢)

（以上选自《星星》诗刊 1996 年第 1 期）

尹安贵

尹安贵（1949 年 3 月—），四川安岳人。曾任《重庆广播电视报》总编。在国内多家刊物发表过作品。

题岳坟

风波亭上垂下一条
嘶嘶叫的绳子
勒住你
把你吊成一口轰响的大钟
召唤着
崇敬的钱塘潮
千百年
汹涌不已

一种古老而坚实的声音
穿过悠远的时空
重重拍打人的心壁
产生夹着痛感的共鸣

今日香火固执的缭绕中

款款飘飞着纸钱的黑蝴蝶
向人们提示：
钟醒着
绳子也不会沉默

好古先生

像在考证一枚出土的古钱
你打量湖心升起的月亮
那月亮已磨过二千年
如磐的夜
磨出一派现代光芒
在今夜，炫花你浑浊的老眼

你转而赞扬白堤的柳
说它们有如传统的淑女
冷不防柳丝上挂满
情侣的吻声，像鞭炮
震动你长满青苔的耳朵

你像一根失望的手杖
终于靠在一块残碑上
目光像两把锄
一心要掘出一个古
可有人对你说

那是仿制的
你沮丧得像要哭

（以上选自《星星》诗刊1985年第8期）

安　遇

安遇（1949 年 5 月—），本名刘安玉，四川大英人。著有诗集《后来我们说》《稗史》等。

望五里

出小镇场口，就是水磨河，过高家桥
上左边小路，翻坡就是罗家湾了

这是一个古老的地域名：望五里
在一条土公路的延长线上，移动着一个人影

那个人走得太慢了，慢得像我的祖辈，我的父母
在望五里走完一生，最后也是这样，缓慢的，渺小的

那个人走得真慢啊，慢得像我，永远在回家路上
移动一步，已是百年

慢得像春天的风，像久远的颂词和谎言
在大地吹拂

（选自《诗刊》2016 年第 8 期下半月刊）

曹纪祖

曹纪祖（1950 年 8 月—），四川成都人。曾任四川省作协秘书长，现为四川省作协名誉副主席、四川省诗歌学会会长。出版有《批评与思考：中国新时期诗歌》《曾与评说》等专著。

李　白

“且乐生前一杯酒，何须身后千载名”

当李白举起酒杯的时候
他忽然发现
身上已没有一个铜板
黄河之水天上来
在他尴尬的这一刻
顿然消失
他站在孤独的月亮面前
脸色苍白
想自己飘逸的衣衫
竟褴褛在玫瑰色的夜里

耳畔有迪斯科的音响

快乐的小青年
正在街头的餐馆畅饮
啤酒像小河一样流淌
刀叉闪烁，笑语喧哗
那狂放，那富豪
令当年的诗仙自叹弗如

何必再写诗
干脆弃文经商
过三峡已听不到猿声
有江轮一日千里
在内地与沿海之间做买卖
肯定比挣稿酬强
“且乐生前一杯酒
何须身后千载名”
那时是说说而已
现在才是必须选择的时候

他握笔长叹
所谓三千丈白发
就缘愁在这一瞬

杜　甫

“纨绔不饿死，儒冠多误身”

从夔门走出盆地以后
杜甫果断地决定：不再从政
“左拾遗”“右拾遗”
都不过是门客的勾当
如果沦落为小公务员
年华苍白成一大堆文件
而后勾腰驼背，嗫嗫嚅嚅
说不定哪天就淹死
在上司的眼色里
他读过万卷书
当然是中级以上的知识分子
那么，且到大学讲课何如

初来乍到，杜甫没有教龄
但学院仍聘用他为讲师
盖因重斯文也
他讲茅屋为秋风所破歌
讲高风亮节一斑天下寒士
寒士有风骨其奈寒暑何
夏天须电扇，冬天须暖气
讲一种兼济天下的美德
却缺少万元户的实力

终于发觉不如街头卖馄饨
聊补收支的差距
从此诗风也变得世俗
时不时沾一个“钱”字
报载杜甫现实而明敏

报载杜甫可悲而可惜
他于此拈须一笑曰：
拘促自误身，变俗不饿死！

白居易

“文章合为时而著，歌诗合为事而作”

再不好意思居高临下
把怜悯施舍给卖炭翁
拉蜂窝煤的老大爷
如今已比你过得宽裕
城市一天无煤就会断气
至于读不读长恨歌倒无关紧要
此乃价值规律
物质第一精神第二

第二的精神也不一定非诗莫属
长安街头的老妇人
如今议论的都是物价
物价是具体的精神
物价是高深的精神
“半匹红绡一丈绫
系向牛头充炭直”
那时是价与值的颠倒

现在却是相反的窘迫

名士风流
倾年俸也买不起一盆兰花
打马长街
逃不离个体贩叫卖的浪喊
既然钟子期也忙于做生意
又有谁来倾听伯牙优雅的琴声

在浔阳江头顿悟了人生的真谛
泪湿青衫，这一次纯粹是为了自己
不如与琵琶女合作流行歌曲
一夜便唱热所有的电视
钱也挣了，名也扬了
诗不诗总算实现了用世的价值

（以上选自《星星》诗刊 1988 年第 11 期）

王川平

王川平（1950年9月—），江苏盐城人。现供职于重庆三峡博物馆。著有诗集《墓塔林》《女孩子老人及其他》《王川平诗选》等。

女孩子

从那边
你赶着潮水过来
把我淹没
我岛屿般在你湿润的长发里
甜蜜地融化

汛期的大街上
拥挤的鱼眼珠都在寻找你
你像黑夜
点燃星星

渔火在等待中
顽固地驶近
月光下的小岛多么单纯

还是风一样沉默
只让目光悄悄吹动你的潮汐
潮汐里的岛屿在摇晃中
停止融化
让更多的星星们
沉淀在你的深渊里
长成快活的嫉妒的礁石
永远长不大的
不说话的
女孩子哟

（选自《王川平诗选》，重庆出版社 1998 年版）

曾　一

曾一（1950 年 10 月—），本名杨晓云。四川泸州人。1985 年开始发表诗歌。

世界的血

我在纸上虚构一座公墓
那儿集中了全城的光荣
我的好兄弟好姐妹
也葬在其中
他们的尸骨腐烂了
血液还在环城流着

我逆流而上
这是一条滋润心灵的暗河
它的恩惠如同脉搏
而我的肉体难以察觉

我知道时间的魔掌能掏空一切
抹掉一切
从时间指缝遗漏下来的

只是一滴滴纯粹的血液

我虚心请教钻木取火的燧人氏
我要从古老的汉语中取出新鲜的血
汉语被大大小小的诗人拧过无数遍
我还得继续拧它
用我的方式

现在我看见方块字的高层建筑
遮蔽着城中人骨子里的黄昏
从黄昏的腐叶中
再生出一切玫瑰之上的玫瑰
一朵柏拉图式的玫瑰
点亮了我的心灵之灯
黄昏中一切形迹可疑
对双目失明的诗人却格外清晰

一个绕城而过的远游者
没有绕过这座城
树木挣不脱树皮
性感的城堡将灵感幽禁
他行走得磕磕绊绊
一张白纸是他唯一的通行证
凭他一脸的苍白
我认出他是叶芝或者博尔赫斯
他失血太多
他为诗歌输血而怠慢了心上人

（选自《星星》诗刊 1998 年第 11 期）

骆耕野

骆耕野（1951 年 4 月—），重庆人。曾任成都市温江区文工团创作员。著有诗集《不满》《再生》等。

不　满

从任何一项成功，
都产生出某种东西，
使更伟大的斗争成为必要。

——惠特曼《大路之歌》

像鲜花憧憬着甘美的果实，
像煤核怀抱着燃烧的意愿：
我心中孕育着一个“可怕”的思想，
对现状我要大声地喊出：
——“我不满!”

谁说不满就是异端?
谁说不满就是背叛?
是涌浪，怎能容忍山涧的狭窄，
是雏鹰，岂肯安于卵壁的黑暗。

不满激扬着对海洋的神往哟！
不满苏生着对蓝天的渴念！
生命的创造多么痛楚而伟大哟，
请赐给母亲以满足的甘甜：
“不！还是祝福孩子尽快成长吧，”
婴儿问世已叩响了母亲不满的心弦。
啊，谁敢说不满就是不爱？
啊，谁敢说不满就是抱怨？

哥伦布不满铅印的海图，
才发现了大洋的彼岸；
哥白尼不满神圣的《圣经》，
才揭开了宇宙的奇观；
刻卜勒不满“日心说”才去发展真理，
亚里士多德不满柏拉图才能“青出于蓝”。
啊，谁说不满是背弃出类拔萃的先人？
啊，谁说不满是亵渎德高望重的圣贤？

不满：茹毛饮血的人猿才去寻觅火种，
不满：胼手胝足的祖先才去摸索种田；
不满：雄丽的赵州桥才取代了简陋的木桥，
不满：“精巧”的石斧才让位于青铜的冶炼；
不满：才产生了妙手回春的华佗，
不满：才造就了巧夺天工的鲁班。
啊，不满正是对变革的希冀，
啊，不满乃是那创造的发端。

我是电流，我不满江河的浪费，

你白白流逝的，乃是我生存的乳泉；
我是高炉，我不满地球的吝啬，
你深深藏匿的，正是我生命的火焰；
我是庄稼，我害怕自然褓姆的任性，
变幻莫测的风雨使我忐忑不安；
我是市场，我向往琳琅满目的富有，
陈列单调的橱窗叫我满面羞惭；
我是年迈的城镇，我的服饰多么古旧，
请为我披上高速公路的飘带，
请为我戴上摩天大厦的皇冠；
我是拘谨的生活，陈腐的习俗多么恼人，
请不要过多地责难服装和跳舞，
请不要过多地干涉青年的爱恋；
我是低产的田地，我不满蹒跚的耕牛哟；
我是发紫的肩头，我不满拉船的绳纤；
我不满步枪，不满水车，不满帆船，
我不满泥泞，不满噪音，不满污染。
不满像舰队告别港湾的头一阵笛鸣哟，
不满像雄鸡向往黎明的第一声啼唤。

我是规划，锁在保险柜里多么窒闷，
我要走下蓝图，我要和新兴的工地团圆；
我是革新，躺在功劳上多么可耻，
我要摸索新路，我要攀登纪录的峰巅；
我是政策，我不满踌躇的“伯乐”，
为什么不立刻启用朝野的遗贤?!
我是创造，我不满夜郎自大，
快为我打开与世隔绝的门闩；

我抗议马拉松会议，以时间的名义，
你随意糟践的，乃是我生命的内涵；
我控诉宗教式的软禁，——以真理的呼喊，
我是花，我要生长，要献蜜，
我要求助于实践园丁殷勤的刀剪。

不满像胎儿在母腹里阵阵躁动哟，
不满像母性的痛楚而伟大的分娩！

我不满官僚主义，
轻浮地荡尽了先烈的遗产；
我不满文化水平，
至今还托不起四化的航船；
我不满软弱的法制，
英雄碑前有民主的泪浸血染；
我不满大话和空想，
睡在海市蜃楼上描绘缥缈的明天；
我不满抱怨和牢骚，
躲在时代的堤岸上指责涌进的波澜……

呵，不满就是一个绝妙的议事日程，
不满就是一部崭新的行动提案；
不满已催生出伟大的战略转移哟！
不满已催挂起新长征的战斗风帆！

噢，河床在不满中伸直了脊梁，
石油在不满中涌出了海面；
科学在不满中冲破了禁区，

指标在不满中跨上了火箭；
思想在不满中睁开了慧眼，
真理在不满中延伸了路线；
贫穷在不满中紧追着富强哟，
现状在不满中疾速地登攀！

不满像两个矛盾间过渡的桥梁哟，
不满像一粒细胞中产生的裂变；
不满便有所发明，有所创造，有所前进哟，
不满将通向繁荣，通向幸福，通向完善！
像鲜花憧憬着甘美的果实，
像煤核怀抱着燃烧的意愿；
我心中溢满了深挚的爱哟，
对现状我要大声地叫喊出：
——“我不满!”

（选自《诗刊》1979年5月）

阿　民

阿民（1951 年 6 月—），原名陈新民，出生于四川苍溪。供职于四川质量报社。著有诗集《琴之涅槃》《流淌》。

祈　雨

请允许我今生所有的日子把我作为
童男　供奉给你
请允许我来世所有的日子把我作为
童女　供奉给你
那么
你布雨罢

久久无雨
我的河流病了
痛楚使每一簇浪的歌吟缓慢为呻吟
羸弱使我这唯一的美丽瘦削为凄丽
河谷所有的鸟啼都为之声嘶力竭
两岸所有的草木都已经心力交瘁
我能不形容枯槁么

纵然河流的病容更为凄楚动人
但病痛在折磨我的河流呵
今天和今后　倍受折磨的我
我的诗笔　很难悠悠地为凄丽觅韵
很难在枯水季节诗赞我病中的
河流胜过
西施之颦

我已经无泪可流
那么　你布雨罢
为挽救人世间一息尚存的挚情
沧海横流　但唯有我的河流的
丰盈　才能够濡湿我的
根

真的需要目睹悲剧么
弥留之际我与河流的遗嘱
将令你心悸——
对神　对灵
世上从此没有了虔诚

或者
你落泪罢

（选自《星星》诗刊 1993 年第 5 期）

我对鱼说

不是临渊羡鱼
更不是退而结网
不是渔夫
更不是猫
鱼哟　庄子成为蝴蝶的那一瞬间
我已成为一尾鱼秧

我最愿意用鳃呼吸
最愿意紧束闪闪鳞片镶缀的时装
像你一样，以悠悠简朴的心情
以轻盈矜持的游弋　永生永世
居住在古朴而又新鲜的河水里
可以徜徉或者小憩
可以鱼翔浅底或者鱼跃龙门

寒来暑往　拥有一张宽绰而舒适的
河床　可以同河水一起
潜入梦境的静谧
醒来
以唇戏谑渔舟的铁锚
以尾挑逗水上的惆怅

纵是随波逐流
也是独特的生活艺术
也能独享非鱼世界难以领略的风光

沉浸在河水的温柔中
今夜能长出鳃么
今夜能教会我液态中自由地翕张么
鱼哟
我唯一的渴望
是昼夜与你在河流中
鱼贯而行

（选自《诗刊》1994 年第 5 期）

园　静

园静（1951 年 9 月—），女，原名董园静，生于上海。曾供职于德阳市艺术馆。著有两部散文诗集。

天鹅之死十四行

第一首

猛回首，苦咸的泪已纷纷如雨，
为你，自寒澈雪峰降下，一滴滴
透明的心瓣凝成的清露啊，
也不能洗去你翎羽的污渍。

我曾写下 360 章纯情的诗页，
为洁美的精灵。此刻竟片片碎裂，
如漫天雪花，染白天地的画幅，
仍不能映照出你昔日的圣洁。

白天鹅，你枉然拽我的裙衫——
雪峰上，我为你撒的这片静湖，
终究褪去了勿忘我深挚的柔蓝。

此时，我的歌已渐停歇，
漫天绝望的光瓣飘落下来，
温情的涟漪正一层层冻结。

第二首

越来越厚的冻结不仅由于寒威，
纵千呼万唤，琵琶已弦断天涯，
你痛惜我这无可挽回的冰封，
却未见丛林中插着小花的墓碑。

无人抚慰。自我吻了空中的玫瑰，
馨香的刺深深地扎入痛彻的心，
因受伤无力托举你骄傲的痴情，
我终于消尽了涓滴般的青春。

此时，你想用狂舞踏碎我凝结
的银白，那天你为什么不肯和我
同去北极，化为缱绻的银蝶？

当死的追光将你定格于最美，
我透明的心早已交付给你，而今
一无所有，拿什么将你赎回？

第三首

冰层之下痛楚的波澜悸恸回旋，
无计阻止冷却的冰火零落成泥。

终于，我接过一柄月光的宝剑，
不是背叛，当我斩断曾经的湖蓝。

云锦徐徐飘落，世界降下半旗。
白蔷薇墓园里美神最后的舞蹈，
雪中，为我美丽并忧郁的信鸽，
一一闪回，而后含泪挥别。退到

另一个遥远的时空。缓缓地，
我走向深幽的圣殿，清冷的裙裾
如梦，一颗晶亮的星越来越近。

我蓦然跪拜，圣主啊！从此属于你。
但请允诺我今宵的夜祷，
为了圣洁的超度，圣洁的歌吟……

（选自《诗刊》1992 年第 11 期）

李　钢

李钢（1951 年 11 月—），出生于山东济南。重庆市作协荣誉副主席。代表作为大型系列诗歌《蓝水兵》。著有诗集《白玫瑰》《李钢诗选》及多部散文集。

蓝水兵

蓝水兵
你的嗓音纯得发蓝，你的呐喊
带有好多小锯齿
你要把什么锯下来带走
你深深地呼吸
吸进那么多透明的空气
莫非要去冲淡蓝蓝的咸咸的海风

蓝水兵
从海滩上跃起身来
随便撕开一张日历揣在裤兜里
举起太平斧砍断你的目光
你漂到海蓝和天蓝中去
挥动你的双鳍鼓一排巨浪

把岸推向远处去
蓝水兵
你这两栖的蓝水兵

蓝水兵
畅泳在你的蓝军服里
隐身在海面的蓝雾里
南海用粤语为你浅浅地唱着
羊城在远方咩咩地叫着
海啸的呼哨挺粗犷
太阳那家伙的毛胡子怪刺痒
在一派浩浩荡荡的蓝色中
反正你蓝得很独特
蓝水兵
你是蓝鲸

春季过了你就下潜
一直下潜到贝壳中去
谛听海的心音
伸出潜望镜来瞭望整个夏天
你可以仰游，可以侧泳
可以轻盈地鱼跃过任何海区
如果你高兴
你尽可以展翅飞去
去银河系对你来说
是再容易不过的事了
那场壮观的流星雨
究竟算第一次空战还是海战

反正你打得够潇洒的
当天上和海上的潮声平息
当月光流逝泄如月光曲
你便在月光中睡成一座月光岛

早晨你醒来
在那棵扶桑树上解开你的缆绳
总会将一只金鸟儿惊起
它扑棱棱地扇下几根羽毛
响叮叮落在你的甲板上
世界顿时一片灿烂
在这令人眼花缭乱的光芒中
天开始一个劲地高
海开始一个劲地阔
蓝水兵
你便开始一个劲地蓝

（选自《诗刊》1983 年第 8 期）

四月送我来到海岸

四月送我来到海岸
然后整个四月盛起蓝蓝的海
然后整个世界漂浮在蓝蓝的海里

风神的男低音在前方深沉地唱着
（他放歌，他行吟）
泥之神在身后庄严地屹立着
（他谛听，他沉默）
太阳伙伴走过来了
海的使者飞过来了
潮涨着，在我的蓝披肩上

姓海洋的姓
站在舷坡站在舰桥上
我的军衣袖口泛起一层层海纹
戴着水兵帽
我原是一股海上旋风
一朵飘着流苏的霹雳云
狩猎在海洋丛林里
我的铁锚能钓起巨鳖和长蛟
我的军舰没有刀鞘，磨弯了月亮石
它是从不卷刃的

我是海盾，我是海之盾
为迁徙的海族部落护航
为跳入海中沐浴的星辰少女们护航
为所有去天河的船筏护航
直到精卫鸟填平了海面
四月繁衍成青蚕
那姑娘仙袂飘飘回来采桑

夜　航

甲板上列队之后，转过身来
黄昏的嘴唇已被槟榔染成紫红
这时的海浑然如
一首深情的《梅娘曲》
接着
中国夜
降临

一到夜间
我军帽上的小星星就要去参加星空合唱队
我便站在舰尾
猜测月亮石哪一条船的舷窗
天宇中，星辰编成古怪的队形
和我们等速度前进

旗舰开始跟自己的舰队互问晚安了
炮口与风筒
呜呜吹着催眠的号角。远处
双眼皮的岸合上了，睫毛不再瞬动
海已睡去

然而标灯醒着，桅灯醒着
我醒着
我那颗星此时的领唱正辉煌
今夜很好

中国夜很安全

现在该轮到月亮来猜测
军舰的第几只眼睛里是我的住舱了
午夜，十二点敲过
船钟上的罗马数字
就会蹦到舱板上
教我跳各种水兵舞

（以上选自《李钢诗选》，重庆出版社 1998 年版）

邱易东

邱易东（1952 年 4 月—），出生于四川万源。曾供职于四川省作协巴金文学院。著有《空巢十二月》《不久以前，不久以后》等多部著作。

风、鸟和一个孩子

在远山的村子里
风能够自由地来往
带着雨和雪的消息
带着季节和季节的芬芳
在每一道石缝留下脚印
而你，只有悬挂着的小路
才能引你在草丛和树林里来去
在远山的村子里
鸟也十分自由
张开云朵般的翅膀
从一棵树飞向一棵树
从一个山头飞向一个山头
而你，只有一双吧嗒的赤脚
攀缘着高高低低的悬崖
不学风，不做鸟

像山间泉水一样
一道山崖一道山崖地奔突
一块岩石一块岩石地碰撞
然后，才如风，如鸟
自由地获得
湛蓝湛蓝的天空

（选自《地球的孩子，早上好》，湖北少年儿童出版社 1997 年版）

雪孩子，我为你呼喊太阳

小树林里的雪孩子
你听见我为你呼唤太阳吗
（这个冬天太冷
这个冬天风沙很大
这个冬天会使你变得又黑又脏）
我听得见你心的跳动
我知道你渴望融化
滋润那一抔焦土
那些小草小树的根须
在呼唤你
尽管我希望
你是不会融化的水晶
夏日的中午和我一道
给田里劳作的爸爸

送去一份凉爽
但我知道
只有树绿了草绿了
才是世界的和平安宁
我想成为那个夸父
用双手为你捧出太阳
看你微笑着化成
汩汩的小溪
那时，我也和你一道流淌
为大地点燃
一星一星的
绿色

（选自《到你的远山去》，四川少年儿童出版社 1992 年版）

意西泽仁 （藏族）

意西泽仁（1952 年 5 月—），藏族，四川康定人。曾任四川省作协副主席、《四川文学》主编等职。出版多部文学专著。

孩子写下的请求

大地震夺走了孩子的生命，
她还把笔紧紧地攥在手心。
这分明是还有许多的话，
要写给我们：

妈妈，求你别哭了，
快帮我找找没做完的作业本。
爸爸，求你别哭了，
咳嗽的奶奶还等你卖了猪去看病。

妈妈，求求村里的大人，
别再去砍伐小树了，
因为小鸟们的家，
就在村后的那片小树林。

爸爸，求求上游工厂里的叔叔，
再别把脏水排进小河了，
因为我在河水里，
再也看不见丁丁鱼的身影。

妈妈，去求求二娃的妈妈，
她家放牛的二娃给我说，
他也想背一个红书包
和我一起走进学校的大门。

爸爸妈妈别哭了，
我真想家里有台彩色电视机，
哪怕是小一点也行，
我想看看北京奥运会开幕的场景。

对了，还要求求张老师，
让她带领同学们读课文的时候
　要大声些，
因为我还要
在遥远的天国聆听

（选自《文艺报》2008年5月27日）

唐　刚

唐刚（1952年5月—），原名唐岗熙，重庆奉节人。奉节县作协副主席。著有诗集《唐刚诗选·梦者的歌谣》《鸟望大地》等。

履　痕

山崩地裂
滑坡撞击的声音
堆叠乱石的魔影

太阳月亮
无数无数光圈
重复岁月的无垠

脚步叮咚踩过路障
风霜雨雪反复擦洗
都擦洗不去
深深履痕

去追寻一颗蓝色的星
一步步　坎坷就这样走过来了

攀上梦的极顶
前方仍是重密叠嶂高路云岭

履痕深深……

神秘谷

花团锦簇莺歌燕舞仙风拂拂
有仙姑自琼楼玉宇曼舞轻歌
真乃仙家归宿

驻足
弃手中拐杖观观望望
时光于闲情雅致之间凝固

乐不思途
那曲神妙仙乐
如醇醪　醉倒身心
再也没有复苏

蓦回首　白发苍颜岁月
那根弃杖　已长成路旁
千围古树……

（以上选自《星星》诗刊 1993 年第 2 期）

陈大华

陈大华（1952 年 9 月—），出生于四川剑阁。原江油长城特殊钢厂职工。著有诗集《梦渡》。

孤　牛

落日
滑过山阴道
一只败阵的野牛
耸动肩胛
踏响林中孤独
月亮以冷光穿射断岩
身后是雷击的古树
站在坍塌的山头
远远地
凝视自己的同类
充血的眼睛里
流出的不是泪而是火
狂风在山谷传播
一场刚刚结束的角逐

雄性的山林

整夜失眠，骚动
猎人灌醉所有的猎枪
在松明的微光下
叙述自己最隐秘的事情

（选自《星星》诗刊 1988 年第 9 期）

往　事

不是刻意地
避开湍急的潮流，下沉
在河床底部

是谁在教诲，流水不腐
其实我心里清楚
有些流不动的
更不会腐朽

还是在水面飘飞的样子
最初的声音里
多了些流水的擦痕

人越老，枯水期越长
我有足够的时间
在岸边徘徊

（选自《诗歌月刊》2013 年第 5 期）

马安信

马安信（1952 年 10 月—），陕西扶风人。曾任四川民族出版社社长。出版有《马安信十四行情诗自选集》等数部作品。

我，生命最纯的真

你的影子从我的心头浮起
又沉下，寂静里我唯有伤情
春雨淅沥，飘飞的仍是你的
咳嗽声，溅起我的担心迸飞
野山的花树听得懂，在风中
呵，也许我的问询轻轻淡淡
像在讲述一个陌生人的故事
在那新酿的酒杯里悄然漾动
我知道，深重的爱不着痕迹
哪怕是隔着遥远的时间思念
你也能听清，今夜，春雨依旧
不停，淅沥着一层薄薄的纱雾
遮断了我今夜悲切的思念
遮不断的却是生命最纯的真

以感恩的虔诚守望收获

我难以预料，你走进山水间
可会读出我爱之大山般的厚重
和溪流般悠悠长长的夜夜思念的
唠叨。也许，就是在这梅萼展翅
随风飘舞的季节，你不会想起我
只会在水墨丹青般的山水间寻觅
一株象征，一株禅意，一株哲学
就连那脚边花蕾漾起的笑意也会
斑斑驳驳。可你不要忘记我的
承诺：陷阱也充满了阳光雨露
爱你，我会纵身而跳。莫要说
岁月品尝漠然的滋味，我亦
履过人生的坎坷，但我会依旧
镌刻感恩的虔诚，守望着丰收

（以上选自《诗梦书斋诗书画（上下）》，四川美术出版社 2011 年版）

周伦佑

周伦佑（1952年11月—），重庆荣昌人，现居成都。非非主义诗派创立者之一。著有《在刀锋上完成的句法转换》《周伦佑诗选》等。

我是弹花匠的儿子

最后的目光
　　　绷断了
像破损的牛筋挂在墙上
父亲　留下一张弹花弓

我是弹花匠的儿子
生来不属于吉他
让鸽子在别人的琴箱里嘀咕吧
让多瑙河在别人的琴弦上流淌吧
为了母亲的晚年不再被忧虑颠簸
为了妹妹升学的愿望不被折断
我接过一条弓形的道路

几辈人就是从这上面走过去的
岁月把弓身磨得照人

我挺直的脊梁
再不是父亲佝偻的背影
不接受弓力的弯曲
我走进钟声的召唤

既然不能继续弹奏梦想了
那我就弹现实吧
这也是一种表现　让力
在牛筋弦上舞蹈
弹醒板结的时间　用希望
疏松梦　把夜弹白
压抑的感觉消失于轻松
爱因轻松而缠绵

在顶楼　破木箱钉成的书桌上
失恋的吉他一定想念我了
默对着简易谱架上的练习曲
那后面的一页谁去替它翻开呢
指尖一阵阵刺痛　我感应到了
梦幻曲在老鼠的齿键上痛苦地演奏……

让吉他和热爱它的手指结合
会唱歌的星星会在每一个角落诞生
阳光颤动　空气清新地歌唱
生活充满音乐
世界不再为失去一个列农而悲哀①

〔作者原注〕①　列农，英国出生的美国著名吉他歌手。1982 年被一暴徒枪杀，全世界十多亿人为他致哀。

我真希望手里的弹花弓附上神力
　不仅只弹破旧的棉絮
我弹　用真诚的振动
疏松思想　疏松感情
甚至疏松石头一样固执的偏见
如果我再抱起吉他
肯定会获得丰富的音色
手指以新的力度表现人生
音阶一度度地展示丰满
未来以建筑般的清晰向我逼近
不　这绝不是想象
有一天　我的吉他会走上舞台
在镁光灯的鼓励下
弹响掌声　弹响倾慕
　　　弹响持久的赞扬

（选自《人民文学》1984年第4期）

龚盖雄

龚盖雄（1952 年 12 月—），四川眉山人。现居乐山。著有理论专著《人类的三生信仰》。

前女友

我看见你的凄凉和忧伤
像花魂中飘出林黛玉的歌唱
我和你再一次走入黄昏的小道

你拉着我的手
再一次变成那个小姑娘，那个
春风满面，羞怯满面的时光
如今。我们中间
隔着两个世纪婚前试爱的太阳
隔着三个世纪婚后性冷淡的月亮
隔着三千个世纪朝代兴亡
投影生活废墟的反光

一杯酒。一壶茶。一方故乡
已经不能再把心如死灰的孤独摇晃

你走进我旧日诗稿的眼睛干枯了泪水
熄灭了光。我走进你明日的骨灰
又怎能同甘共苦，欢颜一笑？

紧紧抱着我啊！你叫我雄雄，盖盖，小兔子
　小乖乖！

紧紧抱着我啊！趁我们还有人性的温度
还有血，还有肉，还有不下岗的心脏

趁我们还有嘴唇可以吻，还有耳朵
可以听。哭吧哭吧哭吧

好好地哭一场吧。我地球人的前女友啊
我形容词最后的故乡！

（选自《乐山百年新诗选》，四川文艺出版社 2017 年版）

魏志远

魏志远（1952 年 12 月—），笔名维熹，四川成都人。曾任《星星》诗刊编辑，副编审。著有诗集《雪野》《感动过我们的怎能忘怀》《喜马拉雅山古海》。

感动过我们的怎能轻易忘怀

也许，我会在又一个月夜
守候那些日子
守候纯真和爱情
直到它们蛀空我的心
我的怀念到那时也不会终止

我走过了不少地方
见识已锈蚀我的眼睛
我明白爱情和友谊
以及所有圣洁的感情
都难以抗拒
魔鬼无耻的诱引

而感动过我们的怎能轻易忘怀

即便一颗针
一条线
当我不小心触动了那些日子
温馨就鸟似的迎面扑来

我想念那个人

在西藏东部
森林很茂密
骑马闯入森林
你能触到印度洋的暖流
那是在西藏东部
那里古树参天
人烟稀少
那里是藏族人生息的地方

我怀念那个地方
我想念那个人
我闻到森林的气息了
在这座城市里
霓虹灯闪烁
我看见他了
那个人
他握我的手
握得很紧

现在
我的心依然疼着
那是在森林
我们不期而遇
下了马
他握我的手

他说
我们都是年轻人
我们还是老乡
然后
他流了泪
哭出声来

我在这里想他
回到这座城市我就总是想着他
这座城市人多很嘈杂
关了门
我坐在桌前想他
那是在西藏东部

（以上选自《感动过我们的怎能忘怀》，四川文艺出版社 1992 年版）

郭同旭

郭同旭（1952 年 12 月—），出生于四川江油。曾任《剑南文学》编辑。著有长篇小说、长诗、报告文学、纪实文学、影视文学剧本等多部作品。

诱　惑

隔世许久的躁动
热浪！在眼前长满花朵
有异香缥缈而来，诱
纯粹的思维登岸
雨虹渡我们去
与壮烈际会

满耳都是水声
橄榄云飘满金属的天空
新鲜的季风季
进袭每一管咽喉
然后，作岳武穆状的
长——啸

哽咽说声论持久战

痛快把眼帘垂下
随心灵在空场浪游
莫名其妙的情绪
与《出师表》一起出师
天下三分，谁执话柄？

诱惑在头顶
死亡在头顶
生命和播种在头顶
沿高高的、高高的旗杆升腾
瞳孔放大，阅尽
世界的壮丽与无耻

假面舞会

没有自然的声音
只有小号们在拼命挣扎
还有萨克斯在窗前窃窃私语
展览各自胸中的块垒

暗蓝的月色中
能触摸的是
呼吸的沉重意境
电吉他在一旁独自饮泣

爱情与阴谋挽着手行进
随东方时空旋转而旋转
爵士们各怀各的心思
鼓从来都踩不到点子上

一种声音，全是庄严
一种面相，全是圣洁
暗蓝的月色下目光有些凌乱
凭借记忆
凭借基音泛音大三和弦分解和弦
努力辨清弦上的咏叹调
分出涂满油彩的人心与鬼面

（以上选自《一十二》，四川师范大学出版社 2017 年版）

徐　慧

徐慧（1953 年 2 月—），女，四川成都人。曾任《青年作家》副主编，作品收入多种选本。现居澳大利亚。

回　声

你荒野的精灵
从长胡须的大树后面
探出头来
　　学舌

我想　我想对你诉说
我刚刚走过的山溪旁
开着一簇湛蓝湛蓝的小花
一只只盛着晴空的杯子
还有呢我的脚底扎进了
一枚刺

——能理解我吗
能回答我吗
一声声　一句句

人世间的呼唤
也该有回声吧　哪怕
哪怕有一声　轻轻地

沉　船

江水像一条柔软的毯子
盖住了我的身躯
我沉没了，但
没有死去

潜流、暗礁，在我眼中
分外清晰，因为
我就是被它们吞没
在一个黎明，太阳还未升起

我通红的双眼变成了标灯
夜夜提醒过路的船只
那喧哗不停的江涛声中
还时时鸣响着我低沉的汽笛

（以上选自《她们的抒情诗》，福建人民出版社 1984 年版）

余以建

余以建（1953年3月—），本名余以键，生于四川成都。曾供职于成都《天府早报》。

日　记

难忘的宿营地。用笔尖
拨动一堆篝火照你
把对开本的篇幅盖在脸上
哦，小小的内心的房子
人类的传说，骆驼的故事

彼　岸

关上窗子的时候，我听见一个声音
如日光在玻璃上呼喊
站在旷野的时候，我听见一个声音
如地平线在低语呢喃

哎，我们都是被彼岸所关照的人
注定了一生操桨而制造海上壮观

纪念日

山上有树，纪念日活着
任山脊把鸟儿们射得
满天都是，生物
在自制的时间页码里，折一些角
使过去的光荣或苦难，永不流失
今夜我的手因摸到这些皱角而感到庄严

梦之月色

那月色可饮可浴，可画可歌
在世界上最深的深潭里
那月，幽幽地活着
将一尾鱼照成金色，照成银色
将它的心思照成水上泡沫
又将泡沫照成浮萍，令人醒来休说

（以上选自《人民文学》1989 年第 11 期）

吴海歌

吴海歌（1953 年 3 月—），本名吴修祥，出生于重庆永川。著有诗集《嬗变》《渴望》等。

我发现自己坐在一片雪花上

回首望去，在一个迷蒙的日子
我发现自己坐在一片雪花上

我想最初肯定有人捧我，或推我
而且，一定是在歌声灿烂的时刻
那时，我或许是一枚果子
一滴清露
一枚金币

我就这样被鸟翅和阳光
带上了天空
但我不明白，在一片霞光中
为什么会有飞雪骤至
为什么后来，托起我的是一片雪花

在那个日子里，我缓缓下沉
脚底是深渊

我不知道，等待自己的命运
将是什么

到现在，我
能以另一种形式逃离出来
是我借助了内心的火种
找到了出路

我想，那时迷路
是因为，有飓风袭来
这股飓风，带着美丽的情调
迷人的谎言
为了它，我舍弃了亲情、人心
甚至，我的眼睛

在那里舍弃了我的所有
也就是，在我剩下一副骨架时
那股风，舍弃了我

幸存火种和信念

回首望去，在那个日子里
我显得可悲，而且可笑

从那个日子逃离出来
我回到了自己的内心，重新
住进这座温暖的房子
显得平凡，实在，而且清醒

（选自《星星》诗刊 2016 年第 9 期）

张贵全

张贵全（1953 年 4 月—），四川眉山人。眉山市东坡区《百坡》文学杂志编辑。

笔说它没法做君子

自从说了很多“错”话
挨了几回批评
我的嘴
便只负责吃喝
说话的职责
由笔来担承

我的笔
仿佛设着岗亭
一有“危险”词句
便亮起红灯
语言停止通行

这样一来　笔说的话
同我心里想说的话

常常有很大偏差　甚至
把鹿子说成是马
我的心自然气愤
痛骂笔无耻卑鄙
笔说为了主人的平安
它没法做君子
日日生活在
心同笔的争吵里
三千丈白发　又怎能
消尽我的忧思
笔啊　笔啊
你能带给我平安
却不能带给我欢愉

（选自《诗刊》1999 年第 1 期）

干天全

干天全（1953 年 8 月—），四川成都人。曾任四川大学文学与新闻学院教授、现当代文学教研室主任。著有诗集《梨花纷飞》《无巢的树》《天全诗词》等。

醉月或是醉人

沉浮一生
终于从天涯驶回故里
乘着家乡人送的一条大船
停泊在当年离家的江岸
归途中，苏轼把满身的病痛
和记忆中的荣辱都投进了流水
只带着和他一起流浪了多年的朝云
靠岸后他们没有下船
在船上定格为眉山的一道风景
清风明月的晚上
守望在附近的王氏没有来到船上
船也没有驶向她住的短松冈
苏轼一边喝酒
一边让朝云用洞箫讲述

他们朝夕相处的乐趣
喝着听着苏轼就醉了
醉梦中不知他去没去唤鱼池
再写一首关于初恋的绝词
和我一起赏景的男女举起相机
男的争着拍朝云
女的争着拍苏轼
拍不下的只是
大江东去的滚滚涛声

（选自《星星》诗刊 2008 年第 12 期）

中国桃花

中国桃花，并不生自女人
太多粉色的故事淫乱了历史
当饥渴的夸父轰然倒地
后悔的列子黯然伤神
没有边际的桃林
起始于一个男人的躯体
这不是骇人的桃色事件
真相，关系英雄和桃花的声誉
追日的灵魂不散
怒放出血花染红霞云
吸尽大泽之水降洒春雨

干涸的黄河泛起桃汛
从昆仑瑶池到西子湖畔
桃树疾步如风的身影落地生根
中国桃花，从此
生长一个民族的精神
太阳为之感动，每年三月
低下高傲的头颅祭祀桃林
桃之夭夭，灼灼其华
芸芸众生摩肩而至
男人的骨头发出拔节的声响
女人的眸子诉说倾心的花事
同根盛开的万千人面
相映一个不死的灵魂
哪里有追日的脚印
哪里就有灿烂的桃林
中国桃花，年复一年
盛开世界上最血性最妩媚的春意

（选自《星星》诗刊 2006 年第 9 期）

黎正光

黎正光（1953 年 8 月—），四川成都人。曾任《四川工人日报》副刊编辑。著有诗集《生命交响诗》《雪情》等。

语言被悬置的物象

蓝色的花　用存在的神思　覆盖
　苍穹下　最深的时光　一种沉默的
　充实　从古至今　幻化为精神之鱼的飞影

无数次决断　或判定　那紧紧握住
　又流失的东西　“思”极之后　我们的
　智慧之舟　怎样才能抵达　澄明的码头

这是另一种境域　被悬置　还是伫立　我们
　呼吸的空中　观念的符号早已死去　像沙漠里
　的胡杨　被掩埋　隆起历史冷寂的荒丘

语文的火中　冶炼世界的界线与属性
　思维坚硬的冻土　长出　推导或是
　表达的神采与向度　昭示某种彻骨的意义

物质的世界　被你交流　还是沟通我们?
　谁是创造的主体?　深入表象的镜面
　语言呵　谁能抓住　你艰深的卷帙与冥想

大地还是丛林　回声悠长　无数的鸟
　与生动的语词　都栖居于　存在者的
　肩头　碎碎中的晦蔽之物　哪是唯一

公众的自炫与笃爱　清醒的盲从者
无数的思想和幻念　被另一种语言的
　统一　简化成畸形的风中之烛

敞亮或遮蔽的时辰　谁是隐匿最深的
　神祇　二重性的异议之水　如何亲近诗意的物象
　在沉沦的瞬间　抓住生命本体　存在的家园

神秘的语言之翅　宛若一条永恒的金带
　和西西弗斯神话一同悬置　危险的飞翔
　被高度抽象后　再次质疑　终端的墓志铭

远离或此时之在

风中的古琴　千古绝唱之后　你的轰鸣
怎样激荡无边的弦音?　那离去又复归的
庭院　是谁　将她置于霜雪的燃烧?

去吧　一次时间之内的位移　使无限紧张的
得以缓弛　高处的念头　永远不会燃尽
纸面的坚持　宛如蛇的姿态　无法拒绝的理由
在疑虑中索取　夜中的松柏　已辉煌九次
我的枫树呵　你　在谁的子午线徘徊
那搁浅成沧桑的海岸　承受着内心的隐痛
谁在甲骨中刻下年轮　刻下几千年的警示？

滚滚云海之上　雪鹰切入闪电的咆哮　向外
太阳系　　在清醒的局限里　冲撞宇宙的磁场
霍金的黑洞　　吞噬着　包容着怎样超凡的想象

玄思　无法触及的季节与轮回　我在历史的下游
自中　一切缄默　心　在内敛时　不动声色

河流的苦闷里　变形的精神之鱼　怎样呼吸
怎样从流水的速度　感应逝者的泣声？
乏力的万古苍烟呵　你在精湛的叙述中　为谁
再织时空的神话　塔顶上　镀金的梵音在响
一只鸽飞过　她在验证　此时之在的可能

无法逆转的命定　缥缈得无限坚实的内核
使一切残碑断碣　显得浅薄　让众多登临群峰
的喟叹　陡生悲情　指间的沙漏呵
日月星辰转换之后　你锋利无比的切割
迫使多少独具内省的生命　陷入　分秒的困惑

谁能把握　温慈的灵觉？面对深邃的星空

　劫波之上　哪是空界　哪是性净的层层桑麻？

　寂灭中　相近咫尺的远离　深入病中的骨殖

人世上　浩荡的俗念　伴随晚钟的预言　化为灰烬

生死的终结　谁是宿幻中　永远显赫的消融？

（以上选自《时间之血》，南海出版公司 2004 年版）

李　华

李华（1953 年 9 月—），重庆人。曾任自贡市作协主席。著有诗集《沿着自贡诗歌地图——我的诗盐志》。

手

此刻，那些乡村的手
就放在我的灯下　我看得清清楚楚
白白胖胖的手　死死地
攥住村庄不放

这些很长很长　嗅觉灵敏的手
从一个村庄伸向另一个村庄
从这一户伸向那一户
掰开农民的嘴　拿走仅存的血汗

我可怜的乡亲们　常常
成群结队地沿铁路乞讨
有人丧生车轮　就再也没有回来
母亲说　他们去天堂过好日子去了
他们多亏了那些手的指引

就在这样的夜晚　窗外
还有多少双灯红酒绿的手
正一点点地掏空乡村
又一点点地被乡村斩断　我的诗呵
你应该变得锋利

（选自《星星》诗刊 1996 年第 9 期）

钟　鸣

钟鸣（1953 年 12 月—），四川成都人。20 世纪 80 年代开始创作。著有《秋天的戏剧》等多部著作。

羽林郎

他有个肥皂的舌头

——洛尔迦

北方有佳人，南方有羽林郎。
羽林郎，莫太失望，浮云片片，
正好作你故乡，你藏在豆子里，
挨着灰手两只，一别如雨！

清风啊，飘我衣，羽林郎，
你在测算么，可知灞桥飞鸾？
河里呜咽着羽人的面庞，
来辨辨，是娇女，还是羽林郎？

逍遥石宫，竖满碑帖，

岁月回往，幽镜难以复持，
我带来一撮你从未嗅过的头发，
门环熔铸的两只青铜乳房。

我从古城来，羽林郎啊！
兽伏于草，鱼跃顺流，
蜡梅仍旧将在你瓶中芬芳，
而古时的羽箭也将青辉灼灼。

羽林郎，上射十日的羽林郎，
月中有好嫁女，梦里有归宿，
混沌的第一日我便仔细瞧你，
琥珀的眼睛，高高的鼻梁，
燃着蓝色的羽毛状的火焰，
泪流满面，滔滔不绝。羽林郎
你悄悄睃进了我的耳朵，
解我罗衣，我像鹤一样洁白如玉。

羽林郎，你用最古老的钟鼎之声
萦我耳畔，使我忘了这遥远的古城，
这些壕沟，这些玲珑雕琢的塔，
半醒的井水和散发死人气的陶俑。

稻草上终将结满无情的寒霜，
北方佳人像云从窗口伸出头来，
南方羽林郎像羁鸟朝檐上飞起，
羽林郎，快迎接你温柔的嫁娘。

我从金晃晃的铜车向你飞来，
在淡绿的柳絮里向你委身，
像千年弦声绝唱放纵于你，
使你不胜悲喜，羽林郎！

与阮籍对刺

大人先生，来，亮出你的剑刺，招数，
某些可怕的习俗，只有剑能祛毒！
那道慷慨的光像一茎玉米，
轻轻一摇，我便随你跨上九野。

你只要嚷一声，一根血喉咙，
我便会眼量无限，披发于巨海，
暗让小鸟几分吧，扑腾几尺
又有何区别，再断几枝小枝？

莫真正抵御我的颤抖和残忍，
隐回丛林中，登高而有所思，
两只袖笼扇起阵阵无聊，
鬼神们在风景里独坐高堂。

那可是你英姿的另一阙呀！
烈性鼻梁一样陡直，令人振奋，
也不为美色所动，一架老牛，

把精演的剑法载到尽头。

大人，你那桑柘木做的弓
可不可以去掉玉成的无聊，
它笼罩过你的美髯，你的哀恸，
一只白眼烈日，一只青眼的豆火。
我相随你拾回那柄象牙刀，
学学风鸣。道人，步兵，大人，
无奈歌舞已去，欲火忽暗，
大家都在击刺时变为土灰。

恍惚曾修容一番，大人先生，
咱俩在一面石镜里重扮逝者，
力克圣徒所克的无聊的疾病，
来呀，来呀，我们互相划破手掌！

（以上选自《亵渎中的第三朵语言花——后现代主义诗选》，敦煌文艺出版社 1994 年版）

嘉 嘉

嘉嘉（1954 年 2 月—），女，原名曾晓嘉，出生于重庆。曾任四川省文联曲艺家协会秘书长。著有诗集《漫长的雨季》。

森 林

被损害也损害他人，是我们。

一

灵魂下葬　不是在今晚
今晚林莽如十五年前在南大陆最南
手指已钝
抠不动横七竖八悲凉的字眼
走吧　沉入土穴
森林风打黄昏
荒诞的命运在回忆录中
转暖

二

发明红卫兵的男学生　枕北方的河
听马头琴拉年迈的江水拉半部民族史
寻求报答
切开血管染剩下的半部
充满血腥
他说　真正的红卫兵
　　　只活了三个月

那时　世界为一只足球或棒球
洒二十四小时香槟
在东方　一个民族齐刷刷高举左手
作为某种特殊的标志
自坠于狺狺之声
无论人群兽群

我高举左手作为某种职业标志
充当屠夫便一视同仁
猪血人血树血不过是无言的流水
滚过来又滚过去
刀刃刀背不沾星点锈色
你错当我是远来的情人
大林莽不设防让杀戮口令横飞
细胳膊也能甩板斧若水流星
断你浑圆而无人问津的恋情
断作纸钱　焚你

只此能够证实我的手势
是一座无性别的忠诚
我不畏血
也不改变职业的帮礼

南大陆在秋天之前　沦为
一张褐色的落叶
太阳冷落为北回归线上孤独的旅人
森林终是作古了
东方一片红　红色南大陆土
黑皮肤嘉嘉
被照耀　一只无穴的爬虫

三

生命就值一粒子弹
猎手好风雅
爪如铁也抓不住岩缝　倒下
蓝翅膀被风托雾
扇不动死牢
复仇绝望　向岩石告别滑翔

哀歌漫起是猎手向鹰而唱

摆布出最后一个姿势
鹰尸便在猎手的墙头飞扬
千年孤独之后
毕加索失宠

尸体的艺术走出倾斜的阁楼
以杀手的名义
领取一项良心大奖

四

从此没有第二夜

失贞的男人从此改邪
月光被那天的竹叶切成尖尖匕首
插满你柚木色的身体
失贞的男人从此归顺
随你在靠近心脏的皮肉上
刻出霍桑的红字

老鼠总是成群结队从林子窜来
跳上你睡不熟的被盖
啄你如瘪谷
目光总是在暗中攀登
不断凸起的辉煌废墟
挑动你拒捕的企图
不知老井依然多水
滋润天才滋润庸人
滋润强盗打家劫舍滋润男觋女巫
日子是掰着指头过的
风景是抽着水烟斗换的
而你　是下一个新编的节目

下个时候据说风也泥泞
下个时候老井台阶旁
据说多一双又成旧话的脚印

五

我流走了但年龄受伤
岁月在身后
钥匙在上衣口袋不断提醒我
过去是这样现在仍是这样
你不老我却不能不朽
　　“三十才知落泪
　　六十才知落发”[①]
三十二才知淋淋的自尊
竟也落些荒唐血

（选自《诗刊》1987年第2期）

〔作者原注〕① 引自诗人彭邦祯的诗。

李先钺

李先钺（1954 年 3 月—），四川青川人。曾任广元市作协副主席。著有诗集《阳光潮》《李先钺诗选集》等。

开槽子①

那远古与现代的诱惑
还在深深的地层
再向深层次掘进就是美丽的神话
不能拒绝的闪光的希望
吸引着我们从远方走来
没有任何徘徊，哪怕坚硬的岩层
我们也将一往无前
祖爷知道，我们也知道
我将付出的不只是热汗与劳累
每掘进一寸，希望和失望同在
　　　　　　收获和风险并存
历史的尘烟还在头顶
付出的失望已成脚下的暗流

〔作者原注〕① 向含金地层掘进称开槽子。

只为那一丝的闪光千掘万滤
祖辈已成为古老的神话
只有这阴暗凶险的槽子是真实的
从槽口下到地层的瞬间
看见数百年前的队伍向天边走去
三十米以下，女人已被遗忘
我仍只有唯一的信念
向前掘进的时候
一群野马钻进黑暗的地层

扯　棚①

古老的传说还没有死
新的传说又被安葬了
黄昏的夕阳淡于金子
咳嗽声不管怎样的尖锐
都穿不过厚重的悲惨了
另一个世界是不会有梦的
因为那里已接近金子了
即使是风雨中走来的乞丐
也成了梦中的富豪
金子与坟墓在同一地方
但怎么也看不出半点忧伤

〔作者原注〕① 地下采金塌方称扯棚。

没有女人支撑的世界
苍天被埋在头上
天葬时的群鹰没有飞来
此时，金子在烈马的嘶鸣中浪荡
奔过去之后太阳就滑落了
纵然是顶天的巨柱
也支撑不了滑落的太阳
再不管月色轻抚
再不管天阴天阳
优秀的河流穿越岩层
草籽被风吹上天空，骏马消失
英雄被埋葬之后都成了金子

（以上选自《诗刊》1995 年第 11 期）

郭应循

郭应循（1954 年 4 月—），四川成都人。曾供职于金堂新闻中心。著有诗集《蓝色的火焰》《油菜花开》等。

母亲在养年猪

一年一头好多年了，母亲养猪
养她的又一个崽
是我的兄弟或者妹妹么

此刻，天刚亮，母亲又为猪烧饭
玉米粉、红苕、厚皮菜，这些
城里人重新喜欢的东西
母亲一直保留的菜品
聚于铁锅咕嘟咕嘟开心

吃着我们人类的饮食
猪类享够春花秋月
母亲一唤，便走亲戚拜年了

我在速肥的城市漂泊

远离母亲，已经吃过
太多非人的货色
幸有母亲在乡下养猪。每逢春节
香肠腊肉都给我一次传统教育

呵呵呵呵灶火笑着
嗯嗯嗯嗯猪崽应着
烟雾中，母亲活像观音

草　木

默默地活在故乡，这些草木
都是我儿时朋友
久别重逢特别生动

田边的狗尾草摇着狗尾
地角的奶浆草胀满奶浆
河滩的桤木丢片片叶子打我脑袋
溪畔的柳丝拉我叙旧
山顶上，涌一派蓊蓊郁郁
逼我望掉了帽子

这些草木，卑微却很旺盛
处于故乡的任何一个位置
都生根而不长皱纹。我老了

方才后悔迷恋江湖居无定所

草木，儿时朋友，推出一只山雀
脆生生喊我小名
喊醒了我的前世今生

（以上选自《诗刊》2012年第1期上半月刊）

林和生

林和生（1954 年 6 月—），四川乐山人。供职于四川省社科院文学所。著有诗集《林和生诗集》等。

苍茫时分

遇见你如遇陌生的知己，在遥远的异乡
那儿讲一种全然陌生的语言

遇见你如见炫目晚霞中明灭的小火
浅蓝的、透明的眼睛，像默默的、微笑的太阳
斜穿过大街的人群向我走来

遇见你的时候，我正久久地踟蹰
不知怎样迈动笨拙的脚步

遇见你如遇远方人，如遇
陌生的远方人，在一处
遥远遥远的异乡
在七种痛苦从胸中温柔泛起的时候

告别的时刻到了，既然
我遇见你，明白自己
爱上这座全然陌生的城市
我苦痛孤独的心一下懂得了惜别
就在
遇见你的苍茫时分

（选自《青年作家》1993 年第 4 期）

怀念父亲

我们季节的天空蹒跚着风筝，
唯有你知晓，
一道情声的呼唤，像秋叶
飘落在足印旁，
我们远远眺望篝火般的原野。
像儿时回家，拉着手。像熟稔的稻谷的香味，
你欲言又止：大河上的暮色
翕动着尘沙般的密语，
霎现，又湮没，
那是故乡的青纱帐。
绵延了北方没有阴凉的晌午，
油灯下连碾子也歇息了，
温柔地默想低回的大海。

（选自《星星》诗刊 2008 年第 6 期）

孙建军

孙建军（1954 年 8 月—），四川成都人。曾任《星星》诗刊编辑部主任，四川省作协副秘书长、创作研究室主任等职。著有《纯情的微风》《善良的孩子》等多部诗集。

玛尼石之河

这是康巴的草原
这是藏语的雪山
法号呜咽出的沉重
正是与天际相齐的轰鸣
这里有照临崖壁的石刻
这里有铺满山谷的玛尼石
唵 叭 咪 玛 尼 哞
让你接受伟岸的俯视
让你在过去与未来间感知神秘
“同意我看见这活着的白日的脸
同意我看见这活着的夜晚的脸
……携我穿过……
去向这个时间的遥远的一端……”
而那经卷一样长的河流

和那石头一样厚的经卷
让你贴近神灵般地
听到了与生俱来的寂静
该以什么言词献给你
当春天的少女奔跑成人
所有的喧嚣都积淀成盐
和那些做梦的孩子一样
我数着星星，唱着儿歌
用一万级台阶去想象
寻觅我终身寻觅的家园

而所有的时间全都在远方
哪一条河流都不带着忧伤
人啊，该是以怎样的慈悲
才把血脉的祈祷铺向了红尘
留下这，高原上的高度
　　　　广漠中的广大
　　　　慈航中的慈悲

这些牛角一样尖锐的文字，
依然响着一片
叮当如述的斧凿之声
以永恒的信念弥合永恒
每一具血肉之躯都做了铺陈
那么多的爱情与生殖
从天上来到人间
那么多的播种与收成
从远古来到远方

是的，当你识破天地玄黄之奥秘
你当不怕天崩地裂之命运
一如松结绽放了清早
一如云霓烧红了黄昏

而经幡的摇曳在风声之外
而经筒的轮回在岁月之外
一年，一季，一个时辰
一草，一木，一片土地
这些粉红的养子，泥土的少女
这些火烫的枫叶，英雄的血滴
我们从命运中筛选出的生与死
决不是一种简单的故事
与峡谷中玛尼石一样众多的
是汇入阳光的涓涓冰雪
与峡谷中玛尼石一样丰满的
是走向世界的芸芸众生
这些不苟言笑的玛尼石
是血肉的标点，语言的舍利
这些凝神聚气的玛尼石
是时间的骸骨，史诗的句式

没有理由为人生短暂而叹息
在不幸与幸运的轮回中
我们与石头结伴同行
将满含骨气的水土相互交接
啊，石头中大慈大悲的德行
苍天在上，玛尼石做证

这是青稞的子民
这是雪山的后辈
情歌牧歌唱动的博大
正是与天际相齐的轰鸣
把灵魂融入最简捷的言说里
把命运融入最粗犷的风雨里
我们拥有苍天一般透明的智慧
我们拥有云朵一般厚实的躯体
由真言和石头炼铸的这方水土哟
真言念动了石头，石头永恒
心灵承接了太阳，太阳永恒

（选自《诗刊》1997 年第 4 期）

葱葱湖

葱葱湖（1954 年 11 月—），女，本名胡佑科，曾用笔名葱葱儿，四川乐山人，现居北京。著有诗集《红籽儿·白杜鹃》等。

爱，就燃烧在一起

为什么你要离开我？
你回来！
为了你，我的琴整夜哭泣。

世俗悬起的绞索，
套紧热恋的脖颈，
门第阴森的洞穴，
重演维洛那悲剧。
你，违心离去……

我的琴声呼喊你，
找你，等你，
你可见晶莹闪落
琴弦的泪滴。
纵将痴情耗尽，

纵然毁灭，
生之爱，死之恋，
何时才能找回你？

不要“勿忘我”。
刻骨铭心的爱，
谁能扼杀？谁能浇灭？
不要怜悯，不要乞讨。
你回来！
我等你，
爱，就燃烧在一起。

独　语

自言自语地说些什么。
一线阳光挤进房子做伴，
还有窗外守候多年的一株树，
以每片树叶的生长和消失记叙。

在眼光所能及的地方，
自言自语。
是愿望一只只飞来飞去的鸟，
落脚枝头的时候倾听。

距离不算太远可也不算近呀，

犯傻的是你。
被一些鸟的羽毛迷惑，
不注意鸟偷偷飞走的时间，
就像没有注意
你第一丝银悄然而至。

万籁俱寂的星空，
能给予永恒承诺的
欲说无声。
很多颗星的命运
都不过如此。

或以一种遥远距离的蔑视，
或在被谁撞击滑落的瞬间，
用蓄存已久的光辉擦亮天地！

坠为陨石。
谁能够拾起，
就跟谁说说话吧。

虽然晚了许多年，
虽然　重复当初的自言自语，
有些像莎翁激情不朽的悲剧。

（以上选自《乐山百年新诗选》，四川文艺出版社 2017 年版）

邓文国

邓文国（1954 年 12 月—），四川巴中人，现居德阳市。著有多部文集。

绣球花

你原是绣楼上那个小姐扔下的
就因为没打中那个叫人难眠的冤家
便落地生根了
风里雨里
长成亭亭的相思
那个冤家从此再也没来
你忠贞不渝
一个劲儿开你的花
据说崔莺莺后花园里就有一棵
被张生摘了去
祝英台就因为没有绣球
才成了悲剧
化蝶那一段
千万别去信
白蛇送伞也是遭了杜撰
后人送荷包

总不如绣球来得高明
不然林黛玉流那么多的眼泪
如今的男人尽皆风流
全不是那个冤家
你自叹命薄
年年岁岁
开一朵孤独的花

（选自《诗歌报》1988 年第 6 期）

侗 肆

侗肆（1954 年 12 月—），本名董治江，另用笔名马飏飏，四川乐山人。曾在报刊发表诗歌及诗歌评论。

舅 舅

舅舅是农民
日出而作日落而息
拉扯大几茬歇后语
舅舅沉默寡言难得开腔
一开腔又应了时令
清明端午中秋
三月五月七月
不经意让舅舅次第种成悲喜剧
犟牯牛木犁耙竹斗笠
山湾塘冬水田老水井
是舅舅无言的道具和铅色的背景

舅舅不拜佛不敬神
唯一信奉过的养身之道
是皮包骨头的饥饿疗法

那年　一堆带泥的红苕
让舅舅一口气啃成病句
石板路和翘扁担之间
舅舅是竖写的格言
上气不接下气地教导人生

爬坡上坎的石骨地
成名为阴山和阳山
随便翻耕一面
都能插活舅舅的表情

乡下兄弟

乡下兄弟
一脸憨厚
深陷淡黄色的泥土
脚窝有深有浅
长出高高矮矮的农谚
乡下兄弟有些背时的讲究
清明磕头
端午喝酒
东篱的菊
任其自生自灭
一年到头
死了心扶植

二十四个节气
乡下兄弟无暇顾及诗歌
偶尔进城
才摸进我
日渐发福的笔名
失眠一夜

（以上选自《乐山百年新诗选》，四川文艺出版社 2017 年版）

瓦　宁

瓦宁（1955 年 1 月—），原名彭瓦宁，四川宜宾人。20 世纪 70 年代末开始诗歌创作并发表作品。

春　天

一场雨下在这里并不容易
应该站在雨后的阳光下
听听今天太阳的声音
听听今天雨水深入泥土的声音
泥土深处水在流动鱼在繁殖
再听听植物在阳光下生长的声音

植物开花
做一个爱春天的人

现在，太阳很亮
风很轻，植物很暖和
海水很蓝，天空很平静
上山的人很多
去远方的人步履匆匆

一场雨下在这里并不容易
应该在雨后的阳光下
送一束花给不说话的朋友
多年以后
说说话

植物开花
做一个爱春天的人

（选自《星星》诗刊 1998 年第 12 期）

翟永明

翟永明（1955 年 5 月—），女，四川成都人。成都白夜酒吧文化沙龙创办人。著有《女人》《在一切玫瑰之上》《纽约，纽约以西》等十余部著作。

独　白

我，一个狂想，充满深渊的魅力
偶然被你诞生。泥土和天空
二者合一，你把我叫作女人
并强化了我的身体

我是软得像水的白色羽毛体
你把我捧在手上，我就容纳这个世界
穿着肉体凡胎，在阳光下
我是如此炫目，使你难以置信

我是最温柔最懂事的女人
看穿一切却愿分担一切
渴望一个冬天，一个巨大的黑夜
以心为界，我想握住你的手
但在你的面前我的姿态就是一种惨败

当你走时，我的痛苦
要把我的心从口中呕出
用爱杀死你，这是谁的禁忌？
太阳为全世界升起！我只为了你，
以最仇恨的柔情蜜意贯注你全身
从脚至顶，我有我的方式

一片呼救声，灵魂也能伸出手？
大海作为我的血液就能把我
高举到落日脚下，有谁记得我？
但我所记得的，绝不仅仅是一生

母　亲

无力到达的地方太多了，脚在疼痛，母亲，你没有
教会我在贪婪的朝霞中染上古老的哀愁。我的心只像你

你是我的母亲，我甚至是你的血液在黎明流出的
血泊中使你惊讶地看到你自己，你使我醒来

听到这世界的声音，你让我生下来，你让我与不幸构成
这世界的可怕的双胞胎。多年来，我已记不得今夜的哭声

那使你受孕的光芒，来得多么遥远，多么可疑，
站在生与死

之间，你的眼睛拥有黑暗而进入脚底的阴影何等沉重

在你怀抱之中，我曾露出谜底似的笑容，有谁知道
你让我以童贞方式领悟一切，但我却无动于衷

我把这世界当作处女，难道我对着你发出的
爽朗的笑声没有燃烧起足够的夏季吗？没有？

我被遗弃在世上，只身一人，太阳的光线悲哀地
笼罩着我，当你俯身世界时是否知道你遗落了什么？

岁月把我放在磨子里，让我亲眼看着自己被碾碎
啊，母亲，当我终于变得沉默，你是否为之欣喜

没有人知道我是怎样不着痕迹地爱你，这秘密
来自你的一部分，我的眼睛像两个伤口痛苦地望着你

活着为了活着，我自取灭亡，以对抗亘古已久的爱
一块石头被抛弃，直到像骨髓一样风干，这世界

有了孤儿，使一切祝福暴露无遗，然而谁最清楚
凡在母亲手上站过的人，终会因诞生而死去

预　感

穿黑裙的女人自夜而来
她秘密的一瞥使我精疲力竭
我突然想起这个季节鱼都会死去
而每条路都穿越飞鸟的痕迹

貌似尸体的山峦被黑暗拖曳
附近灌木的心跳隐约可闻
那些巨大的鸟从空中向我俯视
带着人类的眼神
在一种秘而不宣的野蛮空气中
冬天起伏着残酷的雄性意识

我一向有着不同寻常的平静
犹如言者，因此我在白天看见黑夜
婴儿般直率，我的指纹
已没有更多的悲哀可提供
脚步！正在变老的声音
梦显得若有所知，从自己的眼睛里
我看到了忘记开花的时辰
给黄昏施加压力

藓苔含在口中，他们所恳求的意义
把微笑会心地折入怀中
夜晚似有似无地痉挛，像一声咳嗽
憋在喉咙，我已离开这个死洞

世　界

一世界的深奥面孔被风残留，一头白燧石
让时间燃烧成暧昧的幻影
太阳用独裁者的目光保持它愤怒的广度
并寻找我的头顶和脚底
虽然那已是很久以前的事，我在梦中目空一切
轻轻地走来，受孕于天空
在那里乌云孵化落日，我的眼眶盛满一个大海
从纵深的喉咙里长出白珊瑚

海浪拍打我
像产婆在拍打我的脊背，就这样
世界闯进了我的身体
使我惊慌，使我迷惑，使我感到某种程度的狂喜

我仍然珍惜，怀着
那伟大的野兽的心情注视世界，深思熟虑
我想，历史并不遥远
于是我听到了阵阵潮汐，带着古老的气息

从黄昏，呱呱坠地的世界性死亡之中
白羊星座仍在头顶闪烁
犹如人类的繁殖之门，母性贵重而可怕的光芒
在我诞生之前，就注定了

为那些原始的岩层种下黑色梦想的根，它们

靠我的血液生长
我目睹了世界
因此，我创造黑夜使人类幸免于难

（以上选自《诗刊》1986 年第 9 期）

徐天喜

徐天喜（1955 年 10 月—），四川南充人。曾为南充市高坪区文化馆专业创作员。

辉煌的陨落（选一）

——悲凡·高

伟人的历史，依我看就是悲剧。

——文森特·凡·高

一

阿尔的太阳丧心病狂煅烧出凡·高枞树林旁的那间画室，红杉树与咖啡屋以及酒都充血。充沛的阳光热带雨般泻成轰轰烈烈的瀑流。五月的麦浪，滚过等待成熟的胸膛。神经的阡陌上八角红枫都发酵为火的颜色。

你总是拥抱强烈的季节。

睁开落果般饥饿的瞳仁。满嘴酒气地饕餮上帝最珍贵的赐予。云雀的音符是肮脏的墨迹，最终告别云层，渺茫地失踪或逃遁。

凡·高你以色盲的错觉头昏眼花地诉说。

黑厨房里不三不四的染料，咖啡壶麻醉或者警醒的残渣，冻土般堆积你红胡须的命运，企图与太阳比肩而立或作为它温热怀抱的一具冰凉的死婴。

阳光的形态。阳光的情绪。

阳光的气韵。阳光的呼吸。

画笔，蘸满淋漓的血和阳光的洋洋花粉，捧出向日葵高昂的头颅和敞开的心扉，接受酷日和暴虐的阵雨！

（选自《中国散文诗大系·四川卷》，广西民族出版社 1992 年版）

枫 叶

枫叶（1955 年 11 月—），原名张贵清，四川犍为人。乐山市作协副主席。著有诗集《抒情山水人生》《火红的枫叶》等。

山 野

巍峰耸立是那么高远
气势壮阔绝顶的悬崖
山泉流注
雪白的瀑布把山涧分开
水便是山的血脉
那一座活着的山

老松劲挺密布
乌黑的松针伞状撑开
草木便成了山的毛发
一座华彩绽放有生气的山
烟云缭绕
山形的面目忽明忽暗
一座秀媚动人的山野

山脚温暖的茅舍
行客饮茶小憩
寒汀野水在脚下溪边悠然流淌
小溪自远山流出
曲曲折折或急或缓
急如轻雷
缓如一阵古乐齐鸣
琴瑟筝笆箫笛笙竽合奏的和声
众山皆响

瑞　祥

天空所包容的不仅是
美丽的诗篇
太阳悬在世界之上
一阵阵鸣叫
树在动
世界在动

回望
太阳的胸怀如此坦荡
有鸟儿飞过太阳的高度
没有超越的永远在飞
呼天喊地
天地空阔得听不见回音

谁创造了天堂和大地
是感知的人类你自己
天空中总看到一丝祥瑞

（以上选自《乐山百年新诗选》，四川文艺出版社 2017 年版）

凡　羊

凡羊（1955 年 11 月—），本名吴天富，四川江油人。著有《家在涪江边》《咩语》《凝视》三部诗集。

油房坡

油房已被生活逼上绝路
留下坡。坡上有梯田、有塘堰
有几户庄户人家

在这个靠天吃饭的山村
一根缺水的绳子，紧紧地
困住了村民的手脚

在这面坡上，我认识的村民
已被土地收入怀中
而他们的子孙，并没有将自己的一生
抵押在坡上，而是有一些小志向

在异地，狠狠地
要将命运擦一擦……

河　曲

裹一身露水和晨曦。此刻
请不要打扰河曲的柳树
水为镜，风作梳，长发飘忽
柳树正在静静地梳洗
你看身边的小草，生活幸福
彼此亲近，细语，惺惺相惜

一只鸟儿
即兴唱出一曲渔歌
被另一只鸟儿复述。然后
两只鸟儿会心地笑笑
蹲在一块石头上
抵达祥和的彼岸——

（以上选自《诗刊》2012年第8期上半月刊）

伍荣祥

伍荣祥（1955 年 11 月—），四川长宁人。曾任长宁县文化馆文学辅导干部。著有诗集《院中看云》《伍荣祥诗选（1982—2015）》等。

一丁点儿声响

槐树在院里宁静，时间仿佛停止。

可谁用怀疑的目光将我的计划流产？将严密的消息随夜风从墙缝纷纷泄露，还蓦然将宅内的窗户全部打开。

大白于天下，三月的风北移，我的双肩淋湿。

谁在这时发出一丁点儿声响？

今夜，堵塞的心事让人无眠……

纠缠与结痂

世界被纠缠，因疼痛而结痂。

季节被纠缠，这个春天比往年迟缓，而我的窗外仍在下雪，我心事的某一患处突然长出小小的麻烦和无形的困顿。

我的确被纠缠。

昨天的诸多牵挂与无限思念，顺着一种冷意的微风被遭遇吹拂和拍打，还发出呻吟，让宅内昼夜不安。

纠缠，蚊虫不停地叮着肌肤与时间。

一阵疼痛，我的肌肤留痕和结痂……

（选自《星星·散文诗》2013 年第 5 期）

梁　平

梁平（1955 年 12 月—），重庆人。中国诗歌学会副会长、四川省作协副主席、成都市文联主席，曾任《星星》诗刊主编。著有《梁平诗选》《琥珀色的波兰》等多部诗集。

红照壁

我的前世，
文武百官里最猥琐的那位，
在皇城根下内急，把朝拜藩王的仪式，
冲得心猿意马。照壁上赭色的漆泥，
水润以后格外鲜艳。
藩王喜红，那有质感的红，
丰富了乌纱下的表情，
南门御河上的金水桥，
以及桥前的空地都耀眼了。
照壁上的红，
再也没有改变颜色。
红照壁所有恭迎的阵势，
其实犯了规。这里的皇城，
充其量是仿制的赝品。

有皇室血统的藩王毕竟不是皇上，
皇城根的基石先天不足，
威仪就短了几分。
照壁上的红很真实，
甚至比血统厚重。
金戈铁马，改朝换代，
御河的水，流淌一千种姿势，
那红，还淋漓。

我的前世在文献里没有名字，
可以肯定不是被一笔勾销，
而是大隐。
前世的毛病遗传给我，
竟没有丝毫的羞耻和难堪。
我那并不猥琐的前世，
官服裹不住自由、酣畅与磅礴，
让我也复制过某种场景，
大快朵颐了。我看见满满的红。
红了天，红了地，
身体不由自主，蠢蠢欲动。

一垣照壁饱经了沧桑，
那些落停的轿，驻足的马，
那些战栗的花翎，逐一淡出，
片甲不留。
红照壁也灰飞烟灭，
被一条街的名字取代，
壁上的红，却已根深蒂固，

孵化、游离、蔓延，
可以形而上、下，
无所不在。我的来生，
在我未知的地方怀抱荆条，
等着写我。

燕鲁公所

古代的河北与山东，
那些飘飞马褂长辫的朝野，
行走至成都，落脚，
在这三进式样的老院子。
门庭谦虚谨慎，青砖和木椽之间，
嵌入商贾与官差的马蹄声，连绵、悠远，
像一张经久不衰的老唱片，
回放在百米长的小街，
红了百年。

朝廷怎么青睐了这个会馆，
没有记载。最初两省有脸面的人，
来这里就是回家，就是
现在像蘑菇一样生长的地方办事处，
在不是自己的地盘上买个地盘，
行走方便，买卖方便。
后来成都乡试的考官，

那些皇帝派下来的钦差也不去衙门，
在这里，深居简出。

棱的砖、钩心斗角的屋檐，
挑破了大盆地里的雾。时间久了，
京城下巡三品以上的官靴，
都回踩这里的三道门槛。
燕鲁会馆变成了公所，
司职于接风、饯行、联络情感的公务，
如此低调、含蓄、遮人耳目。
至于燕鲁没戴几片花翎的人，
来了，也只能流离失所。

燕鲁公所除了留下名字，
什么都没有了，青灰色的砖和雕窗，
片甲不留。曾经隐秘的光鲜，
被地铁和地铁上八车道的霓虹，
挤进一条昏暗的小巷。
都市里流行的喧嚣在这里拐了个弯，
面目全非的三间老屋里，
我在。在这里看书、写诗，
安静可以独自澎湃。

上清寺

上清寺有没有寺，
找不到记载，
上了年纪的老人说没有。
没有寺的上清寺，
在这个城市很有香火，
围墙围了一些人，
墙里的人感冒，
墙外的人跟着打喷嚏。

我曾经在墙围里，
发霉。和我一起发霉的，
还有不得不穿戴楚楚的衣冠。
这里的天气无法预报，
白癜风可以传染，
每张脸都可能发生病变，
一夜之间，
人模变成狗样。

我从围墙的缝隙里，
逃生出来。
遇见好多壁虎和蛇，
阴湿地带常见的那种，
那里的灌木丛，
让我想象不干净的女人。
我知道，有我一样感受的人，

不能像我一样抒情。

白癜风在围墙里出现，
让一些光鲜的脸，
格格不入。
好多人在自己的鼻梁上，
也迎合一抹白。
白癜风走了，
上清寺用了好多水冲洗，
那种恶心的味道。

上清寺恢复原来的平常，
外面进去的人，
和从里面出来的人，
没有什么两样。
说书的老人还说围墙要拆，
说得和真的一样。
惊堂木落下，
听书的没有一个退场……

（以上选自《深呼吸》，作家出版社 2016 年版）

冯庆川

冯庆川（1955 年 12 月—），四川乐山人。现居乐山。著有诗集《欲望如潮》《远方的诱惑》等。

河流与海

我熟悉河流也崇拜河流
河流是坦荡的
哺育着沿岸的人和大地
我熟悉河流而不熟悉海
海给我的只是梦和传说
无边无际的浪潮
无休无止的咆哮
不可捉摸的神秘
不可想象的怪谲
水也没有一点人情味
嗓子冒烟也只能咽一下口水
而河流终归要流向海洋
流向我陌生的归宿
我怜悯弱小的河流
在浩瀚的海里失去纯真

海呀，海呀
咸味的海风摇荡的海呀
而我相信河流是永恒的
河流的灵魂是倔强的灵魂
假如有一天我到了海上
一定会从深深的海洋里
看见河流的心在闪光

（选自《乐山百年新诗选》，四川文艺出版社 2017 年版）

柏　桦

柏桦（1956 年 1 月—），出生于重庆。现为西南交通大学人文学院中文系教授。著有诗集《望气的人》《往事》等。

知青岁月

三十六年前，我曾游荡在巴县龙凤公社的山间
森林正午或黄昏，明朗的湿润，闻起来
有一股图宾根森林里德国男人飞跑过去的味道；
我真是那样年轻，十八岁，
正追逐着一名画中的农民女儿；
看，她刚装满一筐柴草。
“倒掉!”
突然，看林的瘸腿人怒吼着，临空逼近
他公正的隆鼻甚至贴上了她身体的窄门
热腾腾铁躯挡住了另一支飞来的箭矢。

森林转阴，面前那渐暗的美人半张着嘴
孤单的空气在呼出
那最后天真的残枝的痛苦……
那不是人的痛苦?

那恰是我昨夜油灯燃尽的痛苦
——在 50 年代出版的一部百科全书
第 98 页末段，我听到萨特笔下的
自学者叹了一口气：“多么漫长!”

“在喊叫中颤抖着风的那些长弦”啊……
——“倒掉!”
灰色的天空如某种古代的威风倒扣过来
年轻的山巅、姑娘，
以及不远处老了的白市驿飞机场
我也在沙沙地跑过，迎向秋收后的黄金之风
风中空空的肩膀，弯腰的泪水

而许多年后，
我终于学会了跟随一位西班牙诗人说：
“风有时叫嘴唇，另一次叫沙。”

异乡记：问答张爱玲

——赠李商雨

忆昔年我曾在永嘉县党部住过一宿
那房子静静地浸在晕晕的夕光里，
柜台上的物资真堆积如山呢：
木耳、粉丝、笋干、年糕……

一切都是慢的，兰成！连政府
到此，亦只能悄悄做一份人家。
不是吗？你早已预见了——
马滑霜浓。剩下的仅让我来说：

> 未晚先投宿，她从楼窗口看见
> 石库门天井里一角斜阳，一个
> 豆腐担子挑进来。里面出来一
> 个年轻的职员，穿长袍，手里
> 拿着个小秤，揭开抹布，称起
> 豆腐来，一副当家过日子的样子。

我到底害怕什么呢？怕火车站？
怕油腻的抹布？油腻的桌面？
怕油腻的饭碗泡上来的黑茶？
怕他那张永远油腻的黄脸？

随后是凄清的寒夜，簇新的棉被；
是头戴小钢盔且不知疲倦的破晓。
没有沉沦。哦，对了：在漆园，
我们偶寄一微官，婆娑数株树。

我的 1974

万物皆出一理。一理为何？赵州云：

我在青州做一件布衫，重七斤。
（不是麻三斤，更非泥牛入海）

1974，文之悦[①]从“批林批孔”
传来；乒乒乓乓，词声锵锵，
落入绿茶，我寡淡。会客室里

明暗和谐云烟过眼，逸出道家气；
看，人人都埋首做笔记；老师也
随物宛转，白白胖胖，毫无泼烦。

那挣扎的苍蝇死了吗？一种节奏
死了。当“静看打窗虫”伤害了你
快，拿另一些烂诗去给江西人读。

（以上选自《四川新世纪诗歌选》，四川文艺出版社2014年版）

〔作者原注〕① “文之悦”指Roland Barthes之书：*Le Plaisir du texte*。

张加百（蒙古族）

张加百（1956 年 3 月—），蒙古族，浙江慈溪人，现居成都。

日　子

在黄昏，天空很蓝
我看到的海水更蓝
更明亮
现在
坐在家里
看着一只海螺
我想着在海边居住的日子
海水深不可测
现在我只能坐在家里想
或许这样海更加迷人
使我眩晕
风拍打着一扇忘了关上的窗户
嘎吱作响
一只只海鸥在夕光中穿来穿去
黄梅雨悄然落在屋顶
散发出神秘的气息

其实这些都无关紧要
更深的渴望是再一次
看看父亲
河流在他沉默的胸脯上流淌

（选自《星星》诗刊 1988 年第 1 期）

长途旅行

从成都到马尔康
很准时，七点出发
完成一次战略转移
一百米处刹车
上另外一些人
为座位发生争执
停泊两小时
向要去的地方转动车轮
行驶三个半小时
彻底抛锚

语言在舌与唇间盘旋
作长途跋涉
占根电线向看不见的耳朵
那边严正声明
机械的事情谁也负不了责

太阳下影子越来越小的人
要求赔偿时间
在客车上
在客车下
我们只好谈天
静候

等待再次出发

途　中

失去身子的树
裸露如人的尸骸
白光闪闪
巨峦一点点沙化
在神秘的高原

雨夹雪
砸响车篷
公路蛇一般盘绕向上
紧急刹车的队列
排成长龙

前面塌方

（以上选自《青海湖》1987 年第 2 期）

孙文波

孙文波（1956 年 5 月—），四川成都人，现居北京。著有诗集《孙文波的诗》《给小蓓的骊歌》，文论集《写作、写作》等。

改一首旧诗……

重读旧诗，我感到其中的矫揉造作。
第一句就太夸张：“他以自己的
胡须推动了一个时代的风尚。”
一个人的胡须怎么可能推动时代的风尚？
想到当年为了它自己颇为得意，
不禁脸红。那时候我成天钻研着
怎样把句子写得离奇，像什么
“阿根廷公鸡是黄金”之类的诗句
写得太多啦。其实，阿根廷公鸡
是什么样，我并没有见过；黄金，
更是不属于我这样的穷诗人。写它们，
不过是觉得怪诞，可以吓人一跳。
现在，写了十年诗，我才明白，
谁也不会被我吓一跳，搞糟了的
不过是自己。现在，我终于学会

从身边的事物中发现需要的诗句，
像“摇晃的公共汽车。”或者“大雪天，
冷得人要死。”它们似乎十分平淡，
但只要安排妥当，就会产生惊人
的力量。“清水出芙蓉，天然去雕饰。”
“不使用过分的形容词。”几千年来，
真正打动我们的，正是如此的
诗篇。譬如《硕鼠》《鸱鸮》，
譬如《温泉关凭吊》。如果我仍然只是
追求怪诞，还一个劲地写“星辰的
嘴唇……”“接骨木的五指抚摸着
夏天的裸体。”再不就是：“玫瑰、
玫瑰，你伟大的冠冕，戴在一切事物
之上。”“宫殿的美改造了我们的
眼睛。”哦，太可怕啦！它们不过
是傲慢的修辞术和技艺的工匠气。
不单离这个世界，离我自己也太远。
“说出的应该是看见的。”是的，
我看见了什么？“我的邻居
被人打得不轻，失去了一只眼睛。
为什么？买白菜时碰到了一群小流氓。”
以及“三陪小姐，已经是这座城市
的一道风景”和“在发财的道路上，
良心是多余的。”“物质创造悲喜剧。”

（选自《山花》1998 年第 11 期）

江竹[illegible]

我看见的风景是你的葬身之地
树叶在风中摆，虫子在草中啼
我脚踩的石阶变幻着阴森的气氛
你令我想到来世的风景

杀死你的人，他们听命于谁
他的声音怎样到达枪。枪口
怎样吐出火焰；一团灿烂的火焰
它的美丽不准你呼吸

此生之后的事你知道吗？有人
一会儿翻手为云，一会儿覆手为雨
也有动人的哀婉的少女
泪水莹莹，裙裾摇曳，精神向你学习

她们的心水一样细腻，也纯洁
在相反的方向里，她们
也在觊觎你包括的这里
青山翡翠，这是一块绝美的土地

（选自《星星》诗刊 1989 年第 8 期）

蓝　马

蓝马（1956 年 6 月—），本名王世刚，又名兰马、伊民等，出生于四川西昌。“非非主义”发起人之一。1995 年创办、主编诗刊《诗帆》。著有《送你一把梳子——蓝马爱情诗精选》《抒情的蝴蝶》等。

环形树

那张环形的树叶盯着我
永远都在飘
我突然坐下又突然站起
出其不意地掠过一场
自我澎湃

浮在空中
随雨季一道漂泊
她们在树枝上站成纵队

挥动自己的照片
构成活泼的树冠
她们的笑
我已是司空见惯

从这里下去顺着根
抓住泥土抓住
稀泥深处潜泳的光
任其颠覆和狂跳
在大雨中
我更知这土地何时到岸
而她们乌有的表情
趁我脸色转阴渐消失
在我的微笑后面
她们的贞操
被再次许诺

游出那一片虚无的汗
我水银的动弹
金属的扩展又摆渡
使她们不停苏醒过来
面对同一个清晨
那环形树叶在我躲开之后
还是久久地盯着我
这种树我已是司空见惯

（选自《中国当代诗歌精品》，春风文艺出版社 1994 年版）

雨　田

雨田（1956 年 6 月—），本名雷华廷，出生于四川绵阳。沙汀文学艺术院常务副院长、绵阳市作协副主席。著有《秋天里的独白》《最后的花朵与纯洁的诗》等多部诗集。

仙海的两棵树

天龙山顶上的两棵古柏　你站在这里干什么
我不知道这里过去如何荒凉，但我明白
你在无数次的狂风暴雨中形成自己的躯骨
独自啜饮着生命的呼吸和你根上的故乡
我真的想　你的前世就是一对难舍难分的恋人
有着一段伤心的泪被风吹走　变成烟雨
此刻我站在你的面前　用悲苦把甜蜜唤醒

你见证过月亮在水面上升起　倾洒着忧郁与喜悦
激情的浅丘里　你的孤独成了一种信仰
把我深深地诱惑　大地震颤时你注视着
仙海湖封存的火焰　在挑战孤独时享受独孤

还有谁知道你扛着自己的命运　扎根在山水间

一刻不停地吸取阳光　活在速度之外　从不
屑于急功近利　但你从不寂寞　你的枯枝败叶
也自成一体地成为浅丘深处的风景　你没有
被狂风吹斜　是因为你懂得生命的意义在于正直
谁也不知道你在追问或留恋什么　阳光下
你凝视着一些赶路人　从你身旁悄无声息地走过

穿过火焰　你神圣的光环迷醉在音韵起伏的水面
我想在恍惚与欢乐的绿色之间去触摸你的恋歌
如此根深蒂固　我领悟到你上空空气的甜美
仙景之境界　有一种诗意正环绕　并穿梭在其中

微风用指尖触摸你的枝叶　你跳动的脉搏
日复一日地抵达内心　我知道比黑夜的深沉
更广阔无边的是你的温暖　你沸腾的欢悦
如同阳光之声　让你的躯骨更加坚硬而勃发
从第一眼认识你开始　我就陷入一种窘境
你的高度　你的光辉与永恒是你沉默的话语
我知道你的生命获得了阳光和土地的力量
不然　你怎么会这么有骨有情有义地守望在此

樵夫与耕者的画屏

雁群在雨中飞行　屋檐下躲雨的樵夫　懂得
宁静才是他的夙愿　川西北丘陵深处隐藏的奏鸣曲

正召唤着诗与词的故乡　谁的泪水禁不住涌上眼窝
又是谁透过泪眼看到了如此神圣的绝境
从虚到实　从世外到宽阔的内心　只有明朗的太阳
知道人性的高度　知道自由的思想能辟出大道
让行走的樵夫无疆地穿越比涪江更遥远的河流

谁的信念能让世界在一瞬间改变面貌　那些
无形的光芒能点亮沉睡的灵魂吗　只有尊重生命
才能离心灵更近　去注视耕者的眼神吧　那些手
思想或激情　甚至他们惆怅的身影
都被秋风吹动　谁的足迹划过苍茫的旷野
谁正用人的良知唤醒时间深处的疼与爱　悲与欢
唤醒那些满嘴谎言的人　说出一句黑白分明的真话

（以上选自《诗刊》2017年第5期）

乡村博物馆

没有谁在赞美你　而被人们赞美的是些什么
一棵年老的朽木　还是那些有毒或无毒的植物
不知为什么　我从不听从美的召唤
什么才是真实的　永恒的　什么比月光更汹涌
什么才是撕破黑暗的黎明　谁能告诉我
怎样才能让自己不再麻木　难道我就情愿放纵
情愿倍受盲目的煎熬吗　是的　我内心的火种

被谁取走　谁的痛哭正被说不清的春天埋葬

我在这里低着头　天空也在这里低着头　犁头
风车和磨面的石磨没有告诉我谁带走了时光
那些被铁匠在炉火里锻打弯刀和斧头为什么沉默
许许多多的问号都在这里成了深渊　我麻木的手
握着别人的手时　左顾右盼的老妇人是否知道
现实里的无数双眼睛早已看不到真实的眼睛
我要质问　谁在压迫我的灵魂歌唱
一盏油灯　一对马掌和一台老式放映机
无语地望着我　精神的镣铐会锁住我的晚年
历史在修辞中已经成为历史　只有你还有真实的一面

（选自《十月》2016 年第 6 期）

欧阳江河

欧阳江河（1956 年 9 月—），原名江河，四川泸州人，现居北京。著有诗集《透过词语的玻璃》《谁去谁留》《事物的眼泪》、评论集《站在虚构这边》。

玻璃工厂

一

从看见到看见，中间只有玻璃。
从脸到脸
隔开是看不见的。
在玻璃中，物质并不透明。
整个玻璃工厂是一只巨大的眼珠。
劳动是其中最黑的部分，
它的白天在事物的核心闪耀。
事物坚持了最初的泪水，
就像鸟在一片纯光中坚持了阴影。
以黑暗方式收回光芒，然后奉献。
在到处都是玻璃的地方，
玻璃已经不是它自己，而是

一种精神。
就像到处都是空气，空气近乎不存在。

二

工厂附近是大海
对水的认识就是对玻璃的认识。
凝固，寒冷，易碎，
这些都是透明的代价。
透明是一种神秘的、能看见波浪的语言，
我在说出它的时候已经脱离了它，
脱离了杯子、茶几、穿衣镜，所有这些
具体的、成批生产的物质。
但我又置身于物质的包围之中，
生命被欲望充满。
语言溢出，枯竭，在透明之前。
语言就是飞翔，就是
以空旷对空旷，以闪电对闪电。
如此多的天空在飞鸟的躯体之外，
而一只孤鸟的影子
可以是光在海上的轻轻的擦痕。
有什么东西从玻璃上划过，比影子更轻，
比切口更深，比刀锋更难逾越。
裂缝是看不见的。

三

我来了，我看见，我说出。

语言和时间浑浊，泥沙俱下，
一片盲目从中心散开。
同样的经验也发生在玻璃内部。
火焰的呼吸，火焰的心脏。
所谓玻璃就是水在火焰里改变态度，
就是两种精神相遇，
两次毁灭进入同一永生。
水经过火焰变成玻璃，
变成零度以下的冷峻的燃烧，
像一个真理或一种感情
浅显，清晰，拒绝流动。
在果实里，在大海深处，水从不流动。

四

那么这就是我看到的玻璃——
依旧是石头，但已不再坚固。
依旧是火焰，但已不复温暖。
依旧是水，但既不柔软也不流逝。
它是一些伤口但从不流血，
它是一种声音但从不经过寂静。
从失去到失去：这就是玻璃。
语言和时间透明，
付出高代价。

五

在同一个工厂我看见三种玻璃：

物态的，装饰的，象征的。
人们告诉我玻璃的父亲是一些混乱的石头。
在石头的空虚里，死亡并非终结，
而是一种可改变的原始的事实。
石头粉碎，玻璃成长。
这是真实的。但还有另一种真实
把我引入另一种境界；从高处到高处。
在那种真实里玻璃仅仅是水，是已经
或正在变硬的、有骨头的、泼不掉的水，
而火焰是彻骨的寒冷，
并且最美丽的也最容易破碎。
世间一切崇高的事物，以及
事物的眼泪。

（选自《诗季》1993 年秋之卷）

李盛全

李盛全（1956 年 10 月—），出生于四川隆昌。著有《李盛全诗选》《李盛全小说散文选》等。

脸

一种特殊气候的报表
一式二份

牙

是工具
也是凶器

手

上帝早已退休
你是万能的上帝

脚

不存在蛋与鸡的先后问题
一目了然：路是你的儿子

（以上选自《诗刊》1995年第3期）

颜广明

颜广明（1956 年 12 月—），四川达州人，先后在高校和新闻部门工作。

墙上的风景

把一幅挂历植在雪白的墙壁
之后　你如同一个风雪夜归人
伫望着那一片神秘的雪原

感觉小凉风从窗外吹进来
掀动一树繁华的叶子
发出摄魄的乐音
你想　整个夏天的夜晚
你都可以坐在这棵树下
以一个很艺术的姿态
听树演奏　人生的凉热
体验那旋律怎样流水般
冲击灵魂之岸
但你决不要陶醉其中　决不要
你必须在那些音符的喧哗里
学会沉思

学会牛一样　反刍岁月本

即便传来急切的敲门声
也不要管它
因为门终究会开的
如同你进门时一样
其实人永远生活在门内
所谓出门不过是进入另一道门
罢了
当你真正走出门时
一定是深冬季节

那时候　树上的叶子早已凋尽
你与树在雪原上相向而行　成
为永恒的风景

双筒猎枪

这支双筒猎枪
挂在记忆之壁
已经许多年了　墙上的
铁钉　渐渐枯萎

枪口的鸽子花
凋于一场血腥的搏斗

人与兽被仇恨的绳子捆在一起
(那位同伴的生命
就系在爷爷的枪上)
令爷爷握枪的大手颤栗不已
当乓然一声枪响之后
人与兽同时倒毙

这故事是从父亲的口里流出来的
这故事如今仍挂在墙上
昭示子孙

父亲说
猎人一生都在追逐命运　其实
　　命运就是枪口与猎物之间
　　　　的距离
只是命运不易捕捉

更不易击中
而往往被命运击中的
是追逐者自己

（以上选自《星星》诗刊 1988 年第 9 期）

曾　鸣

曾鸣（1957年1月—），四川眉山人。曾任《四川日报》副刊编辑。著有诗集《爱，或者很爱》等。

擦　地

多么干净的一块地板
在我面前呈现
我是在退着擦它
我用抹布和水
认真地把它擦大

女士们　先生们
已经踏着狐步回到梦乡
舞厅一松散下来
就显得很忧郁
我直起腰
又禁不住脆弱地弯下去

水被我薄薄地涂开
盖住今晚最后的激情

现在我退到舞池边缘
面对自己留下的脚印
却迟迟不敢下手
它每天最晚来到这里
我多想让它多待一会儿

昏黄的光影中
地板复又洁净无比
严肃的表情复又重现
是的　是的
这世界一直有许多事情
与我无关

（选自《星星》诗刊 1993 年第 1 期）

盲　孩

能够灵视的孩子
什么能挡住你的倾听
在你阅读的指尖
地球是这样一片凹凸不平的沼泽
隔着窗子　如水的阳光漫上你
宽阔的额头
打湿了那些继续展开的联想

衣衫整洁　朴素　健康的孩子
黄色皮肤散发着淡白的乳香
可爱的孩子　只差一点点
你就几乎达到了完美
握着一条竖立的路
你借助声音和空气
小心地感触着
一直躲藏你的世界

关于勇敢　关于微小的关怀
你比我们更敏感　懂得更多
你能看见善良手臂上刻下的斑马线
看见旋律跳动　节拍亮丽
看见音乐划过的影子
黑色但柔和
有力地横在你的一侧

（选自《诗刊》1995年第6期）

那天小雨

那天小雨
天空如一匹干净的青瓷
那天尘土安静下来
青瓷瓦亮

光线纤细深长

许多人止住脚步
一味仰望——看啦!
蜻蜓低飞，树枝颤动
世界又要发生新的事情
那天过去很快
想起很慢

那天梅姐从乡下归来
小雨中的女人，清纯的女人
淋湿了翅膀还在歌唱
看着很具体
想起很抽象

（选自《人民文学》1999年12期）

贾勇虎

贾勇虎（1957 年 1 月—），又名贾西贝，四川西充人。曾任战旗歌舞团、成空文工团创作员。出版诗集《绿色风流》《唱响中国心》《诗话中国》等。

菜园情思

绿我门前碧窗两扇，
绕我房后清溪一湾，
啊，菜园，
我家乡的菜园！

白笋、青菜、萝卜，
鲜韭、绿葱、毛烟……
赤橙黄绿，如图似卷，
展汗水凝成的硕果，
叙兵之家的苦辣酸甜

为腾出双强有力的手臂，
去搂定祖国的山川，
一双青筋虬盘的老手，

年年月月，握着粪瓢
一垄垄浇哇一畦畦灌

在这里，我想起陕甘宁的土炕，
想起太行山的盐担，
想起祖国，几百万战士，几百万家园，
当儿子远去，
总有父亲接过他的桶担；
当哥哥从军，
总有妹妹系上他的垫肩！

啊，菜园哟，菜园！
热战士回肠九转，
壮赤子情怀万千！
赴汤蹈火，我绝不负亲人苦心一片，
北战南征，对得起故乡流水一湾！……

（选自《诗刊》1982 年第 8 期）

卫　铎

卫铎（1957 年 2 月—），出生于四川汉源。供职于雅安日报社。20 世纪 80 年代开始发表作品。

我的鸽子

早晨
我的鸽子
把一个长夜的积郁
轻轻从翅膀上抖掉

哦，我的鸽子飞了

灰色而臃肿的云空
甩给我的鸽子
一片凄清的迷茫
无数阴冷的暗笑

我的鸽子没有苦恼

睡眼惺忪的山村

从鸽子飞起之际
挣脱禁锢似的扑翅声里
感觉到了自己心的狂跳

我的鸽子越飞越高

霜凝愁肠的土地
从鸽子飞升之路
预言。悄悄
为太阳舒开虔诚的怀抱

我的鸽子越飞越小

我一阵阵激动
总惹起一阵阵烦躁
我的鸽子飞了
会不会弃我而跑?

我的鸽子在高空旋绕

我想起昨夜的梦中
我看见鸽子回巢
带回了一个太阳
还有祖先们寻找的富饶……

(选自《人民文学》1981 年第 4 期)

张建华

张建华（1957 年 3 月—），四川开江人，现居成都。著有诗集《玫瑰雨季》等。

她，放飞神奇的鸽群

打开绿色的邮箱
那么多洁白的、浅蓝的、淡紫的信封
一起在她手上扑腾
仿佛放飞神奇的鸽群

从母亲的叮嘱里飞来的鸽子
从妹妹的凝望里飞来的鸽子
从情侣们的思念里飞来的鸽子……
全都栖在小小的邮箱
等待这个放飞的时辰
她因此而变得富有起来
拥有那么多母亲、妹妹和情侣们的秘密
手里，握着沉甸甸的责任

此时，她把所有的信件摆好

动作熟练地给每一个信封盖上日戳
那欢快而响亮的节奏
像一串激动的心跳
心爱的鸽子就要起飞而引起的心跳
怦怦，怦怦……
她，放飞神奇的鸽群
放飞思念、问候
放飞淡淡的别绪、浓浓的乡情
放飞回忆与憧憬……
穿过浓雾、风和玫瑰色的黎明

和这些鸽子一道飞起来的
是少女的幻想和整个生活的进程

（选自《诗刊》1982 年第 11 期）

最美丽的信不交邮局

不知不觉潮水就漫湿了信笺
最宽阔的河床也无法容纳
山洪般的情绪
形成漩涡形成险滩形成青青的岛屿
我有最澎湃的大河却不敢投寄
——怕你的心舟太轻巧
　　这么猛的浪经受不起

　　怕你的梦帆太单薄
　　这么大的风无力抵御

于是你收到的每封信都平平淡淡
漩涡和险滩和岛屿统统被删去
这其中的隐情你总该知道
并非我毫无诗意
我甚至有些害怕你读我太细
冰冷的格式会读成一种温柔的暗示
被删去的段落又澎湃成河流
世界就要多种交通事故了——
怕不怕你的心舟
翻在我的河底

如果你从干枯的河床读出了春讯
你会从遥远的港湾向我驶来吗
我唯一的水手
驶进我胸脯左边的桃形邮筒
你才会读到
读到大海的潮汐

（选自《星星》诗刊 1989 年第 9 期）

亚　洲

丝绸样柔软地盛在古陶罐里
波光粼粼的
是我们亚洲

驼铃如水　斟一盏一盏金色沙漠
荡漾茶的醇酽咖啡的浓香
胶林葡萄园　和起伏的麦子
为肤色不同的土地织四季锦绣
血管般密布的石油管道
流动液体的富饶
岛屿随意撒落珍珠
脚镯叮当　日夜弹拨音乐般的
河流的是我们亚洲

孔子的额纹是东方哲思
泰戈尔的微笑是东方的诗意
麦山黑石　默守年年潮水般朝觐的东方之谜
菩提树结满佛祖的偈语
大山　大岭　横贯天际
像喜马拉雅一样高峻像恒河一样深不可测
像易经样神秘的
是我们亚洲

无论哪一种语言的历史课本　都有
异族铁蹄烙下的耻辱

殖民者以铁丝网
在这片人口最多土地最辽阔的大陆上
反复修改别人的版图
血和眼泪都在地壳下酿造熔岩
镭矿最多火山最多　爱和恨
最容易喷发的
是我们亚洲

说汉语日语阿拉伯语印地语马来语
却仗一种西方语言走遍世界
在哪里相遇　都能凝成同一种眼神
在好多好多壁画上　伸出三种肤色的手
紧紧相握　紧紧相握
握成长城握成红堡握成巴比伦空中花园的
是我们——
亚洲

（选自《星星》诗刊 1991 年第 1 期）

陈小蘩

陈小蘩（1957 年 5 月—），女，四川成都人。“非非主义”诗人之一。著有《夏天，葡萄的浓荫里》《银与灰的间奏：圆明园》等多部诗集。

“森”之思，翻卷内心的绿

抽象的绿，在木头的叠加中闪烁
绿的光泽、绿的水滴
思之绿色翻卷内心绿的波涛
斑驳粗糙的树身有风的痕迹
风在夜里来过，风有力地摩挲
树不能挣脱

木的芳香，深入到书中
透过文字徐徐传来
草地，连天碧草的芬芳
天空蓝到炫目。马群
奔驰的马群，生命的速度如马鬃飞扬
内心映照出自然循回的法则
从冬到春，草木又绿了

孤独的森林，在我心里已生长多年
从四面吹来的风刮动林中树叶发出尖厉的呼叫
双木成林，森是一片树林
穿行在夜的树林里，挣不脱风的羁绊
密乱的树枝和无数只手拽住我
树永远站立在它生根发芽的地方
我已站成一棵树或树的化石
留在文字里，偶尔也会在风中抖落一身的叶

彼岸，不可触摸的空

闪烁迷离和虚妄的词语。不可触摸的空
在视线可及的各处，黑暗从每一个角落、明暗交接处
升腾、合围。诡秘的建筑群和它们投下的大片阴影
浓烈的黑侵入身体，压迫全身的血管及四肢铅似的沉重
躯体被钉在床上。那些亮着微弱灯光的窗口
遮掩在厚重窗帘外的黑，述说着艰辛
我不想去探究生命该承受怎样的苦难
乘着夜色逃离
指向彼岸的道路，弥漫着无边的黑暗
回忆、童年生活的再现，重新审视，我们得以喘息在大片梦里
缓解白天的紧张、超负荷
不可触摸、无法停留的空间，在这里我们遇见逝去的亲人
他们安详、宁静的姿态如同在世
死者从不言说彼岸。来自血液的链接

身体中奔腾不息的涌动
在终极的入口处，一切停止
最初获取的经验从一个背影由近及远地慢慢消失
空洞的足音，在视线所不见的远处泛起阵阵回声
博大、辽阔的黑暗，使白天被太阳灼伤的人们得以休憩、疗伤
只有在黑暗里，寂静无边笼罩
人们平息下来。忘记思考，怀着极大的谦卑
去梦见天空，梦想飞行

（以上选自《四川新世纪诗歌选》，四川文艺出版社 2014 年版）

陈 虹

陈虹（1957 年 6 月—），女，重庆巫山人。先后供职于巫山县文化馆、海政文工团。

铜 壶

除了你腹内的清水
沉甸甸的黄铜

如歌的行体
关于你我不知道什么
也许你曾经像一个女子
坐在古井里
阴森地哭泣
也许你一直昏睡
关窗闭户
但我在某个清晨的木床上
听见你在厨房里歌唱
犹如乡村小学的风琴
最后落在水田里
而我的兄弟

一个从三岁开始失眠的人
他说你彻夜磨刀

（选自《人民文学》1991年第2期）

蜀　道

你独自在山中奔跑
昨天呼出的气息
在冰麻叶上结出薄霜
变换各种姿态
复蹈一条不知去向的小路
菟丝草在野地里疯长
封锁沉潭秋月
肇事者于山下磨坊预演哀乐

你突然从云里钻出来
一阵绿雨乘风而至
那是你丢在蜀道上的歌声
无人接手的歌声
漫过野麦岭的晌午
星星一般的乌柏子
在骤雨中半闭着暗伤的眼睛

黑森森的湿发竖起来

抱吻蓝天里的情人
被松脂粘于黑色枯枝
吸乱云于头顶
心已出走
濮人的暮歌逐渐苍老
你在那棵老树下站了很久

一束夜光拾级而上
你什么也没找到
在晦重的蜀道上
你越走越深
川腔从胎里唱出
如飘动的魂幡
冷冷地尾随你
越走越远

在落寂的猿声中
你退进绝壁
成为路边的一幅岩画
永不衰竭

（选自《星星》诗刊 1988 年第 9 期）

赵　敏

赵敏（1957 年 9 月—），女，四川绵阳人。曾任绵阳市作协副主席。著有诗集《我是你远方的红豆》等。

小　镇

一湾流水揉弄着你的影子。

几枝修篁摇曳着你的典朴。

哦，江南！哦，江南的小镇！你浸在水里多少年代了，青石板滋长了多少回苔藓，灰瓦脊衍生了多少次衰草，翘起的檐角滑过了多少番残月……今天，我来看你。

我翻出发黄的记忆，我三百遍读着唐诗：我看见李青莲从你高挑的酒旗下蹒跚着走来，我看见杜工部从你寥落的客舍中走来，我看见白居易从你如山似云的愁绪中走来……

梅雨未老，你却老了。哦，江南的小镇！

我让记忆渡过历史的断桥去。

在这边，有好风景在桥洞中穿行，有好天气在涟漪间荡漾，有好莺啼在柳梢末垂钓。

放眼远望：拔地而起的楼群挤压着铺满浮藻的水巷和盛满传说的木屋。酒旗还散发着清香；客舍里播放着舒心的笑；舟子咿呀，载着发霉的日子去远，去远。

太阳在江南是新的，它把绿色的柔光披在小镇身上。小镇暖融融的，一打呵欠，喷出许多新的传奇和故事：关于五百吨的汽锤，关于二百米的塔吊，关于铺向大海那边的丝织锦绣……

月亮在江南是亮的，它把洁白的羽纱围在小镇脖子上，小镇微眯着眼，如痴如醉地品味着陈三五娘的丝弦和葛蓓莉亚的吕律。

先前翻开的唐诗已经夹进孩子的书页之中！

梅雨老了，你却未老。哦，江南的小镇！

柳风袅袅，杏味飘飘。

哦，小镇，你这嵌在江南的额上的珠贝，我在碧波中捧起了你的倩影，我在白云上捕捉住你的歌声。我看见你摇着轻盈敏捷的步子，从古旧的柴扉和村落里出来，从呆滞的目光和灰色的云层中出来，去向拨着鸭趾的溪流和摇着松风的树林，去向明丽的月色和璀璨的朝暾。

江南，哦，江南的小镇！你走吧，离昨天远点，再远点；离明天近点，再近点。记忆，可以重合。而历史，却不会在已断的桥上重合啊！

梅雨已逝，你正诞生！哦，小镇，江南古老的小镇哟！

墙上风景

把生机盎然的风景凝固在墙上。

把古时缠绵的愁绪镶嵌在墙上。

我读墙上风景，读红了殷殷枫林，读出了飒飒秋声，读来了一位窈窕的唐时女子，不浣纱，也不捣衣，不汲水，也不弹琴。走出风景之外，立于烛灯之前，很柔美的很绝妙的一首小令！

沿着平平仄仄的青石小路，我走进唐朝去，把一些现代的歌教与雍容典雅的宫女，把一些现代的舞教与淡妆素抹的乐伎。

她们的纤纤素手拉我，她们的恹恹目光绣我，我觉得我也成她们墙上的风景。

墙，不同了；风景，不同了。隔代的女子一齐消逝在殷殷枫林中，只有传书的雁声还在鸣叫……

（以上选自《中国散文诗大系·四川卷》，广西民族出版社1992年版）

何　苾

何苾（1957 年 10 月—），湖北孝感人，现居成都。曾在国内多家刊物发表诗歌作品。

诗的影子

诗的影子不是光的陪衬，
不在太阳下，不在月色里，
影子在梦的两端。

是没有湖水的湖水，
是没有霓虹的霓虹，
是没有眼睛的眼睛……

诗的影子深藏于心，
无中生有，有时无限的短，
有时无限的长。

生命的注脚

生锈的不锈钢碗，
曾经污了我水晶般的心，
我不再用器皿品尝酸甜苦辣。

年少时端的那只土碗，
盛满母亲质朴的期盼，
那目光给了我一生的真实。

山珍海味诠释不了生活，
生命的注脚就是原汁原味，
人生不需要抛光。

天眼下

头上顶着的不仅仅是天，
还有天上天和天上天的天，
星星是天的眼睛。

没有什么能够遮住天眼，
即使浓云漫天密布，
闪电也能把大地照得透亮。

脚下的路曲曲折折，
都是苍天鸿篇巨制的标点，
不负苍天才能赢得一个感叹号。

（以上选自《草堂》2017年10月总第14卷）

陈亚平

陈亚平（1957 年 11 月—），四川成都人。著有《意识的居间现象》《过程文学论》等。

视线中的光影

一直是这种遥远背景
离开河岸的形状
在影子集聚的反面，迅速展示
天空已延伸到我们设想的边缘
这种黯淡状态所包括的细节，每一次都隐含着
巨大的变化，同样可以
在光波照耀的过程中感受
暴雨将临的低沉
比石头更深的层次，在我们身后

游移的光线，风与这水波的停顿
始终趋于透明
贯穿着两个方面的终点
那内在的差异，已是我们另一番重复的
耀眼景象，两边的树影同时在隐蔽

融入雾中的白色
飘散在鸟群之上的白色
只是视线被我们全部转向其他事物的瞬间
而一些继续升腾的尘烟
又被水的光芒射出来，仿佛自身设定的
困境，阻止着那些时间
也时常陷入距离接近的障碍之中
开始面对的影像，与这断裂的色彩只成为
其中的暗示，使我们看不到更空旷的场面
怎样为耀眼的树叶
布满阴影
与空中沉降的寒气
浮现在整齐的平面上……

（选自《星星》诗刊 1996 年第 6 期）

采　桑

她的手上已经有一片桑林斜落于东窗
风采从水中盛满，又扩展到她声音后面
此时，夏天比一枚桑籽更临近霜雾
她却被寂寞的河岸远远分开，口中的怨语剥去皮肤
等她从中得来果实
已故的桑木成为大风，这脱落的裙裾
就在采桑的歌中留下镜子与香气

正如滚滚红尘将一身锦衣披到雨中

以她的肩颈为朝霞，黄昏的落叶倾心如鸟
静静的故园便会从她轻薄的翠钗中飘走
舞蹈的美姿必定是她，举足走游的雪地之影
左边摇曳树梢，右边拨弄头发
她又听清了草中的雷鸣，在一个完整的情节中发生
那筐桑椹既是叶子又是花
当一个事实被她反复想象，谁也不能说火焰就是植物
桑田沦为沧海的瞬间
她摘下了枯树
一阵秋波暗起于石头，又将那媚目传达至皓月当中
最柔软的桑枝仅仅使她取悦于树身
而不是手中的芬芳为石头潜入……

（选自《星星》诗刊 1996 年第 9 期）

曹　雷

曹雷（1957年12月—），四川武胜人，现居南充。著有《山野的红桑果》《涉过忘川》等多部散文诗集。

火鸟之舞

蔚蓝窝巢，一夜咸涩的波涌，织欢乐与痛苦于辉煌的翅羽。冲天暂离这永远的襁褓，以光色嘹亮的呼啸声敲开远远近近的门窗……

以不同的姿势翔舞在四季之中！

以统一的时刻君临在世界之上！

以铺天盖地的金羽毛，毫无遗漏地拍遍全体诞生和死亡的床榻；即使遥远的云天用陌生的面孔漠然相望，你也慈祥地飞升，开一朵金菊佩在它的胸前。

这与生俱来的博大爱心啊，能被天地间高高低低的声音举为不息之歌么?

拦路而来的是风的悲凉，要掠走翅下永恒的祈愿。

舞蹈呈醉态旋转。火喙飞啄，突破狼烟与护城河。钢盔和森林野火。荆棘与沼泽。蝗灾和溃堤之水。

火的羽毛被撕扯着，纷纷扬扬，一如火种播向块块红红黑黑的土壤。

欢乐和痛苦一齐拔节，黎明与黄昏循环生长。

哦，火鸟！

沿着唯一的旅程，你旋舞着，牵引着所有生命的视线向毫无尽头的远方碰撞。

于是，被你火翼覆盖的地方，枯枝般的桅杆复萌出万片帆叶。血和泪被河流朗诵成诗，匍匐的脊梁凝固为铜像。中途倒下的魂魄集合起秋天的枫树。

生与死都沐浴了你的光芒而坦然入自然法则。

雷与雨都默然承认了你的彩虹是一缕最美的记忆。

飞去还飞来。蔚蓝窝巢，是初生的摇篮，也是最终的归宿。这咸涩的波涌，当真一夜间洗濯出你旋舞于永远的时空的名字吗——太阳？

（选自《中国散文诗大系・四川卷》，广西民族出版社 1992 年版）

石光华

石光华（1958 年 1 月—），四川成都人。“整体主义”诗派代表诗人之一。

月 墟

已在墙头散乱为雨
静舟如岸　远者长寂

踏霜归来的石板上
小径幽婉而深碧
乱藤绕水　自暗影以外
一片老叶滴落最后一声暮语

山则望云而空秀
月则闻之而远泣
逝者逝也　疏梅漏下昨夜的梦迹
……

从篱栅内走去
近水当歌　乱石成雪里的落寞

想在残留的荒草之下
以枯散的暮色
潜入又一次隐隐的叩击

然后月下之门睡去
而叩者已无归处　洞箫悠远而息

暗　香

昨夜涧户无人
乱草稀落的岩壑想起秋水
便蓦然低语

浣石之丘　几点鱼影是很久的空幽
自白坞深处飘来冷月的滴声
芦花带半山霜色
开且落　于远村的檐外
篁音森森
其终低旷　其始澄明
棹者已临风自乐
断舷长歌的落木萧萧
有天籁遗于咽石之泉
向小径荫处细露纷纷

已近雪丘的暮时

忘归的柴门随逝鸦入梦
淡香沁月　然后几枝静梅暗生

（以上选自《星星》诗刊 1986 年第 3 期）

望　秋

无声无色的一瞬，我想起你
想起你的天空，水从石头中漫出
丛草之路是归者的回忆
在你的沉默中，荻花纷纷扬扬
如歌之止，在你的泪水里
有一片悠远的秋色

你想起结绳之手
月白风清，松烟依依或濯声袅袅
山岩上，你的背影覆盖了梦的源头
与河流相望，迷失在石滩的树根
兀立于最后一阵西风
像一个岁末的老人，那么落叶萧萧
你想起所有的心
都是深夜温暖的日子

你知道檐下听雨的，是一个季节的愿望
如水之花已经是深深的疏落

我于是向每一次黄昏
诉说你的微笑和沙渚轻舟
以蓦然的回首，结识寂寞的朋友
然后为你流泪，在另一次相逢
让血红如酒……

（选自《中国二十世纪纯抒情诗精选》，作家出版社 1991 年版）

杨　然

杨然（1958年1月—），本名杨天福，出生于四川成都。成都市作协副主席。著有《遥远的约会》《寻找一座铜像》等多部诗集。

寻找一座铜像

来自深深的记忆小巷
卢沟桥的炮声召唤我，在远方
隆隆沉重，如父亲夜话的叹息
沿着入城的路，走了很久很久
我带着鲜花和诗集
去寻找一座雕像，一位抗日的冲锋者

在以芙蓉花命名的城市里
询问许多陌生的老人，走过许多陌生的路口
父亲，你夜话中的“无名英雄像”在何方？
哪里去了，那个抗日的战士
他持枪向前冲，背着草帽，穿着草鞋，哪里去了？
孙中山依然坐在春熙北路
握一卷读不完的书
繁华的季节，有他设计的国服

与太空服港式装汇成多彩的人流
而我寻找的是另一座
无名英雄的铜像

青羊宫，三月花会，他也不在那里
青羊的铜像，不啃青草也悠然活着
战士的铜像呢？文殊院多少似人非人的泥塑金装
菩萨，观音，享受盲目的香火
大肚罗汉不分信神不信神都对人空笑
笑得那么自信，搬不掉，摧不倒
而那个抗日的战士哪去了？草帽和草鞋，
无名的英雄哪去了？

不完美的城，恢复了音乐舞蹈
召回了传统名吃，却不能还我战士的铜像

其实，只要每个公民想起卢沟桥的炮声
就能使他复活，增加城市的豪气
补充飞翔的感觉，鼓动冲锋的欲望
我幻想我寻找的无名英雄就在不远的路口
每天，接受少先队的颂歌，献花，敬礼
当白天太拥挤，他从像座上走下来
参加沸腾的队伍，黄昏后下班归来，停留
在街心，悄悄还原成铜像，去回忆美术家刘开渠
当年怎样塑造了他。也许，他不相信
自己曾被塑成铜像
以为英雄乃是别人，不可能是他自己
甚至，他也在寻找传说的铜像

啊，我寻找的无名英雄真的活了……

不！我听到另一个可怕的传说
说他被砸成碎铜，熔成铜锭，生硬，僵冷
说不定有几串钥匙就用他的指头铸成
他的断指被人用去撬门，打开闪光的箱子
啊，英雄将永远无名了
那些铜会发烫，烫出金属的呻吟

我徘徊在十字路口
维护交通的老人见我忽忽若有所失
便问：“丢了钱包么？或是迷了路？”
叫我怎么回答，那个珍贵的失落
我摇头，点头，又摇头，又点头
猛然发现，这老人真像英雄的父亲
但是，谁想到把他雕成铜像？我不能
我只能告别芙蓉城，不完美的英雄城
我昂起头，走向来时的远方
走向这首诗的结尾，听那沉重隆隆的卢沟桥的炮声

（选自《星星》诗刊 1984 年第 5 期）

中秋月

今夜，只有中国才有月亮

只有中国才有这样大这样明的圆圆的月亮
这样沉重的月亮，是中国人悬天的魂魄
啊！中秋节

只有中国人在望月，今夜
中国最公开的隐痛啊被叹息的夜色浮动
七月流火之后，母亲又为我们授衣
授第三十五件衣。蟋蟀，又将入我床下
但是古代的泪眼啊还是这么圆睁
望穿历史，望穿岁月
月亮，月亮，从远古照耀现代的中国
今夜中国最动情了
用期盼去填海峡两岸的距离
同时推开的窗，这边岸上的，那边岸上的
集中人类五分之一的目光一齐望月
每张脸，阴了一半，明了一半
碎了的月亮在水里，复圆的月亮在天上
写深深的情思，在浅浅的海面
纵然被水冲走了，还是要写下去，一年又一年
目光飞不过去，就到月面相逢
声音飞不过去，就到海上碰杯
那三十五年没有启封的一瓶酒
还是桂花酿的味，还是菊花染的色
最清醒的一醉，饮出五千年的《史记》
还记得征人的泪，还记得烽火台下的羌笛
中国的关啊虽不再是汉时的关
天上有飞机，水面有轮船，地下有火车
中国的月啊却还是秦时的月

还是李白举杯相邀，苏轼把酒问天的那一轮
还记得阳关古道杨柳攀折，乐游原上残阳如血
还记得江南又绿两岸，梦醒秦娥伤别
中国的月啊，难道就永远这样离愁别恨
这样照九州的不全，这样幽思声声哽咽？

就在月上暂时相会，月上有海无峡
还有哪一张中国人的脸，不愿飘来镜中相看
那边有阳明山，这边有东岳
那边有日月潭，这边有云梦古泽
总不能把月也锯成两半，怨这祖先遗传的佳节
要怨，就怨这使人平添白发的怀想
怨这太多太绵缠的乡恋、乡愁、乡情
怨这龙的、凤的、长城的、黄河的相思
怨这父子母女、夫妻兄妹割不断的恩爱
怨吧，最亲最亲的人，是最可怨恨的

只有中国，今夜多梦
月亮的名字丢失了，明月不再叫作明月
而被中国叫作团圆，叫作统一
今夜中国推开所有的窗，啊！中秋节

（选自《星星》诗刊 1985 年第 6 期）

何志向

何志向（1958 年 5 月—），本名何平，四川中江人，现居四川绵阳。著有诗集《雾中的兰》等。

石　磨

日历一张张老去
硬朗活着的　是你
在故乡的房檐下
沉默　好深

往事被一一忆及
无始无终的磨道　苦短人生
静观　五谷流泪
流光远逝　在黄昏
红肿岁月的眼睛
为谁

睿智的额纹　依然旧识
有风雨之声回响不绝
与其回首反刍往事

不如背转身来
将旷世的倾诉收入缄默
留下唯一的牙齿
咀嚼来世

人生苦累
活着　风雨兼程
便不能摒弃碎裂和碾磨的方式
为乡音太软
为命运太硬

（选自《诗刊》1993 年第 3 期）

周志国

周志国（1958 年 7 月—），笔名西人、戈尔，籍贯北京。《火车》杂志执行主编。著有诗集《墙上的夜》《夜游人》等。

河流与落叶

老大走了。老大走的时候说，妈，我走了。说完就走了。那年，天太干，庄稼种不下去，太阳干裂了一道道大口子。没办法，老大走了。

书里面的那个人
经常被别人从头到脚翻看
每次他都从小孩一直长成老头
最后在河边那根绳子上
吊死

你啊　你身上没有你
你与自己有很大差别
你一直都被藏在自己外面
使你从来就不能接近你
你却不知道

我不会上街的
街上散步的大都是些镜子
都把什么隐蔽在了背后
想把我无故抓进去
无故放出来

后来，老大的儿子走了。老大的儿子走的时候说，妈，我走了。说完就走了。那年，雨老下不停，土地被淋得无处躲。没办法，老大的儿子走了。

那个人
在书里一直没变
日子始终过得经常生经常死
这些都是那支笔写的
一点也由不了他自己

你啊　你身上有太多的别人
你是一个广泛的人
你还一直没变成自己的孩子
你复杂得异常孤单
这你自然不明白

我绝不会上街
那些散步的镜子
都过分像镜子故意是镜子
假装是镜子

后来，老大回来了。老大的儿子回来了。都回来了。那年，天气很好，庄稼很好，老大和儿子很好。后来，老丈的孙子一开心，就走了。走的时候他说，妈，我走了。说完就走了。

（选自《星星》诗刊 1989 年第 11 期）

章　勇

章勇（1958年7月—），笔名黄河浪，四川自贡人。四川电视台高级记者。著有诗集《男儿风骨》《恋爱季节》《士兵与高原》及长篇小说《沉默的天空》等多部作品。

八月，硬汉的时光

火辣辣的八月令人窒息的八月
将凝固的苍凉石火沉积的苍凉
人类最大的家族剽悍的悲壮
像强台风般席卷于中国的南疆
在狼牙与虎齿撕咬的地段
勒令丧尽人性的巢穴大面积塌方

我们是一群身披橄榄绿风衣的斗士
把责任和良心同时放在历史的天平上
聘请尊严用极其残酷的手段
一块一块地解剖豪饮九曲黄河长大的胆量
于是，热血男儿女儿的才华和形象
便由后人轰轰烈烈地镂刻在英雄纪念堂

这时，我们就是战争完成的杰作
疲惫的膂力像躺着的大江
意志顽强地流向异域流向南方

（选自《星星》诗刊 1987 年第 7 期）

清晨，我走下哨位

军号长长的流苏
把一轮鲜红的太阳
从夜的深处拽出，为朦胧的苍穹
撒一天光的五线谱
我抬起手臂，在帽檐边划一道弧
你好，草尖上晶莹的露珠

我从哨位上走下
双足亲吻着大地，松软的肌肤
然后，将凌厉的语言
压进冲锋枪的肺腑
郑重地交给接岗的战友
交给他一条铺花的小路……

（选自《解放军文艺》1985 年第 11 期）

萧　融

萧融（1958 年 7 月—），女，原名杜小蓉，生于四川成都。《星星》诗刊原编辑、编辑部主任，副编审。20 世纪 80 年代中期开始发表作品，作品收入数十种选本。

我看见语言中柔美的部分

读你的皮肤
如阅读你精美的文字
所到之处
写满层次丰富的情节
抑或幽默机智
抑或温文尔雅
一切都一丝不苟

那么地开心和轻盈

仿佛花园里
走出汲水的女子
手持玫瑰
爱之花次第开放

无需再做倾诉
这样的距离
我一生敬仰

我抚摸语言中柔美的部分
它们轻轻落在舞池中央
我们上升或者落下
还是全身心地握着
我都想尽其所有地
拥有

秋天本来就是一种柔情

缘于季节的那场秋水
使我们日渐宁静和纯粹
阳光照耀的日子
我一次次走近你的心灵
如同灯下翻开一本好诗集
精心朗诵

把它置于案上或者床前
再倾听生命之或轻或重
从此，不再放弃
并日日倾心

远离了形态
声音却深入骨髓
我通体透明
同样的风景和质地
都在高处高处
我的思念结满露珠
随风飘去

那么，就让我上路吧
就让我在季节之外
默默地抵达
并通过我的全部体温

其实
秋天本来就是一种柔情
无论你是否守望

（以上选自《星星》诗刊 1996 年第 12 期）

异样的雨

这样的雨我感到异样
它们落在心上
而不落在头顶
我们常常无法分辨

一场突如其来的快乐
是怎样悄悄莅临

在一种从未有过的幸福中
默默生长
把昔日零乱的痛感
平放在额头
往事在手中隐隐闪现
又轻轻落下

同唱一首歌
我的歌声从里向外
契合一次成熟
而我的手指
却沿着你的脉络
不断深入
由此，我懂得
一些陈年老酒
为何使我们口感很好

没有比今天更为轻松了
在这场异样的雨中
我们有理由开始
更好地活着

（选自《诗刊》1996 年第 9 期）

倮伍拉且（彝族）

倮伍拉且（1958 年 10 月—），彝族，本名伍耀辉，凉山州冕宁县人。四川省文联副主席、四川省作协副主席、凉山彝族自治州作协主席。曾获第四届、第五届、第九届中国少数民族文学创作“骏马奖”。著有诗集《大凉山抒情诗选》《倮伍拉且诗歌选》等。

经文里的阳光

经文里隐藏着一个天地
与现实一样广阔的天地里昼夜更替
夜晚依然有星星和月亮
白天的太阳升起又落下
明媚的阳光温暖的阳光火热的阳光
照耀灵魂
生命的灵魂金光闪闪神采奕奕

经文的天地里有绵绵群山绵绵群山间隐现着虎的踪迹
豹的踪迹
虎豹的踪迹与天地动荡密切联系
经文的天地里有滔滔江河滔滔江河里沉浮着生的叹息
死的叹息

生死的叹息与天地万物紧密相依

经文描述天地
天地呼应经文
照耀天地的阳光经文里的阳光
明媚的阳光温暖的阳光火热的阳光
在黑夜里呼唤白昼
在白昼里对白昼满怀不断的情思

神枝指引道路

条条道路通罗马
条条道路通北京
过去这样说现在这样说以后也会这样说
充分说明需要到达的地方
不会只有一条道路
两条道路或者三条道路
条条道路很多道路数不清的道路
条条道路通北京
条条道路通罗马

在中国凉山在凉山绵绵群山中每一条“拉达”[①]
都有去世的人

〔作者原注〕① 拉达：彝语，峡谷。

都有“毕摩”[①]用神枝
指示道路引导去世的人回家
回老家回古老的家
回老家回祖先的家
回家的路只有一条只有一条
千万不能走错
走错了就回不了家

条条道路通罗马
条条道路通北京
活着的人奔波的人被欲望顶着的人
通往目的的道路有百条
有千条
有无数条
通往去世的道路只有一条
只有一条道路通往回家的路回老家的路
条条道路通北京
条条道路通罗马

毕摩的“毕”

毕摩的“毕”[②]如同甘露
如同夏季里的清风

〔作者原注〕① 毕摩：凉山彝族祭司。
〔作者原注〕② 毕：彝语，神圣的言辞。

如同冬季里的阳光如同诗如同酒
如同饥饿时候的食物如同疲惫时候的睡眠
如同庆典里的歌舞

毕摩的“毕”如同甘露
声音里不仅弥漫着苦荞的芬芳
言辞里不仅挥洒着诗酒的光芒
还有痛苦在苦荞的芬芳里绽放灿烂花朵
还有欢乐在诗酒的光芒中开辟美丽道路

毕摩的“毕”如同甘露
如同清风里的清风
如同阳光里的阳光如同诗里的诗酒里的酒
如同睡眠里的睡眠
如同歌舞里的歌舞

（以上选自《四川新世纪诗歌选》，四川文艺出版社 2014 年版）

杨　通

杨通（1959 年 1 月—），笔名逸鹤、杏子，四川巴中人。巴中市作协副主席、《巴中文学》执行副主编。著有诗集《柔声轻诉》《朝着老家的方向》等。

山坡上的一群羊

山坡上，一群羊，身上宁静的时光
令我匆匆行走的脚步停了下来
我转过身，看见青草们在往事的尘埃里
露出半个芬芳的头颅
一群羊，在童年的鞭梢上
如此耀眼

山坡上，一群羊，穿着洁白的外套
令春天的翅膀，扇开油菜花烂漫的心事
我被一群羊咀嚼着，被油菜花倾吐着
被亲爱的青草，消化在故乡的胃里
一群羊，在风中亮着的灯盏
如此温暖

山坡上，一群羊，引领我回到族人们的中间
把我修饰得如此风度翩翩
如此优雅

（选自《四川文学》2009 年第 9 期）

一个安静的下午

窗户打开半扇阳光
一杯茶在玻璃的桌面反复沉淀
下午，斜斜地坐在一本书上
一首诗的下半身，我始终没有翻过去

你出现在青山绿水的对面
透过时钟的轻微摆动
我将来世今生进行一次梳理
一些积尘开始在我握杯的指尖移动
你端起了我悬而不决的倦意
那本书掉在了地上

溅溢的茶水，正好打湿了一句诗歌的全部意境
我们眉目之间来来去去的阳光
退到了窗外

（选自《诗刊》2009 年第 11 期）

靳晓静

靳晓静（1959 年 2 月—），女，生于北京。曾任《星星》诗刊副主编。著有诗集《献给我永生永世的情人》《我的时间简史》《耶稣爱你》等。

湮没在别人的语言中

下午，在伦敦市中心广场
上帝从远远的教堂尖顶处望见
各色人种汇聚在这里
他们享受生活，如《圣经》中的某一页

蘑菇形的咖啡座遍地生长
各色人种像五颜六色的昆虫
蜷伏在蘑菇中，吃着喝着并说话
他们在交流，以世界上不同的语言
将我湮没在此，像一个阴谋
冷静，安全而无人知晓

有鸽子在吸着方砖上的阳光
我着陆在此，享受无人知晓的快乐
四周的语言除了嗡嗡声并不暴露什么

上帝知道，我们说什么都没有用的

就这样到下午四点了
泰晤士河在附近像百年前那样流动
我喝了一口咖啡，看见
对面的那位印度姑娘朝我微笑
我也笑了，没有语言
我们大家都像落在树林中的
一片树叶，只有上帝知道我们在哪里

一个中产阶级的午后

这个古老而稳重的窗口将花园览尽
Grandma 说，我已活了 60 多岁
她说她看见祖辈们仍在花园里散步
在英格兰，怀旧是一种荣耀
这么说着，下午茶就端上来了

一个老绅士在廊下摘着黑梅
他要做一种叫作黑梅派的点心
Grandma 说，她丈夫就这样
打过仗，经过商，老了更像孩子
我喝了一口茶，从窗口辨别来路
南面是海，北面是伦敦

迷失在下午茶中令人眩晕
脚下的地毯是一个家族厚厚的秘密
墙上油画中的人物高大典雅
像 Grandma 的父亲，或者儿子
我喝了一口茶，在他们的注视中
我还不够苍老，但可以期待

泰晤士河边睡着古老的城堡

在伦敦桥上，举头便是
扑面而来的城堡，像直立的乌云
这太沉太沉的重量
水可以用倒影收留它
我如何承受，这石头垒出的帝国

伦敦塔曾是著名的要塞
在这塔的群落里，风也走不出去
这里做过监狱，做过皇室住地
摸一摸冰凉的石缝，想象
高贵的犯人在这里等候大赦的消息

这是女王的帝国，皇冠上的钻石
闪烁在屏幕上，供游人观览
全世界各种肤色的游人
都交织在这城堡里，像滚动的水珠

正在被一颗巨大的落日蒸发

我坐在石阶上，嗅到它发出的
十七世纪某个雨后的气息
而泰晤士河正在这些石头旁流动
柔情浩荡，像一个女人
城堡都是儿子们干出来的，她说
只是，只是长日将尽

比北方更北

穿越更北的纬度，深入苏格兰
就是深入某种基因中的苍茫
这高地上石头奔驰
沿起伏的线条，将旷野推到极致
所以，苏格兰人用风笛
将我们这些来自伦敦的喧闹者
平息在它静穆的，静穆的边界线上

一直向北，路旁的泥土中
深陷着古罗马人的城墙
而更远处的乡村教堂忽隐忽现
对任何赶路者都是刻骨铭心的诱惑
谁都知道，这是征服与反征服的较量
我是一个女人，是否该生下一个儿子

让他来走这向北的路更合适
我会目送他的背影，心疼而骄傲

穿越更北的纬度，有罗马柱兀立
一千多年了，这亡母的儿子
是怎样在这旷野上逃过了死亡
我摸着他坚硬的身体照相
在我的面容后面，苏格兰奔腾四散
如一直向北的旷野的亡灵

一直向北是一种归途
我揉了揉眼睛，欧洲使人苍老
附近有绵羊跑动，虚幻如光
击打我，如一种疏而不漏的轮回

（以上选自《我的时间简史》，四川文艺出版社 2009 年版）

程小蓓

程小蓓（1959年5月—），女，江西吉安人。曾供职于四川石油局，现居北京。自20世纪80年代开始创作，著有诗集《热爱生活》《她跑进跑出》等。

母亲从江西来

从机场出口处挤出来，
您兴致勃勃地去爬峨眉山，
头上的假发被弄歪了，
脚因长了骨刺步态不稳，
像一个真正的过客，
没来得及给外孙一个吻。

二十多年前我在您下放的乡村医院
度假，提着热水瓶一级一级
力不胜任地爬着楼梯，眼睛被
墙上奇形怪状的污迹吸引
最终热水瓶碰在楼梯上炸得粉碎。而
就是那一天，我听到了我的姥姥
的死讯。我和您吓了一跳，

那时候您的头发就不是很多，有些已发白。

当您从峨眉山回到成都，
头上多了一顶白色旅游帽。
您请我喝随身带来的饮料，
告诉我爬山时坐了滑竿，
滑竿的晃晃悠悠使您感到乐不可支，
我喜欢看您笑得浑身颤动的模样。

您与我在一起的日子不多。我
一直想您但又从不能亲近。
记忆中，您从没有抱过我，
整个童年我都怯怯地想：
这就是我母亲！胖胖的……
一次跟着您上夜班，您想抱着我睡，
可我将脸转向墙壁，
那一晚我睡得很不安稳。

我不知您还记不记得，过去的
院子后面有两棵很高的枣树，
夏天结满饱满的果实，您带着我
用捆着铁钩的竹竿打它们。
我们打下许多飘飘扬扬的树叶，
连空气也扰得十分清香。
还有寒假您带着我到继父的温室里去。
在用玻璃做成的房屋里，看外面
收割后的田野。村童们用脚踩一小洼一小洼
结了薄冰的水洼。后来玻璃房拆掉了，

每次路过时，我仍要停下来
看一看那残留着，已经荒芜的房基。

十八岁我离开江西时您哭了，
叮嘱我女儿家要小心坏男人。
现在我带您看我的小家，
床很低书架很高。您说：
“买那么多书干啥？又不用吃。”
但您看出来了，这里安全、平静。

母亲，母亲，您再一次从江西来，
我心里真是高兴。我爱您。
这是具体的爱，它使
童年再一次回到我的身边，那么具体
的苦涩，那么具体的甜蜜。
母亲、母亲。我真的爱您……

（选自《星星》诗刊 1995 年第 9 期）

刘红立

刘红立（1959 年 5 月—），笔名老房子，四川西昌人。著有诗集《低于尘埃之语》等。

科甲巷，一条街区的能指

科甲巷，一条街区的能指
呈回纹形散开。那么多时尚之人
如鱼得水
挤进鳞片般重叠的商铺
砍价、选购、走人。再来
打望、闲聊、扯扯绊绊
当今人群大多如此。咖啡店
往前行百米
左拐，兀立一块石碑
五言律诗，怎么看少了两句
食指轻抚，凌迟之痛啊
“人头做酒杯，饮尽仇雠血!”
这个故事太长，百万血流
万世酒浆。记忆匿进灰白颜色，石碑寂寥
闹市区，科甲巷横来竖去

这曲折世事，躲不过月黑风高的翼王父子

（选自《星星》诗刊 2017 年第 9 期）

嗨一碗月亮大的酒，醉倒在秋风的草原

可以在一阵秋风中醉倒的
除了你我，还有哪一个

没有，没有看见风吹草低，一次也没有
一台孤零零的收割机，不歇气地吼
嗓音低沉，重复一支酒后的歌
像一只落日下的狗，撵着自己的影子晕转
没有，没有哪一片绿色不清醒，露珠滚落之前
与山坡、树木以及潇洒的鹰一一作别
被打捆成一团团草垛之后，再大的风
也奈何不了一地冬寒的敦厚

有羊群一直撕扯着我肤色的地毯
有奶牛左顾右盼，移动一只草地圆晕的眸子
有彪马一派野性扬尘的节奏
有寂寥，踱去了一阵由蓝至黑的碎步
一种黯淡，直到辽远

要醉，就一定要靠着草堆

吼一声草原的母语
再嗨一碗月亮大的酒

（选自《四川文学》2016 年第 3 期）

阿　来（藏族）

阿来（1959 年 7 月—），藏族，四川马尔康人。现任四川省作协主席、中国作协第八届全委会主席团委员。曾获第五届茅盾文学奖、第七届鲁迅文学奖。著有诗集《梭磨河》、长篇小说《尘埃落定》、随笔集《就这样日益丰盈》等。

风暴远去

风暴穿过心房，就像
穿过一所巨大的房子
许多窗户，许多门
叫人深感自己的阔大与富有
一所房子
许多窗户，许多门
开启又关闭，关闭又开启
柔软的帐幔噼啪作响
妈妈，他们来了
我说，妈妈，他们来了
这时，风在洞开的心扉中
仿佛一只角号呜呜作响

风穿过房子，就像

穿过心房
吹开最后一扇北面的窗子
在潮湿的果园中
惊起那只假寐的狐狸
风暴远去
深色丝绒掩映的窗户全部打开
天空像一只最纯净的水晶石杯
河水像一匹光滑的缎子

天堂门打开之前

雨燕在屋檐下最后一次呢喃
它们将飞向大海与东方的朝阳
老人说，在背后
孤寂与黄昏一起到来
像早晨的羊群慢慢散开

老人说，看哪
落日像我即将失明的独眼
像一只静静燃烧的烟斗
我躺在记忆的床上
整夜吸烟
抚摸烟袋像旧日情人的脸庞
并且看到死亡
并且教自己习惯死亡
谷仓中麦种散发香味

空空的酒坛嗡嗡作响

这时，在河边
在空中，在黑色树丛边缘
蝙蝠游弋飘荡

老人说，看哪
先人们的灵魂在水上行走
在这片月光与那片月光之间
地上硝盐黄金样生长
两片树叶将飘落
粘住眼睑，湿漉而芬芳
疲惫的记忆发出惬意的叹息
静默的羊群幻化成云彩
天堂门打开时没有声响

这时是夜

这时是夜
帐幕像花朵悄然闭合
寂静来到坎坷的路上

这时是夜
眼前是墙上精雕细刻的静穆面具
远处是怀孕女子坐化成浑圆山岗

这时是夜
疲惫的身躯化成雨中的泥土
化成被蚯蚓疏松的肥沃泥土

这时是夜
感到自己将成为忧郁的歌手
感到呼吸的河流变深变长

这时是夜
梦去到路上
一直走到黎明的边缘

灵魂之舞

听吧
高蹈的舞步渐渐变缓
鼓声在疲惫的大地上趋于沉寂

土屋里塘火灭了
木柴上缭绕最后的青烟
雾从河面升向山岗
松脂香潜入人们的睡眠
高的风攀过山口低的风卷动废弃的纸张
祖先们在这样的夜晚从天上归来
他们蹚过牛奶般新鲜的月光
抚摸壁画上自己的面孔

抚摸锄头与镰刀上光滑的木把
抚摸纸币，纸币上陌生人的脸
抚摸所有陌生器物上新鲜的图案
抚摸我们睡梦中的脸
他们宽大的衣氅絮满百禽的羽毛
呼吸像明亮秋阳的淡淡温暖
醒来，我们看见，
一些老树根像经络虬结的手
一些乳房像圆润的石头
满天星星像眼睛一般

这样的夜晚
我们相信四周充满祖先的灵魂
额头上有他们涂抹吉祥的酥油
听到自己血流旺盛而绵远

啊，母亲们
把高插在墙上的松明点燃
用家传的木杯与银碗斟满蜜酒
我们要在松木清芬的光焰下
聆听嘉绒人先祖的声音
让他们第一千次告诉
我们是凤与大鹏的后代
然后，顺着部落迁徙的道路
扎入深远记忆
扎入海一样深沉的睡眠

（以上选自《星星》诗刊 1989 年第 11 期）

谭　明

谭明（1959 年 9 月—），重庆涪陵人。重庆市作协副主席。发表和出版著作两百余万字。

蚕　月

或者走出了阡陌便越过了等待
春蚕们正在箔中引颈

古乐府，常被你的手姿摇动
那时和这时
不一样多雾，却一样多情

薄袖引紫燕飞过
那队曾在罗敷的笑声中
呢喃的影子
深化了你观日出东南隅的瞬间

青青的竹篮
重新活在了村姑的手腕
吐丝的年月，美妙如蚕

（选自《星星》诗刊 1989 年第 12 期）

五　月

红蔗被榨干甜汁的季节
你蔗红色的脚趾初履江岸

五月的话题
沿母亲的额头播撒
土布衫湿了
江水黄了
秧针青了
你守望着青青黄黄的日子长大了

风雨之夕
你向敢于闯出乌江的乌江崽
打听着江水的流向
母亲，却如半截微弓的扁担
斜插在了通往城市的路旁
永恒的守望
仍是她母亲守望的姿势

无风的静夜
你手摇着风车
金黄的外壳如无法兑现的语言
被吹散
硬朗的思索
在母亲的守望之外徜徉
如远遁的麦香

（选自《星星》诗刊 1991 年第 9 期）

李自国

李自国（1959 年 10 月—），笔名西村，四川富顺人。《星星》诗刊副主编。著有诗集《告诉世界》《行走的森林》《场——探索诗选》《西村诗话》等。

生命之盐

通常情况下　盐
显得多么重要
就像那些夜晚
一刻也离不开的
永久睡眠
这么多房间　还是盐
载着沉重的分量
给予我们味觉
习惯　而且默然品尝
人世间的咸淡

远行的日子里
我总会分辨　一种层次
千百年的沉积岩

都被历代蜀南人
两眼望穿
不是为着盐井
不是为着热血澎湃
它是我们对爱的另一种体现
大自然的无限滋润
注定要我们刚强
抑或听任天车的旋转
我们一代代打动它
兢兢业业抛下
生命的长线
直到盐不再是盐
我们跟它一起荡漾世界

（选自《诗刊》1990 年第 8 期）

盐，古朴而新鲜

将那些有关盐的书卷
随意翻开
会碰见一群古朴的人
手把盐罐
在书中反复触动的文字上面
挂着　一年一月
朝自流井方向移来

他高喊着我的乳名
身着褴褛而绵长衣衫
妻子怀抱月亮
流落在外
将近一个朝代
他把那口老井的地理和方位
告诉我多年
我坐在采卤天车下
流泪　或是勇往直前
我不是倾心他开采的一切
周身疲软的骨头
因盐而坚硬　自命不凡

想起雪花般的盐场
就打算去温故那位老人
淌不尽的液
渗透我的毛孔　血管
我已具备充足理由
到他博大的胸怀
安顿下来　寻找
那群井架的真实和傲岸

（选自《诗歌报》1990 年第 10 期）

第三只眼睛

第三只眼睛没有性别
嵌入冰川下苍茫的世纪

白房子很空　很静
老吊灯　是黑色的
亮了一千年
钨丝不朽光芒不朽
照亮墙壁上的大师
大师的眼睛会说话
白房子黑吊灯会说话

红十字拐弯之后
溜进太平门
护士小姐和我一起被尸检
选择是垂死者的废墟
动作都是刀片磨擦的声音
庖丁的目光从呼吸里游来荡去
解剖的黑夜过去了
我想起
亚当的罪孽　心脏移植进狗身
灵魂蜷缩在血淋淋的手术台上
睁开昏暗的无影灯
是我不相信眼泪的
　第三只眼睛

（选自《人民文学》1988 年第 9 期）

晓　音

晓音（1959 年 12 月—），女，原名肖晓英，四川西昌人。茂名市作协常务副主席。曾主编女性诗歌刊物《女子诗报》《女子诗报年鉴》。著有诗集《巫女》等。

雪

这是一场罕见的雪
我的柴门在月光底下
铺满了洁白的雪花

这是雪吗？这是乞力马扎罗的雪吗

几丝清冷的月光
在雪地里闪烁着几星清冷的光芒
一星一星，在这个夜晚
总是叫人想到了
凌驾于我们之上的乞力马扎罗的鸽哨
和一些被我们曾经选择过的
要活下去的种种方式

在这场罕见的雪里
再不会有人轻轻地来叩响
我那单薄而脆弱的柴门了
可是，死去，就我一个人
孤独地在这个乞力马扎罗的夜里
寂寞地死去
谁会来接过我这支充满了
死亡气息的笔　谁！谁
谁来为远方的情人写下这
乞力马扎罗的死亡之夜呢
就是这样死去，就是这样
一个人静静地躺在乞力马扎罗的雪地里

（选自《诗歌报10年精华》，安徽文艺出版社1994年版）

你是我唯一的爱人

不过，这已经够了
历尽沧桑，你如约而来
我们曾找不同的起点出发
却在同一个终点相遇
秋天，一切都变得心照不宣
妙不可言，而我们便有了
隐秘的希望和相互间级
一分牵挂

今生，你将命定是我唯一的爱人
哪怕走进你的怀抱
只是一个瞬间
我也会终生感激
那秋天里的一次偶然相遇

请相信：我能做天底下
最优秀的妻子
能做你怀中爱撒娇的妹妹
我还能做天底下
最宽容的兄长——

在你人生的每一个站牌下
为你打点好行装
再让你带上我
一路温馨的祝福

既然，二十四年前的冬天
上帝为我降生了你
秋天预示着今生今世
我将归降于你飘飞的旗帜下面
那么，你！请你伸出你的双臂
紧紧地环抱住我
那受伤的躯体

一生一世，我们
永不分离

（选自《92全国诗歌报刊集萃》，安徽文艺出版社1993年版）

张晓林

张晓林（1960 年 4 月—），四川射洪人，现居四川绵阳。

辣椒在红土上燃烧

辣椒被季节点燃
红土被辣椒点燃
丘陵
你流火的七月
把我们混沌的双眼照亮

遍地反射的光芒
穿透我们的沉默
我们红土一样深广的沉默
逝水而去
在南方唱出斑斓的歌声

苍白的人
肮脏的人
种不出如此纯净的色彩
卑微的人

怕辣的人
扛不起这绵延无边的红土地
我们祖祖辈辈
在红红的辣椒中穿过
脾性刚烈
血气旺盛

一串串
挂在外面的土墙上
成为我们家园的唯一装饰
诱惑着远方的游子
夜晚，那醉心的气味
喧响的颜色
穿墙而来
使我们的睡眠安稳、结实

（选自《诗刊》1992 年第 6 期）

生命枢纽

感动和惊叹是意料中的
但此刻，心脏的什么部位
还是被猛撞了一下
呼吸停止，脸色
发白，内在的狂喜来得遥远而陌生

它就在那里，灯笼桥与
元宝山之间，邓小平踏勘过的地方
从我站立的角度，横空出世
5400 米的雪宝顶冰峰，这涪江之父
斜长的二朗峡，麦地湾以及
云烟缭绕的观雾山，都在它的跨度和掌握之中

涪江，在这里打了一个
美丽的情结，然后
伸展成蓝色的干渠、支渠、斗渠还有
蓝色的农渠和毛渠，相当于
我们身体内脉络的形状及其分布
那么精密、细微，充满神力
我看见义兴乡茅庵村
舍家而去的刘氏兄弟
十几口家人栖居岩壳，终日倾听
而在沉香铺，千户移民
回望的家园，世代的家园
生长在水声中的岸边

血脉在血脉中延伸……
所到之处，我看见红丘陵
在吮吸中翠绿、金黄、丰腴
媚气袭人
在吮吸中有滋滋的响动四处传来

武都以北，它就在那里
指尖微颤，我抚摸着它

其实就是在抚摸川西北
丘陵深处搏跳不已的
大动脉

（选自《诗刊》2003年第12期）

刘　涛

刘涛（1960 年 8 月—），女，四川成都人。“非非主义”代表诗人之一。著有诗集《玫瑰之门》。

记　忆

刺目的阳光下，死亡正在发生
那时，我们戏剧性地穿过走廊
瞧，多么壮观
我见你脸上长着小白花
我说，好极了

那时，我对着你的脸浇水
或是摘下那些花瓣
每一次尝试，都以极其惊险的方式
结束

我仍然记得你那鸽子式的眼神
怎样被我制成标本
作为死亡的纪念
摊在手里。而我，怎样如空气

将身体压扁，飘出窗外

你没有骗我
你仍然是骑士、大理石
黑暗中摩挲
冰冷地向我袭来

话　语

现在，我用无舌的空口说话
舌头根部的伤痕
巨大的扁桃体被切割
我以一女人的躯体活在这里
可我，哎
已非女人地飘过这里、那里

我喜欢飘，如一面旗帜
天天想着飘离旗杆
是谁挥舞我
是谁使我发出破绸子的响声

在风中做梦，在雪地上歇脚
灵车从此经过
从我身上
过了沧海，回家去

树上，难为水
枝头，落满雪

你去周游世界
而我，原地不动

（以上选自《星星》诗刊 1989 年第 9 期）

肖开愚

肖开愚（1960 年 10 月—），四川中江人。现供职于河南大学文学院。著有诗集《动物园的狂喜》《学习之甜》等。

庄　园

我所知道的庄园是
两个女人的和平，
更多的女人的初春。
合理的耕耘，勤勉的
翻新的游戏。
秋天的累累果实。

有限的冒险，不超出自己的权力的
暴力和挑衅。
充盈的，抑或亏损的水渠
灌溉自己名下的田园。
玉米、麦子、稻谷，一切植物
一看就知道它的好坏。

庄园有必然的位置。

它的山坡，甚至避风的谷地
利于阳光的照耀。
它的道路一敞开，无比宽阔
最珍贵的客人把它敞开。
他的来访使庄园里的灯火一齐亮起来。

（选自《中国诗选》，成都科技大学出版社 1994 年版）

少女或树

她花半天工夫掏坑，栽一棵树进去，然后
灌水。她年龄很小，正月和春寒
从她菲薄的脸皮穿过。
她温习着做母亲的功课，温柔地培土
仿佛哄孩子休息：休息吧，不要哭。

……树忽然长得很大
树丛中有扑闪的阴影和风说话
树荫里无数的老人在乘凉，无数的孩子
跳离地面眯着眼睛捕捉阳光
这时，她看见秋风
掠过天空，地下一片肥厚的棕黄
到了冬天（转瞬间的事情）
树和树裸着披上千鱼鳞身体
肃立在茫茫无际雪原上

过了一会儿，她又听见锯木的声音……
　树栽好了。同学来喊她回学校。
树在生长着。

白　夜

是一串花朵，在夜里，闪烁眼睛的光芒
是铜盾的光芒
是雪白的手指
拨弄一种幽深
拨弄另一个穿铠甲的时候
梦一样的木琴

西伯利亚在你的怀里
穿单衣的陀思妥耶夫斯基
风把你的皮肤紧紧地卷起，并且
在你的心里歌唱

一种温暖。在夜里，在光芒闪射的铜盾
我竖起耳朵。

（以上选自《星星》诗刊1987年第5期）

杨　雪

杨雪（1960 年 11 月—），本名杨忠孝，生于四川泸州。现为泸州市文联副主席、泸州市作协主席。著有诗集《杨雪诗选》《川南的乡愁》等。

鹰　笛

那沉雄的声音
逐渐吹开云遮雾断的阴霾
天空中
一双有力的翅膀
在音符凝重的滑动中
与期望一同飞翔　　升高

沉默已久的山岗笑了
草场忽然开放
金色的花朵
美丽　　年轻

吹笛人心若晶莹的矿泉
无数风风雨雨
打不湿他明亮的眼睛
被岁月的鹰笛声

渗透的大草原
宁静　　旷达

倾听一种声音

很久以来
尚有些活着的思想
在你细语的滋润下
破土　　丰盈
这使我短暂的一生
开始翠绿
光芒四射

在夜晚的篝火旁
我专注的神情
深入你亲切的吹奏
即便是大雪纷飞的冬季
我依旧看见你
如南方的河流
涌满温暖的激情

在那些谛听的日子
我学会了歌唱
无论岁月如何流淌
至死不改清澈

（以上选自《星星》诗刊 1991 年第 11 期）

傅　耕

傅耕（1961 年 1 月—），生于四川成都。曾任《四川日报》副刊编辑。

一个人的小站

是那跑来的列车发现的
是那长眼睛的车窗看见的
有一个人待在小站
有一个小站只有一个人

那个人就是你啊
那个小站就是你啊
那就是你的天地啊
那天地就你一个人啊

连那些大山都有互相问候的回音了
连那些草儿都有天涯知音了
那你和谁说话呢

翻进大山时你就哭了
接过那盏鲜红的信号灯你就哭了

望着那孤零零的小站你就哭了
走进那只能住一人的小木屋你就哭了
你才十八岁啊
你就成了静静的夜了
你就成了静静的大森林了

跑来的列车却领到一盏平安的灯了
小站就是一座欢快的城了
欢快只是一分钟的童话
冷冷地剩下一颗心了

你像那深沉的云了
你像那无声音的星了
你真的要那样沉默了吗
你真的愿意和那灯一起生活了吗
你真的为一分钟的小城快乐了吗
你不哭也不闹了
你不说也不笑了

你提着红灯走来走去了
你该是那盏灯了
你该是夜晚的太阳了

（选自《星星》诗刊 1988 年第 2 期）

宋晓达

宋晓达（1961 年 1 月—），辽宁人。攀枝花市作协副主席。著有诗集《生命的歌唱》、文集《炊烟是母亲栽的一棵树》等。

受伤的豹

这是高原
豹被远方的爱情灼伤
雪野无垠的宣纸上
散落如一地的菊花

芳香冷凝
森林不在
众鸟高飞

豹森林中的王
大地的浪子
穿越无数陷阱　匕首　子弹和忧伤
竟躲不过蛇的亲吻

豹舔血而歌

此刻你无家可归
刻入骨头的疼
是生命中最黑暗的部分
窥见仇恨长满牙齿
月亮冰冷的尸骸
撒满山谷

豹拔地而起
一袭黄袍
如风　如电
抵达故乡　地狱
或天堂美丽的花园

（选自《诗选刊》2016 年第 5 期）

列美平措（藏族）

列美平措（1961 年 3 月—），藏族，四川康定人。历任四川省甘孜州贡嘎山杂志社编辑、社长、主编。

阿戈牛

在板结的草地上
我独自反刍
看那些沙石慢慢覆盖着草原
听草鼠们吱吱咬断牧草的根茎

我的舌头不停被玻璃的碎片划破
我在森林边老被倒塌的大树砸伤
自从被家族选上放生的那一天
我早就注定不再与你们争夺一切

肥美的草滩　溪边的碱盐
冬棚里堆着的干爽的秸秆
只愿在我板结的草地
我独自反刍最后的时日

我逃过了屠刀的宰杀
躲过了寒风的袭击
却终于没能逃过　被莫名的
种种现代垃圾窒息的命运

宿　地

我在广袤的高原苦苦找寻
为我贫瘠的心灵寻求一片圣地
我在虚幻的梦境巧妙偷渡
在喜马拉雅与哲人仙家们品茗聊天

我看见刀砍过火烧过的石头
我看到血染过汗浇过的泥土
漫长的旅程缤纷的梦
我目睹了许多真实和虚幻的图画

在阿什贡七彩峰丛的泥土里
我品味着土地深沉的气息
在黄河岸边的古树下奇石中
我倾听着历史厚重的脉搏

我们最初孕育的时候
生命的根系就深扎在泥土里
在贵山贵水更贵德的这个地方

我们理所当然为土地为生命而歌唱

景　物

匆匆而过的旅行者　以最初的惊异
留下浪漫旅程中永恒的定格
在他们暮年的叹息声里
却再也没找到当初的一丝喜悦

那变幻无穷的四季
在我的血脉里也是那样忽冷忽热
泛起我睡眠底层苦甜的回忆
离别与相守　都是恒久的幸福与痛苦

从不变的景物到迅速死亡的生命之间
除了消失的众多熟识和陌生的面孔
我们能看见什么　听到并感受了什么
前世的福荫身前的功名未达的圣缘

那朵飘游千年的溜溜的白云哦
以你阅尽人间的经历告诉我
那灰烬中的足迹真的就是圣人留下的
难道他们的呼吸不是和我们一样厚重的吗

奇怪的人们和并不奇怪的山峦

肯定隐藏着与我们一样的命运
既然心灵还能承受莫名的苦痛和喜悦
既然灵魂感受不到爱情的战栗和纯洁

熟悉的季节　我们背离与自然的亲密和睦
品尝混浊的酒　穿越更多更多的黑幕
在夕阳将远山的孤独拉近我们眼前时
我们似乎早已忘掉了那些人类的恒久誓言

（以上选自《西藏文学》1988 年第 6 期）

邱正伦

邱正伦（1961 年 4 月—），四川达州人。任教于西南大学。著有诗集《四十九种感觉》《艰难的启示》等。

从古老的河道醒来

从古老的河道醒来，我感到
河水像经世的音乐在血脉里流传
此刻，一批又一批人群和车队
正好从我的身边走过，并且
带动巨大的风暴，一直向前

像雨水挂满的树枝，苏醒过来的内心
十分澄明，但并不平静
曾经梦寐以求的事物，像启明的星子
又重新出现，被雨水洗去的荒凉
成为前所未有的市镇
从此开始繁荣

或许沉睡太久，面对叶脉上
突然来临的阳光，总是还带着

一些细微的恐惧，或者怀疑
甚至免不了细心的张望
但这河道的文字与石碑上的火焰
在一直照亮我们以及周围的事物
一想到这盏曾经鼓励过我们的灯
我们又会一个劲地冲锋
在最需要的时候奉献自己的心血

也许还会选择不安的河口眺望
随河流而来的人群还会随河流一同消失
变幻莫测的风云像影子一样在我们的额前逗留
我们该怎样行走，面对被改变的地方
脆弱的伤口还会不时地引发旧时的隐痛
冰雪还会封锁这古老的河道
和我们不愿沉睡的嘴唇

有时一种突然出现的手势
还会遮挡我们的前途，甚至会
加暗你对生活的信念

我们该如何行走，如何扛起这面鲜艳的大旗
一想到全身奔流的血液，这醒来的河道
以及迎面追赶的事物，我们就会
像孩子一样选择阳光最显耀的位置
吐露心胸。这是最纯粹的时刻！
内心充满活力

（选自《诗刊》1995 年第 5 期）